Dagmar Isabell Schmidbauer

Marionette des Teufels

Kriminalroman

Edition Renumero

Originalausgabe 2011

www.renumero.de

Umschlaggestaltung: Christine Fuchs, Freyung
unter Verwendung eines Fotos von konradbak/fotolia
Satz: Christine Fuchs, Freyung
Gesetzt aus der Rotis Serif
Gesamtherstellung: Erhardi Druck, Regensburg
Gedruckt in Deutschland

ISBN 978-3-943395-00-6

Prolog

Aufgeregt wanderten die Augen der hübschen Frau durch den kleinen Raum, in dem sie sich an diesem Tag mit einem Mann verabredet hatte, von dem sie nicht wusste, zu was er fähig war. Es war der schmuddeligste Ort im Haus, kein Vergleich zu den anderen Zimmern, die für die Gäste vorgesehen waren. Als sich ihre Blicke trafen, erstarrte Sibylle. Er hatte sie gemustert, hatte ihre Figur einer eingehenden Prüfung unterzogen und schien jetzt sein Urteil zu fällen. Nervös strich sie sich eine Strähne ihrer dunklen Haare hinters Ohr und wartete. Er mochte Mitte dreißig sein, trug einen tadellosen Anzug und passte damit eigentlich sehr gut zu diesem Haus. Sie überlegte kurz, ob sie das Fenster öffnen sollte. Ihr war heiß und ihre Hände schwitzten, weshalb sie sie an ihrem Kittel abwischte. Noch wusste sie nicht genau, was er von ihr erwartete, aber sie beruhigte sich mit der Überlegung, dass, solange sie mit ihm nur in diesem Zimmer blieb, nichts Schlimmes passieren konnte. Erst als ein kleines Lächeln über sein Gesicht huschte, begann sie sich zu entspannen.

Während er sie noch immer ansah, zog er einen Geldschein aus seiner Brieftasche und hielt ihn ihr entgegen. Sibylle lächelte jetzt ein wenig verschämt und blickte kurz zur Tür, bevor sie den Schein in die Tasche ihres Kittels steckte. Er hatte sie gekauft, das wurde ihr in diesem Moment klar, und sie wusste noch immer nicht, ob sie das, wofür er sie bezahlt hatte, auch wirklich geben wollte. Doch als sie sich gleich darauf ein wenig umdrehte, um ihm einen Platz auf dem abgewetzten Sofa anzubieten, raschelte das Papier verführerisch in ihrer Tasche. So einfach konnte Geldverdienen sein, dachte sie und setzte sich zu ihm.

„An was haben Sie denn gedacht?“, fragte sie, nachdem er noch immer nichts sagte und sie die Spannung nicht mehr aushalten konnte.
„Erzählen Sie einfach“, forderte er und sah sie abwartend an.
„Erzählen?“ Wieder dieser scheue Blick zur Tür, aber es war noch zu früh, noch würde niemand kommen, um nach ihr zu fragen.
Der Mann sah jünger aus, als er vermutlich war. Was vielleicht auch daran lag, dass er großen Wert auf sein Äußeres legte. Sein Anzug, in einem dezenten Grau, saß perfekt. Dazu trug er ein helles Hemd und sauber geputzte Schuhe. Die Krawatte war mit einem sehr ordentlichen Knoten gebunden. Sibylle mochte es bei Männern, wenn sie sich Zeit nahmen und auf ihr Äußeres achteten. Sein Parfüm war teuer, ließ aber Raum für seinen eigenen Duft. Unsicher griff er in das Innenfach seines Sakkos und holte einen weiteren Geldschein hervor. Die Frau lächelte verlegen, schob erneut eine dunkle Haarsträhne hinters Ohr, bevor sie nickte und auch diesen Geldschein rasch verschwinden ließ.
„Möchten Sie vielleicht etwas trinken?“ Sie wollte höflich sein.
„Nein, vielen Dank. Aber jetzt erzählen Sie doch!“, drängte er.
Auf der Suche nach einem Anfang wanderte ihr Blick erneut durch den kleinen Raum. Vor ihnen stand ein niedriger Tisch aus billigem Holz, bedeckt mit Brandflecken längst verglühter Zigaretten. An einer der Wände hing ein Schränkchen mit einigen Gläsern und Flaschen, in der Ecke hinter der Tür ein blauer Arbeitskittel, an dem schon lange ein Knopf lose herunterhing. Auf dem Boden davor stand ein Paar schmutzige Straßenschuhe auf einem löchrigen Putzlappen. Bisher hatte sie das alles nie so genau betrachtet. Aber bisher war auch noch kein Fremder hier hereingekommen.

„Ich weiß nicht, wo ich anfangen soll", wich sie erneut aus. Die Haarsträhne fiel wieder in ihr Gesicht, was ihm zu gefallen schien.
„Haben Sie Angst?"
„Nein."
„Ist es Ihnen peinlich?"
„Nein." Sie lächelte und er schüttelte belustigt den Kopf. „Die wenigsten Menschen können sich das hier so richtig vorstellen. Es ist schon anders als anderswo", erklärte sie voller Ernst und musste dann doch selbst über ihr Wortspiel lachen. „Wenn man hier arbeitet, muss man sich einfach von der Vorstellung lösen, dass es Dinge gibt, für die sich niemand begeistern kann", fügte sie schnell als Erklärung hinzu. Und er nickte, von ihrer Heiterkeit angesteckt, noch immer lächelnd.
„Also bekommt man hier alles?"
„Na ja, im Prinzip schon."
Und dann begann sie, aus ihrem Alltag zu erzählen.
„Als ich hier anfing, da dachte ich, es ist ein Job wie jeder andere. Wissen Sie, ich hatte keine große Wahl, war froh, überhaupt Arbeit gefunden zu haben. Aber dann habe ich Sachen gehört und auch gesehen, die konnte ich mir bis dahin gar nicht vorstellen." Sie machte eine Pause und suchte nach den passenden Worten.
„Ich meine, dass jemand Spaß an so was haben soll und, na ja, dass jemand einfach mitmacht, weil er Geld dafür bekommt." Sie dachte an das Geld in ihrer Tasche und wurde unsicher.
„Was für Dinge sind das?"
„Ja, wie soll ich sagen? Ziehen Sie die Grenzen dort, wo Sie Ihrer Fantasie im Traum Grenzen setzen und Sie wissen, wo es aufhört."
Sibylle hatte, während sie das sagte, auf die Löcher des Putzlappens gestarrt, jetzt riss sie sein lautes Räuspern aus ihrer

Versunkenheit. Sie sah ihn an und spürte eine Verlegenheit, die sie ihm vorher nicht zugetraut hatte. Er schien über ihre Aussage nachgedacht zu haben. Vielleicht zog er auch in diesem Moment für sich selbst diese Grenze.
„Und was ist bei all dem Ihr Job?“ Er machte eine Handbewegung in den Raum hinein.
„Ich räume auf und mache die kleinen Schweinereien weg.“
„Die kleinen Schweinereien.“ Er fand das nett.
„Ja, natürlich! Das ist ja mein Job.“
Sibylle straffte sich. Sie hatte das, was sie hier tat, schon oft verteidigen müssen und so fuhr sie auch gleich fort. „Wenn ich Freunden von meinem Job erzähle, dann rümpfen die erst mal die Nase. *Und so was kannst du?*, fragen sie. Aber dann werden sie neugierig und wollen, dass ich erzähle. Genau wie Sie.“
„Sehen Sie, es ist einfach interessant.“
Sie überging seinen Einwand und erzählte weiter. „Sie fragen dann, was ich bei der Arbeit anhabe, ob ich auch nackt sein muss und ob die Männer mich auch begrapschen.“
Sie sah ihn an, wollte wissen, wie er darauf reagierte.
„Und? Tun sie das?“ Seine Augen ruhten auf ihren Lippen, sie waren sehr sinnlich, wie er fand.
„Nein, natürlich nicht!“
„Beides nicht?“
„Sehen Sie mich doch an!“ Sie strich über ihren Kittel.
„Eben, daher die Frage.“ Als er sie ansah, zog er kurz die Augenbrauen nach oben, woraufhin Sibylle rot wurde. Komplimente hatten sie schon immer unsicher gemacht.
„Aber glauben Sie mir doch, es ist ein ganz normaler Job!“
„Das wäre jetzt eine hübsche Überschrift: ein ganz normaler Job.“
„Im Grunde ist es wirklich nichts anderes.“
„Aber für die Männer ist das hier natürlich schon etwas ganz Besonderes?“

„Ich denke schon. Es ist einfach ihr Abend."
„Sie haben eine hübsche Art, Dinge zu formulieren."
„Finden Sie?"
„Aber ja doch", er nickte zur Bekräftigung. „Wie sieht denn so ein Männerabend aus?"
Wieder warf sie einen raschen Blick zur Tür. Sie wäre gerne aufgestanden und hätte nachgesehen, ob jemand draußen stand, denn er hatte eine tiefe Stimme und sprach nicht gerade leise. Bestimmt konnte man ihr Gespräch draußen mithören.
„Na ja, das ist ganz unterschiedlich. Jeder so, wie er es mag." Dann beugte sie sich ein bisschen zu ihm hinüber und fügte hinzu. „Nicht, dass Sie glauben, hier gebe es doppelte Spiegel oder Kameras oder so. Aber ich habe tatsächlich erst kürzlich bei einer solchen Inszenierung zugesehen."
„Ach!" Sein Ohr war jetzt ganz nah bei ihren Lippen – sie hätte sogar flüstern können und er hätte es noch gehört. Eigentlich war es schön, dass er so interessiert war und sie so ernst nahm. Denn seit Tagen suchte sie jemanden, dem sie von ihrem Erlebnis erzählen konnte. Es hatte sie tief berührt, aber sie hatte einfach nicht die richtigen Freunde, um sich darüber auszusprechen. Am Ende würden sie ihr gar nicht glauben. Warum sie ausgerechnet diesem Mann vertraute, wusste sie selbst nicht.
„Die Tür war nur angelehnt, da konnte ich gar nicht anders", begann sie und entschuldigte sich gleich für ihre Neugierde. Der Mann neben ihr nickte und blickte dabei gebannt auf seine Schuhspitzen. Es war gut, dass er sie nicht ansah, da erzählte es sich leichter.
„Was sie vorher getan haben, weiß ich natürlich nicht, aber als ich hineinschaute, lag der Mann in einem der Betten, die mit schwarzer Satinwäsche bezogen sind. Eines der Mädchen war bei ihm, fuhr ihm über die Haare und sagte: *Aufstehen! Zeit für deine Lektion!* Er setzte sich verschlafen auf

und rieb sich die Augen. Dabei trug er einen Pyjama, der mit großen Teddybären bedruckt war. Die Statur des Mannes war gewaltig und, na ja, er war auch nicht mehr ganz jung und auch nicht ganz schlank. Es sah ein wenig grotesk aus. Das war wohl auch der Grund, warum ich nicht einfach weitergegangen bin. Nachdem er aus seinem Scheinschlaf erwacht war, kniete das Mädchen vor ihm nieder und knöpfte ihm erst die Pyjamajacke und dann die Hose auf und holte seinen ..., Sie wissen schon was heraus."

Die junge Frau sah ihren Zuhörer an und der nickte, noch immer in den Anblick seiner Schuhe versunken. „Auf einmal begann sie mit ihm zu schimpfen, sagte streng: *Hab ich dir nicht gesagt, dass du mehr an dir arbeiten musst, was soll ich mit so einem schlappen Kerlchen anfangen? Los, steh auf!* Und er stand gehorsam auf und sie zog ihm den Pyjama aus und führte ihn zu einem Balken mitten im Zimmer."

Sie hatte ihrer Stimme den Tonfall des Mädchens gegeben, und als ihr auffiel, wie enthusiastisch das wirken musste, hielt sie irritiert inne.

„Sie erzählen sehr anschaulich", sagte er und sah sie kurz an. Sein Blick verriet seine Begeisterung. „Erzählen Sie weiter!"

Sie räusperte sich und suchte den Anschluss.

„Dort band sie ihn mit den Armen über dem Kopf und an den Beinen so fest, dass er ihr ausgeliefert war. Dann ging sie zu einem Tischchen und malte in aller Ruhe ihre Lippen in einem leuchtenden Rot aus. Er sah ihr dabei genau zu und sie lächelte ihn verführerisch an, während sie wieder und wieder ihre Lippen übermalte. *Gefällt dir das Rot?*, fragte sie, und er nickte schüchtern. Als sie kurz darauf wieder vor ihm kniete, war ihre Stimme nicht mehr so streng, aber sie ermahnte ihn trotzdem immer weiter. *Du musst jeden Tag an ihm arbeiten! Versprichst du mir das? Jeden Tag.*

Und dann nahm sie ihn in ihre Hände und erklärte und zeigte ihm, was er machen sollte, wenn er übte. Und während sie noch redete, wurde er tatsächlich immer größer und sie schien langsam richtig zufrieden mit ihm zu sein, denn auf einmal öffnete sie ihren Mund und redete nicht mehr, sondern ..., na ja, sie hatte ihn sich ja extra so schön angemalt."
Ihr Zuhörer war ganz unruhig geworden, denn sie musste ihm gar nicht erst sagen, was das Mädchen mit dem wehrlosen Mann machte. Er wusste es längst und er musste sich sehr beherrschen, um sich das Ganze nicht allzu bildlich vorzustellen.
„Glauben Sie, dass er seine Lektion gelernt hat?", fragte er und sah sie verschmitzt an. Er wusste, dass ihr klar war, wie es jetzt in ihm brodelte.
„Ich weiß es nicht. Ich habe die Tür geschlossen, weil jemand den Flur entlang kam", behauptete sie, um seiner Frage auszuweichen.
„Kam er wieder?"
„Warum wollen Sie das wissen?", fragte Sibylle überrascht zurück.
„Wäre doch interessant zu erfahren, was er sich beim nächsten Mal gewünscht hat. Er hat es sich doch gewünscht, oder?"
„Ich weiß es nicht", antwortete sie unsicher und dachte daran, wie es für ihn ausgegangen war. „Vielleicht nicht so."
„Wie meinen Sie das?"
„Na ja, ich weiß ja nicht, ob die Männer wirklich ein Drehbuch schreiben oder ob sie das nur kurz mit den Mädchen absprechen und die dann nach ihren eigenen Vorstellungen handeln", erklärte sie und wich ihm damit erneut aus.
„Kannten sie den Mann? Ich meine, würden Sie ihn wiedererkennen?"
„Das geht jetzt aber wirklich zu weit. Sie wissen doch, ich darf nichts über die Gäste sagen, sonst bin ich nämlich mei-

nen Job los und es wäre mir auch lieber, wenn sie über das, was ich ihnen gerade erzählt habe, nicht schreiben." Er nickte, was sie als Versprechen auffasste. „Außerdem kennt man sich hier nicht, verstehen Sie? Selbst wenn man sich erkennen würde, so spricht man einfach nicht davon. Hier will jeder lieber unerkannt bleiben!"

„Ja, das kann ich gut verstehen."

Er machte eine Pause und blickte sich dabei ein wenig im Raum um. Vielleicht hätte er jetzt doch gern etwas getrunken. „Erzählen Sie mehr von Ihrem Job. Er scheint doch sehr interessant zu sein."

„Ich weiß nicht. Meinen Sie wirklich?" Er nickte und sah wieder auf ihre Lippen, bis sie zu lächeln begann.

Irgendwie war es schön, hier mit ihm zusammenzusitzen, dachte sie, seinen Blick erwidernd. „Ich beginne am späten Nachmittag. Da ist dann genug Zeit für die Grundreinigung. Im Tageslicht sieht auch alles ganz anders aus. Wenn dann die Mädchen kommen, kümmern die sich um die Zimmer. Sie holen sich eins von den großen Handtüchern vom Stapel und den Schlüssel. Und wenn dann alles gut geht, Sie wissen schon, dann bleibt alles schön sauber. Wird einer aber ein bisschen wilder, kann es natürlich auch mal sein, dass das ganze Bett abgezogen werden muss und dann legen sie den Schlüssel separat zurück. Der Rest ist mein Job. Aber das ist ja nicht schlimm."

„Und die Mädchen sind sehr hübsch? Tragen schwarze Strümpfe und Strapse und sind alle sehr üppig oben rum?", ein wenig unbeholfen zeigte der Mann mit seinen Händen, wie er sich das vorstellte.

„Sie sehen zu viele Filme", lachte Sibylle herzhaft, was dem Mann ebenfalls ein entspanntes Lächeln abrang. „Wir haben richtig üppige Frauen und wir haben auch ganz dünne. Manche verdienen sich ein paar Euros dazu, indem sie auf dem Laufsteg Dessous vorführen und andere sind völlig unscheinbar. Aber in dem, was sie tun, sind sie einfach spitze. Heißt es. Die Männer mögen ja auch ganz unterschiedliche Dinge. Den Busen zeigen allerdings alle. Ich glaube, das ist Bedingung. Daran sind die Kunden schon sehr interessiert, die wollen ja schließlich etwas anfassen können. Viele sind verheiratet und möchten hier das, was sie zu Hause nicht bekommen. Wobei ja wohl doch die meisten Männer davon träumen, eine schöne Frau zu besitzen oder von ihr verführt zu werden."

„Gibt es auch Frauen, die sich hinter einer Maske verstecken?"

„Nein. Ich glaube, das hat keine nötig."

„Ich dachte da auch mehr an das Geheimnisvolle. An das Wechseln ihrer Identität!"

„Also, wenn es zum Spiel gehört bestimmt."

„Und die Frauen machen das alle hauptberuflich oder haben die noch einen anderen Job?"

„Na, ich glaube nicht, dass die nebenbei noch putzen gehen." Sie überlegte und fügte dann hinzu. „Aber wenn Sie das genau wissen wollen, sollten Sie lieber eines der Mädchen fragen."

Er nickte kurz und wechselte dann das Thema. „Treffen Sie oft auf Kunden?"

„Wir versuchen, es zu vermeiden. Niemand will schließlich gern an so profane Dinge wie das Saubermachen erinnert werden."

„Ja, natürlich."

Auf einmal waren vor der Tür Schritte zu hören. „Ich glaube, wir sollten jetzt lieber aufhören, ich möchte nicht, dass Sie hier von jemandem gesehen werden."

Sie stand auf, zum Zeichen, dass Schluss war, und im gleichen Moment wurde ihr klar, dass es vielleicht ohnehin ein Fehler gewesen war, hier mit ihm zu sprechen.

„Ja, ich verstehe. Wäre es Ihnen denn recht, wenn ich noch einmal wiederkomme?" Er stand ihr gegenüber, ein bisschen

größer als sie und sah sie fast bettelnd an. „Oder vielleicht könnten wir uns ja auch woanders weiter unterhalten?"
Die junge Frau streifte mit ihren Händen über den billigen Putzkittel. Dabei spürte sie die Geldscheine in ihrer Tasche und wurde leichtsinnig.
„Warum eigentlich nicht?"
Es war wirklich schön mit ihm, aber andererseits hatte sie ihn noch immer nicht gefragt, wie er ausgerechnet auf sie gekommen war.

Wochen später ...

Die letzten Stunden hatte Sophia damit zugebracht, alles aufzuräumen, zu putzen und wegzuschaffen, was man in ihrer Wohnung nicht finden sollte. Dann hatte sie ein Bad genommen, ihre langen blonden Haare gewaschen und die Fußnägel lackiert. Doch jetzt, nachdem sie alles erledigt hatte und es, außer zu warten, so gar nichts mehr zu tun gab, spürte sie, wie die Nervosität von ihr Besitz ergriff. Wie ein gejagtes Tier lief sie in der Wohnung herum: Berührte kurz ihre Geige, wusste aber, dass sie jetzt nicht spielen konnte, legte sich aufs Bett und stand gleich darauf wieder auf, schaltete den Fernseher an und wieder aus. Sie wollte sich etwas zu Essen machen, hatte aber keinen Hunger. Schließlich nervte sie sogar das Ticken der Uhr in der Küche, weshalb sie energisch die Küchentür schloss.

Sophia fühlte sich allein auf der Welt. Allein mit diesem Gefühl der Unruhe, das sie seit einiger Zeit nicht mehr losließ und dem sie sich auf keinen Fall ausliefern durfte. Nicht heute. Nicht jetzt. Nicht in diesem wichtigen Moment.

Sie überlegte, dass sie etwas anziehen sollte, was angemessen war, verschob es dann aber auf später. Es blieb ihr noch genug Zeit, bis ihr Besuch kommen würde.

Stattdessen ging sie zum Fenster und blickte hinunter auf die Postackerstraße. Dort herrschte um diese Zeit kaum Verkehr, denn es war bereits dunkel und die Straßenlaternen brannten. Doch das gelbe Licht wurde vom Nebel fast gänzlich verschluckt.

Als sie im Schlafzimmer an ihrem Spiegel vorbei kam, sah sie, wie blass und fahl sie war. Trotz ihrer erst zweiunddreißig Jahre, zeigten sich bereits die ersten Fältchen um die Augen. Sie sah genauer hin, lächelte und hoffte, sie würde sich in den nächsten Jahren irgendwie an sie gewöhnen.

Und dann dachte sie an ihren bevorstehenden Triumph und wie sie ihn auskosten würde. Auf das, was heute vor ihr lag, hatte sie schließlich ihr ganzes Leben gewartet.

Als es dann tatsächlich klingelte, war sie zunächst verwirrt und gleich darauf erleichtert. Zumindest bis zu dem Moment, bis sie bemerkte, dass sie noch immer den alten Bademantel trug. Sie musste im Sessel sitzend eingeschlafen sein und jetzt fehlte ihr die Zeit, um sich noch etwas Seriöseres anzuziehen. Nun, dann musste es eben so gehen, entschied sie, stand auf und ging in den Flur, um die Haustür zu öffnen. Doch als sie auf den Türöffner drücken wollte, sah sie durch die Milchglasscheibe der Wohnungstür, dass ihr Besucher bereits heraufgekommen war.
Während sie sich in Erinnerung rief, wie sie sich später, wenn alles vorüber war, eine kleine Schwäche erlauben durfte, floss ein zufriedenes kleines Lächeln über ihr Gesicht. Später, dachte sie und besann sich. Dann zog sie den Gürtel ihres Bademantels fester und öffnete die Tür.
„Du?“ Sophia kannte den Mann vor ihrer Tür und ließ ihn herein, damit zumindest die Alte, die ein Stockwerk tiefer wohnte, nichts von seinem Besuch mitbekam. Ein Fehler, wie sich jedoch bald herausstellen sollte. Denn an diesem Tag ging es ihm nicht um die üblichen Höflichkeitsfloskeln, die er sonst bei ihren Begegnungen parat hatte. Kaum hatte er das Wohnzimmer erreicht, da wurde er auch schon zudringlich, legte seine Hände auf ihren Körper und versuchte den Bademantel über ihre Schultern zu streifen. Abwehrend zog die Frau den Gürtel fester um ihren schlanken Körper und bereute es nun doch sehr, dass sie sich nicht rechtzeitig angezogen hatte.
„Sophia, wir beide“, begann er gerade erneut doch sie wandte sich gleich unwirsch ab. Er roch nach Alkohol, nach Kneipe und war unrasiert.

„Was soll das denn jetzt?“, fragte sie und fügte mit fester Stimme hinzu, „ich glaube es wird Zeit, dass du wieder gehst!“.
„Aber du kannst mich doch nicht einfach wegschicken. Nicht nach allem, was passiert ist.“
„Passiert ist?“ Sie sah ihn fragend an. „Was ist denn schon groß passiert? Du hast dich übernommen, das ist passiert! Und jetzt kommst du zu mir, damit ich dein elendes Spiel mitspiele.“ Den letzten Teil spuckte sie ihm geradezu vor die Füße und schob ihn dann energisch von sich, als er versuchte, sie zu umarmen.
„Geh jetzt und vergiss alles, was du dir in deinem kranken Hirn ausgedacht hast!“, riet sie ihm und dachte, damit sei zumindest *diese* Geschichte ausgestanden. Aber da irrte sich Sophia gewaltig, denn der Mann, der an diesem Abend zu ihr gekommen war, war in Not, er hatte sich gut auf dieses Zusammentreffen vorbereitet und war daher auch nicht bereit, so schnell aufzugeben.
„Aber meine Schöne, vor uns liegt doch eine wunderbare Zukunft“, versuchte er ihr erneut zu erklären. Doch sie hatte längst die Geduld verloren und wurde langsam böse.
„Vor *mir* liegt eine wunderbare Zukunft! Vor dir dagegen liegt gar nichts mehr. Du hast deine Zukunft bereits hinter dir, und du glaubst doch nicht allen Ernstes, dass ich mit dir diesen Abstieg antrete?“
Er wollte etwas antworten, wollte von ihr hören, dass sie nur Spaß machte. Aber Sophia hatte sich längst in Rage geredet, beschimpfte ihn ohne Punkt und Komma. Und er schwieg, wusste auch gar nicht, was er noch sagen sollte. Dafür wechselte ganz langsam sein Gesichtsausdruck – eben noch Glück und Hoffnung, dann Unverständnis, Enttäuschung und jetzt Zorn. Kalte Wut überzog sein Gesicht. Er bettelte nicht mehr, stand nur still da und wusste auf einmal, dass er getäuscht worden war.

„Jetzt verschwinde endlich!", fauchte Sophia ihm gerade entgegen, dabei war ihre Stimme so kalt wie das Wasser der Donau.
Vielleicht hätte sie ihn nicht einfach so abfertigen sollen, ihm stattdessen erklären, warum jetzt alles anders war. Vielleicht hätte das aber auch gar nichts an seinem Entschluss geändert. Denn letztlich griff er ja nicht bewusst nach der Glaskugel, die neben ihm im Regal lag, sondern packte nur das Erstbeste, das ihm in die Finger kam, um sie zum Schweigen zu bringen. Er hätte ihr auch einfach den Mund zuhalten können. Aber er war sich nicht sicher, ob das ausgereicht hätte. Sicher wusste er nur, dass er das, was sie zu ihm gesagt hatte, nicht hören wollte. Das war alles.
Sophia bemerkte die schwere Glaskugel in seiner Hand und nahm die Aufwärtsbewegung seines Armes wahr. Als sie realisierte, was er vorhatte, wurden ihre Augen für einen kleinen Moment ganz groß, doch ihr Gehirn war nicht mehr in der Lage, diese Informationen sinnvoll zu verarbeiten. Zu schnell ging alles auf einmal. Ihre vollen Lippen öffneten sich, aber ihr fehlte die Kraft, um etwas zu sagen. Schon sackte ihr leichter Körper schwer in sich zusammen. Sie hatte noch nicht einmal gezuckt, keine Zeit gefunden, um aufzuschreien. Auf einmal ging alles ganz, ganz schnell.

Niemals würde sie erfahren, dass es ihm Leid getan hatte, nachdem alles vorüber war.
Er hatte sie aufs Bett gelegt und die Spuren, die er hinterlassen hatte, beseitigt. Später dann, laut und drängend, begann das Telefon zu läuten. Durch die tödliche Stille schien es noch lauter als sonst, so als wollte der Anrufer damit nicht nur auf sich aufmerksam machen, sondern eine Tote zum Leben erwecken. Auf dem Display erschien keine Nummer, denn der Anrufer hatte sie unterdrückt. Vielleicht war es Zufall, vielleicht wollte er auch einfach unerkannt bleiben und

damit verheimlichen, dass er eines von Sophias Geheimnissen kannte.

***

Gleißend helles, fast schon obszönes Scheinwerferlicht leuchtete den Raum bis in den letzten Winkel aus und offenbarte dem Betrachter seine Geheimnisse. Bei einem solchen Licht ließ sich nichts verbergen, nichts beschönigen. Die weißen Wände bekamen durch das Schattenspiel tiefe Furchen, die hellen Holzmöbel ein Eigenleben und nur die junge Frau auf dem Bett, mit den edlen, von Rüschen umsäumten Damastbezügen, lag in einer stoischen Ruhe da, so als ginge sie das alles nichts an. Was im Grunde ja auch stimmte.

Denn von nun an hatten andere das Sagen, wenn es darum ging, was mit ihr und ihrem Körper, der ihr immer so wichtig gewesen war, geschehen sollte.
Männer wie Hauptkommissar Berthold Brauser, der gerade vor ihrem Bett stand und kaum glauben mochte, was er im Spiegel sah.
Eigentlich machte sich Brauser nicht viel aus seinem Äußeren, zumindest in den letzten Jahren nicht mehr, und er wollte auch jetzt, so kurz vor seiner Pensionierung, nicht daran denken. Aber ignorieren konnte er seinen heutigen Anblick eben auch nicht: Unter seinen Augen lagen dunkle Schatten, neben den Mundwinkeln hatten sich tiefe Falten eingegraben und seine ganze Haltung drückte eine viel zu große Betroffenheit aus. Dabei war er ein großer stattlicher Mann. Ein bisschen übergewichtig vielleicht, aber nicht dick. Die Haare schon grau, aber durchaus noch voll. Ein Mann in den besten Jahren, wie er bis vor Kurzem noch von sich behauptet hatte.

Der Hauptkommissar löste den Blick von seinem eigenen Spiegelbild und beugte sich noch tiefer über die junge Frau. Sie war nackt und wunderschön und er konnte einfach nicht verstehen, wie so etwas passieren konnte.
Dass sie tot war, daran hatte er keinen Zweifel. Zu vielen toten Menschen hatte er in seiner langen Dienstzeit schon in die leeren Augen geblickt. Auch wenn diese selten von so langen schwarzen Wimpern und einer so perfekt gezupften Braue umrahmt gewesen waren.
Dabei war sie von einer derart unschuldigen Nacktheit, als warte sie darauf, von einem großen Künstler gemalt zu werden. Doch am Ende warteten auch auf sie der Leichensack und die Rechtsmedizin mit ihren wissenschaftlichen Methoden, um dem Tod seine Ursache zu entlocken.
Langsam sog der Kommissar ihren unverwechselbaren Duft ein. Einen Geruch, der bei jedem Toten neu definiert wurde, so als könne man, wenn man ihn tief genug einatmete, die Ursache für das Sterben verstehen. Als läge in den Poren ihrer Haut das Geheimnis ihres Todes verborgen.
Ihre Brüste waren fest und voll und neigten sich etwas zur Seite, kein Silikon bestimmte ihre Form: Sie waren echt und schön. Bei anderer Gelegenheit hätte er sie gerne voller Leidenschaft berührt und gespürt, wie sie darauf reagierte.
Ihre Hüftknochen bildeten zwei sanfte Hügel, zwischen denen der Bauch lag, flach mit einer kleinen Wölbung. Der Venushügel war genau wie der restliche Körper völlig haarlos, was ihr, als Kontrast zu den langen blonden Locken, die ihr Gesicht umrahmten, noch immer etwas sehr Kindliches gab. Die schlanken Beine endeten in zartrosa lackierten Fußnägeln. Überhaupt war sie genau so, wie Männer, wie er selbst, sich Frauen erträumen. Denn im Grunde wirkte sie wie ein Traum, zu perfekt, um zu leben. Zudem schien sie auch im Tod noch geheimnisvoll zu lächeln. Fast sah es so

aus, als amüsierte sie der Umstand ihres Endes oder vielleicht hatte sie dieses auch noch gar nicht realisiert.
Zu gern hätte Brauser sich abgewendet, den Blick von diesem jungen, schönen, toten Körper genommen, von dieser Verschwendung der Natur. Aber das ging nicht, er war der Chef und seine Mitarbeiter erwarteten von ihm, dass er sich auch so benahm.
Darum blieb er, sah in die völlig geweiteten Pupillen, von deren einstiger Farbe nichts mehr zu erkennen war und überlegte, dass sie vielleicht einmal strahlend blau gewesen waren. Doch jetzt war nur noch dieser leere Blick übrig geblieben. Ein Blick wie durch einen bangen Nebel und er wollte nicht, dass sie sah, was mit ihr in den nächsten Stunden geschehen würde. Deshalb hob er seine Hand und schloss mit einer entschiedenen Bewegung ihre Lider.
Der Hauptkommissar war schon lange in seinem Beruf tätig und hatte viele frisch und auch länger Verstorbene gesehen, wenn auch die meisten eines natürlichen Todes gestorben waren. Trotzdem hatte er sie gewissenhaft untersucht, gewendet und gedreht. Respektvoll, weil ja jeder irgendwann einmal diesen Weg gehen musste und jeder hoffte, im Tod nicht entwürdigt zu werden. Brauser wischte sich mit dem Handrücken über die feuchte Stirn. Er hatte sich nicht mehr im Griff, vielleicht war es für ihn wirklich an der Zeit aufzuhören, vielleicht musste er sich doch eingestehen, dass er langsam zu alt wurde für diesen Job, zu alt und zu sentimental. Dabei gab es nur wenig, was er so sehr liebte wie seinen Beruf.
Um ihn herum wuselte das Team der Kriminaltechnik, Annemarie und die kleine Mona, die nur einsfünfzig groß war und die immer einen Stuhl brauchte, wenn sie an die oberen Akten im Büro herankommen wollte. Sie suchten Spuren. Dinge, die nicht hingehörten, wo sie sie fanden. Brauser war an die Kollegen in ihren weißen Gazeanzügen gewöhnt. Sie störten ihn schon lange nicht mehr bei seinen trüben Gedanken.

Nur der Mann, der auf einmal neben dem Bett erschien, der ihm bekannt vorkam und doch auch wieder nicht und der die Kamera hob, so wie Mona eben, und der Bilder von der Toten machte, Bilder mit ihm auf einer Höhe, der irritierte ihn. Brauser sah ihn an und plötzlich fiel ihm ein, um wen es sich handelte. Er sah gepflegt aus und benahm sich respektvoll der Toten gegenüber, aber mit seiner Knipserei störte er die Untersuchungen und er gehörte definitiv nicht hierher. Immerhin betrat er ungeschützt einen Tatort, woraufhin ihn die Leiterin der Spurensicherung auch in einem barschen Ton davonscheuchte, aufgebracht und bissig. Aber so war Annemarie, denn auch sie liebte ihren Beruf.
Natürlich wäre es an ihm gewesen einzugreifen, doch nach der vergangenen Nacht fehlte ihm dazu einfach die Kraft. Er merkte, wie ihn die Ereignisse der letzten Wochen langsam einholten. Resigniert atmete Brauser tief durch. Herz und Lunge waren schon lange nicht mehr seine Verbündeten, wenn es darum ging, mit den Kollegen in den dritten Stock hinaufzusteigen. Aber heute war es noch schlimmer gewesen. Heute ging es ihm wirklich schlecht und er bereute, wie selten, dass er sich gestern mit Obermüller getroffen und mal wieder viel zu viel getrunken hatte.

Seine Frau Maria freute sich schon darauf, wenn er in Rente gehen würde und endlich mehr Zeit für sie hatte, doch bisher hatte er immer Angst vor der Leere gehabt, die sie füllen mussten. Vierundzwanzig Stunden, sieben Tage die Woche, ohne die Wahrscheinlichkeit, von einem dringenden Anruf auf seinem Handy abgelenkt zu werden. Er hatte es sich schön geredet. Hatte sich gesagt, dass er dann, wann immer er wollte, angeln gehen, lesen, endlich seinen Keller aufräumen und reisen könnte. Überall hin, wo er noch nicht war, vielleicht bis nach Australien oder Mexiko. Da war es

jetzt schön warm. Aber würde es ihm dort deshalb auch besser gehen? Und würde er dort vergessen können?
Vielleicht würde es mit den Jahren besser werden, aber in der vergangenen Nacht hatte ihn noch nicht einmal der Alkohol von seinen Sorgen befreien können.
Bis vor Kurzem hatte er noch an die ewige Jugend geglaubt, jetzt spürte er die Müdigkeit in allen Knochen. Und am schlimmsten war, dass dieses Gefühl so plötzlich über ihn hereingebrochen war.

„Na, Chef, da kam wohl nicht der, den sie erwartet hatte.“ Mit fester, fast fröhlicher Stimme mischte sich die junge Oberkommissarin Franziska Steinbacher in Brausers Gedanken und deutete auf den nackten Körper der Toten.
„Sieht so aus, als ob sie jemanden erwartet hatte, oder?“ Ihre blitzgescheiten Augen sahen den Hauptkommissar eindringlich an. Um ihre Mundwinkel spielte ein kleines Lächeln. Wie immer war sie in Hochform, trug mit routinierter Selbstverständlichkeit ihre Latexhandschuhe und notierte und analysierte alles, was sie in die Finger bekam.
„Sie ist aber nicht an einer Überdosis Glück gestorben, sondern an einem kräftigen Schlag auf den Hinterkopf“, warf der Notarzt, Dr. Buchner, der seine Sachen gepackt hatte und sich verabschieden wollte, von der anderen Seite des Bettes ein.
„Das weiß ich, und sie ist auch nicht im Schlafzimmer gestorben, richtig?“ Auf Zustimmung wartend, wanderte ihr Blick über das Bett.
„Wie kommst du denn darauf?“ Brauser hatte sich ein wenig gefangen. Nur wer ihn kannte, konnte aus seinem ungewohnten Ton schließen, dass etwas mit ihm nicht stimmte.
„Ihre gesamte Wohnung ist weiß gestrichen und auch die Möbel sind entweder weiß oder aus Ahornholz, nur bei den Accessoires dominiert in jedem Zimmer eine andere Farbe.

Im Schlafzimmer ist es Gelb und Orange, in der Küche Rot, im Wohnzimmer Apfelgrün und im Bad Rosa. Das Kissen, auf dem ihr Kopf liegt, ist das einzige, auf dem wir Blut gefunden haben und es ist apfelgrün, obwohl im gesamten Bett genug andere Kissen liegen. Warum wohl?"
Nachdem keiner der Männer eine Antwort einbrachte, fuhr sie selbst fort. „Weil der Täter uns glauben machen will, dass sie im Bett gestorben ist. Von der Hand ihres Liebhabers! Oder, weil es ihm nach der Tat Leid tat und er sie nicht einfach so auf dem Fußboden herumliegen lassen wollte und sie stattdessen ins Bett gelegt, ja schon fast aufgebahrt hat. Beides spricht dafür, dass es sich um einen engen Bekannten handelt, aber vielleicht nicht um die große Liebe", spekulierte Franziska und sah ihren Chef herausfordernd an, weil der sich an ihren Spekulationen nicht beteiligt hatte.
Anerkennend nickte der Notarzt der jungen Oberkommissarin zu und wollte schon zu einer Belobigung ansetzen, als Brauser ihn schroff unterbrach: „Sind Sie denn mit Ihrer Arbeit schon fertig?"
„Ja, ich gehe jetzt." Hastig schnappte er sich seinen großen Alukoffer und seine rote Jacke und wäre um ein Haar mit Johannes Hollermann zusammengestoßen, der mit erheblicher Verspätung am Einsatzort erschien.
„Wollen Sie uns nicht noch etwas über den Todeszeitpunkt und die Art der Tatwaffe sagen?", fragte Franziska schnell, bevor er endgültig verschwand. Von ihrem Chef schien an diesem Tag ja nichts Hilfreiches mehr zu kommen. Der Notarzt blickte kurz zu Hannes, der noch immer seinen Fahrradhelm in der Hand hielt und Franziska stöhnte kaum hörbar auf: Als ob er den nicht draußen im Flur bei seinem Vorderrad lassen könnte, dachte sie missbilligend.
„Anhand der Totenflecken auf der Unterseite und der vollständigen Ausbildung des Rigor der Skelettmuskulatur schätze ich, dass sie mindestens seit dem gestrigen Abend tot ist.

Aber festlegen möchte ich mich da nicht, das können die in der Rechtsmedizin in München besser." Er warf einen kurzen Blick auf die Tote. „Aus der großen Platzwunde am Kopf ist nur wenig Blut ausgetreten, daher denke ich, dass mit einem stumpfen Gegenstand fest zugeschlagen wurde." Er sah zu Franziska. „Sie finden schon was Passendes."
Auch Hannes blickte jetzt auf die Leiche, nestelte dabei aber nervös an seinem Helm herum. Ihm war alles andere als wohl in seiner Haut.
„Hübsches Mädchen, nicht?", versuchte Franziska ihn ein bisschen aufzumuntern, denn Hannes war noch nicht lange bei der Mordkommission und hatte somit auch noch nicht sehr viel Erfahrung mit toten Menschen.
„Warum kommen Sie erst jetzt?" Brauser sah auf die Uhr und wartete. Im Vergleich zu Franziska verzichtete er bei Hollermann auf das Du, aber Franziska war ja auch sein Mädchen! Wenn er eine Tochter gehabt hätte, dann hätte sie so sein sollen wie sie. Hollermann war nur einer von vielen.
„Meine Katze ist heute Morgen weggelaufen und ich musste sie suchen."
„Das ist doch nicht Ihr Ernst! Wegen einer Katze kommen Sie zu spät zum Dienst?" Brauser hasste Katzen. Wenn es überhaupt eine Daseinsberechtigung für sie gab, dann war das, die, zur Unterhaltung alter, alleinstehender Frauen, für die sich einfach kein Mann mehr interessierte, zu dienen. Was aber tat ein junger Kerl mit so einem Vieh? Der sollte sich lieber ein Mädchen suchen und eine Familie gründen. Verdammt, was war das nur für eine Welt, wo Männer jammerten und Schmusetieren nachliefen und am Ende noch Windeln wechselten und sich ans Bügelbrett stellten.
Franziska schob Hannes energisch nach draußen, nahm den Helm und legte ihn auf den Boden. „Jetzt reiß dich aber mal zusammen, wir sind hier bei der Mordkommission!" Obwohl

er deutlich größer war als seine Kollegin, legte sie ihm die Hände auf die mageren Schultern und schüttelte ihn, bis sie das Gefühl hatte, dass er ihr auch wirklich zuhörte. „Hör mal, den Chef hat's mächtig erwischt. Ich glaube, der nimmt sich seinen bevorstehenden Abschied ganz schön zu Herzen, der ist gar nicht mehr bei der Sache. Aber wir beide, wir kümmern uns darum, hast du verstanden?"

Hannes nickte und folgte ihr zurück in die Wohnung.

„Ich sag dir, was wir wissen, und du schaltest deinen Verstand ein", forderte ihn Franziska auf und fuhr fort, ohne auf einen Einwand zu warten. „Sie heißt Sophia Weberknecht, ist zweiunddreißig Jahre alt und Sopranistin am Fürstbischöflichen Opernhaus. Zumindest hat das Dr. Buchner behauptet. Und der ist bekennender Opernfan. Und nun zu meiner Theorie." Hannes nickte und Franziska lächelte zufrieden.

„Ich denke, sie hat ihren Liebhaber erwartet, daher war sie nackt, zumindest haben wir nirgends herumliegende Kleidung gefunden. Alles ist super aufgeräumt und blitzblank geputzt. Als er kam, hat sie ihn entweder hereingelassen oder er hatte sogar einen eigenen Schlüssel, aufgebrochen wurde nämlich nicht. Es kam zum Streit zwischen den beiden, vielleicht ums Geld oder sie hat ihn erst angemacht und wollte dann doch nicht. Und dann hat er sie mit einem stumpfen Gegenstand erschlagen und ins Bett gelegt. Näheres müssen die Ermittlungen ergeben, aber es ist zumindest mal ein guter Ansatz, findest du nicht?"

Hannes nickte wie ein kleiner Bruder, der seiner großen Schwester alles glauben wollte. „Gibt es irgendwelche Hinweise auf einen Täter?"

„Nein, und auch nicht, ob sie überhaupt einen Freund hatte. Im Bad gibt es allerdings nichts, was zu einem Mann passen würde, weder ein herbes Deo noch Rasierzeug oder eine zweite Zahnbürste. Auffällig ist nur der dunkelblaue, abgewetzte Bademantel, der so gar nicht zu ihrem Weiß-Tick passt, aber ihre Größe hat – na, obwohl, dir könnte er auch passen." Franziska grinste frech, bevor sie fortfuhr. „In der Küche liegt eine Tüte mit einer Semmel, vermutlich von gestern. Aber selbst wenn wir wüssten, wie viele darin waren, könnten wir nicht abschätzen, ob sie nur viel Hunger oder Besuch zum Frühstück hatte. In der Spülmaschine sind mehrere Gedecke, könnten natürlich auch alle von ihr sein. Anni kümmert sich darum. Wir müssen überhaupt erst mal abwarten, was die Spurensuche ergibt."

„Was allerdings bald keinen Sinn mehr hat, wenn euer Chef weiterhin überall seine Spuren hinterlässt", raunzte Annemarie von der Kriminaltechnik und scheuchte Brauser aus dem Wohnzimmer, wohin er sich in der Zwischenzeit begeben hatte.

„Das heißt also, bis wir die Auswertung bekommen, kann es dauern", stellte Franziska nüchtern fest.

„Dann schlage ich vor, dass wir uns zuerst die Nachbarn vornehmen, solange ihre Erinnerungen noch frisch sind", drängte Hannes, um möglich schnell die Wohnung zu verlassen.

„Das ist eine ausgezeichnete Idee", lobte Brauser voller Sarkasmus. „Sind Sie da ganz allein draufgekommen, Herr Hollermann?" Der Hauptkommissar baute sich vor dem jungen Kollegen auf, musterte ihn eindringlich, so als wollte er ihn zurechtweisen, nickte dann aber und befand, „Okay, gehen Sie, ich mache hier weiter."

Als sie auf die Wohnungstür zugingen, fragte Hannes Franziska leise: „Wer hat sie eigentlich gefunden?" Ihm war klar, dass die beiden anderen das längst besprochen hatten.

„Die Nachbarin von gegenüber. Sie sollte für die Mutter irgendwas in der Wohnung nachschauen. Ich denke, ich werde zuerst mit ihr reden. Wenn sie die Mutter kennt, wird sie uns sicher auch einiges über die Tochter sagen können."

„Dann übernehme ich die Leute im Haus oder hast du schon mit jemandem gesprochen?"
„Na, hör mal! Ich bin ja auch noch nicht seit gestern hier."
„Schade, sonst hättest du vielleicht unseren Täter gesehen und wir könnten uns den ganzen Aufwand sparen."

***

In der Wohnung der Toten war es trotz der eisigen Atmosphäre, angenehm warm gewesen, und so traf die Kommissarin der feuchte Nebel, der bereits am frühen Nachmittag von Inn und Donau heraufzog und sich zwischen den Häuserzeilen ausbreitete, ganz besonders empfindlich. Frierend hielt sie die Vorderkanten ihres hellbraunen Ledermantels zusammen und zog instinktiv den Kopf zwischen die Schultern. Für die Jahreszeit war sie nicht passend angezogen, trotz Jeans und Stiefel, aber wer wusste im Herbst schon, was passend war. Letzte Woche war es noch herrlich warm gewesen, fast Biergartenwetter und dann der plötzliche Einbruch, die ersten Vorboten des nahenden Winters.
Um sich aufzuwärmen, hätte sie sofort zu der Nachbarin gehen können, um deren Zeugenaussage aufzunehmen, doch zuerst brauchte sie eine kleine Auszeit. In ihrer großen Handtasche aus braunem Wildleder fand sie einen Müsliriegel in einer etwas gammligen Verpackung, in den sie hungrig hineinbiss. Während ihre Zähne die Körner zermalmten und die Kohlenhydrate ihr Gehirn wieder leistungsfähig machten, ging sie langsam die großbürgerliche Häuserzeile entlang. Neben dem Bürgersteig parkten unzählige Autos Stoßstange an Stoßstange, so, als würden sie sich aneinander kuscheln, damit sie nicht frieren mussten.
Franziska dachte über die Frau nach, die tot in ihrer Wohnung lag. Was hatte sie für ein Leben geführt? Was tat eine Sängerin eigentlich, wenn sie nicht gerade auf der Bühne

stand und Opernarien schmetterte? Bestimmt unterschied sich ihr Leben ganz gravierend von ihrem eigenen. Nur wie? Das würde sie als Erstes herausfinden und dann natürlich, was jemanden dazu gebracht hatte, sie zu töten.
Obwohl das dreistöckige Haus in einer eher ruhigen Wohngegend lag, hatte sich eine Bäckereifiliale in einem der Nachbarhäuser angesiedelt. Beim Anblick der eingetrockneten Ausstellungsstücke im Schaufenster lief ihr das Wasser im Munde zusammen, doch sie konnte ja unmöglich mit Gebäck zur Befragung erscheinen. Ein Stück weiter stand die Tür zu einer Videothek offen. Im Schaufenster wurden auf großen Plakaten die neuesten Videos angeboten. Filme, die sie gern im Kino gesehen hätte, die sie aber wegen irgendeines Falles verpasst hatte.
Das Piepsen ihres Handys und die SMS ihrer Freundin Lisa, mit dem Wunsch sie zu treffen, erinnerten sie nur allzu schmerzlich daran, dass es neben dem aufzuklärenden Tod eines Menschen auch noch andere Dinge in ihrem Leben gab, die jetzt aber wieder einmal warten mussten. Im Gehen schrieb sie zurück:

Geht Leider nicht,
bin an einem neuen
mordfall, melde mich,
wenn ich wieder mehr
zeit habe! Liebe
grüße franziska

Lisa hatte in der Regel Verständnis für ihren Beruf. Wenn es nicht ging, dann ging es eben nicht. Mit Männern sah es in ihrem Leben jedoch schlecht aus. Die wenigen, mit denen sie sich eingelassen hatte, stellten sich im Nachhinein als zu unflexibel heraus, als dass Franziska die Beziehungen zu ihnen mit ihrem Beruf vereinbaren konnte. Sie wollte gut sein, alles richtig, wenn nicht noch besser zu machen, gehörte einfach zu ihrer Grundüberzeugung. Fehler konnten andere machen, das ließ sich entschuldigen. Bei sich selbst setzte sie höhere Maßstäbe an. Viel höhere.

***

„Ach, sie war ja so ein reizendes und hübsches Mädchen." Noch immer schien Paula Nowak von ihrem Fund am Vormittag mitgenommen zu sein. Beinahe abwesend bot sie Franziska eine Tasse sehr heißen grünen Tee und einen Platz auf ihrem beigen Blümchensofa an. In ihren alten Augen schimmerten Tränen. „Wissen Sie, als sie einzog, da dachte ich, da werden die Burschen ja bald Schlange stehen!"

„Und?" Franziska wollte hören, wie es denn nun war, wenn sich die Männer nicht sattsehen konnten, wenn eine Frau ständig umschwirrt war und natürlich, ob vielleicht einer dabei war, der als Täter infrage kam. Sie dachte an die Liebesfilme, bei denen die Hauptdarstellerinnen immer so aussahen wie Sophia Weberknecht: blond, schön und mit einer makellosen Figur. Ach ja, und natürlich waren sie auch stets voller Liebreiz.

„Eigentlich kam kaum einer. Das war ganz selten. Sie ließ niemanden an sich ran. Also ich an ihrer Stelle ..." Die alte Frau wischte mit der Hand über die Augen und kicherte.

„Aber wenn jemand kam, dann ist Ihnen das schon aufgefallen?" Franziska stand auf und spähte zwischen den Gardinen hindurch auf das gegenüberliegende Haus. Der Blick war gut.

„Aber natürlich", rief Paula Nowak munter, besann sich aber gleich darauf, „also nicht, dass ich neugierig bin, aber", Hilfe suchend sah sie erst aus dem Wohnzimmerfenster und dann zu ihrem Wellensittich, der in seinem Käfig zufrieden auf einer kleinen Holzschaukel vor sich hindöste. „Früher

hatte ich oft Logisgäste. Um die konnte ich mich kümmern und mich mit ihnen unterhalten, aber seit ich mit meinen Beinen nicht mehr so kann, sind der Hansi und ich ganz allein. Und da sitzen wir oft hier und schauen aus dem Fenster." Sie ließ den Satz ein wenig in der Luft hängen, erwartete wohl nicht, darauf eine Antwort zu bekommen. Franziska nickte zustimmend. Von solchen Dingen erzählten viele alte Menschen.
„Natürlich, das verstehe ich und in diesem Fall war es ja sogar ganz wichtig, dass Sie hingeschaut haben", bekräftigte die Kommissarin. „Haben Sie denn gestern Abend jemanden kommen oder gehen sehen?"
„Gestern Abend? Nein, da kam doch diese spannende Show im Ersten. Sie wissen schon, wo sie immer Geld für einen guten Zweck sammeln und die ganzen tollen Stars auftreten, die ..."
„Ja, natürlich!" Ach, wie Franziska diese Sätze hasste! Warum? Warum mussten die besten Zeugen immer dann, wenn man sie am dringendsten brauchte, etwas anderes tun, als neugierig aus dem Fenster zu glotzen?
„Aber gestern Nachmittag", sie überlegte kurz, „da kam ein Mann die Straße entlang und blieb vor ihrem Haus stehen. Er sah sehr gut aus."
Die Kommissarin lächelte entschädigt. „Und der wollte zu Sophia Weberknecht?"
„Na, so genau weiß ich das nicht. Am Nachmittag lass ich den Hansi immer fliegen. Das ist sein kleiner Spaziergang", fügte Paula Nowak erklärend hinzu, stemmte sich von ihrem Platz hoch und stellte sich neben den Käfig.
„Dabei habe ich dann gesehen, wie der Mann aufs Haus zuging." Sie blickte mehrmals sehr betont vom Käfig zum Fenster. „Natürlich musste ich auch dem Hansi zusehen, wie er durchs Zimmer geflogen ist, wissen Sie, sein Lieblingsplatz ist die Lampe. Aber als ich wieder rüber sah, da stand der

Mann noch immer am Haus, so, als überlege er, ob er klingeln und reingehen soll oder nicht."
„Und?"
„Da hab ich dann so lange hingesehen, bis er reingegangen ist", rief Paula Nowak fast fröhlich aus. „Ich hab mich so für sie gefreut! Der war ja auch viel hübscher als der andere, der manchmal kam und ..."
„Und Sie sind sich sicher, dass er zu Frau Weberknecht wollte?"
„Was sollte er denn bei den beiden Ollen da drüben? Außerdem ist der Brandner im Urlaub, na, und Agnes bekommt ja keinen Männerbesuch."
„Agnes?"
„Neumüller. Sie hat die Wohnung unter Sophia, aber die ist viel zu alt für so einen hübschen Kerl."
„Können Sie ihn denn beschreiben?"
„Na ja, er war groß und eben richtig gut aussehend." Franziska überlegte, was die alte Frau wohl unter ‚richtig gut aussehend' verstand und ob sich ihre Meinungen wohl decken würden. Sie war sich in diesem Moment selbst nicht sicher, was sie an einem Mann als gut aussehend empfand.
„Haben Sie ihn schon mal gesehen?"
„Den? Nein! Ein anderer kam manchmal, ich glaube aber, das war nur ein Bekannter oder so. Bestimmt kannte sie den vom Theater. Ich wollte sie nicht nach ihm fragen, weil ich immer das Gefühl hatte, er sei nur ein Freund und vielleicht anders herum, Sie wissen schon, was ich meine."
Franziska zog die Stirn in Falten und sah die alte Dame kopfschüttelnd an. „Dass er Männer liebt", fügte die alte Frau erklärend hinzu.
„Ach, sie meinen, er war ein Schwuler, äh, Verzeihung, homosexuell?"
Paula Nowak zupfte an ihrer Bluse herum und kicherte dann wie ein schüchternes Mädchen. „Ihr jungen Leute bringt im-

mer alles auf den Punkt. Zu meiner Zeit schickte sich das nicht.“ Dann nickte sie, „Aber ja“, rief sie noch fröhlicher aus, dieses Thema schien ihr äußerst viel Freude zu bereiten. „ich dachte immer, er sei ein Schwuler.“
„Aber seinen Namen wissen Sie nicht?“
Die alte Frau kicherte erneut, „Von dem Schwulen?“
Franziska musste nun auch lachen. „Ja.“
„Nein.“
„Warum glauben Sie eigentlich, dass er schwul war?“
„Weil er die Haare so lang getragen hat.“ Sie zeigte mit der rechten Hand am linken Oberarm, was sie meinte. „Und das machen doch nur Schwule, oder?“
Franziska fürchtete, dass dieses Gespräch nun doch in die falsche Richtung ging und versuchte, ihre Zeugin wieder auf den eigentlichen Grund ihrer Ermittlungen zu führen.
„Frau Nowak, bitte erzählen Sie mir, wie sie Sophia Weberknecht gefunden haben.“
Vielleicht hatte die alte Frau in der Heiterkeit des Gespräches versucht, die traurige Tatsache, dass das Mädchen tot war, zu übergehen. Nun hatte sie die Wahrheit eingeholt. Innerhalb eines Augenblicks spiegelte ihr Gesicht die ganze Tragödie und den Schmerz wider, den der Tod eines lieben Menschen hervorruft.
„Das war heute Vormittag“, begann sie mit fast tonloser Stimme. „So gegen elf. Wissen Sie, da geht es mit meinen Beinen immer am besten und ich schaffe die Treppe leichter. Die Sophia wohnt ja im obersten Stock.“
Franziska nickte und schrieb die Daten stichpunktartig in ihr grünes Notizbuch. „Zuerst hab ich bei ihr angerufen, und als niemand ranging, hab ich den Schlüssel vom Brett genommen und bin rübergegangen. Ich dachte ja, sie ist weggegangen, denn am späten Vormittag war sie meist bei Proben. An der Tür hab ich dann noch mal geklingelt, und als niemand aufmachte, schloss ich auf. Ich habe noch ih-

ren Namen gerufen, bekam aber keine Antwort. Und dann sah ich sie auf dem Bett liegen. Erst dachte ich, sie schläft noch. Wissen Sie, bei ihr wird es am Abend oft spät, bis sie heimkommt. Ich wollte schon auf dem Absatz kehrt machen, weil sie nackt war. Da schaut man ja nicht so genau hin. Obwohl sie ja ein wirklich hübsches Mädchen ist, ich meine, sie kann es sich leisten. Aber dann kam es mir doch seltsam vor, weil es eigentlich viel zu kalt war, um nackt zu schlafen. Ich bin zu ihr hingegangen, weil ich sie zudecken wollte. Und da sah ich ihre Augen, sie waren so leer, so weit weg, ach, es war so traurig, sie so zu sehen!"
Sie sah die Kommissarin an und jetzt bahnten sich die Tränen ungehalten ihren Weg. „Ach, es war so furchtbar! Ich musste sie noch nicht einmal berühren, da wusste ich schon, dass sie tot war. Ich kannte diesen Blick ja von früher." Verzweifelt sah sie zum Fenster und versuchte ihre Tränen wegzublinzeln. „Ich bin eine alte Frau. Mich hätte er holen sollen, nicht so ein junges Ding, das sein ganzes Leben noch vor sich hat."
Franziska ließ der alten Frau Zeit, um sich zu fangen. „Haben Sie etwas verändert, als sie bei ihr waren?"
„Nein, ich bin gleich wieder raus, hab die Tür zugezogen und bin in meine Wohnung. Hier hab ich gesessen", sie deutetet auf den Platz auf dem Sofa, „und hab die Polizei angerufen."
Franziska wusste von den Kollegen, dass sie nicht mit hinaufgegangen war, „einmal am Tag reicht!", hatte sie argumentiert und ihnen den Schlüssel in die Hand gedrückt.
„Und Sie haben in der Wohnung nichts verändert, vielleicht ein paar Sachen weggeräumt?", wollte Franziska wissen.
„Nein, nein, nichts."
„Wo bewahren Sie eigentlich den Schlüssel von Frau Weberknecht auf?"
„In der Küche, gleich hinter der Tür." Die alte Frau war im

Begriff aufzustehen, aber Franziska bedeutete ihr sitzen zu bleiben und ging selbst in die angezeigte Richtung. „Am Schlüsselbrett“, rief ihr Paula Nowak hinterher.
Die Küchentür stand offen und gab den Blick auf eine blitzblank saubere Küche frei. Die Türen der hellen Einbauschränke waren geschlossen, alles war ordentlich verräumt, nur ein Korb mit Äpfeln und zwei gesprenkelten Bananen stand in einer Ecke. Auf dem Küchentisch lag eine karierte Tischdecke und am Fenster standen ein blühender Hibiskus und eine rote Gießkanne. Vielleicht hatte die alte Paula ja jemanden, der für Ordnung sorgte, und der könnte sich dann auch den Schlüssel ausgeliehen haben, überlegte Franziska. Dann schloss sie die Küchentür und sah auf das beschriebene Schlüsselbrett: Es hingen etliche Schlüssel daran und jeder hatte einen anderen Anhänger. Ein Haken aber war frei.
„Haben Sie eigentlich jemanden, der Ihnen hilft?“, fragte sie, als sie wieder im Wohnzimmer angelangt war, „Oder machen sie alles noch alleine?“
„Wenn man sich Zeit lässt, dann geht alles. Und Zeit hab ich ja genug, nicht wahr?“
„Kann sich jemand den Schlüssel bei Ihnen ausgeliehen haben? Also hatten Sie Besuch in letzter Zeit?“
„Nur der Briefträger, der brachte mir am Montag die Telefonrechnung. Da bin ich gerade vom Einkaufen heimgekommen, aber sonst war niemand da.“
„Und als Sie den Schlüssel heute Vormittag vom Haken genommen haben, hing er an seinem Platz?“
„Aber ja.“
Franziska nickte. „Was wollten Sie eigentlich in der Wohnung von Frau Weberknecht?“
„Ihre Mutter rief mich an und bat mich, nach den Blumen zu sehen. Angeblich ging es um ein Geburtstagsgeschenk, aber ich glaube, sie wollte nur, dass ich nach dem Rechten

sehe. Sophias Mutter ist sehr besorgt um sie. Wissen Sie, sie behandelte sie wie ein kleines Mädchen und manchmal dachte ich, wenn die Mutti kommt, dann benimmt sie sich auch wieder so."

„Wie meinen Sie das?"

„Na, immerhin war Sophia bereits zweiunddreißig und Sopranistin am Fürstbischöflichen Opernhaus, also musste sie doch irgendwann einmal auf eigenen Beinen stehen. Aber ihre Mutter wollte das nie einsehen. Vielleicht sind Mütter so. Ich habe ja keine Kinder."

Franziska war bereits früh flügge geworden und hatte seither immer allein gelebt. Es war nicht immer leicht, aber letztlich war sie davon überzeugt, dass sie nur so tun und lassen konnte, was sie wollte.

„Sie hat so wunderbar gesungen! Und sah so bezaubernd aus. Mir hat sie immer wieder Freikarten besorgt, wissen Sie. Ich saß dann hinter der Säule auf den Teilsichtplätzen. Da hat man zwar nicht so gut gesehen, aber es war eine nette Abwechslung für mich. Ich hab ja nicht viel Rente."

„Wie kam denn ihre Mutter auf Sie und warum hat sie Ihnen ihre Tochter so ans Herz gelegt? Das ist doch auch nicht üblich, oder?"

„Reinhilde hat für ihre Tochter eine Wohnung gesucht, und als die gegenüber frei wurde, habe ich ihr davon erzählt. Wissen Sie, wir kennen uns schon sehr lange."

„Ach?"

„Ja, schon seit dem Krieg."

„Was, so lange schon?"

„Na ja, wir waren zusammen beim Roten Kreuz." Paula Nowak stellte ihre Tasse auf den Tisch und lehnte sich zurück, dann begann sie zu erzählen.

„Nach dem Krieg kamen die Amerikaner in die Stadt, unsere Beschützer. Aber natürlich machte das unser Leben auch nicht besser. Es herrschte immer noch große Not und die Ar-

beit von uns Frauen war immer noch sehr wichtig – es gab ja auch so viel zu tun für uns. Eine schlimme Zeit war das, wissen Sie, fast noch schlimmer als im Krieg selbst."
Sie sah Franziska an, die zwar nickte aber keine Ahnung hatte, weil sie sich damit noch nie beschäftigt hatte. „Damals war ich ja noch jung", sie lächelte. „Und in der Frauenbereitschaft des Roten Kreuzes. In der Nikolaschule haben wir die erste Wärmestube aufgemacht. Das kann man sich heute gar nicht mehr vorstellen, was die Menschen für Not litten. Jeder Besucher erhielt dort einen Teller Suppe und konnte sich aufwärmen." Paula Nowak rückte sich ein Kissen zurecht und schien sich in Gedanken an den Geschmack der Kohlsuppe zu erinnern.
„Im Oberhaus hatten sie ein Hilfskrankenhaus. Dort waren wir Schwestern und Helferinnen im Dienst, aber am meisten zu tun gab es in den Flüchtlingslagern. Bis achtundfünfzig hatten wir ja Flüchtlinge in der Stadt, wissen Sie das überhaupt? Und dann das Hochwasser! Vierundfünfzig war es ganz schlimm. Zweitausend Menschen haben wir täglich verpflegt, das kann man sich heute gar nicht mehr vorstellen!"
Die alte Frau schloss für einen Moment die Augen, so als hätte sie den Faden verloren.
„Es muss wohl irgendwann nach dem Krieg gewesen sein, als ich das erste Mal mit Reinhilde zusammengearbeitet habe. Sie ist ja fast zehn Jahre jünger als ich und fing damals erst an. Ich habe sie eingearbeitet, ihr gezeigt, wie man aus wenig viel machen und damit helfen konnte. Und wenn man so tagtäglich zusammen ist, kommt man sich auch näher, nicht?"
Franziska wusste nicht, ob sie auf diese Frage antworten sollte. Hannes und sie waren sich bisher noch nicht näher gekommen, aber sie wusste auch nicht, ob sie das wollte.
„Und wissen Sie was, es waren gute Jahre und ich möchte sie nicht missen. Eines Tages hab ich dabei dann Otto, mei-

nen Mann, kennengelernt. Er war ein so lieber Kerl. Ich dachte schon, es findet mich gar keiner mehr", sie lächelte und dann wurde ihr Gesicht auch schon wieder traurig, „Leider ist er schon vor vielen Jahren an Lungenkrebs gestorben. Es war schrecklich! Aber damals haben alle geraucht, man wusste ja nicht, wie gefährlich das Zeug war, und als es bekannt wurde, war es zu spät." Das kam fast trotzig, vielleicht, um den Verlust besser ertragen zu können, vielleicht hatte sie sich mit dieser Ausrede schon oft selbst getröstet.

„Und Reinhilde?", fragte Franziska, um auf den Mordfall zurückzukommen.

„Zu der kam dieser Kerl mit seinem tollen Auto und den Lebensmittelspenden. Wir waren ganz aus dem Häuschen, weil damals ja kaum jemand so eine heiße Kiste fuhr. Reinhilde hat sich die Haare gebürstet und die Lippen nachgezogen und ist zu ihm hin. Ob sie nicht mal mitfahren darf, hatte sie gefragt und er hat sie mitgenommen. Zwei Monate später haben sie geheiratet. Ja, so war das mit ihr. Sie war genau so hübsch wie ihre Sophia, aber sie hat es den Männern auch gezeigt."

„Und waren Sie nach der Hochzeit immer noch zusammen in der Frauenbereitschaft?"

„Nein, nein, wo denken Sie hin! Als Reinhilde erst einmal eine Weberknecht war, war es vorbei mit dem Dienst. Er kam aus gutem Hause, war Senffabrikant. Die hatten auch nach dem Krieg gleich wieder was. Die mussten sich die Hände nicht schmutzig machen. Die brachten Lebensmittelspenden. Zu Hause servierte ein Dienstmädchen. Und Reinhilde durfte dann ja auch überhaupt nicht mehr arbeiten gehen. Im Hause Weberknecht hatte man nämlich eine ganz feste Vorstellung von dem, was man tat und was man ließ und für meine Freundin gab es eigentlich nur eine Möglichkeit: Sie musste diese Vorstellungen erfüllen, eine gute Ehefrau sein und Kinder bekommen."

„Und?“ Franziska fand die W
äußert interessant.
„Als Ehefrau war sie sehr
wollte es nicht klappen.
Otto und ich dann einfa
die beiden, denn als die I
kam, hatten wir uns b
gentlich, bis sie die Wo
aus heiterem Himmel
Zum ersten Mal schie
tig gewesen war, dass sie so lang
und dann so plötzlich wieder anrief.
„Sagen Sie, haben Sie den Eltern eigentlich schon Bescheid gesagt?“
Jetzt wurde die alte Frau ganz blass und Franziska hoffte, sie würde ihr nach der ganzen Aufregung nicht noch umfallen. „Ach, ich hatte gehofft, das machen Sie!“
„Ja, natürlich machen wir das, das ist ja auch unsere Aufgabe. Ich dachte ja auch nur, weil Sie die Mutter doch so gut kennen.“
„Darum fürchte ich mich ja auch so davor“, flüsterte die alte Frau verschwörerisch. „Am Ende denken die, ich hätte sie umgebracht!“

***

Vorsichtig lehnte Kriminalkommissar Hannes Hollermann seinen Fahrradvorderreifen an die Wand und drückte auf den Messingknopf der Klingel. Die Wohnungstür war in einem vornehmen Altweiß lackiert, die Glaseinsätze zierten großflächige florale Jugendstilornamente, ein Vorhang an der Innenseite verdeckte die Sicht auf die Wohnung. Das herrliche Haus stammte aus dem beginnenden Zwanzigsten Jahrhundert und war mit viel Liebe gebaut und erhalten

jetzt feststellte. Er selbst wohnte in ei-
Dachgeschosswohnung, ebenfalls Altbau,
so nobel.
ch noch im Treppenhaus umsah, öffnete Agnes
in einem schicken schwarz-weiß gemusterten
flachen schwarzen Schuhen die Tür.
ein bisschen schwerhörig, entschuldigte sich die al-
os erscheinende Dame mit einem Lächeln und bat den
ngen Kommissar herein. Auf dem Tisch standen eine Kaffeekanne mit Tropfschutz, ein zierliches Gedeck mit Goldrand und ein Kuchenteller mit reichlich Auswahl. „Bei Ihnen riecht es aber lecker“, bemerkte Hannes und spürte, wie sein Magen nach einem Blick auf die Kaffeetafel zu knurren begann.
„Ach, wenn Sie sich vielleicht zu mir setzen wollen?“ Hannes zögerte nicht lange. Er gehörte zu den Menschen, die ohne Ende essen konnten und davon weder dick noch satt wurden.

„Früher konnte ich auch so viel essen, aber mit den Jahren muss man immer mehr auf sein Gewicht achten“, erzählte Agnes Neumüller schmunzelnd, während sie Hannes beim Essen zusah. Dann berichtete sie gestenreich von ihrer Zeit, als sie am Auersperg-Gymnasium Deutsch und Geschichte unterrichtet hatte und wie sehr ihr das manchmal fehlte. „Ach, all die entzückenden Kinder!“, seufzte sie und Hannes war sich sicher, dass sie es ernst meinte.
Sie sei gern Lehrerin gewesen, habe ihren Beruf geliebt und sei nur in Rente gegangen, weil es an der Zeit war, und nun kämen nur noch hin und wieder Nachhilfeschüler, um sich von ihr unterrichten zu lassen. Nebenbei wollte sie dem Kommissar schon das nächste Stück auf den Teller laden, doch der winkte ab. „Oh, vielen Dank, aber jetzt kann selbst ich nicht mehr.“

„Dann vielleicht noch ein Tässchen Kaffee?“ Die Dame zwinkerte ihm zu und Hannes reichte seine Tasse zu ihr hinüber.
„Erzählen Sie mir von Frau Weberknecht“, bat er, während er langsam Milch in die schwarze Flüssigkeit goss und sie mit viel Hingabe unterrührte.
„Sophia war ein reizendes Mädchen. Kaum zu glauben, dass ihr das jemand antun konnte. Sie war immer so hilfsbereit und freundlich und sie liebte klassische Musik. Sie spielte ja ganz wunderbar Geige und sang – ach, einfach schön! Sie passte schon sehr gut in unser Haus.“
„Wann ist sie denn eingezogen?“
„Das war ziemlich bald nachdem Hildegard ausgezogen war. So vor drei Jahren. Heute nennt sie sich Charlotte Stein. Das soll sich besser machen in ihren Kreisen, wissen Sie. Sie ist Schriftstellerin, und nachdem sie mit ihrem ersten Roman so viel Erfolg hatte, ist sie dann ja auch nach Berlin gezogen, meinte, das sei weltmännischer. Ihr nächster war dann nicht mehr so gut, wahrscheinlich hatte sie ihre Ideen verbraucht.“ Unschlüssig zuckte sie mit den Schultern.
„Und dann zog Frau Weberknecht in die Wohnung über Ihnen?“
„Genau. Wissen Sie, wir waren sehr eng befreundet und die Wohnung oben ist ja auch ein echtes Prachtstück. Darum war ich natürlich froh, dass nach Hildegard ein so liebes Mädchen einzog.“
„Dann liegt Ihnen sicher auch viel daran, dass wir denjenigen, der ihr das antat, so schnell wie möglich finden“, folgerte Hannes und wunderte sich selbst, wie schnell er sich auf die Wortwahl der alten Dame eingestellt hatte.
„Aber natürlich, sagen Sie mir, was ich tun kann.“
Hannes nickte. „Wann haben Sie denn Frau Weberknecht zum letzten Mal gesehen?“
„Gestern früh, vor dem Einsingen für die Probe. Sie kam gerade vom Bäcker und hatte es eilig.“

„Und wann genau war das?"
„Also nach ihr kann man ja die Uhr stellen. Jeden Morgen singt sie sich von neun Uhr zwanzig bis neun Uhr fünfundvierzig ein, dann fährt sie zur Probe ins Theater. Die beginnt um zehn. Also ich schätze, es war so kurz vor neun."
„Hatte sie Besuch?"
„So kurz vor der Probe? Nein."
„Aber Sie wissen nicht, ob sie zu dieser Probe gegangen ist?"
„Na ja, davon gehe ich aus. Ihr Auto stand über Mittag nicht im Hof und daher denke ich, sie ist damit weggefahren."
„Haben Sie gestern jemanden im Haus gesehen, der zu Frau Weberknecht wollte?"
„Nein. Es könnte natürlich sein, dass jemand bei ihr war, aber wissen tue ich es nicht."
Der Kommissar spürte, wie sie mit sich rang.
„Frau Neumüller, wenn Sie etwas wissen, müssen Sie es mir sagen!"
„Ich weiß wirklich nichts und das ärgert mich eben. Ich habe Brahms gehört. Brahms muss man laut hören, erst dann kommt er so richtig zu Ehren. Aber jetzt ärgere ich mich natürlich, dass ich nicht auf das geachtet habe, was im Haus vor sich ging, verstehen Sie?"
Hannes nickte erneut.
„Hatte sie denn einen Freund?"
Agnes Neumüller sah den jungen Kommissar musternd an, bevor ein Lächeln über ihr mit feinen Linien belebtes Gesicht huschte. „Ihnen hätte sie auch gefallen!" Dann wurde ihr bewusst, was sie dem Kommissar eben unterstellt hatte und fügte schnell hinzu: „So wie sie aussah, sollte man meinen, dass sie einen Freund hatte, nicht?"
„Und?"
„Mir hat sie keinen vorgestellt."
Hannes seufzte. Wäre ja auch zu schön gewesen.
„Manchmal hat sie nachts Besuch bekommen."

„Sie meinen, es hat jemand bei ihr übernachtet?", fragte er aufgekratzt zurück. „Ein Mann?"
„Ich weiß nicht, ob er die ganze Nacht blieb, aber er kam immer so gegen drei Uhr morgens. Wegen der genauen Uhrzeit bin ich mir nicht ganz sicher."
„Und wie oft kam er?"
„Also, das muss im Sommer gewesen sein. Ich meine, ich überwache ja nachts nicht das Treppenhaus. Aber im August war es so heiß und da konnte ich nicht schlafen, und eines Nachts hörte ich auf der Treppe Schritte und hab dann vorsichtig den Vorhang an der Wohnungstür zur Seite geschoben um zu sehen, wer draußen ist."
„Würden Sie den Mann wiedererkennen?" Hannes begann weiter zu hoffen.
„Nein, nein, ich glaube nicht. Er ging ja im Dunklen hinauf und irgendwie sah er zur Wand." Agnes Neumüller stutzte. „Meinen Sie, er hat gewusst, dass ich ihn sehe, und hat deshalb zur Wand gesehen?" Hannes zuckte die Schultern.
„Meinen Sie, das war ihr Mörder?" Ihre Stimme war nur noch ein Flüstern, als sie sich beide Hände aufs Herz legte. Es dauerte eine Weile, bis sie und ihr Atem sich wieder beruhigt hatten.
„Auf jeden Fall hat er sich gut im Haus ausgekannt."
„Und Frau Weberknecht hat ihn erwartet?"
„Zumindest hatte er einen Schlüssel."
„Das ist ja interessant."
„Hilft Ihnen das weiter?"
Hannes überlegte. Nein, eigentlich nicht, nicht wenn sie ihm keine Beschreibung geben konnte. Aber immerhin wusste er jetzt, dass jemand einen Schlüssel zu Sophias Wohnung hatte und häufiger in der Nacht zu Besuch kam. Vielleicht tatsächlich der Mörder?
„Ja, wenn Ihnen doch noch etwas zu diesem Besuch einfällt, würden Sie mich dann bitte anrufen?" Er legte eine Karte

mit seiner Durchwahl auf ihren Kaffeetisch. Sie war druckfrisch.
„Aber natürlich, Herr Kommissar, das mach ich doch gerne."
„Na, dann will ich mal unten mein Glück versuchen, bei ...", er schaute auf seinen Block.
„Der Herr Brandner ist verreist. Schon die ganze Woche."
„Wissen Sie, wann er wieder kommt?"
„Das weiß man bei ihm nie. Er fährt immer wieder für längere Zeit zu seinen Kindern und Enkeln. Aber ich kann Sie ja anrufen, wenn er wieder da ist?"
„Das wäre sehr nett von Ihnen."

***

Sichtlich verlegen stand Hauptkommissar Berthold Brauser vor der Wäschekommode im Schlafzimmer der Toten. Er hatte die oberste Schublade geöffnet und hielt nun zarte, viel zu klein wirkende Wäscheteilchen in seinen rauen Händen. Sie waren schwarz, grau, lila und champagnerfarben. Die Spitze war weich, der Satin kühl und glatt, die Seide voller Leben.
Kurz sah er zum Bett, aber die Tote war inzwischen auf dem Weg in die Rechtsmedizin nach München.
Während er nun so da stand, dachte er an Maria. Solange er mit ihr zusammen war, trug sie weiße Baumwollschlüpfer. Achtunddreißig Jahre lang. Und es war immer schön gewesen, wenn er sie ihr ausgezogen hatte. Früher und auch später noch.
Nun hielt er diese Teilchen in den Händen und versuchte sich vorzustellen, wie sie mit so etwas ausgesehen hätte, damals, mit den langen blonden Haaren, ihrem strahlenden Lächeln, als man sie für alles hatte begeistern können. Brauser überkam in Erinnerung ein sanftes, längst vergessenes

Gefühl einer heiß brennenden Liebe. Ach, seine Maria! Was hatten sie nicht alles erlebt. Sie beide und die Vespa, mit der sie durch die Landschaft gefahren waren. Gemeinsam hatten sie ihre Jugend genossen und alles, was neu und schön war. Maria trug duftige Blumenkleider und er hatte die Haare zurückgekämmt. Schwarz wie das Gummi der Reifen waren sie gewesen. Mit einer schnellen Bewegung fuhr er sich durchs Haar und stöhnte. Sein Kopf schmerzte.
Für einen Moment schloss er die Augen und legte dann die Sachen zurück in die Schublade, um als Nächstes den Kleiderschrank zu öffnen. Dunkle Hosen, weiße Blusen, edle Kaschmirpullis, ein braunes Kleid mit geometrischen Motiven und einem braunen Satingürtel. Brauser nahm es heraus und sah es lange an, bevor er es zurückhängte. Am Boden standen sauber geputzte Schuhe mit hohen Absätzen und zierlichen Riemchen für den Sommer und einige Paar Stiefel für den Winter. Er ging ins Wohnzimmer. Annemarie und ihre Truppe waren gegangen und sie hatten noch immer nichts gefunden, deshalb würden sie wiederkommen müssen. Brauser trug jetzt brav seine Latexhandschuhe. Er brauchte in seinem Zustand nicht noch einen Rüffel von Annemarie.
Neben unzähligen Büchern und CDs saßen Engel im Regal: Unschuldsengel, Weihnachtsengel, Schutzengel? Lieblich, kitschig, fromm und am Ende erfolglos, dachte er, nachdem er einen nach dem anderen in die Hand genommen und wieder an seinen Platz gestellt hatte. Im unteren Bereich stand eine aus verschiedenen Bausteinen ordentlich aufeinandergesetzte Stereoanlage und daneben, in einem Ständer aus Chrom, Opern aller Art, Klassik, aber auch Jazz. In zwei Ecken die dazugehörenden Lautsprecher, für den Geschmack des Kommissars ziemlich dominant. Der zierliche Sekretär im Fenstererker war ordentlich aufgeräumt. Neben mehreren Stapeln Notenmaterials befanden sich in einer Ablage

ein paar Rechnungen. Brauser blätterte sie durch: Kleidung, Lebensmittel, Tankrechnungen – nichts Besonderes. Ein Notizblock, ein örtliches Telefonbuch, eine Zeitung von Mittwoch und ein paar Stifte; nichts, was ihn interessierte.
Er spürte, wie der brennende Schmerz in seinen Fußballen zunahm. Zu viel Harnsäure, hatte ihm der Arzt erklärt. Das komme vom Alkohol. Brauser wusste, dass es bald schlimmer wurde. Er brauchte dringend einen Schnaps.
Viel Auswahl gab es hier nicht, nur etwas süßen Schoko-Sahne-Likör, einen halbvollen Williams Christ und einen Kräuterschnaps, den er dann schließlich wählte. Einen kleinen nur, denn noch war er im Dienst. Aber es gab Einsätze, bei denen musste man auf die Regeln pfeifen und im Grunde, was sollte ihm jetzt noch passieren? In sechs Wochen ging er in Pension. Danach war es ohnehin vorbei mit den Regeln und allem, was seinem Leben einen Sinn und Rahmen gegeben hatte. Oder war es nicht jetzt schon vorbei?
Neben dem Regal stand ein Holzständer mit einer Geige. Ein sehr schönes Instrument, das wunderbar in der Hand lag. Er nahm den Bogen in die rechte Hand und tat so, als könne er spielen. Schade, er hatte nie Zeit gefunden, ein Instrument zu lernen und für so etwas Teueres hatte man bei Brausers auch kein Geld gehabt. Seine Eltern hatten viele Mäuler zu stopfen, denn sie waren zu Hause zu acht gewesen.
Vorsichtig, wie es sich für einen Laien gehörte, legte er alles wieder an seinen Platz zurück.
Nach einem zweiten Schnaps nahm er eines der Fotoalben aus dem Regal, setzte sich auf die vordere Sofakante und begann die Seiten durchzublättern. Sophia an der Ballettstange mit Haarknoten und mit Zahnlücke beim schüchternen Lächeln zwischen Mama und Papa sitzend. Er im dunklen Anzug, sie im Kostüm. Alles sehr schick, sehr gediegen, sehr stolz. Ein Mädchen aus gutem Hause also. Prost! Brauser stand vom Sofa auf, trank einen dritten und allerletzten

Schnaps und stellte Flasche und Album ins Regal zurück. An der Wand hingen gestochen scharfe Schwarz-Weiß-Fotos. Sie zeigten die Sängerin in ihren verschiedenen Rollen: als Heldin, Geliebte, Göttin. Ein Engel im Licht der Scheinwerfer, festgehalten in einem Augenblick, gemacht für die Ewigkeit.
Der Kommissar hatte seit dem Morgen nichts mehr gegessen, sodass er den Alkohol spürte, der ihn ein wenig versöhnlich stimmte und den Schmerz in seinen Füßen betäubte. Doch vor seinem inneren Auge war alles längst zu einem grauen, bleischweren Nebel geworden. Es gab keine Facetten mehr, keine Farbe und kaum Licht. Es gab nur noch diesen Schatten, der alles verschlang und auf einmal fragte er sich, was er hier überhaupt machte. Das hier konnte nicht sein Fall werden! Wie sollte er ihn auch lösen? Ihm blieb einfach nicht mehr genug Zeit dafür. Der Kommissar drehte eine letzte Runde durch die Wohnung. Er hätte gerne noch einen Schnaps getrunken, aber das kam nicht infrage. Energisch schaltete er das Licht aus. Es war höchste Zeit für ihn.

***

„Berthold, jetzt reiß dich doch mal zusammen!“ Oberstaatsanwalt Dr. Dieter Schwertfeger schlug nach Brausers Bericht einen freundschaftlich strengen Ton an. „Wer außer dir kann den Fall denn lösen?“
„Das überlasse ich dir!“ Brauser lehnte sich in dem gemütlichen Besucherstuhl der Staatanwaltschaft zurück und trank langsam einen Schluck des malzig weichen Whiskeys, bevor er fast trotzig hinzufügte: „Ich bin krank.“
„Du *fühlst* dich krank“, verbesserte der Staatsanwalt geduldig. „Du hast den jungen Hollermann und dein Mädchen, die kleine Steinbacher. Lass sie den Fall der toten Sängerin ermitteln und kümmere du dich primär um den Automord.

Es wird ohnehin Zeit, dass du die Jungen ran lässt. Lass sie zeigen, was sie können! Es reicht ja vielleicht, wenn du sie unterstützt, die Ergebnisse besprichst und in schwierigen Situationen eingreifst. Und ich bin ja auch noch da."
„Du verstehst mich nicht, Dieter, ich kann nicht!"
„Ach was, deine Fische werden schon noch auf dich warten. Und gibt es was Schöneres, als eine lange Kriminalkarriere mit einem richtig großen Fall abzuschließen?"
Brauser schüttelte resigniert den Kopf. Schwertfeger konnte ihn einfach nicht verstehen. Dabei hatten sie schon zusammen Jura studiert, bis Brauser gemerkt hatte, dass es ihm mehr Spaß machte, die Wahrheit zu suchen, statt anderer Leute Lügen zu verteidigen. Er hatte immer seinen Kopf durchsetzen wollen und nicht den anderer retten. Trotzdem waren die beiden natürlich gute Freunde geblieben und, was noch wichtiger war, inzwischen ein gutes Team. Brauser ermittelte, Schwertfeger hielt ihm den Rücken frei. Vor allem wenn er auch einmal unkonventionelle Maßnahmen ergreifen musste. Gemeinsam mit ihren Ehefrauen hatten sie viel unternommen, bis der Staatsanwalt sich von seiner ersten Frau Johanna trennte und Maria mit der Neuen einfach nichts anfangen konnte, wie sie immer wieder betonte.
„Ist alles in Ordnung bei dir zu Hause? Was macht Maria? Ich habe sie lange nicht gesehen."
„Was hat Maria damit zu tun?"
„Kümmert sie sich um dich?"
„Ja, natürlich."
„Ich meine, du weißt schon, manchmal braucht ein Mann einen Tapetenwechsel."
Brauser stellte sein Glas energisch auf den Schreibtisch. Sein Ton wurde angriffslustig. „Du meinst, so wie bei dir?"
Resigniert schnaufte sein Freund aus und griff nach seiner Pfeife, die er immer in Reichweite hatte, aber nie ansteckte. Sie beruhigte ihn einfach.

„Okay, okay." Abwehrend hob er die freie Hand. „Wir besprechen den Fall morgen in der großen Runde, vielleicht gibt es dann ja auch schon weitere Fakten. So und jetzt sag mir lieber mal, wie es in dem Automord weitergeht." Der Kommissar sah auf die Uhr. „Wenn du Zeit hast, sprechen wir den ganzen Fall einmal durch, ich komme ohnehin nicht weiter." Mit dem Themawechsel hatten beide rasch zum gewohnten Ton zurückgefunden. Schwertfeger nickte, stand auf und ging zu dem Sideboard aus Eichenholz, das neben der Tür stand, um die Whiskeyflasche herüberzuholen. Draußen wurde es langsam dämmrig und in den übrigen Dienstzimmern machten die Kollegen bereits Feierabend – wahrscheinlich verdientermaßen. Aber an solche Zeiten hatten sich in all den Jahren weder Brauser noch Schwertfeger gehalten. Großzügig schenkte der Staatsanwalt für beide ein, dann lehnte er sich zurück und hörte seinem Freund aufmerksam zu.
„Klaus Wallenstein, siebenundvierzig Jahre, wohnhaft in Frankfurt am Main, starb in der Nacht vom 16. auf den 17. August. Eine Streife fand ihn am Morgen auf dem Parkplatz in Ingling. Zunächst mussten wir davon ausgehen, er sei mit seinem Mercedes am Abend dorthin gefahren und von Unbekannten erschossen worden. Der oder die Schützen hatten ihn zweimal mit einem großkalibrigen Geschoss in den Kopf getroffen. Die Windschutzscheibe war zersprungen und auch die Karosserie wies mehrere Einschüsse auf. Insgesamt vier. Wir gehen von einem Revolver aus, da am ganzen Tatort keine Patronen gefunden wurden. Dafür fanden wir etwas anderes. Etwas sehr Interessantes: Die Haut des Toten wies an beiden Handgelenken und am Hals Vertrocknungsspuren auf, die daraufhin deuten, dass er vor seinem Tod gefesselt wurde. Wir glauben, man hat ihm die Schlinge um den Hals gelegt und ihn damit an seinen Sitz gebunden, ihn mit einer Waffe bedroht und gezwungen, auf

den Parkplatz zu fahren. Dem Opfer wurden dann die Hände gefesselt, er wurde durch die Windschutzscheibe erschossen. Allerdings fanden wir nur einen Strick, der zu den Spuren am Hals passte. Dieser lag auf dem Rücksitz. Die Täter, wir gehen den Fußspuren nach von mehreren aus, haben ihn also nach der Tat wieder losgebunden und die Stricke mitgenommen."
Der Kommissar nahm einen kleinen Schluck Whiskey und erwärmte in langsam im Mund, bevor er ihn hinunterschluckte und berichtete dann weiter. „Er trug einen Anzug von guter Wollqualität. Wir fanden seinen Ausweis, aber weder Kreditkarten noch Bargeld. Augenscheinlich wurde er durchsucht und alles von Wert wurde mitgenommen."
Brauser sah seinen Freund an, ohne auf einen Einwand oder eine Frage zu warten.
„Sein Gesicht war durch die Einschüsse zwar völlig unkenntlich und wir mussten auf eine DNA-Untersuchung zurückgreifen, aber da ja der Ausweis noch in seiner Brieftasche steckte, und auch das Auto auf den Toten zugelassen war, konnte es wohl nicht Sinn der Täter sein, seine Identität zu verschleiern."
„Was sehr gut zu einem Racheakt in Dealerkreisen passen würde", warf Schwertfeger ein und ließ seinen Freund kopfschüttelnd weiterberichten.
„Du erinnerst dich richtig. In den ersten Ermittlungsansätzen sah es tatsächlich so aus, als habe er mit Drogen gehandelt, denn auf dem Anzug des Toten fanden wir Tabak- und Ascheteilchen von Marihuana, außerdem einige Jointstummel am Tatort."
Brauser trank sein Glas leer und ließ sich dann nachschenken. Eine Weile blieb es still im Raum. Die Dunkelheit, die draußen vor den Fenstern eine undurchdringliche Wand gebildet hatte, schien hereinzudrängen und das Licht der Schreibtischlampe aufzusaugen.

„Es hat tatsächlich alles für einen Mord im Milieu gesprochen. Das Auto, der Parkplatz, das Rauschgift und vor allem die Todesart, die stark an eine Hinrichtung erinnerte. Wir ließen den Wagen von Drogenspürhunden durchsuchen, aber die fanden keine weiteren Indizien und dann kam ja auch die Wende aus der Rechtsmedizin in München: Getötet hatten Klaus Wallenstein nicht die Schüsse, er war bereits Stunden vorher an einer Luftembolie in der rechten Herzkammer gestorben. Ihn Stunden *nach* seinem Tod noch zu erschießen, machte natürlich überhaupt keinen Sinn, es sei denn, der Täter war sich nicht sicher, ob Wallenstein überhaupt tot war, und wollte ihn mit dieser Ungewissheit nicht auf dem Parkplatz zurücklassen. Aber passte das zu unserer Theorie, dass es sich um Rache handelte? Die Einstichstelle befand sich in der linken Armbeuge. Der Tod trat gegen Mitternacht ein und auf dem Parkplatz war es dunkel. Kann man bei den schlechten Lichtverhältnissen eine Vene punktieren? Wir haben den Parkplatz überwacht und festgestellt, dass er um diese Zeit durchaus noch frequentiert wird. Das Risiko, entdeckt zu werden, war groß. Also suchten wir Zeugen. Tatsächlich meldeten sich einige und in einem Punkt deckten sich ihre Aussagen: Keiner hatte am späten Abend des 16. August einen silbergrauen Mercedes auf dem Parkplatz beobachtet.
Daraufhin ließ ich von der KTU das gesamte Auto noch einmal auseinandernehmen und das war ein Aufwand, der belohnt wurde. Wir fanden schwarze chemische Fasern, wie von billigem Satin auf beiden Sitzen und auch auf dem Hemd des Toten. Und es wird noch besser: Abriebspuren vom Strick an der Kopfstütze des Beifahrersitzes. Wallenstein war also auf dem Beifahrersitz festgebunden und dann erst auf den Fahrersitz gesetzt und dort erschossen worden. Der Befund der Rechtsmedizin brachte endgültig den Beweis. Er war angeschnallt, aber sein Kopf nicht mehr mit dem Strick fixiert, als ihn die Schüsse trafen."

„Sonst wäre am Strick ja sicher auch Blut gefunden worden."
„Nicht unbedingt, denn da er ja schon Stunden tot war, bluteten seine Wunden auch nicht mehr." Brauser war, erregt von seiner Zusammenfassung, immer weiter nach vorn gerutscht und lehnte sich jetzt, da alle Fakten auf dem Tisch lagen, wieder etwas entspannter zurück. „Sechs Wochen gute Arbeit und doch sind wir noch immer nicht wirklich weiter gekommen. Wir haben die Waffe nicht. Wissen nicht, wo Wallenstein starb, geschweige denn, wo er sich vor seinem Tod aufgehalten hat. Das Gesicht lässt sich durch die Schüsse nicht rekonstruieren und die Familie besitzt nur alte Fotos von ihm, auf denen ihn wohl selbst dann niemand mehr erkennen würde, wenn er ihn erst kürzlich gesehen hätte. Wir haben seinen Bruder befragt. Die beiden hatten ein sehr enges Verhältnis. Wallenstein war Geschäftsmann, handelte angeblich mit Systemküchen. Vielleicht war das ja nicht alles und vielleicht stand er jemandem im Weg und musste deshalb sterben. Seiner Sekretärin hat er nicht gesagt, wo er hinwollte, und im Auto fanden wir keinen Terminkalender. Ob er Gepäck dabei hatte, konnte die Ehefrau nicht sagen. Geschäftlich schien er nicht unterwegs zu sein, das haben wir überprüft. Was also wollte er hier?", fragte sich der Kommissar zum wiederholten Male selbst.
„Was ist mit dem Marihuana?", warf Schwertfeger ein.
„Der Bruder sagt natürlich, das könne er sich nicht vorstellen, dass er etwas mit Marihuana zu tun hatte, und auch seine Frau war ganz entsetzt, als die Kollegen sie mit dieser Theorie konfrontiert haben. Allerdings konnte sie bisher auch noch nicht schlüssig nachweisen, wo ihr Mann die letzten Tage gewesen ist. Sie ist in der Politik sehr engagiert und, so wie es aussieht, ist jeder seinen eigenen Lebenszielen nachgegangen. Mal ganz ehrlich, Marihuana ist ein Rauschgift für die Jungen, die Ausgeflippten. Leute wie Wallenstein handeln vielleicht damit, aber sie rauchen es nicht."

„Er hat aber nicht damit gehandelt?"
„Zumindest fanden sich keine Spuren, außer denen auf seiner Kleidung."
„Vermutlich ist er von Marihuana rauchenden Tätern getötet worden, die vielleicht so zugekifft waren, dass sie gar nicht wussten, dass er bereits tot war, als sie auf ihn schossen."
„Richtig." Brauser nickte.
„Du solltest dich also doch mehr auf die Drogenszene konzentrieren."
„Welche Drogenszene? Passau ist eine saubere Stadt." Brauser grinste über seine eigene Ironie. „Aber mal im Ernst, soll ich jetzt an allen Schulen anfangen zu ermitteln? Von jedem Jugendlichen ab zwölf Fingerabdrücke nehmen lassen?"
„Nein, natürlich nicht", beruhigte ihn Schwertfeger. „Aber was ist mit dem Parkplatz?"
„Wird überwacht."
„Und?"
„Nichts! Wir bräuchten mehr Leute, damit wir auch das Umfeld beschatten können, aber bisher sind nur stichpunktartige Überwachungen möglich und vermutlich kommen die Täter auch nicht an den Tatort zurück."
„Das ist ja ohnehin nur ein dummer Spruch", bemerkte Schwertfeger. „Das heißt also, wir können nur abwarten?"
„Ich hatte gehofft, dir fällt noch was Besseres ein!" Brauser grinste. „Eine Sache hab ich noch, ich weiß nur nicht, wie uns das weiterhelfen soll. An Wallensteins Penis wurde Capsaicin gefunden." Der Kommissar lächelte zufrieden, denn er war sich sicher, sein Freund hatte keine Ahnung, welches Teufelszeug sich hinter dieser Bezeichnung verbarg.
„Was bitte ist Capsaicin?"
„Chili! Scharfe Chilifrüchte."
„Du meinst, er hat sich seinen ...", Schwertfeger kratzte sich am Kinn, „mit Chilischoten eingerieben?"

„Na ja, vielleicht hat er ja auch nur beim Essen gekleckert." Der Polizist lachte ironisch und nahm einen Schluck aus seinem Glas. „Auf jeden Fall war das eine heiße Sache, zumindest wurde das Gewebe an dieser Stelle ordentlich durchblutet, um die vermeintliche Wärme abzutransportieren, was ja vielleicht der eigentliche Zweck des Ganzen war."
„Ein Aphrodisiakum also?"
„Ich weiß es nicht. Wenn das Schärfeempfinden nachlässt, wirkt es schmerzlindernd und dämpfend, und es gibt wohl keine Studien darüber, wie lange die Wirkung anhält. Aber vielleicht hatte er ja Erfahrung damit."
„Also wirklich Berthold, man lernt nie aus!"
„Willst du es probieren?"
„Bist du verrückt? Nein! Aber ich weiß jetzt immerhin, dass du nicht zu krank bist, um zu ermitteln. Also keine weiteren Ausreden! Mach dich an die Arbeit, ich verlasse mich auf dich."

***

Am nächsten Morgen lag wieder eine zähe, dicke Nebelsuppe über der Stadt. Es war nasskalt und ungemütlich und wer nicht hinausgehen musste, blieb im Haus und schaltete möglichst viele Lichter an, um sich wenigstens die Illusion von Sonnenschein zu gönnen.
Franziska trug an diesem Morgen Stiefel, Tweedrock und einen Wickelpulli aus Mohair unter ihrem Mantel. Sie parkte ihr Auto möglichst nah an der Hauswand und ging dann zügig, die Arme vor dem Körper verschränkt, um die Kälte abzuwehren, die wenigen Stufen bis zum Dienstgebäude hinauf. Für gewöhnlich sehnte sie sich bei so einem Wetter nach ihrem gemütlichen Lesesofa im Wohnzimmer, einem spannenden Buch und einer großen Tasse Tee.

Doch an diesem Tag wartete ein neuer Fall auf sie, ein interessanter Fall, ihre große Chance, und damit kaum die richtige Zeit, um ans Faulenzen zu denken, zumal der Chef gar nicht mehr richtig bei der Sache war.
Den gestrigen Abend hatte sie gemeinsam mit Hannes damit zugebracht von Haustür zu Haustür zu gehen und zu fragen, ob jemand etwas gesehen hatte. Etwas Ungewöhnliches. Jemanden, der nicht in diese Gegend passte. Einen Mann, wie ihn Agnes Neumüller und Paula Nowak beobachtet hatten. Denn vielleicht waren der Mann auf der nächtlichen Treppe und der, den die alte Nowak am Nachmittag der Tat vor dem Haus gesehen hatte, ein und derselbe.
Die Definitionen, was in einer Gegend verdächtig war, gingen stark auseinander. Ein alter Mann hatte eine Gruppe Jugendlicher die Straße entlangziehen und mit einer Bierdose kicken sehen und war sich sicher, dass es sich bei ihnen um die Täter handeln musste. Eine Frau hatte eine schwarze Gestalt mit Kapuze und Sonnenbrille gesehen und schloss sich jetzt aus Angst hermetisch ein. Und einer wollte sogar den Chef gesehen haben, mit langem Mantel und Pudelmütze. Das Gesicht hatte der Zeuge nicht erkennen können, aber er hatte Brauser am Mittag ins Auto steigen sehen und meinte, der Täter habe große Ähnlichkeit mit dem Hauptkommissar gehabt. Franziska hatte es zur Kenntnis genommen, aber nicht einmal in ihr grünes Notizbuch geschrieben, so absurd war diese vermeintliche Beobachtung. Trotzdem, so überlegte sie weiter, gab es keine Immunität mehr, selbst einem Polizisten traute man inzwischen alles zu. Laut Statistik nahmen die Verbrechen immer mehr ab und die Aufklärungsrate stieg. Doch die Bürger fürchteten sich, was vielleicht auch an den stets sensationsheischenden Berichten der Journalisten lag. Gewalt, egal ob sie auf der Straße oder in Familien auftrat, wurde einfach nicht mehr toleriert.
Wie immer benutzte Franziska die rechte Schulter, um da-

mit die Glastür, die zu ihrem Büro führte, aufzudrücken. Vielleicht würde ein wenig Öl ausreichen, aber niemand hatte Zeit, um sich darum zu kümmern, und so wurde es immer zu einem Kraftakt, sie zu öffnen.
Im Vorraum saß Ramona an ihrem Schreibtisch und war in eine Liste vertieft.
„Na, was brütest du denn Schönes aus?"
„Ach, das ist nur die Liste, wer alles schon bezahlt hat."
„Bezahlt? Wofür?"
„Für das Abschiedsgeschenk für den Chef, du weißt schon."
„Ach ja, richtig, seine Angel. Du sag mal, kommt er dir auch so komisch vor in letzter Zeit? Ich glaube, er will gar nicht gehen."
Ramona beugte sich so weit über den Schreibtisch zu ihr nach vorn, dass Franziska gezwungen war, in ihren Ausschnitt zu schauen. „Heute Morgen hat er gesagt, er sei krank. Ich kenne ihn jetzt seit fast fünfzehn Jahren und noch nie hat er darüber geklagt, krank zu sein."
„Eben, das meine ich ja." Auch Franziska beugte sich nun näher zu Ramona hinunter. „Vielleicht ist es einfach das Alter. Er kann nicht mehr so wie früher und das will er nicht wahrhaben." Die Frauen hatten einen verschwörerischen Flüsterton angeschlagen.
„Dabei geht es ihm doch gut, er hat keine Sorgen, Aussicht auf eine schöne Rente und seine Frau ist doch eine ganz Liebe."

***

Auch als sich im Westen Politiker und Wirtschaftsbosse noch nicht so viele Gedanken über Krippenplätze und Erziehungszeiten gemacht hatten, musste Ramona Maier als Sekretärin ihre Frau stehen. Der Vater ihrer beiden inzwischen vierzehn- und fünfzehnjährigen Töchter hatte sich so erfolgreich aus dem Staub gemacht, dass auch die hartnäckigste Behörde irgendwann aufgab und sie allein für den Unterhalt der Kleinfamilie verantwortlich war. Eine Belastung, die mit dem Alter und den Ansprüchen der Mädchen wuchs. Aus ihrer eigenen Jugend wusste sie nur zu genau, dass jeder, der nicht mithalten konnte, auch nicht dazugehörte. Doch sie wollte, dass ihre Mädchen dazugehören. Dafür arbeitete sie.

„Was machen deine beiden Mädels?", fragte Franziska, weil sie wusste, dass es Ramona gut tat, wenn sie ein bisschen über ihre Sorgen jammern konnte.

„Na ja, mit zwei pubertierenden Töchtern ist es halt nicht immer einfach", stöhnte sie und verzog das Gesicht zu einem schiefen Grinsen. Sie wollte nicht klagen. Sie wollte einfach Verständnis.

„Waren wir nicht alle mal so?"

„Ich weiß nicht. Ich will ja, dass sie es besser haben, als ich damals, aber", sie zuckte hilflos mit den Schultern, „ständig brauchen sie Geld und immer muss es das neueste Handy sein. Mir reicht doch auch ein ganz einfaches. Hauptsache, es ruft mal jemand an!"

Automatisch zog Franziska ihr Handy aus der Tasche und warf einen Blick drauf. Keine neuen Nachrichten. Ramona hatte recht: Hauptsache es melden sich nicht immer nur die Kollegen.

„Sag mal, ist Hannes schon da?"

„Ja, er sitzt in eurem Büro."

„Und weißt du, wann die Besprechung ist?"

„Die müsste jeden Moment beginnen."

Als Franziska und Hannes kurz darauf gemeinsam den Konferenzraum betraten, saßen alle, die zum Team Weberknecht gehörten, bereits an den u-förmig gestellten Tischen und sahen sie erwartungsvoll an. Oberstaatsanwalt Schwertfeger hatte sich zu seinem Freund Brauser gesetzt und nippte, sichtlich lustlos, an einem Becher mit dünnem Kaffee. Sein Gesichtsausdruck ließ ahnen, dass der in der Staatsanwaltschaft schmackhafter war. Franziska trug eine Akte mit allem, was sie bereits recherchiert hatte unter dem Arm und begann gleich darauf, Fotos der toten und der lebenden Sophia Weberknecht an die Wand zu pinnen. Während sie die Bilder akkurat aufhängte, berichtete sie für alle, die nicht am Tatort waren, aus dem Leben des Opfers.

„Sophia Weberknecht wurde zweiunddreißig Jahre alt. Sie stammt aus der Senf-Dynastie Weberknecht in Regensburg."

Ein zustimmendes Gemurmel ging durch den Raum und Franziska lächelte nachsichtig, bis sie fortfahren konnte.

„Okay. Sie war seit drei Jahren als Sängerin am Fürstbischöflichem Opernhaus zu Passau engagiert und lebte seither in der Postackerstraße 7. Wie es aussieht, allein."

Die Kommissarin blickte kurz in die Runde, ob jemand einen Einwand hatte, und fuhr dann fort. „Nach dem bisherigen Bericht wurde Sophia irgendwann am Mittwochabend in ihrem Wohnzimmer mit einem stumpfen Gegenstand erschlagen, anschließend ins Schlafzimmer gebracht und aufs Bett gelegt. Sie war nackt, als die alte Nachbarin Paula Nowak sie fand. Das Türschloss war noch intakt, und da sich in der Wohnung durchaus wertvolle Gegenstände befanden, kann wohl ein Raubmord ausgeschlossen werden."

„Es sei denn, jemand hatte es auf etwas Bestimmtes abgesehen. Auf etwas, das im ersten Moment niemandem fehlt", warf einer der Ermittler ein.

„Wie auch immer, sie muss von dem tödlichen Schlag überrascht worden sein, zumindest fanden wir keine Hinweise dafür, dass sie sich gewehrt hat. Näheres wird aber erst die Obduktion ergeben. Aus diesen Umständen schließen wir, dass sie ihren Mörder kannte. Laut einer Zeugin", Franziska sah kurz zu Hannes, der Agnes Neumüller befragt hatte,

„bekam sie immer wieder nächtlichen Besuch von einem Mann, der angeblich einen Schlüssel zu Haus und Wohnung hatte.“ Ihr Kollege nickte ihr zu.
„Eine Zeugin sah am Nachmittag einen Mann am Haus. Wir wissen nicht, ob es nicht derselbe war, der am Abend wiederkam oder vielleicht noch immer in der Wohnung war und so Gelegenheit zur Tat hatte. Vielleicht war er der nächtliche Besucher. Leider haben wir bisher noch keine Beschreibung.“ Franziska warf einen Blick in ihr grünes Notizbuch und schmunzelte, bevor sie vorlas. „Aber er soll gut ausgesehen haben!“
„Was bitte verstehst du unter *gut aussehen*?“ Der für die Ermittlungsarbeit hinzugezogene Kollege Obermüller war ein großer Kerl, breit wie ein Schrank, mit einem nicht zu übersehenden Bauchansatz, der durch zu viele Döner Kebaps während des Dienstes kam. Seine mittelblonden Haare trug er kurz, das Gesicht rasiert. Er war ein Mann der Tat, legte sich die Vorschriften gern selbst aus, leistete jedoch stets gute Arbeit.
Franziska sah ihn kurz an. Für Mitte vierzig hatte er sich sicher gut gehalten, aber gut aussehend fand sie ihn eigentlich nicht. Sympathisch ja, aber nicht schön.
„Schwer zu sagen. Vor allem weiß ich nicht, was Paula Nowak darunter versteht. Aber ich würde sie heute gern abholen lassen und vielleicht kommen wir mit Beispielen ihrer Beschreibung etwas näher. Sie ist übrigens schon weit in den Achtzigern und nicht mehr so ganz fit.“
„Soll ich das übernehmen?“, fragte Kollege Gruber, der eine Schwäche für alte Damen hatte.
„Ich glaube, es wäre besser, wenn Obermüller das macht. Frau Nowak vertritt nämlich die Meinung, dass alle Männer mit langen Haaren schwul sind.“ Vergnügt zwinkerte sie Obermüller zu.
„Ja sag mal, was für eine Art von Gesprächen führst du denn

mit deinen Zeugen?" Ludwig Gruber strich sich in einer oft wiederholten Geste die dunkelbraunen Haare hinter die Ohren. Seine lange Mähne war sein Markenzeichen. Auch er war groß, aber schlanker als Obermüller, mit dem Dreitagebart, den auch der beste Rasierer kaum im Zaun halten konnte, und der olivbraunen Haut hatte er viel von einem Südländer oder eben einem Indianer. Ob das der Grund für seinen Spitznamen war oder die Tatsache, dass er an manchen Wochenenden sein Tippi aufbaute und darin campierte, wusste keiner seiner Kollegen so genau zu sagen. Hinter seinem Rücken unterhielten sie sich jedenfalls gern darüber, dass es für einen Mann mit fast fünfzig schon ein bisschen lächerlich sei, Indianer zu spielen. Noch dazu, wo er außer einer Frau auch schon erwachsene Zwillingstöchter hatte, die ein wenig jünger als Franziska waren.
„Weiter!", forderte Schwertfeger, den in diesem heiteren Moment alle vergessen hatten, nicht unfreundlich und mahnte, an den Fall zu denken.
Ertappt zupfte Franziska an ihrem Pulli herum und fuhr dann fort. „Zum Täterprofil würde ich sagen, dass wir es mit einem großen, kräftig gebauten, männlichen Täter zu tun haben. Einem, der sich entweder sehr gut auskannte oder so unauffällig war, dass er von niemandem wahrgenommen wurde. Da wir am Tatort kein Notizbuch und kein Handy mit Telefonnummern gefunden haben, sollten wir uns, neben der Befragung der Nachbarn, vor allem auf das Stadttheater konzentrieren. Frau Weberknecht sang viele Titelrollen und war, den Besprechungen nach, beim Publikum sehr beliebt. Doch schreiben die Zeitungen das eine und die Kollegen sagen vielleicht was ganz anderes."
„Der liebe Kollegentratsch!" Gruber grinste in die Runde, fügte aber nichts mehr hinzu.
„Vielleicht ist er in diesem Fall ja von Vorteil und bringt uns ein bisschen weiter", gab Franziska zu bedenken, die sofort

wusste, was ihr Kollege meinte. „Ich denke nämlich, dass die Frau entweder keine Freunde hatte und man daher über sie sprach, oder dass gerade einer dieser Freunde der Täter war und aus diesem Grund das Handy mitgenommen hat, weil er fürchtete, dort gespeichert zu sein.“ Keiner wollte ihrer These zu diesem Zeitpunkt widersprechen.

„Was wissen wir über die Art der Tötung?“, fragte der Staatsanwalt nach einem Blick auf die Uhr.

„Der Notarzt ging davon aus, dass Frau Weberknecht mit einem flachen Gegenstand einen tödlichen Schlag auf den Hinterkopf bekommen hat. Näheres wird uns hoffentlich bald die Rechtsmedizin in München mitteilen.“

„Sie fahren hin?“

„Ja.“ Sie nickte zur Bekräftigung.

„Wie sieht es mit Spuren am Tatort aus?“ Schwertfeger sah jetzt Annemarie Michl von der Kriminaltechnik an, die die Ermittlungen vor Ort geleitet hatte.

„Nichts. Keine verwertbaren Spuren. Der Täter hatte entweder Handschuhe getragen oder er wusste genau, wie man die Spuren effektiv beseitigt. Die Tatwaffe fehlt ebenfalls.“ Sie warf einen Blick auf ihr Notizbuch, das geschlossen vor ihr lag, und fuhr fort. „Der ganze Tatort war picobello sauber. Wahrscheinlich war sie gerade mit ihrem Herbstputz fertig, als sie getötet wurde. Vielleicht hatte sie auch eine Bakterienphobie. In ihrem Badezimmer und im Nachttisch haben wir jede Menge Vitamin C gefunden und einige Schachteln Cortison.“

„Ich hab mal gelesen, dass Sänger damit ihre Stimme dopen“, warf Hannes ein und Franziska sah ihn verwundert an, nickte dann aber mechanisch.

„Gut. Fürs Erste ist es nicht viel, aber es sind Ansätze da und denen gehen Sie bitte nach. Ich muss sicher nicht extra betonen, welche Priorität dieser Fall hat? Bei einer gesellschaftlichen Bekanntheit wie Sophia Weberknecht haben wir

ganz schnell die Medien im Nacken und was das heißt, wissen Sie so gut wie ich."
Schwertfeger nickte Brauser aufmunternd zu und ging nach einem kurzen Gruß Richtung Tür, dort drehte er sich noch einmal um. „Was ist eigentlich mit den Eltern?"
Alle Augen richteten sich auf Brauser, während es im Raum ganz still wurde. Und tatsächlich bot er sich an, nach Regensburg zu fahren, um mit den Eltern über den Tod ihres einzigen Kindes zu sprechen. Keine begehrte Aufgabe, aber vielleicht wollte er seinem Mädchen wenigstens die unangenehmen Dinge abnehmen, bevor sie lernen musste, ohne ihn zurechtzukommen. Als er gemeinsam mit Schwertfeger zu seinem Wagen ging, spielte ein kleines Lächeln um seinen Mund.

***

Der Mann, der an diesem Morgen allein an dem schmuddeligen Tisch saß und seinen Blick nicht von der Zeitung wenden konnte, mochte Mitte vierzig sein. So genau ließ sich das bei ihm nicht sagen, denn sein Gesicht war gezeichnet von den Spuren eines unsteten Lebens, das von einem üblen Charakter getrieben worden war.
Im Laufe der letzten Jahre hatte er viele Namen getragen, einige länger, manche auch nur für wenige Stunden. Er war ein Meister im Tarnen und Täuschen und am Ende hatte stets er den anderen die Maske vom Gesicht gerissen. Inzwischen trug er teure Jeans und ein Hemd von Armani. Früher war das anders gewesen, aber diese Zeiten lagen lange hinter ihm. Seine Schuhe waren Maßarbeit aus feinstem Leder und noch kaum getragen. Dass er sich das alles leisten konnte, hatte nicht unbedingt mit seinem Arbeitseifer zu tun. Im Grunde war er nur skrupelloser als andere und das schlug sich eben auf seiner Habenseite nieder.

Der Bericht über die tote Sopranistin war das erste, was ihm seit langer Zeit wirklich nahe gegangen war und das machte ihn vielleicht noch wütender als ihr Tod. Seit drei Jahren hatte sie für ihn in den himmlischsten Tönen jubiliert, egal, was alle anderen behaupteten, egal, was die Zeitungen berichteten, sie war *sein* Engel gewesen. Langsam ließ er seinen Kopf auf das Schwarz-Weiß-Foto sinken und versuchte sich an ihren erregenden Duft zu erinnern. Vor zwei Tagen noch hatte er sie gesehen, hatte sie umfangen, ihre zarte Taille unter dem Stoff ihres Kleides gespürt und voller Genugtuung erlebt, wie sie immer nachgiebiger wurde, immer gieriger, wie sie zu allem bereit war. Wie konnte sie jetzt tot sein? Sie, die immer so voller Leben war! Auf dem Foto lag sie friedlich auf ihrem Bett, es sah alles so unschuldig aus. Wenn nicht all diese Strahler sie beleuchten würden und die vielen geschäftigen Menschen um sie herum so unpersönlich wirkten.
„*Am späten Vormittag des gestrigen Tages wurde die beliebte Sopranistin Sophia W. tot in ihrer Wohnung aufgefunden. Die Polizei geht von Mord aus, konnte bis jetzt aber noch keinen Hinweis auf einen möglichen Täter ermitteln.*“ Seine Stimme war voller Sarkasmus, als er die Sätze geradezu aus sich heraus spie. Immer wieder, immer lauter, bis er sie schrie.
Voller Wut fegte er die Zeitung vom Tisch. Wer immer das geschrieben hatte, hatte sie nicht gekannt, nichts von ihrem wirklichen Leben gewusst. Der Mann schlug mit der Faust auf den Tisch. Es war ein kräftiger Schlag, denn seine Faust schien aus Stahl zu sein. Wehe dem, der sie zu spüren bekam. Nur langsam beruhigte er sich wieder. Er und Sophia waren ein ausgesprochen erfolgreiches Team gewesen. Gemeinsam hatten sie jede Inszenierung mit Erfolg gekrönt. Sie hätten alles erreichen können! Er lachte laut bei dem Gedanken an ihre gemeinsamen Spielchen. Doch jetzt sollte das alles wirklich vorbei sein?

Aber höchstens für sie!
Er dagegen musste weitermachen, so als wäre nichts geschehen. Und er musste wissen, wem er die Schuld zuschieben konnte und wem seine Rache gelten würde. Aber zunächst musste er mehr erfahren, mehr, als die Zeitungen schrieben. Die Devise seines Erfolges war: Wissen ist Macht, das durfte man nie außer Acht lassen!
Auf dem Boden neben dem alten Tisch standen zwei Flaschen Bier, die irgendjemand dort hingestellt und vergessen hatte. Aber Bier mochte er seit damals nicht mehr, davon hatte er in seinem Leben schon zu viel getrunken. Wenn, dann half ihm nur etwas Härteres, ein Schnaps vielleicht. Als er aufstand, fiel sein Blick auf den blauen Arbeitskittel und eine Schiebermütze in der Ecke. Dinge, die er im Gefängnis getragen hatte, damals, bevor er sich schwor, dieses armselige Leben für immer hinter sich zu lassen. Er hatte sie zur Erinnerung mitgehen lassen. Als Mahnung, sagte er sich, während er zum Schrank ging und sich einen doppelten Schnaps einschenkte. Doch bevor er das Glas ansetzen konnte, überkam ihn ein Gedanke, der sehr schnell eine sehr konkrete Form annahm. Er stellte das Glas zur Seite, nahm den Kittel und probierte ihn an. Ein Knopf hing lose an einigen Fäden. Knöpfe annähen war nicht sein Ding, aber vielleicht würde seine Verkleidung dadurch ja nur noch glaubhafter sein? Und dann hob er doch das Glas und trank es in einem Zug aus. „Für Sophia! Meinen Engel!", rief er. Als er ausgetrunken hatte, warf er das Glas gegen die Wand. Es war ein Ausdruck seines Zornes, es war ein Vorgeschmack seiner fürchterlichen Rache, die keine Gnade kennen würde. Denn wer sich ihm in den Weg stellte, der musste auf alles gefasst sein!

***

Noch in der Nacht hatte das Team um den Rechtsmediziner Professor Anton Wassly Sophia Weberknecht auf den Seziertisch gelegt und sich angesehen, was kein Mensch im Vorbeigehen je geahnt hätte: Ihr Blinddarm war latent entzündet, sie hatte eine Zyste an der linken Niere, vielleicht ihr nie geborener Zwilling, was gar nicht so selten vorkam. Gestorben war sie jedoch – und das relativ zügig – an der bekannten Kopfverletzung.

„Es liegt eine klare Impressionsfraktur vor, wobei die Tabula interna stärker gesplittert ist. Außerdem konnte ich mehrere konzentrische äquatoriale Bruchlinien finden."

Hannes, der Franziska nach München in die Frauenlobstraße begleitet hatte, versuchte sich ganz stark auf die Worte des Professors zu konzentrieren. Trotzdem verstand er nicht, was dieser ihnen sagen wollte, bis seine Kollegin nachfragte. „Das heißt in einfachen Worten?"

„Das Schädeldach ist eingebrochen." Professor Wassly ergriff das weiße Tuch und enthüllte die obere Körperhälfte der toten Sängerin, sodass nicht nur das Gesicht und der zum Teil rasierte Kopf, sondern auch die Brust mit dem grob zusammengenähten Y-Schnitt zu sehen waren.

„Und mit was?", Franziska räusperte sich ein wenig verlegen, während sie zusah, wie der Professor der Toten fast liebevoll die verbliebenen Haare aus dem Gesicht strich.

„Mit einem breitflächigen Gegenstand, der gut in der Hand lag. Es war keine glatte Oberfläche, aber da die Vertrocknungsspuren in den Haaren liegen, konnten wir die Zeichen nicht genau erkennen. Ein Kollege hat Fotos gemacht."

„Kann es sein, dass sie nach dieser Verletzung noch handlungsfähig war?"

„Wohl kaum."

„Gab es irgendwelche Abwehrspuren?" Franziska warf dem Professor einen abschätzenden Blick zu. Er trug die dunklen Haare brav gescheitelt, seine Brille war randlos, das Ge-

sicht frisch rasiert. Die Fünfziger lagen hinter ihm.
„Nein, entweder war sie arglos oder sie wurde überrascht, was kein Wunder wäre, denn der Schlag wurde von links hinten oben ausgeführt. Ich denke, sie stand dem Täter gegenüber, der holte mit der rechten Hand aus und schlug einmal zu. Er muss größer als sie gewesen sein." Der Pathologe hatte sich vor sie hingestellt und Franziska recht anschaulich seine Theorie vorgeführt. Dabei hatte sie sein dezentes Parfüm gerochen: sportlich fruchtig.
„Hatte sie Geschlechtsverkehr vor ihrem Tod?" Franziska warf Hannes einen kurzen Blick zu, aber dieser schien keine Fragen zu haben. In Gedanken versunken starrte er auf das Gesicht der Toten.
„Nein, und auch nicht danach. Dem Täter ging es nicht um die Befriedigung des Geschlechtstriebs. Er war nicht besonders grausam zu ihr. Er hat sie mit einem Schlag getötet. Ich würde sagen, es war ein Totschlag im Affekt." Franziska nickte, das hatte sie auch gedacht, als sie die Sängerin zum ersten Mal in ihrem Bett gesehen hatte, dass sie friedlich gestorben war.
„Sie hat sich nicht gewehrt, weil sie gar keine Zeit dazu hatte. Vor ein paar Jahren lag eine Studentin aus Passau auf diesem Tisch. Die junge Frau war mit 27 Messerstichen grausam getötet worden. Der Täter muss vor Wut wie von Sinnen gewesen sein. Dieses Mädchen", nun sah auch er Sophia an, „hat zumindest nicht gelitten."
„Und ist das alles?" Eigentlich reichte es Franziska fürs Erste, aber Professor Wassly hatte tatsächlich noch etwas für sie. „Nein, eines noch. Sie hat ein Intimpiercing. Ist wohl niemandem aufgefallen, sie trägt es sehr verborgen. Wollen Sie es sehen?"
Franziska zögerte, *verborgen* konnte nur eines heißen.
„Ihr kriegt ein Foto, okay?", schlug der Professor auf ihr ausdauerndes Schweigen hin vor.

„Ja, danke. Sonst noch was?"
„Wussten Sie", der Professor sah von Franziska zu Hannes, „dass sich bei den meisten Tötungsdelikten in Deutschland Folgen stumpfer Gewalt nachweisen lassen?"
„Nein."
„Doch. Vermutlich ist es am einfachsten, aus Wut kräftig zuzuschlagen. Mit der Faust, mit einer Latte oder einem Werkzeug, was eben gerade greifbar ist."

***

„Hier ist Bruno."
„Ach, Bruno, Sie!"
„Störe ich?"
„Nein, nein. Aber ich habe nicht viel Zeit."
„Gibt's was Neues?"
„Es hat eine Tote gegeben."
„Traf es die Richtige?"
„Hören Sie, über so etwas macht man keine Scherze."
„Sie haben Angst." Es war keine Frage, es war eine Feststellung und sein Ton war verächtlich. „Das wäre dann doch genau der richtige Moment, um alles aufzudecken, oder?"
„Ich werde mich darum kümmern und ich werde sehr gewissenhaft vorgehen. Aber dafür brauche ich Zeit und noch mehr Beweise. So etwas muss Hand und Fuß haben, sonst wird das nichts. Wir wollen ja auch überzeugen."
„Und wie stellen Sie sich das vor, haben Sie schon einen Plan?" Der Mann schien sich ein wenig beruhigt zu haben, seine Stimme klang jetzt weniger aggressiv.
„Das überlassen Sie mal schön mir. Ich habe Ihnen doch gesagt, dass ich es auf meine Art mache."
„Gut. Ich warte. Aber hören Sie, vielleicht wird es ja nicht bei einem Toten bleiben." Mit dieser Feststellung beendete

der Anrufer das Gespräch. Er hatte seine Nummer unterdrückt und war damit noch nicht einmal auf der Anruferliste registriert. Aber Bruno war ohnehin nicht der, für den er sich ausgab und somit war auch das egal.

***

„Was war das nur für ein Mann, dem sie da so arglos ihre Wohnungstür geöffnet hat?“, fragte Franziska, nachdem auch Hannes im Dienstwagen Platz genommen hatte. Ohne auf eine Antwort zu warten, holte sie einen Müsliriegel und ihr grünes Notizbuch heraus. Sie riss hastig das Alupapier von ihrem Snack und biss hungrig hinein. Während sie kaute, schrieb sie einige Bemerkungen auf eine freie Seite ihres Notizbuchs.

Hannes beobachtete sie, zuckte mit den Schultern, wusste einfach nicht, worauf sie hinaus wollte, bis Franziska endlich fortfuhr. „Er war größer als sie und so stark, dass er sie mit einem Schlag niederstrecken und anschließend ins Schlafzimmer tragen konnte. Er neigt zu Wutausbrüchen oder lässt sich zumindest leicht reizen.“ Die junge Kommissarin nickte vor sich hin. „Und er hatte Erfahrung im Beseitigen von Spuren.“ Auf einmal sah sie Hannes direkt an. „Oder kannst du dir vorstellen, dass jemand mit Handschuhen zu einer Frau wie Sophia Weberknecht geht? Ich meine, das wäre ihr doch sicher komisch vorgekommen, oder? Hätte sie ihm dann die Tür geöffnet?“

„Du meinst, sie hatte Umgang mit Kriminellen? Aber das passt doch gar nicht zu ihr.“

„Nicht zu dem, was die Nachbarinnen gesagt haben, aber wer weiß, was die wirklich über sie wissen.“ Franziska schob sich den restlichen Riegel in den Mund und kaute in aller Ruhe. „Ich bin gespannt, wie es Obermüller heute mit Paula Nowak ergangen ist.“

„Wegen der Homosexualität?“
„Nein, wegen des Bildes. Wenn es was taugt, kannst du es Agnes Neumüller zeigen und vielleicht erkennt sie den nächtlichen Besucher dann ja doch wieder, hm?“
„Na gut, wollen wir dann erst ins Büro fahren oder ...“
„Wir fahren ins Fürstbischöfliche Opernhaus“, entschied Franziska und freute sich nicht nur darüber, von dem unwirtlichen Ort der Rechtsmedizin wegzukommen, sondern auch, das Theater endlich einmal von innen zu sehen.
„Sänger sollen ja schließlich auch zu Wutausbrüchen neigen.“
„Oh, Hannes, bitte, lass doch die Klischees!“, mahnte Franziska, legte den ersten Gang ein und fuhr los.

***

Das Haus der Familie Weberknecht stammte aus den 50er-Jahren, hatte zur Straße hin ein großes Panoramafenster, in dem üppige Grünpflanzen wuchsen, war ansonsten aber eher schlicht. Brauser hätte sich mehr erwartet. Etliche Steinstufen führten hinauf zur dunkelgebeizten Eingangstür vor der zwei Buchsbäumchen in großen Tontöpfen standen. Die um den Stamm gebundenen schwarzen Bänder flatterten verspielt im kühlen Herbstwind. Ein Messingschild wies auf den Hausherrn hin: Karl Weberknecht. Nachdem Brauser auf den Knopf unterhalb des Schildes gedrückt hatte und eine schmetternde Fanfare erklang, öffnete ihm das Hausmädchen, das eigentlich eher eine Hausoma war, wie der Kommissar ein wenig amüsiert feststellte.
Der Besuch von nahen Angehörigen eines Opfers war nie leicht und es stellte sich, auch nach so vielen Dienstjahren, einfach keine Routine ein. Im Gegenteil, das Leid schien sich mit jedem Mal noch zu addieren. Am schlimmsten war es, wenn Kinder vor ihren Eltern starben. Trotzdem sah es der

Kommissar stets als seine Pflicht, aber auch als eine Möglichkeit an, etwas Näheres über das Opfer zu erfahren. Eine Hilfestellung für die Bewältigung des Schmerzes konnte er nicht anbieten. Schon gar nicht bei den Weberknechts.

Als Brauser gleich darauf der Hausherrin in der Diele gegenübertrat, hätte der Kommissar sie fast nicht wiedererkannt. Zu lange schien es her, seit die Fotos, die er in Sophias Wohnung gesehen hatte, geschossen worden waren. Frau Weberknecht trug eine schlichte graue Flanellhose und einen auberginefarbenen Rollkragenpulli über dem eine lange Perlenkette hing.

Brauser wusste, dass ein schrecklicher Verlust plötzlich altern lassen konnte: Haare wurden auf einmal grau, eben noch strahlende Gesichter fielen in sich zusammen und erblühten nie mehr zu ihrem vorherigen Leben. Doch Reinhilde und Karl Weberknecht, der auch zur Begrüßung auf dem Sofa sitzen blieb, waren bereits alt und gebrechlich, als sie vom tragischen Ende ihrer Tochter erfahren mussten. Während die Mutter mit der einen Hand nach einem weißen, sorgfältig gebügelten Taschentuch griff und vorsichtig hineinschnäuzte, suchte die andere zögerlich die Hand ihres Mannes und seinen Trost. Doch ihr Mann blieb starr und stumm, unfähig sich zu rühren, krampfhaft das Asthmaspray umfassend und verschlossen für den Rest der Welt. Nur das Pfeifen seiner Lungen zeigte, dass er noch lebte. Tief berührt sah sich der Brauser im Wohnzimmer um.

An den Wänden hingen große gerahmte Bühnenplakate: Sophia als schöne Blonde, die Männer reihenweise verführende Lulu im Goldlamékleid, mit raffiniert aufgesteckten Haaren. Als Lucia di Lammermoor im weißen Unschuldsgewand mit umherirrenden Blick, dem Wahnsinn bereits verfallen. Und als ausgestoßene, schwindsüchtige Violetta aus La Traviata, bezaubernd und doch nur vom Gevatter Tod zu erwählen. Waren das auch die Rollen in ihrem Leben? Verführen, verzweifeln, sterben? Und war das den Eltern bewusst? Sicher waren sie sehr stolz auf die schöne Tochter, dachte Brauser, der ja selbst nie Kinder hatte und sich somit auch niemals solche Bilder ins Wohnzimmer hängen konnte.

Auf einmal stand Reinhilde Weberknecht neben ihm, folgte seinem Blick und versuchte, ihm das Wesen ihrer Tochter zu erklären.

„Die Lulu, das war ihre Lieblingsrolle, die Urgestalt des Weibes.“ Sie nickte, wobei ihre Augen blitzten und für einen kurzen Moment konnte Brauser ihre einstige Schönheit sehen, bevor sie wieder hinter dem Schleier von Alter, Leid und Verzweiflung verschwand.

„Ich glaube, diese Rolle der Verführerin hat sie so sehr gereizt, weil sie im wirklichen Leben viel zu schüchtern dazu war.“

Fast unbemerkt tupfte sich Reinhilde eine Träne aus dem Augenwinkel und stand dann still und sehr aufrecht wie ein Gardesoldat, der gelernt hatte, sich Gemütsregungen nicht anmerken zu lassen. Nur der Blick haftete noch immer ein wenig träumerisch auf den Bildern ihrer Tochter.

„Auf der Bühne, da taute unsere Sophia auf, das war schon so, als sie klein war. Sie liebte den Applaus, den Moment, wenn ihr fremde Menschen zu Füßen lagen.“

Brauser versuchte gerade diese Bemerkung mit der toten Sopranistin zusammenzubringen, als die Mutter von einem weiteren Detail erzählte. „Dabei war Sophia sehr konservativ. Sie wünschte sich nichts sehnlicher als eine große Hochzeit, ganz in weiß, mit vielen Gästen und einem wunderbaren Ehemann. Für ihn wollte sie sich aufheben. Das war ihr großer Traum“, schniefte sie und der Kommissar sah verlegen weg.

Brauser fragte sich, ob diese Vorstellung, die in der heutigen Zeit nicht gerade üblich war, vielleicht eher den Wünschen der Eltern entsprach.

„Kam Ihre Tochter denn oft nach Hause?“
„Leider nicht. Sie war sehr beschäftigt. Das Leben einer Sängerin ist ja nicht so einfach, wie man sich das vielleicht vorstellt. Und sie hatte ja auch ihre eigene Wohnung, die ihr sehr viel bedeutete.“
„Warum hat sie sich eigentlich keine Wohnung gesucht, die näher beim Theater lag?“, fragte Brauser.
„Sophia legte viel Wert auf ihre Privatsphäre und sie meinte, wenn sie so dicht beim Theater wohnen würde, dann käme nur ständig einer der Kollegen vorbei.“ Reinhilde warf einen Blick zu ihrem Mann hinüber und fügte dann hinzu: „Seit mein Mann so schlimm Asthma hat, bleibt er lieber zu Hause. Aber ich habe sie schon hin und wieder in Passau besucht.“
Auf einmal schien sie eine Idee zu haben. „Möchten Sie vielleicht ihr Zimmer sehen?“
Der Kommissar nickte. Vor allem wollte er raus aus diesem Wohnzimmer, in dem es fast noch mehr nach Tod roch, als in der Wohnung der Tochter, nachdem man sie gefunden hatte.
Gemeinsam stiegen sie eine massive Eichenholztreppe in den ersten Stock empor. Die Stufen waren mit weinroten Teppichhalbrunden belegt. An den weißen, rau verputzten Wänden hingen große goldgerahmte Landschaftsbilder aus der Umgebung und auf dem Absatz eine geheimnisvoll lächelnde Mona Lisa von Leonardo da Vinci. Zu Sophias Zimmer am Ende des Flures gehörte ein hell gekacheltes Bad mit Dusche und Bidet. Der Raum war, genau wie in ihrer Wohnung in Passau, mit hellen Möbeln eingerichtet, hatte rosageblümte Vorhänge und in der Mitte des Zimmers lag ein Flokati. Über dem Bett hing ein Einhornposter, Stofftiere und Puppen mit ordentlich gekämmten Zöpfen auf dem weißen Bettüberwurf schienen die ehemalige Besitzerin nicht zu vermissen. Vor dem Kleiderschrank hing ein Tutu auf einem

umhäkelten Holzbügel, an der Wand daneben die dazugehörenden Ballettschuhe – bestimmt die ersten in Sophias Leben. Auf den Brettern des Regals lag kein Krümelchen Staub. Es war das Zimmer eines Kindes, eines kleinen Mädchens, das von einem Prinzen träumte, aber nicht das einer lebenslustigen jungen Frau, die auf der Bühne Karriere machte.

Während Brauser sich umsah, ließ sich Reinhilde Weberknecht schwer aufs Bett sinken und nahm eine der Puppen in den Arm. „Wir hätten sie nicht gehen lassen sollen“, sagte sie mehr zu der Puppe, als zu ihrem Begleiter. „Sie war für so ein Leben nicht geschaffen“, dabei blickte sie gedankenverloren aus dem Fenster in Richtung Fabrikgebäude.

„Natürlich, deshalb wurde sie ja auch Sängerin.“ Mit pfeifenden Lungen stand Karl Weberknecht im Türrahmen und sah den Kommissar aufmerksam an, bevor er ihm erklärte. „Als einziges Kind hätte sie auch das Geschäft übernehmen können. Hinbekommen hätte sie es bestimmt. Sie hat ein glänzendes Abi in Mathe hingelegt, aber wir wollten beide nicht, dass sie in die Firma einsteigt.“

Brauser nickte, wobei ihm nicht klar war, ob das *wir beide* auch Sophia einschloss. „Und Ihre Tochter hatte das auch nie in Erwägung gezogen?“

„Nein. Ein Neffe von mir hat das Geschäft bereits übernommen.“

Der Alte setzte das Spray an den Mund und nahm einen kräftigen Zug, dann erst fuhr er fort. „Wissen Sie, unsere Senfproduktion ist seit neunzehnhundertvierzehn fest in Familienhand. Anfangs gehörten mehrere Metzgereien dazu und der Senf war eigentlich nur ein Nebenprodukt. Der wurde damals nämlich noch in den Haushalten selbst gemacht, was aber sehr mühsam war. Senfkörner und Blütensaat müssen gemahlen und teilweise entölt werden, bis gelbes und braunes Senfmehl entsteht. Dann kommen Farinzucker, Was-

ser, Brandweinessig hinzu und natürlich weitere Gewürze, für die jede Familie ihr eigenes Rezept hatte. So wie meine Urgroßmutter. Nur dass die ihren Senf in den Metzgereien portionsweise zur Wurst verkauft hat." Der Alte hustete und Brauser hoffte, er würde mehr erzählen. Die Herstellung von Senf hatte ihn schon immer sehr interessiert.
„Und Sie produzieren heute noch nach diesem alten Rezept?"
„Ja. Und nur ganz wenige wissen, welche Gewürze tatsächlich verwendet werden. Der Reifungsprozess ist streng geheim. Aber natürlich nehmen wir nur beste Zutaten. Das Originalrezept befindet sich übrigens im Safe."
Wieder hustete der Alte und dann huschte ein Schmunzeln über sein Gesicht. „Meine Urgroßmutter hatte einfach das beste. Die Leute mochten ihren Senf so sehr, dass sie schließlich mit der professionellen Produktion beginnen konnte, allerdings in einer eher bescheidenen Fabrik. Mit den Jahren wurde die Firma dann immer größer. Heute könnte sich niemand mehr vorstellen, seinen Senf im Kochtopf selbst zu machen."
So wie der Alte das sagte, klang es kein bisschen eingebildet, sondern einfach nur stolz. Wie ein Mann, der sein Leben genutzt hatte, und nun zufrieden zurücksah. „Heute laufen wöchentlich rund eine halbe Million Gläser und Tuben vom Band", erklärte er abschließend.
„Trotzdem hat sich Ihre Tochter nicht dafür interessiert?", führte der Kommissar wieder zu seinem eigentlichen Anliegen zurück.
„Unsere Tochter hat getanzt, Geige gespielt und von einer Karriere als Sängerin geträumt. Wir waren in der glücklichen Lage, ihr diese Wünsche zu erfüllen."
Jetzt besann sich Weberknecht, denn er hatte sich von der Geschichte davontragen lassen und für einen Moment den Grund der Befragung durch den Hauptkommissar vergessen. Er war schlagartig wieder da und fuhr mit milder Stim-

me fort. „Ich wollte immer nur das Beste für sie. Aber welcher Vater weiß schon, was das Beste für sein Kind ist?“

***

Für die Passauer Bevölkerung war es einfach nur „das Stadttheater“, das da am südlichen Steilhang des Domberges, der Schokoladenseite der Stadt, entlang der Gottfried-Schäfer-Straße lag. Im 17. Jahrhundert war es als Ballhaus für ein beliebtes spanisches Hallenballspiel erbaut worden und hatte dann in seiner wechselvollen Geschichte viele Pächter erlebt. Vom anspruchsvollen Musentempel war es zum mittelmäßigen Theater abgestiegen, in dem Varietés und schlechte Inszenierungen gegeben wurden, bis es wieder zu dem wurde, was es heute war: ein liebevoll restauriertes und modernisiertes Kleinod der Theaterszene.
Schon von unterwegs hatte Hannes sie beim Verwaltungsdirektor angemeldet und so stand dieser, als sie am Nachmittag vor dem Haus anhielten, auf der obersten Treppenstufe, um sie zu empfangen. Die Sonne versank gerade zwischen den Bäumen entlang des Inns, einem der drei Passauer Flüsse, was ein ganz besonderes Schauspiel nach den Tagen im zähen Nebel war.
Lutz Schaffroth schien vom Tod seiner Sopranistin betroffen, wenn auch nicht am Boden zerstört. Die Luft in seinem Büro wirkte so alt wie das Gebäude, obwohl das kleine Fenster, mit Blick auf den Inn, weit offen stand und Franziska ahnte, dass die vielen Zigarettenstummel in seinem Aschenbecher der Grund dafür waren. Der Verwaltungsdirektor war über einen Meter und achtzig groß, trug einen Anzug, der dringend gebügelt werden sollte, und hatte kurze, sehr dunkle Haare. Ob er besonders stark war oder zu Wutausbrüchen neigte, konnte man in diesem Moment nicht sagen, aber schließlich stand der Mann ja auch nicht unter Verdacht.

„Wie konnte so etwas Schreckliches nur passieren?", fragte er, nachdem alle Platz genommen und seine Sekretärin Kaffee und Mineralwasser angeboten hatte. Er fügte schnell hinzu: „Ich meine, auf der Bühne stirbt man selbstverständlich hundert Tode, aber in der Realität?" Wie um weitere Gedanken an dieses Thema von sich zu weisen, schüttelte er den Kopf.
„Sie kannten Frau Weberknecht gut?", fragte die junge Kommissarin und musterte ihn aufmerksam, während sie das Wasserglas in ihren Händen drehte. Es strahlte eine so angenehme Frische aus.
„Was heißt gut? Ich bin seit einem Jahr hier am Theater und da lernt man schon den einen oder anderen kennen. Aber nicht näher, wenn Sie das meinen." Schaffroth sprach schnell, beinahe hastig, so als liefe ihm die Zeit davon.
„Nun, wie wir schon am Telefon sagten, Frau Weberknecht wurde erschlagen. In ihrer Wohnung fanden wir aber weder Adressbuch noch Handy. Sie hatte aber doch sicher eines?"
„Äh, ja. Ja, ja." Schaffroth schob seine Kaffeetasse ein Stück zur Seite und legte die eben angezündete Zigarette auf dem Aschenbecher ab, um in seinem Adressbuch zu blättern. „Ich habe hier zumindest ihre Handynummer."
„Ach, würden Sie mir die bitte geben?" Franziska öffnete ihr grünes Notizbuch und ließ sich die Nummer diktieren.
„Wie war sie denn so?", wandte sich nun Hannes an Schaffroth, der Franziska ansah.
„Tja, was soll ich dazu sagen. Sophia Weberknecht war eine sehr gute Sopranistin und eine zuverlässige Kollegin. Sie war stets exzellent vorbereitet, pünktlich am Bus, wenn wir auswärts auftraten, und beklagte sich im Vergleich zu manch anderem nie über die Fahrt. Sie kam in der Presse sehr gut an und war sehr beliebt beim Publikum und beim Ensemble. Deshalb ist es sicher ein großer Verlust für unser Theater und womöglich sogar für die gesamte Opernwelt." Er

machte eine Pause und zog hastig drei, vier Mal an seiner Zigarette, bevor er fortfuhr. „Ich weiß nicht, wie gut Sie mit dem Betrieb eines Theaters vertraut sind?", fragend sah er die beiden Kommissare an, bis diese unsicher mit den Achseln zuckten. Theater, das war etwas für Liebhaber, für ältere Herrschaften oder einschlägige Studenten. Für Polizisten gab es andere Dinge.

„Nun wir sind eines der kleinsten Zweispartentheater im deutschsprachigen Raum. Dass wir dem Publikum trotzdem eine große Vielfalt an Werken anbieten können, ist nur möglich, weil wir uns das Ensemble mit Landshut und Straubing teilen, wobei in Passau das Musiktheater und in Landshut das Schauspiel zu Hause ist." Schaffroth unterstrich seine Ausführungen gestenreich und fuhr hastig fort. „Ein weiterer Punkt ist, dass wir einfach günstiger arbeiten. In der Münchner Staatsoper ist jede Neuinszenierung mit immensem Aufwand in finanzieller, organisatorischer und zeitlicher Hinsicht verbunden. Dort scheut man sich natürlich, selten gespielte Werke anzubieten. Wir in der Provinz können und müssen das, denn unser Publikum möchte ja auch Abwechslung haben."

Franziska nickte, was Schaffroth als Aufforderung auffasste, fortzufahren.

„Natürlich wird man in Passau nie den Pomp und Prunk eines Münchner Bühnenbildes oder dessen technische Finessen erreichen können, aber die Frage ist doch, ob wir das überhaupt anstreben wollen und sollen. Die Chancen für uns sind andere. Das Fürstbischöfliche Opernhaus bietet einen so einmaligen und intimen Rahmen, in dem das Publikum gewissermaßen hautnah das Geschehen auf der Bühne miterleben kann. Bei uns brauchen Sie kein Opernglas, um die Mimik der Sänger zu erkennen. Der Zuschauerraum, der die Besucher als festliches Gartentheater empfängt, kann direkt in die Aufführung einbezogen werden."

„Sie wollen damit sagen, dass es für die Sänger eine besondere Auszeichnung ist, in Passau aufzutreten?“ Franziska war sich nicht sicher, aber nach den schwärmerischen Ausführungen des Verwaltungsdirektors lag dieser Schluss einfach nahe. Schaffroth lächelte nachsichtig und zündete sich eine neue Zigarette an.
„Na ja, ganz so ist es nicht. Eine ganz wichtige Aufgabe des Musiktheaters in der Provinz ist es, jungen Sängern, die eben ihr Studium vollendet haben, die Möglichkeit zu bieten, sich in großen Partien auf der Bühne zu erproben und zu bewähren.“ Der Direktor drückte seine Zigarette aus, stand auf und zeigte auf einige Fotos hinter sich an der Wand. „So manch großer Star trat in jungen Jahren an unserem Theater auf. Ingeborg Hallstein, Rosel Zech oder Klaus Wennemann zum Beispiel.“
Er setzte sich wieder auf seinen Stuhl und überlegte. Es schien, als habe er den Faden verloren. „Und Frau Weberknecht kam direkt nach dem Studium nach Passau?“
Er holte einen dicken Ordner aus seinem Schreibtisch und blätterte darin. „Nein, sie hat in Nürnberg studiert. Dort hat sie während des Studiums auch schon kleinere Partien am Staatstheater gesungen. Hm, dann hatte sie einen Gastvertrag am Theater in Heidelberg, das ist ein kleineres Theater, und war dann drei Jahre am Theater in Lübeck, bevor sie zu uns kam.“
„Mit wem war denn Frau Weberknecht des Öfteren zusammen? Ich meine, wer war mehr als nur ein Kollege für sie?“, fragte Franziska in die eingetretene Stille hinein, unbeeindruckt der großen Künstlernamen, und brachte den Direktor damit ein bisschen ins Schleudern.
„Also, das dürfen Sie mich jetzt nicht fragen! Ich weiß, dass sie mit unserer Kostümbildnerin Swetlana Hermannova ab und zu einen Kaffee getrunken hat, aber sonst ... Da fragen Sie mal besser die Mitglieder des Ensembles.“

„Sind die gerade da?“
Schaffroth warf einen Blick auf seine Uhr „Einige. Wir haben heute Ensembleproben. Um fünf geht es los, und wenn Sie möchten, bringe ich Sie hin.“
Wenn man bei der Kriminalpolizei arbeitet, bleibt es nicht aus, dass man in vielen Häusern ein und aus geht: große Fabriken, kleine Gartenhäuschen, verkommene Wohnungen und elegante Einfamilienhäuser. Das Verbrechen machte vor nichts halt. Ein Theater war Hannes und Franziska allerdings noch nicht untergekommen, und so waren beide sehr gespannt, als Lutz Schaffroth sich erhob, den großen Schlüsselbund von seinem Schreibtisch nahm und sie über die moderne Edelstahltreppe aus dem Verwaltungstrakt durch den großen Redoutensaal, vorbei am Zuschauerraum bis hinüber zur Nebenbühne des Theaters führte.

Umgeben vom tiefen Schwarz der Bühnenrückseite und den Vorhängen rechts und links stand mitten im Raum eine einzelne Tür, auf die ein Herz mit den Buchstaben „G“ und „M“ gemalt war. Auf beiden Seiten der Tür waren Stoffbahnen angebracht, die mit dem hellen Bodenbelag so etwas wie ein Zimmer darstellen sollten. Bei keinem der vorwiegend jungen Leute, die innerhalb oder außerhalb dieser Kulisse herumstanden und neugierig zu ihnen herübersahen, konnte man erkennen, ob es sich um Sänger oder einfach nur um Bühnentechniker handelte. Sie alle waren unspektakulär gekleidet, manche trugen Jeans und T-Shirts oder Pullis, einige sahen aus, als ob sie gar zu einer Straßengang gehörten, und wieder andere hatten einfach eine Jogginghose an.
„Wäre Frau Weberknecht heute auch dabei gewesen?“, fragte Franziska leise, den Blick dem Geschehen auf der Bühne zugewandt.
„Im Prinzip schon.“ Verwundert blickte die junge Oberkommissarin den Verwaltungsdirektor an. Warum war er

denn auf einmal so wortkarg?
„Das heißt, Sie müssen sich jetzt eine neue Besetzung für ihre Rolle suchen?"
„Richtig. Aber das ist beim Musiktheater kein allzu großes Problem."
„Und warum ist das kein großes Problem?"
„Weil wir bereits einen Ersatz haben."
Franziska nickte und sah erneut zur Bühne. „Woher wussten Sie, dass Sie Ersatz brauchen?"
„Äh, ja also", nervös fuhr er sich übers kurze Haar. „Sophia hatte Probleme mit der Rolle und da habe ich zugesehen, dass ich eine Zweitbesetzung für sie bekomme."
„War sie ihr zu schwer?"
„Nein, nein! Zumindest glaube ich das nicht. Aber sie stand in letzter Zeit unter großem Druck. Das ging schon eine ganze Weile so. Vielleicht hat sie sich zu viel zugemutet. Auf jeden Fall war ich mir nicht sicher, ob sie alle Termine absolvieren kann, und da hab ich mich, in weiser Voraussicht sozusagen, nach einer anderen Besetzung umgesehen."
„Aha. Kam das häufiger vor?"
„Es ist nicht unüblich. Große Rollen haben manchmal zwei Besetzungen. Ich meine, so was kann ja immer mal passieren. Also, ich meine natürlich nicht, dass jemand stirbt, aber ein Ausfall schon. Ja, das schon."
Franziska nickte. „Und wo ist jetzt diese Kostümbildnerin?"
„Swetlana Hermannova ist in diesem Stadium mit ihrer Arbeit eigentlich schon fertig. Sie hat die Entwürfe an die Schneiderei gegeben und dort werden die Sachen gefertigt. Sie kommt erst zur Anprobe wieder."
„Und wo finden wir sie bis dahin?" Franziska fand es ermüdend, wie sich Schaffroth jetzt alle Informationen aus der Nase ziehen ließ.
„Ich denke, sie ist zu Hause, in Krumau."
Franziska sah ihn ungläubig an. „Im tschechischen Krumau?"

„Ja, natürlich. Sie stammt von dort. Ihre Mutter ist Kostümbildnerin am Schlosstheater. Waren Sie noch nie dort? Ein herrliches Theater, sehr alt, sehr schön."
„Ich werde es mir ansehen, aber vorher würde ich gern mit einigen ihrer Kollegen sprechen. Wenn Sie das vielleicht organisieren könnten?"
„Ja, natürlich. Ansonsten hätte ich Ihnen noch den Rest des Hauses gezeigt." Unschlüssig nickte Schaffroth zur Tür, die von der Seitenbühne zum Treppenhaus führte. Das *Ruhe*-Schild war für die Proben nicht beleuchtet.
„Ja, gern. Ach, da fällt mir ein: Als Solistin hatte sie doch sicher auch eine eigene Garderobe?" Franziska überlegte, ob sie dort vielleicht auch private Gegenstände verwahrte, ein Handy oder vielleicht ein Adressbuch?
„Ich glaube, Sie machen sich da falsche Vorstellungen." Der Verwaltungsdirektor stieg bereits die Steintreppe, die in den oberen Stock führte, hinauf. „Wir sind ein kleines Opernhaus, wie ich vorhin schon ausführte. Wir können günstiger arbeiten, müssen aber eben auch sparen. Bei uns gibt es nur je eine Sammelumkleide für Männer und Frauen und natürlich für den Chor und das Orchester. Aber Sie können sich gern alles anschauen." Auffordernd zeigte er mit dem rechten Arm in einen schlicht eingerichteten Raum. Ein Tisch mit großem Spiegel darüber und einem Stuhl davor. Alles in hellem Kiefernholz gehalten, wie in einem Klassenzimmer. Nur die Fotos, die an manchen Spiegeln im Rahmen steckten, wiesen auf die Individualität ihrer Besitzer hin.
„Hier ist der Platz von Sophia Weberknecht." Schaffroth wollte schon weitergehen, doch Franziska hielt ihn zurück. „Hatte sie keinen Schrank oder so?"
„Nein, nur diesen Platz. Alles was die Künstler brauchen, haben sie dabei und die Kostüme werden im Fundus in großen Holzkisten aufbewahrt, schließlich müssen sie ja jederzeit auf Reisen gehen können." Der Verwaltungsdirektor

hatte inzwischen viel von seiner Selbstsicherheit eingebüßt, vielleicht fehlten ihm auch seine Zigaretten. Schweißperlen standen ihm auf der Stirn und immer wieder fuhr er sich mit der Hand durchs Haar. Fast tat er Franziska Leid, als sie die Treppe nach unten ansteuerten und sie fragte: „Welches Stück proben Sie eigentlich?"
„Rigoletto! Das ist *die* Oper von Giuseppe Verdi schlechthin. Mit ihr hat er seinen Weltruhm begründet. Eine wunderbare Oper, ein faszinierendes musikalisches Drama. Absurdes Theater. Einfach herrlich!" Auf Schaffroths Gesicht breitete sich eine begeisterte Röte aus.
„Und um was geht's?"
Schaffroth hatte die Treppe erreicht und erzählte, während er langsam hinunterging. „Um einen missgestalteten Opernhelden, der einen Sack hinter sich herschleift, in dem sich, ohne dass er es ahnt, seine sterbende Tochter befindet. Es ist eine typische Dreiecksgeschichte, die den Gesetzen der italienischen Nummernoper entspricht. Ein Tenor liebt einen Sopran, solange bis ein Bariton etwas dagegen hat."
„Und Frau Weberknecht sang den Sopran?"
„Ja, die Gilda. Ihr Vater, Rigoletto, ist der bucklige Hofnarr des Herzogs von Mantua – ein notorischer Frauenheld, der gehörnte Ehemänner und entsetzte Väter mit beißendem Spott überzieht. Er treibt es so schlimm, dass selbst die Höflinge genug von ihm haben und beschließen, ihm einen Denkzettel zu verpassen. Da kommt ihnen Gilda, die Tochter Rigolettos, die sich der Herzog als neueste Eroberung ausgesucht hat, gerade recht. Rigoletto, der für seinen Herrn eigentlich die Gräfin Ceprano entführen wollte, beteiligt sich unwissentlich an der Entführung der eigenen Tochter. Als er erfährt, dass sie sich in den Herzog verliebt hat, will er sie in Männerkleidung fortschicken und den Herzog von einem Meuchelmörder umbringen lassen. Rigoletto behandelt Gilda, die längst zu einer lebenshungrigen Frau geworden

ist, wie ein Kleinkind. Als sie erfährt, dass der Geliebte getötet werden soll, opfert sie sich für ihn, wird tödlich verletzt und landet in dem Sack, den Rigoletto übergeben bekommt. Erst als er die Stimme des Herzogs hört, öffnet er den Sack und entdeckt Gilda darin. Am Ende stirbt seine Tochter in seinen Armen."

„Das ist ja furchtbar!"

„Das ist die Oper! Übrigens bin ich mir sicher, dass Sie den einen oder anderen Opernhit des Herzogs von Mantua ohnehin kennen." Gleich darauf erhob Schaffroth seine Stimme und sang: „La donna è mobile qual piuma al vento, muta d'accento e di pensiero. Sempre un amabile, leggiadro viso, in pianto o in riso, è menzognero."

„Aus der Pizzawerbung?", fragte Franziska fasziniert.

„Aus dem Rigoletto!", antwortete Schaffroth voller Stolz.

„Ja, sehr schön", mischte sich Hannes ein wenig unwirsch in die Darbietung ein. „Und wer hat jetzt alles mit Frau Weberknecht zusammengearbeitet?"

„Einen Moment, bitte." Der Verwaltungsdirektor räusperte sich, ging zu einem Pult neben dem schwarzen Vorhang, der die Hauptbühne abgrenzte, und drückte einige Knöpfe, bevor er in ein Mikrofon sprach: „Bitte das gesamte Ensemble zu einer Besprechung auf die Bühne."

Kurz darauf öffnete sich die Tür zur Hinterbühne und etliche Männer und Frauen strömten herein, um sich zwischen den Kulissen niederzulassen. Als Schaffroth den erstaunten Blick der Oberkommissarin sah, erklärte er. „Über das Inspizientenpult werden während der Aufführung Sänger, Chor, Techniker und Kulissen eingerufen. In jedem Raum hängen extra Lautsprecher."

„Hey, ich bin Carlos." Der kräftige junge Mann, der erst jetzt hinzukam, nickte den Kommissaren zu und gesellte sich zu den anderen.

„Carlos singt den Herzog von Mantua", flüsterte Schaffroth

den beiden zu.
„Tenor?“, wollte Hannes wissen.
„Respekt, Herr Kommissar, Sie kennen sich aus!“
„Ich bin Franziska Steinbacher von der Mordkommission Passau und das ist mein Kollege Johannes Hollermann“, stellte Franziska sie dem Ensemble vor. „Wir ermitteln im Todesfall Sophia Weberknecht und möchten Ihnen gerne ein paar Fragen stellen.“
„Sie ermitteln bei uns? Sie glauben doch nicht ernsthaft, dass einer von uns Sophia etwas angetan hat?“
„Wir sind Sänger, wir inszenieren einen Mord auf der Bühne, aber doch nicht in echt!“
„Wie ist sie denn eigentlich gestorben?“, fragte schließlich eine der Frauen, die sie schon zu Beginn auf der Bühne gesehen hatten, mit dunkler Stimme. Sie hatte eine sehr weibliche Figur mit üppigen Rundungen, wie Hannes entzückt feststellte.
„Das ist Katharina Eschenbacher, sie singt die Maddalena. Mezzosopran“, flüsterte Schaffroth erneut.
„Sie wurde in ihrer Wohnung erschlagen“, antwortete Franziska ungeachtet seiner Eingaben. Ein Raunen ging durch den Raum und es dauerte, bis sich alle wieder beruhigt hatten.
„Wir müssen davon ausgehen, dass sie ihren Mörder kannte.“ Wieder stieg der Geräuschpegel beachtlich. Die Akustik war wirklich sehr gut.
„Wer von Ihnen hat sie denn näher gekannt? Wer kann mir etwas über ihr Leben erzählen, über ihren Umgang, ihre Freunde? Was hat sie gemacht, wenn sie nicht auf der Bühne stand?
„Geprobt vermutlich“, spekulierte Carlos laut und quittierte seine Aussage mit einem schelmischen Lächeln.
Franziska warf schnell einen Blick zu Schaffroth, aber der schien gar nichts sagen zu wollen.

„Nein, wirklich, sie hat ständig geprobt und an sich gearbeitet. Hatte für nichts und niemand Zeit. Wenn überhaupt, dann kannte Sweta sie näher, die hat sie mal nach Krumau eingeladen.“ Es war erneut Carlos, der sich zu einer Aussage hinreißen ließ und dabei ein paar Schritte auf Franziska zuging. „Aber sonst wüsste ich niemanden. Ich bin mir gar nicht sicher, ob Sophia überhaupt Freunde hatte oder brauchte. Ich glaube, die war sich selbst genug.“ Franziska musterte den Sänger: Seine Stimme war wirklich schön und zudem hatte er ein weiches, freundliches Gesicht. So unschuldig, wie es sich für einen Verführer auf der Bühne eben gehörte. Er mochte Ende zwanzig sein. Ob das jetzt auch eine Rolle war, die er ihr vorspielte?
„Was ist denn mit Walter?“, fragte eine zierliche junge Frau in Jogginghosen und knappem T-Shirt, woraufhin sich Carlos erstaunlich schnell zu ihr umdrehte.
„Walter? Bist du verrückt! Der wollte sie doch auch nur für eine schnelle Nummer, wie alle anderen, die er gemalt hat!“
„Wer ist Walter?“ Franziska blickte sich suchend um, aber niemand meldete sich.
„Unser Bühnenbildner. Ein verkannter Künstler.“ Die Stimme der Eschenbacher klang sehr erotisch. „Nein, im Ernst. Zurzeit bereitet er eine Ausstellung vor. Wird bestimmt ganz spektakulär.“
„Ist er denn so gut?“
„Kommt ganz drauf an.“
„Auf was?“ Die junge Kommissarin war sich sicher, dass sie Insiderwissen brauchen würde, um diesen Dialog zu verstehen.
„Ob man auf seine Fantasien steht.“
„Jetzt sag es ihr schon“, mischte sich die junge Frau in der Jogginghose mit kecker Stimme ein und die Eschenbacher ging ein paar Schritte vor, bis sie direkt vor Franziska stand und ihr in einem vertraulichen Ton erklärte. „Er zeichnet

Frauenakte. Aber bevor er sich ans Malen macht, geht er mit ihnen ins Bett. Walter sagt, wenn er die Frauen zuerst richtig durchvögelt, dann lassen sie sich anschließend besser zeichnen."

„Das stimmt so nicht. Walter behauptet, es sei der Flash nach dem gelungenen Höhepunkt, der die Frauen so unwiderstehlich schön machen würde, und die, die es ihm glauben, gehen mit ihm ins Bett." Carlos hatte sich zu den beiden Frauen gesellt. „Aber so wie es aussieht, wollte Sophia nicht. Weder aus dem einen noch aus dem anderen Grund. Vielleicht war sie ja frigide?"

Irritiert über diese offene Diffamierung sah Franziska von einem zum anderen.

„Wie sieht er denn aus, dieser Walter?"

„Interesse?" Die Eschenbacher musterte sie spöttisch.

Franziska errötete, hatte sich jedoch gleich wieder im Griff. „Nein, aber ich wüsste gern, ob er der letzte Besucher von Sophia Weberknecht gewesen sein könnte. Es liegen Zeugenaussagen vor."

„Also, im Grunde ist Walter nichts Besonderes. Ich meine, man fragt sich, warum ihm alle Frauen zu Füßen liegen, aber vielleicht gehen Sie einfach mal bei ihm vorbei."

Schaffroth hatte sich ins Gespräch eingemischt, versuchte die erhitzten Gemüter zu besänftigen und warf jetzt einen Blick auf seine Uhr, „Es könnte durchaus sein, dass Sie ihn draußen in Maierhof in der Werkstatt antreffen. Dort werden unsere Bühnenbilder gemacht und er hat da eine kleine Wohnung."

„Und Sie haben sich alle supergut mit Frau Weberknecht verstanden?", wandte sich Franziska wieder an die gesamte Truppe und dachte an das, was sie ihr gegenüber ausgeplaudert hatten. Wer weiß, was sie besprachen, wenn sie allein waren.

„Na ja, natürlich gab es hier und da mal ein paar Unstim-

migkeiten, aber deshalb bringt man doch niemand um, oder?"
„Nein, natürlich nicht. Aber Frau Weberknecht ist tot und irgendjemand hat sie umgebracht. Ich gebe Ihnen jetzt meine Karte, vielleicht fällt Ihnen ja noch etwas ein. Dann melden Sie sich bitte bei mir."

***

„Sag mal, Hannes, kennst du dich etwa mit der Oper aus?"
„Was heißt auskennen? Ich habe mal im Chor gesungen."
„Wie? Hier im Theater?"
„Nein, im Kirchenchor."
„Ach, das hast du mir ja gar nicht erzählt. Als Tenor?"
„Das war als Kind."
„Ach so. Du, die Eschenbacher hat eine tolle Stimme, findest du nicht?"
„Doch, überhaupt scheint das eine tolle Truppe zu sein. Ich fand sie alle sehr sympathisch – impulsiv, aber sehr nett."
„Ich bin ganz schön gespannt auf diesen Walter."
Franziska warf einen kurzen Blick auf das Navi und fuhr dann über die Josef-Strauß-Brücke.
„Reizt er dich?"
Ohne darauf einzugehen sagte Franziska: „Wäre doch interessant zu wissen, wer von den Damen diesem vermeintlichen Lüstling erlegen ist. Ich meine, die sprachen immer nur von anderen Frauen, aber wenn er es angeblich auf Sophia Weberknecht abgesehen hatte, dann hat er es ja vielleicht auch bei der Eschenbacher probiert."
„Wir sind hier im Blumenparadies gelandet: Tulpenstraße, Geranienweg ...", zählte Hannes auf, während er bereits nach dem richtigen Gebäude Ausschau hielt.
Franziska sah sich interessiert um. Noch immer kannte sie nicht alle Winkel von Passau.
„Nein, das muss noch weiter vorn sein. Hinter der Tankstelle

hat Schaffroth gesagt. Schau, da vorne steht ein Lastwagen vom Theater."

Franziska kreuzte die Bundesstraße und parkte direkt hinter dem Theaterlastwagen. Nachdem sie die zehn Stufen der Metalltreppe hinaufgestiegen waren, klingelte Hannes an der einzigen Haustür neben der Lkw-Rampe. Aber auch nach mehreren Versuchen wurde ihnen nicht geöffnet.

„Weißt du was, wir sollten uns jeden Einzelnen morgen noch einmal in Ruhe vornehmen. Dann sehen wir auch eher, ob die uns nur was vorspielen oder ob wirklich keiner was weiß. Wenn Frau Weberknecht seit einiger Zeit Probleme hatte, dann hat sie doch bestimmt auch mit den anderen darüber geredet und nicht nur mit Schaffroth." Franziska nickte. Je länger sie darüber nachdachte, desto wahrscheinlicher schien ihr ihre Idee. „Na, und wenn nicht, dann haben sie ja vielleicht wenigstens etwas gemerkt und wollten das heute einfach nicht sagen. Ich hatte nämlich das Gefühl, da wollte jeder ein bisschen cooler sein als der andere."

***

Nachdem er die Steinstufen vor dem Haus hinuntergegangen war, blieb Hauptkommissar Brauser für einen Moment am Gartenzaun stehen. Die ganze Zeit schon hatte er sich gefragt, wie die beiden das alles so ruhig aufnehmen konnten, warum sie nicht tobten und mit ihm schimpften. Warum sie nicht gefordert hatten, dass er ihnen ihre Tochter wiederbrachte. Natürlich konnte er das nicht tun, es gab kein Zurück mehr. Brauser warf einen Blick zum Haus, doch es schien wie ausgestorben.

Langsam schlüpfte er in seine Jacke, die er noch immer in der Hand hielt, und dachte dabei an die beiden Alten. Ja, es wäre leichter für ihn gewesen, wenn sie getobt hätten. So aber stand er am Gartenzaun, zog seine Jacke enger an sich

und spürte, wie ihre Trauer allmählich auf ihn überging, und es schien ihm auf einmal, als könne er sie nie mehr ablegen.
Mit langsamen Schritten verließ er das Grundstück.
Das Haus lag am Rande des Gewerbegebietes. Alles flach rundherum, sehr ruhig und deshalb für ältere Herrschaften ein idealer Ort. Für eine Heranwachsende dagegen war es viel zu einsam. Kein Wunder, dass sie weg wollte. Kein Wunder, dass sie nicht auch noch als Erwachsene im elterlichen Betrieb bleiben wollte, wie die Eltern erzählt hatten.
Die Straße war schmal, gegenüber standen zwei weitere Häuser. Sie waren kleiner als das Weberknecht'sche Anwesen und schlichter. Links davon schloss eine große Wiese an, auf der Pferde friedlich auf einer Koppel grasten, dahinter begann ein Wald, der über einen gesandeten Weg gut erreichbar schien. Vielleicht hatte eines der Pferde Sophia gehört, überlegte Brauser, schließlich träumten doch alle Mädchen von einem eigenen Pferd. Ohne zu überlegen ging er auf die Häuser zu. Er würde einfach klingeln und fragen, und wenn er Glück hatte, dann hatten die Bewohner sie gekannt und konnten ihm erzählen, warum Sophia so geworden war. Als er vor dem ersten Briefkasten stand, las er den Namen Chr. Sundhofer. Brauser klingelte beherzt, doch als nach dem zweiten Klingeln immer noch niemand öffnete, ging er zur nächsten Haustür, um dort sein Glück zu versuchen. Er wollte gerade auf die Klingel von Familie Horwitz drücken, da öffnete sich die Haustür und ein etwa zweijähriger Junge erschien, gefolgt von einer brünetten jungen Frau in Jeans, Laufschuhen und einem wattierten Anorak. Ihre Hände schoben einen geländegängigen Kinderwagen. Als die junge Frau Brauser entdeckte, rief sie den Jungen zurück und fragte irritiert: „Wer sind Sie?"
Der Kommissar konnte sich beim Anblick des quengelnden Jungen eines Lächelns nicht erwehren. Er zog seinen Aus-

weis aus der Tasche und stellte sich vor. „Hauptkommissar Berthold Brauser von der Kripo Passau. Ich würde Ihnen gerne ein paar Fragen stellen."
„Ja, wenn es schnell geht. Ich hab nämlich Max versprochen zum Spielplatz zu gehen und jetzt ist er nicht mehr zu halten." Sie sah den Kommissar an, überlegte kurz und forderte dann: „Kommen Sie doch mit!"
Brauser sah auf die Uhr und nickte. Warum auch nicht? Ihm blieb genug Zeit, denn wenn er jetzt zurückfuhr, würde er ohnehin nur im Berufsverkehr stecken.
„Ich bin übrigens Anne Horwitz. Der Spielplatz ist gleich da hinten, am Waldrand." Sie deutete auf die Waldlichtung hinter der Pferdekoppel.
Der Sand knirschte unter den großen Gummirädern des Kinderwagens, in dem Philipp, der kleine Bruder von Max, friedlich schlief.
„Wie lange wohnen Sie schon hier?", fragte Brauser und sah dabei über die Schulter zurück zum Haus der Familie Horwitz.
„Eigentlich schon immer. Als ich vor vier Jahren geheiratet habe, bin ich einfach geblieben. Man könnte auch sagen: übrig geblieben." Sie lachte, weil es ein bisschen resigniert klang. „Mit den Kindern fand ich es praktisch, denn ich muss mir hier nicht so viele Sorgen wegen des Verkehrs machen. Für meinen Mann ist es nicht ganz so gut. Er fährt jeden Morgen eine gute Stunde zur Arbeit, aber noch lohnt es sich."
Im Laufschritt hatte Max die Lichtung mit dem Spielplatz erreicht und stürmte die Leiter zur Rutschbahn hinauf. Brauser blieb bei diesem Unterfangen fast das Herz stehen, doch seine Mutter schien daran gewöhnt. Außer der Rutschbahn gab es noch ein Spielhäuschen, eine Wippe, zwei Balancierbalken, eine Schaukel mit Gummireifen, einen Streetballkorb und mehrere Bänke. Zu einer davon steuerte Anne

Horwitz den Kinderwagen und setzte sich, während sie darauf wartete, dass Brauser ihr folgte.
Doch der Kommissar drehte erst einmal eine Runde und sah sich die Spielgeräte näher an, bevor er sich ebenfalls auf die Bank setzte. Es war alles in einem Topzustand. „Den meisten Kommunen fehlt für so etwas das Geld“, bemerkte er nach einem weiteren Blick.
„Den haben die Weberknechts bauen lassen. Für ihre Tochter Sophia. Sie wuchs als Einzelkind auf und war der ganze Stolz der Eltern. Und damit sie mit anderen zusammenspielen konnte, baute der Vater kurzerhand diesen Spielplatz. Er war immer ein Magnet für Mütter und Kinder aus der ganzen Gegend und er wird jedes Jahr im Frühjahr überholt.“ Brauser holte ein Foto von Sophia aus seiner Jackentasche und hielt es Anne Horwitz entgegen. „Dann kennen Sie Sophia Weberknecht gut?“
„Ja, klar! Wir kennen uns aus dem Sandkasten, waren später zusammen auf dem Gymnasium. Erst seit ich geheiratet habe und die beiden Jungs da sind, sehen wir uns kaum noch. Sie machte Karriere und ich bin Hausfrau. Schade, eigentlich. Es war immer ziemlich praktisch für mich, mit Sophia befreundet zu sein. Warum fragen Sie?“
„Sophia Weberknecht ist tot.“
Die eben noch lächelnde junge Frau schlug beide Hände vor den Mund und sah an Brauser vorbei, um ihm nicht ins Gesicht blicken zu müssen. „Sie ist tot“, flüsterte sie hinter ihren Händen und schüttelte langsam den Kopf. „Wie, ich meine, woran ist sie gestorben?“ Sie blickte dem Kommissar direkt in die Augen.
„Sie wurde in ihrer Wohnung erschlagen.“
„Das ist ja schrecklich!“
Brauser hob bedauernd die Schultern und fragte: „Wann haben Sie sie denn zum letzten Mal gesehen?“
Anne sah zum Sandkasten hinüber, bevor sie antwortete.

„Oh, das ist lange her. Sie kommt ja auch nur noch ganz selten nach Hause und bei ihrem letzten Besuch war ich gerade im Krankenhaus zur Entbindung von Philipp."
Mit einem schnellen Blick vergewisserte sie sich, dass es dem Baby gut ging, bevor sie sich wieder dem Kommissar zuwandte.
„Warum?" Sie legte ihren ganzen Schmerz, ihre ganze Fassungslosigkeit in dieses eine Wort.
Brauser schüttelte voller Bedauern seinen Kopf und ließ ihr Zeit, bevor er weiterfragte. „Wie war Sophia? Erzählen Sie mir von ihr."
„Sophia? Die ist eine richtige Träumerin. Na ja, sie kann sich das ja auch leisten. Ich meine, ihre Eltern haben richtig Kohle, und wenn sie etwas wollte, dann bekam sie das auch. Meistens."
„Meistens?"
„Ja, wirklich. Außer den Roller, der war ihrem Vater einfach zu gefährlich, und ihre Mutter hat sie ja ohnehin immer gefahren. Tja, seit ich selbst Kinder habe, verstehe ich das auch viel besser."
„Hatte Sophia viele Freunde?"
„Oh ja, sie war schon immer sehr umschwärmt. Die Jungs lagen ihr zu Füßen, so wie heute die Männer, aber Sophia ist sehr wählerisch." Die junge Frau begann auf ihrem linken Daumennagel herumzubeißen und dabei schien sie in Gedanken um Jahre zurückzureisen.
„Sie haben eben gesagt, dass es recht praktisch für Sie war, mit ihr befreundet zu sein, wie haben Sie das gemeint?"
Sie wollte schon zu einer Antwort ansetzen, als der kleine Max mit viel Geschrei zu ihnen herübergelaufen kam. Anscheinend langweilte ihn das Rutschen.
„Schau mal, Mäxchen, ich hab deinen Eimer dabei!" Anne Horwitz bückte sich und holte aus dem unteren Ablagekorb des Kinderwagens einen kleinen Eimer mit Schaufel und

Sieb. Der Kommissar sah ihm lächelnd hinterher, als er zufrieden davontrottete.

Anne Horwitz fuhr fort. „Sophia ist das einzige Kind der Weberknechts und sie wollte nicht immer so, wie die Eltern. Darum haben sie mich oft mitgenommen, morgens in die Schule, abends zum Essengehen oder ins Kino. Natürlich habe ich mich immer besonders gut benommen." Lächelnd strich sie sich eine Strähne ihrer dunklen Haare aus dem Gesicht. „Einmal durfte ich sogar mit in den Urlaub fahren, nach Sirmione, das ist ein kleines mittelalterliches Städtchen auf einer Halbinsel im Gardasee." Die junge Mutter blickte in die Ferne, als läge dort der Gardasee und sie könne mit ihrem Willen die Zeit von damals zurückbringen. Brauser fand sie sehr hübsch in diesem Moment. „Die hatten dort sogar ein Thermalbad, so was habe ich vorher noch nie betreten, und unser Zimmer erst! Wir wohnten in einem ganz teuren Hotel, es war der schönste Urlaub meines Lebens. Sophia hat ständig rumgenörgelt, sie kannte es nicht anders."

„Und dann wollte sie Sängerin werden?" Brauser dachte an die Bilder, die im Wohnzimmer hingen. Von der Lulu, der Lucia und der Violetta.

„Ja, was sollte sie denn auch sonst machen?"

Diesen Einwurf verstand er nicht. „Wie meinen Sie das?"

„Na ja, wir gingen zusammen aufs Gymnasium, ich lernte mit ihr und half ihr, vor allem in Mathe, was ich konnte. Aber sie begriff es einfach nicht und sie war wohl auch zu faul, weil es ihr keinen Spaß machte. Nur beim Tanzen und Musizieren, da war sie eifrig. Und wenn sie sang. Ihre Mutter ging mit ihr zum Vorsingen, die Chance auf eine Karriere als gefeierter Bühnenstar hat ihren Vater dann schnell überzeugt. Bestimmt hatte er sich insgeheim ausgemalt, mit der schönen Tochter im Blitzlichtgewitter der Journalistenkameras zu stehen, der Stolz in Person. Nach dem Abi hat sie dann in Nürnberg am Meistersingerkonservatorium studiert. Sie hat wirklich Talent und sogar schon einen Preis gewonnen. Aber dafür hat sie auch wie eine Besessene geübt. Ja, dafür schon."

Während Anne Horwitz den schulischen Werdegang von Sophia Weberknecht schilderte, war der Kommissar stutzig geworden, denn etwas kam ihm seltsam vor, doch das Klingeln seines Handys unterbrach jede weitere Überlegung. Er stand auf und ging einige Schritte davon, bevor er das Gespräch annahm. „Chef, kommen Sie heute noch ins Büro?"

Brauser sah auf seine Uhr. „Warum, gibt's was Neues?"

„Und ob! Wallensteins Waffe wurde gefunden."

„Mensch, Hollermann, können Sie sich nicht korrekt ausdrücken? Die Tatwaffe im Mordfall Wallenstein wurde gefunden, so muss das heißen."

„Ja, Chef, die Tatwaffe im Mordfall Wallenstein wurde gefunden, und es handelt sich um Wallensteins Waffe."

***

Hauptkommissar Berthold Brauser hatte auf der A3 in Richtung Passau ordentlich Gas gegeben. Endlich etwas, auf das er aufbauen konnte. Endlich eine neue Spur in diesem vertrackten Fall. Er musste sich schleunigst ein Bild davon machen.

Die Waffe, mit der Wallenstein erschossen worden war, hatte also ihm selbst gehört. Aber warum zum Teufel hatte er sie aus der Hand gegeben und sich damit erschießen lassen, statt sich zu wehren? Nein, halt, er war ja schon tot gewesen, als er *erschossen* wurde. Aber vorher, warum hatte er sich vorher nicht gewehrt? Wie hatte es überhaupt so weit kommen können, wo er doch bewaffnet gewesen war? Wieder wurde Brauser klar, dass er immer noch im Dunkeln tappte.

Es gab noch immer keinen Anhaltspunkt dafür, dass Wallenstein bereits vorher in Passau gewesen war, also konnte Brauser nur annehmen, dass er direkt von Frankfurt über die A3 nach Passau gefahren war. Irgendwo hatte er wahrscheinlich einen oder vielleicht auch mehrere Mitfahrer mitgenommen. Freiwillig, denn sonst hätte er ja seine Waffe gezogen, und das war neu an seiner Überlegung. Es sei denn, diese hatte im Auto gelegen, die Täter waren selbst bewaffnet gewesen und er hatte gar keine Zeit seine Waffe zu nutzen.
Der Kommissar verließ an der Abzweigung Passau-Nord die Autobahn und fuhr Richtung Franz-Josef-Strauß-Brücke. „Nein!", rief er energisch, das passte nicht. Wären sie bewaffnet gewesen, dann hätten sie ihn doch nicht mit dem Seil am Beifahrersitz festbinden müssen. Oder doch? Vielleicht hatten sie ihm ja auch schon unterwegs die Luft in die Venen gespritzt und hatten ihn dann, als er längst an der Embolie gestorben war, auf den Beifahrersitz gebunden, damit er seine Haltung nicht verlor. Das schien plausibler.
„Ja!", rief Brauser, als er über die kleine Haitzingerbrücke und dann nach links in Richtung Polizeigebäude einbog. Er sah es fast vor sich, das Gesindel, das sich auf einem Rastplatz herumtrieb und den arglosen Klaus Wallenstein ansprach und überwältigte.
Und die Waffe? Brauser ermahnte sich innerlich. Tja, die Waffe. Wo legt man als Normalbürger seine Waffe hin, wenn man unterwegs ist? Einzig Polizisten dürfen sie einsatzbereit am Körper führen. Für alle anderen war es sicher besser, sie irgendwo verborgen zu halten. Im Handschuhfach, im Kofferraum, in einem kleinen Koffer auf dem Rücksitz; es gab unzählige Möglichkeiten, man wollte gar nicht glauben, wo die Leute Waffen versteckten, und wo sie die Polizei bei Razzien wieder zum Vorschein brachte.
Ein wenig mürrisch schloss er das Auto ab und betrat das Dienstgebäude. Ramona war zum Glück schon nach Hause

gegangen. Nicht, dass er etwas gegen sie hatte. Nein, das nicht. Aber mit ihrer angeblich geheimen Planung für seinen Abschied ging sie ihm schon mächtig auf die Nerven. Natürlich musste er so tun, als bemerke er nichts, aber welchem Kriminalbeamten, der etwas auf sich hielt, sollte so etwas schon entgehen?

Die Tür zum Büro Hollermann/Steinbacher stand offen, man erwartete ihn also, na, immerhin. Brauser betrat das Dienstzimmer und öffnete als Erstes ein Fenster, denn die Luft war mächtig verbraucht, was aber keinen der jungen Kollegen zu stören schien. „Also, was ist mit der Waffe?"

„Wie bereits vermutet handelt es sich um einen Revolver der Marke Smith & Wesson." Hannes sah auf den Bericht der Kollegen, obwohl er die Daten inzwischen auswendig kannte. „Ein Rentner hat ihn gestern Abend in Kelberg am Rande des Neuburger Waldes gefunden und gab ihn heute Vormittag an der Pforte ab. Zunächst konnten die Kollegen nichts damit anfangen, bis sie die Waffennummer beim LKA abgefragt haben: Der Revolver ist auf einen gewissen Klaus Wallenstein aus Frankfurt registriert. Er nutzt ihn als Sportschütze, alles ganz legal."

„Und die Fingerabdrücke sind auch von Wallenstein?"

Hannes blickte jetzt auf. „Das wird sich zeigen. Er ist noch in der KTU. Die Kollegen haben viel Spaß damit."

Er lächelte süffisant und auch Franziska, die die ganze Zeit still zugehört hatte, sah belustigt aus.

„Was ist daran so lustig?" Brauser legte seine Jacke auf einen freien Stuhl und trat näher an den Schreibtisch heran.

„Der Rentner hat sie beim Pinkeln gefunden, oder besser gesagt: beim Draufpinkeln, und anschließend hat er sie in eine Plastiktüte gepackt, in eine benutzte. *Vertrauen Sie Ihrem Fleischerfachgeschäft* stand drauf, und vorher war sicher eine geräucherte Sau drin, so wie die gerochen hat."

Brauser sah auf die Uhr. Es war spät und er hatte Maria ver-

sprochen pünktlich zum Abendessen zu kommen. Das konnte man in seinem Beruf nicht oft einhalten und seine Frau wusste das auch, aber in diesem Fall lief ihm ja nichts mehr weg.
„Gut, geben Sie mir die Adresse. Ich werde morgen mit dem Mann reden. Gibt's sonst noch was?"
„Der Obduktionsbefund hat die Vermutung des Notarztes bestätigt. Frau Weberknecht wurde erschlagen. Der Professor meinte, der Täter sei nicht grausam zu ihr gewesen", Franziska sah abwartend zu Brauser, um zu sehen, was der von dieser Formulierung hielt.
„Nicht grausam?" Brauser nickte vor sich hin.
„Na ja, das sagt man halt so, wenn es schnell geht und das Opfer nicht mehr viel mitbekommt, oder?" Franziska sah ihn lauernd an, aber Brauser äußerte sich nicht.
„Ach, da fällt mir noch was ein: Die Oberfläche des Gegenstandes war nicht glatt. Sie haben in der Kopfhaut ein Muster an Vertrocknungsspuren gefunden. Vielleicht liefert das ja einen Hinweis auf die Tatwaffe."
Brauser schien tief in Gedanken versunken.
„Wie war es denn bei den Eltern?", fragte Franziska schließlich.
„Was? Ach so, ja. Das Übliche würde ich sagen. Wobei, na ja, nicht ganz. Die Herrschaften waren schon recht alt." Franziska konnte sich angesichts Brausers bevorstehender Pensionierung ein Lächeln nicht verkneifen.
„Ich weiß, was du jetzt denkst, Mädchen, aber ich meine richtig alt und gezeichnet." Franziska nickte. „Diese Familie ist zerstört, und wenn du mich fragst, dann war sie das schon, bevor ihre Tochter starb. Aber vielleicht liegt das ja nur an dieser verdammten hochnäsigen Erziehung, die einfach keine ehrlichen Gefühle zulässt."
Franziska begann, sich ein paar Stichpunkte in ihr grünes Notizbuch zu machen, und als Brauser das bemerkte, wur-

de er ganz Chef. „Anne Horwitz kannst du auch gleich noch aufschreiben. Sie wohnt direkt nebenan und ging mit Sophia Weberknecht zur Schule.“ Brauser überlegte, was denn eigentlich das Wichtigste aus diesem Gespräch war. „Vielleicht sprichst du selbst noch mal mit ihr, ich hab dir die Telefonnummer aufgeschrieben.“ Er schob einen Zettel über den Tisch.

„Dem Anschein nach haben wir im Theater eine heiße Spur gefunden“, berichtete Hannes, der sich wieder einmal so richtig überflüssig vorkam. Bei dieser Behauptung blickte Franziska auf und zog kritisch die Augenbrauen zusammen.

„Ist schon ein interessantes Völkchen und so friedlich, wie es den Anschein haben sollte, ging es da nicht zu, oder?“ Hannes sah Franziska an, um ihre Zustimmung einzuholen.

„Stimmt!“, bestätigte diese. „Wir wollen morgen noch mal mit allen reden.“

„Gut, macht das.“ Der Kommissar nahm seine Jacke vom Stuhl und schlüpfte hinein. Doch plötzlich hielt er inne und drehte sich noch einmal den Kollegen zu.

„Könnt ihr solche Familien verstehen?“ Er machte eine lange Pause und die beiden wussten nicht gleich, worauf er hinaus wollte. „Warum hat uns eigentlich niemand gesagt, dass der Wallenstein Schütze war? Wie glauben die denn, sollen wir unsere Arbeit machen?“

„Sie hielten es für nicht so wichtig, nehme ich mal an.“ Franziska musterte den Chef ungeniert. Er sah alt und müde aus.

„Ja“, sagte er ohne jede Regung. „Vermutlich.“

„Ach, da fällt mir noch etwas ein. Obermüller hat heute mit Paula Nowak ein Bild von dem Mann erstellt, den sie vor dem Haus gesehen hat.“ Franziska suchte in der Mappe, die vor ihr lag, nach dem Bild.

„Und?“

„Er war ganz entzückt von ihr, weil sie sich noch so gut an alles erinnern konnte. Sie muss ihm mächtig viel von der

guten alten Zeit erzählt haben, von Bräuteschulen, in denen die jungen Frauen auf die Ehe vorbereitet wurden und so. Hat ihm gut gefallen."
„Ich meine die Zeichnung? Kann man jemanden erkennen?", fragte Brauser.
„Sieht glaubhaft aus und könnte uns weiterhelfen." Franziska hatte das Blatt gefunden und hielt es in die Höhe. Brauser nahm es ihr aus der Hand, sah es sich lange an und legte es dann auf den Schreibtisch zurück. „Ist er irgendwo aktenkundig?"
„Bisher haben wir nichts gefunden, aber vielleicht ist er ja auch nur ein Zeuge, der uns auf eine Spur bringen kann", teilte Franziska ihm ihre Überlegungen mit.
Ihr Chef nickte und ging zur Tür. Dort klopfte er sich unschlüssig auf seine helle Stoffjacke, so als suche er etwas und als wolle er fühlen, ob es sich in den Brusttaschen verborgen hielt. „Vielleicht wollte Wallenstein gar nicht nach Passau, sondern weiter nach Linz oder Wien, und ist nur durch die Tatsache, dass ihn jemand ermordet hat, in Passau gelandet." Ohne auf eine Antwort zu warten, ging er aus dem Raum. Verdutzt sahen die beiden anderen sich an und hörten gleich darauf die Tür im Flur zuschlagen.

***

Weder vor seinen Freunden noch vor seinen Arbeitskollegen würde Hauptkommissar Berthold Brauser je zugeben, wie gut es sich für ihn anfühlte, nach Hause zu kommen und zu wissen, dass er sich hier nicht verstellen muss, dass er hier sein konnte, wie er war.
Seit über dreißig Jahren wohnte er schon in diesem Haus und genauso lange parkte er abends sein Auto in der Garage neben den Stellplätzen mit den Vogelbeerbüschen und ging den Plattenweg und die wenigen Stufen zu dem Mehr-

familienhaus, in dem er lebte, hinauf. Am Anfang hatte er noch von einem kleinen Anwesen im Grünen geträumt, mit Kinderzimmern und einem Hobbykeller für die Eisenbahn. Aber dann zerplatzte der Traum von eigenen Kindern, und irgendwann hatte er sich damit abgefunden, dass es keinen Sinn machte, sich ein eigenes Haus zuzulegen. Die Vespa hatte er behalten und zur Erinnerung in der Garage hinten quer gestellt, wo sie auf bessere Zeiten wartete. Brauser wusste nicht einmal, ob sie überhaupt noch anspringen würde, wenn er es probierte. Die Haustür stand offen, wie so häufig. Nur gut, dass noch nie jemand auf die Idee gekommen war, sich hier herumzutreiben. Aber leichtsinnig war es doch, und wie immer drehte er den Riegel, damit die Tür hinter ihm zuschnappte, sodass alle, die ins Haus wollten, klingeln mussten, wie es sich gehörte.
Auf dem Treppenabsatz standen eine paar elend aussehende Topfpflanzen, über die sich Brauser jeden Abend ärgerte, aber so waren die Leute: Das, was sie nicht in der Wohnung haben wollten, muteten sie anderen Mietern beim Nachhausekommen zu. Brauser stieg die Treppen hinauf. Im dritten Stock gab es zwei Wohnungen. Rechts wohnte Frau Bachmeier, eine alte Frau, um die sich Maria einmal am Tag kümmerte, und links die Brausers. Er schloss die Tür auf.
„Bertl, bist du das?“ Brauser zog sich gerade die Schuhe aus und stellte seine Aktentasche neben den Schuhschrank.
„Natürlich, wer sonst?“, antwortete er. Jeden Tag dasselbe.
„Hast du Hunger? Es gibt Rouladen mit Püree und Rotkraut. Ist schon fertig“, rief Maria und er ging ins Wohnzimmer, wo seine Frau gerade einen Korb Wäsche bügelte.
„Und wie!“, antwortete er und ließ sich auf einen Stuhl fallen, der neben dem Esstisch stand.
„Was macht der neue Fall?“ Maria fügte eine weitere gebügelte Feinrippunterhose dem ordentlichen Stapel, der auf dem Tisch hinter ihr anwuchs, hinzu.

„Soll ich vielleicht schon mal den Tisch decken?", wich Brauser aus.
„Sie war eine Sängerin am Opernhaus, stimmt's? Das muss ganz schön aufregend sein." Der Kommissar lugte in den Wäschekorb, in dem nur noch zwei Teile lagen. „Ich könnte doch schon decken?"
Maria sah ihn über den Rand ihrer Brille fragend an. „Was ist, darfst du nicht darüber reden?"
„Ach, ich hab einfach keine Lust auf dieses Thema. Was gab's denn bei dir heute?"
„Ich hab mich heute mal wieder mit Johanna getroffen. Stell dir vor, dem Schwertfeger seine Neue spinnt total. Jetzt will sie es als Model versuchen." Maria lachte abschätzig, legte die letzte Unterhose auf den Stapel und zog den Stecker.
„Sie mag ja jung sein und Dieter gibt ihr vielleicht das Gefühl, etwas Besonderes zu sein, aber eigentlich ist sie nur dumm und billig."
„Sagt das Johanna?", fragte Brauser müde und ließ sich am Tisch nieder, während seine Frau für ihn aufdeckte.
„Ja, und ..."
Brauser zog sich die Zeitung heran und blätterte im Fernsehprogramm. Auch auf dieses Gespräch hatte er keine Lust, obwohl er natürlich wusste, dass Johanna recht hatte. Dieter machte sich mit dieser Frau nur lächerlich, aber das musste er selbst herausfinden. Er selbst war nicht die Art von Freund, der anderen gute Ratschläge gab.
„Kommt heute wieder deine Serie?"
„Ja. Warum?" Maria hielt mit der Püreeschüssel kurz inne und sah ihn fragend an, aber ihr Mann nickte nur.
„Ach, nur so." Dann blätterte er weiter.
„Du, Bertl, stell dir vor, bei der Margarethe war heute ein Mann, der wollte die Fernseher im Haus überprüfen, um zu sehen, ob wir auch in Zukunft noch das Satellitenprogramm empfangen können. Der sagte, dass das jetzt gar nicht mehr

selbstverständlich ist, auch wenn wir uns erst kürzlich eine neue Anlage gekauft hätten. Ist das nicht eine Schweinerei? Und die alten Leute wissen es nicht und denken ihr Fernseher ist kaputt."

In ihrer Aufregung stellte sie die Platte mit den Rouladen ein wenig zu heftig auf den Tisch, sodass etwas Soße auf dem abwaschbaren Schutz über dem Tischtuch landete. Schnell lief sie in die Küche, um einen Lappen zu holen.

„Und dann wollte der Mann der Frau Bachmeier eine neue Anlage verkaufen, damit sie nicht denkt, ihr Fernseher ist kaputt", schlussfolgerte Brauser. Eine geniale Strategie, dachte er, darauf muss man erst einmal kommen.

„Wollte der doch gar nicht", rief Maria aus der Küche. „Er hat ein bisschen rumgeschraubt und schon ging alles wieder einwandfrei." Sie wischte die Soße auf, legte den Lappen zur Seite und gab ihrem Mann zwei Rouladen auf den Teller, bevor sie ihm die Schüssel mit dem Püree hinhielt. „Und zum Glück hat sie ja auch für unsere Wohnung einen Schlüssel, so konnte sie den Techniker auch bei uns reinlassen."

„Wo kam der Kerl denn her?" Er legte eine Roulade zurück, denn er war sich nicht sicher, ob sein Appetit heute für zwei reichen würde.

„Ach, Bertl, du immer mit deinem Misstrauen. Er kam von der Stadt und es war alles in Ordnung, glaub mir!" Maria schöpfte sich vom Rotkraut auf, wobei sie den Saft vorher ablaufen ließ.

„Hat er sich ausgewiesen?"

„Das weiß ich nicht. Aber sei doch froh, so kostet uns das alles nichts."

Brauser stöhnte, denn nun war ihm der Appetit völlig vergangen. „Dann sag der Frau Bachmeier bitte, sie solle solche Leute nur noch in unsere Wohnung lassen, wenn du daheim bist. Nein, sag ihr, sie soll gar niemanden in unsere Wohnung lassen."

„Aber dieses Gratisangebot galt doch nur heute, weil er ohnehin in der Nähe war, hat er zu Margarethe gesagt."
Natürlich waren die Rouladen köstlich wie immer. Brauser sah mit einem liebevollen Blick zu Maria hinüber. Beim Kochen machte ihr keiner was vor, aber manchmal war sie einfach zu naiv. Vielleicht musste er in Zukunft nur besser auf sie aufpassen, dachte er, und ahnte nicht, wie schnell sich seine Befürchtung bewahrheiten sollte.

***

„Meinst du, er hat recht?"
„Womit?"
„Womit wohl? Mit seiner Vermutung, dass Wallenstein nur zufällig in Passau gelandet ist." Auch nachdem Brauser längst zu Hause war saßen Franziska und Hannes noch immer an ihren Schreibtischen und brüteten über Brausers Vermutung.
„Warum nicht? Immerhin haben wir nichts gefunden, was auf etwas anderes schließen lässt."
„Jetzt stell dir das doch mal vor." Franziska hob die Hände, um ihre Geschichte zu untermauern. „Du fährst auf einen Rastplatz, um dir einen Kaffee zu holen. Und wenn du zurückkommst, dann stehen da ein paar Typen vor deinem Auto und zwingen dich einzusteigen, was du brav machst. Und natürlich machst du auch kein großes Aufheben, wenn du eine Spritze voller Luft in die Venen gepumpt bekommst." Sie ließ ihre Hände erschöpft auf die Tischkante fallen und sah Hannes abwartend an.
„Stimmt, es müsste in der Öffentlichkeit passiert sein, noch dazu an einem Freitag. Da sind die Autobahnen nämlich voll und die Rastplätze bestimmt auch."
Hannes blätterte in der Akte Wallenstein, bis er das Gesuchte gefunden hatte. „Und außerdem hatte er laut Obduktions-

bericht keinen Kaffee getrunken, sondern einen Chartogne-Taillet. Trinkst du so was am Rastplatz?"
„Ich weiß nicht, ob ich so was überhaupt schon mal getrunken habe." Franziska trommelte nervös mit ihren Fingern auf der Unterlage herum, so, als müsse sie über diese Tatsache lange nachdenken. „Ich glaube nicht, dass man sich von einem Unbekannten eine Spritze setzen lässt. Die war ja auch nicht klein. Eine tödliche Menge sind mindestens vierzig Milliliter."
„Er war immerhin gefesselt."
„Stimmt, obwohl er eine Waffe hatte und ..."
„...er sich hätte wehren können, bevor er gefesselt wurde. Richtig." Hannes nickte zufrieden, sie waren sich einig. Weiter aber waren sie nicht.
„Schau doch mal in der Akte, ob es irgendwelche Quittungen gab, Toilettenbenutzung oder so."
„Negativ. Und eigentlich hatten wir das alles auch schon mal."
„Eben. Wir müssen davon ausgehen, dass Wallenstein einen Grund hatte, um nach Passau zu kommen, und dass er seine Mörder eventuell auch gekannt hat. Denn wenn es rein zufällig geschehen ist und die Täter längst über alle Berge sind, dann finden wir sie nie."
„Warum so resigniert? Wir haben die Waffe, also lass uns einfach abwarten, was bei der Laboruntersuchung herauskommt. Vielleicht sind ja da Fingerabdrücke drauf." Abrupt unterbrach Hannes seine Ansprache, er hatte das Gefühl, Franziska höre ihm gar nicht zu.
„Ich sag dir was", sie beugte sich weit nach vorn, um Hannes besser in die Augen sehen zu können, „das ist Brausers Fall, da soll er sich mal schön selbst seine Gedanken drüber machen. Unser Fall heißt Sophia Weberknecht, und mit der sind wir auch noch kein Stück weiter."
Sie stand auf und suchte nach einem Müsliriegel in ihrer Ta-

sche, gerne hätte sie auch Hannes einen spendiert, aber sie fand nur einen und ihr Magen knurrte. Nachdem sie ihn, ohne auf Hannes zu achten, aufgegessen hatte, nahm sie die Unterhaltung wieder auf.

„Wie denn auch?" Franziska imitierte die alte Nowak, „sie war ja so ein nettes Mädchen!"

„Und sie konnte so toll Geige spielen!" warf Hannes in hoher Fistelstimme ein.

„Ja, und zuverlässig war sie, und immer pünktlich am Bus!" Das sollte Schaffroths Stimme sein.

„Nein, wir haben uns immer gut verstanden. Krach gab es nie. Wir sind Schauspieler, wir morden auf der Bühne, aber doch nicht in Wirklichkeit!"

„Ach, und: Bei ihrem Aussehen dachte ich ja, die Burschen würden bei ihr Schlange stehen." Auf einmal wurde Franziska ernst. „Haben sie aber nicht, und die, die kamen, kamen scheinbar heimlich, unauffällig, nachts."

„Stimmt!" Auch Hannes war wieder ernst. „Wie lichtscheues Gesindel."

„Sie kamen in der Nacht, wie der Mann, der sie umgebracht hat, und ich bin mir sicher, es war ein Mann." Franziska stand erneut auf und suchte im Zimmer herum. „Hast du irgendwas zu essen? Ich verhungere gleich. Mir ist schon ganz schlecht!"

„Wir könnten Pizza bestellen."

„Nein, das dauert ja auch wieder so lange. Ich denke, wir machen Schluss und knöpfen uns morgen die Theaterleute vor, bis sie uns sagen, was sie wirklich über Sophia Weberknecht wissen. Einzeln sind die bestimmt nicht mehr so abgeklärt, meinst du nicht?"

„Ich weiß nicht, wir können es nur versuchen."

***

Franz Albert Mager war seit einem halben Jahr Witwer. Seine Frau hatte sich leise davon gemacht, unscheinbar, so wie sie es in den siebenundvierzig Jahren ihrer Ehe immer gehalten hatte. Die Wohnung sauber, zu jedermann höflich und nur nicht klagen. „Mit Gottes Hilfe wird es schon wieder“, hatte sie gesagt, und vielleicht war er wirklich gnädig zu ihr gewesen, auf ihrem letzten Weg. Zurück blieb ein Ehemann, der es nicht glauben wollte und mit der neuen, so nie geplanten Situation nicht umgehen konnte.
Unschlüssig sah sich Mager an diesem Morgen in der Wohnung um, bis sein Dackel Wastl auf ihn zugelaufen kam und ihm signalisierte, dass es Zeit war, nach draußen zu gehen. Doch zunächst musste er noch auf seine Tochter Ilona warten. Die kam jeden Morgen bei ihm vorbei, fragte, was sie einkaufen sollte und wusste es am Ende doch besser. Sie kümmerte sich um die Wäsche und das Essen und plauderte ein wenig unbeholfen mit ihm, wie er sehr wohl spürte. Sie hatte eigentlich keine Zeit, aber sie nahm sie sich, und das rechnete er ihr hoch an.
Als es klingelte, sagte er zu Wastl: „Jetzt hat das Mädel wieder unseren Schlüssel vergessen“, schüttelte gutmütig den Kopf und lief, ein kleines Lächeln die Mundwinkel umspielend, zur Wohnungstür. Wastl folgte ihm und bellte aufgeregt. „Psst, Wastl, du schreckst ja das ganze Haus auf!“
Vor der Tür stand Hauptkommissar Berthold Brauser und hielt ihm seine Dienstmarke entgegen. „Guten Morgen, Herr Mager, ich hoffe, ich störe nicht?“
Mager schüttelte den Kopf und bat den nur wenige Jahre jüngeren Kommissar herein.
Der Witwer wohnte in einer ähnlichen Siedlung wie die Brausers. Im Treppenhaus standen die gleichen ärmlichen Topfpflanzen, nur dass hier auch noch unzählige Schuhpaare vor den einzelnen Wohnungstüren herumlagen. Die Wohnung dagegen war aufgeräumt, fast ein wenig leer.

„Ich möchte Sie bitten, mir den Fundort der Waffe zu zeigen“, setzte Brauser an und warf einen Blick in die Küche. Auf der Anrichte standen ein Kaffeebecher und ein Brettchen mit einem Messer und einem Löffel darauf. „Ja, ja.“ antwortete Mager ein wenig abwesend und sah zur Tür. Brauser missverstand diesen Blick.
„Wenn Sie sich etwas Warmes anziehen wollen – ich hab das Auto gleich vor der Tür geparkt.“
„Ja, wissen Sie, ich muss aber noch auf meine Tochter warten.“ Der Kommissar blickte ihn fragend an und Mager fügte hinzu: „Sie hilft mir im Haushalt.“
„Wann kommt sie denn?“
Er sah auf die Uhr. „Eigentlich müsste sie schon da sein, ich dachte ja ...“ Anstatt seinen Satz zu beenden, holte er einen Block und einen kleinen Bleistift aus der Schublade und schrieb mit der schönen, lange vernachlässigten Schreibschrift eines Drittklässlers:

Ich musste weg.
Mach alles so, wie du denkst
du weißt ja am besten, was ich brauche.
Dein Vater

Brauser hatte ihm über die Schulter geschaut, aber nichts verstanden. Doch Mager nahm Jacke und Hut, zog die Schuhe an und griff nach der Leine von Wastl.
„Wir könnten zu Fuß gehen, es ist nicht weit und der Hund muss auch raus.“
Brauser nickte und Mager sah ihn an, als wären sie alte Bekannte. Zwar war das Wetter nicht besonders einladend, aber bei einem Hund durfte man wohl nicht empfindlich sein.
„Wo müssen wir denn jetzt hin?“, fragte der Kommissar, schlug den Kragen seiner Jacke hoch und schob fröstelnd die Hände in die Taschen. Doch der Nebel kroch klamm und

erbarmungslos seine Wirbelsäule entlang. Die Sonne hatte am Tag zuvor wirklich nur ein Gastspiel gegeben.
„Äh, wie meinen Sie das?“
„Sie wollten mir den Platz zeigen, wo Sie die Waffe gefunden haben.“
„Ja, natürlich, hier entlang bitte“, rief Mager munter und ging bereits los, ohne auf seinen Begleiter zu warten. Der Dackel zog an der Leine und die beiden Männer folgten ihm.
„Immer dem Hund nach, der kennt den Weg.“
Seit sie die Wohnung verlassen hatten schien sich die Laune des Rentners aufzuhellen. Wahrscheinlich liebte er dieses Schmuddelwetter, dachte Brauser, der denselben Weg bereits kurz zuvor mit dem Auto entlanggefahren war. Doch von dort aus waren ihm die langweiligen Wohnblocks mit den immer gleichen Garagen davor und den Mülltonnen an der Straße nicht so endlos vorgekommen.
Nach einer gefühlten Ewigkeit bogen Herr und Hund in einen gepflasterten Weg ein, der an einigen Garagen vorbei führte. An einer Seite wuchsen schmucklose Sträucher, die sicher ihrer Robustheit wegen ausgesucht worden waren, und auf der anderen gab es einen kleinen Zaun, der wohl was auch immer aufhalten sollte. Brauser betrachtete den Dackel. Vielleicht benötigte er, wenn er erst einmal in Pension war, auch einen kleinen vierbeinigen Freund, um mit ihm Gassi zu gehen, überlegte er kurz, das war bestimmt gesund.
„Ist es noch weit?“ Brauser hörte sich an wie ein quengelndes Kind.
„Da hinten am Wald.“ Mager zeigte mit dem Finger die Richtung an, aber die gesuchte Stelle lag im Nebel verborgen. Nicht weit, äffte Brauser den Rentner in Gedanken nach, beschwerte sich aber nicht.
„Wie oft muss so ein Tier am Tag eigentlich raus?“
Der alte Mann war stehen geblieben und Brauser bückte sich,

um das Fell des Hundes zu streicheln.
„Zwei- bis dreimal am Tag. Am liebsten ist mir die Abendrunde vor dem Schlafengehen, da fühl ich mich nicht so allein." Brauser nickte, obwohl er nichts verstand. „Meine Frau ist immer am Nachmittag gegangen, aber jetzt sind wir zwei allein und müssen zusammenhalten, nicht wahr, Wastl?" Er zog an der Leine und ging energisch weiter.
„Und da gehen Sie immer diese Strecke?" Inzwischen waren die beiden Männer und der Hund auf einem Wiesenpfad, der Wald war in greifbarer Nähe.
„Abends immer. Sie führt an der Trinkhalle vorbei, da genehmige ich mir dann ein Bierchen und Wastl bekommt einen Keks. Das ist zwar nicht gesund, aber in unserem Alter spielt das doch keine Rolle mehr."
„Und wie war das nun vorgestern?"
„Ja, da hab ich den Rudi getroffen. Der macht das auch so, nur ohne Hund. Und dann wurde es eben ein Bierchen mehr. Aber manchmal ist der Kummer einfach zu groß."
Brauser nickte. Auf diesem Gebiet kannte er sich sehr gut aus.
„Anschließend bin ich dann auch ganz schnell nach Hause, obwohl ..."
„Und dabei haben Sie die Waffe gefunden?", unterbrach der Brauser seine Ausführungen.
„Nein. Das Bier hat auf einmal so gedrückt und da bin ich dann eben ein Stückchen in den Wald rein und ..."
„Da haben Sie die Waffe gefunden."
„Nicht gleich, nein. Ich hab mich an einen Baum gestellt. Das dauert ja bei mir immer schon ein bisschen, bei Ihnen auch?"
Brauser ignorierte die Frage.
„Und als ich gerade so schön dabei war, da dachte ich mir, *Hört sich aber komisch an, wie du heute bieselst.*"
„Und?"

„Na ja, bei dem Nebel sieht man ja nicht so gut, also habe ich mich gebückt und da lag dann die Waffe. Ich hab natürlich sofort aufgehört, ist mir ja auch direkt vergangen, obwohl es wirklich sehr gut ging." Er sah seinen Begleiter an, aber der nickte nur. „Meine Tochter, die Ilona, hat mir eine Taschenlampe geschenkt, sie sagt immer: *Papa, wenn du mit dem Wastl immer so spät spazieren gehst, wirst du dich noch mal verlaufen*, und dann zwinkert sie, weil ich glaube, sie weiß, dass ich nicht nur spazieren gehe." Der Witwer verstummte.
„Und?", fragte Brauser, der seine Ungeduld nicht mehr länger verbergen konnte.
„Jedenfalls hab ich die Taschenlampe herausgeholt und mir die Pistole erst einmal genau angesehen und dann dachte ich mir ..."
„Den Revolver."
„Revolver?"
„Es war ein Revolver."
„Ach so, ja. Ich kenn mich da nicht so aus. Jedenfalls dachte ich mir, Franz Albert, im Fernsehen nehmen sie so etwas nie in die Hand. Da hab ich dann mein Taschentuch herausgeholt und damit das Ding aufgehoben. War doch richtig so?" Sie hatten den Waldrand erreicht und Mager war stehen geblieben, um die einzelnen Bäume zu vergleichen.
„Ja. Das war richtig so. Wissen Sie denn noch, wo genau die Waffe lag?"
„Sicher bin ich mir natürlich nicht. Aber ich glaube, es war dort hinten!" Der Rentner nahm den Finger zuhilfe, um dem Kommissar die Richtung zu zeigen. Er deutete auf eine Baumgruppe, nur wenige Schritte vom Weg entfernt, eine zugegeben geeignete Stelle, wenn man einen Platz brauchte, um sich zu erleichtern. Gerade wollte der Rentner darauf losstapfen, als Brauser ihn am Ärmel packte und zurückhielt.
„Halt, halt! Da schicken wir jetzt erst einmal die Spurensi-

cherung hin. Vielleicht finden die ja noch etwas Brauchbares." Er fischte das Handy aus seiner Tasche und beschrieb den Kollegen den Weg zum Fundort.
Dann fiel ihm doch noch etwas ein. „Sagen Sie, war der Rudi eigentlich bei Ihnen, als Sie die Waffe gefunden haben?"
„Der Rudi? Nein, der wohnt doch drüben in Kohlbruck."
„Ah ja! Haben Sie eigentlich eine Vorstellung, wer die dort hingeworfen haben könnte?"
„Keine Ahnung, ich kenne auch niemanden, dem eine Waffe gehört."
„Und Sie sind wirklich jeden Tag um diese Zeit hier unterwegs?"
„Ja, immer um die gleiche Zeit."
„Können Sie sich noch an den 17. August erinnern? Das war auch ein Freitag."
„Das ist lange her."
„Stimmt."
„Da müsste ich nachdenken."
„Tun Sie das. Ach, eines noch, die Spurensicherung wird zum Vergleich die Schuhe brauchen, die Sie vorgestern getragen haben."
„Ja, aber ..." Mager sah zu seinen Füßen.
„Sie sind jetzt ein wichtiger Zeuge", betonte Brauser und bemerkte, wie der alte Mann sich aufrichtete, „und sie bekommen sie selbstverständlich wieder zurück."

***

Hannes parkte den Dienstwagen im Halteverbot vor dem Verwaltungstrakt des Stadttheaters, klingelte und stieg die Treppenkonstruktion aus Edelstahl hinauf in den zweiten Stock. Als er gerade den schmalen und mit unzähligen Kisten und Regalen vollgestellten Flur zum Büro einschlagen wollte, kam ihm Katharina Eschenbacher entgegen.

„Hallo, Herr Kommissar.“ Sie reichte ihm ihre kühle, feingliedrige Hand und ihre angenehme Stimme schmeichelte und neckte ihn zugleich.
„Guten Morgen, Frau Eschenbacher. So früh schon zur Probe?“ Hannes zog seine Hand wieder zurück und versuchte unbeeindruckt zu bleiben, aber die Frau hatte etwas, das es einem Mann verdammt schwer machte.
„Nein, Probe ist erst um zehn, aber ich hatte etwas mit Herrn Schaffroth zu besprechen, wegen unseres Rigolettos.“ Während ihre schönen, vollen Lippen die Worte formten, unterstrichen ihre Hände deren Bedeutung und zogen Hannes in ihren Bann.
„Ah ja. Ich auch.“ Hannes überlegte, ob er sie nicht gleich an Ort und Stelle ausfragen sollte, anstatt sie später ins Büro zu bestellen, fand dann aber, dass es hier ein bisschen arg finster für ein solches Gespräch war.
„Sie wollen zu Schaffroth?“
„Ja.“ Hannes nickte.
„Er hat eine Adressenliste für Sie vorbereitet.“
„Ja, prima.“
„Haben Sie schon mit Walter gesprochen?“
„Nein, wir haben ihn noch nicht getroffen.“
„Er wird im Museum für Moderne Kunst sein und dort seine Ausstellung vorbereiten. Waren Sie dort auch schon?“
„Nein, noch nicht.“ Hannes stieg ihr Parfüm in die Nase. Sie roch genauso verlockend, wie ihre Stimme klang.
„Haben Sie schon mal eines seiner Bilder gesehen?“ Ihr fragender Blick beobachtete ihn genau.
„Ich glaube nicht“, Hannes fühlte sich ein wenig unwohl, während sie ihn unverdrossen ansah.
„Er unterschreibt nur mit seinem Vornamen. Das große „W“ von Walter sieht aus wie eine volle Frauenbrust, können Sie sich das vorstellen?“ Die Eschenbacher trug an diesem Tag ein T-Shirt, das mehr enthüllte als verbarg und während sie

mit den Händen in der Luft ein großes „W" malte, verfolgte Hannes das Heben und Senken ihrer Brüste und hatte eine sehr angenehme Vorstellung von dem, was sie meinte. Andererseits, wenn dieser Walter auf so etwas stand, dann hatte er sich doch sicher auch an die Eschenbacher herangemacht, vielleicht sogar was mit ihr gehabt? Die Mezzosopranistin schien seine Gedanken zu lesen und lächelte. „Sie wollen jetzt bestimmt wissen, ob ich was mit Walter hatte."

„Und? Hatten Sie?"

„Sie dürfen raten." Wieder lächelte sie dieses anzügliche Lächeln. Es passte zu ihr wie Sahne zu einem großen köstlichen Eisbecher.

„Nein, ich ...", antwortete Hannes zögerlich.

„Bravo!", entzückt klatschte sie in die Hände und Hannes war sich sicher, dass sie diese Geste schon oft auf der Bühne benutzt hatte. Dabei hatte er eigentlich nur seine Verweigerung, über ein solches Thema eine Meinung abzugeben, kundtun wollen.

„So, ich muss jetzt weiter, aber ich bin mir sicher, den Rest finden Sie schon selbst heraus", verkündete sie und Hannes nickte. „Bestimmt. Ach, eines hätte ich doch glatt vergessen", er reichte ihr eine seiner Visitenkarten, „wenn Sie sich bitte heute Nachmittag im Büro melden, wir haben da noch ein paar Fragen."

Die Eschenbacher sah sich die Visitenkarte genau an, vielleicht nur, weil sie im finsteren Flur fast nichts erkennen konnte. „Johannes Hollermann." Sie sah auf: „Sehr gern, Herr Kommissar, wenn Sie Fragen haben, jederzeit!" Dann lächelte sie zum Abschied.

„Nicht ich, meine Kollegin", stellte Hannes klar und wandte sich schnell zum Büro Schaffroths um.

***

„In welchem Verhältnis standen Sie denn zu Frau Weberknecht?“ Franziska beobachtete den Mann, der vor ihr auf dem Boden kniete, sehr genau. Doch obwohl sie ihm eindringlich geschildert hatte, wie Sophia Weberknecht ums Leben gekommen war, schien er nicht beeindruckt und legte weder Hammer noch Nägel weg, sondern beschäftigte sich noch intensiver mit seinen Bildern. Sein Gesicht verriet, soweit Franziska es von der Seite aus sehen konnte, rein gar nichts.

„Warum tun Sie eigentlich so, als wäre Sophia eine Heilige gewesen?“ Endlich blickte der so viel beschäftigte Künstler auf und sah ihr ins Gesicht. Sein Blick traf sie völlig unerwartet. Er hatte ein markantes Kinn und eine imposante schöne Nase. Seine Haare hatte er mit einem Gummiband gebändigt, trotzdem reichten sie ihm bis weit über die Schultern. Sie wirkten gepflegt, wenn auch schon einige silberne Strähnen durch das Schwarz durchschimmerten. Er sah interessant aus, fand Franziska, aber einen Frauenhelden hatte sie sich anders vorgestellt. „Sophia war durch und durch verdorben.“

„Wie kommen Sie zu dieser Behauptung?“

Jetzt endlich legte er sein Handwerkszeug zur Seite, erhob sich und stellte sich direkt vor sie. Er mochte einen Kopf größer als sie sein, außerdem war er sehr durchtrainiert.

„Ach, jetzt lassen Sie mich mal raten. Da hat Ihnen doch tatsächlich so ein munteres Vögelchen Dinge über mich gezwitschert, und trotzdem denken Sie, das müsste alles stimmen?“ Sein Ton war jetzt angriffslustig, aber Franziska hielt seinem Blick stand. Nein, auf so etwas fiel sie nicht herein, so etwas musste er sich fürs Theater aufheben. Sie kam von der Mordkommission. Nachdem sie nicht antwortete, begann er sich zu rechtfertigen. „Hören Sie, ich kenne mich mit Frauen aus. Sie tun häufig so, als wären sie voller Liebreiz, brav, ja fast bieder, aber in ihren Träumen wollen sie es so richtig krachen lassen. Jede Frau hat einen ganz persönlichen Traum. Und viele dieser Träume sind nicht wirklich jugendfrei."

„Und Frau Weberknecht hatte Ihrer Meinung nach auch so einen nicht jugendfreien Traum? Passt das nicht eher in einen schlechten Porno? Oder zu dem Irrglauben, dass alle Frauen die vergewaltigt werden, das selbst wollten, und im Grunde nur darauf warteten, dass ein Mann vorbeikommt, um es ihnen mal ordentlich zu besorgen?"

Franziska wunderte sich über ihre heftige Reaktion. Nur gut, dass Hannes das nicht mitbekommen hatte und noch immer an den Stellwänden mit den bereits aufgehängten Bildern vorbeiging und irgendetwas zu suchen schien. Walter Froschhammer lächelte sie siegessicher an.

„Pornos, Frau Kommissarin, werden für Männer gemacht, das muss man ganz klar festhalten, und in diesem Punkt gebe ich Ihnen auch völlig recht. Aber auch Frauen möchten angeregt werden. Das müssten Sie doch am besten wissen!" Er machte eine Pause, doch Franziska ließ sich nicht ein zweites Mal provozieren. „Frauen brauchen Rollen, Orte, Gefühle mit denen sie umgehen können. Sie müssen sich in eine erregende Situation vollkommen sicher hineinfallen lassen können, dann sind sie auch zu allem bereit."

Während er das sagte, nahm er ein Bild zur Hand, hielt es in die Höhe und sah es abschätzend an. Es zeigte eine Frau, die sich nackt auf einem Diwan räkelte. Mit nur wenigen Kohlestrichen hatte er die sich Darbietende in mattem Schwarz eingefangen. Sie wirkte sehr entspannt und sehr offen.

„Klingt wie der Herzog von Mantua."

„Ach, Sie haben sich mit Rigoletto beschäftigt?" Froschhammer stellte das Bild zurück und nahm sich das nächste vor. Auch hier war viel nacktes Fleisch zu sehen. Allerdings handelte es sich um eine Ansicht von hinten, wobei die Schöne einen sehnsüchtigen Blick über die rechte Schulter warf und den Betrachter ansah. Festgehalten war diese Eroberung in leuchtenden Aquarellfarben.

„Gehört zu meinen Ermittlungen."

Mit einem tiefen Blick sah Froschhammer Franziska in die Augen. „Sophia war eine Frau auf der Suche. Leider ließ sie mich ihr nicht beim Finden helfen."

„Und da haben Sie sie in ihrer Wohnung besucht, weil sie aber nicht von Ihnen gefunden werden wollte, haben Sie kurzerhand nachgeholfen und sie erschlagen", hakte Franziska nach, während Froschhammer das nächste Bild in die Hand nahm und es abschätzend in die Höhe hielt.

„Bis ins Mittelalter waren Kohlezeichnungen nur für Skizzen und Vorbereitungen geeignet, weil man sie nicht fixieren konnte, erst danach waren sie eine eigenständige Technik, wobei uns Albrecht Dürer erstmals die meisterhafte Handhabung der Kohlezeichnung zeigte. Wussten Sie das?"

„Nein, das wusste ich nicht. Aber ich weiß auch nicht, was das mit meiner Frage zu tun hat", schnaubte sie.

„Nichts." Ohne sich zu rühren, sah er sie an. „Aber das war auch keine Frage, sondern eine Unterstellung. Glauben Sie wirklich, ich hätte das nötig?" Sein Blick wurde spöttisch. „Wissen Sie, eigentlich hätte ich das alles gar nicht über Sophia erzählt, das ist für mich Ehrensache, aber Sie haben so nett gefragt und da dachte ich, ich helfe Ihnen mal ein bisschen, damit Sie mehr über Sophia erfahren. Aber einen Mord lasse ich mir nicht anhängen, auch nicht von Ihnen!" Beim Reden sah Franziska, dass ihm an einem Schneidezahn ein Eckchen fehlte. Vielleicht hatte er von einem gehörnten Ehemann eine Faust ins Gesicht bekommen? Ob er wohl genug Kraft hatte, um eine Frau durch die Wohnung zu tragen?

„Sie haben ein schönes Lächeln", behauptete Froschhammer, und erst in diesem Moment fiel Franziska auf, dass sie tatsächlich lächelte. Ausgerechnet vor diesem aufgeblase-

nen Künstler! Verlegen strich sie sich eine Haarsträhne aus dem Gesicht und rief sich zur Ordnung.
„Wo waren Sie in der Nacht vom 8. auf den 9. Oktober?"
„Sie glauben also wirklich, ich hätte etwas mit ihrem Tod zu tun? Aber das ist doch völlig absurd!"
„Das ist Routine. Also?"
„Hören Sie, in fünf Tagen beginnt meine Ausstellung und bis dahin hab ich noch alle Hände voll zu tun."
Er sah Franziska an, und nachdem sie keine Anstalten machte, sich damit zufrieden zu geben, fügte er hinzu: „Ich war hier."
„Kann das jemand bezeugen?"
„Der Kurator, Maximilian Wertersbach, kam zweimal vorbei. Fragen Sie ihn!"
„Das werde ich."
Froschhammer nickte. „Bitte sehr."
„Ich gebe Ihnen meine Karte, falls Ihnen noch was einfällt. Und halten Sie sich bitte zu meiner Verfügung."
„Aber gern." Froschhammer sah sie mit einem anzüglichen Lächeln an, als hätte sie gesagt, *lass uns vögeln.*
Rasch wandte sich die junge Kommissarin ab und suchte Hannes, der seinen Rundgang beendet hatte. „Also, dieses Haus hat schon was ganz Besonderes! Und die Bilder erst. Echt spitze!"
„Ja, ich glaube die Ausstellung wird einschlagen wie eine Bombe." Der Künstler strahlte die Kommissarin so selbstsicher an, dass diese einfach nichts mehr erwidern konnte.

***

Während Franziska und Hannes auf dem Donaukai entlangfuhren, deutete Hannes mit dem Kopf in Richtung Veste Niederhaus auf der anderen Seite des Flusses. „Da drüben wohnt auch so ein Vogel, wie dieser eben."

„Ja sag mal, Hannes, du kennst den Besitzer von Niederhaus?"
„Na ja, nicht persönlich, aber der soll auch ein Maler sein."
„Hat Niederhaus nicht mal diesem Ferdinand Wagner gehört, diesem Historienmaler?"
„Ja, schon, aber das ist lange her. Wobei man sagt, dass es dort wüste Künstlerfeste gegeben hat."
„Sagt man."
„Er war Ehrenbürger von Passau und bekannt als Meister des Pinsels. Aber er passte eben nicht ins Gesellschaftsbild der damaligen Zeit."
„Unser Froschhammer heute scheinbar auch nicht."
„Ist dir der Schriftzug aufgefallen, mit dem er unterschreibt? Das große „W" gleicht der Brust einer Frau, originell nicht?"
„Passt zu ihm. Wie hast du das so schnell herausgefunden?"
„Das hat mir Katharina Eschenbacher erklärt."
„Wann?"
„Heute Morgen im Theater."
„Das hast du mir ja gar nicht erzählt." Franziska fuhr über den Kreisel und ließ die Luitpoldbrücke rechts liegen.
„Nö, ich wollte es mir erst selbst ansehen."
„Ach, darum hast du so lange gebraucht! Kam dir bei den Porträtierten eigentlich jemand bekannt vor?"
„Du meinst aus dem Theater?"
„Ja, zum Beispiel die Eschenbacher."
„Katharina Eschenbacher habe ich nicht gefunden, aber ich bin mir sicher, es wird einige Herrschaften in der Stadt geben, die gar nicht erfreut sind über diese Ausstellung."
„Und dieser Froschhammer ist so eingebildet und glaubt es wird ein Knüller."
„Da bin ich mir auch ganz sicher."
Franziska warf ihm einen fragenden Blick zu.
„Na, überleg doch mal. Wenn sich das herumspricht, was die uns im Theater über seine Methoden erzählt haben, dann ist

doch die ganze Stadt da. Dann will doch jeder sehen, wen er gemalt und vorher flachgelegt hat."
„Also bitte, Hannes, geht es auch ein bisschen weniger anzüglich?!"
„Wie war das doch gleich mit dem ordentlich besorgen?"
Franziskas Wangen wurden rot. „Aber das war doch nur wegen seiner Behauptung, dass die Weberknecht durch und durch verdorben war und er wüsste, dass es viele Frauen gern mal ordentlich krachen lassen würden, zumindest in ihren Träumen."
„Wenn ich das Obermüller erzähle!"
„Untersteh dich! Sonst erzähl ich ihm, dass du voll auf die Eschenbacher abfährst." Franziska schüttelte lachend den Kopf. Dann wurde sie wieder ernst.
„Auf jeden Fall haben wir jetzt einen Verdächtigen."
„Du meinst, der Froschhammer hat sie erschlagen?"
„Er hätte zumindest ein Motiv und außerdem hat er lange Haare."
„Macht das den Mann jetzt verdächtig?"
„Paula Nowak hat scheinbar ab und zu einen Mann mit langen Haaren in der Nähe der Wohnung gesehen", erinnerte Franziska.
„Okay, verdächtig. Aber wir sollten vielleicht lieber noch anderen Spuren nachgehen, immerhin hat er ein Alibi."
Ja, dachte Franziska und immerhin gab es unzählige Männer mit langen Haaren in Passau. Da musste es ja nicht unbedingt dieser Künstler sein.

***

Hauptkommissar Berthold Brauser hatte im Café Greindl längst seinen Stammplatz: an der hinteren Wand, mit Blick auf den Tresen, mit Blick auf die Tür, mit Blick auf alle Gäste im Raum.

Wenn er erst einmal Platz genommen hatte, genügte ein Wink mit der Hand und schon brachte Stefan, ein junger Mann, der sich neben dem Studium ein bisschen Geld mit Servieren verdiente, einen Cappuccino mit allem, was das Herz eines Mannes begehrte, den es nach Koffein lechzte.
„Wie wäre es mit einem Heidelbeerstrudel? Ganz frisch und sehr lecker.“
Brauser schmunzelte amüsiert. „Lecker ist bei euch doch alles.“
„Aber Herr Hauptkommissar, bei Ihrem Job braucht man doch vor allem Standfestigkeit, und die bekommen Sie nicht vom Hungern“, argumentierte Stefan, der glaubte, Brauser wäre auf Diät.
Er nickte zufrieden, das war das Argument, das er immer brauchte und dem er sonst nie widerstehen konnte. Doch heute blieb er standhaft und ließ sich nur einen Cappuccino bringen.
Das Café Greindl hatte es ihm angetan. Hier konnte er ungestört und aus einer völlig anderen Perspektive an den Fall denken, den er gerade bearbeitete.
Der Kommissar wählte seinen Platz immer so aus, dass er möglichst viel von den anderen Gästen sehen konnte. Noch lieber, als an der Rückwand des Cafés, saß er draußen auf der Straße und verfolgte das bunte Treiben. Sah den Touristen zu, die hier vorbei und in Richtung Dom oder Innenstadt gingen. Dabei musterte er einen nach dem anderen und fragte sich, woher sie kamen und was sie taten, wenn sie nicht mit Fotoapparat und Regenschirm eine fremde Stadt besichtigten.
Dabei konnte er sich total verlieren. Das ging so weit, dass er im vergangenen Sommer fast nicht bemerkt hatte, dass eine junge Frau zu ihm an den Tisch gekommen war und ihn fragte, ob sie sich zu ihm setzen durfte. So etwas war ihm noch nie passiert und entsprechend verlegen war er dann auch ge-

wesen. Bis heute wusste er eigentlich nicht, was sie bei ihm gesucht hatte. Aber es war ein sehr netter Nachmittag geworden. Vergessen waren die Touristen und was ihn sonst beschäftigt hatte. Sie hatten viel zusammen gelacht und Brauser hatte sich geschmeichelt gefühlt, denn sie war nicht nur jung gewesen, sie hatte auch sehr gut ausgesehen.

Als er den letzten Milchschaum aus seiner Tasse gelöffelt hatte, kam Stefan erneut an den Tisch, räumte das Geschirr zusammen und stellte es auf die freie Seite, dann setzte er sich auf ein Schwätzchen zu ihm. Es war nicht viel los im Moment.
„Und, Herr Hauptkommissar, gibt's etwas Neues bei Ihrem Fall?"
„Nein, Stefan, nichts, leider." Brauser mochte den jungen Mann. Er trug zwar manchmal dick auf, aber das tat er nur, um ein besseres Trinkgeld zu bekommen. *Die Leute werden ja immer geiziger*, hatte er mal erzählt. Er war auch so ein Kerl, den er vom Fleck weg adoptiert hätte, genauso wie seine Franziska. Vielleicht sollte er sie mit ihm zusammenbringen. Aber erst, wenn Stefan mit seinem Studium fertig war und das konnte noch ein bisschen dauern, denn er wollte Lehrer werden.
„Ich gehe bald in Rente", sagte Brauser auf einmal.
„Aber das kann doch nicht sein, lassen die Sie denn schon so früh gehen?"
„Du brauchst mir nicht schmeicheln. Ich bin fast fünfundsechzig."
Stefan erhob sich, weil zwei ältere Damen das Café betreten hatten. Laut unterhielten sie sich über die Einrichtung.
„Fast wie in Wien, sag ich dir und es riecht genauso gut."
„Grüß Gott, die Damen, was darf's denn sein?"
Belustigt beobachtete der Kommissar, wie Stefan sich um die zwei alten Damen kümmerte und sie nach ihren Wün-

schen fragte, und er hoffte für ihn, dass sich dieses Anbiedern auch hinterher auszahlte. Die zwei mochten sein Alter haben und hatten sich dafür erstaunlich aufgebrezelt. Vielleicht kamen sie gerade vom Friseur, begann er zu spekulieren, und während er das tat, erinnerte er sich wieder an die junge Frau vom Sommer und fragte sich zum hundertsten Mal, was sie von ihm gewollt haben konnte.

***

„Hey, ich bin Carlos." Wie bereits am Tag vorher im Theater stellte sich der leidenschaftliche Sänger bei Ramona mit einer tiefen Verbeugung vor. „Ich werde erwartet."
„Oh, ja ja, ich weiß schon Bescheid. Einen kleinen Moment, bitte!" Ramona warf beinahe ihren Stuhl um, als sie aufsprang, um diesen eindrucksvollen Besuch bei Franziska anzumelden. Doch die hatte die ganze Begrüßungsszene mit angehört und kam mit einem süffisanten Grinsen in den Vorraum, um den Sänger abzuholen.
„Darf ich Ihnen einen Kaffee anbieten?", fragte die Sekretärin noch schnell, bevor die beiden in Franziskas Zimmer verschwanden.
„Nein, leider. Ich habe nicht viel Zeit", rief er über die Schulter. An Franziska gewandt fügte er hinzu: „Wir haben heute eine Aufführung, da ist das jetzt gar nicht günstig."
„Ja, tut mir Leid, ich mache es auch kurz."
Carlos nickte ernst.
„Was war Sophia Weberknecht für ein Mensch?"
Der Sänger kratzte sich nachdenklich am Kopf, verzog das Gesicht und zuckte mit den Schultern. „Schwer zu sagen. Sie nahm ihren Beruf sehr ernst, hat dauernd geprobt und war auch wirklich zuverlässig. Aber im Grunde war sie kein Mensch, mit dem man gern allein in einem Raum war, Sie verstehen?" Seine braunen Augen ruhten abwartend auf

Franziska, so als habe er sie gerade gefragt, ob sie eine Nacht mit ihm verbringen wolle.

„Warum denn nicht?“ Franziska dachte an den Anblick der jungen Frau und konnte die Aussage nicht nachvollziehen. Schon gar nicht von einem Mann wie Carlos.

„Ich weiß nicht, sie hatte so eine unterkühlte Art, nichts Herzliches, nichts Einladendes. Sie war einfach ... ja, ich glaube, sie war gern allein mit sich.“

„Aber wie konnte sie dann auf der Bühne singen?“

„Ich meine ja nicht, dass sie auf der Bühne so war. So war sie im echten Leben! Zum Beispiel wenn wir einfach nur rumhingen nach einer Probe oder so, und warteten, bis es weiterging. Auf der Bühne war Sophia perfekt.“

„Hatte sie Neider?“

„Neider? Nein, ich glaube nicht. So wie sie wollte keiner sein, also ich zumindest nicht. Das Leben soll doch auch Spaß machen, oder?“

Wieder dieser Blick und dieses Feuer in seinen Augen. Franziska fiel es zunehmend schwerer, sich zu konzentrieren.

„War Sophia in letzter Zeit anders? Ich meine, fiel Ihnen eine Veränderung an ihr auf?“ „Schwer zu sagen. Wissen Sie, die Besetzung ist ja nicht bei jedem Stück gleich.“

„Herr Schaffroth hat für die Rolle der ...“ Franziska legte den Bleistift weg und blätterte in ihrem Notizbuch, denn sie suchte nach einem Namen, „Gilda, richtig, eine Zweitbesetzung organisiert. Hat er ihr die Gilda nicht zugetraut?“

Carlos unterdrückte sein Grinsen. „Die Gilda! Ja, komisch nicht? Sophia spielte einen halbnackten männermordenden Vamp oder eine Schwindsüchtige, ohne mit der Wimper zu zucken, aber wenn sie ein liebes Mädchen spielen sollte, das der Vater wie ein Kleinkind beschützt, dann rastete sie aus.“

„Wie meinen Sie das?“

„Caro nome che il mio cor festi primo palpitar“, sang Carlos mit sehr sanfter Stimme. Franziska sah ihn ungläubig

an. „*Teurer Name, dessen Klang tief mir in die Seele drang!* Verstehen Sie das?“
Franziska verstand gar nichts, außer, dass das die schönste Darbietung gewesen war, die sie je gehört hatte.
„Das ist wohl eine der berühmtesten Liebesarien aus Rigoletto und gleichzeitig eine Schlüsselszene. Der bucklige Narr hat seiner Tochter nie seinen Namen genannt, und als sie dann endlich auf den ersten Mann außer ihrem Vater trifft, verliebt sie sich prompt.“
„In Sie, äh, natürlich in den Herzog von Mantua?“
„Richtig! Aber was uns alle umgehauen hat: Als Sophia diesen Satz zum ersten Mal bei der Probe sang, ging sie auf Rigoletto los, schimpfte ihn, er solle sie in Ruhe lassen und nicht immer sagen, was sie tun solle und was nicht, sie sei alt genug, selbst zu entscheiden. Wir waren sprachlos.“
„Wer spielt eigentlich den Rigoletto?“
„Heinz Wagenthaler.“
„Und hat er ihr einen Grund dafür gegeben, so zu reagieren?“
„Nein. Ich meine, das kann ich mir beim besten Willen nicht vorstellen. Zumindest in dem Moment nicht. Es war einfach seltsam.“ Mit einem schnellen Blick auf die Uhr über dem Besprechungstisch beendete Carlos seine Ausführungen.
„Ja, dann“, Franziska machte sich eine Notiz, dass sie Wagenthaler später befragen musste, „haben Sie vielen Dank.“ Sie erhob sich, während es im selben Moment an die Tür klopfte und Ramona den Kopf hereinsteckte. Sie hatte Lippenstift aufgetragen und sich die Haare gebürstet. „Da ist eine Nina Breitmann für Sie.“ Franziska dankte ihr lächelnd. Wenn Besuch kam, zog sie immer das respektvollere Sie vor.
„Ah, Nina! Die kann Ihnen bestimmt mehr über Sophia sagen, aber glauben Sie bitte nicht alles, was sie sagt, ja?“
„Hätte sie denn einen Grund, jemanden anzuschwärzen?“
„Anschwärzen? Nein, da würde sie andere vorschicken. Sie

... ach, lassen Sie sich einfach überraschen." Er nickte Franziska zu. „Kann ich dann gehen?"
„Ja. Nein, eine Frage hätte ich noch. Mit welchen Männern hat sich Sophia Weberknecht getroffen?"
„Das wollten Sie ja schon im Theater wissen, aber ich weiß es wirklich nicht. Mit mir jedenfalls nicht."
„Und, nur der Routine halber, wo waren Sie in der Nacht vom 8. auf den 9. Oktober?"
Carlos kratzte sich am Kopf, dass seine dicken Locken nur so herumwirbelten. „Das war Dienstag auf Mittwoch, richtig?"
„Genau."
Dann strahlte er übers ganze Gesicht. „Da waren meine Mama und meine Schwester Theresa zu Besuch. Die kommen zweimal im Jahr und schauen nach, ob es dem kleinen Carlos gut geht." Er freute sich wie ein kleiner Junge. Ob des vorhandenen Alibis oder des Besuches konnte Franziska nicht heraushören.
„Ja, dann, vielen Dank. Wenn noch was ist, melde ich mich bei Ihnen." Franziska brachte ihn zur Tür, wo er von Ramona mit den Worten „Ich liebe die Oper!" in Empfang genommen und dazu genötigt wurde, ihr ein Autogramm zu geben.

***

„Ich glaube, Sophia war krank." Nina Breitmann war noch nicht richtig zur Tür hereingekommen und hatte der Oberkommissarin nur lasch die Hand gereicht, da legte sie auch schon los. Franziska deutete mit der rechten Hand auf den eben erst frei gewordenen Stuhl und sah sie interessiert an.
„Wie kommen Sie darauf?"
„Sie sah nicht gut aus in letzter Zeit, war immer so blass und fahrig, und dann hat sie ja auch immer diese Tabletten nehmen müssen."

„Tabletten? Davon haben uns Ihre Kollegen ja gar nichts erzählt." Franziska beugte sich ein wenig vor.
„Wer sollte Ihnen auch davon erzählen? Carlos? Der ist ein Mann. Männern fällt so was nicht auf. Oder Katharina? Ach, die große Eschenbacher, die achtet doch nicht auf so was!"
Franziska dachte an Carlos' Warnung. „Aber Sie, Sie haben darauf geachtet?"
„Ja, natürlich. Ich hab es ihr immer gleich angesehen, wenn es ihr nicht gut ging. Ich musste ihr nur in die Augen gucken. Ich hab ihr dann oft ein Glas Wasser hingehalten und gesagt: *Sophia, du musst deine Tabletten nehmen.*"
„Und wie hat sie reagiert?"
„Es gab Tage, da hat sie gar nicht hingeschaut, so als wäre ich nicht da, und an anderen Tagen hat sie mich angelächelt und gesagt: *Danke, Nina, wenn ich dich nicht hätte.*"
„Aber Sie wissen nicht, um welche Krankheit es sich gehandelt hat?"
„Nein, leider. Vielleicht war es ihr ja peinlich, immerhin war sie ein gefeierter Star. Sie bekam ja auch tolle Artikel in der Presse, und einmal war sie sogar im Fernsehen."
„Hatten Sie Mitleid mit ihr?"
„Nein. Ich meine, die hatte doch alles. Warum sollte sie mir Leid tun?" Fragend sah sie Franziska an, doch die zuckte nur mit den Schultern, also fuhr sie fort. „Wissen Sie, wie ich mir mein Studium finanziert habe? Ich habe morgens um fünf Zeitungen ausgetragen und bin abends putzen gegangen, und auch heute kann ich mir kaum was leisten und muss jeden Cent umdrehen." Franziska nickte, dachte an die schöne Wohnung der Weberknecht, und dass sie sich so was auch nicht leisten konnte.
„Und wegen der Krankheit?"
„Wenn sie ihre Tabletten genommen hatte, ging es ihr ja wieder gut." Nina Breitmann überlegte, zuckte mit den Schultern und fügte dann etwas milder hinzu: „Ein bisschen Leid

getan hat sie mir vielleicht schon. Die Sophia, die hatte Geld, aber glücklich war sie nicht. Verwöhnt schon. Aber nicht wirklich glücklich."
„Wie sah es denn bei Sophia mit Männern aus? Hatte sie einen festen Freund? Jemanden, der sie regelmäßig nach der Vorstellung abgeholt hat oder so?"
Die Zeugin zuckte erneut mit den Schultern, sah aus wie ein Schulmädchen bei der Vokabelabfrage. „Also, wenn Sie mich jetzt so fragen", zur Bekräftigung zuckte sie erneut mit den Schultern, bis auf einmal ihr Gesicht zu leuchten anfing, „doch einmal, da ist sie von jemandem abgeholt worden. Ich war hinter ihr und dem Heinzi, aber der ließ sich so viel Zeit, dass ich ihn nicht richtig sehen konnte. Und wenn Sie mich fragen, dann wollte Sophia das auch nicht. Sie ist ganz schnell mit ihm verschwunden."
„Sie meinen, sie wollte nicht von Ihnen gesehen werden?"
„Vielleicht wollte sie ja auch nur nicht, dass ich ihn anspreche."
„Wie sah er denn aus?", wollte Franziska wissen.
„Hm, groß, breite Schultern ..."
„Mit langen Haaren?" Franziska biss sich auf die Zunge, verdammt – Zeugenbeeinflussung!
Aber Nina Breitmann schien sie gar nicht gehört zu haben: „... irgendwie, ja, wie soll ich sagen, so ganz jung war der nicht mehr."

Als ihre Zeugin nach einer guten halben Stunde Befragung gegangen war, war Franziska froh, dass Hannes endlich den Kopf hereinsteckte und sich mit zwei Bechern Tee zu ihr an den Tisch setzte. „Ramona war von unserem Carlos ja ganz angetan."
„Ja, und stell dir vor, er wusste, warum der Schaffroth eine Zweitbesetzung wollte." Franziska fasste das Gespräch zusammen.

„Ich sag doch, Sänger sind unberechenbar!"
Franziska nickte, „Vielleicht. Hast du was herausgefunden?"
„Ja. Also, laut der Unterlagen, die mir Schaffroth gegeben hat, war keiner aus dem derzeitigen Ensemble mit Sophia zur gleichen Zeit an einem anderen Theater. Erst in Passau trafen sich ihre Wege."
Franziska nickte und dachte an das, was sie eben von den Theaterleuten erfahren hatte. „Weißt du, was ich glaube?"
Hannes zog erwartungsvoll die Augenbrauen hoch. „Es ist gar nicht so einfach, ständig in neue Rollen zu schlüpfen."
„Meinst du?"
Franziska hob den Becher und atmete tief. „Hhhm, herrlich! Jasmintee?" Hannes nickte.
„Nina Breitmann?"
„Hm!" Franziska stellte ihre Tasse wieder ab. „Sie meint, Sophia sei krank gewesen und hätte Tabletten genommen."
„Hätten uns das die Eltern dann nicht gesagt?"
„Also, wenn ich einen Schnupfen hab, ruf ich auch nicht extra bei Mama an, aber wer weiß. Vielleicht hat sie diese Nina Breitmann ja auch auf den Arm genommen, die scheint eine richtige Nervensäge zu sein. Das ist so eine, die hintenrum stichelt und dann aber doch nichts sagt", berichtete Franziska.
„Nettes Mädchen."
„Ja."
„Glaubst du, sie kommt infrage?"
„Die Breitmann? Das glaub ich nicht, ich meine, die war neidisch auf Sophia, aber deshalb würde sie sie nicht umbringen. So wie ich das sehe, wäre sie eher gern die beste Freundin gewesen und ist in der Besetzung nicht angenommen worden. Sie sagte, sie wäre gern mal zu ihr nach Hause eingeladen worden, aber Sophia hätte dort niemanden rein gelassen."
„Woher weiß sie das so genau?"

„Eben."
„Meinst du, sie war als Stalker unterwegs?"
„Wenn, dann nicht in der Nacht des Mordes, denn sonst hätte sie es mir unter die Nase gerieben."
„Wenn sie nicht selbst zugeschlagen hat."
„Dafür schien sie mir nicht kräftig genug. Obwohl ..."
Hannes sah sie lauernd an. „Obwohl, Frau Oberkommissarin?"
„Sie hat kein Alibi."
„Aha."
„Sie war am besagten Abend allein zu Hause, hat sich in der fünften Wiederholung ‚Bridget Jones' angesehen."
„Au weia."
„Du sagst es."
„Und nun?"
„Freuen wir uns auf Heinz Wagenthaler und Katharina Eschenbacher. Wen willst du?"
„Wagenthaler."
„Ich dachte, du stehst auf die Eschenbacher?"
„Die ist mir unheimlich."
Franziska lachte herzhaft und befreiend. „Wie das denn?"
Hannes zuckte mit den Schultern. „Was ist mit Mimi Wagner?"
„Die darf nicht, Schaffroth hat angerufen und mitgeteilt, dass sie unabkömmlich sei, weil sie sich jetzt ganz besonders in die Rolle der Gilda einarbeiten muss."
„Lassen wir so was durchgehen?"
„Nein, du wartest nach der Probe auf sie."

***

„Warum glauben Sie, kam es dazu, dass Sophia Weberknecht Sie in der Probe so unschön angefahren hat?"
„Ach, das!" Heinz Wagenthaler lehnte sich entspannt in sei-

nem Stuhl zurück und lächelte Franziska nachsichtig an. „Wissen Sie, ich mach das ja schon ein paar Jahre und so leicht bringt mich da nichts mehr aus der Ruhe. Aber die Sophia konnte tatsächlich sehr ungemütlich werden. Keine Ahnung, warum sie so aufbrauste, ich hab ihr bestimmt nichts getan, und vor allem glaube ich nicht, dass ich sie tatsächlich bevormundet habe. Wie käme ich auch dazu?"
Franziska, die schon wieder an ihrem Bleistift herumkauen wollte, zeigte mit den Händen an, dass auch sie keine Ahnung hatte. „Kamen solche Szenen häufiger bei ihr vor?"
„Hier und da. Es schien, als täte ihr die Rolle der Gilda nicht gut, deshalb hat Schaffroth dann ja auch die Mimi als Zweitbesetzung geholt. Die beiden waren sich dann natürlich auch nicht grün."
„Sie meinen ..."
„Heute würde man das wohl Zickenkrieg nennen, aber so weit gehe ich nicht, und außerdem konnte ich die Sophia da auch verstehen. Man teilt nicht gern seine Hauptrolle. Da ist man dann auch schnell mal ersetzt, verstehen Sie?"
Nur zu gut, dachte Franziska. „War Rigoletto das erste Projekt, das Sie miteinander einstudierten?"
„Nein, wir haben schon in Tosca zusammengearbeitet, aber da war sie ganz anders. Na ja, das war natürlich auch ein Auftritt, der wie für sie geschrieben war. Die Rolle der großen Primadonna Tosca, die liebte und plante und sich mit Leidenschaft Baron Scarpia, dem bösen Chef der Polizei, hingibt, nur um ihren Liebsten zu retten." Franziska hörte ihm lächelnd zu. Es schien eine Angewohnheit aller Sänger zu sein, Laien wie ihr die Oper nahebringen zu wollen.
Eifrig erzählte Wagenthaler weiter: „Dabei betrügt Tosca den Betrüger, denn nachdem ihr Scarpia, also ich, versprochen hat, ihren Geliebten nur zum Schein zu erschießen, ersticht sie ihn – also mich – in einer Umarmung. Als der Vorhang nach dem ersten Akt gefallen war, klopfte Sophia mir auf

die Schulter und sagte: *Nimm's leicht, Heinz, ich konnte nicht anders*. Ich höre sie noch heute. Und eigentlich ist es aberwitzig, denn auch Tosca stirbt ja am Ende der Vorstellung. Scarpia hatte Toscas Geliebten nämlich doch erschießen lassen, und als Tosca dahinter kommt, springt sie von der Engelsburg in den Tiber und stirbt ebenfalls. Ein großartiges Ende! Alle tot, alle zufrieden, das ist die Oper!"

„In der Oper mag das ja so sein, aber im Fall Sophia Weberknecht gab es keine Vereinbarung mit dem Polizeichef, und sie sprang auch nicht freiwillig in den Tod, sondern wurde erschlagen."

„Ja, Sie haben recht, man spielt so oft eine Rolle, dass man die Realität manchmal nicht mehr ernst nimmt." Franziska nickte, eigentlich hatte sie ihn gar nicht kritisieren wollen.

„Wann spielte sie die Tosca?"

„Oh, zu Beginn der Spielzeit, im September. Tosca war sozusagen der Startschuss."

„Abgesehen von ihrem cholerischen Auftreten Ihnen gegenüber, gab es etwas anderes, was Ihnen an ihr aufgefallen ist."

„Nein. An was haben Sie gedacht?"

„War sie vielleicht krank oder hatte sie vielleicht private Probleme?"

„Also, dass sie krank war, ist mir nicht aufgefallen, zumindest hat sie sich nicht beklagt. Das war auch nicht ihr Ding." Wagenthaler überlegte eine Weile, bevor er weitersprach. „Ob sie Probleme hatte, kann ich nicht sagen, aber ich glaube eigentlich nicht. Sophia war sich selbst genug im Weg."

„Haben Sie Sophia Weberknecht je mit einem Mann zusammen gesehen, ich meine nach der Vorstellung?"

„Also, darauf habe ich nicht geachtet. Kann sein. Ich meine, Sophia sah ja wirklich gut aus. Ich denke schon, dass sie Verehrer hatte, und bestimmt gab es einen Mann in ihrem Leben, lesbisch schien sie mir nicht, aber auf so was achte

ich auch nicht. Ich bin glücklich verheiratet und habe drei Kinder, und glauben Sie mir, meine Frau sieht vielleicht nicht so toll aus wie Sophia, aber dafür kann man mit ihr Pferde stehlen und das ist es doch, was im Leben zählt."
„In ihrer Wohnung waren Sie dann sicher auch nicht, oder?"
„Nein, was sollte ich da?"
„Letzte Frage: Wo waren Sie in der Nacht vom 8. auf 9. Oktober?"
„Da war ich zu Hause, ich hatte frei. Wollen Sie meine Frau fragen? Sie erinnert sich bestimmt gut, sie hatte nämlich Geburtstag. Es waren an die zwanzig Gäste da und glauben Sie mir, es wäre aufgefallen, wenn ich da mal schnell verschwunden wäre, um die Weberknecht zu *erschlagen*, sagten Sie?" Wagenthaler lehnte sich zurück, sehr lässig, und Franziska fand, dass er das ein wenig demonstrativ tat. Sein Alibi schien ihr zu perfekt.
„Ja, und danach haben Sie dann bestimmt noch ein bisschen aufgeräumt?"
„Na ja, was man halt so macht, wenn man in Feierlaune ist und die Frau Geburtstag hat, Sie wissen schon", fügte er mit einem Augenzwinkern hinzu.
Franziska nickte. „Klar! Dann macht es Ihnen sicher auch nichts aus, wenn Sie mir eine Liste Ihrer Gäste erstellen, oder?"
Franziska beobachtete ihn genau und sah, wie sich sein Gesicht veränderte, obwohl er das sicher nicht wollte. Aber mit diesem Wunsch hatte er einfach nicht mehr gerechnet.

***

Auf der schwarzen Seitenbühne stand ein auf alt gemachter Lehnsessel, auf dem Hannes es sich vor einigen Minuten bequem gemacht hatte. Er wartete auf die zweite Gilda, die sich gerade stimmgewaltig von einigen Höflingen des

Herzogs von Mantua entführen und in dessen Liebesnest bringen ließ. An den schwarzen Pfeilern und Vorhängen vorbei konnte er hin und wieder einen Blick auf die Singenden erhaschen. Er warf einen Blick auf die Uhr und räusperte sich, woraufhin der Inspizient zu ihm herüber sah.
„Die Szene ist gleich vorbei, dann können Sie mit ihr sprechen." Hannes nickte zum Dank für diese Auskunft und legte sich noch einmal seine Fragen zurecht.

„Kannten Sie Sophia Weberknecht schon, bevor Sie für die Rolle der Gilda angeworben wurden?"
Mimi Wagner hatte Hannes einen Stuhl angeboten. Sie selbst saß auf dem Schminktisch der Sammelumkleide mit dem Rücken zum Spiegel und ließ die Beine wie ein Schulkind baumeln. Bei ihrem Anblick versuchte Hannes sich vorzustellen, wie sie im Sack über die Bühne geschleift werden sollte. „Nein, nicht wirklich, aber wir haben uns von Anfang an gut verstanden."
„Gab es denn gar keine Konkurrenz unter Ihnen? Immerhin wollten Sie doch bestimmt beide mit der Gilda auf der Bühne stehen?"
Mimi Wagner lachte verächtlich. „Aber das hatten wir doch ohnehin nicht in der Hand, das liegt in der Entscheidung des Intendanten."
„Schaffroth?"
„Sie kennen sich wohl nicht so gut mit der Oper aus, was?" Mimi blickte ihn ernst an und fügte dann rasch als Erklärung hinzu: „Schaffroth ist der Direktor. Er ist für die betriebswirtschaftliche Seite verantwortlich. Unser Intendant heißt Fritz Mühlbauer, er ist der künstlerische Leiter und auch ein ganz anderer Typ als Schaffroth, obwohl sie natürlich sehr eng zusammenarbeiten."
„Ach!" Hannes stand auf und warf einen Blick aus dem Fenster, direkt auf die enge Ballhausstiege, die am hinteren Teil

des Opernhauses vorbei hinauf zum Domberg führte. „Kannten Sie eigentlich Freunde von Sophia?“
„Nein, Sie war kein Mensch, der gleich mit seinem Privatleben prahlt.“ Fast wäre Hannes erneut ein „Ach“ herausgerutscht. „Dann waren Sie also nie in ihrer Wohnung?“
„Doch. Wir haben uns dort getroffen, weil wir gemeinsam über die Rolle sprechen wollten. Jeder spielt die Gilda ein bisschen anders, aber bei einer Doppelbesetzung muss man sie natürlich synchron spielen, sonst werden die anderen ja auch total verwirrt.“
„Ja, natürlich. Wann waren Sie denn zuletzt bei ihr?“ Hannes wurde unruhig. Kam jetzt der entscheidende Hinweis?
„Am Dienstag. Nachmittags.“
„Dann waren Sie ja vielleicht die Letzte, die sie lebend gesehen hat.“ Er sah sie eindringlich an. Es verwirrte ihn, dass sie so völlig ruhig blieb, andere würden jetzt sofort nach einem Grund suchen, warum sie die Tote zwar zuletzt gesehen hatten, aber keinesfalls etwas mit ihrem Tod zutun haben konnten.
„Ja, das hab ich mir auch schon überlegt, aber ich kann es nicht ändern und ich wollte es Ihnen auch nicht verschweigen.“
„Hatten Sie an diesem Tag das Gefühl, dass Frau Weberknecht etwas bedrückte?“
„Ja, sie sagte, sie müsse unbedingt noch aufräumen, sie erwarte Besuch. Ich hatte das Gefühl, dass sie sich über diesen Besuch nicht besonders freute, aber ich habe sie nicht danach gefragt. Aber mal ganz ehrlich, vielleicht war das auch nur ein Grund, um mich loszuwerden, denn eigentlich war die Wohnung tipp-topp sauber, also bei mir ...“ Sie brach ab und nickte entschuldigend. „Ich musste aber ohnehin weg, ich hatte noch einen Termin beim Gynäkologen, die sind immer schwer zu bekommen und ...“, sie sah Hannes schmunzelnd an, „ist nicht Ihr Thema, was?“

Hannes ließ sich nicht aus der Ruhe bringen. „Wie lange waren Sie denn bei Ihrem Gynäkologen?"
„Das ist ja das Schlimme: Erst bekommt man keinen Termin und dann lassen sie einen warten! Ich glaube, es war schon fast acht, bis ich rauskam."
„Und dann?"
„Bin ich zu meinem Freund nach Fürstenzell. Wenn Sie mir einen Stift geben, schreib ich Ihnen seine Adresse auf, die brauchen Sie doch bestimmt."
Hannes nickte und sah ihr zu, wie sie mit ungelenken Bewegungen Buchstaben auf seinen Block schrieb. Sie lächelte entschuldigend, „Ich hab's nicht so mit dem Schreiben, aber das müssten Sie schon lesen können."
„Als Sie die Wohnung verließen, haben Sie aber niemanden gesehen, oder? Ich meine, jemanden, der wie ein Besucher aussah?"
„Nein, auf der Treppe war niemand und vor dem Haus habe ich nicht darauf geachtet. Wie sieht denn jemand aus, der zu Besuch kommt?" Hannes nickte. Ja, das war eine berechtigte Frage.
„Hatte Frau Weberknecht Freunde im Ensemble?"
„Ob sie Freunde hatte, weiß ich nicht. Ich bin noch nicht so lange hier, aber eines ist mir gleich aufgefallen: Der Carlos, der hat ein Auge auf sie geworfen. Haben Sie mal seine Augen gesehen? Ach, nein, Sie sind ja ein Mann. Trotzdem, *der* konnte Sophia anschauen, ich glaube, er war heimlich in sie verliebt. Hat er nichts davon gesagt?"

***

Maria fühlte sich zu ihrer Arbeit im Hospizverein berufen. Sie war einfach gern für andere Menschen da und darum war es ihr auch egal, wie lange sie auf der Palliativstation zubrachte.

Früher hatte sie einen lukrativen Job bei der Volksbank, den sie aber aufgegeben hatte, als ihr Kind unterwegs war. Dort war sie am Schalter mit vielen Menschen zusammengekommen. Eine schöne Zeit. Aber sie hatte auch die tiefsten Nöte armer Seelen kennenlernen müssen und sich oft gewünscht, helfen zu können, was natürlich nicht ging. Heute wusste sie, dass sie das Schicksal nicht ändern konnte.
Die Menschen, zu denen sie ging, waren vom Tod gezeichnet, hatten Schmerzen und Angst. Die Angehörigen waren verunsichert, trauerten und wussten oft weder ein noch aus. An so vieles musste gedacht werden, um bei allem Leid die Würde des Menschen zu bewahren. Maria hatte an vielen Schulungen teilgenommen, um auf ihre Tätigkeit vorbereitet zu sein, aber manchmal traf es sie noch mitten ins Herz. So wie an diesem Freitag, als die alte Frau Linus aus Hacklberg endlich losgelassen und sich von ihrem Leben auf Erden in die Hände Gottes begeben hatte, wie Maria beseelt dachte.
Es war ein langer, schwerer Tod gewesen, der von der armen Frau viel abverlangt hatte, und sie selbst war bis zum späten Nachmittag tapfer bei ihr geblieben. An ihrem Bett sitzend hatte sie ihre Hand gehalten, eine Hand, die immer schlaffer und dünner wurde und aus der das Leben langsam wich, wie Kohlensäure aus einem Limonadenglas, wenn es so lange in der Sonne stand, bis nur noch eine trübe Brühe übrig blieb. Eine leere Hülle ohne Leben. Doch obwohl Frau Linus schon lange nicht mehr konnte, hatte sich ihr ausgemergelter Körper immer wieder aufgebäumt, wollte das Leben nicht preisgeben, so als gebe es noch etwas zu tun auf Erden, etwas, das kein anderer für sie übernehmen konnte. Sie hatte gebetet und gebettelt: „Lieber Gott, nimm diese arme Frau zu dir. Erspar ihr weiteres Leid und lass sie in all deine Herrlichkeit eintauchen. Ich weiß, dass sie nie etwas Böses getan hat, strafe sie nicht länger mit deiner Missach-

tung, sondern führe sie heim. Amen." Und dann hatte Gott sie endlich erhört.

Obwohl es ihr dafür eigentlich schon zu kalt war, hatte sie auch an diesem Tag noch einmal das Rad genommen, was sie vor allem jetzt auf dem zugigen Innsteg bereute. Die feuchte Luft, die vom Wasser heraufstieg, biss ihr geradezu in die Waden, und ihre Finger waren schon ganz steif, weil sie ihre Handschuhe bei Anna im Büro des Hospizvereins vergessen hatte.
Wie war sie nur auf den Vergleich mit der Limonade gekommen?, fragte sie sich, während sie tapfer ihr Rad über den Steg schob. So etwas trank sie doch nie. Viel lieber hätte sie jetzt ohnehin einen Becher heißen Tee gehabt. Die arme Frau Linus. Sie hatte sie gemocht, sie hatte sich nie beklagt, hatte ihr Schicksal hingenommen und auf Gott vertraut. Ach, sie war so tapfer gewesen!
Auch Maria war tief gläubig, aber ihr Glaube war schon einmal schwer erschüttert worden, damals, als der Kleine auf die Welt kam und nur wenige Stunden gelebt hatte. Und jetzt wusste sie nicht, ob sie wie die alte Frau Linus wieder ein so großes Vertrauen in Gott fassen konnte.
Aus diesen schwermütigen Gedanken riss sie ein metallenes Klappern. Es hörte sich an, wie wenn eine Rohrzange auf Metall schlug. Sie orientierte sich. Es kam von hinten. Rasch wandte sie den Kopf, konnte in der Dämmerung aber nur eine große Gestalt mit Kapuze entdecken, die langsam näher kam. Maria drängte sich näher an ihr Fahrrad, um Platz zu machen. Aber niemand versuchte, an ihr vorbeizugehen. Im Gegenteil, auch die Schritte wurden langsamer, hielten den Abstand konstant. Maria sah stur nach vorn. Ihr war ein bisschen mulmig bei dem Gedanken, dass da jemand hinter ihr herging. Aber andererseits hatte sie gleich das Ende des Steges erreicht, konnte aufsteigen und davonradeln.

Bestimmt war sie mit dem Fahrrad schneller als er zu Fuß. Während sie weiterging, wurde ihr bewusst, dass die Schritte nicht zufällig hinter ihr waren. Sie folgten ihr. Wenn sie ihr Fahrrad langsamer schob, wurden auch die Schritte langsamer, und wenn sie schneller lief, beschleunigten sie ebenfalls, aber warum? Was hatte sie, was der Mann, und sie war sich sicher, dass es ein Mann sein musste, haben wollte? Mit der rechten Hand ließ sie den Lenker los und fuhr damit in die Tasche ihrer gesteppten Allwetterjacke. Sie hatte noch nicht einmal ein Portemonnaie dabei, keine Chance sich freizukaufen.

Bei jedem Schritt hörte sie jetzt seinen Atem, entweder strengte ihn das Gehen an oder der Kerl war erregt. Wovon? Wovon wohl, Mädchen?, neckte sie sich, um Ruhe in ihre Gedanken zu bringen, was ihr nicht gelingen mochte. Sie war eine ältere Frau und kein Kerl erregte sich bei dem Gedanken, ihr zu folgen, es sei denn ...

Voller Entsetzen hielt sie sich die Hand, die gerade noch in ihrer Jackentasche nach dem Portemonnaie gesucht hatte, vor den Mund – sonst hätte sie vor Schreck laut aufgeschrien.

... es sei denn, er hätte Spaß daran, ihr etwas anzutun.

Maria traute sich nicht, noch einmal nach hinten zu sehen, konzentrierte sich nur auf ihre Schritte und seinen Atem, der regelmäßig und laut an ihr Ohr drang. Und eigentlich war es auch mehr ein Stöhnen.

Kaum hatte Maria den Innsteg verlassen, stieg sie so hastig auf ihr Rad, dass sie beinahe auf der anderen Seite wieder heruntergefallen wäre. Da spürte sie, wie jemand den Gepäckträger festhielt, das Fahrrad damit in die Balance zwang und sie gleichzeitig am Losfahren hinderte. Mit eiskalter Hand fuhr ihr die Angst unter den Pullover und kroch unbarmherzig die nackte Haut ihres Rückens hinauf, bis sich ihre kurzen Haare im Nacken aufstellten. Sie wandte den

Kopf, die Augen weit aufgerissen, wusste nicht, ob sie schreien oder lieber still sein sollte. Es ging alles so schnell und doch kam es ihr wie eine Ewigkeit vor. Sie hätte später nicht sagen können, ob es Minuten, Stunden oder Tage waren, in denen sie da auf dem Fahrrad festsaß, während der Angstschweiß langsam auf ihrer Haut gefror, bis sie ihn nicht mehr spürte. Und die ganze Zeit hörte sie nichts als seinen erregten Atem, sah nichts als seine Kapuze, die er sich so weit ins Gesicht gezogen hatte, dass sie noch nicht einmal ahnen konnte, ob er alt oder jung war. Endlich bewegte er seinen Kopf. Deutete ihr an, nach vorn zu schauen. Maria wusste nicht warum, aber sie gehorchte, und dann bekam sie einen Schubs, so wie damals, als sie vom Großvater das Radfahren gelernt hatte. Sie wagte nicht zurückzublicken, damals aus Angst, der Großvater könnte wirklich losgelassen haben, diesmal, weil sie fürchtete, der Kapuzenmann könne vielleicht auf dem Gepäckträger sitzen und sie höre seinen erregten Atem nur deshalb nicht, weil ihr eigener vor lauter Anstrengung und Angst so heftig ging.

***

Franziska konnte gar nicht verstehen, warum sich Hannes auf einmal vor Katharina Eschenbacher fürchtete.
„Mochten Sie Frau Weberknecht?“, begann Franziska ihre Befragung.
„Mögen wäre wohl eine bisschen zu hoch gegriffen. Wir respektierten uns, schließlich konkurrierten wir nur um die Gunst der Zuschauer und kamen uns bei den Rollen innerhalb unseres Stimmfaches nicht in die Quere.“
„Stimmfach heißt noch mal?“
Katharina Eschenbacher lächelte nachsichtig. „Sophia sang Sopran, ich Mezzosopran. Jeder hatte seine Möglichkeiten,

besetzt zu werden, wobei wir uns gegenseitig nichts wegnahmen."

„Wie würden Sie Sophia Weberknecht beschreiben?"

„Oh, da verlangen Sie jetzt aber was von mir!" Die Eschenbacher richtete ihren Blick zum Fenster, schien überlegen zu müssen, und Franziska musterte sie ungeniert. Sie wusste schon, wie sie es anstellen musste, um Eindruck zu schinden. Jetzt allerdings, als sie keine Zuschauer hatte, sah ihr Gesicht eher gewöhnlich als beeindruckend aus, ganz normal eben. Kein Grund, sie auf einen Sockel zu stellen.

„Sophia war sehr launisch, ja, ich glaube das ist der richtige Ausdruck. Mal war sie ganz nett, dann wieder wie eine Furie. Und sie hatte eine sehr spitze Zunge, wenn es darum ging, sich zu verteidigen. Aber im Grunde war sie nicht schlimm, ich meine, ja, man musste natürlich mit ihr umgehen können."

„Und Sie konnten mit ihr umgehen?"

„Ja. Ich denke, sie spielte gern mit Menschen, und wenn sie merkte, dass jemand eine Schwäche hatte, dann nutzte sie das aus. Bei mir kam sie da nicht weit."

„Ich verstehe. Kannten Sie Freunde von ihr?"

„Freunde, das ist immer so ein großes Wort. Im Grunde haben doch die wenigsten Menschen wirkliche Freunde, sie glauben es nur, weil sie Gott und die Welt kennen."

„Und wen kannte Frau Weberknecht?"

„Keine Ahnung."

„Waren Sie mal bei ihr zu Hause?"

„Nein, warum?", antwortete die Eschenbacher lustlos.

„Haben Sie den Streit zwischen Heinz Wagenthaler und Sophia Weberknecht mitbekommen?"

„Ja, natürlich. Wagenthaler kann aber auch ganz schön nerven. Wissen Sie, er tut immer so gleichgültig und verständnisvoll, das bringt einen irgendwann auf die Palme."

„Sie meinen, er hat sie provoziert?"

„Und ob! Ich weiß noch genau, wie ich mir dachte: Was ist denn mit dem los?"
„Erzählen Sie bitte!"
„Wir hatten Probe und waren bereits eingerufen. Als ich hinuntergehen wollte, sah ich ihn an der Treppe stehen und sagte: *Heinz, worauf wartest du noch, es geht los!* Da sagte er, er warte auf Sophia, er müsse noch was mit ihr besprechen. Ich bin dann vorausgegangen, und als ich fast unten war, hörte ich ihre Stimme sagen: *Heinz, ich weiß schon, was ich tue, glaub mir, ich kann das.*"
Franziska hatte ihren Stift zur Seite gelegt. „Und was hat er geantwortet?"
„Keine Ahnung. Ich war bereits unten und ging durch die Tür auf die Hinterbühne. Die beiden kamen ein paar Minuten später rein."
„Meinen Sie, die beiden haben sich gestritten?"
„Das kann und will ich nicht behaupten, jeder ging auf seinen Platz und es lief alles ganz gut, bis Sophia den Heinz angeschrien hat."

***

So richtig beruhigen konnte sich Maria erst, als die Wohnungstür hinter ihr ins Schloss gefallen war. Erleichtert blieb sie einen Moment stehen, dann begann sie zu lachen. Jetzt hat der Bertl mich mit seinen Verbrechergeschichten auch noch angesteckt, dachte sie und ging ins Bad, um sich ein schönes heißes Fußbad einzulassen. Das hatte schon ihre Mutter so gemacht. Wenn es kalt war oder man sich elend fühlte, gab es nichts Besseres als ein Fußbad. Während ihre Füße im heißen Wasser planschten, rief sie sich alles, was auf dem Innsteg passiert war, noch einmal in Erinnerung. Wie war sie nur auf die Idee gekommen, dass der Mann etwas von ihr wollte? Lag es am Tod der alten Frau Linus, der sie so erschüttert hatte, oder war sie wirklich in Gefahr gewesen? Gut, er war dunkel gekleidet gewesen und hatte die Kapuze über den Kopf gezogen, na, vielleicht auch nur wegen des kalten Windes. Nur sein Atem, das Stöhnen, das war wirklich schlimm gewesen und mit nichts zu vergleichen. Gern würde sie Bertl davon erzählen, aber bestimmt würde er dann mit ihr schimpfen, weil sie allein im Dunklen unterwegs war und weil sie sich immer weigerte, ein Handy mitzunehmen. Aber Maria war sich sicher, dass sie heute nur einen bösen Geist gesehen hatte, und gegen Geister halfen auch keine Handynummern für den Notfall. Außerdem, wer weiß denn schon, wie es sich mit diesen schrecklichen Strahlen wirklich verhielt, vielleicht waren die ja viel gefährlicher als der Mann auf der Brücke?

Maria stand auf und leerte das Becken, es war höchste Zeit, mit dem Kochen anzufangen. Als sie das Fleisch vorbereitet hatte und ins kochende Wasser legte, hatte sie den ganzen Zwischenfall schon wieder vergessen. Sie war jetzt ganz in ihrem Element.

Das Telefon läutete, sie nahm ab und dachte noch, vielleicht ist es ja Bertl, weil er später kommt, da hörte sie eine Stimme sagen: „Na, Maria, bist du gut zu Hause angekommen?" Anna, die Frau, die ihre Einsätze für den Hospizverein organisierte, fragte sie das manchmal am nächsten Tag, wenn es abends spät geworden war. Aber Anna rief deshalb nie bei ihr zu Hause an. Es war auch gar nicht Annas Stimme, die jetzt zu ihr gesprochen hatte. Es war eine Stimme, die sie nicht kannte. Die Stimme eines Mannes. Er hatte nur diese eine Frage gestellt, danach hörte sie noch eine Weile seinen Atem in der Leitung, bevor sie mit dem Finger die Verbindung unterbrach, den Hörer noch immer am Ohr haltend, auf die Stille lauschend, in der Hoffnung, dass sie sich das alles nur eingebildet hatte.

***

Am frühen Abend, als der vom Inn heraufkommende Tiefnebel längst das Licht der starken Scheinwerfer verschluckt hatte, musste das Team von der Kriminaltechnik seine Suche am Kelberg schließlich einstellen. Ihre Erwartungen waren von Anfang an nicht allzu groß gewesen, immerhin lag der Leichenfund bereits sieben Wochen zurück, und sie mussten davon ausgehen, dass die Waffe im feuchten Gebüsch ebenso lange auf den Rentner gewartet hatte.
Durchgefroren kam Annemarie Michl, die die Suche geleitet hatte, in Brausers Büro und war dankbar, als der ihr einen Becher heißen Kaffee entgegenhielt. Der Geschmack des von Brauser selbst zusammengepanschten Gebräus, das er Kaffee nannte, war in diesem Moment völlig nebensächlich. Allein die Geste zählte.
„Der Platz war die reinste Müllkippe. Wurde Zeit, dass da mal jemand aufräumt", stöhnte die routinierte Spurensammlerin und blies in ihren dampfenden Becher. „Es hätten aber nicht unbedingt wir sein müssen."
„Und?" Brauser sah sie skeptisch an, schob ihr Milch und Zucker hin und hoffte, sie würde ihn nicht für sein Benehmen am Weberknecht'schen Tatort quälen. Doch Annemarie war keine Frau, die etwas lange nachtrug. Dazu hatte sie zu viel Spaß am Leben und vermutlich auch schon zu viel gesehen. Nachdem sie sich zwei Löffel Zucker in ihren Becher geschaufelt hatte und ihn nun konsequent unterrührte, was Brauser immer ungeduldiger beobachtete, lächelte sie ihn freundlich an.
„Weißt du, Berthold, bei dir schmeckt der Kaffee immer wieder gleich scheußlich, aber es ist einfach toll, von einem Mann bedient zu werden."
Annemarie trug an diesem Tag eine geschmackvolle schwarze Flanellhose und einen auberginefarbenen Pulli, dazu schwarze Lackschuhe, und Brauser konnte sich einfach nicht erinnern, wann er die Kollegin jemals so schick gesehen hat-

te. Trotzdem sparte er sich ein Kompliment. Er wollte Fakten hören.
„Hat sich eure Aufräumaktion denn wenigstens gelohnt?“, versuchte er es noch einmal.
Annemarie nickte, trank noch einen Schluck und fand dann, dass es an der Zeit war, ihn einzuweihen.
„Okay, genug auf die Folter gespannt.“ Sie stellte ihren Becher ab, bereit, alles Wichtige weiterzugeben. „Rund um die Bäume haben wir nichts mehr gefunden, dafür hat es in letzter Zeit zu viel geregnet. Aber direkt hinter der Baumgruppe, da wo die Waffe gefunden wurde, befindet sich eine Lichtung, und das muss so eine Art Treffpunkt sein, ich denke von Jugendlichen. Es führt ein schmaler Trampelpfad hinein, einige Baumstämme liegen herum, die dienen wahrscheinlich als Sitzgelegenheit. Sieht alles ganz schön chaotisch aus. Hier haben wir ein paar Fotos von dem schicken Ambiente gemacht.“
Annemarie schob Brauser ein paar Computerausdrucke hin und zeigte mit dem Finger auf einige Ausschnitte. Brauser nickte und fragte sich sofort, warum Franz Albert Mager wohl nichts davon gesagt hatte.
„Zu dem Treffpunkt für Jugendliche würde auch passen, dass wir einen Papierflieger gefunden haben. So wie es aussieht, wurde er aus einem Infoblatt der Innblick-Schule gebastelt. Brauser, hörst du mir überhaupt noch zu?“
„Äh, ja, natürlich. Ich überlege mir nur gerade, warum der Rentner nichts von einem Treffpunkt gesagt hat. Der hätte das doch eigentlich wissen müssen.“
„Du bist zu misstrauisch. Der alte Mann wollte einfach schnell heim, oder er hat den Platz einfach nie bemerkt.“
„Na ja, so alt war der dann auch wieder nicht“, warf Brauser mürrisch ein, was Annemarie einfach ignorierte.
„Den Papierflieger muss ein wahrer Könner gebastelt haben, sagt Mona, so was hat sie noch nie gesehen, und sie ist dank

ihrer drei kleinen Brüder eine begnadete Papierflugzeugbauerin" Annemarie nahm einen weiteren Schluck des inzwischen kalten Kaffees und verzog angewidert das Gesicht. „Da hilft der ganze Zucker nicht."

„Anni!" mahnte Brauser nicht unfreundlich.

„Vielleicht findest du in der Schule ja jemanden, der besonders tolle Papierflieger bauen kann." Sie lächelte ihn freundlich an. „Ach, und dann haben wir noch einige Jointstummel gefunden. Könnten mit denen identisch sein, die wir bei dem Toten im Auto gefunden haben, muss aber auch noch untersucht werden."

„Und sonst?"

„Ach, hier, hätte ich fast vergessen", Brauser schüttelte den Kopf, denn er wusste, dass sie das sehr wohl mit Absicht getan hatte, „diese CD lag im Gebüsch, unter einer dünnen Laubschicht, müsste aber noch funktionieren, sofern etwas drauf ist."

Brauser riss ihr den Fund fast aus der Hand, hielt dann aber inne. „Danke, Anni."

„Nichts zu danken, ist mein Job", meinte sie und schenkte ihm ein Lächeln.

„Du, sag mal", der Kommissar nickte ihr zu, „hast du heute noch etwas vor? Siehst gut aus!"

„Mannomann, du willst wohl bei mir Punkte sammeln!" Sie lächelte, weil solche Momente zwischen Kollegen selten waren. „Meine Mutter hat Geburtstag. Ich konnte ja nicht ahnen, dass wir heute so was reinbekommen."

„Passt schon, Anni."

„Was passt?" Franziska steckte den Kopf zur Tür rein und bemerkte ebenfalls erstaunt die Kleidung der Kriminaltechnikerin. „Schick!"

„Ihre Mutter hat Geburtstag!", erklärte Brauser in Annemaries Namen.

„Ja, und deswegen werde ich mich jetzt auch gleich auf den

Weg machen, meine Mama liebt Pünktlichkeit." Ohne auf weitere Einwände zu warten, stand sie auf und verschwand durch die Tür des Büros. Zurück blieb der angetrunkene Becher Kaffee auf Brausers Schreibtisch und ein Hauch ihres Parfüms.
„Tschüss, Anni!", rief Franziska ihr hinterher. „Hat ihr wohl nicht geschmeckt?" Franziska setzte sich auf den angewärmten Platz und schob grinsend den Becher zur Seite.
„Ein Infoblatt als Papierflieger und angerauchte Joints", resümierte Brauser lustlos, zog sich Annemaries Becher ran und nahm einen Schluck. Er fand den Kaffee gar nicht so schlecht.
„Und jetzt?" Hannes kam mit zwei dampfenden Teetassen herein, wofür sich Franziska artig bedankte.
„Im Prinzip haben wir nichts wirklich Neues. Die Waffe gehörte Wallenstein, wenn sich dort keine anderen Fingerabdrücke als im Auto finden und die nicht zufällig registriert sind, bringt uns das gar nichts. Dass die Jointstummel auf Jugendliche hinweisen, wussten wir schon am Tatort, als wir Wallenstein gefunden haben", schloss Brauser resigniert.
„Was ist mit diesem Infoblatt?"
„Von der Schule?"
„Welche Schule?" Hannes stand auf und trat an die Karte, die hinter dem Schreibtisch seines Vorgesetzten hing.
„Innblick-Schule."
„Na, dann ist das doch klar." Hannes zeigte auf der Karte an der Wand, wie er sich die Sache vorstellte. „Hier ist der Parkplatz auf dem Wallenstein gefunden wurde, hier ist der Fundort der Waffe, und wenn ich jetzt weiter nach Osten gehe, lande ich bei der Innblick-Schule."
„Das mag sein, aber das ist noch lange kein Beweis", entgegnete sein Chef, der für Hannes' Theorien noch nie viel übrig hatte.
„Kein Beweis, aber ein Anhaltspunkt." Franziska zog die

Computerausdrucke zu sich. „Sieht aus wie ein geheimer Treffpunkt."
Brauser nickte zustimmend. „Und der würde zu folgender Theorie passen: Wallenstein hat mit Marihuana gehandelt, hatte zu seinem Schutz eine Waffe bei sich, die die Jugendlichen ihm abnahmen und ihn damit erschossen", nahm Hannes den Faden auf.
„Wallenstein wurde aber nicht erschossen." Langsam wurde Brauser grob.
„Wer Marihuana raucht, der spritzt vielleicht auch Heroin. Könnte es nicht sein, dass Wallenstein den Jugendlichen etwas versprochen hatte, und als er es nicht halten konnte oder wollte, haben sie ihm einen Denkzettel verpasst und ihm statt Heroin Luft gespritzt, sodass er an der Embolie gestorben ist? Vielleicht war das Ganze ein Unfall." Hannes sprach hastig, er wollte sich rechtfertigen.
„Das muss dann aber eine große Spritze gewesen sein! Und warum schießen sie anschließend noch auf ihn, wenn sein Tod nur ein Versehen war?" Franziska versuchte, zwischen den Streithähnen zu vermitteln.
„Vielleicht wollten sie damit die eigentliche Todesursache vertuschen. Das wäre ja auch beinahe gelungen. Vielleicht haben sie aber auch erst in Ruhe einen Joint geraucht und dann beschlossen, ein bisschen Spaß zu haben und auf Wallenstein und das Auto zu schießen."
„Und warum haben sie ihn dafür erst auf die Beifahrer und dann auf die Fahrerseite gesetzt?" Brauser ließ sich nicht überzeugen.
„Damit es so aussieht, als sei er selbst auf den Parkplatz gefahren. Und vergesst nicht, dass es auch Zeugen gab, die aussagten, dass sie zum Zeitpunkt des Todes von Wallenstein kein passendes Auto auf dem Parkplatz gesehen haben."
„Das heißt, dass sie ihn möglicherweise an ihrem Treffpunkt zu Tode gespritzt haben, anschließend auf den Beifahrersitz

gesetzt haben und dann mit ihm zum Parkplatz gefahren sind, um dort das Auto zu beschießen?"
Für Hannes war die Sache klar. „Wenn es je Reifenspuren gegeben haben könnte, so war laut den Kollegen nichts mehr auszumachen."
„Aber dann hätten sie doch zumindest Fingerabdrücke auf dem Lenkrad finden müssen! Wer so durchgeknallt ist und auf einen Toten schießt, der holt anschließend keinen Lappen raus, um alles abzuwischen." Brauser nahm noch einen Schluck aus Annemaries Kaffeetasse und setzte dann, ohne die anderen anzusehen, nach.
„Alle Spekulationen sind für die Katz, solange wir nicht wissen, wer sich am Treffpunkt tatsächlich getroffen hat und mit dem Tod Wallensteins zu tun haben könnte. Allerdings haben wir nichts, was eine große Befragung an einer Schule rechtfertigt, außer", Brauser lächelte erstmals, „das Rundschreiben, und dazu wird die Schulleitung Stellung nehmen müssen."
„Da bin ich jetzt aber gespannt drauf. Die, die zu meiner Schulzeit gekifft haben, trugen nie ihre Hausaufgabenmappen mit sich herum." Franziska lächelte zweideutig.
„Wenn du dieses Argument dem Schwertfeger steckst, können wir die Schule vergessen", Brauser sah Franziska ungeduldig an.
„Wie käme ich dazu?", verteidigte sie sich.
„Okay, Schluss für heute. Wir sind seit zwei Monaten an dem Fall, bis Montag bleibt die Schule geschlossen, solange können wir jetzt auch noch warten." Brauser stand auf, „Ich wünsche euch ein schönes Wochenende Kollegen." Damit raffte er seine Sachen zusammen und verließ ohne ein weiteres Wort das Büro. Zurück blieb die CD, die sowohl Brauser als auch Annemarie völlig vergessen hatten.

„Mit wie wenig sich der Chef auf einmal zufriedengibt, der wollte noch nicht mal wissen, was wir rausbekommen haben."
„Er teilt sich die letzten Tage gut ein", verteidigte ihn Franziska.
„Und wir? Sollten wir uns nicht übers Wochenende die Theaterleute noch mal vornehmen?"
„Hast wohl Sehnsucht nach deiner Eschenbacher?"
Hannes errötete. „An die hab ich jetzt gar nicht gedacht."
„Ach, sag nur!"
„Nein, wirklich nicht."
„Aber ihre Kurven interessieren dich schon?" Franziska holte ihre Tasche unter dem Schreibtisch hervor, zog ihre Jacke an und schnappte sich die Autoschlüssel. Auf einmal stand Hannes sehr nah vor ihr, zu nah, um es zufällig zu nennen.
„Sie ist wirklich eine tolle Frau, aber sie ist vielleicht in einen Mordfall verwickelt und von solchen Leuten sollten wir lieber die Finger lassen, oder?"
„Ja, du hast recht, und Brauser auch. Wir sollten Schluss machen, von denen läuft uns keiner davon und wir haben uns auch unser Wochenende verdient."

***

Gebeugt und mit müdem Schritt ging Hauptkommissar Berthold Brauser zu seinem Auto, öffnete die Fahrertür und ließ sich schwer in den Sitz fallen.
Wie hatte es nur so weit kommen können? So viele Jahre hatte er damit zugebracht, nach Tätern zu suchen. Nicht nur nach einem speziellen Täter, sondern nach dem Tätertyp. Viele hatte er gefasst und befragt, und inzwischen wusste er, dass man die meisten zwar in verschiedene Kategorien einteilen konnte, es jedoch eine Gemeinsamkeit gab, die sie alle verband: Jeder von ihnen hatte sich verführen lassen.

Ja, so musste man es wohl nennen. Die Opfer hatten die Täter mit was auch immer zum Morden verführt. Gereizt, gelockt, geblendet. Bis es nur noch einen Ausweg gab und der Tod dem Täter auf die Schulter klopfte und sagte: *Ich bin die Lösung für dein Problem.* Und der Täter schlug zu oder schoss oder nahm ein Messer. Im Prinzip war es auch egal, wie er seinem Opfer das Leben nahm, denn letztlich hatte er genutzt, was sich ihm geboten hatte, was seinen Möglichkeiten entsprach. Bei allem ging es um Ursache und Wirkung. Das war das Resümee seines Lebens.
Und auch bei Wallenstein hieß es darum herauszufinden, was er dazu beigetragen hatte, dass die Wahl ausgerechnet auf ihn gefallen war. Wen hatte er, vermutlich unbewusst, dazu verführt, ihn umzubringen? Womit? Und warum?
Brauser machte den Motor an und fuhr los. Wo lag das Motiv?
Der Berufsverkehr hatte seine Hauptphase bereits hinter sich und so kam Brauser recht zügig über die Ampeln und konnte bald darauf die Marienbrücke hinter sich lassen.
Natürlich hätte er sich jetzt in seinen Sessel setzen, Zeitung lesen, fernsehen und bis Montag einfach nichts tun können. Um dann eine ganze Schule zu befragen, in der Hoffnung, dass er auf den oder die Richtigen stieß. Eben auf jemanden, der ihm einen weiteren Hinweis auf den Mörder geben konnte. Aber ihm lief die Zeit davon. Und wer weiß, vielleicht lag er mit seinen Vermutungen ja auch völlig daneben und der Jugendtreff neben dem Fundort der Waffe war reiner Zufall. War es dann nicht sinnvoller, die Zeit zu nutzen und sich mit dem Opfer zu beschäftigen?
Warum werden manche Menschen Opfer und andere Täter? Warum konnte nicht Wallenstein der Täter und irgendein anderer das Opfer sein? Das hatte nichts damit zu tun, dass er den Typen mochte, er kannte ihn ja gar nicht. Nein, es hatte mit der Frage zu tun, wie man zum Mörder wird, wer

das entscheidet. Und wie man mit der Schuld leben konnte. Konnte man den Tod eines anderen Menschen wieder gut machen? Ungeschehen auf keinen Fall, aber vielleicht konnte man aus seiner persönlichen Schuld ja irgendwie heraustreten.

Maria hatte einen zarten Tafelspitz mit Kartoffeln und Meerrettichsoße zubereitet: sein Lieblingsgericht. Eines von vielen. Der köstliche Duft schlug ihm schon beim Aufschließen der Wohnungstür in die Nase und zog ihn magisch in die Küche, wo seine Frau mit den letzten Vorbereitungen beschäftigt war. Brauser legte die Hände um ihre breiten Hüften und drückte ihr einen sanften Kuss in den Nacken. Das hatte er schon lange nicht mehr gemacht.
Doch als er kurz darauf vor seinem vollgeladenen Teller saß, wollte ihm auch an diesem Abend das Essen nicht so recht schmecken. Ihm fehlte einfach der Appetit.
Maria erzählte von Schwertfegers junger Frau, auch so ein Thema, das nicht gerade zur Verbesserung seiner Laune beitrug, und schien nichts zu bemerken.
„Die beiden planen einen großen Urlaub. Mit Johanna ist er immer nur zum Wandern nach Österreich gefahren, aber jetzt muss es natürlich was Schickeres sein. Gran Canaria!“
Sie machte eine Pause und fügte dann mit erhobener Stimme hinzu: „Ich hoffe er wird sich so richtig schön blamieren mit ihr.“
Brauser legte sein Besteck zur Seite und sah Maria stumm an. Ahnte er, dass ihr Geplapper nur ablenken sollte? Dass sie nach dem ungebetenen Anruf das einzig Richtige getan und gleich darauf Johannas Nummer gewählt hatte, um sich von ihr, der Freundin, ohne den wahren Grund zu nennen, trösten zulassen?
„Ist was Bertl? Du hast ja kaum was gegessen“, stellte sie auf einmal fest.

„Was hältst du davon, wenn wir beide auch mal wegfahren? Ich meine, nichts Großes, nur übers Wochenende, vielleicht einfach mal ... nach Frankfurt?“, fragte er, ohne auf ihren Einwand zu reagieren.
„Nach Frankfurt? Wie kommst du denn jetzt da drauf?“
„Ich würde da gern ein paar Ermittlungen durchführen, es geht immer noch um diesen Wallenstein, und nebenbei könnten wir uns doch zwei schöne Tage machen, na, was sagst du?“
„Ach, Bertl, das ist ja eine wunderbare Idee!“ Doch dann warf Maria einen nervösen Blick auf die Uhr. „Glaubst du denn, wir kriegen da so kurzfristig noch ein Zimmer?“
Er trank einen Schluck von seinem Bier und wusste, was zu tun war. „Ich werde die Kollegen um Hilfe bitten, die wissen am besten, wo es sich lohnt.“
Während er telefonierte, hörte er, wie seine Frau beim Abwasch ein fröhliches Lied trällerte, und musste dabei selbst lächeln. Maria war so leicht zu begeistern, selbst mit einem Ausflug nach Frankfurt.
Wenn er gewusst hätte, was sie ihm nicht erzählte, und wenn er geahnt hätte, dass er mit seiner Reise nach Frankfurt einem anderen einen großen Gefallen tat, weil er ihm den Weg freimachte, dann hätte er seine Theorie über die Verführung zum Bösen noch einmal überdacht. Aber so handelte er eben völlig ahnungslos.

***

Agnes Neumüller hatte eine zierliche Brille auf der Nase und eine aufgeschlagene Fernsehzeitung in der Hand, als sie ihrem späten Gast die Tür öffnete. „Geht es Ihnen auch so wie mir? Immer wenn man sich mal einen schönen Fernsehabend machen will, kommen nur Wiederholungen und in der Regel auch noch schlechte.“ Den Weg weisend, ging sie vor der Oberkommissarin her bis ins Wohnzimmer und bot ihr mit einer einladenden Handbewegung einen Platz auf dem Sofa an.

„Mir bleibt nicht viel Zeit zum Fernsehen", gestand die junge Kommissarin und zuckte ein wenig bedauernd die Schultern.

„Schade, dabei gibt es heute jede Menge Krimis. Schauen Sie, die lösen bis zum *Heute-Journal* gleich zwei verschiedene Fälle." Die frühere Studienrätin hielt ihr die Zeitung über dem Tisch entgegen.

„Alle Achtung!" Franziska lächelte, „Aber so was geht eben nur in Filmen."

„Ja, und langweilig sind sie auch, man weiß immer gleich, wer der Mörder ist, oder?"

„Sehen Sie, und wir tappen noch immer im Dunklen. Aber vielleicht können Sie mir ja helfen."

Agnes Neumüller ließ die Zeitung sinken und sah die Besucherin gespannt an. „Wie denn?"

„Wenn Sie sich mal bitte dieses Foto ansehen", Franziska zog ein Bild, das sie sich von der Homepage des Museums für Moderne Kunst heruntergeladen hatte, aus ihrer Tasche und reichte es nun ebenfalls über den Tisch.

„Ein hübscher Mann!"

„Finden Sie?"

„Sie nicht?"

„Darum geht's nicht. Ich muss wissen, ob Sie ihn in den letzten Tagen im Haus gesehen haben."

Lange blickte die ehemalige Lehrerin auf das Bild. „Ich hab tatsächlich das Gefühl, dass ich ihn schon mal hier gesehen habe, aber in den letzten Tagen? Eher nicht."

Die Kommissarin holte das Phantombild, das nach Paula Nowaks Angaben gemacht worden war, und reichte auch diese Kopie an Agnes Neumüller. „Und dieser hier?"

„Wer soll das denn sein?"

„Keine Ahnung.“ Franziska tat unbekümmert.
Agnes Neumüller sah sich das Bild lange und sehr genau an, aber dann schüttelte sie den Kopf. „Also, ich weiß nicht, könnte sein, aber das passt auf viele und ...“
Sie reichte das Bild zurück und Franziska wollte es gerade zu dem Foto von Walter Froschhammer in ihre Tasche stecken, als ihr Handy eine ankommende SMS meldete. Neugierig warf sie einen kurzen Blick auf das Display. Die Nummer sagte ihr nichts. „Ja, dann vielen Dank und noch einen spannenden Abend.“ Sie nickte in Richtung Fernsehzeitung.
„Danke, und Ihnen auch noch viel Spaß mit ihrer Verabredung.“
Franziska blickte auf das leuchtende Handy: „Ach, das ist bestimmt nur ein Kollege.“ Sie nahm Tasche und Mantel und reichte der älteren Dame die Hand. „Leihen Sie sich doch einfach einen Film aus, wenn nichts Passendes im Fernsehen kommt, Sie haben doch ganz in der Nähe einen Videoverleih.“
„Ja, das hat Sophia auch immer gemacht. Aber für mich ist das nichts. Wissen Sie, ich kenne mich mit diesen Sachen nicht so gut aus“, gestand sie, „da lese ich dann doch lieber ein schönes Buch.“
Franziska zog die Tür ins Schloss und schon auf der Treppe nach unten begann sie, die wenigen Zeilen auf dem beleuchteten Display zu lesen:

Hallo frau
kommissarin,
mir ist doch noch
was eingefallen.
Ich kann hier nur
leider nicht weg.
Vielleicht kommen
sie noch einmal bei

mir vorbei? Allein?
Vielleicht reicht
ihre zeit für ein
paar skizzen ...
Gruß walter

Ja, dachte Franziska, vielleicht. Aber erst brauche ich Gewissheit. Doch als sie vor der Tür von Paula Nowak stand und auf ihr Klingeln hin niemand öffnete und auch nirgends Licht brannte, beschloss sie, die Sache lieber noch ein bisschen aufzuschieben. Erst musste sie der alten Nachbarin das Foto eines Mannes zeigen, der zwar lange Haare hatte, aber ganz bestimmt nicht schwul war. Das würde sicher sehr lustig werden. Schmunzelnd ging sie zu ihrem Auto. Wo war sie da nur hineingeraten?

***

Schwer schnaufend vom anstrengenden Treppensteigen legte Ramona Einkaufstüten, Gratiszeitung und Handtasche auf den Küchentisch und ging dann in den Flur zurück, um Jacke und Schuhe zu verräumen. Aus dem Wohnzimmer dröhnte der Fernseher. Statt eines Grußes schaltete sie das Gerät aus und baute sich in voller Größe und mit ernster Miene vor dem schwarzen Bildschirm auf.
Ein „Ey, Mama!“ war jedoch alles, was ihren Töchtern dazu einfiel.
„Ey, Mama!“, äffte Ramona sie nach und sah abwechselnd von einer zur anderen. „Was soll das? Ich geh den ganzen Tag arbeiten, und wenn ich heimkomme, dann sitzen die Damen vor der Glotze und halten es noch nicht einmal für nötig, den Teppich zu saugen oder das Geschirr zu spülen! Was ist mit unserer Abmachung?“

„Andere Leute haben für so was eine Spülmaschine", konterte Julia gleichgültig.
„Andere Leute können sich das vielleicht leisten. Ich bin froh, wenn ich bei euren Ansprüchen jeden Monat die Miete bezahlen kann", schnaubte sie wütend zurück, wusste aber sofort, dass es falsch war, weil die beiden ja schließlich nichts dafürkonnten, dass sie das Familieneinkommen alleine stemmen musste. Darum fügte sie etwas versöhnlicher hinzu: „Julia, du holst den Staubsauger, und Bianca, du kümmerst dich um den Abwasch, während ich uns was zu Essen mache."
„Ich hab keinen Hunger, ich war mit Andi beim Pizzaessen", meldete sich ihre älteste Tochter und griff lustlos nach der Fernsehzeitung.
„Du weißt, dass ich es nicht mag, wenn du mit diesem Andi rumhängst."
Julia warf die Zeitung auf den Boden und erhob sich theatralisch. „Er hat mich eingeladen, das spart uns Geld!"
Eben, dachte Ramona, resigniert, erst lädt er dich ein und dann? Immerhin kam Julia wenige Augenblicke später mit dem Staubsauger zurück, auch wenn sie den Teppich eher chaotisch damit bearbeitete.
„Ich will doch nur dein Bestes, Kind!" Aber die Tochter hörte sie im Krach des laufenden Staubsaugers nicht mehr, oder zumindest tat sie so als ob.
Kopfschüttelnd ging die genervte Mutter in die Küche. Bianca hatte Spülwasser eingelassen und versenkte gerade eine verkrustete Pfanne darin. Irgendetwas hatten die beiden am Mittag gebrutzelt, aber es ließ sich anhand der Reste nur schwer erahnen. „Was ist mit dir?"
„Ich bin eh zu dick, ich esse besser nichts mehr." Ramona holte die Pfanne wieder aus dem Spülbecken und seufzte. Dann gab sie Besteck, Gläser und einen Schuss Spülmittel ins Wasser und begann, das Geschirr selbst zu spülen. „Na

los, hol ein Handtuch und trockne wenigstens ab."
„Die Miriam hat ein neues Handy mit fünf Gigabyte Speicher, damit kann sie ohne Ende Musik aufnehmen und sogar filmen!", erzählte ihre Tochter begeistert, nachdem sie alle Gläser in den Schrank geräumt hatte.
„Ah ja? Und so ein Handy brauchst du jetzt auch?"
„Du hast doch gefragt, was ich mir zum Geburtstag wünsche." Bianca lächelte ihre Mutter liebreizend an. Ramona durchschaute die Masche sofort.
„Ich hätte eher an eine Jeans oder so was gedacht." Sie musterte Bianca mit einem kurzen Seitenblick. Genau wie Julia war sie groß und dünn, das war das Erbgut des Vaters, zumindest war der früher so gewesen, wie er heute aussah, wusste sie natürlich nicht. Bianca hatte unaufgefordert begonnen, die Einkaufstüten auszupacken, und räumte jetzt alles in die Schränke. Im Gegensatz zu den schlanken Töchtern musste Ramona sich schon immer mit dem Essen zurückhalten und in letzter Zeit war sie häufig nicht mehr so standhaft. Was blieb ihr denn auch sonst, wenn sie am Abend nach Hause kam? Wohin waren ihre Träume verschwunden, die sie im Alter ihrer Töchter gehabt hatte?
„Also, Mama, was ist jetzt mit dem Handy?"
„Das muss ich mir noch überlegen."
Bianca zeigte auf die Vorräte, „Wir können ja am Essen sparen."
„Kommt nicht infrage!"
„Die Julia hat ihr neues Handy von Andi", flüsterte Bianca so leise, dass es Ramona fast nicht verstanden hätte.
„Was?"
„Sag ihr aber nicht, dass du das von mir weißt, versprochen?"

Nachdem sie aufgeräumt und während des ersten Krimis vor dem Fernseher eine Ladung Wäsche gebügelt hatte, setzte sie sich für den zweiten mit einer halben Tüte Chips aufs Sofa. Die Fälle waren schnell zu durchschauen und nicht so kompliziert wie der Fall Wallenstein, der dem Chef am Ende seiner Laufbahn noch einmal so zusetzte. Der Alte tat ihr richtig Leid, und auch, dass er es sich mit der Pensionierung so schwer machte. Sie holte den Feigling aus der Küche, den sie gekauft hatte, weil der Name so gut zu ihr passte, und schenkte sich großzügig ein. Es gab Abende, da konnte man einfach nicht allein sein. Als sie dann aber im Bett lag, dachte sie nicht mehr an Brauser, sondern an Robert, den Mann, den sie über alles geliebt hatte. Den Mistkerl, den sie so sehr hasste wie keinen Zweiten. Der sie verlassen hatte, als sie ihn am dringendsten gebraucht hatte, und den sie bis heute vermisste und, was ihr größter Fehler war, eigentlich nie aufgehört hatte zu lieben.

Robert war der Leitwolf in der Clique gewesen: das Alphatier. Er fuhr das tollste Auto, das jeder bewunderte, und er bestimmte, was am Samstagabend unternommen wurde. Jedes Mädchen war scharf auf ihn gewesen. Und als er dann ausgerechnet sie haben wollte, dachte sie, sie sei am Ziel ihrer Träume. Dabei kam Ramona gar nicht auf die Idee, was er wirklich von ihr wollte. Sie hatte damals ihre Ausbildung als Sekretärin bei der Polizei schon fast abgeschlossen, was ihm imponierte, dem Mann, der zwar tolle Sprüche klopfen konnte, aber eigentlich nichts zustande brachte. Und sie hatte eine tolle Figur. Als sie schwanger wurde, fand er das zunächst nett, doch als sie immer dicker wurde, ließ er sie zu Hause und ging ohne sie aus. Als Julia da war, ging Ramona bald wieder arbeiten. Ihre Mutter passte auf die Kleine auf und er suchte weiter nach einer richtigen Beschäftigung. Dann wurde sie erneut schwanger und Robert verschwand endgültig. Sie weinte sich bei ihrer Mutter aus. Die rückte ihr den verheulten Kopf zurecht, sagte, er sei keine Träne wert und meinte damit: *Wir schaffen das schon!* Natürlich hatte ihre Mutter recht behalten. Sie hatten es irgendwie geschafft: die Arbeit und die Kinder. Aber sie hatte keinen Mann, an den sie sich lehnen konnte, der sie liebte und sich lieben ließ, und das war es letztlich, was ihr fehlte. Doch wem sollte sie davon schon erzählen?

***

Franziska goss die Fertigsoße über den geputzten Mixsalat, den sie kurz vor Ladenschluss noch aus der Kühltheke gefischt hatte, und mischte ihn vorsichtig mit zwei Gabeln durch. Während sie gebratene Putenbruststreifen und Käsewürfel verteilte, fiel ihr wieder der Text der SMS ein. Sie hatte noch nicht einmal geantwortet, obwohl es ihr irgendwie geschmeichelt hatte. Sie hätte gern jemanden, der sich einfach so bei ihr melden und sich freuen würde, wenn sie jetzt noch bei ihm vorbeikäme. Es musste ja nicht gerade dieser Mann sein, dem ohnehin schon alle Frauen zu Füßen lagen und der auf ihrer Liste der Verdächtigen ziemlich weit oben stand.

Aus dem Kühlfach holte sie Schnittlauchröllchen und legte ein Stück Weißbrot vom Vortag zum Aufbacken auf den Toaster. Als das Brot schön knusprig war, trug sie alles ins Wohnzimmer und setzte sich an ihren Lieblingsplatz, da wo der aufgeklappte Laptop schon auf sie wartete.

Das Schöne an Künstlern ist, dachte sie, dass sie ihren Lebenslauf freizügig im Internet präsentierten, für jedermann leicht zugänglich und damit auch für neugierige Polizistinnen.

Als Erstes gab sie den Namen von Carlos Rodriguez ein, schließlich war der Mann eine Augenweide, und das nicht nur auf der Bühne, wenn er den Herzog von Mantua gab. Während ihr Blick auf dem Bildschirm ruhte, piekste sie mit

der Gabel wahllos Salatblätter und Fleischstücke auf. Dann erlebte sie die erste kleine Überraschung. Carlos Rodriguez hatte nach dem Abi zunächst Fagott, Klavier und Geige an der Musikhochschule in Nürnberg studiert und dann in verschiedenen Orchestern gespielt. Erst zwei Jahre später hatte er sich zu einem Gesangsstudium nach Stuttgart aufgemacht. Sie hatte keine Ahnung, wie gut er diese Instrumente spielte, aber für den Orchestergraben war dieser Mann doch wirklich zu schade. Da könnte ihn ja niemand sehen, dachte sie und schüttelte den Kopf, denn auf einmal fiel ihr etwas ein. Was das mit dem Fall zu tun haben sollte, wusste sie selbst nicht, aber sie war sich sicher, dass sie noch nie mit so vielen gut aussehenden Menschen wie bei diesem Fall zu tun gehabt hatte. Ob das an der Theaterluft lag? Vielleicht waren auch nur schöne Menschen bereit, sich so hemmungslos der Öffentlichkeit darzubieten, wie diejenigen im Theater. Für sie selbst käme so etwas nie infrage. Dafür hätte sie viel zu viel Angst davor, dass die Zuschauer sie schonungslos betrachten und all ihre Makel entdecken würden – und nicht nur die stimmlichen. Trotzdem bewunderte sie nichts mehr als das Selbstbewusstsein, das etwa dieses Vollweib Katharina Eschenbacher an den Tag legte. Mit ihren Kurven würde ich auch so manches tun, dachte sie und überlegte, was sie anders machen würde, wenn sie aussehen würde wie die schöne Sängerin. Für Franziska gab es nur ihren Beruf als Polizistin, der machte ihr Spaß und in dem konnte sie zeigen, was sie zu leisten imstande war. Sie gab den Namen der Mezzosopranistin ein. Sie wollte wissen, was diese Frau nach Passau verschlagen hatte und ob in ihrer Biografie ein Punkt zu finden war, der auf eine Mörderin hinwies.
„Ach!“, war dann aber alles, was ihr zum Lebenslauf der Schönen einfiel. Die Darstellerin der Maddalena hatte zunächst Mathematik und Chemie studiert und hatte erst da-

nach ins Musikfach gewechselt. Sie hatte sogar ihren Magister gemacht. Ob Hannes das auch schon wusste? Franziska griff nach ihrem Handy, legte es nach einem Blick auf die Uhr aber doch wieder beiseite. Wer weiß, ob der Kollege nicht schon schlief, es ging schließlich schon auf Mitternacht zu.
Heinz Wagenthaler war auch ein interessanter Fall, fand sie und streckte sich so ausgiebig in ihrem Rattansessel, bis der gequält aufquietschte. Der Darsteller des Rigoletto kam aus bescheidenen Verhältnissen. Ein Pfarrer habe seine Stimme und sein Talent entdeckt und sich seiner angenommen, dafür sei er ihm heute noch dankbar, schrieb er auf seiner Homepage. Und weiter: Als Kind habe er im Kirchenchor Knabenalt gesungen, sein Studium sei von verschiedenen Stipendien gefördert worden. Franziska dachte an die Szene, die Carlos Rodriguez geschildert hatte. Warum hatte Sophia ihn dermaßen angegangen? Ihre Biografien waren völlig unterschiedlich: sie das reiche Mädchen, er der arme Bub. Auf der Bühne war das bestimmt ganz egal, aber wie sah es im wirklichen Leben aus? Konnte sein Zorn auf das reiche Mädchen so groß sein, dass er sie dafür erschlagen hatte?
Den wahren Grund für den Streit würde sie wohl nie erfahren. Ihr blieb nur, Wagenthalers Alibi zu überprüfen.
Nina Breitmann hatte mit der Gräfin Ceprano nur eine Nebenrolle. Sie spielte die Frau, an deren Stelle Gilda, also Sophia Weberknecht, entführt und verführt wurde. Sie umsorgte Sophia abseits der Bühne und beanspruchte ihre Aufmerksamkeit. Ihr Alibi war nichts wert, aber immerhin versuchte sie nicht, es schönzureden. Dann blieb noch Mimi Wagner, ein Künstlername, wie Franziska herausfand. Die kroatische Sängerin war als zweite Besetzung der Gilda engagiert worden und hatte an der Musikhochschule in Zagreb Oper, Oratorium und Liedgesang studiert. Ein wenig hörte man es noch an ihrem Akzent.

Sie war eine zierliche Frau, die sich mit Sophia getroffen hatte, um sich, wie sie behauptete, abzustimmen. Schließlich waren es zwar zwei Besetzungen der Gilda, aber spielen und singen mussten sie gleich. Sie war die Letzte, die Sophia außer dem Mörder lebend gesehen hatte, und sie sagte, ihre Kollegin habe noch jemanden erwartet. Wer war das? Franziska machte sich ein paar Notizen.
Und ehe sie lange darüber nachdenken konnte, gab sie den Namen von Walter Froschhammer ein. Es erschien das Bild, das sie am Abend Agnes Neumüller gezeigt hatte. Sie zoomte heran und sah sich Froschhammer sehr genau an. Angeblich hatte dieser Mann mit allen Frauen geschlafen, die er gemalt hatte, und angeblich wollte er Sophia malen. Ob er es getan hatte, oder, wie er behauptete, nicht getan hatte, konnte sie glauben oder nicht, solange sie keine Beweise fand. Also blieb ihr nur die Spekulation. Das war immer auch ein Teil ihrer Arbeit, in diesem Falle alles andere als langweilig. Konnte es sein, dass er am Abend ihres Todes zu ihr gekommen war, um sie zu malen und sie dann mit seinen Vorstellungen nicht einverstanden war? Vielleicht hatte er ihr eine Maltechnik vorgeschlagen, die sie nicht mochte, eventuell aber auch eine Stellung verlangt, die ihr nicht gefiel.
Aufräumen hätte Sophia für ihn nicht müssen, aber selbst Mimi Wagner war sich nicht sicher, ob es nicht eher ein Rauswurf war. Vielleicht sollte die Besucherin einfach nicht sehen, dass der Womanizer auch bei Sophia ans Ziel kam? Mimi Wagner räumte also das Feld und Froschhammer sagte, was er haben wollte. Und dann gab es Streit. Dieser wurde so schlimm, dass er sie erschlug. Franziska versuchte, die Szene in Sophias Schlafzimmer heraufzubeschwören.
Walter klingelt an der Tür, woraufhin Sophia ihm öffnet und ihn hereinlässt. Gemeinsam gehen sie ins Schlafzimmer. Sophia zieht sich nackt aus. Sie weiß, worum es geht. Sie legt

sich aufs Bett und räkelt sich für ihn. Walter sagt ihr, wie er es haben möchte: offener! Billiger!
Aber das gefällt ihr nicht. Sie will nicht mehr und sagt: Dann lassen wir es. Doch eine Abfuhr kann Walter nicht vertragen. Er verliert die Kontrolle über sich, nimmt einen Gegenstand und erschlägt sie.

Franziska hatte die Szene genau vor sich: Walter Froschhammer, groß, muskulös, die Haare zum Pferdeschwanz, dieses entwaffnende Lächeln, das den abgebrochenen Zahn freigab und ihm eine verwegene Note verpasste. Und sie wusste sofort, dass das alles so nicht gewesen sein konnte. Ihr selbst war doch aufgefallen, dass die Tat im Wohnzimmer stattgefunden hatte und Sophia erst nach ihrem Tod ins Schlafzimmer getragen worden war.
Diese Szene musste anders abgelaufen sein. Sie rückte sich ein Kissen im Rücken zurecht, lehnte sich gemütlich zurück und begann von vorn.

Walter klingelt und Sophia macht auf. Er hat nichts dabei, keinen Wein, keine Blumen, aber das braucht er auch nicht, denn er hat dieses Lächeln, das alle Frauen verrückt macht, das man einmal gesehen hat und nie mehr missen möchte. Sophia führt ihn ins Wohnzimmer. Sie setzen sich und plaudern und Walter sagt ihr, wie schön sie ist, wie sehr er sie begehrt und dass er mit ihr schlafen möchte. Sie ziert sich, aber das kennt er schon. Er weiß, wie eine Frau erobert werden will und er hat Zeit. Er setzt sich neben sie und streicht ihr zärtlich die langen Haare aus dem Gesicht. Es ist wichtig, dass er sie spürt und berührt, damit er sie besser malen kann, sagt er und fährt, nachdem sie genickt hat, mit seinen Fingern ganz zart über ihre Wangen und die vollen schönen Lippen. Sophia entspannt sich und er küsst sie, während er ihren Hals streichelt, die Schultern. Seine Zunge öffnet

ihre Lippen, schiebt sich langsam hinein, spielt mit ihrer. Endlich gleitet seine Hand unter ihren Pulli, berührt den zarten Bauch und wandert hinauf zu ihren Brüsten, die sich ihm entgegenrecken. Als er merkt, dass sie weich wird, beginnen seine Hände sie auszuziehen. Ganz langsam, Stück für Stück, nur nicht zu schnell, nur nichts übergehen. Ihr Körper ist jetzt einzig Hingabe und Verlockung zugleich und er nutzt jede Möglichkeit, um sie noch weiter in die Lust zu treiben. Mit seinen Lippen liebkost er ihre schönen Brüste und seine Zunge umkreist und streichelt die harten Knospen. Sophia stöhnt auf und windet sich nackt auf dem Sofa. Walter ist am Ziel. Oder eigentlich erst am Anfang.
Mit schnellen Griffen zieht er sich aus: Hemd, Hose, Socken. Als er seine Shorts über den festen Po streift, kann sie schon erahnen, welch herrliche Waffe sie endgültig niederstrecken wird. Sie greift mit beiden Händen danach, berührt und streichelt voller Lust. Dann öffnet sie die Beine, um ihn zu empfangen, sie will jetzt alles von ihm. Qualvoll langsam dringt er in sie ein, beide stöhnen leidenschaftlich auf, beginnen in einem von Hingabe getriebenen Rhythmus ihre Köper zu bewegen. Mal schneller, mal langsamer. Tief, leidenschaftlich. Der Mann ist ein Könner, ihm geht es ausschließlich darum, diese Frau zu befriedigen, daraus zieht er seine Lust. Seine Zeit kommt später, erst, wenn sich ihr Körper vor Ekstase aufgebäumt hat und in tiefer Befriedigung zur Ruhe kommt. Erst dann nimmt er ihre Beine hoch, lächelt sie siegessicher an und ist mit wenigen Stößen am endgültigen Ziel. Wieder einmal hat er es geschafft, seine Genugtuung kennt keine Grenzen.

Mit geschlossenen Augen hatte sich Franziska in diesen sinnlichen Tagtraum hineingleiten lassen und kostete nun die Gefühle, die er in ihr erzeugt hatte, mit vollen Zügen aus. Es musste wunderbar sein, so geliebt zu werden. Und wenn ein Mann das mit einer Frau tat, dann war es doch im Grunde auch egal, wie er aussah. Hauptsache er gab ihr das, was sie brauchte. Franziska öffnete die Augen. Längst hatte sich der Bildschirmschoner über sein Gesicht gelegt, sie tippte kurz auf die Tastatur ihres Laptops, damit er sie wieder anlächeln konnte. Na ja, und so schlecht sah er ja auch wirklich nicht aus!

Wenn das allerdings wirklich seine Masche war, dann hatte er alle Frauen rumgekriegt, aber wenn dem wirklich so war, dann hatte er auch Sophia verführt, dann war es zu keinem Streit gekommen und somit hatte er sie auch nicht erschlagen.

Blieb nur eine Möglichkeit. Er war einfach nicht gut genug. Nicht so gut, wie Franziska sich das eben ausgedacht hatte. *Es ist der Flash, der sie unwiderstehlich schön macht*, hatte die Eschenbacher von seinem Motto berichtet. Aber der Flash kommt nur, wenn eine Frau eine tiefe Befriedigung erlebt, wenn ihr Körper nicht nur benutzt wird, sondern verwöhnt, dachte Franziska sehnsüchtig.

Und gleich darauf fiel ihr auch auf, wie ungerecht sie war. Walter Froschhammer hatte mit keinem Wort seine Fähigkeiten als Liebhaber angepriesen. Er hatte vielmehr gesagt, dass Sophia ein böses Mädchen auf der Suche war, und dass sie ihn nicht beim Finden helfen ließ, oder so ähnlich.

Was böse Mädchen suchen, davon hatte Franziska keine Ahnung, wollte sie auch nicht haben, es war aber bestimmt nicht das, was sie sich für die beiden eben ausgedacht hatte.

Böse Mädchen und böse Buben spielten ihre eigenen Spiele und sicher kam man darüber, wer was macht und wer was nicht mochte, schnell in Streit. Und dann? Dann konnte es so weit kommen, dass einer den anderen erschlug. Wie hatte Professor Wassly zu ihr gesagt: *Bei den meisten Tötungsdelikten lassen sich Folgen stumpfer Gewalt nachweisen, weil es vermutlich am einfachsten ist, aus Wut kräftig zu-*

zuschlagen. Aber Professor Wassly hatte eben auch gesagt, dass es zu keinem Geschlechtsverkehr gekommen war, weder vorher noch nachher. Ein Nachher wollte sich Franziska gar nicht erst vorstellen. Ein Vorher hatte es aber auch nicht gegeben. Irgendwann, als Sophia schon nackt war und der Täter an und in ihr noch keine Spuren hinterlassen hatte, war es zu einem Streit gekommen, der so existenziell war, dass er nur mit einer tödlichen Wunde an Sophias Kopf beendet werden konnte.

Franziska fuhr ihren Laptop herunter und ging ins Bad. Sie machte die Dusche an und zog sich aus. Vor dem Spiegel drehte sie sich hin und her. Mit einem Seufzer schob sie die Vorstellung seiner Hände beiseite und ließ stattdessen das heiße Wasser genussvoll über ihren Körper laufen.

Walter Froschhammer war gewieft. Was er mit Sophia gemacht hatte, konnte sie nur erfahren, wenn sie seiner Aufforderung nachgeben und sich mit ihm treffen würde. Franziska las noch einmal die Nachricht auf ihrem Handy.

Vielleicht kommen Sie noch einmal bei mir vorbei? Allein? Vielleicht reicht ihre Zeit für ein paar Skizzen ...

Wenn er Skizzen von ihr machen wollte, dann würde sie ja sehen, was für ihn zum Skizzenmachen dazugehörte. Natürlich durfte sie sich nur dafür interessieren, wie weit er zu gehen bereit war, um zu erreichen, was er wollte. Und was ihm wirklich wichtiger war: die Lust oder die Skizze.

Als sie bereits im Bett lag, dachte sie: Die Neumüller war sich nicht sicher, wann und ob sie ihn überhaupt im Haus gesehen hatte. Keine große Hilfe also. Wenn ich ihn trotzdem überführen will, kann ich das nur tun, indem ich mich mit ihm treffe und ihm zeige, wer der Schlauere von uns beiden ist. Zufrieden schlief Franziska ein und in ihren Träumen traf sie in dieser Nacht so manchen Mann, aber keiner war so, wie sie sich einen richtigen Verführer wünschte.

***

„Hallo! Wo wollen Sie denn hin?" Aufgeschreckt von dem barschen Ton drehte Brauser sich um und sah eine Frau in der Eingangstür des Nachbarhauses stehen. Ihr Alter ließ sich schwer schätzen. Sie trug eine Strickjacke, die sie vor dem üppigen Busen zusammengezogen hatte und mit verschränkten Armen festhielt. So schien sie auf alles gefasst zu sein.
„Hauptkommissar Berthold Brauser von der Mordkommission Passau." Brauser holte seinen Ausweis aus der Tasche und hielt ihn ihr entgegen. Mit schnellen Schritten kam sie an den Zaun heran, wo er auf sie wartete.
„Na ja, man weiß ja nie", antwortete sie beschwichtigend, nachdem sie den Ausweis eingehend geprüft hatte. Er warf einen schnellen Blick auf Maria, die im Auto sitzen geblieben war.
„Richtig", hätte er ihr gern gesagt, entschied sich aber dafür, es besser nicht zu tun.
„Frau Wallenstein ist wohl nicht zu Hause?"
Die Frau warf einen Blick auf ihre Uhr und überlegte. „Nein, um diese Zeit ist sie in ihrem Büro oder unterwegs auf irgendeiner wichtigen Sitzung." Sie schob sich, soweit ihr Busen das zuließ, noch näher an Brauser heran, der wirklich froh war, dass ein Zaun zwischen ihnen stand, und fügte mit lautem Flüstern hinzu: „Sie ist ja so beschäftigt! Und sie setzt sich wirklich für alle ein. Und seit das mit dem Herrn Wallenstein passiert ist ..."
„Sie haben ihn doch bestimmt gekannt?"
„Aber natürlich. Gut sogar, gell?!" Sie lächelte und Brauser war sicher, dass es sich bei ihren Erinnerungen nur um gemeinsame Grillabende handeln konnte.
„Der Klaus, der war ja auch viel unterwegs, aber wenn der zu Hause war, dann war der auch zu Hause." Brauser nickte. „Aber sagen Sie, das ist doch alles schon so lange her, was wollen Sie denn noch von der armen Frau Wallenstein?"

„Wir haben ein paar neue Erkenntnisse", erklärte Brauser. „Wenn Sie Herrn Wallenstein so gut kannten ..."
„Beide!", warf sie ein und Brauser sah sie irritiert an. „Ich meine beide Brüder, den Klaus und den Josef, gell?!"
„Ach so, ja! Aber der Klaus würde mir fürs Erste genügen. Wissen Sie denn was über seine Hobbys?"
„Ja, also", die Frau zögerte, „samstags hat er immer den Rasen gemäht und manchmal haben wir zusammen gegrillt. Grillen Sie auch so gern?" Brauser nickte mechanisch, auch weil seine Vermutung bestätigt wurde. „Ja, aber sonst? Mein Mann wüsste da vielleicht mehr, aber der ist eben zum Autowaschen gefahren. Warum fragen Sie denn nicht den Josef, der wohnt doch gleich da vorn in der Wiesbadener Straße. Und die beiden haben sich doch immer so gut verstanden."
„Ja, das muss ich dann wohl so machen." Er suchte nach einer seiner Visitenkarte. Es war eine der letzten, aber lange würde er sie ja auch nicht mehr brauchen. „Hier Frau ... falls Ihnen noch was einfällt."
„Gröll, Sabine Gröll."
„Ja, vielen Dank, Frau Gröll, Sie haben mir sehr geholfen." Brauser hatte sein Auto schon erreicht, als sie ihm hinterher rief. „Wenn Sie noch Fragen haben, Sie wissen ja, wo Sie mich finden, gell?!"

***

Mit beiden Händen stützte sich Sibylle auf der Küchenanrichte nach oben. Um aus dem Fenster sehen zu können, musste sie sich entweder einen Stuhl holen oder auf die Zehenspitzen gehen. Manchmal setzte sie sich auch direkt auf die Anrichte. Dann blickte sie auf die Bahngleise, die Überführung und die mit Autos und Gütern beladenen Züge, die auf ihre Abfahrt warteten. Dabei ging es den Wagons in ihrer Warteposition genauso, wie den meisten Mietern in die-

sem Haus, dachte sie nicht zum ersten Mal. Viele waren Studenten, zogen aus, sobald sie ihr Studium beendet hatten. Andere waren arbeitslos, warteten auf eine zweite Chance und damit auf eine bessere Wohngegend. Sie selbst hatte diese Hoffnung längst aufgegeben, tröstete sich damit, dass die Wohnung wenigstens günstig war.
Überhaupt nicht billig war dagegen der Blumenstrauß, den ihr ein Lieferant vor fast einer Stunde in den Arm gelegt hatte. Er war der Grund, warum sie so angestrengt aus dem Fenster sah. Sie hatte ein wenig Angst davor, dass der, der ihn ihr geschickt hatte, selbst vorbeikommen und dann sehen würde, in welcher Gegend sie wohnte. Vielleicht überlegte er es sich dann anders? Ein Gedanke, der schon jetzt an ihrem Herzen nagte, denn es gab nicht viele Männer wie ihn, und da sie sich in ihn verliebt hatte, wollte sie nicht, dass er schlecht von ihr dachte.
Sibylle ließ vom Fenster ab und sah auf die Blumen, die sie schließlich in einen großen Steinkrug gestellt hatte. Die Rosen waren wunderschön, in sanften Pastelltönen gehalten und verbreiteten einen herrlichen Duft. Sie steckte ihre Nase ganz tief in die Blüten und schloss dabei die Augen. Wie war er nur an ihre Adresse gekommen? Sie hatte sie ihm ja absichtlich nicht verraten.
Auch nicht, nachdem der gestrige Abend bereits der zweite war, an dem er sie zum Essen eingeladen hatte. Wie schon vorher hatte er sich wieder nach ihrer Arbeit und den Männern und Frauen, die sich dort aufhielten, erkundigt. Aber eben auch nach ihren Träumen, Wünschen und Zielen. Sie hatten Rotwein getrunken, vielleicht ein bisschen zu viel, und danach war es Sibylle gar nicht mehr peinlich gewesen, über die Praktiken und Sonderwünsche im Haus zu reden. Schließlich hatte sie ihm gegenüber sogar gemutmaßt, dass manche Kunden vielleicht Drogen nähmen, weil sie schon Spritzen gesehen hatte. Gemeinsam hatten sie über-

legt, ob das dann der besondere Kick wäre, und hatten festgestellt, dass sie davon einfach keine Ahnung hatten. Dann hatte er von sich aus das Thema gewechselt und ihr ein großes Kompliment zu ihrer Kleidung gemacht, was Sibylle besonders freute. Denn wenn sie auch nur wenig Geld zur Verfügung hatte, ließ sie sich niemals gehen. Sie wusch sich täglich die braunen Haare und bürstete sie, bis sie ihr glänzend über die Schultern fielen. Von ihrer Mutter hatte sie das Nähen gelernt. Ein Vorteil, wie sich bald herausstellte, denn Sibylle liebte schöne Kleider. Neben dem Putzen flickte sie für andere die Wäsche. Schloss Nähte und erneuerte Reißverschlüsse oder nähte einen Saum hoch. Es war immer das Gleiche. Aber als Hajo sie angerufen und zum Essen eingeladen hatte, da war der Übermut mit ihr durchgegangen und sie hatte sich ein rotes Kleid mit einem verwegen tiefen Ausschnitt und einem weit schwingenden Rock genäht und, voilà, er war begeistert.
Es war wunderbar, mit Hajo auszugehen. Er sah so gut aus, trug jedes Mal einen anderen schicken Anzug und bekam im Lokal immer einen schönen Platz. Ein Lächeln huschte über ihr Gesicht, *am Ende kann er sogar tanzen*, dachte sie. Allerdings war er auch ein bisschen naiv. Wie sonst hätte er sie fragen können, warum sie nicht längst ihren eigenen Bücherladen hatte. Als ob das so einfach wäre! Wer sollte ihr denn das Geld dafür geben? Zum Glück hatte sie ihm auf diese Frage nicht antworten müssen, denn mitten in ihr Gespräch war dieser unangenehme Typ geplatzt, der an ihren Tisch gekommen war und Hajo mit irgendwelchen Forderungen konfrontiert hatte. Sibylle schloss die Augen, um sich besser erinnern zu können.
„Hey, Felbermann, was sitzt du denn hier rum! Ich dachte du hättest einen Auftrag?" Hajo hatte ihn freundlich angesehen und erst einmal gar nichts gesagt. Der Mann schien betrunken und ihr Begleiter hatte ihn sicher nicht reizen

wollen. Vielleicht kam so etwas bei seinem Beruf häufiger vor.
Doch dann hatte der Kerl auf einmal frech gegrinst, war zu ihr herüber gekommen und hatte ihr ins Ohr geflüstert. „Der Mann ist ein Ass, meine Süße, ein richtiger Könner, und darum muss ich dich jetzt bitten zu gehen. Denn wir beide haben heute noch was vor, und das ist nicht Händchenhalten mit einer schönen Frau."
Das mit dem Händchenhalten stimmte natürlich gar nicht, aber auch Sibylle hatte ihn nicht reizen wollen. Sie hätte tatsächlich gern Hajos Hand genommen und sie in ihrer gespürt. Er hatte schöne, gepflegte Hände.
„Ich hab dir doch gesagt, dass ich noch Zeit brauche. Die Lage hat sich geändert." Hajo hatte sie entschuldigend angesehen und Sibylle hatte ihm beschwichtigend zugelächelt. Es gefiel ihr, wie er mit dem anderen vor ihren Augen redete, so, als gehöre sie schon lange zu ihm.
Der andere hatte dann ungefragt Hajos Glas genommen und es in einem Zug ausgetrunken. „Spiel nicht mit mir, hörst du, Felbermann?"
„Ja, und jetzt geh ..." Wie hatte er ihn genannt? Sibylle überlegte. Bruno, genau, Bruno, wie der Bär, der immer Probleme machte.
Sibylle hätte ihn gern gefragt, was es mit diesem Bruno auf sich hatte, aber er war danach wie ausgewechselt, hatte gesagt, er müsse noch etwas Dringendes erledigen und ob es ihr etwas ausmache, wenn sie sich ein Taxi nehme.
Und jetzt dieser Blumenstrauß. Bestimmt wollte sich Hajo damit bei ihr entschuldigen. Aber wofür? Es war doch trotzdem ein wunderschöner Abend gewesen. Der schönste seit Langem. Wobei Sibylle sich das Taxi gespart hatte, denn sie war das Laufen gewöhnt und sie brauchte ihr Geld für andere Sachen. An der frischen Luft konnte man ohnehin besser nachdenken und sie hatte einiges, was ihr im Kopf

herumging, denn dieser Bruno kam ihr irgendwie bekannt vor. Sie wusste, dass sie ihn schon einmal irgendwo gesehen hatte, aber ihr wollte einfach nicht einfallen wo.

***

Kaum hatte Franziska den Besucherparkplatz verlassen und den Weg in Richtung Burg eingeschlagen, da fiel ihr auch schon eine junge Frau auf, die niemand anderes als Swetlana Hermannova sein konnte. Ihre Haare waren rot und so lang, dass sie ihr fast bis zur Taille reichten. Eine wilde Mähne, die sie mit einigen Haarklammern gebändigt hatte. Sie trug eine schwarze Samtjacke mit Rüschen am Revers, darunter einen roten Rollkragenpulli, einen rot-gold gemusterten langen weiten Rock und halbhohe schwarze Schnürstiefel. Über ihrer linken Schulter hing lässig ein hellbrauner Samtbeutel, der mit etlichen Strasssteinchen bestickt war. Sie stand mitten auf dem Zugang zum Schloss, ließ sich die Sonne ins Gesicht scheinen und auch von noch so vielen Menschen, die an ihr vorbei wollten, nicht aus der Ruhe bringen. Als Franziska zum Zeichen des Erkennens die Hand hob, kam die Frau begeistert winkend auf sie zu und begrüßte sie stürmisch.
„Hallo, Frau Steinbacher. Willkommen in Český Krumlov!"
„Hallo, Frau Hermannova", griff Franziska den freundschaftlichen Ton auf und ließ sich von der entgegengebrachten Herzlichkeit anstecken. Sie war froh, dass der Verwaltungsdirektor die junge Frau bereits über den Mord an Sophia in Kenntnis gesetzt hatte. Wenn Franziska ihren freien Samstag schon mit Ermittlungen zubringen musste, dann wollte sie wenigstens nicht der Überbringer schlechter Nachrichten sein.
„Kommen Sie, ich zeige Ihnen meine Stadt." Ohne zu fragen hängte sie sich bei Franziska ein und zog sie mit sich

in Richtung des hoch aufragenden Krumauer Schlosses. Die Kommissarin fand die junge Tschechin auf Anhieb sympathisch.
Die Stadt dagegen irritierte sie ein wenig. In Passau gab es auch oft Trauben voller Touristen, die sich durch die Altstadt schoben, vor allem im Sommer, aber solche Menschenmassen hatte sie auf so engem Raum noch nie gesehen.
„Gibt's hier was umsonst?"
„Na ja, Krumau ist eine der schönsten Städte Europas und jeder will sie sehen", antwortete Hermannova bescheiden. „Wir sind immerhin Weltkulturerbe der UNESCO."
„Ja, davon hab ich gehört."
Als sie unter der hohen Mantelbrücke der Burg hindurchgingen, wies die Kostümbildnerin mit dem Kopf auf ein Blumenarrangement. „Das hier ist ein beliebter Platz für Selbstmörder. Erst letzte Woche hat sich wieder einmal ein Junge vom Durchgang auf den fünften Schlosshof heruntergestürzt, weil ihn seine Angebetete nicht erhört hat. Wahrscheinlich hat sie es gar nicht gewusst. Jetzt treibt sie ihr schlechtes Gewissen um. Aber was helfen die Blumen jetzt noch? Es ist ein Stoff wie aus der Oper."
Franziska schaute erst nach oben, wo sie in luftiger Höhe einige Besucher des Schlosses herumgehen sah, und dann auf die Blumen. Sie schüttelte den Kopf. Es war einfach schockierend, dass es selbst in der heutigen Zeit noch solche Verzweiflungstaten gab. Gleich darauf kam ihr Walter Froschhammer in den Sinn, oder besser gesagt der Mann, den sie sich inzwischen zusammenfantasiert hatte. Hätte er es in Erwägung gezogen, sich selbst wegen der Ablehnung einer Frau von einer Brücke zu stürzen? Nein, entschied sie spontan, dafür war er sicher nicht der Typ. Aber wenn er nicht bereit war, sein eigenes Leben zu opfern, wenn das alles für ihn nur ein Spiel und vielleicht sogar eine Art Sport war, war er dann der Typ Mensch, der ein anderes Leben

wegen einer bloßen Ablehnung beendete? Brauchte es für einen Mord nicht einen triftigeren Grund als die bloße Unlust auf Sex? Franziska merkte, dass sie noch immer auf die Blumen starrte und selbst hier an diesem fremden Ort schon wieder über Walter Froschhammer nachdachte.
„Wie gut kannten Sie eigentlich Sophia Weberknecht?", besann sie sich darum auf ihre Fragen, während sie auf einer Holzbrücke die Moldau überquerten.
„Das ist schwer zu sagen. Bei Sophia wusste man nie so richtig, wann man etwas über sie wusste und wann man es nur glaubte. Sie ließ niemanden so richtig an sich heran."
„War sie schüchtern?"
„Nein, schüchtern war sie nicht, das darf man auf der Bühne auch nicht sein. Aber sie suchte sich die Menschen in ihrer Nähe sehr gut aus."
„Aber Sie beide waren befreundet?"
„Ja, ich denke schon."
„Besonders hart scheint Sie ihr Tod nicht getroffen zu haben", hakte Franziska nach.
Anstelle einer Antwort zuckte Swetlana nur mit den Schultern. Ein Anflug von Traurigkeit zog über ihr Gesicht.
„Wissen Sie, ob es einen Mann in ihrem Leben gab?"
Inzwischen war es später Vormittag und unter der Mantelbrücke des Schlosses hindurch und über die Moldau kamen immer neue Besuchergruppen mit ihren Stadtführern. Den Schirm zum Zeichen der Zugehörigkeit weit über die Köpfe der Gruppe schwenkend, bahnten sie sich ihren Weg durch die engen mit Kopfsteinpflaster belegten Gässchen. Laut riefen die Führer ihren jeweiligen Gruppen die Geschichtsdaten der Stadt zu, was ein ruhiges Gespräch immer schwieriger machte. Franziska und Swetlana Hermannova standen gerade vor einem kleinen mittelalterlichen Haus, in dem allerhand Trödel verkauft wurde, und guckten durch die Scheiben ins Innere. „Kommen Sie, wir gehen rein, da ist es ruhiger."

Die Kommissarin nickte und folgte ihr. Während sie sich zwischen alten Gläsern, Uhren, Fotos, Schmuck und Büchern umsah, erzählte Sophias Freundin: „Ich hab sie manchmal aufgezogen. Sophia, warum tust du das den Männern an, hab ich zu ihr gesagt. Alle begehren dich und du lässt sie schmachten. Aber sie hat dann nur gelacht und gesagt, *ach was, das hat doch Zeit.*" Franziska nickte. Es war die gleiche Antwort, die sie ihrer Freundin Lisa auch immer gab, wenn die sie mit der Frage nach dem richtigen Mann nervte.
„Aber wenn es doch einen Mann in ihrem Leben gegeben hätte, dann hätte sie es Ihnen erzählt?"
„Sagen wir mal so, wenn es in meinem Leben einen Mann gegeben hätte, dann hätte ich es ihr erzählt."
„Hatte Sophia irgendwelche Probleme? Etwas, mit dem sie nicht zurechtkam?"
„Na ja, so Probleme eben. Sie hatte es nicht leicht mit ihren Eltern. Die erwarteten viel von ihr und manchmal war es ihr einfach zuviel. Sie hatte ein ziemlich schlechtes Verhältnis zu ihrem Vater, davon sprachen wir."
Swetlana Hermannova grinste und sah die Kommissarin fragend an. „Was ist, möchten Sie die Kette nehmen und wollen wir weiter? Diese Stadt hat es verdient, dass Sie sie sich ansehen. Wir können uns ja unterwegs unterhalten, okay?"
Franziska blickte auf das Schmuckstück in ihren Händen. Sie hatte es schon fast vergessen, dabei wäre die Kette vielleicht etwas für Ramona. „Was soll sie denn kosten?"
„Warten Sie, ich frage!" Als Swetlana den Preis nannte, konnte Franziska nicht widerstehen, so günstig kam sie nie wieder an ein Reisemitbringsel.
„War Sophia krank?", fragte sie, während die beiden, immer darauf bedacht, den anderen Gruppen auszuweichen, weiter durch die mittelalterlichen Gässchen bummelten und Malereien, Pflaster und Bildhauerkünste aus den verschiedensten Jahrhunderten bewunderten.

„Krank? Wie meinen Sie das?“
„Na ja, krank eben. Nina Breitmann berichtete mir, sie hätte Tabletten genommen.“
„Ach, das ist doch Quatsch. Sophia hat ab und an mal was eingeworfen. Speed oder Ecstasy. Nicht regelmäßig. Ich meine, das mit ihrem Vater war ja nicht leicht und da hat sie eben Abstand gesucht, aber ich würde sie dafür nicht verurteilen.“ Franziska schüttelte fast unmerklich den Kopf. Verurteilen vielleicht nicht, aber immerhin entstand hier ein ganz neues Bild von der Toten. Und mit einem Mal musste sie an Walter Froschhammers Worte von dem bösen Mädchen denken. Nun, das war vielleicht ein bisschen übertrieben, aber Sophia war zumindest nicht das liebe Mädchen, als das sie bisher alle hingestellt hatten. Sie war mit dem Vater zerstritten, nahm ab und zu Drogen und wer weiß, was noch kam.
„Wie war denn das Verhältnis zwischen Sophia und Walter?“ Inzwischen hatten sie die Pestsäule vor dem Rathaus erreicht und waren auch wieder auf die Touristentrauben gestoßen.
„Sophia und Walter?“ Die Tschechin blieb stehen und lachte, bis ihr die Tränen kamen und die Leute sich schon nach ihr umsahen. „Die hatten doch kein Verhältnis!“
„Was hatten sie dann?“
„Er wollte sie mit seiner Masche halt rumkriegen, von wegen: *Ich würde dich gern malen, aber vorher machen wir es uns schön gemütlich und so.*“
„Und?“
„Was und?“
„Kam er ans Ziel?“
„Nein! Zumindest nicht, dass ich wüsste. Sophia wollte nichts von Walter, sie konnte den Typen nicht ausstehen. Ich meine, wer will sich denn schon gern einreihen.“
„Soll das heißen, er hat tatsächlich mit jeder Frau ...“

„... geschlafen? Mit den meisten bestimmt. Aber woher soll ich das wissen?"
„Dann ist das nicht nur Gerede?"
„Gerede, Gerede. Was weiß ich!" Swetlana überlegte kurz und erneut konnte Franziska die Trauer in ihrem Gesicht erkennen. „Aber ja, vielleicht hat sie tatsächlich mit ihm geschlafen und nur nicht darüber geredet, so wie die anderen. Ich glaube aber, sie hatte überhaupt kein Liebesleben, sie brauchte das nicht."
„Als Sophia tot aufgefunden wurde, war sie nackt und wie für ein Gemälde aus früheren Zeiten aufs Bett drapiert. Außerdem hat sie ihren Mörder hereingelassen, wer käme da infrage, wenn nicht ihr Liebhaber?"
„Ich habe keine Ahnung." Die Kostümbildnerin schüttelte zur Bekräftigung den Kopf. Das hier war definitiv nicht ihr Thema, fiel Franziska auf und bemerkte, dass, je länger sie vor der Pestsäule standen und über Sophias Liebesleben sprachen, sie immer unscheinbarer wirkte. Es schien ihr selbst aufzufallen, denn auf einmal schlug Swetlana vor: „Hätten Sie nicht auch Lust auf einen Cappuccino?"
„Also, ich trinke nur Tee."
„Aber das macht doch nichts! Gleich hier in der Nähe gibt es eine hübsche Teestube. Was halten Sie davon?"

„Wie sind Sie eigentlich Freundinnen geworden, wo Sie doch so unterschiedlich sind?" Franziska saß vor ihrem Darjeeling und atmete das sanfte Aroma ein.
„Sie meinen wohl, wir passen nicht zusammen? Sie, der Opernstar, und ich, das Blumenkind. Aber Sie irren sich. Erstens konnte sie sehr lustig sein, wenn erst einmal der ganze Druck von ihr genommen war, zweitens waren wir ja beide Künstler und drittens teilten wir eine weitere Leidenschaft."
Swetlana trank einen großen Schluck von ihrem Cappucci-

no und leckte sich dann genüsslich den Milchschaum von der Oberlippe.
„Und die wäre?“
„Wir gingen leidenschaftlich gern in Kirchen.“ Sie machte eine Pause und fügte dann schnell hinzu. „Ich liebe es, in Kirchen zu sitzen und diese ganz besondere Stille zu genießen. Natürlich nicht während des Gottesdienstes. Ich mag Kirchen nur, wenn sie leer sind. Das ist der perfekte Frieden, dieses Gefühl ist unbeschreiblich.“
Franziska überlegte, ob sie das schon einmal ausprobiert hatte.
„Wollen wir?“
„Ja, warum nicht.“
„Dann trinken Sie aus und lassen Sie uns in die Sankt Veits Kirche gehen, die müsste jetzt schön leer und ruhig sein.“

„Haben Sie Walter wirklich im Verdacht?“, flüsterte die Kostümbildnerin in die beeindruckende Stille der uralten Kirche hinein. St. Veit war neben dem Schloss das zweite architektonische Wahrzeichen der Stadt, wurde in seiner Grundform bereits in der ersten Hälfte des fünfzehnten Jahrhunderts erbaut und dann über die Jahrhunderte immer wieder an- und umgebaut.
„Ich habe ihn nicht im Verdacht, aber ...“, Franziska wusste nicht, wie sie es ausdrücken sollte.
„Vielleicht war er es wirklich“, überlegte Swetlana halblaut. „Manchmal kann er schon ganz schön aufbrausend sein, vor allem, wenn jemand nicht so will wie er. Aber dass er sie deshalb gleich erschlagen hat ...“ Unschlüssig zuckte sie mit den Schultern und sah dann wieder auf den frühbarocken Hauptaltar, nicht bereit, sich zu weiteren Spekulationen über irgendwelche Theaterleute hinreißen zu lassen.

***

„Warum haben Sie eigentlich nie gesagt, dass Ihr Bruder eine Waffe besaß?“ Brauser hatte beschlossen sich gar nicht erst mit Höflichkeitsfloskeln aufzuhalten, schließlich war er nicht nur wegen Wallenstein hier in Frankfurt, sondern auch, um mit Maria mal wieder ein schönes Wochenende zu verbringen. Wer weiß, wie lange ihnen so etwas noch möglich war.

Daher stellte er seine wichtigste Frage, kaum dass seine Frau neben ihm auf dem Sofa im Wohnzimmer von Josef Wallenstein Platz genommen hatte. Statt einer Antwort zuckte dieser erst einmal entschuldigend mit den Schultern.

„Ehrlich gesagt war das ein solcher Schock, als ich vom Tod meines Bruders hörte, dass ich überhaupt nicht auf die Idee kam, er könnte mit seiner eigenen Waffe erschossen worden sein. Zudem wusste ich auch nicht, dass er sie dabei hatte“, setzte er endlich zu einer eher lahmen Entschuldigung an.

Hauptkommissar Brauser nickte zum Zeichen, dass er das gelten lassen konnte. „Wofür hat er denn eigentlich die Waffe gebraucht? Fühlte er sich bedroht?“

„Nein, nein! Zumindest glaube ich das nicht. Mein Bruder war im Schützenverein und bis vor Kurzem waren die Schützen seine ganze Welt.“

„Und wann wurde das anders?“

„Anders?“ Josef Wallenstein sah seine Gäste ein wenig verwundert an, dann begriff er. „Ach so, ja! Seit er diese Frau kennengelernt hat, ist doch klar. Mit den Kumpels ein Bier zu trinken ist eine Sache, von einer solchen Frau verwöhnt zu werden eine andere. Würden Sie da noch an die nächste Bezirksmeisterschaft denken?“

„Trotzdem hat er nie erzählt, wie die Dame heißt?“, Brauser fand das alles sehr verwunderlich.

„Nein, er hat nie einen Namen genannt. Trotzdem bin ich mir ganz sicher, dass sie nichts mit seinem Tod zu tun hat.“

Wieder nickte Brauser. Er wollte gar nicht wissen, wie Josef Wallenstein zu dieser Vermutung kam. Für den Kommissar stand ohnehin fest, dass es jeder gewesen sein konnte, eine Ausnahme, wegen Liebe oder Leidenschaft, würde er nicht gelten lassen.
„Wusste denn auch seine Frau von diesem Verhältnis?"
„Nein, natürlich nicht. Aber ziehen Sie daraus bitte keine falschen Schlüsse. Das ist nämlich so: Auf ihre Art waren mein Bruder und meine Schwägerin miteinander glücklich. Aber noch glücklicher waren sie halt, wenn sie ihre eigenen Wege gingen. Sie in der Politik und er, tja, da haben wir es jetzt: bei seiner Arbeit, bei den Schützen und bei dieser Frau, in die er so verliebt war. Und darum weiß ich, dass sie etwas ganz Besonderes gewesen sein muss, verstehen Sie?"
Er sah erst den Kommissar und dann auch dessen Frau an und wartete darauf, dass beide ihm zunickten. „Mein Bruder sehnte sich nach jemandem, der eben nicht nur am Gemeinwohl, sondern vor allem an *ihm* interessiert war."
„Dann ist es ja schön, dass er eine solche Frau kennengelernt hat." Brauser warf einen schnellen Blick auf Maria, aber die sagte nichts und schien in Gedanken mit etwas ganz anderem beschäftigt zu sein.
„Ja. Er sagte: *Mit ihr würde ich gern noch einmal ganz von vorn anfangen.*" Für den Geschmack des Kommissars schwärmte Josef Wallenstein ein wenig zu viel von der unbekannten Dame, weshalb er fragte: „Können Sie sich eigentlich vorstellen, dass Ihr Bruder mit Drogen gehandelt hat? Vielleicht für die Frau seines Lebens?"
Doch diese Frage quittierte Wallenstein mit einem herzhaften Lachen. „Jetzt lassen Sie es aber mal gut sein. Ich kenne den Geschmack meines Bruders, das war kein zugekifftes Drogenmädchen, das war eine richtige Frau."
„Sie kannten seinen Geschmack? Wie musste ein Frau denn aussehen, um seinen Geschmack zu treffen?"

„Im Grunde wie meine Schwägerin früher. Als sie die Haare noch lang trug und nicht nur in diesen Hosenanzügen herumlief. Die wirken wie eine Uniform und sollen wahrscheinlich auch so eine Art Schutz sein“, klärte der Bruder des Opfers das Ehepaar auf. „Sie ist eine *Rühr-mich-nicht-an-aber-hab-Respekt-vor-mir* geworden. Und mein Bruder hat genau das Gegenteil gesucht. Ich meine nicht, dass eine Frau ihm hörig sein sollte, das nicht, aber sie sollte für ihn da sein.“

Brauser nickte amüsiert. Welchem Mann gefiel es nicht, wenn Frauen die Haare lang trugen? Doch mit den Jahren wurden sie nach jedem Friseurbesuch ein bisschen kürzer und irgendwann kam dann die praktische Kurzhaarfrisur, weil die nicht so viel Arbeit macht. So hatte auch Maria argumentiert und er hatte es hingenommen.

„Haben Sie ein Foto von Ihrer Schwägerin?“

„Ein Foto nicht, aber heute war ein Artikel über sie in der FAZ. Wollen Sie den haben?“ Wallenstein stand auf und Maria flüsterte verschwörerisch. „Männer wählen ihre Frauen immer nach dem gleichen Muster aus. Ich wüsste sofort, wie die Frau aussehen müsste, die dir den Kopf verdrehen würde.“ Brauser starrte Maria erstaunt an, dann lächelte er und meinte: „Ja, vermutlich.“

„Maria-Elisabeth Wallenstein wird, wenn es nach den Plänen des Ministerpräsidenten geht, blablabla *als zukünftige Familienministerin* blablabla. *Die 51-Jährige gilt nicht nur innerhalb ihrer Partei als besonders kompetent,* und so weiter, und so weiter“, der Kommissar ließ den Artikel sinken und sah sein Gegenüber an. „Was hätte ihre Schwägerin gemacht, wenn sie von der Liebelei ihres Bruders erfahren hätte?“

„Nichts, solange es nicht in den Zeitungen steht.“

„Wissen Sie denn wenigstens, wo er sich mit der Frau getroffen hat?“

„Nein, keine Ahnung. Aber ich denke mal, nicht hier in Frankfurt. Das wäre doch viel zu gefährlich.“
„Also könnte es zum Beispiel in Passau gewesen sein?“
„Ich weiß es wirklich nicht“, überlegte er. „Passau wäre zwar nicht der nächste Weg, aber andererseits hätte ihn dort natürlich niemand vermutet.“ Er stand erneut auf, um sich an einer Tür des Wohnzimmerschrankes zu schaffen zu machen. „Hier, den hat er mir letzten Winter mitgebracht.“
„Blutwurz!“, las Brauser und schmunzelte.
„Kennen Sie den? Man muss ihn kurz anzünden ...“
„Das brauchen Sie uns nicht zu erzählen. Natürlich kennen wir Blutwurz. Der hier stammt aus Hauzenberg. Das ist gleich bei uns um die Ecke.“ Er sah Maria an und auch die nickte eifrig. Brauser lächelte zufrieden. Der Blutwurz war vielleicht der erste brauchbare Hinweis.
„Na gut, dann sagen Sie mir jetzt mal, wie der Schützenverein heißt und wo er sich trifft?“
„Die Maintalknaller? Warten Sie, ich gebe Ihnen die Adresse.“

Während sie zum Auto gingen, fing Brauser auf einmal laut an zu lachen. „Und wir haben uns schon Sorgen darüber gemacht, dass Wallenstein nur zufällig in Passau gelandet ist.“ Entgeistert blickte Maria ihn an. „Es gab einfach keine Hinweise dafür, dass er sich dort mit irgendjemandem getroffen hat“, fügte er erklärend hinzu.
„Du meinst, er tat alles, um zu verhindern, dass jemand wusste, wo er hinwollte?“
„Genau.“ Er schloss das Auto auf und ließ seine Frau einsteigen. „Aber nachdem ich weiß, dass es eine Frau gegeben hat, werde ich sie auch finden: tot oder lebendig!“
Maria war da schon skeptischer. Eine Frau, die nicht gefunden werden wollte, von der es weder einen Namen noch ein Gesicht gab, war sicher nur schwer zu finden. Auch für

einen so begnadeten Kriminalisten wie ihren Bertl. Aber wie so oft sagte sie nichts. Sie wollte ihm nicht die Freude verderben. Maria war eine gute Frau.

***

Hannes stand im Schlafzimmer vor dem halbleeren Kleiderschrank und wählte nach einigem Überlegen eine frisch gewaschene schwarze Jeans und ein weißes Hemd. Als er angezogen war, griff er sich das einzige Sakko, das er besaß, hielt dann jedoch inne. Der dunkle Wollstoff roch muffig, wie aus einem Altkleidersack.
Für ihn hatte es schon ewig keinen Anlass mehr gegeben, ein Sakko zu tragen und an den Grund, warum er es sich einst gekauft hatte, wollte er am heutigen Tag nicht denken. Andererseits war das Stück, das er sich im Theater ansehen wollte, auch schon seit über dreihundert Jahren nicht mehr gezeigt worden.
Er trug ein bisschen mehr von dem neuen Duft auf, den er sich heute noch schnell in der Stadtgalerie gekauft hatte und machte sich auf den Weg. Zunächst hatte er sich noch überlegt, ob er überhaupt das Fahrrad nehmen oder doch besser zu Fuß gehen sollte, und hatte sich dann entschieden: Fahrrad ja – Helm nein!
Im Internet hatte er nachgelesen, worum es in dem Oratorium eigentlich ging. Aber auch nach mehrmaligem Studieren des Textes war er sich nicht sicher, ob er so etwas verstehen konnte.
Jetzt wusste er nur: Katharina Eschenbacher sang Penitenza, die Buße. Dieser ungewöhnlichen Vorstellung gab er sich hin, bis sie endlich in einem weißen wallenden Gewand auf der Bühne erschien. Sie sah hinreißend wie immer aus und diesmal konnte kein spöttischer Blick von ihr ihn davon abhalten, sie in aller Ruhe zu betrachten. Zuzusehen, wie sie

sich hingebungsvoll am Stamm eines Rosenbäumchens niederließ, um ihr „Starò nel mio boschetto“ nicht nur für ihn zu einem Erlebnis zum Dahinschmelzen zu machen. Doch bald schon langweilte ihn das Geträller von Hoffnung, Liebe, Buße und Religion, auch wenn Carlos Rodriguez in der Rolle der Religion eine wirklich lustige Figur darstellte. Ganz anders als beim Herzog von Mantua in Rigoletto.
Zwischen dem, was Hannes als Kind in der Kirche gesungen, und dem, was er eben auf der Bühne gesehen hatte, lagen Welten und er passte da einfach nicht hinein. In der Pause knöpfte er sein Sakko zu, als ginge er nur schnell mal eine Zigarette rauchen, stieg auf sein Fahrrad und fuhr nach Hause.
Zum ersten Mal, solange er sich zurückerinnern konnte, wartete Susi an der Wohnungstür auf ihn. Den Schwanz hoch aufgerichtet, die Schnurrhaare akkurat sortiert und mit einem einschmeichelnden Mauzen. Hannes bückte sich zu ihr hinunter, nahm sie auf den Arm und ging mit ihr ins Wohnzimmer, wo er ihr gedankenverloren das rotweiße Fell streichelte. „Na, heute keine Lust auf fremde Männer?“ Statt einer Antwort rollte sich die Katze noch enger auf seinem Schoß zusammen. Hannes seufzte. „Du hast ja recht. Ich habe auch keine Lust auf andere Frauen und Ausgehen. Es ist einfach nicht mehr so, wie es mal war.“
Hannes setzte Susi neben sich auf den Boden und ging in die Küche, um Teewasser aufzustellen. Auf dem Tisch lag die CD, die die Kriminaltechnik am Fundort der Waffe entdeckt und Brauser auf den Schreibtisch gelegt hatte. Hannes hatte sie eingesteckt. Warum wusste er selbst nicht. Aber vermutlich, weil ihm Hauptkommissar Brauser mit seiner ständigen Besserwisserei auf die Nerven ging. Konnte er vielleicht etwas dafür, dass sich der Alte eine Tochter wie Franziska aber keinen Sohn wie ihn wünschte?
Während das Wasser kochte, ging er ins Wohnzimmer zu-

rück, schaltete den Computer an und steckte die CD ins Laufwerk. Mit einem leisen Summen setzte es sich in Gang. Dann ging er in die Küche zurück und widmete sich der Zubereitung seines Tees. Teekochen war für ihn schon immer eine ganz besondere Zeremonie, bei der man sich nicht hetzen lassen durfte, und eben auch nicht ablenken. Jeder Tee hatte seine Temperatur und seine Zeit und die musste man einhalten, sonst verlor er im besten Fall seine Wirkung und im schlimmsten seinen Geschmack.

Doch als Hannes wenig später mit der Teekanne und einer Tasse wieder an seinem Schreibtisch stand, bekam er erst einmal einen tüchtigen Schreck. Er wusste selbst nicht so genau, mit was er eigentlich gerechnet hatte, aber sicher nicht mit solchen Fotos. Die junge Frau, die in die Kamera lächelte, sah ein bisschen wie seine Freundin Mira aus. Aber natürlich wusste er, dass das nicht sein konnte. Denn Mira war seit über einem Jahr tot.

Und eigentlich lächelte die Frau auf dem Bildschirm auch nicht. Sie wirkte teilnahmslos. Sie liebte einen Mann oder wurde von ihm geliebt, oder viel wahrscheinlicher war, dass sie einfach nur Sex hatten. Der Typ war deutlich älter als sie. Er blickte nicht in die Kamera, sondern war ganz auf den Körper der Frau fixiert. Irgendwie hatte Hannes ja gehofft, es handele sich bei dem, was auf der CD war, um etwas, das mit dem Fall Wallenstein zu tun hatte. Noch idealer wäre es gewesen, wenn etwas auf die Täter hinweisen würde und er das dem Alten dann unter die Nase reiben könnte. Von wegen: Beweise sichten und so. Aber die beiden auf den Fotos, von denen es noch etliche gab und die immer nur die eine Stellung zeigten, waren eigentlich zu alt, um die These von der Jugendgang zu unterstützen.

Resigniert schaltete er den Computer aus. Hatten ihn die Fotos auch beruflich nicht weitergebracht, so hatten sie ihn in seinem tiefsten Inneren doch sehr berührt. Er hatte tatsäch-

lich geglaubt, Mira auf den Fotos erkannt zu haben. Das war natürlich Quatsch. Aber wie kam er darauf? Wusste er denn schon jetzt nicht mehr, wie die Frau, die er so sehr geliebt hatte, einst ausgesehen hatte?
Ohne weiter an die Fotos auf seinem Bildschirm zu denken, stand er auf und suchte aus dem hintersten Fach seines Wohnzimmerschrankes das Fotoalbum ihrer glücklichsten Zeit. Als er es aufschlug, klopfte sein Herz heftig. Doch dann überzog auf einmal ein Lächeln sein Gesicht. Wie war er nur darauf gekommen, das Mädchen könnte Mira sein? Sein Lächeln verschwand und wich einer lang gehegten Trauer. Mira war ganz anders und sie hätte so etwas nie gemacht. Wehmütig betrachtete er das Bild im Album und klappte es dann zu. Es schmerzte einfach noch immer zu sehr! Er versuchte, wie so oft, nicht mehr an Mira zu denken. Was ihm kurze Zeit später auch gelang. Denn jetzt beschäftigte sich sein Kopf mit der Frage, wer denn überhaupt so etwas machte? Und wer so etwas fotografierte?

***

Der Schützenclub Maintalknaller lag gleich neben der Schrebergartensiedlung Grünes Leben. Von der Autobahn aus gut zu erreichen. Obwohl es an diesem Samstagabend schon recht kühl war, saßen etliche Leute, junge und alte, um die Grillstellen in ihren Gärtchen herum, tranken Bier, lachten und schwatzten und schienen gar nicht zu bemerken, wie der Winter langsam auf das farblos gewordene Land übergriff und es am Blühen und Wachsen hinderte.
Nach ihrem Besuch bei Josef Wallenstein waren die Brausers ins Hotel gefahren, wo Maria sich sofort umzog. Nun stand sie in einem weißen Bademantel über dem Badeanzug vor ihrem Mann und sah ihn fragend an. „Kommst du nicht mit zum Schwimmen?“

„Nein, geh du nur ohne mich. Ich muss mir noch ein paar Sachen aufschreiben.“ Maria gab ihm einen Kuss und schwärmte zärtlich: „Bertl, das ist der schönste Ausflug, den wir seit Ewigkeiten gemacht haben!“
„Ja, das finde ich auch“, antwortete der alte Kommissar aufrichtig. „Aber bleib nicht zu lange, wir müssen doch noch zu den Schützen, und zum Essen will ich dich doch auch noch einladen.“ Er zwinkerte ihr zu und sie dachte: Wie früher, als sie mit der Vespa auf eine einsame Waldwiese eingebogen waren und er die Picknickdecke für sie ausgebreitet hatte. Mit einem seligen Lächeln ging sie zum Aufzug, der sie zum Wellnessbereich brachte.

***

Hauptkommissar Brauser war ein bisschen nervös. Zum ersten Mal in ihrem Leben hielt Maria eine Waffe in der Hand, und dann gleich eine 357 Magnum. Gern hätte er sie vor dem Rückschlag gewarnt, wollte sich aber nicht einmischen, und schließlich schien der Schützenmeister alles im Griff zu haben. Die Augen seiner Frau leuchteten vor lauter Freude, so hatte er sie wirklich lange nicht mehr gesehen.
„Feuer frei!“, rief der Schützenmeister und Brauser beeilte sich, seinen Gehörschutz über die Ohren zu stülpen. Mit einem beeindruckenden Feuerstrahl flog die Kugel aus dem Lauf des Revolvers, der mit Marias Armen nach oben schnellte, und schlug gleich darauf in die Zielscheibe am Ende der Bahn ein. Der Kommissar kniff noch die Augen zusammen, um zu sehen, wohin sie getroffen hatte, als er gemeldet bekam: „Eine Acht. Ja, Wahnsinn! Die Frau ist ein Naturtalent!“ Man klopfte Brauser auf die Schulter, als ob er etwas dafürkönne, Maria hob selbstbewusst die Waffe, zielte und schoss ein zweites Mal. „Eine Sieben, auch nicht schlecht für den Anfang!“ Nach fünf Schuss hatten alle Patronen-

hülsen in der Trommel des Revolvers eine Kerbe und Maria legte die Waffe auf die Unterlage, um ihre Arme auszuschütteln.
„Jetzt Sie, Herr Hauptkommissar", forderte der Schützenmeister und reichte ihm den frisch bestückten Revolver.
Nachdem er sein Können unter Beweis gestellt hatte, was gar nicht so leicht war mit einer fremden Waffe, setzte er sich zu Maria und den Männern und Frauen der Maintalknaller an den großen Tisch und ließ sich einen Apfelwein einschenken. Eine Halbe Bier wäre ihm allerdings lieber gewesen.
„Dann heben wir das Glas und trinken auf Klaus, unseren großen Wallenstein", forderte der Schützenmeister und alle gehorchten. Auch die Brausers.
Nach dem Trinken folgten die Belobigungen.
„Der Klaus, das war ein toller Schütze. Die Ruhe in Person und immer spendabel."
„Ja, die Waffe, mit der Sie gerade geschossen haben, die hat er dem Verein spendiert."
„Wenn es darum ging, zu einer Meisterschaft zu fahren, dann fuhr der Klaus. Ja, so war er."
„Na ja, er wäre ja so oder so gefahren. Klaus war nämlich einer unserer Besten. Der war sogar auf der Deutschen", erzählte der Mann neben ihm.
„Auf der Deutschen?" Brauser schaute von einem zum anderen.
„Meisterschaft. Er hatte den Titel: Deutscher Meister. Gut, was?"
Brauser war beeindruckt. „Doch, ja."
Der Schützenmeister stand auf und kam mit einem Foto zurück. „Das Bild hier haben wir nach der Siegerehrung gemacht. Wir wussten nämlich, dass er gewinnen würde, und sind extra alle mitgefahren."
Brauser war begeistert. Nicht über die Vorahnung der Main-

talknaller, sondern darüber, dass es am Ende doch ein aktuelles Foto von Klaus Wallenstein gab.
„Kann ich das vielleicht haben?“ Er sah den Schützenmeister vorsichtig an, denn dieser hielt es wie einen Schatz in der Hand.
„Warum?“
„Wir haben kein aktuelles Foto von ihm und nach seiner Ermordung sah er ...“ Den Rest musste er gar nicht mehr erläutern. Das hätte ohnehin nur die ausgelassene Stimmung zerstört.
„Na klar. Aber da müssen wir doch nicht alle mit drauf sein, oder?“
Später, als der Schützenmeister Brauser ein Foto von Wallenstein gegeben und der Kommissar es sicher in seiner Jacke verstaut hatte und auch sonst niemand mehr etwas Interessantes, was den Fall voranbringen würde, zu erzählen wusste, wurde es ein feucht fröhlicher Abend. Der Apfelweinbembel zog seine Kreise und zum ersten Mal seit Tagen war Brauser wieder richtig ausgelassen. Fast so wie früher.

***

Seit Stunden saß Hajo in seinem Auto und wartete. Es war nicht das erste Mal. So etwas gehörte zu seinem Job und er war daran gewöhnt, mit Phrasen und Nichtigkeiten bombardiert zu werden. Langeweile zu ertragen. In solchen Momenten schaltete er für gewöhnlich seine Aufmerksamkeit auf Stand-by und dachte, bis es wieder interessant wurde, an etwas anderes. Doch heute ging es um etwas, das so wichtig war, dass er nicht aufhören konnte, darüber nachzudenken. Denn es hatte mit Sibylle zu tun. Er musste sie da rausholen, musste dafür sorgen, dass sie aus der Schusslinie kam, bevor es losging. Er wusste, es würde nur zu bald

losgehen. Dafür würde er selbst sorgen. Zumindest hatte er das Bruno versprochen.
Langsam, unendlich langsam krochen die Minuten dahin, so als wollten sie seine Geduld verhöhnen, als wollten sie ihm Zeit geben, noch einmal in Ruhe zu überdenken, wie es dazu kam, dass er heute hier stand.
„Felbermann!“
„Sind Sie der Journalist?“
„Ja, richtig.“
„Sie sollen sehr gut sein.“
„Ich gebe mir Mühe.“
„Ich habe vielleicht eine interessante Geschichte für Sie.“
„Erzählen Sie!“
„Sie ist aber sehr delikat.“
„Das macht interessante Geschichten in der Regel aus.“
„Ich wurde erpresst.“
„Sie werden erpresst?“
„Nein, ich *wurde* erpresst und habe bezahlt. Ist alles lange ausgestanden – eigentlich. Aber“, der Fremde zögerte. „heute würde ich nicht mehr zahlen.“
„Und wofür haben Sie bezahlt?“
„Ich wollte meine Frau nicht verlieren.“
„Was hat sich daran geändert?“
„Unsere Ehe ist zu Ende. Reicht Ihnen das?“
„Ja.“
„Hören Sie: Es geht mir um Gerechtigkeit. Ich will, dass denen das Handwerk gelegt wird, verstehen Sie das?“
„Ja. Gibt es Beweise für Ihre Geschichte?“
„Glauben Sie mir nicht?“
„Darum geht es nicht.“
„Schreiben Sie, was für ein verkommener Drecksladen das ist, und was den Männern dort passieren kann. Schreiben Sie das und warnen Sie die Leute.“
„Hören Sie, so wie Sie sich das vorstellen, geht das nicht.

Sie können mich nicht buchen. Wenn ich darüber schreibe, dann muss meine Geschichte hieb- und stichfest sein, und dazu brauche ich Beweise."
„Okay", hatte Bruno gesagt und ein paar Tage später fand das erste Treffen statt. Dabei hatte Hajo die ganze Geschichte erfahren und auch, dass es keine Beweise mehr gab. Danach wusste er, dass er sich selbst darum kümmern musste. Aber zumindest hatte er einen guten Ansatz und mit Bruno vereinbart, dass dieser sich von jetzt an raushalten würde. Doch Bruno würde sich nie an diese Abmachung halten.

Das Gebäude war für seinen Zweck gut gewählt, lag von der Straße zurückgesetzt, fast im Wald verborgen, und vor allem in der Dunkelheit. Es bot eine perfekte Tarnung. Wenn man aus Passau oder der Umgebung kam, setzte man nur schnell den Blinker, und nachdem man abgebogen war, war das Auto auch schon hinter dichten Bäumen verschwunden. Heute hatte Hajo sein Auto an einem der Waldwege geparkt und beobachtete das Anwesen mit dem Fernglas. Das war zwar ermüdend, aber für eine gute Geschichte hatte er schon manches auf sich genommen. Auch ihm ging es längst um mehr, als um Brunos Geschichte. Er wollte die ganze Wahrheit wissen und er wollte, dass seine Leser sie von ihm erfuhren. Unzensiert.
Endlich sah er zwei Scheinwerfer und gleich darauf fuhr ein kleiner heller Lieferwagen auf dem hinteren Parkplatz rückwärts an das Haus heran. Hajo duckte sich tief in seinen Sitz. Doch der Mann, der vom Fahrersitz kletterte, würdigte sein Auto ohnehin keines Blickes. Er schien sich seiner Sache sehr sicher. Zielstrebig ging er, mit einer Taschenlampe in der Hand, auf die Haustür zu und schloss auf. Leise verließ auch der Journalist sein Auto, vergewisserte sich, dass sein Handy auf lautlos gestellt war, er die Taschenlampe, einen USB-Stick und eine kleine Kamera bei sich hatte. Dann

schlich er in einem großen Bogen auf das Haus zu. An der angelehnten Haustür blieb er kurz stehen und lauschte hinein. Alles war ruhig. Vorsichtig öffnete er die Tür, die mit einem leisen Quietschton antwortete. Er horchte erneut ins Innere des Hauses und spürte seine Anspannung. Noch konnte er die ganze Aktion abbrechen. Doch auch hier war alles still. Fast zu still. Rasch schlüpfte er hinein und lehnte die Tür wieder an. Dann orientierte er sich an dem, was er noch von seinem letzten Besuch wusste. Schließlich war er schon einmal hier gewesen. Nur nicht heimlich, während ein anderer, der ihn nicht bemerken durfte, im Haus war.
Er schlich den Flur entlang und bog dann rechts in einen weiteren kleinen Flur ein. An der ersten Tür lauschte er aufmerksam. Unwahrscheinlich, dass der Mann ausgerechnet dahinter lauern würde. Vorsichtig öffnete er sie und sah sich im Licht seiner Taschenlampe bestätigt. Dann schlich er weiter zur nächsten Tür. Auch dort war alles still, doch hier wusste er nicht, was ihn erwarten würde. Es konnte die Waschküche sein oder ...
Anerkennend stieß Hajo einen kleinen Pfiff aus, bevor er sich besann. Das war ja genau das, wonach er gesucht hatte. Nach einem kurzen Blick über die Schulter schlüpfte er hinein und ließ seine Taschenlampe umherschweifen. Auf dem Boden standen etliche Kisten, die jemand eher wahllos gepackt hatte. Papierkram und Kassetten, Videokameras mit Zubehör und obenauf lagen ganze Stapel mit CDs. Er versuchte nicht lange die Aufschrift zu entziffern, sondern steckte sich eine davon in die Jackentasche. Dann fiel sein Blick auf den eingeschalteten Laptop, der auf dem Schreibtisch stand. Er überlegte, ob ihm genug Zeit blieb, aber andererseits war er genau aus diesem Grunde hier; das war seine Chance! Rasch suchte er nach den Dateien, die Fotos enthielten. Es gab mehrere Ordner und schließlich hatte er das, was er suchte, gefunden. Mithilfe seines USB-Sticks über-

spielte er den gesamten Ordner und verwischte anschließend seine Spuren. Er schlich zur Tür, doch draußen schien alles still zu sein. Vielleicht sollte er auch noch ein paar Fotos machen. Nichts ist so ärgerlich wie die verpasste Chance auf ein Exklusivfoto, das wusste er nur zu gut, und darum holte er auch noch die Kamera aus seiner Jackentasche und hielt das ganze Auszugsszenario im Bild fest. Dann öffnete er leise die Tür.

Doch sehr weit kam er nicht mehr.

Als er gerade den kleinen Zwischengang verlassen wollte, sah er von der breiten Treppe einen Lichtstrahl, der ihn beinahe getroffen hätte. Überrumpelt zog er sich in den kleinen Flur zurück, öffnete die erste Tür und verschwand dahinter.

Nachdem er sich von innen gegen die geschlossene Tür gelehnt hatte, als könne er damit das Unglück aufhalten, beruhigte sich sein Atem tatsächlich ein wenig. Hier hatte er Sibylle zum ersten Mal getroffen und mit ihr gesprochen. Selbst in der Dunkelheit konnte er den niedrigen Tisch aus billigem Holz mit den Brandflecken längst verglühter Zigaretten sehen. Er wusste, dass an der Wand gegenüber ein Schränkchen mit einigen Gläsern und Flaschen stand und hinter der Tür ein blauer Arbeitskittel hing. Vielleicht stand sogar das schmutzige Paar Straßenschuhe noch auf dem löchrigen Putzlappen, dachte er, und dann konzentrierte sich sein ganzes Denken ganz fest auf das abgewetzte Sofa, auf dem sie damals saßen. Nur um nicht zu hören, wie draußen, direkt vor der Tür, die Schritte immer lauter wurden, wie sie hin- und herliefen, in das Zimmer nebenan und wieder hinaus zum Auto, wieder und wieder. Bis die Schritte genau vor seiner Tür innehielten. Hajo spürte, wie sein Herz aufhörte zu schlagen. Was hatte er sich nur dabei gedacht, hierher zu kommen?

***

Nachdem Franziska sich in ihrem Zimmer ein wenig frisch gemacht hatte, klopfte es auch schon an der Tür.
„Hallo, Frau ..."
„Ach, lassen wir doch das *Frau* weg. Ich bin Sweta, zumindest sagen Menschen, die mich mögen, so zu mir!" Sie grinste und schlängelte sich an Franziska vorbei durch die offene Zimmertür.
„Okay, ich bin Franziska. Manche sagen auch Franzi, aber eigentlich höre ich das nicht so gern."
„Dann nicht", entschied Sweta und setzte sich aufs Bett. „Wir haben heute bestimmt noch genug Gelegenheit darauf zu trinken", entschied sie mit einem Nicken und sah dann, wie weit Franziska war. Sie selbst hatte sich inzwischen umgezogen, trug jetzt Jeans und eine Lederjacke, die Haare hatte sie sich zu einem wilden Knoten zusammengebunden. Franziska trug zwar ebenfalls eine Jeans und einen Pulli, das aber schon seit dem Morgen, und da sie nicht auf die Möglichkeit des Übernachten eingestellt war, würde das auch so bleiben, bis sie wieder nach Hause kam.
„Ach ja, ich hab dir eine Bluse mitgebracht, falls du dich umziehen willst. Müsste dir passen." Sweta kramte in ihrem Beutel und holte eine plissierte Seidenbluse in verschiedenen Blautönen heraus. Franziska verschwand in dem kleinen Bad, das an ihr Zimmer angrenzte, und zog sich um.
Als sie herauskam, war sie begeistert. „Wir können", trällerte sie fröhlich und schlüpfte in ihren Ledermantel. Dann nahm sie ihre Tasche und zog die Zimmertür hinter sich und Sweta zu. Als sie den Flur entlang schlenderten, hängte sich die Kostümbildnerin schon wieder bei ihr ein. „Glaub mir, du wirst begeistert sein."
Die meisten Touristen hatten sich inzwischen wieder in ihre Autos und Busse gesetzt und waren nach Hause oder zum nächsten Ausflugsziel gefahren, und die wenigen, die noch da waren, hatten sich, genau wie Franziska, dem Rhythmus

der Stadt angepasst.
Die Tschechin führte sie an verschiedenen Lokalen vorbei, zeigte ihr, wo man am besten Abendessen konnte und wo es sich lohnte, das Nachtleben zu erfühlen.
Als sie nach dem Besuch der St. Veit Kirche mit dem Vorschlag kam, dass sie doch einfach über Nacht bleiben sollte, hatte Franziska zunächst gezögert. Sie hatte schließlich nichts dabei. Aber sie hoffte, dass sie vielleicht im Laufe des Abends oder der Nacht noch mehr über Sophia erfahren würde.
„Komm lass uns hier hineingehen", entschied Sweta auf einmal und zog ihre Begleiterin ungefragt mit sich. „Hier gibt es den besten Jazz der Stadt."
Franziska folgte ihr zu einem kleinen freien Tischchen und setzte sich so, dass sie gut auf die Bühne sehen konnte. Dort spielte gerade ein in die Jahre gekommener Saxophonist ein herzzerreißendes Stück. Franziska lief es unter ihrer Bluse eiskalt über den Rücken. Sie bestellten dunkles Bier und nach und nach füllte sich der Raum mit immer mehr Menschen, die sich an die umliegenden Tische setzten. Auf einmal sprang Sweta auf und rief etwas auf Tschechisch in den Raum. Kurz darauf kam eine junge Frau, sehr groß und sehr schlank, mit einem hübschen Gesicht, zu ihnen an den Tisch. „Das ist Tessa", stellte Sweta vor, „und das Franziska." Beide Frauen nickten sich zu.
„Kommst du aus Deutschland?", wollte Tessa wissen.
„Ja, aus Passau."
„Ach! Und was machst du hier?" Franziska zuckte mit den Schultern, wusste nicht, was sie sagen sollte, doch Swetlana kam ihr ohnehin zuvor.
„Sie kommt von der Passauer Kripo und sieht sich hier um", antwortete sie lachend. Doch Tessa fand das scheinbar gar nicht so lustig; zumindest lachte sie nicht mit.
Überspielt wurde die eintretende Stille durch den hübschen Kellner, der mit einem fröhlichen Lächeln die nächste Run-

de dunkles Bier brachte. Die Frauen hoben ihre Gläser, um auf einen ganz besonderen Abend anzustoßen, und da trank auch Tessa mit. Doch als sie ihr Glas ein wenig heftig wieder hinstellte, fiel ihre Tasche vom Tisch und der Inhalt verteilte sich über dem Boden. Hektisch tauchte sie ab, um alles wieder einzusammeln. Kurz darauf bezahlte Tessa und verabschiedete sich, sie habe noch eine Verabredung, erklärte sie und schaute dabei auf Franziska.

„Ja", sagte Sweta und nickte ihr zum Abschied zu. „Dann noch viel Spaß."

„Euch auch." Und weg war sie.

Franziska stellte ihren Stuhl ein wenig um, dabei fiel ihr Blick auf ein Foto unter dem Tisch. Nachdem sie vorsichtig ihren Stuhl ein Stück zurückgeschoben hatte, bückte sie sich, hob es auf und sah einen Mann, nicht hübsch, nicht hässlich, in einer lässigen Pose. Vielleicht Tessas Freund. Ohne Sweta anzusehen, lief sie ihr hinterher. Doch vor der Tür konnte sie die junge Frau nicht mehr ausmachen.

Als sie zurückkam, hielt Sweta gerade ihr Handy ans Ohr und schaute sehr finster drein.

„Du, hör mal, ich lass mir von dir nicht mehr drohen. Ich habe hier eine Polizistin bei mir, und wenn ich der alles erzähle, bist du geliefert! Lass mich einfach in Ruhe!" Sie klappte ihr Handy zu und schob es in ihren Beutel.

„Wer war das?", fragte Franziska aus gewohnter Neugierde.

„Ach, lass mal."

Doch Franziska ließ nicht locker. „War das Walter?"

„Ja", antwortete Swetlana schlicht.

***

Gleich als er die Schritte vor der Putzkammer vernommen hatte, war Hajo klar gewesen, dass er sich nach einem Ausgang umsehen musste. Die Kammer an sich bot ihm kein

Versteck und er rechnete durchaus damit, dass der Mann, der ihm so nahe war, in nächster Zeit diesen Raum betreten würde. Also hatte er die Zeit berechnet, die ihm zwischen den einzelnen Gängen vom Arbeitszimmer zum Auto blieb, um aus dem Fenster zu steigen und in die Dunkelheit des Waldes zu verschwinden. Und dann war er tatsächlich genau in dem Moment aufs Fensterbrett geklettert, als die Schritte vor der Tür verharrten. Einen kurzen Moment hatte er gezögert, hatte nicht gewusst, ob er springen, und damit vielleicht erst recht auf sich aufmerksam machen, oder sich ruhig verhalten und im Falle, dass die Tür aufging, ein Entdecktwerden riskieren sollte.
Er sprang und er sprang keine Sekunde zu früh, zog das Fenster zu und lief in den Wald. Wenn auch in die entgegengesetzte Richtung seines Autos. Dort versteckte er sich hinter einigen Büschen und starrte auf das Haus, um zu sehen, ob sich das Fenster wieder öffnen würde. Doch stattdessen öffnete sich die Haustür und heraus kam der Mann mit einem Bündel Kleider über dem Arm und dem Handy am Ohr. Er schien aufgebracht. Hajo verstand zwar nicht, was er sagte, dafür aber, wie er es sagte. Nach zwei, drei Minuten beendete er das Gespräch, sah sich kurz um, warf die Kleidungsstücke in das geöffnete Auto, sprang auf den Fahrersitz, startete den Motor, dass dieser aufheulte, und raste vom Parkplatz. Selbst wenn Hajo gewollt hätte, hätte er es nie geschafft, so schnell zu seinem Auto zu laufen und dem Lastwagen zu folgen.
Allerdings hatte er das auch gar nicht vor. Ihn zog es noch einmal ins Haus und hinauf in den ersten Stock. Er wollte wissen, wie es in den Zimmern aussah. Er suchte nach weiteren Beweisen für Brunos Geschichte. Er suchte nach den echten Hintergründen für die gefälschten Fotos.
Während er zum Haus hinüberlief, fürchtete er für einen Moment, dass das Fenster inzwischen vielleicht geschlossen

war und er sich einen anderen Eingang suchen müsse. Doch als er mit dem Finger dagegen stieß und feststellte, dass es noch offen war, nickte er zufrieden. Leichtfüßig kletterte er an der Fassade hoch und saß gleich darauf auf der Fensterbank. Als er mit der Taschenlampe in den Raum leuchtete, erkannte er, dass der Kittel und die Mütze fehlten. „Und dafür der ganze Schreck!“, schimpfte er vor sich hin, drückte das Fenster zu und ging zur Treppe. Er wollte in jedem Zimmer Fotos machen und dann so schnell wie möglich verschwinden. Er konnte ja nicht wissen, dass das Glück ihn erst in den nächsten Tagen verlassen würde.

***

„Mama! Mama, wach auf!“

Ramona hörte die Stimme ihrer Jüngsten und im selben Moment schoss der Schmerz in ihren Kopf und sie konnte nur an eines denken: Sie wollte nicht aufwachen. Sie wollte zurück in den seligen Traum des Vergessens.

Am gestrigen Abend hatte sie die ganze Flasche Feigling getrunken. Glas für Glas. Ganz mit sich allein und dem Fernseher und sie hatte sich schon beim Trinken nicht gut gefühlt. Erst als sie im Bett lag und die ganze Welt um sie herum Karussell fuhr und auf einmal nichts mehr wichtig war und niemand mehr nach ihr rief und alles Zeit bis übermorgen hatte, da war es ihr gut gegangen. Bis jetzt. Bis Bianca sie am Arm packte und sie schüttelte. „Mama, du musst aufwachen!“

„Kind, es ist Sonntag, wir können ausschlafen“, entgegnete sie matt und hoffte, dass das auch stimmte.

„Mama, Julia ist nicht da, sie ist heute Nacht nicht heimgekommen!“

Schlagartig war Ramona wach. „Bist du dir sicher?“

„Hundert pro.“

Ramona sprang aus dem Bett und musste sich gleich darauf an der Kommode festhalten, weil ihr Kreislauf auf diese Tortour nicht eingestellt war.
Nach dreimaligem Durchatmen rauschte es so stark in ihrem Kopf, dass sie die Geräusche, die von der Wohnungstür herüber kamen, gar nicht hörte, bis sie Julia entdeckte, die gerade an ihrem Zimmer vorbeischleichen wollte. Gerade so, als wäre nichts gewesen.
„Wo warst du?", fragte sie und spürte, wie sich die Sorge legte und sich stattdessen Enttäuschung breitmachte.
„Bei Andi", meinte ihre Tochter schnippisch und warf Bianca einen bösen Blick zu. Doch die konterte den Blick biestig.
„Julia, du bist fünfzehn. Du kannst nicht einfach die ganze Nacht wegbleiben, ohne etwas zu sagen."
„Hättest du es mir denn erlaubt?"
„Nein!"
„Na, siehst du."
„Weil er kein Umgang für dich ist, der Kerl ist nicht solide."
„Was weißt du denn schon von Andi?", schrie Julia, rannte in ihr Zimmer und knallte die Tür zu. Zu wenig, dachte Ramona, aber mein Gefühl sagt mir, dass er es nicht ehrlich mit dir meint, mein Kind. Aber das konnte sie nicht laut sagen, denn Bianca stand noch immer neben ihr und sah sie fragend an.
„Komm, lass uns Frühstück machen", rief sie daher munterer, als sie sich fühlte. „Sie ist ja unbeschadet zurück." Aber Bianca meinte, sie habe keinen Hunger, und so setzte Ramona Kaffee auf und nahm allein am Tisch Platz, um wieder einmal über ihr Leben nachzudenken. Darüber, wie anders es vielleicht verlaufen wäre, wenn die Mädchen einen Vater gehabt hätten und in einer richtigen Familie aufgewachsen wären. Und dann schimpfte sie sich selbst, weil sie am Abend zuvor so viel Feigling getrunken hatte, dass sie das Aus-

bleiben von Julia gar nicht mehr mitbekommen hatte.
Jetzt war sie einfach nur froh, dass ihre Älteste wieder da war. Denn bei allen Vorwürfen musste sie sich eingestehen, dass sie noch nicht einmal gewusst hätte, wo sie nach ihr suchen solle.
Und da schwor sie sich, dass sie nie wieder trinken würde, weil der Alkohol auch nichts besser machte, sondern die Dinge nur verzerrte. Was in einem Moment beschwichtigt und in einem schöneren Licht da stand, sah am anderen Morgen noch viel beschissener aus. In der Nacht hatte sie geglaubt, sie hätte einen Ausweg gefunden, jetzt wusste sie, dass sie in einer Sackgasse steckte, mit dem Rücken zur Wand stand, und wenn sie nicht aufpasste, dann würde sie ihr Kind für immer verlieren.

***

„Ach, sagen Sie, können Sie sich vorstellen, dass Klaus Wallenstein eine Freundin hatte?“ Während Maria eine letzte Runde im Hotelpool schwamm, saß Hauptkommissar Berthold Brauser auf dem bequemsten Sofa, auf dem er je gesessen hatte, und hielt eine Tasse köstlichen Kaffee in der Hand. Es war halb elf Uhr vormittags und er hatte erst vor einer Stunde gut gefrühstückt und musste deshalb auf den Käsekuchen verzichten, den ihm Sabine Gröll so gerne serviert hätte.
„Wenn nicht, wäre er dumm gewesen.“
„Otto!“ Sabine Gröll sah ihren Mann missbilligend an.
„Na, ist doch wahr. Was hatte der denn schon von seiner Frau?“ Otto Gröll warf einen langen liebevollen Blick auf seine eigene und lächelte sie beschwichtigend an. „Nie ist sie da, nie hat sie für den armen Mann gekocht, immer nur was Schnelles aus der Gefriertruhe.“ Dann wandte er sich wieder an Brauser, der umständlich in seiner Tasse rührte.

„Glauben Sie mir, der Klaus, der hatte tatsächlich mal eine Freundin, das ist lange her, aber wegen der gab es damals einen riesigen Streit. Aber nicht etwa, weil er eine hatte, sondern weil er es nicht besser verbergen konnte vor den Leuten. Das hat die Frau Landtagsabgeordnete ganz schön erzürnt."

„Und das hat er Ihnen erzählt?"

„Na, wir sind Nachbarn. Ein Bier zuviel und schon kommt man ins Reden."

„Aber ob er jetzt wieder eine Freundin hatte, dass wissen Sie nicht?"

„Das haben mich ja auch schon ihre Kollegen gefragt." Gröll blickte Brauser ernst an. „Aber ich denke, wenn er eine hatte, dann hat er sicher dazugelernt und es jetzt etwas schlauer angefangen."

Brauser nickte. Ja, sehr schlau, dachte er resigniert.

„Aber vielleicht haben die beiden ja doch deshalb so viel gestritten, kurz bevor er ...", Sabine Gröll suchte nach dem richtigen Wort, „starb."

„Haben sie denn was erzählt?"

„Nein. Und uns schon gar nicht. Aber es war nicht zu überhören. Klaus war ja auch wirklich viel auf Reisen. Viel mehr als früher."

„Na, sie ist ja auch nie daheim", ergriff Otto für den ehemaligen Nachbarn Partei.

Brauser schaute von einem zum anderen und trank seinen Kaffee, solange er noch warm war.

„Und Sie haben nicht doch vielleicht mitbekommen, worum es bei dem Streit ging?"

„Nein", antwortete Sabine Gröll entschieden.

„Ich glaube, es ging um einen Auftrag. Aber warum fragen Sie denn nicht seine Frau?"

***

Die Stimmung im Saal war aufgeheizt, wenngleich die Veranstaltung bereits dem Ende zuging, wie Brauser an den durch die Reihen gehenden und kassierenden Bedienungen erkennen konnte. Manche der hauptsächlich männlichen Zuhörer schimpften vor sich hin, andere waren längst bei viel wichtigeren Themen, wie etwa dem Sport.
Der ganze Saal hatte sicher schon bessere Zeiten und Diskussionen erlebt, der Bodenbelag aus PVC war abgelaufen, die Holztische angestoßen oder eingekerbt und die Wände so trostlos wie die Gesichter der Zuhörer. Der Kommissar arbeitete sich bis zur Bühne vor, *Frühschoppen mit Maria-Elisabeth Wallenstein* stand auf den Plakaten, die unterhalb der Tische am Podium angebracht waren. Noch wurden einige Fragen gestellt, aber nur wenige hörten zu. Auch Brauser hatte viele Fragen an die Frau, die hessische Familienministerin werden wollte, aber er war sich sicher, dass ihre Antworten nicht für die Öffentlichkeit bestimmt waren, obwohl sich dafür bestimmt viele im Saal interessieren würden.
Selbstbewusst ging er die fünf Stufen hinauf und wurde prompt von einem jungen Mann im dunklen Anzug mit Krawatte aufgehalten, bis er sich ausgewiesen hatte.

„Was wollen Sie denn noch von mir? Warum suchen Sie den Mörder meines Mannes nicht dort, wo er umgebracht wurde?“ Frau Wallenstein war ungehalten. Brauser schob es auf die schlechte Diskussion und versuchte es mit einem Lächeln. Zwanzig Minuten hatte er Zeit gehabt, um sie zu beobachten und sich zu überlegen, mit was er anfangen würde. Da brauchte sie ihm jetzt nicht so zu kommen.
Sie saßen in einem kleinen Nebenraum, in dem die Luft noch stickiger als im Saal war und in dem es nur einen Stuhl und einen Tisch gab. Brauser bot ihr höflich den Stuhl an und blieb selbst stehen. Maria-Elisabeth Wallenstein sah aus der

Nähe viel schlechter aus als auf den Plakaten und in der Zeitung. Sie hatte dunkle Ringe unter den Augen, was sie nur schlecht unter der dicken Schicht Make-up verbergen konnte, und ihre kurzen Haare waren mit zuviel Farbe und zuviel Haarspray in einen Schnitt getrimmt, der ihm an Frauen noch nie gefallen hatte.

„Oh, wir haben in Passau tatsächlich alles getan, was möglich war“, er musterte sie aufmerksam, „aber nachdem Sie es noch nicht einmal für nötig hielten, meinen Kollegen mitzuteilen, dass Ihr Mann Sportschütze war und eine Waffe bei sich hatte, machen Sie uns unsere Arbeit nicht unbedingt leichter.“

„Jetzt hören Sie mir mal zu: Ich hatte keine Ahnung, dass mein Mann seine Waffe dabei hatte, und ich hatte weiß Gott Wichtigeres zu tun, als ihren Kollegen“, sie spuckte das Wort förmlich vor Brauser auf den Boden, „die Hobbys meines Mannes aufzuzählen.“

Der Kommissar ließ sich nicht aus der Ruhe bringen. Solche Leute hatte er gefressen. „Der Tod Ihres Mannes scheint sie ja nicht besonders zu berühren.“

„Wie sehr mich der Tod meines Mannes berührt, geht Sie gar nichts an!“

„Ich denke schon.“ Brauser machte eine Pause, um seine nächste Frage besser in Szene zu setzen. „Worum ging es denn in dem Streit, den sie kurz vor seinem Tod mit Ihrem Mann führten?“

„Streit? Was für ein Streit? Schnüffeln Sie in meinem Privatleben herum?“

„Frau Wallenstein, ich habe den Mord an Ihrem Mann Klaus aufzuklären! Bisher sind wir Ihnen sehr entgegengekommen, aber das kann sich ändern. Wenn Sie sich nicht ein bisschen kooperativer zeigen, lasse ich Sie nach Passau vorladen.“

Endlich schien sie zu sich zu kommen, legte die Stirn in die linke Hand, um sich die Schläfen zu massieren, und als sie

wieder zu ihrem Gegenüber aufsah, hatte ihr Gesicht eine neue Entspanntheit. Pokerface, nannte er so eine Wandlung, oder in ihrem Fall: Politikerface.
„Wir haben uns tatsächlich gestritten. Es ging um seine Aufträge. Aber das hat nichts mit seinem Tod zu tun."
„Und was hat Ihrer Meinung nach mit dem Tod Ihres Mannes zu tun? Eine andere Frau?" Schon während des gesamten Gesprächs hatte er sich auf diese Frage und ihre Antwort gefreut. Doch kaum hatte er sie gestellt, klopfte es an der Tür und der junge Mann im Anzug steckte den Kopf herein.
„Wir müssen langsam aufbrechen, Elisabeth."
„Ja. Ich komme gleich." Dann wandte sie sich an Brauser und sagte in einem sehr bestimmten, keinen Widerspruch duldenden Ton. „Es gab keine andere Frau im Leben meines Mannes. Wir waren sehr glücklich miteinander und ich kann Ihnen nur raten, es dabei zu belassen." Sehr zu seinem Leidwesen war für sie das Gespräch damit beendet. Andererseits hatte der Kommissar auch so alles, was er wissen wollte, erfahren. Maria-Elisabeth Wallenstein hatte gewusst, dass es eine andere Frau gab. Denn sonst hätte sie ihn doch zumindest gefragt, wie er zu seiner Vermutung kam.
Für Brauser stellte sich jetzt nur noch die Frage: Wer war diese andere Frau und wo konnte er sie finden?

***

Sibylle stand vor dem großen Panoramafenster und sah hinüber auf das Donautal mit seinen kleinen Dörfern, die in der Ferne immer winziger wurden, auf die Schiffe und auf die Autos, die bereits auf der österreichischen Seite fuhren. Hinter ihr stand der Mann, den sie täglich mehr liebte und ohne den sie nicht mehr leben wollte. Als er seine Hände um ihre Körpermitte schlang, schloss sie lächelnd die Augen, genoss das Beben, das ihren Körper durchfuhr, ihre Haut wie mit tausend Volt auflud und die Wärme, die sie durchdrang. Wohlig kuschelte sie sich in diese Geborgenheit.

Noch vor einer Stunde waren sie draußen durch den herbstlichen Wald gelaufen und hatten sich alles aus ihrem Leben erzählt, weil das in diesem Moment einfach das Wichtigste war. Solange, bis Hajo irgendwann ihre Hand genommen und sie geküsst hatte. Erst nur ganz leicht, fast schüchtern, wie ein kleiner Junge. Er hatte sie angelächelt, mit diesem Lächeln, für das sie fortan sterben wollte, und dann hatte er sie an sich gezogen, bis ihr die Luft wegblieb, weil sein Kuss ihr die Sinne raubte. Weil seine Zunge sie so verwirrte, weil es in ihrem Bauch so herrlich kribbelte und weil sie schon gar nicht mehr wusste, wie sich so etwas anfühlte.

Als Hajo vorschlug, ihr seine Wohnung zu zeigen, hatte sie gleich „ja“ gesagt. Zu schnell vielleicht, denn er hatte amüsiert über ihre ungestüme Art mit dem Kopf geschüttelt. Aber sie konnte nicht anders und außerdem hatte er ihr so sehr von dieser Aussicht vorgeschwärmt, dass sie einfach wissen musste, ob das alles so auch stimmte.

Auf einmal hörte Sibylle ein ganz leises Summen, und als sie sich umsah, bemerkte sie, wie die Jalousien herunterfuhren. Enttäuscht drehte sie sich in seinem Arm herum. „Warum verdeckst du denn die schöne Aussicht?“

„Darum.“

Die Frau verstand noch immer nicht, bis er ihr tief und warm in die Augen blickte und ganz nebenbei ihre Strickjacke aufknöpfte. „Damit ich dich besser fühlen kann.“

„So“, hauchte sie und merkte, wie ihre Stimme so weich wurde wie ihr Körper. Spürte, wie seine Hände ihre nackte Haut berührten, wie er die schmalen Träger ihres Shirts über die Schultern schob und mit ihnen die Träger ihres Büstenhalters.

Sie lächelte. „Damit ich dich besser riechen kann“, erklärte er und drückte seine Nase zwischen ihre Brüste.

„Ja“, seufzte Sibylle, nahm seinen Kopf in beide Hände und drückte ihn so fest an sich, dass sein Gesicht zwischen ihrem Busen verschwand. „Hm“, nuschelte er, einen kaum vernehmbaren Laut, hob sie hoch und trug sie zum Sofa hinüber. Das war riesengroß und nahm fast die ganze Seite des Raumes ein.
Im Liegen zog und zerrte er so lange an ihrer Hose herum, bis er auch dieses Hindernis aus dem Weg geräumt hatte. „Damit ich dich besser schmecken kann“, schmunzelte er und legte seinen Kopf auf ihren nackten Bauch, wo er jedoch nicht lange blieb.
Wieder war ein leise gestöhntes „ja“ alles, was Sibylle jetzt noch von sich gab, bis Hajo mit einem zufriedenen Grinsen wieder auftauchte und sich nun sehr hastig die Kleider vom Leib riss und hinter sich auf den Boden warf. Schwungvoll sprang er aufs Sofa, siegessicher lächelnd und bereit zu neuen Übergriffen. Sibylle drehte sich zu ihm um, schlang ein Bein um seine Hüften und sah zu, wie er mit ihren Brüsten spielte, bis sein Mund den ihren traf und ihre weichen Lippen und seine Zunge nicht mehr voneinander ablassen wollten.
Und dann wurden die Versuche, den anderen zu berühren und zu verführen, immer leidenschaftlicher und wilder. Erst saß sie auf ihm, sodass er ihre Brüste in beiden Händen wiegen konnte, dann lag sie auf dem Rücken, die Beine gespreizt, während er sich langsam, von den Fußspitzen kommend, heranschlich und ihr dabei mit der Zunge feuchte Liebesschwüre auf die heißen Innenseiten der Oberschenkel malte.
Dabei spürte Hajo, wie ihr Körper immer tiefer in die Kissen sank, ihr Becken immer leichter wurde und sich ihm entgegen hob, während ihre Beine immer weiter zur Seite kippten. Vor ihm lag eine Frau die nur noch „ja“ hauchte. Auf ihrem Gesicht lag ein rosiger Schimmer, die Augen hatte sie

geschlossen, den Mund dafür leicht geöffnet, mit der Zunge fuhr sie sich gerade sehr verführerisch über die Lippen. Er lächelte siegessicher, denn was er sah, gefiel ihm.
Der Venushügel war mit einem zarten Flaum bedeckt, die Lippen so voll wie ihr Mund. Sie roch betörend. Er küsste sie leicht, was sie mit einem Schauer, der ihren ganzen Körper durchdrang, quittierte. Mit seiner Zungenspitze begann er sie zu necken, zu streicheln und immer weiter in die warme Feuchtigkeit vorzudringen, bis sich ihr Becken immer rhythmischer bewegte: immer weiter und weiter ihm entgegen. „Hör bloß nicht auf!“, stöhnte sie und gleich drauf, „Hör auf, oh Gott ist das schön!“ Aber er hörte nicht auf, er hatte nicht vor, sie von ihren süßen Qualen zu erlösen, erst wollte er spüren, wie sie bebte und zuckte und wie sie dann kam. Doch auf einmal löste er sich von ihren heißen Lippen, ließ sie zur Ruhe kommen, der Ruhe vor dem Sturm, küsste hingebungsvoll ihren Bauch und die Brüste, ihren Mund und den Hals, und als er ihr glückliches Lächeln sah, zog es ihn wieder zwischen ihre Beine, wo seine Zunge erneut lustvoll ihre Lippen teilte und mit der Zungenspitze nach dem Punkt suchte, der sie zuerst fast in den Wahnsinn trieb und dann zufrieden schnurren ließ. Als es so weit war, war er selbst überrascht von der Intensität ihrer Gefühle.
„Und jetzt nimm mich, bitte, bitte nimm mich!“, flüsterte sie, noch immer ganz außer Atem, eine Aufforderung, der Hajo nur zu gern folgte.
„Langsam?“, fragte er, als er bereits über ihr war.
„Ja, bitte! Damit ich es lange genießen kann!“
„Es wird eine Qual, aber ich versuch es!“
„Und tief!“, forderte sie schließlich, nachdem er schon fast am Ziel war.
„Sehr tief?“
„Sehr tief!“
„Das halte ich nicht aus. Hörst du? Das halt ich nicht aus!“

Und dann ergab sich auch Hajo mit einem tiefen Stöhnen seiner Lust.

„Ist dir kalt?"
Sibylle hatte sich fröstelnd an Hajo gekuschelt. „Ein bisschen", gestand sie.
Sanft löste er sich von ihr, stand auf, holte eine dicke Flauschdecke aus dem Regal neben dem Kamin, dessen Feuer fast heruntergebrannt war, und legte einige Holzscheite nach.
„Ich hab einen Job für dich", erzählte er gleich darauf ihrer linken Brust, die er schon wieder streichelte und küsste und von der er nur abließ, um sich mit der rechten zu beschäftigen.
„Einen Job?", gab Sibylle träge zurück und hielt damit inne seinen Nacken zu kraulen.
„Ja", antwortete er stolz, gab jeder Brustwarze einen Kuss und blickte ihr dann tief in die Augen. „Oder wolltest du allen Ernstes in diesem Loch bleiben?"
Sibylle spielte die Gekränkte. „Rede nicht so von meiner Arbeit. Es ist ein Job wie jeder andere und ich verdiene mein Geld damit."
„Ist ja schon gut. Frag mich doch lieber mal, was für einen Job ich für dich habe."
„Also, was ist es?"
„Hm, lass mich mal sehen." Er hob die Decke, als müsse er überprüfen, ob sie noch darunter lag, dann begann er mit einem Finger kleine Kreise auf ihre nackte Haut zu malen, sie zu kitzeln und zu streicheln, bis sie aufstöhnte.
„Hajo, was ist das für ein Job?"
„Na, dein Traumjob!"
„Wie meinst du das?"
„Überleg doch mal. Welcher Job würde dir denn am meisten Spaß machen?"
„Du meinst ..." Und sie spürte, wie seine Erregung wuchs.

„Ich meine als Buchhändlerin im Buchkontor."
„Wow! Wie hast du das hinbekommen? Mir haben die gesagt, sie bräuchten niemanden."
„Beziehungen. Man kennt mich dort."
„Und wann hast du es erfahren?"
„Heute."
„Am Sonntag? Da musst du ja verdammt gute Beziehungen haben."
„Mir wäre es jetzt allerdings lieber, ich könnte die Beziehung zu dir noch ein bisschen vertiefen." Hajo bedachte sie mit einem schiefen Lächeln.
„Du meinst zur Belohnung?", fragte Sibylle und öffnete die Beine, um ihm zu zeigen, wie bereit sie war.
„Hm, ich hätte jetzt eher an totale Hingabe gedacht", flüsterte er. Und dieses Mal drang er wirklich ganz langsam in sie ein, denn jetzt hatten sie schließlich alle Zeit der Welt.

***

„War doch ein schöner Ausflug", schwärmte Maria, während sie die Reisetasche ausräumte und die Schmutzwäsche gleich im Bad in die Waschmaschine steckte.
„Ach, Bertl, wenn du erst mal in Rente bist, dann können wir das doch öfter machen."
„Ja, mal sehen", brummelte Brauser vor sich hin, während er die Briefe durchsah, die er aus dem Briefkasten geholt hatte.
„Hast du eigentlich gestern Abend immer verstanden, was die gesagt haben?"
Er sah kurz von einem Brief auf, der ihn beschäftigte, und warf ihr einen liebevollen Blick zu. „Nicht immer, aber die haben uns bestimmt auch nicht immer verstanden."
„Ja", nickte Maria. Dann stellte sie die Zahnbürsten an ih-

ren Platz zurück und packte die Schuhe aus den Schutzbeuteln.
„Maria!“, schrie ihr Mann auf einmal so laut aus dem Wohnzimmer, dass sie die Schuhe fallen ließ und das kurze Stück zu ihm rannte.
„Sieh dir das an!“
Maria war genauso entsetzt wie Brauser. Im Aquarium trieben alle seine Hexen- und Antennenwelse mit dem Bauch nach oben zwischen einer dicken Schicht aufgeweichtem Futter, das keiner von ihnen mehr fressen konnte.
„Was hat denn die Bachmeier bloß mit meinen Fischen gemacht?“, schrie er und sein Gesicht war rot vor Zorn. So hatte sie ihn eigentlich noch nie gesehen, darum versuchte sie auch schnell zu beschwichtigen.
„Ich verstehe das gar nicht. Ich habe ihr extra gesagt, nur einen kleinen Messbecher.“ Brauser hielt die Dose in der Hand und drehte sie um. Es war kein Krümelchen mehr drin.
„Leer!“, rief er unnötigerweise. Maria dachte vor allem an die Schweinerei, bis das alles wieder gesäubert war.
„Ich könnte sie umbringen! Geh rüber zu ihr und frag sie, ob sie noch bei Trost ist oder ob wir sie in die Geschlossene bringen sollen!“, schrie er so laut, dass sich seine Frau sicher war, Margarethe Bachmeier hatte ihn längst gehört.
Doch auf Maria wartete gleich darauf ein noch viel schlimmerer Anblick.
Zwar war sie nicht zartbesaitet, aber als sie die Wohnung der Nachbarin betrat, musste sie erst einmal die Luft anhalten. Und als sie dem üblen Geruch schließlich folgte, landete sie im Schlafzimmer, wo Margarethe Bachmeier im Bett lag und zum Erbarmen aussah. Ihre Haut war blass, die Augen eingefallen und blau umrandet. Maria riss als Erstes das Fenster auf. Dann holte sie tief Luft und ging ans Bett zurück.
„Was ist denn nur passiert?“

„Ich weiß es nicht, es ging auf einmal los“, hauchte sie mit schwacher Stimme. Maria sah in den Eimer neben dem Bett, nahm ihn und trug ihn ins Bad, um ihn auszuleeren und auszuwaschen. Als sie zurückkam, würgte Margarethe schon wieder.
„Hast du was Falsches gegessen?“, wollte Maria wissen.
„Ach, Maria, mir ist so schwindelig!“
„Ja“, entschied diese. „Du musst sofort ins Krankenhaus. Warum hast du denn keinen Arzt angerufen?“
„Das wollte ich ja, aber das Telefon geht nicht.“
Maria ging zum Telefon und nahm den Hörer ab. Nichts.
„Ich bin gleich wieder da“, versprach sie und wollte schon in ihre Wohnung laufen, um Bertl zu unterrichten, als die Nachbarin sie zurückrief.
„Maria!“
„Ja?“
„Es tut mir so Leid, aber ich konnte mich nicht um eure Fische kümmern!“
„Mach dir um die Fische keine Sorgen, denen geht's gut!“ log sie und zog vorsichtshalber die Tür ins Schloss.

***

Nachdem Franziska mit ihrem Auto vom Gästeparkplatz gefahren war, hatte Swetlana Hermannova wieder einen Anruf bekommen. Er meldete sich jetzt öfter bei ihr, und das war ihr gar nicht recht. Denn ein Anruf von ihm bedeutete immer Ärger. Gestern hatte sie ihm gedroht, sie würde der Kommissarin alles erzählen, wenn er sie nicht in Ruhe ließe. Sie hatte gehofft, ihn dadurch los zu werden, doch stattdessen rief er schon wieder an und wollte jetzt von ihr wissen, was sie ihr erzählt habe. „Nichts“, sagte sie wahrheitsgemäß und beging damit einen schwerwiegenden Fehler.
„Gut“, antwortete er, ohne darauf einzugehen, und erzähl-

te dann, dass das mit Sophia tragisch gewesen sei, sie jetzt aber zusammenhalten mussten, damit alles bliebe wie bisher.
„Du willst doch bestimmt nicht, dass alles rauskommt und die Polizei erfährt, dass du von all dem gewusst hast, oder?"
Swetlana wechselte den Hörer. Ihre Hände waren feucht. Wollte er ihr drohen, den Spieß umdrehen? „Aber was habe *ich* denn damit zu tun?"
„Du hast es gewusst. Du hast nie etwas dagegen unternommen. Allein damit hast du dich mitschuldig gemacht!"
Ärgerlich schluckte sie ihre Empörung hinunter. So war das jetzt also. „Sei vernünftig Kleine, wir treffen uns heute Abend im Theater und dann bereden wir alles, vielleicht kannst du ja Sophias Platz einnehmen. Ich brauche ohnehin einen anständigen Ersatz!"
„Das schaffe ich nicht, ich bin in Krumau und muss noch packen", antwortete sie, um Zeit zu gewinnen.
„Bis zur Vorstellung schaffst du es leicht", entschied er und legte auf.
Achtlos ging sie unter der Mantelbrücke hindurch. Zu oft schon war sie diesen Weg gegangen, zu genau kannte sie diese Stadt. Auf dem Weg zu ihrem Elternhaus auf der anderen Seite von Krumau rief sie die Kommissarin an. Vielleicht konnte sie ihr von dem Anruf erzählen, ohne selbst in Verdacht zu geraten, überlegte sie, aber ihre neue Bekannte meldete sich nicht. Deshalb beschloss sie, ihr eine SMS zu schreiben:
Muss dir was Wichtiges sagen, wir treffen uns in Passau.
Und dann begann sie zu laufen. Wenn sie sich schon mit ihm am Theater treffen musste, dann auf jeden Fall, bevor die Vorstellung zu Ende war, denn sie wollte nicht mit ihm gesehen werden. Sie musste hineinkommen, solange alle noch beschäftigt waren.

***

Hauptkommissar Berthold Brauser war in höchstem Maße alarmiert. Sein Tun hatte Folgen, das war ihm jetzt klar, und da wollten ihm weder der Erfolg der Reise noch der gebackene Leberkäse mit einem Spiegelei darauf schmecken, den Maria gerade zusammen mit einem Stück deftigem Bauernbrot vor ihn hingestellt hatte. Lustlos zerteilte er das Gebratene, schob sich ein paar Stücke in den Mund und sah seine Frau bekümmert an. „Ich hab keinen Hunger."
Maria nickte, heute ging es ihr nicht anders.
Nachdem der Notarzt gekommen war und Margarethe Bachmeier abgeholt hatte, wollte sie zunächst mitfahren, aber der nette Arzt meinte, sie würden sich schon gut um sie kümmern und im Moment könne sie ohnehin nichts für sie tun. Sie solle doch morgen vorbeikommen, da wüssten sie bestimmt mehr. Ihr war das ganz recht gewesen, sie konnte den Anblick der toten Fische ohnehin nicht mehr ertragen und wollte so schnell wie möglich mit Bertl das Aquarium ausleeren.
Brauser hatte auch versucht, einen Schlüsseldienst zu erreichen, denn er wusste, dass er so nicht mehr sicher war. Aber der würde vor Montagmorgen nicht kommen und bis dahin, so hatte er beschlossen, durfte er das Haus nicht mehr verlassen.
Ohne ein weiteres Wort stand er auf und ging in sein Arbeitszimmer; er brauchte seine Ruhe, er musste nachdenken.
Er wusste jetzt, dass er etwas übersehen hatte, dass es jemanden gab, der nicht verzeihen konnte. Aber wer? Es fehlte nichts, weder das Geld im Schreibtisch noch der Schmuck von Maria. Selbst der Fernseher hätte sich gelohnt, er war erst zwei Jahre alt. Doch alles lag und stand an seinem Platz, es schien noch nicht einmal gesucht worden zu sein.
War am Ende alles nur ein Spaß? Konnte es gar ein Zufall sein, dass es sich um seine Wohnung und seine Fische han-

delte? Hatte der Eindringling vielleicht sogar gewartet, bis sie nach Frankfurt gefahren waren?
Er saß am Schreibtisch und stützte den Kopf in die Hände. Das waren zu viele Fragen. Fragen, auf die er keine Antworten wusste, außer, dass das Ganze eine Warnung war, wie die berühmte tote Katze.
Aber musste das heißen: erst die Fische und dann er? Was jedoch die Bachmeier mit all dem zu tun hatte, verstand er überhaupt nicht. Am Ende wurde sie vielleicht einfach zu alt, um noch allein zu leben. Zu alt, um die richtigen Pilze zu suchen? Der Rettungssanitäter hatte gemeint, „das sieht mir ganz nach einer Pilzvergiftung aus", und hatte Maria nach Resten suchen lassen. Und diese hatte geantwortet, Margarethe Bachmeier gehe seit fünfzig Jahren in die Schwammerl, sie wisse, was man essen könne und was nicht.
Brauser erschrak, als ihm die Konsequenz bewusst wurde. Erst die Fische, dann die Bachmeier und dann Maria. Beinahe hätte er aufgeschrien. Nicht seine Maria! Ihm könnten sie Arme und Beine ausreißen, aber seiner Frau durfte niemand etwas tun, er brauchte sie. Was sollte er ohne sie anfangen?
Er wusste, dass er durchaus Feinde haben konnte. Er hatte diese Tatsache immer gern verdrängt, denn schließlich kämpfte er für Recht und Ordnung. Doch nicht jeder, der wegen seiner Ermittlungen ins Gefängnis wanderte, nahm das mit Einsicht hin. Aber warum jetzt, warum ausgerechnet am Ende seiner Dienstzeit?
Maria steckte den Kopf zur Tür rein und sagte, sie gehe ins Bett. „Gute Nacht", antwortete Brauser, „ich komme auch gleich." Doch dann setzte er sich wieder auf einem Stuhl zurecht, nahm ein Blatt Papier und begann, sich eine Strategie zu überlegen.

***

Mit viel Schwung öffnete Franziska am Montagmorgen die Glastür zum Büro und konnte im letzten Moment verhindern, dass diese gegen die dahinter liegende Wand knallte. Amüsiert sah Ramona von ihrem Stapel Post auf, den sie gerade sortierte. Franziska war nicht die Erste, die die frisch geölte Tür unterschätzt hatte. „Guten Morgen, Franziska."
„Morgen, Ramona. Sag mal, waren die Heinzelmännchen hier?" Irritiert blickte Franziska noch immer zwischen Tür und Sekretärin hin und her.
„Ich denke eher, dass sich der Hausmeister mal blicken ließ und dachte, er schmiert sie besser gleich auf Vorrat."
„Das ist typisch! Entweder kommt er gar nicht oder er muss es gleich übertreiben."
„Jetzt sei nicht so streng! Freu dich lieber, dass er überhaupt an uns und unsere Tür gedacht hat. Ach, hier ist übrigens noch die Wochenendzeitung." Ramona wollte sie Franziska reichen, doch in diesem Moment meldete ihr Handy eine ankommende SMS.
„Hannes kommt später, seine Katze ist wieder abgehauen."
„Also, das sollte der Chef besser nicht wissen", entschied Ramona und ihre Kollegin nickte. „Ich weiß allerdings auch nicht, warum er sich immer so aufregt, ich meine, wenn wir umgekehrt mal Überstunden machen, sagt doch auch keiner was."
„Der Chef hasst Katzen!"
„Ja, schon, aber für Hannes ist sie halt nun mal wichtig. Ich kann das zwar auch nicht verstehen, aber ...", Ramona zeigte mit einem übertriebenen Drehen der Augen, dass der Chef im Anmarsch war, und wechselte dann schnell das Thema. „Schlimm, was Handys heutzutage kosten, findest du nicht? Bianca wünscht sich eins zum Geburtstag. Aber ich habe zu ihr gesagt, wenn du unbedingt so ein Teures brauchst, dann müssen wir am Essen sparen. Und weißt du, was sie geantwortet hat? Dann würde sie auch nicht zu dick werden!"

„Na, wenn das kein Grund ist: Hungern fürs Handy. Vielleicht sollte ich mir auch mal ein Neues kaufen." Franziska lachte resigniert. Sie glaubte nicht, dass sie deshalb aufs Essen verzichten würde.
„Mensch, an den beiden ist doch sowieso nichts dran. Abnehmen muss höchstens ich."
„Warum gibst du dann nach?" Die Sekretärin sah den Chef, der jetzt neben ihr stand, fragend an. Sie hätte gern gewusst, ob er so was gutheißen würde.
„Weil sie sonst keine Ruhe geben. Sie sagen dann, sie gehören nicht dazu und das will ich nicht. Es ist schon so schwer genug, ohne Vater aufzuwachsen."
Noch immer hielt Ramona die Zeitung in der Hand und das schien ihr jetzt wieder einzufallen. Schnell wechselte sie das Thema.
„Hier. Am Samstag war ein großer Artikel über den neuen Fall drin." Franziska schnappte sich die Zeitung, bevor der Chef sie greifen konnte, und ging damit in ihr Büro. Der Fall Sophia Weberknecht war schließlich ihrer – gleich darauf, erschien sie allerdings wieder in der Tür. „Tolles Foto von der Weberknecht, finden Sie nicht, Chef?" Franziska hielt die aufgeschlagene Zeitung in die Höhe und Brauser, der gerade im Begriff war, in sein Büro zu gehen, drehte sich noch einmal um. Sie ging auf ihn zu. „Dieser Journalist muss sie gut gekannt haben. Ich glaube, der befasst sich nicht zum ersten Mal mit ihr."
„So? Wie kommst du darauf?", wollte er fast beiläufig wissen.
„*... vor drei Jahren bekam Tochter Sophia ihr vorzeitiges Erbe ausgezahlt und ist somit raus aus der Erbfolge der Senffabrik Weberknecht ...*", las sie übertrieben deutlich vor. „Haben die Eltern was davon erzählt?", Franziska war ein bisschen sauer auf ihren Vorgesetzten und das hörte man dieser Frage an. Warum musste sie so was aus der Zeitung

erfahren, wenn Brauser es von den Eltern wissen konnte?
„Ändert diese Behauptung was an deinen Ermittlungen?“
Sie überlegte. „Wir gingen bisher davon aus, dass sie eine arme Sängerin war, die von den reichen Eltern großzügig unterstützt wurde und der es deshalb an nichts mangelte. Und wir glaubten, sie wurde von einem Freund, den sie hereingelassen hatte, erschlagen. Wenn sie aber bereits ausbezahlt war, dann könnte das Geld ein neuer Hinweis auf einen möglichen Täter sein. Zumindest das Motiv für die Tat ändert sich dadurch. Raubmord!“
„Du meinst es könnte jemand des Geldes wegen ...“ Unbemerkt von den Umstehenden war Hannes in den Raum getreten und mischte sich prompt in die Spekulationen ein.
„Sie wäre nicht die Erste. Und wer weiß, wer außer uns von dem Erbe gewusst hat.“ Franziska überlegte angestrengt. „Ich gehe mal davon aus, dass es kein Kleckerbetrag war. Ich meine, die haben doch Geld, die Weberknechts.“
„Bestimmt!“, pflichtete Hannes bei. „Und heutzutage braucht jeder Geld.“
„Na ja, aber das lag ja bestimmt nicht irgendwo auf einem Haufen herum.“ So blöd schätzte sie die Sängerin nun wirklich nicht ein. „Wir müssen als Erstes wissen, um wie viel Geld es sich handelt, und dann, in welcher Form sie es besaß.“
Brauser nickte, doch bevor er etwas dazu sagen konnte, teilte Franziska den beiden ihren Entschluss mit. „Ich werde mit der Mutter reden. Das wollte ich ohnehin machen.“ Der Chef nickte und sparte sich seinen guten Ratschlag.
Mit der Zeitung in der Hand lief Franziska vor Ramonas Schreibtisch auf und ab und machte sie damit ganz nervös. „Außerdem wird es Zeit, dass wir uns mit dem Journalisten Hajo Felbermann mal persönlich unterhalten.“ Brauser und Hannes blickten auf. „Das ist ein so liebevoller Nachruf. Ich wette, der kannte sie persönlich.“

„Du meinst, es würde sich lohnen mit ihm zu reden?“, fragte Hannes.
„Es lohnt sich immer mit jemandem zu reden, der das Opfer kannte“, belehrte Brauser den jungen Kollegen und Franziska fügte schnell hinzu: „Genau! Du gehst in die Redaktion und sprichst mit ihm. Ich glaube nämlich nicht, dass er alles, was er über sie weiß, in diesen Artikel gepackt hat.“
„Sag mal, Ramona, kennst du die Innblick-Schule?“ Für Brauser schien das Thema Weberknecht beendet zu sein. Vielleicht störte ihn auch, dass Franziska so resolut die Führung übernommen hatte. Das war eine Konstellation, an die er sich erst noch gewöhnen musste.
„Die Hauptschule oben am Kelberg?“
„Ja, gehen da deine Töchter hin?“
„Nein, Gott bewahre“, die Sekretärin verdrehte die Augen, „die gehen auf die Realschule. Die Schüler dort oben sind der Abschaum!“
„Warum bist du so schlecht auf die zu sprechen?“, mischte sich Franziska ein.
„Na, es wäre mir einfach lieber, meine Töchter würden diese Typen dort meiden.“
„Wie auch immer. Ich werde mich an der Innblick-Schule umsehen.“ Brauser wollte sich schon endgültig zum Gehen wenden, als Franziska fragte: „Ach, Chef, wie war denn das Wochenende?“
Brauser räusperte sich ein wenig irritiert, als müsse er überlegen. „Ähm, gut. Also sehr aufschlussreich.“
„Wieso, was haben Sie denn gemacht?“, wollte jetzt auch Hannes wissen, nachdem Franziska sein fragendes Gesicht nur mit einem Schulterzucken bedacht hatte.
„Ich hab mich um meinen Fall gekümmert. War in Frankfurt und Wiesbaden.“
„Mit seiner Frau“, fügte Franziska schmunzelnd hinzu.
„Ach, wie schön!“, fand jetzt auch Ramona und dachte mal

wieder, was für ein Glück der Chef doch mit seiner Ehe hatte.
„Mmhh, ja." Brauser sah von einem zum anderen. „Also gut. In mein Zimmer!"
„Soll ich einen Kaffee machen?", fragte Ramona, in der Hoffnung, dadurch auch etwas zu erfahren.
„Ja, mach das mal."
Nachdem alle Platz genommen hatten und das dämliche Grinsen, das Franziskas Gesicht überzog, verschwunden war, begann Brauser von seinen Wochenendermittlungen, wie er betonte, zu berichten.
„Sie meinen also, die neue Frau an Wallensteins Seite sah wie seine Frau aus, nur jünger?" Franziska gab den Namen Maria-Elisabeth Wallenstein ein und ließ den Computer nach einem passenden Foto suchen.
„Schaut her!", verkündete sie und drehte den Bildschirm so, dass alle ihn gut sehen konnten. Auch Brauser sah jetzt genauer hin und zeigte auf das Bild. „Da hat ohnehin schon jemand nachgeholfen, oder es ist ein altes Foto. In Wirklichkeit sieht sie nicht so gut aus."
„Woher weiß der Bruder eigentlich, dass die Neue gut aussah? Ich dachte, er hat sie nie gesehen?"
„Er weiß es gar nicht, er vermutet es nur."
„Die meisten Menschen haben einen festen Typ und kommen immer wieder auf ihn zurück. Denkt doch nur an Boris Becker und seine Eskapaden." Ramona war mit dem Kaffee hereingekommen und freute sich, gleich etwas zu dem Gespräch beitragen zu können. „Du möchtest doch bestimmt einen Tee?"
„Ja, bitte", antwortete Franziska, griff nach dem Becher, in dem ein Teebeutel schwamm, und sah ihren Chef an. „Und was erzählte der Bruder sonst noch?"
„Eigentlich nichts, aber ...", er kramte in seiner Brieftasche und zog ein Foto heraus. Triumphierend legte er es auf den

Tisch. „Dieses Bild wurde im letzten Sommer gemacht und zeigt unseren Wallenstein auf dem Meistertreppchen."
Die Oberkommissarin schnappte sich das Foto und warf einen langen Blick darauf. Dann legte sie es neben den alten Schnappschuss, den sie bereits in ihren Akten hatten. „Kein Wunder, dass sich auf unseren Aufruf in der Zeitung keiner gemeldet hat. Der sieht sich ja gar nicht mehr ähnlich. Ich würde sagen, dieser Wallenstein hat eine Typberatung machen lassen und sich dann von Grund auf neu erfunden."
Auch Hannes warf einen Blick auf das Bild und war überrascht.
Brauser schien mit seinem Bericht fertig zu sein und sah seine beiden jungen Kollegen fragend an. „Sonst noch was?"
„Ich war in Krumau."
„Verreist ihr nur alle!", raunzte Hannes.
„Swetlana Hermannova, die Kostümbildnerin aus dem Theater, hat mir ein bisschen über unsere Sophia erzählt. Alles in allem nichts Neues: Ärger mit den Eltern und so. Nichts, was einen Mord rechtfertigte. Aber dann verriet sie doch noch etwas Interessantes. Sie meinte, Sophia war nicht krank, wie Nina Breitmann sagte. Angeblich hat sie ab und zu etwas eingeworfen." Franziska sah die anderen vielsagend an. „So wie es aussieht, nahm das brave Mädchen Amphetamine."
„Aber das passt doch gar nicht zu einer Sängerin am Fürstbischöflichen Opernhaus", warf Ramona ein.
„Habe ich auch gesagt. Aber dann meinte sie, ich solle mich da mal nicht irren, die hätten alle ihre Hilfsmittel. Die einen schlucken Betablocker gegen die Aufregung, die anderen Cortison, um ihre Stimmbänder vor Entzündungen zu schützen, und die nächsten brauchen Alkohol."
Ohne den anderen ihre Absicht zu erläutern, zog Franziska das Telefon zu sich herüber und wählte die Nummer von Annemarie Michl. Und damit alle dem Gespräch folgen konnten, drückte sie gleich auf Lautsprecher.

„Du, Anni, sag mal: Habt ihr in der Wohnung von Sophia Weberknecht vielleicht irgendwas gefunden, was auf Amphetamine hindeutet?“
„Ja, Vitamin C“, antwortete die Chefin der KTU ohne zu zögern.
„Ist das jetzt eine Droge?“
„Nein, natürlich nicht! Aber wenn du zu viel Amphetamine geschluckt hast und merkst es, dann nimmst du eine hohe Dosis Vitamin C und kannst damit die Wirkung reduzieren. Das Zeug kann dir das Leben retten.“
„Aber ich weiß doch vorher, wie viel ich nehmen kann, oder?“
„Na ja, Amphetamine sind ein synthetisch hergestellter Stoff. Meistens wird er in privaten und damit schlecht ausgerüsteten Labors hergestellt, was natürlich Auswirkungen auf die Qualität hat.“ Franziska glaubte, dass Annemarie den Hörer von einem Ohr ans andere wechselte, vielleicht sah sie in irgendwelchen Unterlagen nach. „Das Zeug ist leicht herzustellen und kann gespritzt, geschluckt und geschnieft werden. Das alles macht es sehr beliebt.“
„Und wie wirkt es?“
„Es reduziert das Müdigkeitsgefühl und putscht auf. Im Prinzip unterläuft die Droge den Schutzmechanismus des Körpers, was zu einer Leistungssteigerung führt. Als Dopingmittel ist es übrigens nicht tauglich, weil es zu leicht nachzuweisen wäre.“
„Es sei denn, du putschst dich auf und niemand interessiert sich dafür.“
„Wenn du meinst, das wäre was für überarbeitete Polizisten, dann kann ich dir nur raten: Finger weg!“
„Warum?“ Franziska ließ nicht locker und Hannes schüttelte den Kopf.
„Die Spätfolgen, meine Liebe! Amphetamine führen zu einer extremen psychischen Abhängigkeit. Nach längerer Einnahmezeit treten Ruhelosigkeit, ja Schlafstörungen auf. Du

brauchst Schlafmittel, um überhaupt noch schlafen zu können, hast Wahnvorstellungen und verlierst den Bezug zur Realität. Das kann bis hin zu einer schwer therapierbaren Amphetaminpsychose führen. Also, Franzi – Finger weg von dem Zeug!"
„Klar! Ach, Anni, trotz allem: Wo gibt's denn das Zeug?"
„Methamphetamin wird in Europa vor allem in Tschechien angeboten. Du bekommst es unter dem Namen Crystal Ice oder Crystal Speed."
„Interessant." Franziska sah in die Runde und nickte. Einiges hatten sie und ihre Kollegen schon gewusst.
„Es ist halb so groß wie Zuckerkristalle. Einzeldosis fünf bis fünfzehn Milligramm. Wenn du daran gewöhnt bist, kannst du bis zu 150 Milligramm nehmen und am Tag bis zu Zweitausend. Und dem Zeitgeist angepasst schluckt man sie als harmlose Tabletten." Annemarie schien jetzt wirklich abzulesen.
„Und es lässt andere denken, du seist krank", vermutete Franziska.
„Was?"
„Das war wohl die Masche von Sophia Weberknecht."
„Kann sein. Seltsam ist aber, dass wir wirklich nichts in der Wohnung gefunden haben. Ich meine, wenn sie süchtig war, dann hatte sie doch bestimmt irgendeine Reserve im Haus."
„Ja, das ist wirklich seltsam."
„Was sagt denn Professor Wassly dazu?", wollte jetzt Annemarie wissen.
„Den muss ich erst noch fragen, ich habe es selbst erst am Wochenende erfahren. Aber ich sag es dir, wenn ich was weiß." Die Kommissarin bedankte sich und legte auf.

***

Maria hatte die Betten frisch bezogen und die Vorhänge in die Waschmaschine gesteckt. Jetzt kroch sie auf allen Vieren auf dem Boden herum und wischte mit einem Schwamm die Holzleisten sauber. Sie war nervös, und um das zu verbergen, hatte sie sich in die Arbeit gestürzt.
Bevor Bertl am Morgen gegangen war, hatte er noch einmal beim Schlosser angerufen und gefragt, wann das neue Schloss eingebaut werde. Der Mann hatte ihm versichert, er schicke so schnell wie möglich jemanden. Das war jetzt zwei Stunden her, und seither hatte ihr Mann zweimal angerufen und nachgefragt, ob alles in Ordnung sei und sie hatte es bejaht, weil sie ihn nicht noch mehr beunruhigen wollte.
Denn sie hatte sehr wohl mitbekommen, wie aufgewühlt ihr Bertl seit einiger Zeit und vor allem nach diesem Vorfall war. In der Nacht war er erst spät ins Bett gekommen und dann hatte er sich auch nur herumgewälzt. Am Morgen hatte sie schließlich den Vorschlag gemacht, die Spurensicherung zu holen, um eventuelle Fingerabdrücke zu sichern. Aber er hielt das für keine gute Idee.
„Weißt du Maria, das ist gerade alles nicht so einfach. Seit die Kollegen wissen, dass ich bald in Rente gehe, stehe ich sozusagen unter Beobachtung, und wenn ich jetzt mit so einem merkwürdigen Einbruch komme, liefere ich denen doch erst recht Gesprächsstoff zum Tratschen. Am Ende meinen die, ich wolle mich nur wichtig machen."
„Aber Bertl, was ist denn mit der armen Margarethe?"
„Jetzt hör aber auf! Erstens wissen wir noch nicht, ob es sich um eine Pilzvergiftung handelt, und zweitens ist es ihr durchaus zuzutrauen, dass sie sich einfach vertan hat."
„Das ist doch wieder ganz typisch für ihn", schimpfte sie vor sich hin, weil sie nicht wusste, auf wen sie sonst böse sein sollte. „Er selbst grämt sich, weil er bald Rentner ist, und der Margarethe traut er zu, dass sie die falschen Schwammerl sammelt."

Nachdem sie mit den Leisten fertig war, holte sie die Vorhänge aus der Waschmaschine und hängte sie auf. Als sie den letzten zurechtgezupft hatte, klingelte es an der Haustür.
„Na endlich“, begrüßte sie den jungen Mann, der völlig außer Puste bei ihr ankam.
„Tut mir Leid, aber wir haben gerade so viel zu tun.“
„Ja“, sagte Maria, „dann kommen Sie mal rein.“

***

Eigentlich wollte Franziska ihren Besuch im Hause Weberknecht nur kurz telefonisch ankündigen, aber Reinhilde Weberknecht, die gleich am Apparat war, meinte, es sei gerade schlecht, weil es ihrem Mann nach der ganzen Aufregung nicht so gut ginge. Ob sie ihre Fragen nicht vielleicht am Telefon beantworten könne.
„In der Zeitung stand, dass Sie Ihrer Tochter Sophia vor drei Jahren vorzeitig ihr Erbe ausbezahlt haben. Würden Sie mir bitte sagen, um welche Summe es da ging?“
Die Mutter ließ sich mit der Antwort Zeit, schien zu überlegen, was sie der Kommissarin anvertrauen durfte.
„Hören Sie, Frau Weberknecht, es geht hier nicht um ein Steuerdelikt. Es geht vielmehr darum, ob es der Täter vielleicht auf dieses Geld abgesehen haben könnte.“
„Ja, ja natürlich. Ich verstehe Ihre Frage. Genau das habe ich mir auch schon überlegt“, räumte Reinhilde ein und fügte dann etwas leiser hinzu: „Fünfhunderttausend Euro.“
„Und was hat Ihre Tochter mit diesem Geld gemacht? Sie hat so eine Menge doch bestimmt nicht in der Wohnung herumliegen lassen?“
„Nein, natürlich nicht. Aber, ich kann es Ihnen tatsächlich nicht sagen.“ Sie machte eine hilflose Pause, bevor sie fortfuhr. „Wir haben nie darüber gesprochen. Haben Sie denn keine Unterlagen gefunden?“

„Bisher nicht“, bekannte die Kommissarin.
Reinhilde Weberknecht schien zu zögern. „Ich würde mir so gerne Sophias Wohnung anschauen. Glauben Sie, dass das möglich ist?“
„Ja, klar.“ Franziska überlegte kurz und schlug dann vor: „Wir könnten uns dort treffen.“
„Das wäre schön. Hätten Sie denn heute Vormittag Zeit?“
Franziska war verwundert, weil sie einen so frühen Termin nannte.
„Können Sie denn Ihren Mann allein lassen?“
„Das geht schon. Eine Pflegerin kümmert sich um ihn.“
Nachdem sich die beiden auf eine Uhrzeit geeinigt hatten, wollte Franziska sich schon verabschieden, aber da hatte Sophias Mutter noch einen ungewöhnlichen Wunsch.
„Würden Sie mit mir zusammen auch das Oberhaus besuchen? Meine Tochter hatte ja nie Zeit dafür und Karl brauche ich mit so etwas nicht zu kommen. Aber es hängen so viele Erinnerungen daran.“

***

Die ganze Nacht hatte sich Hauptkommissar Brauser Gedanken darüber gemacht, was er falsch gemacht hatte. Er wusste, dass das alles kein Zufall war. Solche Zufälle gab es nicht. Aber er wusste einfach nicht warum. Das heißt, eigentlich wusste er es schon, aber er wollte es nicht wahrhaben, wollte nicht glauben, dass ihm jemand auf die Schliche gekommen war.
Natürlich hatte er den Kollegen nichts von all dem erzählt. In diesem Falle hatte er Maria sogar die Wahrheit gesagt. Verschwiegen hatte er den Vorfall allerdings nicht wegen der bevorstehenden Pensionierung.
Sein Problem war, dass er einfach nicht wusste, wer so dreist war, sich auf eine dermaßen perfide Art mit ihm anzulegen.

Den Kampf, die Herausforderung, das hatte er nie gescheut. Aber dabei wollte er stets wissen, mit wem er es zu tun hatte. Und dieses Wissen fehlte ihm im Moment. Das war auch der Grund, warum er den Termin in der Schule auf einen späteren Zeitpunkt gelegt hatte. Er musste erst einmal in aller Ruhe überlegen und dazu musste er auf die Suche gehen. Und dabei konnte ihm diesmal niemand helfen.

***

Hannes schloss sein Fahrrad auf dem oberen Besucherparkplatz an eine Querstange und betrat das elegante Medienzentrum. Er war zum ersten Mal hier und wollte den Besuch nutzen, um sich alles in Ruhe anzusehen. Doch dazu erhielt er keine Gelegenheit, denn eine flinke Volontärin führte ihn ohne Zwischenstation vom Empfang in Hajo Felbermanns Reich: ein kleines Büro mit einem überladenen Schreibtisch und Fenstern, die bis zum Boden reichten. Die Aussicht wurde von Jalousien verdeckt.
„Kannten Sie Sophia Weberknecht auch privat?" Das war das Erste, was Hannes wissen wollte, nachdem er auf dem Stuhl, der dem Schreibtisch gegenüberstand, Platz genommen hatte.
„Was heißt schon kennen? Ich habe sie interviewt und mich deshalb mit ihr beschäftigt. Aber ‚kennen' würde ich es nicht nennen. Ein Mensch wie die Weberknecht gibt ja auch immer nur so viel von sich preis, wie sie will", warf er ein.
„War sie gesprächig?"
„Ja, das schon. Aber wie ich schon sagte, sie erzählte eben nur das, was sie erzählen wollte."
„Wie oft haben Sie sich denn mit ihr getroffen?"
„Zwei-, nein, dreimal insgesamt. Ich hoffe das macht mich nicht verdächtig?"

„Nein, keine Angst. Ich wundere mich nur darüber, dass Sie so viel über sie schreiben konnten, es liest sich so, als ob Sie sie sehr gut gekannt haben."
„Wissen Sie, mich interessieren Menschen einfach. Wenn sie erzählen, dann höre ich ihnen zu, und zwar richtig. Und vieles hört man dann auch zwischen den Zeilen heraus. Verstehen Sie? Da ist es dann übrigens auch ganz egal, ob es sich um eine alte Frau handelt, die mit viel zu wenig Rente auskommen muss und trotzdem noch eine Hilfsorganisation für behinderte Kinder ins Leben ruft, oder die große schillernde Sängerin, die alle beneiden. Für jeden Menschen gibt es im Leben eine Sache, auf die er ganz stolz ist, und über die muss man schreiben. Das ist dann die Geschichte seines Lebens, und mein Job ist es, sie den Lesern vorzustellen."
Hannes hatte ihm gebannt zugehört und fragte nun: „Aber schreiben Sie denn auch alles, was Sie wissen?"
„Nein, weil ja nicht alles in die Zeitung gehört. Ich weiß, viele Kollegen sehen das anders, aber für mich muss eine Geschichte vor allem rund sein und nicht in erster Linie aus lauter Enthüllungen bestehen. Es gibt Dinge, die bringen dem Leser keinen Nutzen und tun dem, über den man schreibt, einfach nur weh, und die haben in der Zeitung nichts zu suchen."
„Das verstehe ich, auch wenn ich Ihnen diese Haltung ehrlich gesagt nicht unbedingt zugetraut hätte, aber ..."
Hajo Felbermann tat empört. „Wie kommen Sie darauf?"
„Ich habe gehört, Sie seien ein begnadeter Journalist und ..." wieder ließ sein Gegenüber ihn nicht ausreden.
„... und die müssen alle sensationslüstern sein?"
„Na, von jetzt an nicht unbedingt", beschwichtigte Hannes. „Aber worauf ich hinaus möchte, ist: Sophia Weberknecht können Sie ja nicht mehr wehtun, indem Sie etwas aus ihrem Privatleben verraten, und uns könnten Sie damit weiterhelfen. Wir sind auf der Suche nach Freunden, nach einem

Mann in ihrem Leben. Können Sie uns da helfen? Hat sie je einen erwähnt?“ Hannes fixierte den Journalisten gespannt. Wusste er Näheres?

„Ja, es gab einen, aber sie wollte nicht über ihn reden, sagte, das habe in der Öffentlichkeit nichts zu suchen.“ Felbermann warf einen intensiven Blick auf seine Uhr und dann auf die Papiere, die auf seinem Schreibtisch lagen.

„Und eine Vermutung hatten Sie auch nicht?“

„Nein, tut mir Leid.“ Hannes war sich nicht sicher, dass er die Wahrheit sagte, aber andererseits konnte er ihm auch nicht beweisen, dass er log.

„Nun ...“

„Hören Sie, ich würde Ihnen wirklich gerne helfen, aber ich habe einen Artikel zu schreiben und ich bin schon ein bisschen spät dran. Wenn Sie also keine Fragen mehr haben ...“

„Nein, fürs Erste nicht. Danke.“

Hannes wandte sich zum Gehen, da erst fiel ihm die CD auf, die unter einigen Blättern auf dem Schreibtisch lag. Er wusste nicht gleich, was seine Aufmerksamkeit weckte, vielleicht die Schrift, vielleicht, dass sie grün war.

„Ach, eines noch.“ Felbermann sah auf. „Die Schrift auf der CD, ist das Ihre?“

Der Journalist zog sie heraus und betrachtete sie, als sehe er sie zum ersten Mal. „Nein, muss eine Kollegin beschriftet haben.“

„Und was ist da drauf?“

Felbermann lachte. „Ich vermute Fotos, sonst würde wohl kaum ‚Bilderreihe‘ draufstehen.“

„Und die Zahlen gehören zu den Fotos?“

„Richtig.“

„Gut, dann will ich Sie jetzt nicht mehr länger stören.“

***

Als Franziska zum vereinbarten Zeitpunkt vor dem Haus in der Postackerstraße 7 eintraf, stand bereits ein großer dunkler BMW davor, und gleich darauf öffnete sich die Haustür von Paula Nowak. Heraus kam eine Frau, die dem Aussehen nach Reinhilde Weberknecht sein musste. Sie sah zu Franziska herüber und hob die Hand zum Gruß. Dann wechselte sie zügig die Straßenseite.

„Hallo, Frau Weberknecht, ich bin Oberkommissarin Franziska Steinbacher", stellte sich Franziska förmlich vor.

Reinhilde Weberknecht musterte sie kurz und entgegnete dann: „Es freut mich, Sie persönlich kennenzulernen."

Ob sie den schwarzen Hosenanzug zum Zeichen ihrer Trauer oder aus Prinzip trug, konnte Franziska nicht sagen. Auf jeden Fall verliehen die zartrosa Bluse und das leichte Make-up ihrem Gesicht eine gewisse Frische, ohne angemalt zu wirken. Sie zeigte, dass der Tod ihrer Tochter ihr zwar naheging, sie die Menschen, die sie sahen aber nicht damit konfrontieren wollte. Sie war eine Frau, die solche Dinge mit sich allein ausmachte.

Die beiden standen sich einen Moment gegenüber, bis die Mutter des Opfers in munterem Ton hinzufügte: „Ich war ein bisschen früher dran und da dachte ich, ich besuche die Gute mal!" Mit einem Nicken zeigte sie zur Wohnung von Paula Nowak hinüber.

Die junge Kommissarin nickte ebenfalls, „Ja, das hat sie sicher gefreut. Ich glaube, Frau Nowak hat das alles sehr mitgenommen."

Nach einer weiteren Pause zog Franziska den Schlüssel zu Sophias Wohnung aus ihrer Tasche und sah Sophias Mutter fragend an. „Wollen wir?"

Mit einem kleinen Nicken ging Reinhilde Weberknecht entschlossen auf die Haustür zu. Aus dem Augenwinkel sah Franziska, wie sich auf der gegenüberliegenden Seite der Vorhang leicht bewegte.

„Sie war mein einziges Kind und doch habe ich so wenig von ihr gewusst. Haben Sie Kinder?"
„Nein." Franziska lächelte unsicher und stieg die Treppe bis in den zweiten Stock hinauf.
„Was wird mit der Wohnung meiner Tochter werden?", wollte die Mutter gleich darauf wissen.
„Sie ist noch nicht freigegeben."
„Ich habe mir ohnehin ein Zimmer genommen."
Franziska schloss die Wohnungstür auf und beobachtete, wie Sophias Mutter erst einmal tief Luft holte. Dermaßen gewappnet ging sie mit festen Schritten hinein.

„Hier ist sie also gestorben." Nach einem Rundgang durch die Wohnung stand die Mutter neben dem Bett und starrte auf das fast unberührte Laken. Es war mehr eine Feststellung, als eine Frage. „Man sieht gar nichts."
„Getötet wurde sie im Wohnzimmer." Franziska zeigte mit dem Kopf hinüber und fügte dann hinzu: „Aber sie hat nicht gelitten." Sie dachte, das würde die Mutter sicher interessieren.
„Nein, das hat sie nie."
„Ich meine, der Rechtsmediziner sagte, sie sei sofort tot gewesen, ohne zu leiden."
„Ich hab Sie schon verstanden. Aber Sophia hat wirklich nie gelitten, sie hatte immer Glück im Leben, nur einmal nicht."
Die Mutter sah sich alles in Ruhe an, so als wäre sie schon ewig nicht mehr hier gewesen und die Tochter hätte sich lauter neue Sachen in ihrer Abwesenheit gekauft.
„Sophia hatte immer so wenig Zeit, verstehen Sie?"
„Ja." Franziska versuchte es zumindest. „Fällt Ihnen irgendetwas auf? Etwas, das fehlt?"
„Nein, tut mir Leid." Noch einmal lief sie eine Runde durch die Wohnung und beschloss dann: „Lassen Sie uns zum Oberhaus hinauffahren und dort reden. Hier kann ich nicht. Ich

habe das Gefühl, sie sei nur kurz weg, und wenn sie zurückkommt, dann erwischt sie mich, wie ich in ihren Sachen herumschnüffle, und das würde sie nicht wollen."

***

Schon am Telefon war Rektor Hans Wedemann nicht gerade begeistert, als Hauptkommissar Berthold Brauser ihn über seine Ermittlung in der Innblick-Schule unterrichtete. Das änderte sich auch nicht, als dieser ihm kurz darauf in seinem Zimmer am Schreibtisch gegenübersaß.

„Hören Sie, wir haben uns zur Hauptschule des Jahres beworben. Machen seit Monaten Aufführungen und gehen Projekte an, von denen jeder schon ganz genervt ist, nur um in der Öffentlichkeit gut dazustehen. Da passt es überhaupt nicht, dass wir jetzt die Polizei im Haus haben. Es geht dabei um große Summen."

„Und bei mir geht es um einen Mord", antwortete Brauser und sparte sich jede weitere Erklärung. Wenn er in all den Jahren auf jede dieser Ausreden eingegangen wäre, dann hätte er ja gleich seinen Beruf an den Nagel hängen können, statt bis jetzt tapfer durchzuhalten.

Doch auch Wedemann wollte sich seine Lorbeeren nicht nehmen lassen. Seit fast dreißig Jahren war er Lehrer und seit sieben Jahren Rektor an der Innblick-Schule. Damit hatte er alles erreicht, was er im Leben erreichen wollte. Eine Frau, eine Tochter, die bereits selbst zwei Kinder hatte und ein schönes Haus mit Garten. Er genoss die Möglichkeit, Jugendliche auf einen guten Weg zu führen und nebenbei genug Zeit zu haben, um seinem Hobby nachzugehen. Bisher lief bei ihm alles so, wie er wollte und wenn er schon nicht verhindern konnte, dass die Polizei bei ihm reinschneite, dann wollte er doch wenigstens genau wissen, was ihn am Ende um seine Ruhe brachte.

Interessiert lehnte er sich also in seinem Stuhl vor und sah den Kommissar aufmerksam an. „Wo haben Sie die Waffe denn gefunden?"
„Am Kelberg, in der Nähe der Villa Ludwigslust", erklärte Brauser und ließ seinen Blick kurz durch den Raum schweifen. In diesem Büro waren die Verhältnisse ähnlich wie in seinem: einfach. Schließlich war man ja zum Arbeiten da und nicht zur Erholung.
„Und Sie glauben, Schüler unserer Schule hätten damit einen Menschen umgebracht?"
„So weit würde ich gar nicht gehen. Aber wir haben in der Nähe der Waffe ein Rundschreiben ihrer Schule gefunden und möchten wissen, ob es sich um eine Art Treffpunkt handelt, ob sich die Jugendlichen dort vielleicht des Öfteren aufhalten und demzufolge etwas gesehen haben."
„In der Nähe der Villa Ludwigslust sagen Sie? Das ist aber merkwürdig."
„Warum?" Der Kommissar war verwundert. Er hatte damit gerechnet, dass die Schüler etwas wissen könnten, nicht jedoch ihr Lehrer.
„Da hat sich doch der Generalmajor Erich von Hassenstein erschossen. Neunzehnhundertfünfundvierzig, als die Amerikaner kamen. Wissen Sie das nicht mehr?"
„Tut mir Leid, da gab es mich noch nicht."
„Ja, Mensch, mich doch auch nicht! Aber so was lernt man doch in der Schule."
„Bringen Sie so was denn Ihren Schülern bei?"
„Ja, aber sicher, das geht uns doch alle an. Schließlich waren wir hier im Südostzipfel Bayerns ja besonders umkämpft und von Hassenstein war so verblendet, dass er bis Ende April noch an den Endsieg glaubte. Das muss man sich mal vorstellen."
„Aus heutiger Sicht fällt das natürlich viel leichter", gab Brauser zu bedenken.

„Ja, schon." Wedemann war jetzt ganz in seinem Element. „Er stellte ja sogar noch die Kampftruppe Hassenstein auf, eine Karikatur von einer Truppe, die fast ausschließlich aus verwundeten und kranken Soldaten bestand. Zum Glück für Passau verhandelten die Offiziere um ihn herum heimlich mit den Amerikanern und übergaben die Stadt, bevor es noch schlimmer kommen konnte."
Diesen Teil der Passauer Geschichte kannte Brauser, doch Wedemann berichtete weiter. „Von Hassenstein hat sich im Keller der Villa Ludwigslust umgebracht. Am 2. Mai, drei Tage, nachdem er mit seinem Stab dort eingezogen war. Man munkelt, dass er sich aber gar nicht wirklich selbst gerichtet hat, sondern dass ein gewisser Major Bischof dafür sorgte, dass es wie ein Selbstmord aussah. Bestimmt hat man ihn gedrängt, der Ehre wegen und so, und als er nicht wollte ..." Der Rektor zuckte unschlüssig mit den Schultern. „Soll ein glatter Durchschuss durch den Kopf gewesen sein. Die Kugel ging durch die Kellertür. Das Loch existiert übrigens noch. Von Hassenstein wurde dann wenige Meter neben der Villa begraben."
„Und liegt er da noch immer?"
„Nein. Jahre später wurde er auf den Heldenfriedhof in der Innstadt verlegt." Der Lehrer kam noch dichter an Brauser heran. „Man sagt, sein Skelett steckte in seinem noch völlig erhaltenen Offiziersmantel. Die Vorstellung ist doch gruselig, nicht?"
Brauser schmunzelte, „Wenn Sie wüssten, was mir in meiner Dienstzeit schon alles begegnet ist. Ein Toter beißt nicht mehr. Schlimmer sind Verbrecher, die frei herumlaufen."
„Ja, da haben Sie allerdings recht."
Weil er fürchtete, dass ihm Wedemann jetzt alles über die erzählen würde, die man '45 nicht erwischt hatte, kam er schnell zu seinem Fall zurück. „Sie sagten vorhin, dass es merkwürdig sei, dass wir die Waffe in der Nähe der Villa

Ludwigslust gefunden haben, wie kommen Sie dazu?"
„Na, hören Sie, durch den inszenierten Suizid von Hassensteins im Keller der Villa drängt sich der Ort als Kultplatz für diese Neonazis doch geradezu auf!"
„Und was sollte das mit meinem Fall zu tun haben?" Der Kommissar dachte an Wallenstein, der in seinem Auto mit sechs Schüssen hingerichtet worden war, und konnte dem Rektor nicht ganz folgen.
„Das ist ja das Merkwürdige." Wedemann sah Brauser an und dann zu seinem Bücherregal neben dem Schreibtisch. Er schien zu überlegen. „Wenn jemand Waffen hat, dann diese Nazis. Und wenn jemand einfach so einen Menschen tötet, dann auch Nazis ..."
Brauser hob die Hand, um dem redseligen Rektor Einhalt zu gebieten. „Das ist reine Spekulation!"
„Ja, schon, aber überlegen Sie doch mal. Die haben sich ein Opfer gesucht, das sie genauso abknallen konnten, wie den von Hassenstein. Viele von denen denken doch, wenn das damals nicht passiert wäre, wenn von Hassenstein am Leben geblieben wäre, dann gebe es das Reich noch."
Brauser war schockiert. War das etwa das Weltbild der Jugend? Was reimte sich Wedemann da zusammen?
„Haben Sie denn die Burschen mal auf einem Treffpunkt in der Nähe der Villa gesehen?"
Wedemann zögerte einen Moment, dann richtete er sich in seinem Schreibtischstuhl auf und erklärte: „Ja, mehrmals."
Der Kommissar machte sich ein paar Notizen und Wedemann fügte schnell hinzu: „Jetzt sind die natürlich nicht mehr dort."
Brauser sah auf. „Ach! Und wo sind sie jetzt?"
In diesem Moment klopfte es an der Tür. „Ja!", rief Wedemann energisch, statt auf Brausers Frage zu antworten. Herein kam ein Lehrer, leicht zu erkennen an der dicken Aktentasche aus Leder. Mann und Tasche hatten schon ei-

nige Jahre hinter sich. „Darf ich vorstellen: Josef Schmid, er leitet die Abschlussklasse."
Der Kommissar reichte ihm die Hand, und noch bevor Wedemann den Kollegen ins Bild setzen konnte, zog Brauser aus seiner Tasche den Papierflieger, zu dem das Flugblatt gefaltet worden war. „Sagen Sie, Herr Schmid, haben Sie in Ihrer Klasse vielleicht einen besonders talentierten Papierfliegerbauer?" Brauser schob ihm den Flieger zu und der Lehrer antwortete, ohne nachzudenken. „Ja, den Lorenz."
Na, geht doch, dachte Brauser und sah den Rektor an. „Wo sagten Sie, treffen sich die Nazis jetzt, von denen Sie mir erzählt haben?"
Wedemann blickte den Kollegen beschwichtigend an und zuckte mit den Schultern. „Ich habe wirklich keine Ahnung."

***

„Hat sich alles ganz schön verändert seit damals", stellte Reinhilde Weberknecht bei ihrem Rundgang durch die Ausstellung im Rittersaal der Veste Oberhaus fest. Der schleppende Gang, der Franziska in der Wohnung aufgefallen war, war fast völlig verschwunden. Es schien, als seien Jahre von ihr abgefallen. Zunächst hatte Reinhilde vorgeschlagen, sie sollten sich doch einer Führung anschließen, aber Franziska hatte auf die Uhr gesehen und gemeint: „So viel Zeit habe ich leider nicht." Daraufhin waren sie gleich in den Rittersaal gegangen. Dorthin, wo früher das Lazarett untergebracht war, wo die Eisenbetten standen und die weiß lackierten Holzschränke. Dorthin, wo die Schreie der Patienten von den Wänden gehallt hatten, wenn die Scherzmittel mal wieder nicht gereicht hatten, und der Geruch nach Desinfektionsmittel und Krankheit in allen Ritzen steckte.
An jenem Ort, wo die junge Reinhilde neben der älteren Paula ihren Dienst getan hatte, und wo heute auf frisch geboh-

nertem Parkett die Schautafeln standen, um von der facettenreichen Geschichte der Stadt zu erzählen. Von ihren Anfängen bis zum Untergang des Fürstbistums.
Franziska konnte sich die Zeit nach dem Krieg kaum vorstellen, aber ihre Begleiterin erzählte ihr sehr eindrucksvoll davon.
„Hier standen die Betten. Eines neben dem anderen“, sagte sie und zeigte auf den Platz, wo heute die Schautafeln von Napoleons ruhmreichen Eroberungen erzählten.
„Es war eine harte Zeit für uns alle. Aber das Wichtigste war, sie zu überleben“, erzählte sie weiter, ohne Franziska anzusehen und ging zum Fenster, um hinunter auf die Stadt zu blicken.
„Ja“, nickte die junge Kommissarin. Ähnliches hatte sie bereits von Paula Nowak gehört.
Auf einmal sah Reinhilde Weberknecht sie doch an. „Aber es war auch schön. Wir haben alle zusammengehalten, vielleicht, *weil* wir überleben mussten, verstehen Sie? Wir mussten etwas tun, um zu überleben. Da bleibt keine Zeit für Flausen.“
Franziska nickte erneut.
„Sophia hatte viele Flausen im Kopf, aber das war alles Karls Schuld. Es war alles seine Schuld.“ Franziska sagte nichts, sie wollte nicht unterbrechen.
„Haben Sie Lust auf einen Eisbecher? Ich hätte jetzt große Lust auf ein schönes, großes Eis. Meinen Sie, wir kriegen das hier? Kommen Sie, ich lade Sie ein.“
„Ich weiß nicht ...“ Franziska zögerte.
„Was wissen Sie nicht?“ Reinhilde sah sie bewertend an. „Sie haben eine tolle Figur. Lassen Sie uns schlemmen. Ständig kriegt man alles verboten. *Pass auf deine Figur auf, iss nicht so viel!* Und wofür? Irgendwann schaut ohnehin keiner mehr, aber dann haben wir uns so ans Verzichten gewöhnt, dass wir gar nicht mehr anders können.“

Mit energischen Schritten steuerte Reinhilde Weberknecht aufs Burgcafé zu, so dass Franziska ihr nur noch hinterher laufen konnte, wenn sie den Anschluss nicht verpassen wollte.
Tatsächlich wurde es dann ein Palatschinken mit viel Eis, Obst und Sahne und Franziska dachte, dass sie von der Kalorienmenge eine ganze Woche leben könnte.
„An was hatte Ihr Mann die Schuld?"
Reinhilde Weberknecht tunkte ein Stück Pfirsich in die frische Sahne und sah sie an. „Was? Ach, vergessen Sie es! Ist nicht so wichtig."
„Alles ist wichtig, wenn man versucht, einen Mord aufzuklären."
„Ja, ein Mord! Das hört sich alles so an, als hätte es gar nichts mit mir zu tun. Aber mein Kind ist tot!"
„Trotzdem muss ich Sie fragen, wie das mit dem Erbe war."
„Ach ja, richtig, wir müssen ja klären, wo ihr Geld abgeblieben ist." Sie lächelte schwach. „Entschuldigung, ich wollte Sie nicht kritisieren, das ist ihr Job, nicht?"
Franziska nickte. „Ja, also: Karl hat es ihr natürlich nicht einfach in die Hand gedrückt", bevor sie weitererzählte, schob sie sich ein paar Löffel Eis in den Mund und überlegte. „Zumindest nicht gleich. Zuerst haben sie sich gestritten, wie so oft in letzter Zeit. Mein Mann wollte Sophia erklären, dass sie niemals die Fabrik übernehmen und führen könne und sie hielt dagegen, dass sie es doch wenigstens versuchen wollte. Aber er sagte, das sei Männersache, und meine Tochter erwiderte, dass das Rezept ja schließlich auch von einer Frau stammte. Da wurde Karl kleinlich und meinte, ein Rezept könne eine Frau sicher zusammenbrauen, aber eine Fabrik zu führen, das sei ja wohl etwas ganz anderes. So ging das immer hin und her, jedes Mal wenn Sophia nach Hause kam. Damals war sie noch in Lübeck."
„Das war ja auch nicht gerade um die Ecke."

„Ja, richtig. Deshalb hat sie sich dann auch in Passau beworben. Sie wollte ihrem Vater zeigen, dass sie alles so einrichten könnte, wenn er sie nur ließe."
„Aber er ließ sie nicht?"
Sophias Mutter lachte auf. „Gut kombiniert! Nein, er ließ sie nicht. Als sie das nächste Mal heimkam, hatte er schon alles unter Dach und Fach und Christian war mit der Firmenleitung betraut."
Sie spießte ein Pfirsichstück auf die Gabel und schob damit das zerlaufene Eis und die Sahne zusammen. „Sophia schrie ihn an, er sei ein Rabenvater, und er konterte, wer wisse denn schon, ob er überhaupt ihr Vater sei. Bei Christian wüsste er wenigstens, dass die Verwandtschaft im Blut liege. Bei ihr sei er sich da nicht so sicher."
„Ganz schön heftig!"
„Ja, nicht?"
„Gab es denn Anzeichen dafür, dass er nicht ihr Vater war?"
„Ach, Frau Steinbacher, das lassen wir besser ruhen. Sophia war Karls Tochter, er hat das immer so gesehen und er war stolz auf sie, bis zu diesem Streit. Danach hat er ihr fünfhunderttausend Euro gegeben und wollte nichts mehr von ihr wissen."
Franziska war der Appetit auf ihr Eis vergangen.
Reinhilde fuhr fort. „Ich bin nicht schadenfroh, glauben Sie mir, aber ich finde es durchaus gerecht, dass er jetzt mit seinem Asthma zu Hause sitzt und nirgends mehr hingehen kann."
„Nahm Sophia Drogen?"
„Wie kommen Sie denn darauf?"
„Freunde haben mir davon erzählt."
„Was sollen das für Drogen gewesen sein? Ich meine, auch diese köstliche Süßspeise ist doch eine Droge, oder?"
Franziska lachte. „Nein, ich meine richtige Drogen. Amphetamine."

„Nie gehört. Was soll das sein?“
„Man nennt es auch Crystal Speed. Angeblich nahm Sophia Tabletten, weil sie krank war, aber so wie ihr Verhalten beschrieben wurde, deutet alles auf Amphetamine hin.“
Reinhilde Weberknecht konzentrierte sich auf ihre blank polierten Fingernägel.
„Ich weiß es nicht.“
Franziska überlegte, was sie noch fragen könnte. Die Mutter hatte einfach zu wenig von ihrem Kind gewusst. Sicher war es nicht nur ihre Schuld. Und so blieb ihr nichts anderes übrig, als auf die Antwort aus der Rechtsmedizin in München zu warten, um zu klären, ob Sophia Drogen konsumiert hatte. Aber das würde natürlich noch eine Weile dauern. Und ob sie deshalb hatte sterben müssen, würde Franziska dann auch noch immer nicht wissen.

***

Zum Abschied hatte Rektor Wedemann dem Kommissar ein Geschichtsheftchen in die Hand gedrückt, damit er seine Lücken in Sachen jüngster Passauer Geschichte schließen konnte. Brauser hatte sich bedankt und war zu seinem Auto gegangen. Bevor er den Motor anließ, blätterte er in dem Heftchen herum, ohne wirklich zu lesen.
Für besonders intelligent hatte er diese springerstiefeltragenden Raspelköpfe noch nie gehalten. Aber dass sie so dumm sein sollten, sich nach dem Mord wieder direkt vor der Schule zu treffen, das wollte er dann doch nicht glauben. Andererseits war der Tipp von Wedemann vielleicht gar nicht so abwegig. Dass die Neonazis sich Opfer suchten und in Erinnerung an von Hassenstein erschossen, war natürlich Quatsch. Da hatte der Rektor sich vergaloppiert. Brauser nickte, legte das Heft beiseite und schnallte sich an.

Doch, was wäre, wenn Wallenstein tatsächlich in der Nähe der Villa Ludwigslust gewesen war, freiwillig oder nicht? Und wenn ihm dort die Täter die Spritze mit Luft gesetzt hätten, in aller Ruhe, ohne Zuschauer? Er lachte belustigt auf. Luft war ja nun nicht unbedingt das, woraus Nazis sich ihre Waffen basteln, überlegte er. Andererseits passt hier ohnehin nichts so richtig zusammen.
Aber immerhin, so überlegte er weiter, habe ich jetzt ein paar schöne Spuren. Ich kann mich mit Josef Wallenstein über die Gesinnung seines Bruders unterhalten, um rauszukriegen, wie er zu den Nazis stand. Ich kann die Typen vor der Schule befragen und mir einen Durchsuchungsbeschluss für die Villa Ludwigslust holen, um mir dort zumindest das Loch in der Tür anzuschauen. Und noch bevor er darüber nachdenken konnte, dass es vielleicht doch zu einfach war, dass immer dann, wenn es irgendwo einen Toten gab und es irgendwie passte, die Neonazis dafür verantwortlich gemacht wurden, klingelte sein Handy. Es war Maria.
„Bertl, stell dir vor, die Margarethe hat Blumen bekommen!"
„Wo bist du?" Brauser hielt sein Handy so weit von sich, dass er die Nummer erkennen konnte, aber es wurde keine angezeigt.
„Im Klinikum."
„Ich hab dir doch gesagt, du sollst zu Hause bleiben!" Seine Mahnung war lahm, denn er kannte seine Frau, und daher hatte er nicht wirklich geglaubt, dass sie sich daran hielt.
„Ich hab mir ein Taxi genommen. Bertl, die Schwester hat gesagt, die Blumen seien von einem Neffen."
„Ja, und?"
„Margarethe hat aber keinen Neffen."
„Maria, bleib, wo du bist! Ich komme zu dir!"

***

Bevor Franziska den Besucherparkplatz am Oberhaus verließ, telefonierte sie mit Hannes und fragte ihn, ob es was Neues gab. Der sagte, er sei den ganzen Tag mit Gruber und Obermüller Hinweisen nachgegangen, es sei aber wohl nichts dabei, was weiterhelfen könnte.

„Und was war das Aussichtsreichste?" Franziska kramte in ihrer Tasche nach einem Kaugummi. Sie hatte das Gefühl, der Inhalt des Eisbechers hätte sich auf ihren Zähnen als stetige Erinnerung der Kaloriensünde niedergelassen.

„Ein Perückenmacher aus München hat angerufen und meinte, Sophia Weberknecht habe bei ihm mehrere Perücken gekauft."

„Unter ihrem eigenen Namen?"

„Nein, sie hat wohl einen falschen angegeben, aber er meint, er habe sie eindeutig auf dem Foto wiedererkannt."

„Und was findet er so ungewöhnlich daran? Immerhin braucht man am Theater Perücken."

„Ja, das hab ich auch gedacht und deshalb Schaffroth angerufen und gefragt, ob sie sich die Teile selbst gekauft hat. Das fand er spaßig."

„Ja, jetzt wo du es sagst. Wir können ja gleich noch mal in ihrer Wohnung nachschauen, vielleicht trug sie die ja privat, vor dem Fernseher."

„Ist das dein Ernst?"

„Das mit der Wohnung ja. Kannst du weg?"

„Bin schon unterwegs."

„Dann bis gleich."

Franziska legte auf und schob den Kaugummi in den Mund, dann fuhr sie los.

Jedes Mal wenn Hannes auf seinem Fahrrad daher gefahren kam, fragte sie sich, wie man sich bei diesen Temperaturen noch auf dem Sattel halten konnte. Aber er meinte, es ginge, man brauche nur die richtige Kleidung und zudem halte es ihn fit. Außerdem sei er mit dem Rad ja oft viel schneller als mit dem Auto. Was stimmte. Denn als sie in die Postackerstraße 7 einbog, stand er schon vor der Tür, nahm gerade den Helm ab und öffnete den Reißverschluss seiner Goretexjacke.

„Hat denn die KTU nicht schon längst alles gründlich durchsucht?“ Hannes ging neben Franziska die Treppe hinauf, die zur Wohnung von Sophia Weberknecht führte.
„Woher sollten die wissen, nach was sie suchen müssen? Wir wussten es bis heute ja auch nicht.“ Sie hatten den Treppenabsatz erreicht und Franziska schloss die Tür auf, um dann in die Wohnung voranzugehen, die sie inzwischen schon recht gut kannte. Während sie Tasche und Mantel auf einen Stuhl legte, klingelte ihr Handy. Es war die rechtsmedizinische Abteilung in München, die ihr mitteilte, dass im Schnelltest keine Drogen nachgewiesen werden konnten. Franziska stutzte.
„Heißt das, sie hat überhaupt keine Drogen genommen?“
„Nein, das heißt, dass sie in den letzten Tagen vor ihrem Tod keine konsumiert hat. Um einen Drogenmissbrauch generell auszuschließen, müssen wir auf die Haaranalyse warten.“
Franziska nickte, ihr Kollege sah sie fragend an.
„Das erklärt, warum wir in der Wohnung keine Drogen gefunden haben.“
„Ja, vielleicht.“
„Sie melden sich, sobald Sie das Ergebnis haben?“
„Natürlich.“
Sie steckte ihr Handy in die Tasche und sah Hannes nachdenklich an.
„Schade, ich hatte gehofft, sie wäre vielleicht völlig euphorisch gestorben.“ Dann gab sie ihm einen kleinen Puff und fügte hinzu: „Komm, lass uns auf Schatzsuche gehen!“
In den folgenden Minuten öffneten sie Schubladen und durchstöberten Regale und Schränke. Eigentlich rechneten sie nicht wirklich damit, auf einen größeren Packen Geld zu

stoßen, denn das hätte die Kriminaltechnik niemals übersehen. Und derjenige, der das Mädchen getötet hatte, sicher auch nicht, wenn es ihm darum gegangen war.
„Fünfhunderttausend Euro! Nicht schlecht, aber auch nicht viel, wenn man bedenkt, was es dort zu erben gibt", stellte Hannes auf einmal in den Raum und sah seine Kollegin abwartend an.
„Na ja, ich finde es ist schon ganz schön viel. Allerdings verdiene ich mir mein Geld lieber selbst und kann dann auch stolz darauf sein, etwas mit meinem eigenen Kopf geschafft zu haben, statt es nur zu erben. Das ist mir zu einfach, ich will doch auch stolz auf mich sein."
Franziska vertiefte sich in einen Ordner mit Papieren, während sich der junge Kommissar am Regal zu schaffen machte.
„Schau mal, ein Depotauszug mit einer Auflistung von Aktien deutscher Unternehmen: RWE, Bayer, Deutsche Telekom ..." Sie sah sich den Auszug genauer an, bevor sie weiterlas. „Für 50.000 Euro festverzinsliche Wertpapiere der Bundesrepublik Deutschland, nicht schlecht. Aber alles in allem sind das 150.000 Euro, wo ist der Rest?"
Hannes guckte ihr über die Schulter. „Verzockt!"
„Meinst du? Glaub ich nicht. Ich meine, das sieht doch alles recht seriös aus."
„Lass uns morgen bei der Bank nachfragen. Die müssten schließlich am besten wissen, wo das Geld geblieben ist." Sie sah ihn gar nicht an, als sie weiter sprach. „Weißt du, ich überlege mir gerade, dass das alles ganz schön merkwürdig ist. Ihre Mutter hat mir erzählt, dass sie die Fabrik übernehmen wollte und es deshalb zum Streit kam, und wenn ich mir diesen Depotauszug anschaue, dann habe ich das Gefühl, dass sie wirklich wusste, was sie tat, und nicht leichtfertig mit ihrem Geld umging. Ihr Vater war ganz schön ungerecht zu ihr."

Hannes sah sie völlig ungläubig an. „Ein Streit?"
Franziska berichtete ganz genau, was ihr die Mutter erzählt hatte und auch, dass Sophia vielleicht gar nicht Karls Tochter war. Hannes machte ein entgeistertes Gesicht. „Mann, geht's in diesen Kreisen zu!"
„Ja, aber wissen tun wir natürlich nichts." Sie steckte die Auszüge in ihre Tasche.
„Es sei denn, wir lassen einen Vaterschaftstest machen."
„Glaubst du denn allen Ernstes, der Alte hat seine Tochter umgebracht?" Hannes hob völlig hilflos die Hände. Er wusste nicht mehr, was er glauben sollte. Franziska nickte. „Du hast mir noch gar nicht erzählt, was du bei Hajo Felbermann erfahren hast?"
„Nicht viel. Der musste dringend einen Artikel schreiben. Er sagte, das, was er geschrieben habe, gehöre alles zu seinem Job, aber wenn ihm noch was einfiele, würde er sich bei uns melden."
„Sagte er?"
„Ja. Ach, und er meinte, es hätte einen Mann in ihrem Leben gegeben, aber sie hätte ihm nicht sagen wollen, wer es war. Sie wäre der Meinung gewesen, das sei ihre Privatsache."
„Ja, sie hatte sicher ein Recht darauf, ihr Privatleben vor der Presse zu schützen. Aber jetzt wäre es halt hilfreich für uns, wenn sie es nicht getan hätte. Wirklich Pech!" Franziska ging ins Schlafzimmer und begann, sich im Kleiderschrank die einzelnen Fächer anzusehen.
„Glaubst du, sie hat das Geld zwischen ihrer Unterwäsche versteckt?
„Nein, ich suche nach den Perücken."
„Denkst du wirklich, sie trug vor dem Fernseher eine Perücke?"
„Du sagtest doch, der Mann sei sich sicher gewesen." Sie sah ihren Kollegen lauernd an. Er hatte sie doch nicht nur auf den Arm genommen?

„Ja, er war sich seiner Sache ganz sicher."
„Na, dann müssen sie doch auch irgendwo sein, oder?"

***

Hauptkommissar Berthold Brauser beruhigte sich erst wieder, als er im Klinikum ankam, sich zum Zimmer von Margarethe Bachmeier durchgefragt hatte und sah, dass Maria brav am Bett saß und strickte. Noch nie hatte er diesen Anblick so beruhigend gefunden wie in diesem Moment.
„Ach, Bertl, wie schön, komm, setz dich doch!" Einladend zeigte Maria auf einen freien Stuhl. Doch das ging Brauser dann doch zu weit. Mit einem prüfenden Blick beugte er sich über die schlafende Nachbarin und sah dann kritisch zu seiner Frau. „Wie geht es ihr?"
„Der Arzt hat ihr was zur Beruhigung gegeben."
„Das ist bestimmt kein Fehler", murmelte Brauser, unsicher, ob sie ihn nicht doch hören konnte.
„Nach der Magenspülung versuchen sie jetzt, mit den Infusionen ihren Elektrolythaushalt und den Flüssigkeitsverlust wieder auszugleichen. Außerdem bekommt sie Silibinin, um die Folgen einer Lebervergiftung aufzufangen. Der Arzt meinte, sie hätte großes Glück gehabt, dass der Rettungssanitäter gleich auf eine Pilzvergiftung getippt hat."
Er nickte.
„Denk doch mal Bertl, früher sind die Menschen an so was gestorben. Heute dagegen hat Margarethe die größten Chancen ohne Spätschäden davon zu kommen."
Brauser lächelte zögerlich. Er war schon froh, dass es nicht schlimmer gekommen war.
„Es kann aber sein, dass sie noch eine Blutwäsche braucht", zählte Maria weiter auf.
Er ging zum Tisch und betrachtete den Blumenstrauß von allen Seiten. Er war sehr schön und derjenige, der ihn ge-

bracht hatte, hatte offensichtlich nicht gespart. Im Prinzip sah er ganz normal aus, wie von einem Neffen, der seine Tante mochte und vergessen hatte, seinen Namen zu hinterlassen. Vielleicht weil er dachte, sie wüsste dann schon, von wem er sei. „Komm, lass uns in die Cafeteria gehen, ich muss in Ruhe mit dir reden."
Maria packte ihr Strickzeug zusammen und steckte es in einen Stoffbeutel, den sie an den Besucherstuhl hängte. Wenn Bertl wieder weg war, würde sie weiter stricken.
In der Cafeteria war es um diese Zeit alles andere als ruhig, aber die beiden fanden schnell einen kleinen Tisch und konnten über einem guten Kaffee die Köpfe zusammenstecken. Im Zimmer der Bachmeier hätte Brauser sich belauscht gefühlt.
„Hast du ihn gesehen?"
„Nein, er war schon wieder weg, als ich kam."
„Hat die Bachmeier ihn gesehen?"
„Nein, sie hat geschlafen."
„Dann war er gar nicht bei ihr im Zimmer?"
„Doch! Er hat Schwester Klara die Blumen gegeben und gemeint, seine Tante schläft gerade so schön, und da will er sie nicht wecken."
„Und wie sah der Mann aus? Hat sie ihn dir beschrieben?"
Sie gab Zucker und Milch in ihren Kaffee und rührte ihn eine Weile um. Sie schien über etwas nachzudenken. „Bertl, ganz ehrlich, ich dachte, du würdest dich mit Schwester Klara unterhalten. Vielleicht könntet ihr ein Phantombild von dem Mann machen und dann wüssten wir, wer er ist."
„Nein, ich glaube, das ist keine gute Idee. Am Ende ist er doch nur ihr Neffe und ich blamiere mich bis auf die Knochen vor meinen Kollegen", behauptete er. Doch Maria ließ sich nicht aus der Ruhe bringen.
„Aber Bertl, Margarethe hat keinen Neffen! Wo sollte sie ihn denn auch herhaben? Sie war das einzige Kind und geheiratet hat sie ja nie."

„Dann ist es halt ein Großneffe."
„Du bist total unlogisch. Niemand weiß, dass sie hier ist. Sie selbst hat in ihrem Zustand nicht telefoniert und ich hab es auch niemandem erzählt."
Er schüttelte den Kopf. Natürlich hatte sie recht. Aber er konnte nun einmal niemanden dafür verfolgen lassen, dass er einer alten Frau Blumen schickte.
Als Maria das endlich eingesehen hatte, verabschiedete er sich und ermahnte sie, gut auf sich aufzupassen.
„Ach, Bertl, was soll mir hier im Krankenhaus schon passieren?"
„Ruf mich an, wenn du heim willst. Ich hol dich ab!" Sie versprach es und ging zurück ins Zimmer der Nachbarin. Die schlief noch immer und nichts schien sich verändert zu haben. Nur auf dem Tisch, da lag ihr Strickzeug, so als habe jemand bis gerade eben gestrickt und sei dann gestört worden.

***

Als Hannes schon davongeradelt war, stand Franziska noch immer vor dem Haus in der Postackerstraße 7, dachte an die tote Sopranistin und den Streit im Hause Weberknecht. Auch daran, dass es bei ihr zu Hause so einen Streit schon deshalb nie geben würde, weil da nichts war, was man erben könnte, außer ein paar alten Tassen und dem kleinen Wald vom Opa, wo im letzten Jahr der Sturm alles niedergemacht hatte. Und während sie versuchte, diese unterschiedlichen Welten miteinander zu vergleichen, bemerkte sie, wie sich gegenüber bei Paula Nowak die Gardinen bewegten. Gleich darauf stand Franziska vor ihrer Haustür und klingelte.
„Ach, das ist aber schön, dass Sie mich noch einmal besuchen kommen!", stellte die alte Frau erfreut fest und bat die

Oberkommissarin ins Wohnzimmer, wo Hansi auf seiner Stange saß und sie neugierig ansah.
„Wie geht es Ihnen?"
„Ach ja, die letzten Tage waren ganz schön aufregend." Sie lächelte Franziska traurig an. „Sonst kriegt man ja nicht so viel Besuch, aber auf einmal denken alle wieder an einen."
„Frau Weberknecht war bei Ihnen." Franziska stellte sich vor den Käfig und versuchte mit ihrem Fingernagel die Aufmerksamkeit des Vogels zu erregen.
„Ja, genau, das Hildchen hat mich heute besucht. Sie hat sich sehr verändert."
„Sie meinen der Tod ..."
„Nein, nicht der Tod, das Leben hat sie so verändert."
Die Kommissarin ging auf das Thema ein. „Ich glaube, sie merkt erst jetzt, wie wenig sie von ihrer Tochter wusste." Nachdem der Vogel noch immer keine Notiz von ihr nahm, ging sie zum Sofa hinüber und setzte sich.
„Ist das nicht jammerschade?" Die alte Paula sah Franziska mit traurigen Augen an. „Da haben sie so ein hübsches Kind und wissen gar nichts von ihr."
„Haben Sie denn mehr von ihr gewusst? Ich meine, Dinge, von denen ihre Mutter vielleicht nichts wusste?" Franziska wartete einen Moment, bevor sie hinzufügte: „Wissen Sie zum Beispiel, ob sie manchmal Perücken trug?"
„Im Theater doch ständig, das war ihr Leben, die Oper und die Bühne."
„Nein, ich meine in ihrer Wohnung. Trug sie privat auch Perücken, wenn sie ausging oder so?"
„Also, das weiß ich nicht, ich hab sie nie mit einer gesehen, aber vielleicht wollte sie das ja auch gar nicht."
„Wie meinen Sie das?"
„Na ja. Perücken trägt man doch, damit man nicht erkannt wird. Man will damit doch in eine andere Rolle schlüpfen, oder?"

„Ja", stimmte Franziska zu und holte das Foto von Walter Froschhammer heraus, der eigentliche Grund, warum sie gekommen war. „Ich habe Ihnen ein Foto mitgebracht. Ist das vielleicht der Mann, den Sie bei Sophia gesehen haben, ich meine, den vom Theater?"
Paula Nowak setzte ihre Brille auf und nahm dann das Bild in die Hand, um es sich lange anzusehen. Dann schmunzelte sie. „Ist der schwul?"
Franziska brauchte einen Moment, bis sie begriff. „Nein, der ganz bestimmt nicht. Im Gegenteil. Der ist hinter jedem Rock her."
„Aber warum lässt der sich dann die Haare nicht ordentlich schneiden?", fragte die Alte, was Franziska natürlich auch nicht beantworten konnte. Endlich begann sie zu nicken. „Ja, ich bin mir ganz sicher: Der war schon mal bei ihr hier." Sie tippte auf das Foto, um ihre Aussage zu bekräftigen. „Aber an dem Tag, als sie starb, da war der andere da. Der, den ich hab zeichnen lassen", betonte sie.

***

Franziska war schon auf dem Weg zum Oberstaatsanwalt, der am Domplatz sein Büro hatte, als ihr diese simple Feststellung noch immer im Kopf herumspukte. Perücken trägt man, damit man nicht erkannt wird. Ganz klar, dachte sie. Man will in eine andere Rolle schlüpfen. Für Schauspieler und Sänger war das bestimmt eine ganz selbstverständliche Tätigkeit. So, wie sie sich morgens ihre Stiefel anzog, setzte Sophia ihre Perücke auf. Und dann konnte sie völlig unerkannt durch die Stadt spazieren. Komisch war eigentlich nur, dass in der ganzen Wohnung keine Perücke zu finden war. Hatte der Täter sie mitgenommen? Aber warum? Sie rief Hannes an. „Lass dir doch mal Fotos schicken, um wel-

che Art von Perücken es sich handelt. Irgendwie lässt mir das keine Ruhe."
„Sonst noch was?", fragte Hannes.
„Nein, ich geh jetzt zu Schwertfeger und mach dann Schluss."
„Ich dachte, da warst du schon?"
„Ich war noch bei Paula Nowak und weißt du, was sie gesagt hat? Perücken trägt man, damit man nicht erkannt wird."
„Ja, klar, warum auch sonst!" Er schnaufte ein wenig, vielleicht war er mit dem Rad unterwegs.
„Aber ich frage mich jetzt, ob vielleicht auch unser Täter eine Perücke getragen oder sich sonst irgendwie getarnt hat, und ihn deshalb niemand kennt."
„Lass uns morgen weitermachen, ich muss noch einkaufen", erklärte Hannes seine Eile.
„Ja, dann bis morgen."
Sie wollte das Handy gerade in die Tasche stecken, als sie eine SMS von Walter Froschhammer bekam. Er wollte wissen, warum sie sich nicht gemeldet habe und ob sie nicht bei ihm im Museum für Moderne Kunst vorbeikommen wolle. Ohne zu zögern, und vor allen Dingen ohne zu überlegen, ob dies ein Fehler sein könnte, sagte sie zu.

***

Bisher hatte Hajo das Thema Kinder immer weit von sich geschoben. Er war, wie so viele, die er kannte, der Meinung, das hätte Zeit und am Ende würde es sich auch gar nicht lohnen, seine Gene weiterzugeben und einem Lebewesen diese Welt, in die es hineingeboren würde, zuzumuten. Doch als er nun in diesem großen Spielwarengeschäft stand und sich unter den Plüschtieren umsah, konnte er sich zum ersten Mal vorstellen, Vater zu werden. Dann würde er Spielsachen kaufen und mit seinem Sohn, natürlich würde es ein

Junge werden, auf dem Boden liegen und ganz in einer bunten Kinderwelt aufgehen. Das musste an Sibylle liegen. Sie war die erste Frau in seinem Leben, die ihm das Gefühl gab, angekommen zu sein. Wegen ihr stand er auch hier. Na ja, nicht ganz, aber sie hatte ihn auf diese Idee gebracht. Nach dem wundervollen Nachmittag auf seinem Sofa hatte sie ihn ihren Schmusebär genannt und das gefiel ihm so gut, dass er jetzt nach einem großen, kuscheligen Bären Ausschau hielt, um ihn ihr zu schenken. Die ganze Sache hatte nur einen Haken, es musste nämlich ein ganz besonderer Bär sein und der Verkäuferin, die ihn beriet und ihm die Vorzüge der verschiedenen Teddys anpries, konnte er die Kriterien, nach denen er auswählte, einfach nicht erklären. Aber schließlich hatte er sich doch entschieden. Er war gut sechzig Zentimeter groß, hellbraun, hatte ganz weiches Fell, einen anschmiegsamen Körper und es schien fast, als ob er lächeln würde. Hajo war sich sicher: Sibylle würde ihn lieben und, obwohl er ihre Wohnung noch immer nicht kannte, künftig nicht mehr aus ihrem Bett lassen.

***

Maria hielt sich am Tisch fest und starrte auf ihr Strickzeug. Achtlos lag es auf der Tischplatte, die Nadeln drohten jeden Moment herauszurutschen. Wer immer hier gestrickt hatte, hatte mittendrin aufgehört und war weggegangen. Sie hatte das Gefühl, als ob sie einen Schlag in den Magen bekommen hätte. Ihre Knie waren weich und in ihrem Kopf rauschte das Blut. Langsam ließ sie sich auf dem Stuhl nieder und blickte auf die schlampig gestrickten Reihen. Wer tat so etwas, und was sollte *sie* jetzt tun? Sie konnte doch unmöglich zu Schwester Klara rennen und fragen, wer in ihrer Abwesenheit an ihrem Strickzeug gewesen war! Das Ganze war genauso blöd und beängstigend wie die Sache

mit den Blumen. Bertl hatte recht, man würde ihr nicht glauben.
„Maria, bist du das?"
Sie schrak aus ihren Gedanken. „Ja, ja, natürlich!" Sie stand auf und ging zum Bett hinüber. „Wer sollte denn sonst hier sein?"
„Dann hab ich wohl geträumt." Lächelnd sah Margarethe Bachmeier sie an. „Stell dir vor, ich dachte, ich hätte Männerbesuch."
„Wie sah er denn aus, dein Männerbesuch?", fragte sie so harmlos wie möglich.
„Gar nicht mal so schlecht, für so eine alte Frau wie mich. Er hatte ein bisschen Ähnlichkeit mit dem Fernsehmonteur, der neulich bei uns war, du erinnerst dich?"
Maria musste sich setzen. „Margarethe, war der Mann am Wochenende bei uns im Haus?"
„Welcher Mann? Entschuldige ich bin noch ganz durcheinander. Meinst du, das kommt von dem Zeug, dass sie in mein Blut leiten?" Sie deutete mit dem Kopf nach oben auf den Infusionsständer.
Maria zuckte die Schultern. „Das kann schon sein, vielleicht kommt das auch von der Vergiftung."
„Weißt du, das versteh ich einfach nicht. Ich such mir doch keine schlechten Schwammerl! Ich kenn mich doch so gut aus."
Stimmt, dachte sie, und brachte es einfach nicht über sich, die Nachbarin einzuweihen. Stattdessen nahm sie ihr Strickzeug auf und begann, die schlampigen Maschen aufzuziehen, um dann wieder ordentlich weiter zu stricken, so als wäre nichts gewesen.
Als bald darauf Schwester Klara hereinkam, um nach der Infusion zu sehen, fragte Maria so unschuldig wie möglich: „Ach, Schwester Klara, wir überlegen uns gerade, welcher Neffe wohl hier war und ob sie uns den jungen Mann be-

schreiben könnten!"
„Frau Bachmeier, so einen Neffen vergessen Sie doch bestimmt nicht!"
Aber die alte Frau sah sie nur verwirrt an, weshalb sich Schwester Klara an Maria wandte. „Er trug einen feinen Anzug mit Krawatte. Er sah sehr gepflegt aus, hatte seine dunklen Haare mit viel Gel zurückgekämmt. Vielleicht eins achtzig groß. Ich würde ihn auf Mitte vierzig schätzen."
„Und würden Sie ihn wiedererkennen?"
„Aber natürlich. Wobei – er trug eine Sonnenbrille, komisch nicht?" Die Krankenschwester kicherte. „Als ob er was verbergen wollte."
Ja, dachte Maria spontan. Vielleicht, dass er *nicht* der Neffe von Margarethe Bachmeier war?

***

Franziska war ganz überrascht, dass sie direkt vor dem Museum für Moderne Kunst einen Parkplatz fand. Nachdem sie sich Suche und Fußweg erspart hatte, kam sie daher auch vor der verabredeten Zeit im Ausstellungsraum im oberen Stock an und erkannte schon von Weitem den Künstler, der an der Wand vor einem der Bilder stand.
An diesem Abend trug Walter Froschhammer einen schwarzen Strickpullover zu seiner ausgebleichten Jeans. Die Ärmel hatte er bis fast zum Ellenbogen hochgeschoben, sodass sie, während er mit der linken Hand das Handy ans Ohr hielt, das Spiel seiner Sehnen am Unterarm beobachten konnte.
„Du kriegst dein Geld, aber jetzt kann ich es noch nicht flüssigmachen, kapier das doch endlich!"
Er schien nervös und war ganz auf die Stimme des Gesprächspartners fixiert. Überhaupt hatte die ganze Szene etwas Intimes, weshalb Franziska hinter der Säule in der Mitte

des Raumes stehen blieb und darauf wartete, dass er mit dem Telefonat fertig war. Da er nicht zu ihr herübersah, konnte sie ihn von ihrem Platz aus in aller Ruhe beobachten, was ihr zunächst viel Vergnügen bereitete. Doch auf einmal kam Bewegung in seinen Körper, er drehte sich, so als müsse er das Bild, das vor ihm an der Wand hing, genau beobachten, und wendete ihr jetzt den Rücken zu. Hatte er denn tatsächlich nicht gehört, dass sie gekommen war?

Vor einer guten Stunde hatte sie sein Foto Paula Nowak gezeigt und sie gefragt, ob sie den Mann schon einmal bei Sophia Weberknecht gesehen habe, und die alte Frau hatte bestätigt: Ja, das sei der Mann aus dem Theater, und auch, dass an dem Tag, an dem Sophia starb, ein anderer bei ihr war. Einer von dem sie ein Phantombild hatten. Ein Mann mit ordentlichem Kurzhaarschnitt. Wenn das aber nun gar kein anderer Mann war, sondern vielleicht der gleiche mit einer Perücke? Und die alte Paula hatte gedacht, es wäre ein ganz anderer?

Heute waren seine Haare auf jeden Fall frisch gewaschen, zu einem ordentlichen Zopf zusammengebunden und gaben der Kommissarin die Möglichkeit, ungeniert auf seinen kräftigen Nacken zu starren. Es war ein sehr erotischer Anblick, wie sie erfreut feststellte. Der Pullover war lässig, aber nicht zu weit geschnitten, und so konnte sie seine breiten Schultern gut erkennen. Ihr Blick wanderte den Rücken hinunter, über den Hintern, der die Jeans wohlwollend ausfüllte und weiter die Beine entlang. Die Füße standen eine Handbreit auseinander. Ein guter Stand für ein wichtiges Telefonat.

„Ja, verdammt. Ich kümmere mich darum. Warte noch ein paar Tage. Ja, hab ich gesagt!"

Franziska hatte nicht die leiseste Ahnung, um was es in dem Telefonat ging, aber sie war sich sicher, dass sie nicht beim Lauschen erwischt werden wollte. Darum schlich sie sich leise zum Ausgang, wollte sich dort umdrehen und mit viel

Radau auf sich aufmerksam machen. So, als sei sie erst in diesem Moment die Treppe heraufgekommen.
Sie hatte den Ausgang noch nicht erreicht, da fasste er sie am Oberarm und drehte sie mit Leichtigkeit zu sich herum. Sie kratzte sich verlegen hinter dem Ohr.
„Wer spioniert denn hier in den Ausstellungsräumen herum und will sich dann einfach so verdrücken?“
Sie erfasste sofort, wie das alles auf ihn wirken musste, und wurde vor Verlegenheit angemessen rot.
„Ich, ich wollte doch nicht spionieren! Schließlich waren wir verabredet.“ Franziska versuchte, die Hitze in den Griff zu bekommen. „Ich bin nur bei Oberstaatsanwalt Schwertfeger schneller fertig geworden, und da war ich früher dran.“ Stammelte sie und hasste sich sofort dafür.
„Hey, und ich wollte Sie bestimmt nicht erschrecken! Ich freu mich, dass Sie da sind.“ Sein Lächeln machte den letzten Zweifel in ihr zunichte.
„Sie wollten mir was erzählen?“ Sie beeilte sich, auf sicheres Terrain zu kommen.
„Ja, richtig. Aber nicht hier, oder?“
Sie sah ihn verwundert an. Warum nicht? Hatte er am Ende doch mitbekommen, dass sie sein Gespräch belauscht hatte? Dann schüttelte sie den Kopf und versuchte, alle schlechten Gedanken beiseite zu schieben. Auch wenn ihr Kriminalerhirn kräftig Alarm schlug, ein Mann, der so lächelte, konnte doch kein Mörder sein.
„Wir haben da hinten einen gemütlichen Aufenthaltsraum, das wäre doch was?“, versuchte er sie weiter zu überreden. „Es sei denn, Sie wollen sich noch mal meine Bilder ansehen?“
„Ja, nein, also Aufenthaltsraum und sitzen wäre gut! Ich bin heute ohnehin schon viel zu viel herumgelaufen“, fügte sie nun ebenfalls lächelnd hinzu.
„Prima!“

Der Bühnenkünstler nahm sie an der Hand und zog sie zur Tür, löschte das Licht und ging mit ihr im Schlepptau durch den fast dunklen Flur bis zu einer schäbigen Holztür, die er öffnete, und eine schwache Deckenlampe einschaltete.
„El Paradiso!", schwärmte er und sah sie mit einem schiefen Lächeln an. „Was möchten Sie trinken?"
„Am liebsten Tee."
„Schwarz, grün, weiß? Oder sind Sie krank und stehen auf Kamille?"
Völlig überrumpelt lachte Franziska auf. „Nein, wirklich nicht. Aber bei der Auswahl und", sie warf einen raschen Blick auf ihre Uhr, „bei der Uhrzeit, würde ich sagen, einen grünen bitte."
„Sehr gern, aber nehmen Sie doch Platz." Mit zwei Handgriffen räumte Froschhammer einen Berg Tücher von einem alten Holzgestellsessel und hob ihn in eine bessere Position. Aha, dachte sie: Ganz schön stark! Dann zog sie ihren Mantel aus, legte ihn über die Lehne, setzte sich und ließ die bestiefelten Füße kreisen.
Froschhammer, der neben dem Wasserkocher stand, blickte interessiert zu ihr herüber. „Müde?"
„Ja", gestand Franziska, und ehe sie sich versah, kniete er auch schon vor ihr, öffnete den Reißverschluss der Stiefel und zog sie ihr aus.
„Aber ...", wollte Franziska noch protestieren, da hatte er schon ihren Fuß in der Hand und begann, ihn von den Zehen bis zur Ferse durchzukneten. Sie lehnte sich zurück, schloss die Augen und genoss die wunderbare Zuwendung in vollen Zügen. „Was wollten Sie mir erzählen?", fragte sie schon ein wenig schläfrig, riss sich dann aber zusammen. Schließlich ziemte es sich nicht für eine Polizistin, sich im Dienst die Füße massieren zu lassen. Auch wenn sie sich vorgenommen hatte, ihn auf die Probe zu stellen, um zu testen, wie weit er gehen würde.

„Später“, versicherte er.
Als er mit dem zweiten Fuß fertig war, kochte das Wasser und ein schriller Pfeifton riss sie aus ihrer Entspannung.
Der Künstler stellte den Kessel ab und befand: „Sie brauchen einen Mann, der es ab und zu gut mit Ihnen meint.“
„Das stimmt“, gab Franziska zu und wollte sich schon auf die Zunge beißen, aber er hatte ja so recht!
Der Tee, den sie gleich darauf in einem großen Becher in den Händen hielt, war viel zu heiß, um ihn zu trinken. Darum fragte sie noch einmal. „Was wollten Sie mir erzählen?“
Sie war jetzt wieder richtig wach und neugierig.
„Ach so, ja, natürlich, deshalb sind Sie ja hergekommen.“ Er blies in seinen Becher, gab dann aber ebenfalls auf und stellte ihn auf den Tisch. „Ich habe mir Ihre Fragen noch einmal durch den Kopf gehen lassen und, was soll ich sagen? Das Ensemble ist das Ensemble, aber ich gehe im Theater meinen eigenen Weg, und da sehe ich natürlich Sachen, die die anderen vielleicht gar nicht wahrnehmen.“
Sie nickte. Ihre Spannung stieg. „Und?“
„Carlos Rodriguez war in Sophia verliebt.“ Er sah sie aufmerksam an und Franziska dachte, gut, das hat mir Mimi Wagner auch schon gesagt.
„Aber macht ihn das verdächtig?“
Er zuckte mit den Schultern, „Ich weiß es nicht.“ Dann sah er ihr lange und tief in die Augen. „Ein Mann, der in eine Frau verliebt ist, bringt sie in der Regel ja nicht um“, gab er zu bedenken. Franziska nickte zustimmend.
„Es sei denn ...“
„Es sei denn was?“
„Er wird nicht erhört.“
„Sie sind doch auch nicht erhört worden“, neckte Franziska.
„Ich war auch nicht in sie verliebt. Ich wollte sie porträtieren, das ist etwas ganz anderes!“

Und sie lächelte wissend.
„Warum lachen Sie jetzt?"
„Ach, nur so!" Die Kommissarin riss sich zusammen. Das war kein Verhör, das war der reinste Flirt.
„Auf welchen Typ Mann stehen Sie?"
„Was?" Ging das hier nicht wirklich zu weit?
„Na, Sie müssen doch wissen, was Ihnen gefällt. Kleine, Große, Dünne, Dicke, Blonde, Dunkle. Mögen Sie lieber den intellektuellen Typ oder eher die Sportskanone?"
Abwartend sah er sie an.
Franziska fühlte sich in die Enge getrieben. „Ich mag Männer, die ein schönes Lächeln haben und es auch benutzen."
„Ich wusste, dass Sie einen guten Geschmack haben."
„Ja. Nahm Sophia eigentlich Drogen?"
„Wie kommen Sie denn jetzt darauf?"
„Ich kann Ihnen ja nicht alles verraten."
Sie lächelte unschuldig und er lachte zurück. Genau das will ich haben, dachte sie und riss sich zusammen.
„Drogen und Sophia, das kann ich mir eigentlich nicht vorstellen. Sie war so brav."
„Ich dachte, sie war ein böses Mädchen."
„Stimmt, also könnte sie auch Drogen genommen haben?"
„Wissen Sie es nun, oder nicht?"
„Nein, ehrlich gesagt weiß ich es nicht. Mit Drogen hab ich es nicht so. Ich trinke gern einen guten Rotwein, es darf auch mal ein Glas mehr sein, aber ich habe tatsächlich nie gekifft oder so. Mögen Sie Rotwein?"
„Hin und wieder."
Und dann lächelte er, weil er wusste, dass er sie schon wieder zu etwas verführt hatte, das sie nicht wollte.
„Aber im Ernst. Was sollen das für Drogen gewesen sein? Betrunken hab ich Sophia, glaub ich, nie gesehen, und gekifft wird im Theater nicht und ...", er machte eine Pause, in der er sie sehr intensiv ansah, ohne eine Miene zu verzie-

hen, „Sie glauben doch nicht, dass jemand auf der Bühne steht und gleichzeitig an der Nadel hängt?“
„Nein, wir denken an Amphetamine. Speed. Das kann man in Tablettenform zu sich nehmen. Haben Sie je gesehen, dass Sophia Tabletten geschluckt hat?“
„Kann schon sein. Jeder hat mal Kopfschmerzen oder so. Keine Ahnung.“
Sie nahm ihre Teetasse und trank in kleinen Schlucken. So kam sie mit ihm nicht weiter, zumindest nicht so, wie sie sich das vorgestellt hatte.
„Trug Sophia außerhalb des Theaters eigentlich Perücken?“
„Sie stellen Fragen! Nein, ich glaube nicht.“
„Und Sie? Haben Sie Perücken?“ Lauernd sah sie ihn über ihre Teetasse hinweg an.
„Für wen halten Sie mich?“
„Für einen Künstler.“
„Und die sind alle ein bisschen gaga?“
„Na ja, vielleicht ist es ja manchmal ganz hilfreich, in eine andere Rolle zu schlüpfen.“
„Wenn Sie das so meinen. Okay, ich hab ein paar Perücken in meinem Fundus. Manche Frauen fühlen sich nackt einfach nicht wohl in ihrer Haut. Wenn sie dann aber eine tragen und damit in eine andere Rolle schlüpfen, geht es gleich viel besser.“
„Und was sind das für Modelle?“ Franziska stellte ihre Tasse ab, sie war jetzt wirklich sehr gespannt.
„Blond, braun, schwarz, alle langhaarig.“
„Haben Sie die hier?“
„Wollen Sie es ausprobieren?“
„Nein, ich möchte sie nur sehen.“
„Schade! Ich habe sie in meiner Werkstatt in Meierhof. Aber wir können gern hinfahren und sie uns ansehen.“
Doch dieses Angebot lehnte Franziska erst einmal ab. Sie war sich ohnehin nicht sicher, ob sie sich mit dieser ganzen

Perückensache nicht gründlich verrannte.
„Schade, dass Sie schon gehen müssen. Aber ich darf Sie doch wenigstens noch zu Ihrem Auto bringen?“ Sie nickte.
„Wo parken Sie?“ Der Bühnenkünstler reichte ihr die Hand und half ihr aus dem Sessel.
„Direkt vor der Tür.“ antwortete sie fast entschuldigend.
„Wie praktisch für Ihre müden Beine. Dann bringe ich Sie eben bis zur Tür.“ Franziska hatte die Stiefel angezogen und Walter Froschhammer wartete darauf, ihr in ihren Mantel zu helfen. Sie wollte sich schon bei ihm bedanken, da fuhr seine Hand zärtlich in ihren Nacken und holte ihre Haare aus dem Kragen heraus. Langsam ließ er sie durch seine Finger rieseln und setzte damit einen wohligen Schauer in Gang, der sich über ihren ganzen Rücken ausbreitete. „Sie haben sehr schöne Haare.“
Sie wollte schon sagen „Sie auch!“, aber zum einen fand sie, das passe nicht für einen Mann, und zum anderen war sie im Moment gar nicht in der Lage, diesen Satz zu formulieren.
Gemeinsam gingen sie die Treppen hinunter, durch die Tür und standen gleich darauf vor ihrem Auto. „Ja, also, vielleicht sehen wir uns ja bei meiner Ausstellungseröffnung am Mittwoch.“ Er griff in seine hintere Hosentasche und zog eine Einladung heraus. „Es gibt ein paar Reden! Sie wissen ja, die Politiker lieben solche Veranstaltungen genauso wie wir Künstler, weshalb wir uns von Zeit zu Zeit zusammentun. Und es gibt ein köstliches Büfett, alles gesponsert.“ Er sprach ein bisschen schneller als sonst. War er am Ende aufgeregt?
„Mal sehen.“
„Ich würde mich sehr freuen!“
„Ja“, antwortete sie, stieg in ihr Auto, hob noch kurz die Hand zum Gruß und fuhr davon.
Franziska war völlig durcheinander, denn nachdem sie sich

in den abendlichen Verkehr eingereiht hatte, hämmerte es ununterbrochen in ihrem Kopf: *Der Kerl braucht Geld, der Kerl war bei Sophia Weberknecht zu Hause, der Kerl ist groß und stark, und sein Alibi für die Mordnacht hab ich noch immer nicht überprüft.* Und während sie all das auflistete und abwog, flatterte in ihrem Bauch ein aufgeregter Schmetterlingsschwarm und sie wusste einfach nicht, wie sie die Biester in den Griff kriegen sollte.

***

Reinhilde Weberknecht hatte sich ein Zimmer im Wilden Mann genommen. Das hatte sie noch nie getan, sich ein Zimmer zu nehmen. Nicht in Passau, nicht so nah bei der eigenen Tochter. Zum einen, weil es ja irgendwie albern war, Regensburg konnte man von Passau aus immer erreichen, es sei denn, sie hätte getrunken und das tat sie schon lange nicht mehr, und zum anderen hatte es sie immer nach Hause zu Karl gezogen, um den sie sich Sorgen machte. Aber heute machte sie sich zum ersten Mal mehr Sorgen um Sophia, und das, obwohl sie tot war.

Trotz der sündigen Süßspeise, die sie am Nachmittag mit der netten Kommissarin Steinbacher gegessen hatte, war sie gerade eben noch einmal schwach geworden. Mit viel Vergnügen dachte sie an den großen Teller voller gerösteter Knödel und der Scheibe Schweinsbraten mit dunkler Biersoße. Ihr Bauch war seit langem mal wieder voll. Zufrieden wölbte er sich unter dem Pulli, wie zuletzt, als sie mit Sophia schwanger war. Fast war ihr ein bisschen schlecht.

Reinhilde öffnete ein Fenster, atmete tief durch und blickte hinauf zum Oberhaus. Imposant lag es auf dem Berg, von Scheinwerfern beleuchtet. Das Oberhaus hatte schon immer allen getrotzt, so wie sie früher, bis Karl kam und sie mit seinem Geld und seiner feinen Art und seinem ganzen Gehabe einfach eingefangen hatte. Damals war sie achtzehn, hatte die Schule gerade hinter und ein langes Leben vor sich. Konnte es sein, dass sie damals zum letzten Mal wirklich glücklich war?

Sie holte die feine kalbslederne Lacktasche vom Bett und begann darin zu suchen.

Das mit der Heirat war zu früh gewesen. Das war ihr schon lange klar, aber sie wollte eben raus aus ihrem Elternhaus und einem Leben, das so ohne Perspektive war. Sie hatten in den Jahren nach dem Krieg doch nichts. Ihr Vater kam lange nicht aus der Gefangenschaft, und als er endlich wieder zu Hause war, da wünschte sich die Mutter, er wäre fortgeblieben. Das kann man heute nicht verstehen, aber er kam ja auch nicht mehr als der zurück, als der er einst gegangen war. Ein Fremder stand eines Tages in der Tür und rief ihre Namen, und sie sahen ihn nur erschrocken an. Fortan mussten sie mit ihm und seinen Albträumen leben, und nie verlor er ein Wort darüber, was er erlebt hatte. Das war das Schlimmste und die Angst, dass das, was sie in seinen Augen sah, eines Tages wahr werden könnte. Darum meldete sie sich beim Roten Kreuz und half im Hilfslazarett mit. Dort war man dankbar für jede Unterstützung und da traf sie die gute Paula, die sie anlernte und wie eine große Schwester, die sie nie hatte, beschützte. Und eines Tages kam er, Karl, und er nahm sie mit in seine Villa nach Regensburg und machte sie zu seiner Frau Gemahlin. Er war natürlich schon ein paar Jahre älter, und er wusste genau, was er wollte, genau wie sie, aber er konnte es sich leisten.

Reinhilde hatte die kleine Mappe mit den Fotos, die sie immer bei sich trug, gefunden, setzte sich aufs Bett und begann sie durchzublättern.

Die Familie hatte sie herzlich aufgenommen und sich sehnlichst Nachwuchs gewünscht. Kinder in die Welt zu setzen war schließlich das Ziel einer jeden guten Ehe. Und auch

Reinhilde wollte gern einen Stall voller Kinder großziehen, aber das Schicksal war grausam und schenkte ihr lange keinen Nachwuchs. So lange nicht, bis sie schon nicht mehr damit rechnete, überhaupt schwanger zu werden. Dann auf einmal, wie durch ein Wunder, war sie da, die kleine Sophia. Sie waren alle ganz verrückt nach ihr, und Karl erst. „Meine Tochter", „meine Augen", „meine Hände", eigentlich hatte sie alles von ihm, und wenn es nicht unmöglich gewesen wäre, dann hätte er am liebsten behauptet, das Kind selbst auf die Welt gebracht zu haben.

Bis zu dem Tag, den Reinhilde in ihrem ganzen Leben niemals mehr vergessen würde. Dem Tag, an dem der große Streit ausbrach. Es ging um die Fabrik, ums Erbe und ums Geld natürlich. Auf einmal, nach so vielen Jahren, hatte er am Ende doch begriffen, dass der große Zufall damals *zu* groß gewesen war. Dass er das, was er angeblich nie gesehen hatte, am Ende doch nur nie sehen wollte, und dass er sehr gut wusste, dass Sophia vielleicht gar nicht seine Tochter war.

Denn auf einmal sagte Karl in einem so ruhigen Ton, dass Reinhilde, die alles verfolgte, zusammenzuckte. „Du bist nicht meine Tochter! Ich habe immer gerne das Gegenteil geglaubt, obwohl so vieles dagegen sprach. Aber jetzt kann ich nicht länger so tun, als wärst du es!"

Traurig ließ sie die Fotos sinken, dabei fiel eines heraus und auf den Boden. Sie wollte sich bücken und erschrak, denn es war nicht irgendein Foto, es war das Foto von Christian. An jenem Tag offenbarte Karl, nachdem Sophia wortlos das Haus verlassen hatte, dass er Christian zu seinem Erben und Nachfolger ernannt habe, und nur mit vielen guten Worten gelang es ihr, ihren Mann so weit zu beruhigen, dass er seiner Tochter überhaupt einen Erbteil auszahlen wollte.

Lange hatte sie gedacht, so wäre es eine gute Lösung und es würde jetzt wieder Frieden einkehren in die Villa neben der Senffabrik. Frieden? Soweit das möglich war mit einem

Mann, der zusehends in sich zusammenfiel, und einem Neffen, der die Zügel fest in der Hand hielt und die Fabrik in eine glanzvolle Zukunft führen wollte, trotz Krisen und sonstiger Katastrophen.
Und jetzt lag auf einmal die Rechnung auf dem Tisch. Sophia war tot.
So viele Jahre hatte Karl mit der schönen Tochter geprahlt. Konnte es da sein, dass er sie wirklich geopfert hatte? Das eigene Kind, selbst wenn es das eines anderen war?
Und hatte Christian im Auftrag von Karl die Hand im bösen Spiel? Reinhilde bückte sich und hob das Foto auf. Es fiel ihr schwer. Am liebsten wollte sie es wegstecken, aber letztlich war Christian der Grund, weshalb sie gekommen und geblieben war. Sie musste wissen, was passiert war. Sie musste herausbekommen, ob er ihrer kleinen Sophia etwas angetan hatte.
Sie sah auf die Uhr. Zu gerne würde sie jetzt Paula anrufen, aber es war einfach schon zu spät. Sie schlief bestimmt schon. Die gute Paula, sie hatte sie vernachlässigt, und das würde sie sich nie verzeihen.
„Tu es, Hildchen", hatte ihre Freundin damals zu ihr gesagt. Sie hatte sie immer Hildchen genannt, weil sie das Kücken war. Hildchen, das war so lieb gemeint, aber sie hatte es nicht gemocht, es kam ihr so albern vor. Erst später in ihrer Ehe, als alles so kalt war, da hatte sie sich nach jemandem gesehnt, der sie liebevolle Hildchen nannte.
Vielleicht wusste Paula doch mehr, als sie zugegeben hatte, überlegte Reinhilde und legte sich angezogen aufs Bett. Darin hatte angeblich bereits Kaiserin Sissi geschlafen, erzählte man sich schon in ihrer Kindheit, und immer hatte sie sich gewünscht, einmal in der Lagerstatt der Kaiserin zu übernachten. Damals hätte sie nie gedacht, dass dieser Traum eines Tages wahr werden würde, und vor allem nicht, dass sie dafür erst so alt werden müsste.

Doch vielleicht passierte es einfach deshalb erst jetzt, weil sie erst jetzt die Parallelen erkannte. Auch die österreichische Kaiserin war nie wirklich glücklich gewesen, obwohl sie so reich und beliebt war. Aber Reinhilde verstand das. Die Menschen sahen immer nur den Vorteil des Geldes und nie seinen schlechten Charakter. Mit diesen Gedanken schlief sie ein und träumte tatsächlich von einem Baby. Als ob sie auf ihre alten Tage noch einmal schwanger werden könnte.

***

Franziska zog sich aus, steckte ihre Haare hoch und schaltete das Licht aus. Rund um die Badewanne hatte sie unzählige Kerzen angezündet. Das heiße Wasser hatte die Farbe von dunklem Violett angenommen und duftete nach Zimt und Beeren. Mit einem wohligen Seufzer glitt sie ins Badewasser, legte ihren Nacken auf ein zusammengerolltes Handtuch und schloss die Augen. Es gab für sie nichts Schöneres, um nach einem langen Tag zu entspannen und alles noch einmal Revue passieren zu lassen, als im duftenden Schaum ihrer Wanne zu versinken.

Alles, was sie im Fall Sophia Weberknecht wusste, stand in ihrem grünen Notizbuch.

Doch jetzt machten ihr nicht die Fakten zu schaffen, sondern ihre Gefühle. Selbst mit offenen Augen sah sie Walter Froschammer lächeln, und sofort legte sich auch auf ihr Gesicht ein wunderbares, glückliches Grinsen. Sie fühlte sich großartig und so unbeschwert wie schon lange nicht mehr. Ganz sachte ließ sie das Badewasser über ihre Brüste plätschern und stellte sich vor, wie es wäre, wenn er nicht nur ihre Füße massiert, sondern auch ihre Brüste berührt hätte. Zufrieden schaukelte sie in der Badewanne hin und her. Sie dachte an seinen herrlichen Hintern und den starken Nacken und daran, dass sie in seiner Gegenwart nicht richtig den-

ken konnte, er sie allein durch seine Anwesenheit ganz durcheinanderbrachte.
Und dann überlegte sie, warum er das wohl tat.
Vielleicht, um von sich abzulenken?
Oder von dem, was in ihrem grünen Notizbuch stand?
Von seinem Alibi, das sie noch überprüfen musste?
Plötzlich kam ihr Sweta in den Sinn, und dass sie sie ganz vergessen hatte. „Mir ist noch was eingefallen", hatte sie geschrieben, „wir treffen uns im Theater". Gleich morgen musste sie mit ihr reden, sie war schon sehr gespannt auf dieses Gespräch. Denn vielleicht hatte sie ja doch noch einen anderen wichtigen Hinweis. Einen, der nicht zu diesem selbstgefälligen Bühnenkünstler führte. Denn der war ihr schon viel nähergekommen, als sie sich eingestehen wollte.

***

Als Franziska am nächsten Morgen bei Maximilian Wertersbach an der Haustür klingelte, war sie sich sicher, dass sie den Mann soeben aus dem Bett geholt hatte. Verschlafen meldete er sich zunächst an der Gegensprechanlage, und als er kurze Zeit später in einem dunkelgrauen Hausmantel vor ihr in der Eingangstür stand, brauchte er einen Moment, bis er begriff, was sie eigentlich von ihm wissen wollte. Dann jedoch bat er sie mit einer freundlichen Geste in sein Arbeitszimmer, das über und über mit Skulpturen und Bildern überfüllt war. Eine Wand bestand nur aus Regalen, in denen sich Buchrücken an Buchrücken schmiegten, eine weitere wurde von einem großen alten Ledersofa eingenommen, das sicher einmal sehr teuer gewesen war, vielleicht ein Erbstück. Nachdem Maximilian Wertersbach einige Zeitschriften vom Sofa genommen hatte, bot er ihr einen Platz darauf an. Er selbst zog sich einen schlichten Sessel heran und setzte sich ebenfalls. Direkt vor den großen Terrassentüren stand ein wuchtiger Schreibtisch, der von unzähligen Papierstapeln schwer beladen war. Davor erstreckte sich ein herbstlicher Garten, in dem die Sträucher und Bäume bereits für die Winterruhe zurechtgestutzt waren, und in dem nur hier und da noch vereinzelt ein paar Astern und Fetthennen blühten. Im kalten Dauerregen wirkte er an diesem Tag nicht besonders einladend.

„Sie sind Kurator im Museum für Moderne Kunst?"

„Das ist richtig. Was kann ich für Sie tun, Frau Kommissarin?"

„Walter Froschhammer bereitet derzeit eine Ausstellung in Ihrem Museum vor."

„Auch das ist richtig. Vom Deponat zum Exponat, gewissermaßen."

Wertersbacher wurde munter, und Franziska beeilte sich, die nächste Frage zu stellen.

„Wo waren Sie in der Nacht vom 8. auf den 9. Oktober?"

„Warum fragen Sie das?"

„Ich brauche Sie als Zeugen."

„8. auf 9.?" Wertersbach stand auf und blätterte in seinem Kalender. „Das war Dienstag auf Mittwoch?" Eine Weile hörte man nur das Rascheln von Papier, während er seine Eintragungen studierte. „Ja, richtig, da war ich im Museum und hab mit Froschhammer einiges besprochen. Der Mann arbeitet ja am liebsten abends."

„So wie Sie?"

„Nein, ich nicht." Er setzte sich wieder in den Sessel und ordnete in aller Ruhe seinen Hausmantel.

„Ich bin dann auch schon bald wieder gegangen."

„Wann?" Franziska merkte, wie ihr ein Schauer über den Rücken lief.

„So gegen halb elf. Froschhammer sagte, er habe noch etwas vor. Er hatte eine gepackte Tasche mit Malutensilien dabei, da wollte ich natürlich nicht stören."

„Ach! Und wissen Sie, wo er damit hinwollte?"
„Nein, nicht wirklich. Aber wir haben noch über seinen Arbeitseifer gescherzt, weil diese Ausstellung sicher ein großer Erfolg wird, und er schon wieder auf der Suche nach geheimen Modellen ist."
„Hielt er seine Modelle denn geheim?"
„Manche schon. Ich weiß nicht, wie sehr Sie sich mit seiner Ausstellung befasst haben, aber ich denke, sie wird schon deshalb ein großer Erfolg, weil er sehr viele Persönlichkeiten der Stadt porträtiert hat und diese Arbeiten nun erstmals einem breiten Publikum vorstellt."
„Davon hat er uns erzählt. Und dann gibt es ja auch noch die Gerüchte, dass Herr Froschhammer eine ganz besondere Vorgehensweise bei seinen Arbeitssitzungen hat."
Wertersbach lachte laut auf. „Ach, das meinen Sie! Aber Frau Kommissarin, seit wann gibt denn die Polizei etwas auf Gerüchte? Obwohl ich zugeben muss, dass es sehr werbewirksam ist. Aber ich versichere Ihnen, es ist wirklich nur ein Gerücht. Sonst hätten wir diese Ausstellung natürlich nicht in unseren Räumen akzeptieren können."
Franziska beschloss den lockeren Plauderton, den Wertersbach angeschlagen hatte, beizubehalten. „Ja, das verstehe ich. Aber mein Problem ist eine tote junge Frau. Eine schöne noch dazu, und sie wurde so aufgefunden, als ob sie gemalt werden sollte, zum Beispiel von Walter Froschhammer, der das übrigens sehr gern getan hätte, wie er oft vor Zeugen gesagt hat. Und nun fragen wir uns natürlich, warum sie sterben musste. Weil sie das nicht wollte, was er, laut den Gerüchten, von seinen Modellen gefordert hat?"
Aus dem Gesicht des Kurators war inzwischen jede Farbe gewichen. „Mein Gott, das ist ja furchtbar. Wenn das an die Öffentlichkeit kommt, dann ..." Seine Hände krallten sich ins Sesselpolster. „Können Sie das nicht wenigstens bis nach der Eröffnung zurückhalten? Ist das sicher, dass Frosch-

hammer, ich meine, das ist doch nur ein Verdacht, oder haben Sie Beweise?"
„Nein, bisher haben wir keinen Beweis für seine Schuld, aber Sie waren sein Alibi."
Er nickte. „Ich verstehe. Aber ich versichere Ihnen auch, dass der Mann Ihnen nicht wegläuft. Ich werde mit ihm reden."
„Nein, bitte, das würde ich gern selbst übernehmen. Aber vielleicht fällt ihnen ja doch noch etwas ein? Etwas, das auf die Verabredung von Herrn Froschhammer vom 8. Oktober hinweist."
„Ja, natürlich. Nur, nein, im Moment leider nicht."
Franziska reichte ihm ihre Karte und verabschiedete sich zügig. Sie hatte es eilig. Und sie war richtig sauer.

***

„Siehst du Hansi, jetzt ist unser Hildchen wieder da." Die alte Paula beugte sich über den Käfig und klopfte mit dem Fingernagel dagegen. „Aber sie hat sich ganz schön verändert, findest du nicht? Nein, ich meine nicht, dass sie älter geworden ist. Das sind wir doch alle, du auch! Ich meine, ihr Charakter hat sich verändert, sie ist nicht mehr so, ja, wie soll ich sagen? Ich weiß ja auch nicht, was es war, das Geld oder dieser Karl?"
Der Vogel saß auf seiner Stange und rührte sich nicht.
„Im Wilden Mann wohnt sie jetzt. Dabei hätte sie doch bei uns wohnen können. Aber das ist ihr bestimmt nicht fein genug. Du, den Wilden Mann könnten wir beide uns nicht leisten." Und dann lachte Paula, weil sie sich vorstellte, wie sie mit Hansi dort einzog.
Sie führte oft solche Gespräche, aber nicht, weil sie nicht mehr ganz richtig im Kopf war. Sie konnte noch sehr gut über alles nachdenken. Nein, es war nur die Einsamkeit, und Hansi war ein verdammt guter Zuhörer.

Vor einer Stunde hatte Reinhilde sie ganz überraschend besucht, und Paula hatte sofort gespürt, dass die alte Freundin etwas auf dem Herzen hatte. Sie hatte ihr von dem schönen Zimmer mit dem herrlichen Blick aufs Oberhaus vorgeschwärmt und vom Frühstück im Adalbert-Stifter-Saal mit Aussicht auf den Dom erzählt. Davon, dass Karl so krank sei, und schließlich hatte sie ihr, wie beiläufig, ein Foto von dem Neffen gezeigt, der jetzt die Senffabrik leitete, und sie gefragt, ob der denn auch mal bei Sophia gewesen sei.
„Das ist es, was unser Hildchen umtreibt, Hansi! Sie hat Angst, dass die eigene Familie dahintersteckt." Paula holte einen Knabberkolben und hängte ihn an eine der Stangen, sodass Hansi seine Gleichgültigkeit aufgeben und sich das fremde Ding in seinem Käfig wenigstens einmal ansehen musste.
„Die haben immer so getan, als wollte die Sophia die Firma nicht. Aber die war wie Hildchen! Die wollte alles! Das müssen die Weberknechts doch gemerkt haben. Oder meinst du, die wollten das einfach nicht sehen?"
Hansi sah tatsächlich kurz auf, äußerte sich aber nicht.
„Der Neffe ist jetzt natürlich auch in einer blöden Situation. Er hat die Firma, und die Sophia hat das Geld. Der Alte käme natürlich nie auf die Idee, aber Hildchen hat ganz richtig kombiniert. Die zwei hätten sich zusammentun können. Wäre ja auch kein Problem gewesen, wenn die Sophia nicht so stur gewesen wäre. Anscheinend traute Hildchen dem Neffen alles zu. Der ist vielleicht wie der Karl, das wissen wir beide ja nicht! Und darum wollte sie jetzt von mir wissen, ob der Neffe bei Sophia war. Dann wäre sie heimgefahren und hätte die beiden gefragt, ob es stimmt, und dann wäre Hildchen am Ende auch noch in Gefahr. Könnte ja sein? Bei den beiden wusste man das ja nie, nicht mein Kleiner? Nein, da habe ich lieber nichts gesagt, schließlich bin ich ja auch schon ganz schön alt, und wenn man bei

mir nicht wohnen kann, dann kann man von mir auch keine Auskünfte erwarten. So ist das mit der alten Paula."
Sie drehte sich vom Käfig weg und blickte hinüber zur Postackerstraße 7. Lange sagte sie nichts, bis sie endlich fortfuhr. „Ich hab ihn schon gesehen, da drüben, wie er ums Haus herumschlich. Aber ich habe bis heute nicht gewusst, dass das der Neffe und Thronfolger vom alten Weberknecht ist, und auch nicht, dass er für Sophia gefährlich sein könnte."

***

Bei seiner Recherche im Internet stieß Hauptkommissar Brauser auf die Geschichte, die ihm Rektor Wedemann schon erzählt hatte. Mit dem Unterschied, dass es dort, wo heute die Passauer Bürger ihre Freizeit verbrachten, am Ende des Krieges noch mehr Tote gab. Er überflog die Kriegserinnerungen und war sich in diesem Falle sicher, dass sie zu keinem Racheakt geführt haben konnten. Denn, so traurig es war, hier handelte es sich um die Erschießung von über einhundert russischen Kriegsgefangenen. Trotzdem schauderte ihn ein wenig. Man vergaß so leicht.
Dann rief er bei Josef Wallenstein an und fragte ihn, ob sein Bruder vielleicht ein Sympathisant der braunen Szene gewesen sei. Der war entsetzt. „Aber nein, ganz im Gegenteil! Wie kommen Sie denn darauf?"
Brauser sagte, sie hätten Hinweise bekommen, es bestehe die Möglichkeit, es sei aber alles sehr vage ...
„... und kompletter Blödsinn!", entsetzte sich Wallenstein. „Im Vergleich zu seiner Frau war mein Bruder nicht besonders politisch, vor allem nicht engagiert. Vielleicht auch gerade wegen seiner Frau. Auf jeden Fall war er nie ein Freund rechtsextremer Gedanken."
Na gut, dachte der Kommissar. Trotzdem blieb die Möglichkeit, dass Klaus Wallenstein jemanden provoziert hatte.

Und dann musste er sich eingestehen, dass er trotz des Fotos und dem Fund der Waffe keinen Schritt weitergekommen war. Doch das sollte sich schon sehr bald ändern.

***

Als die schwere Eichenholzhaustür hinter ihr ins Schloss gefallen war, verschwand das Höflichkeitslächeln endgültig aus Franziskas Gesicht. Was jedoch nicht am Regen lag, der noch immer nicht nachgelassen hatte. Sie war stinksauer auf diesen blöden Bühnenkünstler Walter Froschhammer, und vor allem auf sich! Denn er war schließlich von Anfang an ein Verdächtiger gewesen und sie hatte ihn zu nah an sich herangelassen. Sie hatte ihm geglaubt und es noch nicht einmal für nötig befunden, sein Alibi zu überprüfen. Nun tat sie es endlich, und da stellte sich heraus, dass es keinen Pfifferling wert war, ja, dass er sich noch nicht einmal die Mühe gemacht hatte, jemanden zu finden, der für ihn log und dem man das erst einmal nachweisen musste. Mit der Fernbedienung entriegelte sie ihr Auto, hielt den Mantel vor dem Körper zusammen und rannte dann die wenigen Meter vom schützenden Hausdach bis zur Fahrertür, um sich vor dem Regen in Sicherheit zu bringen. Als sie im Trockenen saß, holte sie ihr grünes Notizbuch heraus und begann mit den Eintragungen. Dabei strich sie als Erstes das Wort Alibi unter Froschhammers Aussage durch. Dann vervollständigte sie die Aussage von Wertersbach mit eigenen Eindrücken. Glaubte der Kurator, dass es sich bei den Gerüchten wirklich nur um Klatsch handelte? Oder wollte er es nur glauben, um eine saubere Weste zu haben und anschließend sagen zu können: Wir haben von nichts gewusst. Der Künstler hat uns glaubhaft versichert, blablabla.

Kopfschüttelnd steckte sie ihr Notizbuch ein und holte stattdessen das Handy heraus. Sie war mit Schwertfeger verab-

redet, und es war an der Zeit, Hannes davon zu unterrichten.
„Bist du schon im Büro?“
„Nein, ich bin noch im Theater.“
„Prima, dann treffen wir uns in einer halben Stunde in der Sparkasse. Ich hol nur noch schnell die richterliche Verfügung und dann wissen wir, ob sie eine Zockerin war oder wo ihr Geld hingegangen ist.“
„Hey, das ging aber schnell!“
„Ja, dann bis gleich.“

***

Als sie kurze Zeit später dem Anlagenberater Thorsten Möller-Wick erst die Legitimationsvollmacht und anschließend den Depotauszug vorlegten, sagte der zunächst nur: „Ja, Frau Weberknecht war eine sehr gute Kundin der Sparkasse.“
„Und war sie eine Spielernatur?“
„Was meinen Sie damit?“
„Ich meine, ist sie leichtfertig mit ihrem Geld umgegangen, neigte sie zu riskanten Anlagen?“
„Wie soll ich das sagen? Frau Weberknecht kannte sich sehr gut aus, zumindest so weit ich das beurteilen kann.“ Möller-Wick studierte die Auszüge und schüttelte hin und wieder den Kopf.
„Allerdings hat sie tatsächlich in hochspekulative Papiere investiert, dabei aber eigentlich nur Gewinne gemacht. Unter uns gesagt, konnte ich das manchmal selbst kaum nachvollziehen. Wissen Sie, als sie zu unserem Kreditinstitut kam, habe ich sie ausführlich beraten, aber irgendwann kam sie eigentlich nur noch mit ganz festen Konzepten. Sie wusste, was sie wollte. Ich denke, sie las sehr viel oder sie hatte jemanden, der ihr Tipps gab, anders ist das nicht zu erklären.“

Franziska wunderte sich, weil sie keine Fachliteratur in Sachen Wertpapierhandel gefunden hatten, und wollte deshalb noch nicht das Thema wechseln.
„Dann erklären Sie mir mal, warum sie laut diesem Depotauszug nur noch einhundertfünfzigtausend Euro besitzt, obwohl es ursprünglich fünfhunderttausend waren?"
Der Bankberater schien erleichtert.
„Das ist kein Geheimnis. Sie hat vor eineinhalb Jahren ziemlich viele Aktien verkauft und den Erlös in eine Immobilie gesteckt."
„Ach!" Franziska sah Hannes an und konnte sich ein anerkennendes Lächeln nicht verkneifen. „Darüber haben wir aber auch nichts in der Wohnung gefunden."
„Hat denn ihre Familie nichts davon erzählt?"
„Nein", sagte sie nachdenklich. „Scheint alles ziemlich geheim abgelaufen zu sein. Wissen Sie denn, um welche Immobilie es sich handelte?", wandte sie sich erneut an Möller-Wick.
„Tut mir Leid, das kann ich Ihnen nicht sagen. Ich habe nur eine Kontonummer, auf die das Geld überwiesen wurde."
„Na ja, gut, aber irgendjemandem gehört die Kontonummer ja sicher auch, oder?"
„Ja, natürlich."

***

Franziska hatte noch keine Zeit gefunden ihren Mantel aufzuhängen, da kam auch schon Hannes zur Tür herein, tropfnass vom anhaltenden Regen. Doch als sie zu einer spöttischen Bemerkung ansetzen wollte, nämlich, dass es manchmal eben doch besser war, mit dem Auto zu fahren, fiel ihr Blick auf Ramona, die gerade versuchte, ihre verrotzte Nase und die verheulten Augen vor ihrem Kriminalerblick zu verbergen.

„Was ist denn mit dir los?“, fragte sie vielleicht ein wenig zu forsch, woraufhin die Sekretärin erneut in Tränen ausbrach. Etwas linkisch reichte Hannes ihr seine völlig durchnässten Taschentücher und rang ihr damit ein kleines Lächeln ab. Immerhin war der Kerl selbst tropfnass, stand in einer Pfütze neben ihrem Stuhl und sah sich suchend nach etwas um, womit er seine Haare trocken rubbeln konnte.
Kopfschüttelnd nahm Ramona das Geschirrtuch, das neben der Kaffeemaschine hing, und reichte es ihm. Dann kramte sie kurz in ihrer Handtasche herum und zog ein funkelnagelneues Handy heraus. „Das ist passiert“, sagte sie mit unerwartet fester Stimme.
Franziska nahm es in die Hand und pfiff anerkennend. „Schick, so eins hätte ich auch gern.“
„Ach“, winkte Ramona ab, „wenn du wüsstest, was da drauf ist.“
„Na, was denn?“
„Lauter brutale Sachen eben!“ Schon wieder standen ihr die Tränen in den Augen, weshalb Franziska um den Schreibtisch herumging und ihr tröstend den Arm um die Schultern legte. Sie dachte, Ramona sei der einzige Mensch, der nicht wusste, dass solche Sachen oft nicht real stattgefunden hatten, sondern nachgestellt wurden.
„Warum musstest du ihnen auch so ein teures Ding kaufen? Mit meinem kann man gar keine Filme schauen“, erklärte Franziska leichthin.
„Aber das hier hab gar nicht ich gekauft, das hat sie von ihrem Freund. Kann man das denn nicht verbieten?“ Ramona schaffte es nur mühsam, die Tränen zurückzuhalten.
Franziska zuckte mit den Schultern. „Na ja, mit Freunden ist das so eine Sache ...“
Ramona holte hörbar Luft und sah ihre Kollegin ungeduldig an. „Ich meine diese Filme.“
„Jetzt zeig halt mal her. Vieles ist ja schon verboten, aber

deshalb findet es sich trotzdem immer wieder auf irgendwelchen Handys."
Ramona drückte ein paar Tasten, fand nicht gleich die richtige, hatte aber wenig später den Film, über den sie sich so sehr aufgeregt hatte, gefunden. „Hier."
Franziska nahm das Handy, sah, staunte und schrie. „Aber das ist der Tatort Wallenstein!"
Dreimal sah sie sich den Film an und dann rannte sie, ohne Ramona weiter zu beachten, in Richtung Chefzimmer: „Chef, das müssen Sie sehen!"
Brauser kam, vom Lärm aufgeschreckt herausgerannt, und seine Kollegin hielt ihm das Handy mit dem laufenden Film unter die Nase. Auch er erfasste sofort, was Franziska ihm da zeigte. „Das muss der Wallenstein-Tatort sein!" Sie nickte.
„Woher hast du das, Mädchen?"
Franziska sagte: „Von Ramonas Tochter Julia." Der Hauptkommissar wollte so schnell wie möglich an ihr vorbei, doch Franziska hielt ihn am Arm fest. „Chef, seien Sie bitte ein bisschen nett zu ihr. Sie ist schon ganz fertig." Er nickte, machte sich los und schrie: „Ramona, woher zum Teufel haben Sie das?"
Die Sekretärin schniefte und war kurz davor, erneut die Fassung zu verlieren, aber Franziska stellte sich schützend vor sie und funkelte ihren Vorgesetzten drohend an. „Bitte!"
„Ja, ja, ist ja schon gut!" Er räusperte sich kurz und fragte dann in einem fast neutralen Ton: „Also, woher hat Ihre Tochter den Film?"
„Ich weiß nicht. Von irgendwelchen Freunden. Wahrscheinlich von diesem Andi, der ihr ja auch das Handy geschenkt hat, oder was weiß ich. Von diesen Typen halt, mit denen sie immer rumhängt."
„Denen aus der Innblick-Schule?", versuchte Franziska ihr auf die Sprünge zu helfen.

„Ich glaube schon“, schniefte sie noch immer.
„Wo ist deine Tochter jetzt?“
Ramona warf einen Blick auf die Uhr. „In der Schule hoffe ich.“
„Okay, ich lasse sie holen.“
„Aber ...“
„Hör mal Ramona, Julia ist jetzt eine wichtige Zeugin für uns. Dir muss man doch nicht erklären, wie wichtig sie ist“, beruhigte sie Franziska und drückte sie auf ihren Stuhl. „Komm, zeig mir, wo du den Tee versteckt hast, dann mach ich uns einen.“

***

Als der Film im PC gespeichert war und mithilfe des Beamers auf die Leinwand geworfen wurde, stieß Mona von der KTU einen anerkennenden Pfiff aus. „Tolle Qualität!“, urteilte sie, die sich auf Computertechnik spezialisiert hatte. Dann herrschte Stille im Raum. Denn im gleichen Moment fanden sich alle auf dem Parkplatz in Ingling wieder, dort, wo sie am 17. August Wallenstein tot und mit zerschossenem Gesicht gefunden hatten. Die Datumsanzeige stimmte. „Ein Videoprotokoll von einem Mord hatten wir bisher auch noch nicht“, stellte Mona fest und konzentrierte sich auf jedes noch so winzige Detail, das auf der Leinwand erschien. Nein, dachte Brauser. Und es ist auch nicht das Protokoll eines Mordes, sondern nur das der Verstümmelung einer Leiche.
Wallenstein saß zwar am Steuer, und auf den ersten Blick sah es auch so aus, als ob er schliefe, aber der Kommissar war sich ganz sicher, er war zu diesem Zeitpunkt bereits tot. Gestorben an einer Luftembolie in der rechten Herzkammer. Aufrechtgehalten von einem straff gezogenen Gurt und einem Strick um seinen Hals, den man auf dem Video fast

nicht erkennen konnte, weil sein Kopf so schwer auf der Brust hing, wie es nun mal der Fall war, wenn kein Leben den Körper mehr aufrecht halten konnte.
Dann war die Aufzeichnung auf einmal verwackelt. Es schien etwas passiert zu sein, was den Beobachter aus der Fassung brachte. Laut grölende Stimmen waren zu hören und die Qualität wurde viel schlechter als vorher. Trotzdem erkannte man, dass mehrere Personen sich dem Mercedes näherten, die Türen öffneten und nach etwas zu suchen schienen. Schließlich wurden sie noch lauter, bis der erste Schuss fiel und die Windschutzscheibe des Autos zerbarst. Dann herrschte für einen Moment Ruhe. Statt des Autos war auf der Leinwand jetzt ein wüster Streit zu sehen. Es schien um die Waffe zu gehen, aber leider war es zu dunkel, um Gesichter zu erkennen.
„Das muss unbedingt nachbearbeitet werden", seufzte Mona und wollte schon abbrechen, aber Brauser winkte ab.
„Nein, lass mal, das schauen wir uns jetzt an und dann kannst du sehen, was du damit machst. Das hat dann immer noch Zeit."
Auf einmal hielt einer den Revolver in der Hand und richtete ihn zielsicher auf den Mercedes. Ohne lange zu zögern schoss er, schien aber nur die Karosserie getroffen zu haben, denn eine Geste verriet seinen Unmut. Sofort drängte sich der Nächste neben ihn, riss ihm die Waffe aus der Hand und schoss ebenfalls. *Wieder nichts*, schien auch seine Körperhaltung nach dem Schuss auszusagen. Der nächste Schütze dagegen ließ sich Zeit, nahm in aller Ruhe seine Position ein, und als seine Kugel abgefeuert war, riss er siegessicher die rechte Hand empor. So ging es noch zweimal, bis sie feststellten, dass sie ihre Munition verschossen hatten. Daraufhin machten sie sich grölend und, wie es schien, ohne noch einmal nach Wallenstein zu sehen, aus dem Staub. Zurück blieben zwei stumme Zeugen: Wallenstein und der, der

mit seinem Handy alles aufgenommen hatte. Die Meute schien ihn nicht bemerkt zu haben.

***

Nach der Filmvorführung folgte Franziska den Ermittlern Gruber und Obermüller in ihr Büro. Die beiden gingen noch immer den unzähligen Hinweisen nach, die nach einem aufsehenerregenden Fall zuhauf eingingen.
„Und, gibt's was Neues im Fall Weberknecht?" Abwartend sah sie von einem zum anderen.
„Jede Menge." Gruber schob ihr einen Stuhl hin, nahm ein Gummiband aus der Hosentasche und band sich damit die Haare zusammen, bevor er sich ebenfalls an seinen Schreibtisch setzte.
„Ich meine etwas Brauchbares."
„Ich weiß nicht, sag selbst. Da hat zum Beispiel eine Frau angerufen und gesagt, ihr Mann hätte eine Affäre mit Sophia Weberknecht gehabt ..."
„Und was sagt der Mann dazu?"
„Jetzt lass mich doch erst mal ausreden. Ich habe sie gefragt, woher sie das weiß. Ob ihr Mann ihr das erzählt hat oder so, und sie sagte: Er hat ihr Bild in der Zeitung angeschmachtet." Gruber lachte über diese Anekdote, immerhin brachten solche Geschichten ein bisschen Spaß in den Alltag eines Ermittlers.
„Werdet ihr den Mann trotzdem befragen?"
„Müssen wir ja wohl!", mischte sich Obermüller in das Gespräch ein. „Aber stell dir das mal vor, das ist ja wie bei der Stasi. Du schaust morgens verschlafen die Zeitung durch, und schon hast du eine Anzeige von der eigenen Frau an der Backe."
„Ja", gab Franziska zu, „das ist hart. Hat sich eigentlich schon jemand auf unser Phantombild gemeldet?"

„Nein, und wer weiß, ob es so jemanden überhaupt gibt oder ob der nur in der Fantasie von Paula Novak existiert."
„Ich hätte da noch was für euch", Franziska wartete, bis sie nachfragten.
„Lass hören!"
„Walter Froschhammer. Bühnenkünstler und freischaffender Künstler. Ich will alles über ihn wissen." Sie reichte Gruber ein Foto.
Obermüller sah ihm über die Schulter auf das Foto und dann amüsiert zu Franziska. „Aha, so muss also ein Mann aussehen, für den du dich interessierst."
„Er ist ein Verdächtiger", konterte sie lahm.
„Hannes sieht das ja wohl anders."
„Tut er das?" Sie tat völlig gleichgültig. „Der Mann steht bis auf Weiteres im Verdacht, Sophia Weberknecht erschlagen zu haben. Du glaubst doch nicht im Ernst, dass ich mich mit so jemandem einlasse?"
„Nein", erklärte Obermüller feierlich, „niemals!"
„Danke", nickte Franziska in seine Richtung, konnte das unterdrückte Grinsen aber sehr wohl sehen. „Also, dann bis später."

***

Ramona wollte sofort zu ihrer Tochter gehen, als diese von den Streifenbeamten in den Saal geführt wurde, doch Franziska nahm sie am Arm und hielt sie zurück. „Lass mal. Der Chef wird sie schon nicht auffressen."
Ramona nickte. „Ja, vielleicht tut ihr das mal ganz gut." Fragend sah Franziska sie an. „Ach, wir hatten Streit, weil sie Samstagnacht einfach nicht nach Hause kam. Franziska, ich will doch nur ihr Bestes! Sie ist schließlich erst fünfzehn. Ich kann sie doch nicht in ihr Unglück rennen lassen!"
„Und deshalb hast du ihr das Handy weggenommen?"

Ramona nickte. „Ich weiß, dass das nicht richtig war, aber sie hat einfach nicht mit mir geredet."
Die Kommissarin fühlte sich hin und her gerissen. Auf der einen Seite konnte sie Julias Wut verstehen, denn ein Handy war Privatsache. Auf der anderen Seite waren sie sehr froh darüber, dass sie den Film gesehen hatten.
„Ich gehe rein, vielleicht kann ich ja ein bisschen vermitteln, okay?"
Als sie in den Raum kam, lief der Film vom Handy gerade in den letzten Sequenzen. Die Schüsse fielen und dann war Schluss. Hauptkommissar Brauser schaltete das Licht an und wartete auf eine Reaktion von Julia.
„Wie geil ist das denn? Auf Leinwand sieht das ja noch viel besser aus", schwärmte diese mit einer Stimme, die zu zaghaft klang für ihre starken Worte.
„Weißt du, was du da gerade gesehen hast?"
„Ein voll geiles Movie!"
Brauser atmete tief durch und sah sie dann durchdringend an. „Mit einem voll geil toten Hauptdarsteller?", fragte er und bemühte sich ruhig zu bleiben.
Als sie darauf nichts antwortete, fügte er hinzu: „Allerdings starb er nicht einfach so, weil es ihm Spaß gemacht hat oder weil er dafür eine Menge Geld bekommen hat, sondern weil er brutal ermordet wurde! Und glaub mir, er fand das überhaupt nicht geil oder cool, sondern einfach nur schrecklich. Brutal und grausam! Er starb mit einer fiesen Angst im Nacken und er hätte sich gern gewehrt, denn er hing an seinem Leben, weißt du. Er war ja auch noch viel zu jung zum Sterben, auch wenn du vielleicht meinst, er sei alt genug gewesen. Aber das war er nicht! Und er hatte noch viel vor, verstehst du, und diese Chance auf sein restliches Leben, die wurde an einem einzigen Tag mit einem einzigen Entschluss zunichte gemacht. Gegen seinen Willen! Willst du noch mehr hören?"

Der Kommissar hatte seine Stimme stark erhoben. Ein anderer hätte vielleicht geschrien, aber Brauser tat das nicht. Brauchte er gar nicht, denn er spürte ja, dass das Mädchen vor ihm genug gehört hatte, und dass sie ihm gleich alles erzählen würde.
Tatsächlich rang Julia mit ihrer Fassung, sie wäre jetzt doch froh gewesen, wenn ihre Mutter da gewesen wäre.
„Das wusste ich nicht“, sagte sie kleinlaut und beobachtete Brauser genau. Sollte er noch einmal loslegen, würde sie sich die Ohren zuhalten und gar nichts mehr sagen. Bestimmt konnte er sie nicht zwingen. Die Bilder waren ohnehin schlimm genug, aber Andi hatte gemeint, das wäre ein verdammt geiles Video und das müsste sie einfach auf ihrem Handy haben.
„Ich wollte das nicht!“, sagte sie auf einmal.
„Was wolltest du nicht? Dass er stirbt?“ Erst als Franziska sich in die Unterhaltung einmischte, bemerkte Julia die Oberkommissarin.
„Aber damit hab ich doch gar nichts zu tun!“, schrie Julia aufgebracht und drehte sich entsetzt zu Franziska um.
Die war total verblüfft und fragte: „Aber was war es dann, was du nicht wolltest?“
„Na, das Video, auf meinem Handy. Das ist doch nur wegen Mama, weil die sich immer so aufregt und ...“ Sie brach ab, wusste auf einmal nicht mehr, wie sie ihren jugendlichen Zorn auf die Mutter und das Leben erklären sollte.
Franziska nickte. Sie glaubte ihr sofort.
„Und von wem hast du das Video?“
„Von Andi“, gab sie ohne Weiteres zu, „der hat mir das Handy geschenkt, und da war das Video drauf.“
„Und Andi hat das Video gemacht?“
„Nein! Nein, bestimmt nicht.“
„Wer dann?“
„Ich weiß es nicht.“

„Hör mal Julia, der, der dieses Video gedreht hat, der hat ein schlimmes Verbrechen beobachtet. Das, was du hier siehst, ist nur der Schluss. Dem Ganzen ging aber die eigentliche Tat voraus, verstehst du?"
Hauptkommissar Brauser stand auf und holte vom Schreibtisch einige Fotos. Franziska hielt die Luft an. Tatsächlich, es waren die Fotos von Klaus Wallenstein, so wie er nach dem Beschuss aussah. Zögerlich hielt er Julia eines der Fotos entgegen. „Hier, siehst du, so haben wir den Mann aus dem Auto geholt." Er wartete einen Moment, ehe er weitermachte. „Irgendjemand ist dafür verantwortlich, dass er so zugerichtet wurde und du kennst denjenigen, der uns helfen kann, den Schuldigen zu finden."
Julias Blick war starr, ihr Gesicht hatte jede Farbe verloren und ihre Finger krampften sich um das Foto, das sich unter diesem Griff langsam wellte. „Lorenz Wagenbauer", flüsterte sie schließlich tonlos und kaum hörbar, aber bei Brauser hatte es sofort klick gemacht. Natürlich! Der Junge, der so tolle Papierflieger basteln konnte.
„Was ist mit ihm?", fragte er trotzdem nach.
„Er hat gesagt, der Film ist von ihm, aber ich darf es niemandem sagen."
„Warum nicht?"
„Das weiß ich nicht, aber vielleicht, weil ihn die anderen nicht so gern mögen. Er gehört nicht dazu, verstehen Sie? Er durfte auch nie zu den Treffen der Clique kommen."
„Hat er sich daran gehalten?"
„Er hat sie manchmal heimlich beobachtet."

***

Sein Schreibtisch im Medienzentrum war übervoll mit Zetteln und Computerausdrucken und selbst er, der wusste, wofür er das alles brauchte und wie wichtig jedes einzelne Detail war, erkannte darin bisweilen ein heilloses Durcheinander. Neben einigen anderen, mehr oder weniger interessanten Artikeln, arbeitete Hajo gerade mit Druck an seiner Exklusivgeschichte. Inzwischen hatte er das gesamte Material ausgewertet und sein Entsetzen wuchs von Minute zu Minute. Dachte er anfangs, es gehe nur um Bruno, so musste er jetzt einsehen, dass noch viel mehr Menschen in die Geschichte verstrickt waren. Bei dem Gedanken an Bruno warf er automatisch einen Blick auf sein Handy. Jeden Moment, so fürchtete er, könne dieser wieder anrufen, so wie vorhin, und dann würde er sich nur schwer beherrschen können. Dem Mann ging es nur noch um Rache und vielleicht wusste er ohnehin nicht mehr, was er eigentlich tat. Hajo dagegen wusste es sehr wohl. Er schrieb die Geschichte seines Lebens, und die würde bei allen großen Zeitungen einschlagen wie eine Bombe. So etwas liebten Chefredakteure und Leser gleichermaßen. Und im Moment überlegte er, ob er nicht versuchen sollte, ein Interview hinzuzufügen. Exklusiv von Angesicht zu Angesicht. Der Verbrecher im Gespräch mit Hajo Felbermann. Natürlich war das nicht ungefährlich und er wusste, dass er sich irgendwie absichern musste. Schon wegen Sibylle. Früher hätte er sich solche Gedanken überhaupt nicht gemacht, aber seit er sie kannte, war er ein anderer geworden. Alles musste sorgfältig geplant sein und durfte nicht von so einem Heißsporn wie Bruno vermasselt werden.

„Ich lasse mich nicht unter Druck setzen“, hatte Hajo geantwortet, als Bruno ihn dazu aufgefordert hatte, endlich zu handeln. Aber im Prinzip war das gelogen, er steckte mitten drin. Er hatte Kontakt aufgenommen und wartete jetzt nur noch auf die Antwort.

***

Schon als Hauptkommissar Berthold Brauser seinen Finger auf die Türklingel legte, wusste er, dass Lorenz nicht zu Hause war. Zwar öffnete seine Mutter und hörte sich mit entsetztem Blick an, was gegen ihren Sohn vorgebracht wurde, wusste aber entweder nicht, wo ihr Sohn war oder wollte es angesichts der zu erwartenden Konsequenzen nicht sagen.
„Wie kommen Sie darauf, dass mein Sohn so etwas tut?", fragte sie nun schon zum dritten Mal, und Mona, die mit Brauser im Zimmer des Jungen stand, antwortete schließlich. „Wir wissen es nicht. Aber wir wissen, dass er dazu in der Lage ist."
Von seinen Fähigkeiten hatten sie sich schnell überzeugt. Der ganze Raum war vollgestopft mit neuester Technik. Blickfang war der Flachbildschirm mit verschiedenen Abspielgeräten, unter anderem einem Blue-Ray-Player und einer gigantischen Sammlung an DVDs. Im ganzen Raum lagen und standen Lautsprecherboxen, Kabel, Akkus, Ladestationen, Mikrofone, Speicherkarten und USB-Sticks. Am Boden gab es mehrere Steckdosenleisten. Über dem Schreibtisch mit dem Laptop, der Digitalkamera und dem Camcorder stand eine DVB-T-Antenne mit passendem Receiver. Über der Tür hing eine Filmklappe, wie aus Hollywood. Mona tippte Brauser an und zeigte darauf. Der Kommissar nickte. Dann ging Mona zum Schreibtisch und öffnete den Laptop. Doch als sie das Programm starten wollte, wurde ein Passwort erbeten. Die Kriminaltechnikerin schloss ihn wieder und zog die Kabel heraus. „Den nehmen wir mit."
„Dürfen Sie das denn?", fragte die Mutter und sah sich suchend um, so als erwarte sie jeden Moment jemanden, der ihr zur Hilfe eilte.
„Frau Wagenbauer, ihr Sohn ist ein wichtiger Zeuge in einem Mordfall, möglicherweise befinden sich auf diesem Laptop noch mehr Beweise, die uns helfen können, den Täter zu finden", erklärte der Kommissar ruhig.

„Ja, es ist ja nur so, das hier ist sein Ein und Alles."
Brauser nickte. „Er bekommt ihn wieder. Aber sagen Sie, Frau Wagenbauer, das alles kostet doch bestimmt eine Menge Geld, woher nimmt er das?"
„Er filmt Hochzeiten und so. Vieles hat er auch von mir bekommen", erklärte sie und wurde ganz kleinlaut, als sie hinzufügte: „Ihm hat immer der Vater gefehlt."
Brauser nickte, obwohl er nicht wirklich verstand.
„Nach dem Krieg hatten wir auch keine Väter und machten trotzdem nicht solche Sachen", entfuhr es ihm auf einmal, und im gleichen Moment wusste er nicht, wie er dazu gekommen war, diesen Satz zu sagen, ja sogar zu denken. Vielleicht hatte er sich in letzter Zeit zu viel mit der Vergangenheit beschäftigt.
Hilfe suchend warf er einen Blick zu Mona, doch die sagte und tat nichts, um ihn zu unterstützen. „Hier ist meine Nummer, sagen Sie ihm, er soll sich sofort bei mir melden, wenn er heimkommt. Wir werden sonst nach ihm fahnden lassen."

***

Als das Handy eine ankommende SMS meldete, war sich Franziska schon fast sicher, dass die Nachricht vom ihm war.

Hallo frau
kommissarin,
nicht vergessen,
heute abend findet
die ausstellung
des jahres statt
und sie sind mein
ehrengast! Gruß
walter

Ehrengast! Na, der hat ja vielleicht Nerven. Auf ihrem Schreibtisch fand sie die Einladung wieder, die ihr der Bühnenkünstler am Abend vorher in die Hand gedrückt hatte, und wollte sie gerade mit einer theatralischen Geste zerreißen, als Hannes zur Tür hereinkam.
„Wir sind also doch eingeladen!"
Noch ehe Franziska etwas unternehmen konnte, hatte er ihr die Einladung aus der Hand genommen und sah sie sich genauer an.
„Was heißt hier *wir*?", entgegnete sie genervt und versuchte, die Karte wieder an sich zu nehmen.
„Willst du da vielleicht alleine hingehen?" Er warf ihr einen Hundeblick zu und sagte: „Es gibt sogar ein Büffet. Also, das lass ich mir nicht entgehen." Er warf einen Blick auf die Uhr. „Komm, für heute reicht es!"
Okay, dachte Franziska, er hatte ja recht. „Vielleicht ist es gar keine schlechte Idee, an unserem Hauptverdächtigen dran zu bleiben."
„Hauptverdächtiger ist gut! Vielleicht gibt er uns ja heute Abend den entscheidenden Hinweis."
„Sein Alibi ist geplatzt."
„Ach!" Hannes dachte einen Moment lang nach. „Dann kannst du ihn ja gleich danach fragen."
„Darauf kannst du Gift nehmen!"
„Aber erst nach dem Essen."
„Okay. Du, sag mal, was zieht man zu so einer Ausstellungseröffnung wohl an?"
„Das dürfte bei dir egal sein, denn du siehst in allem gut aus." Ihr Kollege lächelte sie schief an.
„Willst du was von mir?"
„Ja, könntest du mich abholen? Ich meine, bei dem Wetter!"
Franziska schüttelte belustigt den Kopf. „Das hätte ich auch ohne deine Schmeicheleien gemacht."

***

An diesem Abend war natürlich kein Parkplatz vor dem Museum frei, und so blieb den beiden Kollegen nichts anderes übrig, als ins Parkhaus am Römerplatz zu fahren und dann zu Fuß bis zum Museum zu gehen. Durch diese Verzögerung trafen sie erst ein, als der Oberbürgermeister bereits mit seiner Laudatio über den Künstler und dessen Werk begonnen hatte. Vorsichtig schoben sich die Kommissare zwischen den unzähligen Gästen der Vernissage hindurch, um ins Zentrum des Geschehens zu gelangen.
„Du hattest recht, es ist voll", raunte Franziska Hannes zu, als sie endlich einen Stehplatz gefunden hatten, und zupfte an ihrem kurzen Kleid herum. Sie standen jetzt fast mittig in dem zweischiffigen Saal mit dem Kreuztonnengewölbe und sahen sich suchend um.
Der Oberbürgermeister erzählte gerade vom großen Talent des Künstlers, von seinen besonderen Techniken, die er beim Umsetzen seiner Projekte bevorzugte und dem Glück der Stadt, dass er sich hier niedergelassen hatte, „... um bei uns zu wirken und Passau damit zu bereichern." Der Oberbürgermeister hatte dank seiner Größe die Gäste in der gesamten Halle im Blick, Franziska dagegen hielt vergeblich Ausschau und konnte den Künstler auch nach weiteren Lobreden nicht entdecken.
„Halt! Und jetzt bloß nicht bewegen, bleiben Sie genau so!" Zärtlich berührte auf einmal jemand mit der Hand ihr Kinn und hielt ihren Kopf vorsichtig im Profil. Sie versuchte zu entdecken, wer so dreist war und sah Froschhammer mitten ins Gesicht.
„Was ist?", quetschte sie zwischen den Zähnen hervor und traute sich nicht zu bewegen. Sie war total perplex. Wo kam der denn plötzlich her?
„Wissen Sie eigentlich, was für eine unverwechselbare Ausstrahlung Sie haben? Das ist fantastisch!"
„Ach!", staunte Franziska und hoffte, die Leute rundherum

wären so sehr mit dem Betrachten der Bilder beschäftigt, dass niemand sie beachten würde.

„Ja, ich würde Sie zu gern malen. Werden Sie mir diesen Gefallen tun? Nur Ihr Gesicht. Sie sind wunderschön, wenn Sie so böse auf jemanden sind. Das muss ich einfach haben."

Sie machte sich los und dann sah sie es auch schon: Dieses kleine Flunkern in seinen Augen, das verräterische Zucken in seinen Mundwinkeln, seine Halsmuskeln begannen zu beben und dann lachte der ganze Kerl los.

„Sie machen sich über mich lustig!" Franziska zupfte ihr Kleid zurecht und versuchte, sich nichts von ihrem Unmut anmerken zu lassen.

„Nein, tue ich nicht." Er lächelte entwaffnend.

„Doch, tun Sie wohl!"

Er wurde wieder ernst. „Nein, wirklich nicht, aber Sie schauen immer so ernst, und da konnte ich einfach nicht anders."

Sie schnaufte empört auf. „Böse?", fragte er.

„Nein, warum auch?"

„Weil Sie mir geglaubt haben, stimmt's? Aber ich würde Sie wirklich gerne malen. Nur vielleicht nicht so ernst."

„Sie können mich ja aufheitern und mir sagen, wo Sie in der Nacht vom 8. auf 9. Oktober wirklich waren."

„Sie waren bei Wertersbach?"

„Richtig. Und der bestätigte nicht etwa Ihre Version, sondern erzählte mir, dass Sie vorzeitig weggegangen sind. Zu einer Dame."

Der Künstler konnte sich ein Lächeln nicht verkneifen. „Das ist korrekt! Aber Sie müssen verstehen, dass ich bei diesem Anlass keine Auskunft geben möchte." Er sah sie kurz an und zeigte dann mit einer weit ausholenden Handbewegung auf die vielen Gäste, die sich an den Stellwänden drängten, um einen Blick auf seine Bilder werfen zu können.

Franziska nickte, sie sah nicht nur das. Auch der Künstler

wurde beobachtet, und damit auch sie. Verlegen trat sie einen Schritt zurück.

„Die Farbe steht Ihnen gut!“, sagte Walter Froschhammer auf einmal und Franziska wusste nicht, was er meinte, bis er ihrem Kleid zunickte. „Sie sollten öfter blau tragen.“

„Danke.“ Franziska lächelte verlegen, als Froschhammer sich bei ihr einhängte und sie, mit ein wenig Abstand zu den Stellwänden und den Menschen, die sich davor drängten, durch die Gänge führte.

„Heute stehen Werk und Original, Künstler und Muse im Mittelpunkt. Das muss ich einfach auskosten“, erklärte er. „Selbst den anwesenden Reportern und Journalisten geht es ausschließlich um die Frage: Wen hat der große Meister gemalt und mit wem hat er geschlafen? Darum starren sie alle auf meine Bilder. Die Gier auf Enthüllung steht ihnen ins Gesicht geschrieben. Können Sie es sehen? Das ist Voyeurismus in seiner reinsten Form! Und schauen Sie sich nur die braven Ehefrauen an, die heute am Arm ihres Ehemannes lächeln und in Wirklichkeit nur darauf warten, dass sie gefragt werden, ob Sie die nackte Schöne auf dem Bild sind!“

„Darum sind alle hier?“

„Klar! Nur Ihr Kollege ist hier, weil ihm das Büffet schmeckt.“

Gerade hatten sie die großen Tische mit den vollgeladenen Platten erreicht und Franziska, die seit dem Mittag nichts mehr gegessen hatte, nahm sich schnell ein Kanapee, bevor Froschhammer sie weiterziehen konnte. Sie war am Verhungern.

„Haben Sie Lust auf ein Glas Rotwein?“

„Oh ja, gern.“

„Gut, dann warten Sie hier.“

Sie nahm sich ein weiteres Häppchen und sah dann Hannes an, der sich seinen Teller füllte. „Na, Hannes, schmeckt es dir?“

„Die Bilder kenne ich ja schon. Was sagt er zum Alibi?“
„Er meint, es wäre heute nicht der passende Anlass.“
„Und wie mir scheint, hat er dich damit rumgekriegt.“
„Ich denke, er läuft uns heute nicht weg.“
„Wenn Sie das sagen, Frau Oberkommissarin.“
„Hannes, bitte!“ Franziska hasste es, wenn Hannes sie so nannte. Darum änderte sie auch ihren Plan.
„Können wir vielleicht irgendwo hingehen, wo wir ungestört sind?“, fragte sie, als Walter Froschhammer mit ihrem Wein zurückkam.
„Haben Sie es so eilig?“
„Ja, ich möchte wissen, wo Sie in der Nacht vom 8. auf den 9. Oktober waren, dann lasse ich Sie in Ruhe.“
Er sah sich suchend um, so als wolle er einen Ort auswählen, um mit ihr ungestört zu sein. Doch in diesem Moment kamen neue Gäste, unter ihnen Oberstaatsanwalt Dr. Schwertfeger mit seiner jungen Frau Arlette am Arm.
„Ich würde Sie jetzt zu gern in meine Kammer bringen und Ihnen dort mein süßes Geheimnis anvertrauen, aber ich fürchte, wir müssen unser Stelldichein verschieben“, flüsterte er Franziska noch schnell ins Ohr, bevor er etwas lauter hinzufügte: „Es ist heute einfach nicht möglich, können Sie mir nicht bis morgen früh Aufschub gewähren? Ich verspreche bei allem, was mir heilig ist, ich werde Ihnen morgen alles sagen. Nur heute Abend nicht. Bitte, bitte!“
Franziska blickte ihn an, konnte diesem Blick einfach nicht widerstehen, und was sollte das auch? Der Mann war verdächtig, ja, aber mehr auch nicht. Im Prinzip hatte sie nicht einen stichhaltigen Beweis.
„Frau Steinbacher, sagen Sie bloß, Sie sind dienstlich hier?“ Schwertfeger sah sie an, als sei sie nicht bei Trost.
„Nein, keine Sorge, ich bin wegen der Bilder hier. Auch Polizistinnen haben ein Recht auf Bildung“, konterte sie und warf ihm ein kleines Lächeln zu, bevor sie sich am Büffet

ein weiteres Häppchen nahm und dann tatsächlich an den Stellwänden entlang schlenderte.
Auf einmal blieb ein älterer Herr vor ihr stehen, musterte sie von unten bis oben, lächelte dann süffisant und fragte: „Hat Sie unser großer Künstler auch schon auf Leinwand gebannt?"
„Äh, nein", antwortete sie und drehte sich weg.
„Schade", meinte der Herr hinter ihrem Rücken und folgte ihr mit einem unmissverständlichen Blick. „Ich hätte Sie gern entdeckt!"
Irgendwie war Franziska froh, als Hannes wieder neben ihr stand und sie fragend musterte.
„Tut mir Leid, es ging nicht." Sie zeigte mit dem Kopf in Richtung Schwertfeger, und ihr Kollege nickte wissend, als wollte er sagen: Ich hab ihn auch schon gesehen.
„Weißt du, was mich wundert? Es ist niemand aus dem Theater da. Weder die Sänger noch die Kostümbildnerin oder ein Techniker, nur Schaffroth wuselt da hinten rum und beeilt sich zu versichern, dass der Künstler ja schließlich auch im Theater stets für ein ganz besonderes Bühnenbild sorgt."
„Na ja, vielleicht wollen sich die Kollegen einfach nicht zeigen, wenn einer von ihnen im Mittelpunkt steht und damit den anderen die Show stiehlt. Wobei ich eigentlich schon gehofft hatte, Swetlana Hermannova heute hier zu treffen."

***

Als alle anderen längst das Büro verlassen hatten, saß Hauptkommissar Berthold Brauser noch immer in seinem Büro und dachte über den Fall Wallenstein nach. Erst am Morgen hatte er an eine ihm fast plausibel klingende Nazigeschichte geglaubt. Er hatte daran geglaubt, weil Rektor Wedemann ihm davon erzählt hatte und wollte, dass er der Sache nachging. Vielleicht um abzulenken? Seit einigen

Stunden hatten sie ein Video vom Tathergang, und darauf waren, zumindest soweit er das beurteilen konnte, keine Nazis zu sehen. Aber genau würde er es erst wissen, wenn sich Lorenz Wagenbauer gemeldet hatte, und danach sah es auch jetzt, am späten Abend, nicht aus.
Ein kleines Schmunzeln zuckte um seine Mundwinkel. Eigentlich war das wirklich das Verrückteste, was er in seiner Laufbahn je gesehen hatte. Ein Video vom Tatort, gedreht, während die Tat begangen wurde. Man konnte es selbstbewusst, dumm oder dreist nennen, aber eigentlich war es egal, wie man es nannte. Er hatte es noch nie mit solchen Tätern zu tun gehabt. Doch der Film allein half ihm nicht weiter, egal wie oft er ihn sich ansah, egal wie sehr er sich über die Tatsache, ihn zu haben, auch freute.
Um weiterzukommen, brauchte er dringend Hilfe, weshalb er bei Mona anrief. Wie alle anderen war sie längst zu Hause, ging jedoch gleich ans Telefon.
„Hier ist Berthold Brauser. Ich würde mit Ihnen gerne die CDs ansehen, die wir bei Lorenz gefunden haben. Wäre es wohl möglich, dass Sie noch einmal ins Büro kommen?“, fragte er so höflich, wie es seine Ungeduld zuließ.
„Ich habe aber noch gar nichts gegessen“, antwortete sie nicht unfreundlich.
„Ich auch nicht“, fiel ihm auf einmal ein und gleich drauf kam ihm eine Idee. „Wie wäre es, wenn Sie etwas mitbringen, ich lade Sie ein.“
„Chinesisch?“
Er druckste einen Moment herum, aber schließlich wollte er ja etwas von ihr. „Ja, von mir aus auch Chinesisch!“
Kurz darauf war der Arbeitsplatz der KTU erfüllt vom Duft chinesischer Gewürze, ein Geruch, den man in Marias Küche vergeblich suchen würde, allerdings roch es auch nach zu häufig verwendetem Frittierfett. Zögernd tauchte Brauser seine Gabel in den kleinen Karton und musste gleich dar-

auf feststellen, dass das ungewohnte Essen ihm schmeckte, eine verlockende Abwechslung zu der sonstigen Hausmannskost bot und er, obwohl er in letzter Zeit nicht mehr so viel Hunger hatte wie früher, viel zu schnell fertig war. Mona dagegen aß langsamer, mit mehr Genuss und mit Stäbchen. Eine Weile beobachtete er sie schweigend, bis sie von ihrem Essen aufsah, lächelte und dann in Richtung seiner leeren Essensbox nickte. „Und ich dachte schon, Sie machen Diät, weil Sie in letzter Zeit immer weniger werden!"
Brauser konnte sich ein Grinsen nicht verkneifen. Es tat einfach gut, wenn so etwas einer jungen Frau auffiel, auch wenn er nicht wirklich Diät machte.
Bevor Mona gekommen war, hatte er mit Maria telefoniert und gefragt, wie es ihr gehe und was es zu Essen gebe, und sie hatte gemeint, nicht viel, ihr sei der Appetit vergangen, vor allem seit sie den Gefrierschrank im Keller ausgeräumt habe. Nichts von all dem wollte sie mehr essen, hatte sie behauptet. „Stell dir vor, der, der Margarethe vergiftet hat, hätte auch bei uns etwas in den Gefrierschrank gepackt. Kommt ja jeder ran!" Ein wenig beschämt legte Brauser auf. Es war nicht richtig, Maria mit ihren Sorgen allein zu lassen, aber er musste sich eben auch um seinen Fall kümmern.
Mona legte die Stäbchen aus der Hand und griff nach den CDs mit Bildern und Kurzfilmen, die sie in verschiedene Laufwerke einlegte, um dann gemeinsam mit Brauser die Inhalte zu überprüfen. Um die Festplatte aus Lorenz' Laptop würde sie sich morgen erst kümmern können.
„Schauen Sie mal hier, Chef, auf den Bildern ist immer wieder ein und derselbe Junge zu sehen. Das muss ein Freund gewesen sein. Vielleicht ist der Lorenz ja gar nicht so ein Einzelgänger."
„Diese Jacke kommt mir irgendwie bekannt vor", bemerkte der Brauser auf einmal, „wo hab ich die schon mal gesehen?"

„So was tragen junge Leute gern", bemerkte Mona lakonisch. Doch dann hielt sie inne und sah Brauser an. „Nein, Sie haben recht! Die trug einer der Jungs!"
Sie stand auf und legte das überspielte Video aus dem Handy in ein weiteres Laufwerk und startete die CD. Und dann sahen sie es beide. „Da", rief Brauser, „der, der zuerst geschossen hat, der trägt die Jacke!" Siegessicher strahlten sich die beiden an. Auf dem Video war das Gesicht des Jungen zwar nicht zu erkennen, auf den anderen Bildern und Filmen aber sehr wohl. „Dieses Bürschchen entkommt uns nicht mehr. Machen Sie einen Ausdruck, damit wir ihn morgen Julia zeigen können!", forderte Brauser unnötigerweise, denn die Kriminaltechnikerin hatte bereits alle nötigen Knöpfe gedrückt.

***

„Hören Sie, ich habe ein Alibi für die fragliche Zeit, aber es ist höchst delikat. Darum möchte ich es lieber für mich behalten", verkündete Walter Froschhammer am nächsten Morgen.
Franziska lachte kurz auf. Dabei war ihr im Grunde nicht zum Lachen. Sie hatte genug von seinem Versteckspiel, aber sie versuchte, damit ihren Ärger zu kaschieren.
„Jetzt lassen Sie mal Ihre Spielchen und hören mir gut zu! Sie stehen unter dem dringenden Verdacht, Sophia Weberknecht erschlagen zu haben. Mit Ihrem Verhalten machen Sie sich jedoch noch verdächtiger und *das* könnte problematisch für Sie werden!"
Sie lehnte sich in ihrem Bürostuhl zurück, um Distanz aufzubauen. Für hitzige Gespräche hatte sie heute Morgen die falsche Kleidung gewählt. Ihr Ausschnitt war zu großzügig, der Stoff ihres Kleides zu dünn. Abwartend zupfte sie an ihrer Strickjacke herum und verschränkte die Arme.

„Vielleicht muss ich es darauf ankommen lassen." Es klang nicht herausfordernd, sondern resigniert.
„Dann werde ich Oberstaatsanwalt Schwertfeger Bescheid sagen."
„Oh Gott, bloß nicht! Gibt's denn keinen anderen?"
„Was soll das hier werden? Er ist der zuständige Staatsanwalt."
Er trommelte mit den Fingern nervös auf der Tischplatte herum und schien abzuwägen. „Wenn ich Ihnen mein Alibi nenne und Sie die Dame überprüfen, könnten Sie dann erst einmal davon absehen, den Staatsanwalt davon zu unterrichten?"
„Warum?"
„Bitte!"
Franziska überlegte, sie konnte jetzt Ja sagen und später immer noch anders entscheiden. Schließlich gab sie ja kein Ehrenwort. Und überhaupt: Wann hatte sie je so ein Zugeständnis gemacht?
„Okay."
Froschhammer sah sie kleinlaut an, keine Spur mehr von dem selbstsicheren überheblichen Künstler, der sie so gern auf den Arm nahm. „Ich war bei ihr."
Franziska zuckte zusammen. „Also doch!"
„Nein, nicht bei Sophia! Ich meine, ich war bei seiner Frau, bei Arlette Schwertfeger."

***

„Du glaubst nicht, wer heute Morgen schon auf mich gewartet hat", platzte es aus Franziska heraus, kaum dass Hannes das Büro betreten und seinen Helm an die Garderobe gehängt hatte.
„Na?", fragte der eher beiläufig, zog seine Jacke aus und holte ein paar Sachen aus den Taschen.

„Walter Froschhammer."
„Und ich dachte, Künstler hätten es nicht so mit dem früh Aufstehen."
„Ich sag dir doch immer, spar dir deine Klischees, die treffen sowieso nicht zu." Interessiert sah Franziska zu, wie Hannes weiter auf seinem Schreibtisch herumsuchte.
„Und, was wollte dein Verehrer?"
Franziska tat, als hätte sie das Wort nicht gehört. „Sein Alibi abliefern."
„Und?"
„Das glaubst du nicht!"
„Hauptsache, du glaubst ihm."
„Hannes, wenn das stimmt, dann ist das einfach irre!"
Er sah auf. „Na, nun mach es doch nicht so spannend!"
„Er war bei der Frau vom Schwertfeger! Um sie zu malen, wie er sagt, und wir beide wissen ja nun auch, was da sonst noch dazu gehört."
Ihr Kollege grinste verzückt. „Angeblich."
„Ja, angeblich. Aber immerhin redet jeder darüber und das heißt, dass auch jeder, der davon hört, davon ausgeht, dass die Frau vom Schwertfeger mit einem Künstler geschlafen hat, um ein Porträt zu bekommen."
Der Kommissar musste nun noch mehr grinsen, „Du hast recht, wenn der Schwertfeger das erfährt, ist hier ganz schön was los. Hast du schon mit ihr gesprochen?"
„Nein, aber das mach ich auf jeden Fall, bevor ich mit *ihm* spreche. Und was ist mit dir? Sag nicht, dass deine Katze wieder weggelaufen ist!"
„Nein, ich hab ein bisschen recherchiert." Er lächelte geheimnisvoll, dann griff er nach dem Autoschlüssel, der auf dem Schreibtisch lag, warf ihn ihr zu und rief aufgedreht: „Komm, du fährst!"
„Und wohin, wenn ich fragen darf?"
„Wolltest du nicht längst das Haus sehen, dass Sophia We-

berknecht gekauft hat?“ Franziska nickte entgeistert.
„Ich weiß, wo es liegt. Kommst du also?“
Franziska stand auf, nahm ihren Mantel vom Stuhl und rief vergnügt. „Bin schon unterwegs!“

***

„Bist du dir sicher, dass wir hier richtig sind?“ Franziska fuhr auf den mit Kies bedeckten Parkplatz, auf dem sich vom Regen schon etliche Pfützen gebildet hatten, und drehte sich fragend zu Hannes hinüber.
„Laut Immobilienfirma und Grundbuchamt gehört dieses Anwesen Sophia Weberknecht“, erklärte Hannes, wenn er auch wenig überzeugt schien.
Franziska zuckte kurz mit den Schultern, holte ihren Schirm aus dem Seitenfach der Fahrertür und stieg aus. Der junge Kommissar setzte die Kapuze seiner Goretexjacke auf und folgte ihr. Gemeinsam gingen sie um das Haus herum, rüttelten an allen Türen und Fenstern, aber leider war alles gut verschlossen.
Als der Anlagenberater Möller-Wick sie von einem Kauf in Kenntnis gesetzt hatte, hatten sie eindeutig an etwas anderes gedacht, an etwas Seriöseres. Vielleicht ein Einfamilien- oder ein Mietshaus, aber bestimmt nicht an das ‚Butterfly‘.
„Irre, ein Nachtclub!“, platzte es schließlich auch aus Franziska heraus. Sie stellte sich unter den Dachvorsprung, um dem Regen zu entgehen, und versuchte, durch ein Fenster einen Blick ins Innere des Hauses zu ergattern, was ihr allerdings nicht gelang.
„Vorne an der Einfahrt hing ein Schild mit der Aufschrift *Betriebsferien*“, wusste Hannes.
„Aber es gibt nirgends eine Adresse, an wen man sich im Notfall wenden kann oder so. Was haben denn die von der Immobilienfirma gesagt?“ Franziska gab ihren Versuch auf und sah ihren Kollegen interessiert an.

„Nichts."
„Da stimmt doch was nicht." Sie zückte ihr Handy und suchte nach einer Nummer.
„Wen rufst du an?"
„Swetlana Hermannova. Wenn, dann wusste die über das hier Bescheid. Immerhin waren die beiden Freundinnen." Doch sie lauschte auf das Freizeichen und erhielt schließlich die Bestätigung, dass der Gesprächsteilnehmer nicht zu erreichen sei. „Mist, sie geht immer noch nicht ran. Langsam habe ich das Gefühl, sie will gar nicht mit mir reden." Und als Hannes nicht gleich verstand, fügte sie hinzu: „Sie wollte sich bei mir melden, weil sie mir etwas sagen wollte, und seither versuche ich es erfolglos bei ihr. Ich habe gedacht, es wäre was Wichtiges."
„Ich frage mich ja, was sie mit so einem Schuppen wollte", bemerkte Hannes, ohne weiter auf Franziskas Erklärung einzugehen. „Ob sie sich wohl selbst hinter den Tresen gestellt hat, vielleicht singend? Oder meinst du, sie hat das Ganze nur als gute Geldanlage genutzt?" Er sah Franziska fragend an, doch die konnte nicht antworten und musste die ganze Zeit an die Aussage von Walter denken, dass Sophia ein böses Mädchen sei. Sie fragte sich, ob er vielleicht von dem hier wusste.
„Sag mal, Nachbarn, die man befragen kann, gibt's hier wohl auch nicht?"
„Ich habe kein Haus gesehen. Aber vielleicht ist das ja auch so gewollt."
„Stimmt, ist ne' ziemlich einsame Gegend hier. Nichts als Wald, und wenn du von der Straße erst mal abgefahren bist, sieht dich keiner mehr." Franziska überlegte kurz, dann wusste sie, was zu tun war. „Ruf die Kollegen in der Zentrale an, und ich frag bei Sophias Mutter nach. Irgendjemand muss doch gewusst haben, dass Sophia Weberknecht das ‚Butterfly' besaß!"

***

Hannes riss die Beifahrertür auf und ließ sich auf den Sitz plumpsen. „Der Chef hat angerufen."
„Was? Warum bei dir?"
„Er meinte, du wärst nicht zu erreichen." Hannes grinste.
„Sehr witzig. Was wollte er?"
„Sie haben Lorenz Wagenbauer aufgegriffen."
„Und? Was sagt der zu den Vorwürfen?"
„Er kenne die Jungs nicht. Er sei nur zufällig vorbeigekommen und habe das Ganze gefilmt, weil es ein tolles Motiv war."
„Will der uns verarschen? Was sagt denn der Chef dazu?" Franziska sah Hannes gespannt an.
„Er baut mit ihm Papierflieger und hofft, so etwas von ihm zu erfahren."
„Das ist vielleicht nicht die schlechteste Methode."
„Habe ich auch gesagt. Vielleicht findet er ja auch ein Hobby für später, ich meine, wenn er pensioniert ist."
„Weiß du, was ich glaube? Der Junge hat verdammt viel Angst, sonst würde der das doch nicht auf sich nehmen!"
„Ja, vermutlich hast du recht."
In selben Moment fuhr ein Taxi in die Einfahrt. „Da kommt Reinhilde Weberknecht." Franziska warf Hannes einen bangen Blick zu. „Jetzt bin ich aber mal gespannt."

***

„Ich weiß Bescheid!", erklärte Reinhilde Weberknecht statt einer Begrüßung, nachdem das Taxi vom Platz gefahren war, und kam mit aufgespanntem Schirm auf die beiden Polizisten zu. Sie trug wieder ihren dunklen Hosenanzug und Pumps und versuchte geschickt, den Pfützen auszuweichen. „Der Fahrer hat mir einiges erzählt. Das Etablissement ist bekannt", fügte sie schließlich hinzu. Franziska stellte ihren Kollegen vor, woraufhin Sophias Mutter ihn eingehend musterte.

Die beiden Kommissare sahen sich an und nickten fast unmerklich. Natürlich wussten die Taxifahrer über solche Einrichtungen Bescheid, aber sie hätten nicht gedacht, dass Reinhilde Weberknecht diesen Umstand so gelassen aufnehmen würde.

„Können wir denn reingehen?“ Sie blickte von einem zum anderen.

Franziska überlegte. Sie wusste nicht, ob es klappen würde, und versuchte daher, sie zurückzuhalten. „Frau Weberknecht, es ist abgeschlossen.“

„Aber solche Türen lassen sich doch öffnen! Junger Mann“, sie wandte sich an Hannes, „das können Sie doch bestimmt?“

„Na ja“, zögerte er.

„Wenn es Sophia gehörte, dann gehört es jetzt mir“, fügte Mutter Weberknecht fast trotzig hinzu. Aber Franziska sah sehr wohl, wie sie um Fassung rang.

„Wir versuchen es mit dem Schlüsselbund.“ Mit festen Schritten ging die Kommissarin auf die Eingangstür zu. Natürlich hatte die Mutter ein Recht darauf, das Haus der Tochter kennenzulernen, eher als sie. Im Prinzip war es das Beste, was ihnen passieren konnte, denn es ersparte ihnen den Durchsuchungsbeschluss. Während sich Franziska diesen Überlegungen hingab, probierte sie der Reihe nach die Schlüssel aus und hatte tatsächlich Glück. Als die Tür gleich darauf weit aufschwang, überkam sie ein merkwürdiges Gefühl. Sie drangen hier in eine fremde Welt ein. In eine andere Welt der Sophia Weberknecht, eine, die niemand mit ihrer ersten verband. Konnte ihre Mutter das so einfach akzeptieren?

***

Leise klapperten die Pumps von Reinhilde Weberknecht auf dem Fliesenboden, als sie sich ohne zu zögern in Richtung Bar begab. Franziska blieb an der offenen Tür stehen, wäh-

rend sich Hannes auf die Suche nach einem Lichtschalter machte. Überall standen kleine Sitzgruppen und von der Decke hingen verschiedene Dekoartikel herab. Die Fenster waren von innen verkleidet, das war auch der Grund, warum sie vorhin nicht hatten hineinsehen können. Auf der einen Seite des Raumes gab es eine kleine Bühne, die etwas erhöht lag und mit einem dunklen Teppich belegt war. Auf der anderen Seite hing ein schwerer Vorhang, ebenfalls dunkel, und dazwischen befand sich die Bar, vor der Reinhilde Weberknecht jetzt stand. Von Hannes war so lange nichts zu sehen, bis zuerst eine silberne Kugel an und wieder aus ging, und gleich darauf eine Vielzahl von kleinen Lämpchen an der Decke erstrahlte. Sie waren wie ein Sternenhimmel angeordnet. Als Nächstes brachte Hannes die Lämpchen auf den Tischen zum Leuchten. Sie waren mit roten Schirmen bestückt und gaben dem ganzen Raum eine schwülstige Atmosphäre. „Reicht das?", rief er auf einmal, und Franziska bejahte.
Dann kam er auch schon durch den Vorhang zurück.
„Toll, nicht?" Franziska nickte. Sie hatte seit ihrer Ausbildung schon so manchen Club besucht – rein dienstlich natürlich, das ‚Butterfly' hatte allerdings nie dazugehört.
Reinhilde Weberknecht ging gerade die hochprozentigen Flaschen durch, unterzog die Gläser einer eingehenden Prüfung und untersuchte die verschiedenen Schubfächer.
„Alles tipp-topp! So hat sie das bei mir gelernt."
„Glauben Sie denn, sie hat sich selbst hierher gestellt und bedient?", wollte Hannes jetzt erneut wissen.
„Junger Mann, wo denken Sie hin? Nein. Aber sie hatte alles unter Kontrolle, und darauf kommt es an." Hannes warf Franziska einen zweifelnden Blick zu. Vermutlich hatte er auch eher mit dem Entsetzen der Mutter gerechnet. Nachdem diese einen letzten prüfenden Blick in den Raum geworfen hatte, schlug Hannes vor: „Da hinten geht's die Treppe hinauf, wollen wir?"

„Ja“, sagte Franziska mit fester Stimme und ging durch den Vorhang, den ihr Kollege für sie teilte. Ein Stück dahinter lag die Treppe, die gerade hinauf bis in den ersten Stock führte. Die Lampen waren unterhalb des Geländers angebracht und verbreiteten ein schwaches warmes Licht. „Sieht so aus, als ob das Ganze ein System hat“, flüsterte Franziska, und Hannes nickte.

„Wer sich unten kennengelernt hat, konnte das oben vertiefen.“

Die alte Weberknecht drehte sich um und spitzte die Ohren, um herauszufinden, was die Kommissare zu flüstern hatten. Aber keiner von beiden wollte sie jetzt schon einweihen.

Der obere Flur war mit dunkelrotem Teppichboden ausgelegt, die Wände in einem mittleren Grau gestrichen. Überall hingen erotische Aktbilder, aber keines, so stellte Franziska fest, trug das bekannte „W“ als Signatur. Am oberen Ende der Treppe stieß man auf einen großen Empfangstresen mit Handtüchern und Schlüsseln. Während die beiden Frauen noch etwas unentschlossen vor dem Tresen standen, öffnete Hannes bereits die erste Tür und ging hinein. Sehr schnell stellte er fest, dass sich dahinter all das befand, was nicht nur das Männerherz höher schlagen ließ. Er wusste auch, dass Paare, die hier zusammen eintraten, keine Paare im eigentlichen Sinne waren, sondern dass einer von beiden sein Geld damit verdiente. Hinter der nächsten Tür sah es nicht anders aus, wenn auch die Einrichtung eine andere war. Im dritten Zimmer stockte ihm dann aber der Atem, denn das, was er dort entdeckte, erinnerte ihn an eine ganz andere Geschichte. Er konnte nicht so ohne Weiteres seine Gedanken sortieren, zumindest nicht bevor Franziska den Raum betrat. „Das glaubst du jetzt nicht!“, sagte er daher noch ganz durcheinander und hoffte, sich nicht zu täuschen.

„Nein, das glaub ich wirklich nicht!“ Franziska sah sich im

Raum um und hatte tatsächlich Probleme, das Gesehene einzuordnen.
„Erinnerst du dich noch an die CD, die die KTU in dem Waldstück gefunden hat, und die niemand an sich nehmen wollte?“
Franziska war nicht gleich im Bild. „Und?“
„Auf der CD sind Fotos, und die wurden hier gemacht. Ich bin mir ziemlich sicher.“
„Moment, du meinst die CD, die wir am Wallenstein-Tatort gefunden haben, enthält Fotos, die im Haus von Sophia Weberknecht gemacht wurden?“
Hannes nickte. „Ja, genau.“
„Das hieße ja dann, das die beiden Fälle etwas miteinander zu tun haben!“ Franziska flüsterte so leise sie konnte, denn sie war sich nicht sicher, wo sich Reinhilde Weberknecht gerade aufhielt, und sie wollte nicht, dass sie hörte, wie sie sich über ihre Tochter unterhielten. „Wie sicher bist du dir?“
„Ziemlich.“
„Und wo ist die CD? Warum hat die noch keiner gesehen?“
„Sie ist bei mir zu Hause. Ihr wolltet ja nichts davon wissen.“
„Ja, ja, schon gut. Also, wir brechen hier ab und bringen Frau Weberknecht in ihr Hotel. Dann holst du die CD zum Vergleich, und wenn du schon unterwegs bist, fährst du auch beim Landratsamt vorbei und kriegst raus, wer der Geschäftsführer ist und wer hier sonst so alles gearbeitet hat. Irgendjemand muss ja auch das Schild aufgehängt haben.“
Hannes nickte. „Und was machst du?“
„Ich fahre ins Theater. Das mit Swetlana Hermannova lässt mir einfach keine Ruhe.“

***

Hauptkommissar Berthold Brauser hatte sich lange nicht mehr so unbeschwert gefühlt. Vor ihm auf dem Tisch lag ein Sta-

pel Druckerpapier und einige seiner bescheidenen Versuche in Sachen Faltflieger-selber-Basteln. Nachdem der Junge nicht von seiner verqueren Aussage abzubringen war und stattdessen beharrlich schwieg, hatte er ihm zeigen wollen, dass auch er einmal jung war, und hatte damit begonnen, einen einfachen Pfeilflieger zu falten. Dann hatte er ihn zwischen Daumen und Zeigefinger seiner rechten Hand genommen und in die Luft geworfen. Gleich darauf lag er am Boden und Lorenz schwieg noch immer. Als Nächstes hatte er es mit einer Schwalbe probiert. Die war ein bisschen aufwendiger und blieb auch einen Moment länger in der Luft. Lorenz hatte ihrem Flug zugesehen und den Absturz belächelt.
„Druckerpapier ist nicht so gut geeignet“, meinte er schließlich und grinste den Kommissar an, als der das nächste Blatt knicken wollte.
„Und was nimmst du?“, fragte Brauser interessiert.
„Backpapier ist geil!“
„Backpapier?“
„Ja, man glaubt es nicht, aber es sieht wirklich gut aus und man kann auch schwierige Faltflieger daraus bauen.“
Der Kommissar nickte, stand auf und ging nach draußen zu Ramona. Als er zurückkam, saß Lorenz über einem Blatt Papier, dessen linke Spitze er nach rechts geknickt hatte, und das er jetzt mit der entstandenen rechten Spitze nach links faltete. Als Brauser neben ihn trat, sah er kurz auf. „Das wird eine Batkite“, erklärte er und klappte die obere Spitze nach hinten, bevor er seine Arbeit wendete. Nachdem er die Spitze mit einer Falte wieder nach oben gelegt hatte, brachte er die Flügel mit einer Talfalte aufeinander. Dann blickte er sich suchend um. „Ich brauche eine Schere“, meinte er schließlich, und Brauser ging zu seinem Schreibtisch, um eine zu holen. Damit schnitt der Junge ein Dreieck aus, faltete den Flieger der Länge nach und richtete als Letztes die Seitenruder auf.

„Fertig!", meinte er ein wenig stolz und hielt dem Kommissar den fertigen Flieger hin. Brauser nahm ihn in die rechte Hand zwischen Daumen und Zeigefinger und wollte schon werfen, als Lorenz erklärte. „Je nachdem, wie Sie die Seitenruder verändern, fliegt er kleine oder größere Kreise." Brauser nickte und warf. Tatsächlich flog der Flieger eine Runde, bevor er zu Boden stürzte.
„Nicht schlecht!", lobte der Kommissar anerkennend, und ein kleines, siegessicheres Lächeln huschte über sein Gesicht, bevor er sich wieder auf seinen Stuhl setzte.
Seit Stunden saßen Lorenz und er zusammen. Der Schüler schwieg und blieb ansonsten bei seiner Aussage: Nein, er kenne die Jungs nicht, er sei nur zufällig vorbeigekommen. Wie das Auto mit dem Mann da hingekommen sei, wisse er auch nicht. Und eben auch nicht, wie er gestorben sei. Er habe nur alles gefilmt, weil es ein echt geiles Motiv war. Daraufhin hatte Brauser die Fotos von Lorenz' CDs ausgedruckt und an die Wand gegenüber gehängt, doch auch das schien den Jungen nicht zu beeindruckten. Er blieb stumm, außer wenn sie über die Fliegerfalterei sprachen.
Endlich kam Ramona mit einer Rolle Backpapier herein. Zweifelnd sah sie erst zu Lorenz und dann zu ihrem Chef. Der nickte und nahm ihr die Rolle ab. „So, dann zeig mal, was du hiermit alles machen kannst", forderte er ihn auf und reichte ihm die Rolle. Ramona stellte sich hinter Lorenz und beobachtete, was er tat.
„Wie wäre es mit einem japanischen Yasuzi Tanaka?" Brauser hatte keinerlei Vorstellung, nickte aber trotzdem. Lorenz machte sich ans Werk, schnitt das Papier zu und begann zu falten. „Bei Backpapier muss man sehr ordentlich arbeiten, weil es einem jeden Fehler nachträgt", erklärte der Junge. Er arbeitete mit sicherer Hand.
„Einer, der so tolle Flieger basteln kann, der muss doch überall im Mittelpunkt stehen", behauptete Brauser auf einmal

und versuchte Lorenz damit nun endgültig aus der Reserve zu locken.
„Keiner will einen wie mich", antwortete der aber ruhig und faltete dabei konzentriert weiter.
„Ich hätte gern so einen Jungen wie dich gehabt", gestand der Pensionär in spe und Ramona, die noch immer hinter ihm stand, sah ihn gerührt an. Lorenz dagegen blickte noch nicht einmal auf. Erst als der komplizierte Flieger fertig war, hob er ihn in die Luft, damit die beiden ihn bewundern konnten, und warf ihn dann in Richtung Wand. Dorthin, wo die Fotos hingen und Ramonas Blick, der dem Flieger gefolgt war, jetzt hängen blieb. Wortlos ging sie auf die Wand zu. Ihr Chef dachte schon, sie wolle den Flieger zurückholen, doch sie trat fast auf seinen Fuß, weil sie nur noch auf das Foto starrte, das für Lorenz aufgehängt worden war.
„Was ist mit ihm?", fragte sie mit einer fast tonlosen Stimme.
„Kennst du den Jungen, Ramona?"
„Das ist der Andi, Julias Freund."
Bei der Erwähnung von Julias Namen zuckte Lorenz kurz zusammen. Brauser, der ihn gerade beobachtet hatte, hatte es genau gesehen. *Keiner will einen wie mich.* Schlagartig wurde ihm alles klar. Das Interesse an diesem einen Jungen, den er so häufig fotografiert und gefilmt hatte, das Beobachten einer Clique, die ihn nicht aufnahm. Julia war der Grund!
Brauser schob Ramona zur Tür hinaus, sagte, sie solle Gruber und Obermüller die Adresse von Andi geben und sie mit dem Jungen allein lassen.
Dann ging er zurück in sein Zimmer, nahm das Foto von der Wand, legte es vor Lorenz auf den Tisch und fragte mit strenger Stimme: „Wie heißen die anderen? Und komm ja nicht auf die Idee, mir zu erzählen, dass du sie nicht kennst!"

***

Vor dem Eingang zum Verwaltungstrakt des Theaters stieß Franziska beinahe mit Carlos Rodriguez zusammen. Nach der Begrüßung stellte sich heraus, dass er, genau wie sie, zu Schaffroth wollte, und da sie den gleichen Weg hatten, vertraute sie ihm an: „Ich suche Swetlana Hermannova."
„Ach, wirklich! Na, ob Sie die ausgerechnet hier finden?" Er war stehen geblieben und richtete seinen Blick auf Franziska. In seinen warmen braunen Augen blitzte der Schalk. „Hat sie denn was angestellt?"
„Nein, ich glaube nicht, aber ich würde trotzdem gern mit ihr sprechen." Die Kommissarin hatte nicht vor, den Sänger einzuweihen. Egal wie lieb er sie anlächelte.
„Hhm!", Carlos blinzelte ein wenig verwirrt. „Warum nur?"
Sie zuckte die Schultern. „Also, haben Sie eine Ahnung, wo ich sie finden könnte?"
„Nein, tut mir wirklich Leid." Carlos sah, während er die Treppe hinaufstieg, so nachdenklich aus, dass sie das Gefühl beschlich, er wisse vielleicht mehr. Franziska sah ihn gespannt an, aber alles, was er vorschlug, war: „Bestimmt kann Ihnen Schaffroth weiterhelfen."
Doch der Direktor war ebenso unwissend wie ungehalten. „Nein, tut mir Leid, ich habe keine Ahnung, wo sie ist! Aus der Schneiderei haben sie auch schon angerufen, weil sie dort seit Montag erwartet wird."
„Wann haben Sie sie denn zuletzt gesehen?", fragte Franziska weiter und ihr Gefühl im Bauch, das hier irgendetwas nicht stimmte, wuchs.
Schaffroth schlug in einem großen Kalender nach, der vor ihm lag, und überlegte. „Letzte Woche hatte sie Urlaub. Und am Montag hätte sie eigentlich wieder anfangen sollen."
„Ich habe mich mit ihr am Sonntag in Krumau getroffen, kann es sein, dass sie noch dort ist?"
„Nein, ich habe bei ihrer Mutter bereits angerufen. Sie sagt, Swetlana hat am Sonntagabend gepackt und ist weggefah-

ren. Sie hat es wohl ziemlich eilig gehabt." Der Verwaltungsdirektor schien jetzt doch eher besorgt als böse zu sein. „Kommt so was öfter vor? Ich meine, dass sie einfach nicht zur verabredeten Zeit im Theater erscheint?"
„Nein, sie ist eigentlich sehr zuverlässig", mischte sich Carlos von der Tür aus in das Gespräch ein.
„Ja, das stimmt", gab auch Schaffroth zu.
„Gut, dann werde ich bei ihr vorbeifahren. Haben Sie ihre Adresse?"
„Äh, ja." Schaffroth öffnete einen Ordner und suchte sie heraus. „Sie hat drüben in der Innstadt ein Zimmer."

***

Keine zehn Minuten später erreichte Franziska das Haus, in dem die Tschechin in Passau wohnte. Es gab so viele Erklärungen, warum man sich nicht meldet oder zur Arbeit geht, dachte sie und drückte auf die Klingel. Ein verlorenes Handy oder eine schwere Erkältung waren nur zwei Möglichkeiten. Doch ihre Hoffnung wurde zunichte gemacht, als fünf Minuten später der Hausbesitzer öffnete und ihr auf ihre Frage, ob Swetlana Hermannova zu Hause sei, antwortete: „Das Mädel ist am Sonntag zurückgekommen und seither hab ich sie nicht mehr gesehen."
„Wie meinen Sie das?", fragte Franziska vorsichtshalber nach.
„Na, sie kam heim, und gleich darauf verließ sie das Haus wieder. Ihr Auto steht aber noch da."
„Sie ist also zu Fuß weggegangen?", fragte Franziska.
„Ja, das Auto nimmt sie ohnehin fast nie. Das braucht sie nur, um ihre Mama zu besuchen. Sie spart jeden Cent."
Franziska hielt dem Hausherrn ihren Ausweis hin. „Könnten Sie mir vielleicht ihr Zimmer zeigen?"

„Na ja, dann kommen Sie mal. Aber viel gibt's da ohnehin nicht zu sehen.“

***

Hajo Felbermann war ausgesprochen zufrieden mit sich. Die Themen, die er zu bearbeiten hatte, waren spannend, und die Recherchearbeit machte ihm Spaß. Wobei er seine Arbeit ohnehin am meisten liebte, wenn es richtig rundging, er unter Zeitdruck stand und dringend abliefern musste, und wenn er trotzdem wusste, dass das, was er tat, gut war. Und obwohl ihn das alles so sehr ausfüllte, freute er sich noch mehr auf den Nachmittag mit Sibylle. Er hatte Sehnsucht nach ihrem Duft, nach ihrem Lachen, nach ihrem Körper. Er wollte sie küssen, streicheln und lieben, und er wollte ihr endlich den Schmusebären bringen. Das war ihm besonders wichtig. Was würde sie wohl dazu sagen? Würde sie über ihn lachen, weil er ihre Neckerei ernst genommen hatte, oder würde sie sich gerade aus diesem Grund freuen? Und dann überlegte er, ob sie sein Geheimnis bewahren konnte.
Während es in Strömen regnete und der Scheibenwischer Schwerstarbeit leisten musste, fuhr Hajo die Bahngleise entlang. Gott sei Dank war es nur Regen, versuchte er sich selbst aufzumuntern. Nicht auszudenken, wenn es schon kälter wäre und das alles als Schnee vom Himmel fiele. Neben ihm auf dem Beifahrersitz saß der Bär, ein ganz besonderes Tier, für eine ganz besondere Frau. Bei dem Gedanken an Sibylle musste er auf einmal auflachen. Es hatte ein bisschen gedauert, bis sie ihm verraten hatte, wo sie wohnte. Als ob das eine Rolle spielte. Die Frau war ein Traum! Wenn sie zusammenblieben, würde sie in Zukunft ohnehin keine eigene Wohnung mehr brauchen, hoffte er und versuchte, an den verschwommenen Häuserfronten die Hausnummern zu erkennen, bis er wusste, wo er parken musste.

Kurz darauf standen er und sein Geschenk vom Regen durchnässt vor der Haustür und grinsten Sibylle verliebt an. Sie sah bezaubernd aus, trug ein dunkelgrünes Wickelkleid mit einem tiefen Ausschnitt und einen schwarzen Gürtel um die Taille. Vorsichtig küsste er sie auf den Mund, wollte sofort mehr, riss sich aber zusammen, weil er erst die nasse Jacke ausziehen musste.

„Komm, ich hol dir ein Handtuch und trockne dich ab“, schlug sie vor und zog ihn mit sich in die Wohnung. Noch ehe er sich umsehen konnte, begann sie ihn lachend abzurubbeln. Erst das Gesicht, dann die Haare, die sich daraufhin ein wenig kringelten, und schließlich den Bären.

„Der ist aber süß, ist der für mich?“, fragte sie mit einem koketten Augenaufschlag, und als Hajo antwortete, „Für wen denn sonst?“, trug sie ihn lachend ins Wohnzimmer und setzte ihn in einen Sessel, der mit blauem Stoff überzogen war. Hajo folgte ihr.

Sein Blick erfasste Tisch und Stühle aus Kiefernholz, bunt gemusterte Vorhänge, die zur Tischdecke und den Stuhlkissen passten. Ein Regal mit vielen Büchern und Körben voller Krimskrams. Auf dem Fensterbrett standen Blumen in bunten Töpfen, auf dem Boden lag ein einfacher Flickenteppich, an einer Wand gab es ein Sofa, ebenfalls blau bezogen, mit einer Decke und unzähligen Kissen sowie einer Stehlampe zum Lesen. Er fühlte sich sofort wohl.

„Gemütlich hast du es hier“, stellte er fest und umarmte sie von hinten.

„Ach was!“, wehrte sie ab, aber Hajo ging schon einen Schritt weiter, schob seine Hände von der Taille aufwärts und genoss das wunderbare Gefühl, ihre vollen weichen Brüste in den Händen zu halten. Sibylle lehnte den Kopf an seine Schulter und schloss die Augen. Da wanderte seine Hand ihren Hals hinauf, streichelte ihr Gesicht und fuhr mit dem Daumen über ihre Lippen, bis sie sie öffnete, und ihre Zun-

ge ihn streichelte und schließlich an seinem Daumen saugte. Hajo stöhnte auf, drehte sie zu sich und küsste sie, bis ihm ganz schwindelig wurde.
„Möchtest du einen Kaffee?", fragte Sibylle in einer Pause und zeigte auf den gedeckten Tisch. „Später", beschloss Hajo und fügte hinzu: „Aber das sieht alles sehr verlockend aus." Mit einem Augenzwinkern schob er ihren Ausschnitt immer weiter auseinander, bis ihr das Kleid von den Schultern glitt. Jetzt beugte er sich vor und küsste sich ihren BH-Träger entlang bis zum Körbchen, wo es nicht mehr weiter ging, und schließlich wieder hinauf zu ihrem Mund, der ihm lächelnd entgegensah. „Noch einmal?", fragte er, und als sie nickte, schob er die Träger so weit zur Seite, dass die Körbchen endlich ihren verlockenden Inhalt freigaben, und er zwar wieder bei der Schulter beginnen konnte, sich dann jedoch sehr schnell zu ihrer Brustwarze hinunterküsste, sie einmal umrundete und dann liebevoll daran saugte. Als sie seinen Kopf in beide Hände nahm und leise stöhnte, sah er zu ihr hoch, suchte mit der einen Hand die freie Brust, um auch sie zu liebkosen, und schob die andere ihren Rücken entlang, um sie zu halten und sich langsam bis zu ihrem Hintern hinunter zu bewegen. Als er merkte, dass sie so weich war, wie der Stoff ihres Kleides, ließ er von ihren Brüsten ab und nahm sie auf beide Arme. Unschlüssig drehte er sich mit ihr im Kreis, bis sie ihn lachend in Richtung Sofa dirigierte.
„Es ist ein bisschen kleiner als deines", gestand sie mit einem Kichern, was eine schamlose Untertreibung war.
„Ein bisschen", nahm auch Hajo den Scherz auf und drückte sie in die vielen bunten Kissen. Dann packte er sie aus, wie ein wunderschönes Geschenk, öffnete erst den Gürtel und dann das Kleid und stöhnte schließlich lustvoll auf, weil Sibylle jetzt nur noch einen schwarzen Spitzenslip und halterlose Strümpfe trug. Er kannte nur noch einen Wunsch:

Er wollte sie riechen, schmecken und sich in ihr verlieren. Liebevoll rückte er sie zurecht, küsste ihre Beine, bis die Strümpfe aufhörten und das Spitzenband ein wenig in das weiche Fleisch ihrer Oberschenkel schnitt, und stöhnte erneut, weil sie ihn so sehr erregte. Mit den Zähnen biss er in den Slip und zog daran, bis sie ihm half, ihn auszuziehen. Nackt, schön und verlockend lag sie vor ihm. Räkelte sich lächelnd und sah zu, wie er nun sich selbst hastig auszog und dabei beinahe umgefallen wäre, weil er sich in seinem Hosenbein verfing.
„Du kannst es wohl nicht mehr abwarten?“, fragte sie anzüglich, hob die Beine und spreizte sie langsam.
„Nein.“ Endlich war er der Hose entstiegen, zerrte an seinem Hemd und stieß einen Fluch aus. Das Handy klingelte.
„Lass es klingeln“, bat Sibylle, aber Hajo wusste, dass er rangehen musste. Er hatte es so gewollt.
„Ja?“
„Du wolltest mich doch treffen und mit mir reden.“
„Stimmt“, antwortete Hajo, weil er vor Sibylle nicht mehr sagen konnte.
„In einer Viertelstunde am Donauufer! Fahr die Donaulände entlang, ich geb dir ein Zeichen, wenn du das Ziel erreicht hast.“
Hajo fluchte innerlich. Ausgerechnet jetzt! Aber er hatte darum gebeten, da konnte er jetzt nicht Nein sagen. Er legte auf.
„Es tut mir so Leid, aber ich muss weg.“ Er sah Sibylle unglücklich an, und Sibylle, die nicht wusste, um was es ging, nickte traurig. „Ich komme wieder, und dann machen wir genau hier weiter, okay?“
Sie nickte erneut, griff nach der Decke, die neben ihr lag, und bedeckte ihre Blöße damit.
So hastig, wie er sich ausgezogen hatte, zog er sich auch wieder an und küsste sie zum Abschied lang und leiden-

schaftlich, aber auch mit einer Eile, die sie verwirrte. Als hätte er ihre Verunsicherung gespürt, drehte er sich, als er die Tür schon erreicht hatte, noch einmal um und kam zu ihr zurück. Dann küsste er sie ein letztes Mal und flüsterte: „Denk immer daran, wie sehr ich dich liebe!“

***

Verwundert stand Franziska in Swetlanas Zimmer und sah sich um. Sie wusste selbst nicht, was sie erwartet hatte; eine Wohnung wie ihre eigene vielleicht, hell und sonnig, mit Küche, Bad, Wohn- und Schlafzimmer und einem kleinen Balkon davor, auf dem man im Sommer ein Glas Rotwein trinken und der Stadt beim Schlafengehen zusehen konnte. Swetlanas Zimmer war klein und nur mit den einfachsten Möbeln eingerichtet. So, als wolle man hier ohnehin nur kurz die Nacht verbringen. Es gab einen Schrank, ein Bett mit einem Überwurf aus dunkelblauer verschlissener Seide und den Schreibtisch, der über und über mit Zeichnungen bedeckt war. Daneben stand ein Regal mit Büchern, CDs und einem Gegenstand, der augenblicklich Franziskas Aufmerksamkeit auf sich zog. Auf dem obersten Regalbrett stand eine Puppenstube. Die Kommissarin trat näher und zog sich schließlich einen Stuhl heran, auf den sie stieg, um besser sehen zu können. Die Puppenstube bestand aus einem einzigen kleinen Zimmer, in das man wie bei einer Bühne hineinsehen konnte. Alle Teile waren aus feinen Hölzern gearbeitet. Die Wände waren mit geprägten Tapeten beklebt, die Stühle mit Seidenkissen belegt, der große Spiegel war ein bisschen matt, aber mit feinem Silber eingefasst. Ohne Frage war das die Miniaturausgabe eines Arbeitsplatzes einer großen Kostümbildnerin zu einer Zeit, als das Theater noch einen anderen Stellenwert in der Gesellschaft hatte. An einer Stange hingen herrliche Roben, die für die kleinen

Puppen, die in der Mitte des Raumes standen, geschneidert worden waren. Die Puppenstube war ein Traum! Vielleicht ihr Gesellenstück, dachte Franziska.
Als sie sich von dem faszinierenden Anblick endlich lösen konnte, sah sie auf die beiden achtlos hingestellten Reisetaschen, die inmitten des Zimmers standen. Swetlana hatte sie noch nicht einmal geöffnet, also musste sie es sehr eilig gehabt haben. Als Franziska gerade von ihrem Stuhl sprang, um die Taschen zu öffnen und nachzusehen, ob sie darin vielleicht einen Hinweis auf ihr Verschwinden fand, erhielt sie einen gänzlich unerwarteten Anruf.
„Grüß Gott, Frau Kommissarin, hier ist Paula Nowak", meldete sich die Nachbarin von Sophia und fügte gleich hinzu: „Ich weiß jetzt, wer der Gutaussehende ist!"
Franziska brauchte einen Moment, bis sie verstand, um was es ging. Doch dann war sie überrascht, erfreut, aber auch vorsichtig. „Wer denn?"
Die alte Frau plapperte darauf los. Heraus kam ein Schwall von allem, was sie wusste, oder dem, was sie sich aus den Dingen, die sie erfahren hatte, zusammenreimte.
„Und Christian Sundhofer ist der Cousin von Sophia Weberknecht?", fragte Franziska vorsichtshalber nach, weil sich alles ein bisschen verworren angehört hatte.
„Ja", sagte die alte Paula mit fester Stimme. „Und der war an dem Nachmittag vor dem Haus und wusste nicht recht, ob er rein gehen sollte."
„Und woher wissen Sie das jetzt alles?"
„Hildchen war noch einmal bei mir und hat mir ein Foto von ihm gezeigt. Sie wollte wissen, ob er bei Sophia war."
„Und wie haben Sie reagiert?"
„Ich habe Nein gesagt." Franziska verstand das nicht, sagte aber nichts darauf. „Ich wollte nicht, dass sie heimfährt und ins offene Messer rennt. Die sind doch zu allem fähig."
„Moment! Sie glauben Christian Sundhofer hat Sophia We-

berknecht umgebracht, weil die Familie das so wollte?“ Die junge Kommissarin war aufrichtig schockiert. An so was hätte sie nie gedacht, nicht bei den Weberknechts!

„Was meinen Sie denn, was das für eine Familie ist? Da zählt doch der Einzelne nichts“, führte die alte Frau weiter aus und Franziska überlegte, wie das ins Bild passen würde. Sophia wird vorzeitig ihr Erbe ausbezahlt, damit der Cousin die Firma übernehmen kann. Sie legt es in Aktien und in Immobilien an. Und dann steht eines Tages Christian Sundhofer, der Weberknechtnachfolger, vor der Tür und erschlägt seine Cousine. Warum? Und was wusste Reinhilde Weberknecht darüber?

Franziska bedankte sich herzlich bei Paula Nowak und versprach, sie auf dem Laufenden zu halten. Dann setzte sie sich aufs Bett und dachte nach. Nach einer Weile erhob sie sich, rief erst Gruber an, um ihn zu bitten, sich über die Firma Weberknecht schlauzumachen, anschließend wählte sie Hannes‘ Nummer.

„Du, ich bin gerade dabei die Fotos auszudrucken“, erzählte der.

„Lass das mal sein. Wir fahren nach Regensburg. Paula Nowak hat gerade angerufen. Der Mann vor Sophias Haustür war ihr Cousin, der neue Geschäftsführer der Firma Weberknecht. Ich denke, das sollte er uns mal persönlich erklären.“

***

„Wir suchen einen Mann, der groß und kräftig ist“, erklärte Franziska, nachdem Hannes auf dem Beifahrersitz Platz genommen hatte.

„Einen wie Walter Froschhammer.“

„Ja, auch. Aber jetzt hör dir erst einmal an, worauf ich hinaus will.“ Hannes blickte sie an und schwieg. „Einen, der sie zwar getötet hat, sie aber nicht quälen wollte.“

„Also eher im Streit", fügte er hinzu.
„Genau. Jemanden, den sie kannte."
„Weshalb sie ihn in die Wohnung gelassen hat."
„Oder, der, weil er Sophia kannte und wusste, wo er sich einen Schlüssel zu ihrer Wohnung besorgen konnte, gleich selbst aufgeschlossen hat.
„Der Cousin?"
„Ja. Denn der wohnt gleich neben ihren Eltern und hätte sicher Gelegenheit dazu gehabt, sich den Schlüssel zu beschaffen."
Hannes nickte und Franziska fuhr fort.
„Wir dachten, es sei kein Raubmord, weil nichts fehlte, aber natürlich konnte es ja trotzdem mit Geld zu tun haben. Mit Geld, das nicht mehr da war. Das jetzt in einem Nachtclub steckt."
„Das ist es! Der Cousin hat es herausbekommen und Sophia Weberknecht zur Rede gestellt", schlussfolgerte Hannes.
„Die war nachtragend, weil sie nicht selbst die Firma leiten durfte, und hat ihn das auch spüren lassen, und er hat sie erschlagen und die Spuren verwischt."
„Und wir hätten es nie gemerkt, wenn ihn nicht zufällig eine neugierige alte Nachbarin beobachtet hätte."
„Nicht ganz. Reinhilde Weberknecht vermutet nämlich auch etwas, deshalb kam sie nach Passau und nahm das Foto von Christian Sundhofer mit."
„Ach!" Hannes staunte. „Du, sag mal, wo fährst du eigentlich hin? Nach Regensburg hättest du doch längst abbiegen müssen?"
„Ich will bei Schwertfegers vorbeifahren und das Alibi von Froschhammer überprüfen, damit wir endlich mal einen abhaken können."
Hannes grinste. „Ist bestimmt besser, wenn der Alte nicht dabei ist, was?"

***

„Oberstaatsanwalt müsste man sein", entfuhr es Hannes, als Franziska in der überdachten Einfahrt hielt und ausstieg.
„Schluck deinen Neid runter und komm!", forderte sie ihn auf und drückte beherzt auf die Klingel.
Die junge Frau, die sie bereits von der Ausstellungseröffnung kannten, trug die langen braunen Haaren an diesem Tag offen, hatte Designerjeans und Seidenbluse an und zeigte die rot lackierten Fußnägel in hohen Pantöffelchen. Fragend, aber nicht unfreundlich, sah sie die beiden Kommissare an. Franziska stellte sich vor.
„Was kann ich für Sie tun?", fragte Arlette Schwertfeger, nachdem sie beide in die Halle gebeten hatte.
„Wir haben nur ein paar Fragen an Sie."
„An mich? Wie nett! Sonst haben Sie ja immer nur mit meinem Mann zu tun."
„Ja, aber in diesem Fall wollte ich ihn damit nicht belästigen", erklärte Franziska und Hannes konnte sein Grinsen nur schwer unterdrücken.
„Dann fragen Sie."
„Sie kennen den Maler Walter Froschhammer?"
„Ja."
„Waren Sie am 8. Oktober spät abends mit ihm zusammen?"
„War das letzten Dienstag?"
„Ja, Dienstag auf Mittwoch."
„Ja. Wir haben an meinem Porträt gearbeitet. Das heißt, er hat gearbeitet und ich habe ihn inspiriert." Hannes musste sich wegdrehen. „Wissen Sie, ich arbeite als Model."
„Wann ist er denn wieder gegangen?"
„So gegen drei Uhr morgens." Franziska dachte, es ging sie ja nichts an, was sie in der Nacht tat, aber wer sollte ihr bitte schön glauben, dass sie sich in dieser Zeit nur hatte malen lassen?
„Wissen Sie, es soll ein Geschenk für meinen Mann zum Hochzeitstag werden. Darum bin ich Ihnen auch sehr dank-

bar, dass Sie damit zu mir kommen und nicht zu meinem Mann gegangen sind."
Franziska nickte. „Wollen Sie vielleicht den Platz sehen, an dem es hängen soll?"
Weder Hannes noch sie hatten etwas gegen einen kleinen Rundgang durch das Haus vom Staatsanwalt, weshalb sie seiner Frau gern auch bis ins Schlafzimmer folgten. „Und hier hat er Sie gemalt?", platzte es auf einmal aus Hannes heraus.
„Nein, natürlich nicht. Gearbeitet haben wir unten im Wohnzimmer. Wollen Sie das auch sehen?" Hannes wollte schon nicken, doch Franziska meinte nach einem Blick auf die Uhr: „Nein, vielen Dank. Wir müssen noch nach Regensburg fahren."

***

„Hier ist Bruno."
„Ach, Bruno, tut mir Leid, aber ich kann jetzt nicht, ich hab eine Verabredung."
Hajo hatte das Handy auf Freisprecher gestellt, weil er bereits die Donaulände entlang fuhr.
„Schon wieder mit dieser Frau?", fragte Bruno gereizt zurück.
„Nein, und wenn, ginge es Sie nichts an!"
„Das geht mich sehr wohl etwas an, schließlich geht es hier um mein Leben und da hat diese Frau nichts zu suchen, verstehst du?" Hajo überhörte wie immer das vertrauensvolle Du und antwortete lahm: „Nein, es ist etwas Berufliches!"
Während er langsam weiterfuhr, hielt er Ausschau nach einem Zeichen, das ihm aus einem der Autos gegeben wurde.
„Geht es um meine Geschichte?"
„Ich bin dran, mehr kann ich nicht sagen." In diesem Moment sah Hajo, wie ihm aus der Dunkelheit ein Auto zwei

Mal zublinkte. „Hören Sie, ich muss jetzt wirklich aufhören."

„Okay, aber denk daran, ich warte nicht mehr lange, dann mache ich es selbst", behauptete Bruno, und Hajo war sich sicher, dass der Mann wieder getrunken hatte. Nickend beendete er das Gespräch und fuhr auf den Parkplatz, den man für ihn freigehalten hatte. Er konnte jetzt nicht mehr über ihn nachdenken, denn jetzt hatte er einen Job zu erledigen. Bruno kam erst später an die Reihe, dachte er und erschrak ein wenig, weil er den Motor noch nicht richtig ausgeschaltet hatte, als schon die Fahrertür aufgerissen wurde.

„Komm steig aus! Wir fahren mit meinem Auto weiter." Hajo griff nach der Kamera und wollte gerade sein Handy aus der Verankerung nehmen, als er erneut eine Anweisung bekam. „Das brauchst du nicht. Da gibt's weder was zu telefonieren noch zu fotografieren!", sagte der Mann, der sich ihm bereits am Telefon als Jack vorgestellt hatte. Er hatte etwa Hajos Größe, sehr dunkle Haare, die er mit viel Gel nach hinten gekämmt hatte, trug einen feinen Anzug und Lederschuhe. Hajo musterte ihn kurz, aber eingehend, und spürte, dass der andere es durchaus gewohnt war, dass man sich an das hielt, was er sagte.

„Gut, Jack, wo fahren wir hin?", wollte er wissen, während er neben ihm herging.

„Jetzt steig erst einmal ein, dann reden wir."

Langsam schob sich das Auto unter der Brücke entlang und bog dann in die Obere Donaulände ein. Sofort prasselte heftiger Regen auf die Windschutzscheibe und nahm die Sicht auf den Verkehr. Jack fluchte, betätigte den Scheibenwischer und hielt an einer Ampel am Ende der Bahnhofsstraße. Als sie Grün zeigte, fuhr er auf die Regensburgerstraße und gleich darauf zur Haitzingerbrücke hinauf. Wenig später führte die Route an Sibylles Wohnung neben den Bahngleisen vorbei.

Hajo verkniff sich jeden Gedanken an sie und fragte stattdessen: „Was ist jetzt?“
„Nur Geduld, ich hab dir nicht zu viel versprochen, und wenn du willst, präsentiere ich dir den Mörder von Sophia Weberknecht.“
Hajo sah ihn neugierig an. Das wurde ja immer besser, dachte er, fragte sich dann aber doch, woher Jack diese Information haben konnte.
„Nur noch ein Stück, dann haben wir es geschafft!“, behauptete er, während er die Neuburgerstraße entlangfuhr und Hajo in seiner Jackentasche nach seinem Aufnahmegerät tastete.

***

„So, die Fahndung nach Swetlana Hermannova ist raus.“ Hannes steckte sein Handy ein und lehnte sich auf dem Beifahrersitz zurück. Sie passierten gerade das Deggendorfer Kreuz. Müde starrte er auf die regennasse Fahrbahn und bewunderte insgeheim Franziska, die bei diesem Sauwetter ohne sich zu beschweren das Auto fuhr. Der Scheibenwischer hatte seine liebe Mühe damit, für Durchblick zu sorgen. „Glaubst du wirklich, dass sie in Gefahr ist?“
„Ja“, antwortete sie knapp und fügte nach einer Pause hinzu: „Sie war eine enge Freundin von Sophia Weberknecht. Vielleicht die einzige, die sie hatte, und da wir noch immer nicht wissen, warum sie sterben musste, können wir noch nicht einmal ahnen, inwieweit Swetlana Hermannova da mit drin steckt.“
„Du magst sie, was?“
„Ja, irgendwie schon. Sie ist so ein ganz einfaches Mädchen und doch etwas ganz Besonderes. Ich war ja in ihrem Zimmer. Der Vermieter meinte, sie bringt alles, was sie verdient, nach Hause.“

„Ich frag mich nur, inwiefern dieser Cousin ein Interesse an ihr haben könnte?“
„Darüber mache ich mir noch gar keine Gedanken. Ich will sie einfach finden, verstehst du? Sie hat mir eine SMS geschickt, weil sie mir etwas Wichtiges erzählen wollte, und seither ist sie verschwunden. Das ist eigentlich das Merkwürdige daran. Seit Sonntagabend hat sie niemand mehr gesehen.“
Eine Zeit lang hingen beide ihren Gedanken nach, dann drosselte Franziska das Tempo, denn trotz des Regens war sie sehr zügig gefahren. Doch jetzt, kurz vor Regensburg, gab es diese verwirrenden Geschwindigkeitsbeschränkungen, die sie lieber einhalten wollte. Hinter ihr blendete ein Auto auf und nötigte sie, die Fahrbahn freizumachen. Sie fädelte sich auf die rechte Spur ein. „So ein Depp, den sollte man doch den Kollegen von der Verkehrswacht melden! Das ist doch Nötigung, was der macht!“, empörte sie sich, aber Hannes schüttelte nur den Kopf.
„Und wenn Sie ihn haben, willst du dann bei dem Sauwetter zur Gegenüberstellung gehen?“ Franziska antwortete nicht. Nach einer Weile fuhr Hannes fort. „Du, sag mal, dem Schwertfeger seine Arlette ist doch ein ganz schönes Dummchen, oder?“
Jetzt grinste Franziska und warf ihm einen raschen Blick zu. „Und ich dachte schon, sie hätte dir vielleicht gefallen.“
Er schüttelte sich belustigt. „Wissen Sie, ich bin nämlich Model, darum wollte mich Herr Froschhammer malen, und da dachte ich, das wäre doch ein schönes Geschenk für meinen Mann. Wenn Sie es ihm also vielleicht nicht erzählen würden? Ich meine, wegen der Überraschung“, äffte Hannes die junge Frau mit den rot lackierten Fußnägeln gekonnt nach.
„Na, die Überraschung wollen wir ihm doch gerne lassen, meinst du nicht?“

„Du willst es ihm wirklich nicht sagen?" Er sah sie verwundert an.
„Ich wüsste nicht, warum." Franziska setzte ihren Blinker. Sie hatten das Regensburger Kreuz erreicht und fuhren jetzt in Richtung Weiden auf die A 93. „Und ganz ehrlich, zu dem, was wir heute erfahren haben, passt Walter Froschhammer einfach nicht als Täter ins Bild."
„Du meinst, an Bargeld hätte er Interesse gehabt, aber nicht an einer Immobilie?"
„Richtig."
Damit schien das Thema für Franziska beendet. Sie musste sich auch zunehmend auf den Verkehr konzentrieren, um diese Zeit hatte es jeder eilig, und damit erhöhte sich auch automatisch die Möglichkeit, in eine gefährliche Situation zu kommen. Nach einigen Kilometern hatte sie die Ausfahrt Regensburg-Nord erreicht, blinkte und kam kurz darauf an einen Kreisverkehr.
Hannes lächelte süffisant. Ihn ließ der Gedanke nicht los, dass seine Kollegin sich in den Aktmaler verknallt hatte. Aber das war ihre Sache.
„Na, da bin ich ja mal gespannt, wie du das dem Cousin nachweisen willst."
„Das wirst du gleich sehen, da drüben ist das Gewerbegebiet."

***

Es war kein leichtes Unterfangen, Christian Sundhofer, den Geschäftsführer der Senffabrik Weberknecht, schließlich persönlich zu sprechen. Vom Büro aus schickte man Franziska und Hannes in die Produktionshalle, weil der Chef angeblich gerade einen neuen Fertigungsprozess überprüfe. Dort angekommen wurde ihnen aber erst einmal der Zugang verwehrt. Vor dieser Schranke half auch der Dienstausweis nicht weiter.

„Ohne Schutzkleidung geht hier gar nichts", erklärte die Facharbeiterin, die sie in Empfang nahm und brachte für jeden einen weißen Kittel aus knisterndem Polypropylen, ein Paar Überstülper für die Schuhe und ein Plastikhäubchen für die Haare. Nachdem sie aussahen, wie sonst nur die Kollegen von der Spurensicherung, durften sie endlich das Drehkreuz passieren und eine Nase voller Essig, Kreuzkümmel und, ja, was eigentlich noch?, nehmen. Hannes schnupperte, aber es roch nicht wirklich nach Senf.
„Kommen Sie!", forderte die dienstbeflissene Frau sie auf, die selbst einen weißen Stoffkittel mit weißen Hosen und dazu Sicherheitsschuhe trug, und führte sie an fünf Meter hohen Maschinen aus weißem Lack und Edelstahl, an Trichtern und unzähligen Rohren vorbei, bis Hannes stehen blieb und ehrfürchtig in die Höhe blickte.
„Damit entölen wir die Senfsaat", erklärte ihm ein Mann, der plötzlich neben ihnen stand und sie abwechselnd ansah. „Mein Name ist Christian Sundhofer, ich bin der Geschäftsführer von Weberknecht Senf. Was kann ich für Sie tun?"
Er war ebenfalls in Weiß gekleidet, aber irgendwie schicker. Hannes sah ihn ein bisschen verwundert an, denn er hatte ihn nicht kommen hören bei dem ganzen Lärm. Franziska erschrak, als ihr klar wurde, dass der mögliche Mörder von Sophia Weberknecht plötzlich vor ihr stand. Er war nicht so groß, wie sie ihn sich vorgestellt hatte, dafür aber sehr muskulös. Selbst in seiner Laborkleidung sah er auffallend gut aus. Paula Novak hatte also recht gehabt, zumindest mit dieser Behauptung.
Die beiden stellten sich und ihr Anliegen vor und Franziska fragte, ob sie vielleicht irgendwohin gehen könnten, wo es nicht so laut war. Sie hatte nicht vor, ihn bei dem herrschenden Betriebslärm zu befragen, dafür war ihr seine Aussage zu wichtig.
Sundhofer lächelte freundlich. Unter seinem Häubchen quol-

len blonde Haare hervor, die vielleicht ein bisschen nachgefärbt waren. Er schien völlig ahnungslos. „Ja, natürlich, wir können ins Labor gehen, da habe ich ohnehin noch zu tun." Mit einigen Erklärungen, mithilfe welcher Maschinen die verschiedenen Arbeitsschritte in der Senfherstellung durchgeführt wurden, lotste er sie durch die Produktionshalle, wobei Hannes jedes Detail begierig aufsaugte. Nachdem die Produktion eher im Verborgenen, sprich im Inneren der großen Maschinen ablief, trat der Senf in der Abfüllanlage endlich in Erscheinung, und Hannes war erstaunt darüber, in wie vielen verschiedenen Formen es Senf gab. Kurz warf er noch einen Blick auf die vielen Gläser, die hier befüllt wurden, dann folgte er den beiden anderen die Wendeltreppe hinauf zum Labor.

Franziska dagegen hatte Sundhofer auch während der kleinen Führung keinen Moment aus den Augen gelassen. Sie war sich nicht sicher, ob er am Ende den Ahnungslosen nur spielte.

„Sie wurden am 8. Oktober in Passau in der Postackerstraße 7 gesehen. In dem Haus wohnte Ihre Cousine Sophia." Franziska holte das Phantombild aus der Tasche und reichte es ihm. Der Mann sah es lange an und schmunzelte. „Das ist gut möglich."

„Sie geben also zu, am vergangenen Dienstag bei Ihrer Cousine gewesen zu sein?", fragte sie noch einmal und steckte das Bild wieder in ihre Tasche.

„Hören Sie, ich weiß, dass meine Cousine am Dienstagabend ermordet wurde, und ich war tatsächlich am frühen Nachmittag bei ihr, aber ich habe sie nicht getötet. Als ich ging, war sie noch sehr lebendig."

„Kam es häufiger vor, dass Sie sie besucht haben?"

„Nein, eigentlich nie, und ich wäre auch am Dienstag nicht zu ihr gefahren, wenn ich nicht etwas mit ihr zu besprechen gehabt hätte."

„Und worum ging es in diesem Gespräch?“ Franziska fand es zwar lästig, ihm alles aus der Nase ziehen zu müssen, aber in seinem Fall konnte sie diese Haltung gut verstehen.
„Es ging um ihre Erbschaft vor drei Jahren, und wenn Sie es genau wissen wollen: Wir haben uns gestritten. Ich sage das nur, weil Sie sonst vielleicht ein Tonband herausziehen und mir einen Mitschnitt präsentieren. Die Nachbarn sind ja scheinbar sehr wachsam, um es einmal vorsichtig auszudrücken.“
Franziska deutete ein bedauerndes Lächeln an. „Nein, leider haben wir keinen Mitschnitt, aber trotzdem danke für Ihre Ehrlichkeit. Sie haben sich also gestritten. Wie ging der Streit aus?“
„Sie war sauer. Ich war sauer. Ich fuhr nach Hause.“
„Einfach so?“
„Was sollte ich Ihrer Meinung nach machen? Ihr Geld war weg!“
„Weshalb Sie ja auch so sauer auf sie waren. Sie gingen weg und kamen später zurück, um sie in ihrer Wut zu erschlagen.“
Sundhofer schnappte nach Luft. „Also, das ist doch die Höhe! Wie kommen Sie darauf? Wenn, dann hätte ich das doch gleich getan! Ja, ich war echt sauer auf sie, aber sie war meine Cousine. Wir sind zusammen aufgewachsen.“
Sundhofer drehte sich von Franziska weg, sie sah nur noch, wie er immer wieder den Kopf schüttelte und seine Hände an einer Zentrifuge herumspielten. Auf einmal drehte er sich wieder um.
„Hören Sie, Sie sind auf dem Holzweg. Unserer Firma geht es prächtig. Wir haben hier rund sechzig Angestellte und sind gerade dabei zu expandieren. Der Weberknechtsenf geht in die ganze Welt. Wöchentlich laufen rund eine Million Tuben und Gläser vom Band. Wir sind hier nicht am Pleitegehen.“ Er atmete tief durch und fuhr dann fort. „Ich hatte nur

eine Idee, wollte mit dem Geld von Sophia die Firma erweitern und dachte, ihr läge auch etwas daran. Immerhin wollte sie sie ja mal selbst übernehmen."
„Und nachdem Sie ihr Ihre Ideen vorgetragen haben, hat sie Ihnen gesagt, dass ihr Geld bereits in einer Immobilie steckt?"
Franziska beobachtete ihn. Seine Körpersprache erzählte mindestens genauso viel wie seine Worte.
„Ja, sie erzählte mir von ihrer Immobilie, wie Sie sagen. Aber im Grunde machte mir das nichts aus, denn das wusste ich bereits, bevor ich zu ihr fuhr."
Franziska und Hannes sahen sich verwundert an. „Sie wussten davon?"
„Ja, ich bekam einen Anruf. Vor ...", er überlegte. „zwei, drei Wochen. Der Mann fragte, ob ich wissen wollte, wo Sophias Geld steckt. Ich fragte, wer er ist. Und er antwortete: Das tut nichts zur Sache, ob ich es also wissen will? Ich sagte Ja. Da sagte er: Sie hat es investiert, in etwas Künstlerisches. Und damit ist das ganze Erbe für mich futsch."
„Und dann?"
„Dann habe ich lange überlegt, was ich tun sollte, ob ich diesem Anrufer glauben konnte oder doch besser erst mit meiner Cousine reden sollte, und so beschloss ich, zu ihr zu fahren."
„Und dann erfuhren Sie, dass es stimmt."
„Richtig."
„Nannte der Mann einen Namen?"
„Nein, wie ich schon sagte."
„Würden Sie ihn denn wiedererkennen?"
„Seine Stimme? Vielleicht."
„Wie alt schätzen sie ihn?"
„Mitte dreißig bis fünfzig, würde ich sagen."
„Eine Frage noch, wo haben Sie den Abend und die Nacht vom 8. auf 9. Oktober verbracht?"

***

Wie an jedem Tag der Woche machte sich Revierförster Josef Fallhuber auch an diesem Donnerstagmorgen mit seinem alten Lada auf den Weg zu seinem Arbeitsplatz im Friedlbauern Mais. Obwohl er die Fünfzig schon überschritten hatte, war er ein Bär von einem Mann: groß, kräftig, mit Händen wie Wagenräder und einem vom Wetter gegerbten Gesicht. Er liebte seine Arbeit und selbst der Regen der letzten Tage konnte ihn nicht verstimmen. Bald kam der Winter, dann hieß es wieder zu Hause sitzen, dem Genörgel seiner Frau zuzuhören und darauf zu warten, dass die ersten Revierarbeiten anstanden.
Während er die Forststraße entlangfuhr, dachte er an die Bäume, die heute zum Einschlag für die neue Rückestraße ausgezeichnet werden sollten. Seit einigen Tagen hatten sie drüben im Kiefernbestand einen Holzvollernter eingesetzt. Doch die Maschine machte nur Ärger, weil die Hydraulik einen Schaden hatte und die Durchforstung darum nur schleppend voranging.
Wenn es nicht besser werden würde, dachte er gerade, musste sie ganz ausgetauscht werden, sonst schafften sie das Pensum bis zum Winter nicht mehr.
Auf einmal drosselte er die Geschwindigkeit und hielt schließlich an. Vor ihm auf der Straße lag etwas. Zunächst dachte er an Brennholzdiebe, die vielleicht einen Teil ihrer Beute verloren hatten. Doch egal, was es war, er würde aussteigen müssen und das Zeug aus dem Weg räumen, sonst konnte er nicht weiterfahren. Er zog sich seine grüne Forstmütze tief ins Gesicht, griff nach den Arbeitshandschuhen, die auf dem Armaturenbrett lagen, und verließ den Lada. Als er näher kam, traf ihn die Erkenntnis, dass das ganz sicher kein Brennholz war, mit voller Wucht. Augenblicklich wurde ihm flau und sein Frühstück wollte so schnell wie möglich seinen Magen verlassen. Hastig wandte er sich ab und übergab sich im Gebüsch neben der erst im Frühsommer

erneuerten Forststraße. Nach einigen tiefen Atemzügen ging er zurück auf die Straße. Vor ihm lag ein toter Mann. Wobei das nicht wirklich zu erkennen war. Er ging nur wegen der Schuhe davon aus, dass es sich um einen Mann handelte. Von dem Menschen selbst war nicht mehr viel zu erkennen. Außer vielleicht, dass er auf dem Rücken lag. An Kopf und Gesicht fehlte ein Teil der Haut, der Rest war mit Blut überzogen. Kinn und Nase schienen sich aufgelöst zu haben. Seine Kleidung war völlig verdreckt und durchweicht und lag nur noch in Fetzen auf seinem verschrammten Körper, der mit Dreck und, wie Fallhuber vermutete, Blut überzogen war.

In seiner Freizeit ging er gern zur Jagd und dabei kam es hin und wieder auch vor, dass ein Stück Wild nicht gleich im Feuer lag, sondern absprang und noch etliche Hundert Meter weit lief, bevor es zusammenbrach. In der Regel fand der Hund das angeschossene Stück und man konnte es bergen und verwerten. Doch einmal hatten sie einen Hirsch vergebens gesucht, stundenlang, bis sie davon ausgingen, dass er einfach daneben geschossen hatte. Wochen später wurde er dann doch noch gefunden. Von Tieren angefressen, von Fäulnis zersetzt. Aber das war im Vergleich zu diesem Anblick noch harmlos, dachte er jetzt und zückte sein Handy. Nachdem er die Polizei verständigt hatte, holte er einen Flachmann aus dem Handschuhfach und nahm einen tiefen Schluck. Der Alkohol brannte wie Feuer in seiner Kehle. Fallhuber war kein Trinker, eigentlich mochte er Schnaps noch nicht einmal. Aber in diesem Moment machte er eine Ausnahme, denn nach dem Anblick des Toten hatte er den Schnaps bitter nötig. Und dann sah er besorgt auf den Regen, der noch immer von den Laubbäumen tropfte. Wer weiß, wie lange der Mann schon da lag, dachte er und wer weiß, wie viele Spuren der Regen schon vernichtet hatte. Und dann begann er, ein Gebet zu sprechen. Erst für die Leiche am Boden, für die er um Frieden bat, und dann zum Herrgott, dass er den, der das getan hatte, zur Rechenschaft ziehen möge. Josef Fallhuber war ein gläubiger Mann, und eigentlich verbot sein Glaube, an Rache zu denken, aber instinktiv ahnte er, dass der Mann, der vor ihm lag, in seinen letzten Minuten das Schlimmste hatte durchmachen müssen.

***

Wieder saß Hauptkommissar Berthold Brauser mit Lorenz in seinem Büro und musterte den verstummten Jungen. „Warum sagst du uns nicht endlich, wer die anderen auf dem Film sind? Andi Proll kennen wir ja nun schon."
Doch Lorenz zuckte nur die Schultern und schwieg wie schon am Tag vorher, als der Kommissar ihn mit dem Namen des Jungen konfrontiert hatte. Anschließend hatte er noch nicht einmal mehr Flieger basteln wollen, sodass ihn der Kommissar nach einer Stunde des Schweigens in seine Zelle in der Justizvollzugsanstalt in der Theresienstraße zurückbringen lassen hatte.
Seither hatte er weder von ihm noch von Andi Proll etwas gehört. Der eine schwieg und der andere war verschwunden. Und niemand wusste wohin.
„Hat es mit Julia zu tun?" Ein Ruck ging durch die stumme Gestalt, dann sackte sie wieder in sich zusammen.
„Lorenz, du musst keine Angst haben, sie können dir nichts tun. Wenn wir die Burschen haben, bist du sicher."
„Sagt wer?"
„Ich sage das. Vertraust du mir nicht?" Der Junge schüttelte unmerklich den Kopf.
„Dann machen wir es ganz anders. Du sagst mir, wer die Burschen auf dem Film sind, und ich verspreche dir, dass sie nicht erfahren von wem ich ihre Namen habe." Brauser sah ihn aufmerksam an.

„Du magst doch Julia, oder?“ Der Schüler nickte und ein kleines Lächeln huschte über sein Gesicht.
„Dann willst du doch auch nicht, dass sie mit einem Jungen zusammen ist, der so etwas Abscheuliches getan hat.“ Wieder nickte Lorenz.
„Dann musst du mir helfen, damit wir ihn finden und es ihm nachweisen können.“
Doch jetzt schüttelte der Junge den Kopf. „Ich weiß nichts! Ich habe nur gefilmt!“
„Das glaube ich dir auch“, versicherte ihm Brauser. „Aber im Moment haben wir nur dich, und wenn du uns nicht sagst, was du weißt, dann deckst du einen Mörder!“ Auch dieser Einwand änderte nichts an Lorenz′ Einstellung.
Nach einer Pause fing Brauser von Neuem an. „Was ist passiert, bevor du gefilmt hast? Wo haben die vier Jungs Klaus Wallenstein getroffen? Wer hat ihm die Spritze mit der Luft gegeben? Wo war das Auto, bevor es auf den Parkplatz gefahren wurde?“
„Aber woher soll ich das alles wissen?“, schrie Lorenz auf einmal und sackte danach noch mehr in sich zusammen. Leise, fast flüsternd fügte er hinzu: „Ich bin doch erst gekommen, als sie die Waffe schon in der Hand hatten.“
„Und woher wusstest du, dass sie auf dem Parkplatz sind?“
„Ich habe sie gesucht, und als ich in der Nähe des Parkplatzes war, habe ich sie gehört. Sie haben ziemlich rumgebrüllt.“
„Warum hast du sie gesucht? Wolltest du etwas von ihnen?“
„Ich bin ihnen schon öfter gefolgt und hab sie heimlich beobachtet, sie ließen mich ja nicht mitmachen“, sagte er resigniert und mit ganz leiser Stimme.
„Warum wolltest du auch ausgerechnet bei dieser Gruppe dabei sein?“, fragte Brauser teilnahmsvoll.
„Weil, weil ich ...“, er verstummte.
„Wegen Julia?“ Nicken. „War Julia auch dabei, als du die Clique gefilmt hast?“

„Nein. So etwas würde sie doch niemals machen!“, schrie Lorenz entsetzt auf.
„Aber Andi Proll schon?“ Der Junge nickte erneut. „Du magst ihn nicht?“
Wieder stimmte Lorenz zu. „Trotzdem wolltest du in die Gruppe?“ Der Junge zuckte hilflos mit den Schultern und Brauser verstand.
„Warum hast du sie gefilmt?“
„Weil das mein Hobby ist“, verteidigte er sich.
„Und warum hast du das Video dann Andi gegeben?“
„Weil sie in der Gruppe damit geprahlt haben. Da hab ich gesagt, ich hätte sie gefilmt.“
„Du wolltest sie damit erpressen?“
Der Schüler zuckte die Schultern. „Ich weiß nicht, vielleicht. Aber Andi sagte nur, er wolle den Film sehen und dann sagte er: Das ist doch super, so kann ich jedem zeigen, wie cool wir sind.“
„Und dann?“, fragte Brauser. Doch Lorenz zuckte wieder nur mit den Schultern. „Dann haben sie dich mitgenommen.“
Lorenz nickte. „Sie haben mich dann ihren Filmemacher genannt und wollten, dass ich noch mehr Sachen aufnehme.“
„Und du warst glücklich, weil du jetzt dazugehörtest.“ Erneutes Schulterzucken.
„Oder lief es nicht so, wie du es dir vorgestellt hast?“
„Sie sagten, wenn ich sie verpfeife, geht es mir genauso wie dem im Auto. Sie würden mich auf jeden Fall kriegen.“
„Und jetzt willst du ins Gefängnis gehen und sie weitermachen lassen“, stellte der Chef der Mordkommission nüchtern fest.
„Nein! Aber ...“
„Trefft ihr euch noch immer am Parkplatz in Ingling?“
Lorenz schüttelte den Kopf.
„Wo dann?“
„Im Vereinsheim.“ Der Junge nannte die Adresse.

„Und die vier sind immer zusammen?“
„Ja, meistens.“
Brauser atmete auf. Er hatte jetzt, was er brauchte und es gab keinen Grund, weiter auf den Jungen einzudringen. „Du kannst gehen, Junge, aber pass auf dich auf und halt dich vielleicht besser von solchen Typen fern. Verstehst du?“
Lorenz nickte. Dann stand er auf und sah sich noch einmal im Zimmer um. Es schien gerade so, als wolle er gar nicht fort.

***

Natürlich war den Kommissaren sofort klar, dass Geld, das in einer Immobilie steckt, zum Verwirklichen einer geschäftlichen Idee nicht so geeignet ist wie Bargeld. Aber so richtig überzeugt hatte Franziska die Aussage von Christian Sundhofer eben doch nicht. Er war Sophias Cousin, ja, aber hielt ihn das wirklich von einem Mord ab? Die Statistik sprach da eine andere Sprache. Und dann die Sache mit dem Anruf. Wer sagt, dass er sich das nicht erst hinterher ausgedacht hatte? Nachdem er dann auch noch kein Alibi vorweisen konnte, hatte Franziska ihn am nächsten Tag in Passau vorgeladen.
Während Christian Sundhofer jetzt beim Erkennungsdienst war, überlegten die beiden Kriminalkommissare sich, wie sie ihm vielleicht doch noch den gewaltsamen Tod seiner Cousine Sophia nachweisen konnten.
„Je öfter ich mir seine Argumentation durch den Kopf gehen lasse, desto unglaubwürdiger klingt sie“, sagte Franziska schließlich und zeigte auf ihr grünes Notizbuch. „Du wirst sehen, sein Motiv wird ihn überführen.“
„Na, ich weiß nicht. Das mit dem Erbe ist doch ziemlich weit hergeholt, vor allem wenn er gewusst hat, dass das Geld feststeckt“, entgegnete Hannes.

„Das allein meine ich gar nicht. Die beiden waren zerstritten, weil jeder die Firmenleitung übernehmen wollte. Was, wenn der Streit gar nicht ums Geld ging, sondern um die Tatsache, dass Sundhofer als Cousin die Firma leitet und Sophia als Tochter nicht?" Franziska sah Hannes herausfordernd an, aber der sagte erst einmal nichts dazu. Sie fuhr fort. „Wer weiß, was sie ihm bei seinem Besuch am Nachmittag alles an den Kopf geworfen hat. Er sagte zu uns, er sei sauer wegen des Geldes gewesen und deshalb gegangen. Weil er meint, dass wir ihm das glauben. Aber vielleicht", sie grinste, „vielleicht war er auch sauer, weil er sich von ihr eine ganz andere Geschichte anhören musste, und das hat dann in ihm gearbeitet. Solange bis er zurückkam, die Tür mit dem mitgebrachten Schlüssel der Eltern aufschloss, sie überraschte und erschlug."
Hannes wollte gerade entgegnen, dass das nicht leicht zu beweisen sein würde, als die Tür aufging und Obermüller mit einem Bericht hereinkam. Es war eine Auskunft über die Firma Weberknecht. Franziska überflog sie kurz und schob sie dann zu Hannes rüber. Daraus konnte man dem Geschäftsführer zumindest keinen Strick drehen.
„Ach, Obermüller, ist Christian Sundhofer schon durch mit der Erkennungsdienstlichen?"
„Ja, er wartet im Vernehmungszimmer, zusammen mit seinem Anwalt Dr. Meier-Fürstenstein." Obermüller grinste, denn der Ruf des Anwaltes reichte bis zu ihnen nach Passau.

***

„Sie sind seit drei Jahren Geschäftsführer der Firma Weberknecht. Haben Sie damit gerechnet, dass Karl Weberknecht Ihnen anstelle seiner Tochter diesen Posten anbieten würde?"

„Moment, das sind ja reine Spekulationen, was hat das mit dem Mord zu tun?“, brauste Meier-Fürstenstein sofort auf, aber selbst Sundhofer ging darüber hinweg.
„Aber natürlich!“, entgegnete er stattdessen fest. „Immerhin habe ich Lebensmitteltechnologie studiert und konnte im Vergleich zu Sophia nicht nur die Geschäftsführung, sondern auch die Überwachung und Optimierung der Fertigungsprozesse übernehmen.“ Er beugte sich nach vorne, als wolle er den beiden ein Geheimnis verraten. „Hören Sie, ich weiß nicht, woher Sie Ihre Informationen haben, aber dass Sophia das Geschäft übernehmen wollte, war ein reines Hirngespinst von ihr. Sie hätte das niemals geschafft!“
„Das sah Sophia aber anders“, beharrte Franziska.
„Ja, sie hatte diese fixe Idee. Sie war der Meinung, es wäre an der Zeit, dass die Firma wieder in Frauenhand käme. Zum Glück hat ihr Vater sie da ja ausgebremst.“
„Und ausbezahlt?“
Sundhofer warf Meier-Fürstenstein einen kurzen Blick zu, bevor er antwortete. „Ja, mit einer Schenkung in Höhe von fünfhunderttausend Euro. Aber das wissen Sie ja bereits.“
Die Kommissarin nickte und blickte dann zur Tür. Es hatte geklopft und Obermüller streckte den Kopf zur Tür herein. Er kam zu Franziska und flüsterte ihr ins Ohr: „Es gibt einen unbekannten Toten im Friedlbauern Mais. Der Mann wurde überfahren.“
Franziska stöhnte. „Muss das jetzt sein?“
„Es deutet alles auf Vorsatz hin.“
Sie nickte und sah dann zu Sundhofer und seinem Anwalt. „Ich muss Sie dann leider bitten, noch einmal draußen zu warten.“ Damit gab sie dem Kollegen ein Zeichen und entließ die beiden aus dem Gespräch. Dann rief sie Hannes an und machte sich mit ihm auf den Weg in Richtung Neuburger Wald.

***

Franziska stand mit dem Dienstwagen am Ende der Wagenkolonne und zog gerade ihre Gummistiefel an. Zwar hatte der Regen nachgelassen und die Forststraße schien einigermaßen trocken, doch das Gelände rundum war nass und matschig. Als sie fertig war, knöpfte sie ihren Mantel zu und marschierte hinter Hannes in seiner Goretexjacke her. Der Tatort war weiträumig abgesperrt und es fiel sofort eine beklemmende Stille auf. Das gab es sonst nur, wenn Kinder die Opfer von Gewalttaten waren. Die Oberkommissarin grüßte die Kollegen, hob das Absperrband und schlüpfte darunter durch. „Franziska!" Gruber hielt sie auf einmal am Arm fest und nickte in Richtung Fundort. „Mach dich auf einiges gefasst."
Besorgt warf sie Hannes einen Blick zu. Der Kollege hatte schon bei Sophia fast schlapp gemacht. Als sie gleich darauf den Notarzt Dr. Franz Buchner neben der Leiche entdeckte, war sie froh darüber, dass ihr die Erstuntersuchung erspart blieb. „Hallo."
„Ach, Frau Kommissarin, da sind Sie ja!" Das klang nicht vorwurfsvoll, eher so, als ob er sich gefreut hätte, unter anderen Umständen.
„Wissen Sie schon was Näheres?"
Franz Buchner nickte. Als Notarzt kannte er jede Form von körperlicher Zerstörung. Was ihm in diesem Fall jedoch zu schaffen machte, war die Erkenntnis, dass der Mann, so wie es für ihn aussah, mit voller Absicht überfahren worden war. „Ich will natürlich der Rechtsmedizin nichts vorwegnehmen, aber dieser Mann lag bereits am Boden, als das Auto über ihn gefahren ist." Buchner ging mit Franziska und Hannes zu dem Toten und hob das Tuch, mit dem er abgedeckt war, an den Füßen hoch. „Sehen Sie hier: Der ganze Körper ist in einem völlig desolaten Zustand, aber die Unterschenkel sind intakt. Dabei müsste er, wenn er zufällig vor den Wagen gelaufen wäre, ungefähr hier", er zeigte auf die Mitte

der Unterschenkel, „Bruchstellen oder zumindest schwere Verletzungen haben."
Der Mediziner hielt das Tuch weiter hoch und zeigte den ganzen geschundenen Körper. „Der Mann wurde direkt abgeledert." Er zeigte auf die rechte Hüfte. „Hier fehlt nicht nur die Haut, sondern auch Fleisch. Das, was Sie da sehen, ist der Hüftknochen." Franziska schluckte heftig, sie stellte sich gerade vor, was der Mann mitgemacht hatte. „Kann es sein, dass er schon tot war, bevor er überfahren wurde?", fragte sie daher.
„Nein, ich fürchte nicht, und es sieht sogar noch schlimmer aus. An den Fußknöcheln und Handgelenken", Buchner zeigte auf die Stelle, „sind Vertrocknungsspuren, die auf eine Fesselung hinweisen."
„Sie glauben also, der Mann lag gefesselt auf dem Boden, als das Auto über ihn fuhr?", fasste sie schockiert zusammen.
„Ja", bestätigte Annemarie in ihrem weißen Anzug der Spurensicherung, die hinzugekommen war und die letzte Äußerung mit angehört hatte. „Der Täter muss dort hinten gehalten haben und das Opfer dann gefesselt auf die Straße gelegt haben. Anschließend ging er zu seinem Auto zurück und fuhr über ihn drüber. Dabei hat er ihn ein Stück mitgeschleift, was man gerade noch auf dem Boden erkennen kann. Bremsspuren finden sich dagegen nirgends."
Franziska nahm das Tuch weg, sie wollte sein Gesicht sehen, auch wenn sie das Schlimmste befürchtete.
„Oh mein Gott!", rief Hannes auf einmal und taumelte ein paar Schritte zurück. „Weißt du, wer das ist?"
„Selbst wenn ich es wüsste, würde ich ihn nicht erkennen", behauptete seine Kollegin.
„Mir kamen die Schuhe schon so bekannt vor." Hannes schluckte. „Ich glaube, das ist dieser Journalist, dieser Hajo Felbermann!"

„Bist du dir sicher?"
„Nein, natürlich nicht, schau ihn dir doch an!"

***

Wenn es Spuren auf dem Waldboden und der Forststraße gegeben hatte, so hatte sie der Regen in der vergangenen Nacht gründlich fortgewaschen. Vielleicht hatten der oder die Täter darauf spekuliert und waren deshalb so unvorsichtig vorgegangen, als sie den Mann vom Leben in den Tod befördert hatten. Wenn dem so war, dann hatten die Täter aber auf jeden Fall die Spuren unterschätzt, die die Kriminaltechnik auf der Leiche und der Kleidung gefunden hatte, und die inzwischen in der Rechtsmedizin in München und in der KTU in Passau freigelegt, untersucht und analysiert wurden.
Dass es sich bei dem Toten tatsächlich um Hajo Felbermann handelte, war inzwischen zur traurigen Gewissheit geworden. Annemarie und ihre Leute hatten das Gebüsch neben der Straße abgesucht und dort einen Presseausweis mit seinem Namen gefunden. Darum ging das ganze Team, das am frühen Donnerstagnachmittag im Konferenzraum Platz genommen hatte und bereits heftig über den Fall diskutierte, auch davon aus, dass der Tote Hajo Felbermann war.
Oberstaatsanwalt Schwertfeger saß wieder neben seinem Freund Berthold Brauser und Hannes, der neben Franziska saß, konnte sich trotz allem ein Grinsen nicht verkneifen, wenn er an ihn und seine Frau Arlette und ihr so originelles Geschenk dachte.
„Ich frage mich trotzdem, warum er einfach liegen blieb und gewartet hat, bis das Auto über ihn drübergefahren ist", stellte Franziska die Frage in den Raum, die sie schon am Tatort beschäftigt hatte.
„Weil er gefesselt war!", half Hannes aus und löste sich von seinen Gedanken.

„Schon, aber selbst wenn ich an Händen und Füßen gefesselt bin, kann ich mich doch noch wegrollen, oder etwa nicht? Er hätte sich doch nur ins Gebüsch rollen müssen und schon hätte das Auto ihm nichts mehr anhaben können."
„Damit wäre er dem Täter aber nicht entkommen", warf Gruber ein.
„Nein, das stimmt wohl. Vielleicht dachte er ja auch, wenn er ganz ruhig liegen bliebe, würde ihm nichts passieren, weil das Auto einfach über ihn hinweg fahren würde."
„So eine Art Mutprobe, wie sie dumme Jungs machen?", fragte Gruber nach.
„Könnte doch sein", beharrte Franziska.
Schwertfeger war durchaus bewusst, dass die Kollegen diese eigentlich unwichtige Frage nur aus einem Grund so heftig diskutierten: Sie waren alle vom Anblick des Mannes schockiert. Ihm selbst war es beim Betrachten der Fotos nicht anders gegangen, und doch musste er dafür sorgen, dass Fakten geschaffen wurden.
„Gibt es irgendeinen Hinweis auf den Täter oder sein Motiv?", fragte er daher.
„Rache", entgegnete Franziska. „So etwas tut man nur aus Rache."
„Dann sollten Sie sich als Erstes darum kümmern, an was Hajo Felbermann in letzter Zeit gearbeitet hat. Der Mann war Journalist, vielleicht ist er mit seinen Geschichten jemandem zu nahe gekommen."
„Moment mal!", rief Hannes auf einmal und sprang von seinem Stuhl, als wäre er von ihm gebissen worden. Kurz sah er Franziska an und sprach dann zu allen im Konferenzraum. „Vor lauter Sundhofer haben wir die Fotos ganz vergessen."
Schwertfeger warf Hannes einen fragenden Blick zu, und auch die anderen schienen ihm nicht folgen zu können. „Herr Hollermann, kann es sein, dass Sie mit dem Fall überfordert

sind?“, fragte der Staatsanwalt, und an alle gewandt fügte er hinzu: „Ich werde versuchen, dass Sie Unterstützung bekommen.“

Hannes begehrte energisch auf. „Ich glaube nicht, dass wir von diesem und jenem Fall sprechen sollten, ich glaube, dass die Fälle alle zusammenhängen!“

Im Konferenzraum herrschte auf einmal Schweigen. *Was erlaubte sich der junge Kollege da?* Doch Hannes ließ sich nicht aus dem Konzept bringen. „Als ich Hajo Felbermann im Medienzentrum besucht habe, sind mir nicht nur seine außergewöhnlichen Schuhe aufgefallen, sondern noch ein weiteres Detail.“ Er ließ sich bewusst Zeit, wollte die Situation auskosten. „Franziska, du erinnerst dich doch an die Besichtigung des ‚Butterfly‘?“ Sie nickte und ein Raunen ging durch den Raum. Das Etablissement war bekannt. „In einem der Zimmer habe ich die Vermutung geäußert, dass dort Fotos entstanden sind, die wir auf einer CD in der Nähe des Tatorts Wallenstein gefunden haben.“

Sie erinnerte sich jetzt und nickte erneut. „Ja. Du wolltest sie ausdrucken und vergleichen.“

„Genau! Und als ich gerade dabei war, kam der Anruf von Paula Nowak wegen des Phantombilds und wir sind nach Regensburg gefahren.“ Die Sache mit Schwertfegers Frau ließ er brav weg.

„Das stimmt“, ging Franziska dieses Versäumnis auf einmal auf. „Das haben wir gar nicht mehr überprüft. Aber wie kommst du jetzt darauf?“

„Als ich bei Hajo Felbermann war, lagen auf seinem Schreibtisch jede Menge Unterlagen, unter anderem eine CD. Ich nahm sie in die Hand, weil mir die grüne Beschriftung so bekannt vorkam, und fragte ihn, ob er sie beschriftet habe. Und er antwortete: Nein, das ist wohl eine Kollegin gewesen. Dann wollte ich wissen, was da drauf wäre und er sagte: Ich vermute Bilder, denn sonst würde nicht ‚Bilderreihe‘

darauf stehen. Aber irgendwie hatte ich gleich das Gefühl, dass es ihm nicht recht war, dass ich die CD bemerkte. Ich habe dann nichts weiter unternommen, mir die Nummer aber gemerkt. Auf der Hülle stand: *Bilderreihe 256 bis 312.* Und jetzt ratet mal, welche Nummern unter den Fotos stehen, die auf der CD vom Tatort Wallenstein sind?" Er zögerte nicht lange und fügte hinzu: „Alles Ziffern zwischen 256 und 312! Und da ist die Frage doch erlaubt, ob nicht Hajo Felbermann, Sophia Weberknecht und Klaus Wallenstein vom gleichen Täter ermordet wurden!"
„Wegen einer CD?", fragte Schwertfeger ungläubig nach.
„Wegen der Fotos auf der CD!", erläuterte der junge Kriminalkommissar und verließ den Raum, um gleich darauf mit einem Stapel Fotos und einer CD zurückzukommen.
Während Mona die CD an sich nahm, ließ Hannes die Fotos herumgehen, damit jeder im Raum sie sich ansehen konnte. Und tatsächlich war das ganze Team gleich darauf mit der Frage beschäftigt, was an diesen Fotos so besonders war, dass sie drei Menschenleben gefordert haben könnten.
„Wer sind diese Männer und Frauen?", fragte Schwertfeger schließlich.
„Das wissen wir noch nicht", antwortete Hannes und sah kurz zu Franziska hinüber. „Aber mein erster Eindruck ist, dass nur die Frauen wussten, dass sie fotografiert wurden. Keiner der Männer schaut in die Kamera."
Franziska griff sich einige Bilder und musste zugeben, dass Hannes mit seinen Beobachtungen recht hatte. „Das könnte tatsächlich das Zimmer im ‚Butterfly' sein!" Und dann fiel ihr noch etwas auf. „Außerdem sind die Frauen deutlich jünger als die Männer", fügte sie hinzu und gab die Aufnahmen an Gruber, der neben ihr saß.
„Falls", meldete sich Schwertfeger zu Wort, „diese CD mit den Fotos tatsächlich mit dem Mord an Klaus Wallenstein zu tun hat und die Fotos wiederum im ‚Butterfly' der So-

phia Weberknecht aufgenommen worden sind, dann stellt sich die Frage, wie Hajo Felbermann in den Besitz dieser Fotos gekommen ist und zu welchem Zweck er sie genutzt hat."

Franziska nickte und baute die Hypothese weiter aus. „Vermutlich für einen Artikel. Ich frage mich jetzt aber zuerst einmal, wofür und von wem diese Bilder überhaupt gemacht worden sind."

„Und wie sie an den Tatort Wallenstein gelangt sind", fügte Hannes hinzu. „So würden wir vielleicht ein Motiv dafür finden, warum beide auf so brutale Weise sterben mussten."

„Bestimmt. Aber ich bleibe dabei: Zuerst müssen wir wissen, zu welchem Zweck sie entstanden sind, dann erst können wir überlegen, wie sie zu den anderen gelangen konnten."

Schwertfeger nickte und sah kurz zu Brauser, der noch immer schwieg. „Allerdings brauchen wir zuerst die CD, die Sie bei Hajo Felbermann gesehen haben, Herr Hollermann. Wenn darauf tatsächlich diese Fotos sind", er deutete auf die Fotos, die inzwischen auf allen Tischen verteilt lagen, „dann wissen wir, dass wir auf dem richtigen Weg sind."

„Ich frage mich die ganze Zeit, wie diese Theorie zu unseren jugendlichen Tätern passt", meldete sich nun endlich Hauptkommissar Brauser zu Wort und alle Augen wurden erwartungsvoll auf ihn gerichtet. „Das ‚Butterfly' liegt ja viele Kilometer vom Parkplatz Ingling, dem Treffpunkt im Wald und dem Vereinsheim, entfernt", stellte er nüchtern fest und schob dann nach: „Lorenz Wagenbauer hat heute zugegeben, dass er von der Clique aufgenommen wurde und als ihr Filmemacher fungierte. Aber ich kann mir beim besten Willen nicht vorstellen, wie er ins ‚Butterfly' gekommen sein soll, um dort diese Fotos zu machen."

„Hat er denn jetzt auch gesagt, wer die anderen sind, und hast du diesen Andi Proll schon ausfindig gemacht?", wollte Schwertfeger wissen.

„Er hat zwar keine Namen genannt, dafür aber einen Treffpunkt, den wir jetzt überwachen. Obermüller ist mit einem Kollegen dran“, antwortete der Kommissar.
Der Staatsanwalt nickte, fasste in Gedanken alle Erkenntnisse zusammen und verkündete dann. „Gut, solange wir noch keine Berichte von der Kriminaltechnik und der Rechtsmedizin haben, konzentrieren wir uns ganz darauf, die CD bei Hajo Felbermann zu finden, das ‚Butterfly‘ zu durchsuchen und die jungen Täter festzunehmen. Das sollte uns ein Stück weiterbringen.“
„Solange das mit der CD noch eine Vermutung ist, nehme ich mir trotzdem noch einmal Christian Sundhofer vor. Ich will auf jeden Fall von ihm wissen, wo er in der Nacht war. Immerhin hatte er ein starkes Motiv, seine Cousine Sophia umzubringen, und Hajo Felbermann hat über sie geschrieben. Vielleicht hat er es ihm verübelt, dass er die Sache mit dem Erbe publik gemacht hat. Ohne den Artikel hätten wir das nämlich nie erfahren“, erklärte Franziska.
„Ich musste Christian Sundhofer gehen lassen, sein Anwalt bestand darauf. Die Beweislage war einfach zu dünn“, eröffnete Schwertfeger und Franziska verzog verärgert das Gesicht. „Der Mann läuft uns nicht weg, Frau Steinbacher, und manchmal ist es gut, einen Verdächtigen in Sicherheit zu wiegen.“ Sie nickte, auch wenn sie das gar nicht gut fand.
„Dann fahren wir ins Medienzentrum und recherchieren, an welchen Geschichten Felbermann gearbeitet hat.“ Sie sah zu Hannes, der sofort nickte. *Nur raus hier und endlich etwas tun können,* sollte das heißen.
Doch bevor sie sich auf den Weg machen konnten, meldete sich Mona zu Wort.
„Da ist noch etwas. Schaut euch die Fotos mal genauer an. Die sind manipuliert worden. Allerdings von einem, der was davon versteht und ein gutes Programm zur Verfügung hatte. Trotzdem kann man, wenn man genau hinschaut, er-

kennen, dass die Köpfe der Frauen ausgetauscht wurden."
Sofort nahm sich Franziska zwei der Fotos, betrachtete sie lange und bestätigte dann: „Stimmt, darum schauen die auch so direkt in die Kamera!"
Während alle überlegten, was das an ihrer bisherigen Theorie änderte, steckte Obermüller seinen Kopf zur Tür rein und verkündete mit einem breiten Grinsen im Gesicht: „Wir haben das Völkchen!"
„Wo?", fragte Brauser und sprang so heftig auf, dass sein Stuhl fast nach hinten umgekippt wäre.
„Im Verhörzimmer", sagte Obermüller und fügte mit einem noch breiteren Grinsen hinzu: „Aber seid vorsichtig! Die beißen!"

***

Eine halbe Stunde später waren alle Aufgaben verteilt und Franziska verließ hinter Brauser den Konferenzraum. Bevor sie mit Hannes zum Medienzentrum fuhr, um dort vielleicht zu erfahren, ob Hajo Felbermann zum Beispiel an einem Artikel über das ‚Butterfly' und seine Gäste recherchiert hatte, wollte sie sich die Verdächtigen gern selbst ansehen.
„Franziska, hast du kurz Zeit? Hier ist jemand, der mit dir sprechen möchte!", rief Ramona, noch bevor sie ganz im Flur zum Verhörraum verschwunden war. Neugierig drehte sich Franziska um. „Das ist gerade schlecht. Wer ist es denn?"
„Anne Horwitz. Sie ist extra aus Regensburg gekommen."
Franziska überlegte kurz, wo sie den Namen einordnen sollte. Dann fiel es ihr ein. „Weiß du, was sie will?", fragte sie leise nach.
„Mit dir sprechen?"
Franziska verzog das Gesicht. Seit wann war Ramona derart komisch? „Ich komme gleich. Ich sag nur noch Hannes Bescheid."

Der meinte: „Macht doch nichts, dann fahre ich eben allein. Immerhin hat es aufgehört zu regnen."
„Du willst das Rad nehmen?"
„Ja, klar!"
Franziska sagte nichts darauf, drehte sich um und ging in ihr Zimmer. Dort saß eine junge brünette Frau und hielt ihren wattierten Anorak wie einen Schutz vor sich im Arm.
„Hallo, ich bin Oberkommissarin Franziska Steinbacher."
„Anne Horwitz." Sie lächelte ein bisschen schüchtern und wartete, bis Franziska sich ihr gegenüber hingesetzt hatte. „Ich muss einfach mit jemandem reden, die Sache mit Sophia lässt mir keine Ruhe."
Sie zögerte, blickte auf den Anorak, den sie mit nervösen Händen knetete. „Ich weiß nicht, ob Sie mir helfen können, aber ich möchte einfach, dass jemand Sophia versteht. Bei Ihrem Kollegen war ich mir da nicht so sicher. "
„Wie meinen Sie das?"
„Sie war manchmal voller Zorn. Ich nannte das immer ihren Grundzorn, besonders, na ja, auf ältere Herren. Das lag an ihrem schwierigen Verhältnis zu ihrem Vater." Franziska nickte und versuchte, ihren Gedankengang nachzuvollziehen, doch Anne Horwitz wollte einfach weiter erzählen. „Sie sah ja wirklich gut aus, das muss man schon sagen und vielleicht war das auch der Grund, warum sie ihr Vater so kurz hielt. Nie ließ er sie allein weg. Immer sollte sie brav sein, und wenn sie dann doch mal etwas unternahm, dann nannte er sie eine Hure. Einmal sagte er sogar als ich dabei war: *Du bist eine Hure, wie deine Mutter!*" Franziska zuckte zusammen. Sie kannte Karl Weberknecht nur aus Berichten und Erzählungen, doch konnte der so etwas über seine Frau Reinhilde sagen?
„Anfangs hat es sie geärgert, später hat sie gesagt: *Das kann er haben!* Ich glaube gar nicht, dass ihr Vater das mitbekommen hat. Sie hat es einfach nur für sich getan und daheim hat sie weiter das liebe Mädchen gegeben."

„Scheinbar mit Erfolg, immerhin glaubten die Eltern, sie wolle sich aufheben für eine Hochzeit in Weiß", warf Franziska jetzt ein.
„Naja, Sie dürfen nicht alles glauben, was man Ihnen erzählt hat, um den guten Ruf zu bewahren. Aber vielleicht haben sie es wirklich geglaubt. Sie müssen wissen, dass Sophia eine tolle Schauspielerin war."
„Was glauben Sie, hat das alles mit ihrem Tod zu tun?", fragte Franziska, um dem Tratsch auszuweichen.
„Der Grund, warum ich gekommen bin, ist die Sache mit ihrem Mathelehrer." Anne Horwitz zögerte, bevor sie weiter erzählte. „Ich weiß, dass das nicht richtig war. Aber Sophia hatte diese Idee und ihr konnte man nichts von dem ausreden, was sie sich erst einmal vorgenommen hatte", behauptete sie trotzig und weckte die Neugierde der Polizistin.
Trotzdem warnte diese: „Frau Horwitz, Sie müssen sich nicht selbst belasten."
„Nein, ich glaube das ist einfach nur mein schlechtes Gewissen. Sie müssen wissen, wenn man jung ist, dann macht man solche Sachen. Aber wenn man dann selbst Mutter ist, dann möchte man doch ein gutes Beispiel für seine Kinder sein und dann kann man einfach nicht mehr schweigen."
Franziska nickte.
„Ich weiß noch nicht einmal genau, mit was sie den Mann erpresst hat. Auf jeden Fall erreichte sie im Abi vierzehn Punkte und das, obwohl sie eigentlich bis zuletzt nichts kapierte."
„Vielleicht ...", suchte Franziska nach einer einfachen Erklärung.
„Nein. Nein, sie hat es mir selbst erzählt. Sie hat sich sogar über ihn lustig gemacht, wie leicht er nachgegeben hat und wie einfach es ist, Menschen zu etwas zu zwingen. Ich dachte mir, na gut, wenn es damit ausgestanden ist! Aber als sie so richtig bekannt war, meldete er sich bei ihr und sagte,

jetzt, wo sie so berühmt sei, und er pensioniert, und ihm eigentlich nichts mehr passieren könne, wäre es doch interessant, wenn er jemandem von ihrem kleinen Geheimnis erzählen würde."

„Er hat sie erpresst?"

„Hört sich so an."

„Und was tat Sophia?"

„Nichts! Sie sagte, das regelt sich von allein. Aber jetzt kommt's: Kurze Zeit später hatte unser ehemaliger Lehrer einen Autounfall. Und das, obwohl er ganz allein auf einer breiten Straße fuhr und es noch nicht einmal geregnet hat."

„Sie meinen, Sophia Weberknecht hat bei diesem Unfall nachgeholfen?"

„Nein, ich glaube nicht, dass sie es selbst gemacht hat. Dafür hatte sie bestimmt jemanden, der ihr einen Gefallen schuldig war."

„Kennen Sie eigentlich das ‚Butterfly'?", wollte Franziska wissen, nachdem sie sich einige Notizen gemacht hatte.

„Nein, warum?", fragte die alte Schulfreundin vorsichtig nach und die Kommissarin hatte das Gefühl, als sage sie jetzt nicht die Wahrheit.

„Das ist ein Nachtclub, der Sophia gehörte, und ich dachte, wenn Sie schon befreundet waren, dann hätte sie Ihnen bestimmt davon erzählt."

„Ein Nachtclub, sagen Sie? Wo denn? Hier in Passau?"

„Ganz in der Nähe, ja."

„Wie kam sie zu einem Nachtclub?"

„Nun, ich denke, sie hat ihn von ihrem Erbe finanziert. Es weist zumindest alles darauf hin."

„Das ist ja wirklich verrückt, aber irgendwie passt es auch."

„Was finden Sie daran so passend?"

„Na, ja. Wie soll ich das sagen? Ihrem Vater hat sie damit bestimmt ganz schön eins auswischen können." Anne Horwitz schien sich bestens zu amüsieren und fügte schließlich

kopfschüttelnd hinzu: „Besser konnte sie ihn ja nicht treffen!"
„Was glauben Sie denn, hätte der alte Weberknecht unternommen, wenn er erfahren hätte, dass Sophia einen Nachtclub besaß?"
„Er? Nichts. Die Weberknechts machen so was nicht selbst. Und für so eine Aktion ist er ja auch schon zu krank. Ich denke, er hätte Christian geschickt."
„Christian Sundhofer?"
„Ja, der ist ja Geschäftsführer und Thronfolger."
„Und was glauben Sie, hätte der getan?"
„Keine Ahnung, aber ...", auf einmal wurde sie ganz blass. „Sie denken, er hat Sophia umgebracht?"
Franziska zuckte mit den Schultern. „Sagen Sie es mir."
Die junge Mutter überlegte lange, dachte daran, dass Christian mit ihnen aufgewachsen und Sophia seine Cousine war. Unbewusst begann sie, den Kopf zu schütteln. „Ich weiß es einfach nicht."

***

Als Hannes diesmal vor dem Medienzentrum ankam und sein Fahrrad abschloss, war er richtig zufrieden mit sich. Nach der langen Besprechung hatte ihm die körperliche Bewegung gut getan und er hatte Zeit gehabt, noch einmal in Ruhe über die Sache mit der CD nachzudenken. Er war sich sicher, dass sie der Schlüssel zu allen drei Fällen war. Und er musste sie finden.
Umso enttäuschter war er, als er kurze Zeit später mit Kathrin Selig, einer Kollegin von Hajo Felbermann, vor dessen aufgeräumtem Schreibtisch stand und sie ihn erst einmal auf das Pressegeheimnis hinwies und ihm untersagte, auch nur ein Blatt Papier zu wenden, geschweige denn, den Computer zu starten.

„Dann sagen Sie mir, woran Hajo Felbermann in letzter Zeit gearbeitet hat!“, forderte er sie auf und fügte erklärend hinzu: „Es ist durchaus möglich, dass sich jemand an ihm für eine seiner Reportagen gerächt hat.“
„An Hajo? Aber der schreibt doch keine Skandalgeschichten.“
„Trotzdem muss es einen Grund dafür geben, warum er so äußerst brutal umgebracht wurde“, setzte Hannes nach. Bei dem Gedanken an den Tod ihres Kollegen wurde die junge Redakteurin blass im Gesicht und er beeilte sich, sie auf den Schreibtischstuhl zu schieben, bevor sie ihm umfiel. „Wie ist es denn passiert?“
Im ersten Moment dachte er, er würde sie so herumkriegen und wollte ihr schon vom Tatort erzählen, als er sich darauf besann, dass er hier bei der Presse war. „Da will ich der Pressekonferenz der Staatsanwaltschaft nicht vorgreifen“, erklärte er und lächelte ihr matt zu. „Aber Sie könnten mir wirklich sehr helfen, wenn sie mir sagen, woran er gearbeitet hat und mir vor allem die CD mit den Fotos geben.“
„Ich weiß einfach nicht, von welcher CD Sie sprechen“, erklärte sie mit leiser Stimme. Sie schien jetzt wirklich sehr betroffen zu sein.
„Am Montag habe ich mit Hajo Felbermann hier in seinem Büro gesprochen und dabei eine CD mit grüner Aufschrift gesehen, *Bilderreihe 256 bis 312* stand darauf. Und jetzt muss ich wissen, was auf der CD abgebildet ist.“ Noch immer sah sie ihn verständnislos an, raffte sich dann aber auf und begann, in den Schubladen seines Schreibtisches zu suchen. „Eine CD mit grüner Aufschrift, sagten Sie?“, fragte sie nach und fügte hinzu: „Ich habe wirklich keine Ahnung, was das bedeuten könnte!“
Natürlich fand sie nichts, war dafür aber bereit, ihm alles auszudrucken, was ihr Kollege in letzter Zeit geschrieben hatte. Hannes las die Berichte, in denen es weder um ir-

gendwelche Pärchen noch um einen Nachtclub noch um Jugendgruppen ging, und musste sich eingestehen, dass sie gut recherchiert und ansprechend geschrieben waren. Keiner von ihnen würde irgendjemanden zu so einem Racheakt verleiten.

***

Seit Berthold Brauser am 17. August zum ersten Mal auf dem Parkplatz in Ingling mit dem Mordfall Klaus Wallenstein konfrontiert worden war, hatte er gehofft, noch vor seiner Pensionierung dem Täter gegenüberzusitzen und ihm die Frage stellen zu können, die ihn so sehr beschäftigte. Dass es jetzt gleich vier Täter waren, änderte daran vorerst nichts. Er wollte wissen, was sie dazu bewogen hatte, den Mann an einer Luftembolie sterben zu lassen, und dann Stunden später noch einmal auf ihn zu schießen.
Nun saßen die vier vor ihm, und der Kommissar hatte natürlich noch viel mehr Fragen, die er den jungen Männern stellen wollte. Doch egal, mit was er es probierte, sie blieben stumm und nutzten ihr Recht zu schweigen, auf das er sie hingewiesen hatte.
Er schickte sie daraufhin erst einmal in die Erkennungsdienstliche, wo man ihre Fingerabdrücke sicherte und Lichtbilder aufnahm.
Als sie dort fertig waren, knöpfte er sich einen nach dem anderen alleine vor und wechselte dafür die Taktik. Statt sie anzuschreien und ihnen wieder und wieder die gleichen Fragen zu stellen, versuchte er es mit harmlosem Gerede, mit Fragen, die scheinbar gar nichts mit dem Fall zu tun hatten.
„Du bist doch bis vor ein paar Jahren noch auf die Innblick-Schule gegangen. Da kennst du doch sicher den Parkplatz Ingling?“

„Hhhm", antwortete Kevin Stiller, den Brauser sich zuerst herausgepickt hatte. Kevin war ein Junge mit einer großen Klappe und wenig dahinter, wie Brauser schnell festgestellt hatte, zumindest seit er ihn über seine Rechte aufgeklärt hatte.
„Und den Treffpunkt im Wald, den kennst du doch auch."
„Kann schon sein." Er hampelte auf seinem Stuhl herum, kratzte sich am Kopf und warf ihm dann einen kurzen Blick zu, bevor er wieder zu Boden sah.
„Kanntest du eigentlich Klaus Wallenstein?" Der Kommissar hielt ihm das Foto aus dem Schützenverein hin. Auch dieses Mal sah Kevin nur kurz hin, bevor er antwortete.
„Nee, nie gesehen."
„Hast du denn dieses Auto schon mal gesehen?" Er schob ihm ein Foto von Wallensteins Mercedes über den Tisch.
„Na klar, solche Autos gibt's doch viele."
„Auch am Parkplatz Ingling?"
„Was weiß ich. Kann schon sein."
„Rauchst du eigentlich?"
„Ja, warum? Bin doch alt genug."
„Auch Marihuana?"
„Manchmal", gab er recht gelangweilt zu.
„Na ja, sonst könnte es ja auch nicht sein, dass wir deine Fingerabdrücke auf einem Jointstummel gefunden haben, nicht?" Kevin merkte auf. „Am Tatort neben dem Auto von Wallenstein. Du musst sie da hingeworfen haben. Erinnerst du dich nicht?"
Er schien wirklich eine Weile zu überlegen. Dann zuckte er die Schultern.
„Ihr habt also in aller Ruhe einen Joint geraucht und dann, als der Stoff langsam zu wirken begann, habt ihr beschlossen, auf das Auto mit dem Toten zu schießen", schlug der Beamte noch immer ruhig vor.
Der Verdächtige sagte nichts, rutschte aber wieder auf sei-

nem Stuhl herum.
„Du erinnerst dich nicht mehr. Das macht nichts, denn ich weiß ohnehin schon alles." Er lächelte ihn väterlich an. „Sag mal, spritzt du dir auch manchmal was? Ich meine Heroin?"
„Nein, ich bin doch nicht blöd!", begehrte Kevin auf.
„Ich meine ja nur, weil Klaus Wallenstein an einer Luftembolie gestorben ist, und irgendwo musstet ihr ja die Spritze herhaben."
Kevin sah den Kommissar mit zusammengezogenen Augenbrauen fragend an. „Eine was?"
„Eine Luftembolie! Ihr habt ihm Luft in die Vene gespritzt, die von dort ins Herz gelangt ist, wodurch es zu einem Leerschlagen des Herzens kam, die Pumpfunktion ausfiel und der Mann an einem Kreislaufstillstand starb." Kevin sah den Kommissar mit weit aufgerissenen Augen an. „Nachdem er tot war, habt ihr ein paar Stunden gewartet und ihn dann im Auto beschossen. Und jetzt frage ich dich, wo habt ihr das gemacht? Wer kam auf die Idee mit der Luftspritze? Wer ist das Auto gefahren? Du? Du hast doch noch gar keinen Führerschein!"
„Nein, ich war das nicht!" Der Junge schüttelte seine erhobenen Hände vor Brauser in der Luft herum, so als wolle er lästigen Rauch wegwedeln.
„Wer war es dann? Andi, Chris oder Manuel?"
„So was würden wir doch nie machen, wir spritzen doch auch nicht!" Er schien jetzt wirklich entsetzt zu sein. „Die haben den Typen doch zum Parkplatz gebracht!"
„Was?" Brauser verstand nicht gleich.
„Na, ein Auto hat den Mann gebracht!"
„Und wer saß da noch drin?"
„Das weiß ich doch nicht. Zwei Typen halt."
Jetzt fing der Ermittler an, unruhig zu werden. „Waren es zwei Männer?"

„Kann auch ne Frau dabei gewesen sein. Ja, ich glaube, die den Schlitten fuhr, war ne Frau.“
„Du meinst den Mercedes?“
„Nee, so einen aufgemotzten Schlitten halt. Mit dem sind sie dann auch weggefahren.“
„Und wer fuhr den Mercedes?“
„So‘n Typ halt. Sah nicht grad freundlich aus. Deshalb haben wir uns ja auch gleich verdrückt.“
„Bis sie wieder wegfuhren?“
„Ja“, gab er klein bei.
„Und dann? Dann habt ihr euch das Auto von Wallenstein genauer angeschaut und gesehen, dass da einer drin sitzt.“
„Das wussten wir schon, dass da einer drin sitzt. Die haben den ja vom Beifahrersitz geholt und dann auf den Fahrersitz gesetzt.“
„Wie haben sie das gemacht?“
„So genau hab ich das auch nicht gesehen. Wir waren ja ein Stück weg. Wir wollten nicht, dass die uns sehen.“
„Würdest du die beiden wiedererkennen?“
„Keine Ahnung. Vielleicht.“
„Und das Auto?“
„Ja, das schon, der war tiefer gelegt und ich glaube lila. Ich meine, wer fährt schon ein lila Auto?“
„Sag mal, Kevin, wo warst du eigentlich gestern Abend?“
„Was soll das denn jetzt? Da waren wir auf ner‘ Party, bei einem Freund.“
„Ihr alle vier?“
„Klar.“
„Weiß du was, Kevin? Hättet ihr die Polizei angerufen und die Tat gemeldet, dann wärt ihr jetzt Helden und hättet vielleicht einem anderen das Leben gerettet. So habt ihr auf einen Toten geschossen, euch als Helden gefühlt und kommt dafür ins Gefängnis. Und warum das alles? Wegen der scheiß Drogen!“

Brauser gab dem Polizisten ein Zeichen und ließ den Jungen wegbringen. Er hatte vorerst genug von all der gespielten Freundlichkeit. Er brauchte dringend eine Pause.

***

Als Hauptkommissar Brauser gerade in sein Zimmer gehen wollte, sah er, wie Franziska sich von Anne Horwitz verabschiedete. „Frau Horwitz, das ist ja eine Überraschung. Was wollen Sie denn hier?“, fragte er freundlich und schüttelte der jungen Frau die Hand. „Wie geht's den Jungs?“
„Ich hab sie bei meiner Mutter abgegeben, deshalb muss ich jetzt auch dringend los“, erklärte sie ein bisschen lahm und lächelte Franziska kurz zu.
„Ja, danke, dass Sie gekommen sind.“ Franziska öffnete die Tür und ließ sie hinaus.
„Was wollte sie denn?“, fragte Brauser neugierig.
„Sie wollte ihr Gewissen beruhigen und mir erzählen, dass Sophia einen Mathelehrer erpresst hat und deshalb eine gute Note im Abi bekommen hat.“
„Ernsthaft?!“
„Ja. Sie scheint doch viel mehr über die Freundin zu wissen, als sie anfangs zugab.“
„Was denn noch?“
„Zum Beispiel meinte sie, dass der Vater überhaupt nicht begeistert gewesen wäre, wenn er gewusst hätte, dass Sophia von ihrem Erbe einen Nachtclub gekauft hat. Sie denkt, dagegen hätte er etwas unternommen.“
„Ich bitte dich, Mädchen, das glaubst du doch selbst nicht. Du hättest den Mann mal sehen sollen, der ist zu keiner Tat mehr fähig!“
„Nein, nicht er. Anne Horwitz glaubt, er hätte Christian Sundhofer geschickt. Tja, aber den musste unser Oberstaatsanwalt ja nach Hause gehen lassen!“ Sie sah Brauser ins Gesicht

und zuckte resigniert mit den Schultern. „Und was gab's bei Ihnen, Chef?"
„Ich hab erst einen von denen zum Reden gebracht, und so richtig gestanden hat er auch nicht. Aber er behauptet, der Mercedes sei von zwei Typen, womöglich einem Mann und einer Frau, gebracht worden, als die Clique gerade auf dem Parkplatz ankam. Sie hätten sich dann versteckt und gewartet, bis die beiden wieder weggefahren sind."
„Und was war das für ein Auto?", fragte sie nach.
„Ein lilafarbenes."
„Woher weißt du das?" Unauffällig war Annemarie von der Kriminaltechnik neben den beiden erschienen und sah Franziska mit großen Augen an.
„Woher weiß ich was?"
„Na, dass Felbermann mit einem lilafarbenen Auto überfahren wurde! Wir haben ganz eindeutige Lackspuren an der Kleidung gefunden. Die sind geradezu eingeschmolzen."
„Dann scheint dieser Teil der Geschichte, die uns die Burschen erzählt haben, schon mal zu stimmen. Jetzt müssen wir nur noch herauskriegen, wem das Auto gehört. Ich meine, lila, wer fährt schon ein lilafarbenes Auto?"
„Es ist auf jeden Fall eine Sonderlackierung, nichts Gängiges. Das heißt, dass wir nicht einfach auf unsere Datenbank zurückgreifen können", erklärte Annemarie mit Bedauern in der Stimme.
„Schon, aber dafür fällt so ein Auto ja auch auf", hoffte Franziska.
„Ja, und wenn wir es haben, können wir es auf jeden Fall identifizieren. Neben dem Straßenstaub, der vor allem auf der rückwärtigen Kleidung gefunden wurde, haben wir auf der Vorderseite genug homogenen Autostaub gesichert, um das Auto zu identifizieren." Während Annemaries Erklärung war auch Hannes zur Tür hereingekommen und hatte mitgehört.
„Ihr habt das Auto?"

„Nein, aber wir wissen jetzt, dass höchstwahrscheinlich dasselbe Auto Hajo Felbermann überfahren und Klaus Wallenstein zum Parkplatz Ingling gebracht hat." Mit kurzen Sätzen brachte Franziska Hannes auf den neuesten Stand.
„Tja, leider kein Beweis, nur ein Indiz, genau wie die CD. Ich bin mir sicher, dass sie die Fälle verbindet, aber leider war in der Redaktion nichts zu finden." Er zuckte bedauernd die Schultern.
„Wir haben also einen Täter, der die Ermordung seiner Opfer geradezu zelebriert. Außer bei Sophia, die erschlägt er kurz und schmerzlos." Franziska sah auf der Suche nach einer Antwort ihre Kollegen fragend an. Doch keiner wusste etwas Sinnvolles. „Weil es vielleicht gar nicht derselbe Täter war?"
„Du denkst noch immer an den Cousin?", wollte Hannes wissen.
„Er hat einfach das plausibelste Motiv."
„Die Frage ist, hat er das nur im Fall Sophia Weberknecht oder auch bei den anderen beiden?", überlegte Hannes.
„Angeblich war er im August im Urlaub in Bella Italia, aber das müsste man noch überprüfen können. Und wir müssen mit den Fotos weitermachen. Ich schlage vor, wir fahren ins ‚Butterfly' und schauen uns da mal genauer um", verkündete sie und sah ihren Kollegen auffordernd an.
„Ja, ich bin mir auch sicher, dass wir nur über die Fotos was rauskriegen."
Brauser nickte. „Und ich schau mal, was ich aus den Jungs rausbekomme. Immerhin bleiben mir ja noch drei Möglichkeiten, dass einer einen von den Tätern gesehen hat."

***

Als Reinhilde an der Senffabrik vorbeifuhr, entdeckte sie Christians Wagen vor dem Bürogebäude. Spontan beschloss sie, zuerst mit dem Neffen zu reden, anstatt nach Karl zu sehen. Nachdem sie das Auto in der Garage geparkt hatte, ging sie die wenigen Schritte zu Fuß zurück und fand Christian in seinem Büro. Während sie darauf wartete, dass er einen Besucher verabschiedete, holte sie sich einen Kaffee aus dem Automaten und zog ihren Neffen dann zu dem Tischchen im Flur, damit sie ungestört reden konnten.

„Du warst bei Sophia?" Sie nippte an ihrem Kaffee und fixierte den Neffen dabei über den Becherrand.

„Ach, Tante Reinhilde, was soll denn das jetzt?"

„Komm mir bloß nicht mit Ausflüchten! Du warst doch bei ihr?" Auch wenn Paula nicht gesagt hatte, dass sie Christian bei Sophia gesehen hatte, konnte sie es doch zumindest behaupten, und damit sehen, ob er darauf einging. Vielleicht hatte sie ja Glück. Wobei Glück in diesem Fall so eine Sache war. Wollte sie denn, dass Christian Schuld an Sophias Tod hatte, und mit ihm vielleicht auch Karl? Würde das nicht nur zu gut zu ihrer Wut passen, die sich in all den Jahren angesammelt hatte? Sie blickte in Gedanken versunken den Neffen an und bemerkte erst jetzt, dass er etwas gesagt hatte.

„Also gut, ja, ich war bei ihr. Ich wollte mit ihr sprechen, bevor es Onkel Karl tut. Ich wollte ihr helfen."

„Lass Karl aus dem Spiel! Als wenn der noch irgendwas tun würde, der ist doch viel zu krank, um selbst noch etwas zu unternehmen!", rief Reinhilde aufgebracht.

Christian senkte die Stimme und hoffte, seine Tante würde es auch tun. Er wollte nicht, dass alle mitbekamen, wie er sich vor ihr rechtfertigen musste. So etwas passte nicht zu einem Geschäftsführer.

„Ich habe Onkel Karl von meiner Idee erzählt, den Betrieb zu erweitern, und davon, dass die Banken im Moment nur sehr schlechte Kredite vergeben, wenn überhaupt. Er sagte, das könne nicht sein. Zu seiner Zeit habe man immer gutes Geld für gute Ideen bekommen. Ja, antwortete ich, aber das

war vor der Wirtschaftskrise." Reinhilde nickte, davon hatte sie gehört. „Dann kam ich auf die Idee, Sophia könnte ja ihr Erbe einbringen, ich dachte mir, bevor es auf der Bank liegt und dort inzwischen auch nur noch eine schlechte Rendite abwirft, könnte sie es genauso gut mir leihen. Natürlich würden wir einen Vertrag machen und sie bekäme auch Zinsen, mehr als bei jeder Bank! Onkel Karl sagte, das sei eine tolle Idee, da mache Sophia bestimmt mit! Er stellte sich das ganz leicht vor, aber ich wusste, dass es nicht einfach werden würde."
„Ach?"
„Ja, ich hatte schon einmal mit ihr darüber gesprochen und kannte ihre Einstellung."
„Und die war?"
„Sie sagte mir, ich solle doch selber sehen, wo ich mein Geld herbekäme. Von ihr jedenfalls bekäme ich keinen Cent!"
„Und das hast du Karl gesagt?"
„Was sollte ich machen? Wahrscheinlich hätte sie ihm das Gleiche gesagt und diese Schmach konnte ich ihm ja immerhin ersparen."
„Aber sie konnte euch das Geld doch gar nicht geben", versuchte Reinhilde zu erklären.
„Ich weiß, sie hatte sich den Nachtclub gekauft."
„Du hast das gewusst?" Christian nickte. „Hast du es Karl erzählt?" Er zuckte mit den Schultern. „Hast du es ihm gesagt?", wurde Reinhilde jetzt sehr laut und sah, wie sich die Sekretärin und ein Lieferwagenfahrer zu ihnen umdrehten.
„Ja", bestätigte ihr Neffe kleinlaut und sah sie bittend an.
„Darum habt ihr sie umgebracht!" Sie ließ sich schwer in einen der Besucherstühle sinken und legte den Kopf in die Hände. Sie wusste nicht weiter. Es tat auf einmal so weh. Damit hatte sie nicht gerechnet.
„Aber Tante! Was redest du denn da? Wir haben sie doch nicht umgebracht!"

„Nein, Karl war dir keine große Hilfe, du musstest es allein machen."
„So ein Blödsinn! Ich habe sie um zwei Uhr besucht, vielleicht eine halbe Stunde mit ihr geredet und bin dann wieder heimgefahren. Ich war das nicht!"
„Ach nein?"
„Nein!", sagte Christian mit Nachdruck und ging vor seiner Tante in die Knie, damit sie ihn ansehen musste. Inzwischen war es ihm ganz egal, was die Leute über ihn dachten. Schließlich zog er sich einen Stuhl heran und setzte sich ihr gegenüber.
„Onkel Karl wollte an diesem Tag zu Sophia nach Passau fahren. Es gab da etwas, was er ihr sagen wollte, und womit er sie dazu zwingen wollte, das Geld wieder herauszugeben." Reinhilde nickte, denn sie wusste, dass es um die Vaterschaft ging. „Ich dachte mir, ich warne sie vor, versuche es im Guten, und wenn sie dann Ja sagt, erspart sich Onkel Karl die anstrengende Fahrt."
Er machte eine Pause und wartete darauf, dass seine Tante ihn ansah. „Aber sie lachte nur und sagte: *Dann lass den werten Herrn Papa mal kommen. Wird Zeit, dass er sieht, wie es mir ohne ihn geht!* Am Abend ging es Onkel Karl dann so schlecht, dass er nicht fahren konnte, und ich habe sie dann später noch versucht anzurufen, aber es ging niemand dran." Er nickte zu seiner eigenen Bestätigung und fügte dann hinzu: „Vielleicht war sie da schon tot."
Sophias Mutter schluckte diese Erkenntnis mühsam hinunter. „Und was wollte dann die Polizei von dir?"
„Reine Routine. Man hat mich vor dem Haus gesehen."
Also doch, dachte sie und wusste sofort, dass das nur Paula gewesen sein konnte. Aber warum hatte sie *ihr* nichts davon gesagt?
Als sie wenig später hinüber zu ihrem Haus ging, fiel ihr auf, wie wenig sie das alles vermisst hatte. Natürlich war es

keine Dauerlösung, im Hotel zu leben, zu unpersönlich, obwohl das Haus, ihr Haus, auch nicht mehr Persönlichkeit ausstrahlte. Es roch in jeder Ecke nach Krankheit, und wenn sie gerade nicht zu riechen war, dann hörte sie sie. Aber sie war jetzt 74 Jahre alt. Konnte man in diesem Alter noch einmal von vorne anfangen?

***

Als der Dienstwagen mit den beiden jungen Kommissaren vor dem ‚Butterfly' vorfuhr, regnete es schon wieder, weshalb Franziska direkt vor der Eingangstür anhielt und die wenigen Schritte bis zum schützenden Dach im Eilschritt zurücklegte. Hannes nahm den Regen gelassener und holte erst noch eine Taschenlampe aus dem Kofferraum, während seine Kollegin schon die Tür aufschloss.

Nachdem er mithilfe der Taschenlampe den Sicherungskasten gefunden und die Lichter angeschaltet hatte, führte der Weg der beiden Kommissare zunächst die Treppe hinauf, um dort die Zimmer zu inspizieren und die Fotos zu vergleichen.

„Das ist ganz eindeutig hier aufgenommen worden", stellte Franziska fest und ließ ihren Blick durchs Zimmer schweifen. Sie suchte im Raum den richtigen Blickwinkel. „Hier!" Sie stand jetzt vor einer schwarzen Stoffdrapierung und sah in Richtung Bett. „Hier muss der Fotograf gestanden haben." Noch einmal hielt sie eines der Fotos hoch, verglich es mit dem Raum vor sich und drehte sich dann um. Die schwarzen Stoffbahnen hingen locker von einer Stange zu Boden.

„Ob hier einer dahinterstand und gewartet hat, bis es etwas zu sehen gab?", fragte sie, als Hannes zu ihr herüberkam, den Stoff teilte und den Kopf schüttelte.

„Da passt keiner dahinter, ohne dass man was davon mitbekommt", urteilte er und hob die Stange aus ihrer Veran-

kerung, um die Wand nach Spuren abzusuchen. Auf einmal hielt er inne.
„Sieh mal einer an! Ein Kabel, das einfach so aus der Wand kommt, und drei sauber gedübelte Löcher. Wenn da mal nicht bis vor Kurzem irgendwer etwas festgeschraubt hatte!"
Franziska kam näher, um sich das Ganze anzusehen. „Wenn das so fest installiert war, dann war das nicht irgendwer, sondern auf jeden Fall jemand, der im Haus ständig Zutritt hatte. Entweder der Geschäftsführer oder Sophia Weberknecht selbst. Was meinst du?"
Hannes drehte sich um und ging aus dem Zimmer. „Also", rief er kurz darauf vom Flur aus und Franziska folgte seiner Stimme, „das hat auf jeden Fall jemand gemacht, der technisch begabt ist." Hannes stand in einem kleinen Kämmerchen, das direkt an das Zimmer angrenzte. Er deutete auf drei kleine Löcher, die durch die Mauer gebohrt worden waren.
„Siehst du, hier kommt das Kabel aus der Wand und führt zu diesem Regal. Und ich bin mir sicher, hier stand bis vor Kurzem noch ein Laptop oder ein Computer, mit dem die Bilder gespeichert wurden."
„Na, das wird uns der Geschäftsführer auf jeden Fall mal erklären müssen."
„Wenn wir ihn jemals finden."
„Du wolltest dich doch erkundigen!" Sie ging zurück ins Zimmer, wo sie ihre Tasche und die Fotos zurückgelassen hatte.
„Hab ich ja auch, aber der Mann, der als Geschäftsführer beim Landratsamt eingetragen ist, kann es unmöglich sein. Den haben die nur als Strohmann benutzt."
„Wie kommst du darauf?" Franziska nervte langsam, dass sich allem Anschein nach niemand finden ließ, der hier verantwortlich war.
„Er heißt Hans Appelhofer und lebt in Grubweg im Altenheim Rosenium. Laut dem Pflegepersonal ist er kaum noch in der Lage allein zu gehen."

„Sch ... schade!“, fluchte Franziska, schob die Fotos in die Hülle zurück und steckte sie in ihre Tasche. „Andererseits zeigt das, dass wir auf der richtigen Spur sind. Es muss hier jemanden geben, der sich um alles kümmert und der nach Sophias Tod wusste, dass er die Hinweise auf die Fotos verschwinden lassen muss. Ihm muss klar gewesen sein, dass wir früher oder später hier herkommen würden.“ Hannes nickte zustimmend. „Vielleicht ist er sogar schuld an ihrem Tod. Eigentlich hätte er ja nur die Beweise verschwinden lassen müssen, stattdessen ist er aber untergetaucht oder will zumindest nicht erkannt werden“, spann sie den Faden weiter.
„Du denkst immer noch an Christian Sundhofer?“, fragte ihr Kollege nach.
„Warum nicht? Wer sagt uns, dass er nicht von Anfang an hier mitgemischt hat? Vielleicht haben Cousin und Cousine gemeinsam Geld verdient, und dann hat er sich beim Alten verplappert. Damit nicht rauskommt, dass auch er, der Thronfolger, in die Sache verwickelt ist, musste Sophia sterben. Danach hat er dann alles verschwinden lassen und spielt jetzt das Unschuldslamm.“
„Und Hajo Felbermann hat das rausgekriegt, wollte darüber schreiben und musste sterben, weil er zu neugierig war. Wie aber passt Klaus Wallenstein da mit rein?“
„Ja, das verstehen wir nicht, weil wir zu wenig über ihn wissen.“ Die Kommissarin ließ sich auf dem Bett mit dem dunkelroten Überwurf nieder. „Sein Bruder hat uns doch erzählt, dass er eine Frau kennengelernt hat, die ihn richtig glücklich machte.“ Franziska sah Hannes herausfordernd an. „Könnte das nicht auch hier gewesen sein?“
„Was schaust du mich so an, woher soll ich das wissen?“
„Du bist ein Mann. Du musst doch wissen, wie Männer ticken.“
„Vielleicht bin ich dafür noch zu jung, mir würde so etwas“,

er zeigte mit der rechten Hand auf die Zimmereinrichtung, „nicht genügen. Ich habe da andere Vorstellungen."
Sie nickte, so hatte sie ihren Kollegen eingeschätzt. „Aber er vielleicht nicht."
„Wir sollten uns das übrige Haus ansehen, vielleicht finden wir doch noch irgendetwas, das uns weiterhilft."
„Ja."
Franziska stand auf und verließ nach einem letzten Blick das Zimmer, um Hannes in die anderen Räume zu folgen. Dort nahmen sie Drapierungen ab, durchwühlten Schränke, suchten unter Betten und Matratzen und hinter jedem Bild. Doch nirgends fanden sie etwas, das auf eine weitere Kamera hinwies.
„Lass uns hinuntergehen", schlug Franziska schließlich vor, „ich will mir die hinteren Räume anschauen, bestimmt gibt's da so etwas wie ein Büro."
Das gab es tatsächlich, allerdings standen dort nur noch ein leer gefegter Schreibtisch, zwei Stühle und ein fast ausgeräumtes Regal herum. Als Franziska neugierig die Schubladen des Schreibtisches öffnete, fand sie Stifte, Briefumschläge, ein paar Büroklammern und ein Telefonbuch – alles völlig unverdächtig.
Ein Zimmer weiter war ein kleiner Raum mit einem abgewetzten Sofa, einem Tisch mit ein paar Brandlöchern von Zigaretten und einem Schränkchen mit ein Paar Gläsern und einer Schnapsflasche. „Nichts", befand die Kommissarin und ging in den Flur zurück. „Bleibt uns nur noch das hier." Sie öffnete die Tür und stand in einem Hauswirtschaftsraum. Auf dem Boden vor der großen Waschmaschine standen einige Körbe mit Bettwäsche und Handtüchern, die darauf warteten, dass jemand sie waschen würde. Es gab eine Bügelmaschine und einen großen Tisch, auf dem Wäsche zusammengelegt werden konnte, außerdem zwei große Schränke, die größtenteils mit frischer Wäsche bestückt wa-

ren. Franziska bückte sich und holte eine große Schachtel aus einem der Fächer heraus. Darin befanden sich Nähgarne, Knöpfe, eine Schere und Nadeln. Als sie die Schachtel enttäuscht wieder zurückstellen wollte, sah sie dahinter eine weitere Schachtel stehen. Sie zog sie heraus, nahm den Deckel ab und schrie begeistert auf. „Aber hallo! Wenn das mal kein Schatz ist!“
Hannes kam näher und blickte über ihre Schulter auf das, was sie so aus der Fassung brachte. „Wow! Daran wird die KTU aber ihre Freude haben!“

***

Nach dem Teilgeständnis von Kevin Stiller ließ Hauptkommissar Berthold Brauser die vier jungen Männer ins Verhörzimmer bringen und eröffnete ihnen in aller Ruhe, dass er dank ihres Freundes jetzt Bescheid wisse und ihnen allen nur noch die Wahrheit helfen könne, um einigermaßen ungeschoren davon zu kommen. Das war vernehmungstechnisch vielleicht nicht ganz korrekt, zeigte aber bald schon die gewünschte Wirkung.
Hatten Andi, Chris und Manuel zunächst auf Kevin herumgehackt, weil er so einen Quatsch erzählt habe, beruhigten sie sich, als der Hauptkommissar ihnen erklärte, es gehe jetzt um ihre Aussage als Zeugen, aber er könne sie auch gerne weiterhin wie Verdächtige behandeln, wenn sie das unbedingt wollten.
Von da an war es ein erträgliches Gespräch, wenn auch mit vielen Unklarheiten.
„Ja, es waren zwei. Ein Mann und eine Frau“, begann Andi, der wohl auch sonst der Wortführer war und beschlossen hatte, wenn schon eine Aussage, dann von ihm.
„Bist du dir sicher, dass das ne Tussi war? Also, ich weiß nicht, mit der Mütze konnte man das doch nicht sehen“,

zweifelte Manuel, ein kleiner drahtiger Kerl, der sich in der Gruppe aber durchaus behaupten konnte.
„Das war ne Tussi, glaubt mir. Er war der Boss und sie hielt das Maul. Und die hat doch auch viel weniger getragen wie er“, rechtfertigte Andi seine Einschätzung.
„Könnt ihr denn die beiden beschreiben?“, fragte Brauser nicht ohne Hoffnung.
„Er war größer als sie und dunkel angezogen.“ Andi sah die anderen drei an und wartete auf deren Zustimmung.
„Stimmt! Und sie trug eine Mütze. Das passte gar nicht zu der. Ich meine, die Weiber haben doch immer Angst, dass sie nicht gut aussehen, und die sah definitiv nicht gut aus. Die Mütze passte ja auch gar nicht zu den Klamotten von der.“ Chris grinste, weil ihm das aufgefallen war.
„Unser Weiberversteher, na klar!“, spottete Andi, aber sein Kumpel grinste nur noch breiter.
„Bleib cool, Alter, du hast das halt nicht drauf.“
„Nee, das ist mir zu blöd!“
„Gab‘s denn sonst noch was, was euch an den beiden aufgefallen ist?“, hakte Brauser nach, um die Streitereien nicht eskalieren zu lassen.
Sie überlegten. „Nee, nichts.“
„Und das Auto? Gab‘s da was Besonderes?“, fragte der Kommissar noch immer hoffnungsvoll.
„Also, das war ein echt geiler Schlitten. Der war bestimmt tiefergelegt, und einen irren Sound hatte der. So was würde mir auch gefallen!“, ergänzte Andi.
„Nummernschild?“
„Passauer Nummer.“
„Passauer Nummer, definitiv!“, stimme Chris zu.
„Und weiter?“ Brauser sah die vier der Reihe nach an. Doch alle zuckten nur mit den Schultern.
„Ist euch sonst noch was aufgefallen? Irgendwas müssen die doch gesagt haben?“

„Nee, das konnte man nicht hören“, behauptete Andi.
„Das Handy, erinnert ihr euch noch?“, sagte Manuel plötzlich. „Das Handy von der Tussi klingelte ständig, und er hat sie angeschrien, sie soll das blöde Ding jetzt endlich ausmachen!“
„Stimmt“, pflichteten die anderen bei.
„Das war ja auch so was von nervig mit diesem scheiß Klingelton!“ sagte Andi. „Wenn sie wenigsten ne‘ coole Mucke drauf gehabt hätte, aber nein, nur so saublödes Geheule!“ Andi verdrehte die Augen und plusterte sich auf: „Oh mio, mio!“ Die anderen Jungs feixten.
„Moment mal“, unterbrach Brauser das Gekicher, „willst du mir gerade sagen, dass der Klingelton Opernmusik war?“
„Was weiß ich? Mit so was kenn ich mich nicht aus!“, antwortete Andi und die anderen lachten wieder.
Brauser richtete sich an den Rest der Clique. „Habt ihr anderen den Klingelton auch gehört? Denkt ihr, ihr würdet ihn wiedererkennen?“
Die Jungen zuckten unschlüssig mit den Schultern und nickten dann zögerlich. „Vielleicht.“

***

„Ich weiß, dass du im Moment ziemlich viel Arbeit hast, Anni, aber das hier ist wirklich wichtig!“ Franziska schob die Schachtel über den Schreibtisch, als wäre es ein großes Geschenk für die Chefin der Kriminaltechnik. „Wenn ich mit meiner Vermutung richtig liege, dann ist das hier eine Sensation!“
Ein wenig unwillig stand Annemarie auf und warf einen kurzen Blick in die Schachtel. „Mein Gott, was ist das denn?“ In ihren Augen begann es zu blitzen, und nachdem sie sich ein Paar Einweghandschuhe angezogen hatte, begann sie, den Inhalt auf ein Tablett zu legen. „Wo hast du das her?“

„Aus dem ‚Butterfly', war ziemlich gut versteckt", freute sich Franziska und sah zu, wie die Kollegin nacheinander einen Stauschlauch, eine Zwanzigmilliliter Spritze samt Kanüle, verschiedene Pflaster, einen roten Lippenstift und einen übergroßen Kinderschlafanzug herausholte.
„Wer den wohl getragen hatte?"
Die Polizistin zuckte mit den Schultern. „Wenn meine Vermutung stimmt, dann war es Klaus Wallenstein."
„Und die Spritze?"
„Ist die Tatwaffe."
„Und das habt ihr im ‚Butterfly' gefunden?"
„Genau! Das legt die Vermutung nahe, dass Wallenstein dort getötet wurde. Und anschließend wurde er durch die ganze Stadt gefahren, um am Parkplatz Ingling abgestellt zu werden."
„Krass!", entfuhr es Annemarie auf einmal und ihre Kollegin sah sie verwundert an.
„Was denn?"
„Na, schau dir doch mal diesen Lippenstift an! *Hot Chili Lip Booster*. Der ist mit Capsaicinsäure!" Franziska schien nicht zu verstehen, weshalb Annemarie hinzufügte: „Wenn du den auf deine Lippen aufträgst, schwillt alles an! So kriegt man, wenn man der Werbung glauben schenken darf, fülligere Lippen. Aber nicht nur die werden größer, sondern natürlich auch alles, was du mit ihnen berührst!" Sie lächelte bedeutungsvoll. „Alles!"

Franziska grinste immer noch, als sie kurze Zeit später in Hauptkommissar Brausers Büro stand und zusah, wie er den Bericht über das Geständnis von Andi, Kevin, Chris und Manuel eintippte.
Als er endlich aufsah, schilderte sie, was sie und die Chefin der Kriminaltechnik gerade herausgefunden hatten.
„Das heißt, Klaus Wallenstein könnte im ‚Butterfly' getötet

worden sein und wurde dann in seinem Auto auf den Parkplatz Ingling gebracht." Der Kommissar schüttelte den Kopf über so viel Unverfrorenheit. „Von einem Mann und einer Frau, die auf ihrem Handy Opernmusik hatte."
„Genau. Das würde auf Sophia Weberknecht hinweisen", kombinierte Franziska. „Wenn Wallenstein wirklich in ihrer Immobilie getötet wurde ... warum nicht?"
„Damit haben wir den eindeutigen Beweis, dass die drei Fälle zusammenhängen. Aber Sophia Weberknecht ist tot, und solange wir den Mann nicht kennen, der bei der Aktion dabei war, hilft uns diese Erkenntnis auch nicht wirklich weiter."
„Vielleicht finden wir ja heraus, wer er ist, sobald wir die Fingerabdrücke von der Spritze und dem Zubehör haben", entgegnete Franziska.
„An wen denkst du?"
„Christian Sundhofer."
„Aber der hat doch ein Alibi für den Mord an Klaus Wallenstein!"
„Sagt er", entgegnete sie schnell und dachte an das geplatzte Alibi von Walter Froschhammer.
„Obermüller wollte das doch überprüfen."
„Und, hat er?", wollte Franziska wissen.
Der Kommissar zuckte mit den Schultern. Gesagt hat der Kollege nichts, aber heute ging ja auch alles drunter und drüber.

***

Den ganzen Tag über hatte Josef Fallhuber versucht, die Bilder des toten Mannes, der am Morgen so unerwartet und grässlich zugerichtet in seinem Revier auf der Forststraße gelegen hatte, zu verdrängen. Nachdem ihn die Polizei nicht mehr gebraucht hatte, war er zu seinen Männern in den Wald

gefahren und hatte geholfen, zwischen teilweise 150 Jahre alten Buchen und Tannen Platz für den Nachwuchs zu schaffen, um im Frühjahr Eichen, Ahorn und Douglasien zu unterpflanzen. Arbeit war noch immer das beste Mittel, um zu vergessen, doch am Abend, als er in seinen Lada stieg, erschien ihm der Tote in Gedanken schon wieder, und sein Verstand begann sich zu fragen, wie so etwas nur passieren konnte, und warum ausgerechnet in seinem Wald?
Als er zu Hause war, ging er sofort in sein Büro und starrte lange auf die Karte. Es gab viele Wander-, Rad- und Reitwege im Neuburger Wald, etliche davon konnte man auch mit dem Auto befahren. Es kam öfter vor, dass er im Wald jemanden traf, der da überhaupt nichts zu suchen hatte, aber so etwas, eine Leiche mitten auf dem Waldweg, das hatte es noch nicht gegeben, seit er als Revierförster tätig war.
Fallhuber setzte sich an seinen Schreibtisch und knipste die kleine Lampe an. Er war fix und fertig und gleichzeitig völlig aufgedreht. Gedankenverloren nahm er einen Bleistift aus dem Jagdbecher, den ihm seine Leute letzte Weihnachten geschenkt hatten, und begann damit zu spielen.
Sollte er bei der Polizei anrufen und erzählen, was ihm vor ein paar Tagen an dem alten Haus im Wald aufgefallen war? Der Bleistift fiel ihm aus der Hand und landete auf dem Boden. Er bückte sich danach und dann dachte er, dass die bei der Polizei am Ende bestimmt meinten, er wollte sich nur wichtig machen. Schließlich hatte er seine Beobachtung ja nicht an der Straße gemacht, wo er am Morgen den Mann gefunden hatte. Er nahm sich vor, dort bald einmal nach dem Rechten zu sehen, schließlich sollte das alte Haus nicht von Vandalen beschmiert oder verwüstet werden. Er schaltete das Licht aus und ging hinüber ins Wohnhaus. Dort nahm er ein Bad und legte sich schließlich ins Bett. Er würde morgen noch einmal über alles nachdenken.

***

Ganz früh waren Hannes und Franziska an diesem Freitagmorgen nach München in die Frauenlobstraße gefahren, um sich in der Rechtsmedizin von Professor Anton Wassly mehr über Hajo Felbermanns Tod berichten zu lassen. Sie hofften darauf, etwas zu erfahren, was auf den Täter hinweisen könnte.
„Sind Sie bereit?“, fragte der Professor, bevor er das Tuch anhob und den Blick auf den geschundenen Körper freigab. Beide nickten zögerlich.
„Der Mann ist innerlich verblutet“, eröffnete der Mediziner kurz darauf und begann dann die Einzelheiten zu schildern. „Das Auto hat ihn im Liegen erfasst, ein Stück mitgeschleift und dann überrollt.“ Franziska und Hannes nickten erneut, bis der Rechtsmediziner das Tuch ganz zur Seite nahm und den nackten Körper des noch nicht einmal vierzigjährigen Mannes ein wenig anhob. Hannes schluckte schwer, was der Professor aber nicht bemerkte. „Hier sehen Sie die typischen flächenhaften Schürfungen, die nach seinem Tod als Hautvertrocknungen zurückgeblieben sind.“ Er zeigte auf den Rücken. „Durch das Überrollen kam es dann zu schweren inneren Verletzungen. Der Mann hat einen Rippenserienbruch, Frakturen der Brust- und Lendenwirbelsäule, eine Sprengung des Beckenrings sowie Zerreißungen der Brust- und Bauchorgane.“ Der Professor sah kurz auf, bevor er weiter sprach. Hannes‘ Gesichtsfarbe glich sich langsam dem Weiß des Leichentuchs an. „Ganz typisch für das Überrollen des Rumpfes sind als Folge der Überdehnungen, Dehnrisse in der Haut der Leistenbeuge, die senkrecht zur Gewalteinwirkung entstanden sind“, dozierte er weiter und zeigte mit der Hand auf das verletzte Gewebe. „Die Abschliffe am Beckenknochen sind wiederum eine Folge des Mitschleifens. Der Schädel“, er ging zwei Schritte zur Seite und zeigte auf das entstellte Gesicht Felbermanns, „wurde an der Schädelbasis gebrochen, was allerdings nicht gleich zum Tode führte.“ Noch einmal sah er

seine Besucher an. Hannes' Atmung war flach. Der Rechtsmediziner nahm davon keine Notiz. „Hier im Gesicht sehen Sie eine typische Reifenprofilabdruckspur auf der Haut", ergänzte er stattdessen und deutete auf die linke Gesichtshälfte, die besonders schlimm zugerichtet war.

„Das heißt, der Mann hat noch gelebt, während er so verletzt am Boden lag?", fragte Franziska mit dünner Stimme.

„Ja, das ist durchaus möglich. Aber gespürt hat er von alledem nichts mehr."

„Sie meinen, er war bewusstlos?"

„Er war vor allem betäubt und hat vermutlich von seinem Tod nicht viel mitbekommen." Professor Wassly ging zu einem Seitentisch und griff nach einem Computerausdruck. „Ich habe eine hohe Dosis Phenobarbital in seinem Blut gefunden. Ich schätze, er hat drei Ampullen Luminal bekommen. Intramuskulär. Der Magen enthält nämlich keine Spuren."

„Das heißt, er war nicht gefesselt, als er überfahren wurde, sondern betäubt?", fragte Franziska fassungslos und wartete auf die Zustimmung des Professors.

„Wenn Sie so wollen – ja. Gefesselt war er allerdings schon, das zeigen die typischen Hautabschürfungen an Handgelenken und Fußknöcheln." Der Rechtsmediziner hob den rechten Arm der Leiche an und wies auf die Vertrocknungsspur in der Haut. „Die Einschnürung muss sehr tief gewesen sein. Ich denke, er hat sich massiv gegen die Injektion gewehrt. Als die Wirkung des Phenobarbitals eintrat wurde er dann von den Fesseln befreit." Der Rechtsmediziner lächelte. „Aber wir wissen ja, dass ein toter Körper nichts vergisst."

Franziska überlegte. Auch Klaus Wallenstein hatte eine Injektion bekommen, was bedeutete, dass der Täter über medizinische Kenntnisse verfügen musste. „Sie sagten intramuskulär?"

„Ja, vermutlich. Eine Einstichstelle habe ich allerdings nicht gefunden."
„Und wie wirkt dieses Luminal, oder wie sagten Sie?"
„Der Wirkstoff heißt Phenobarbital. In der hohen Dosis, in der es diesem Mann gespritzt wurde, verursacht es anfangs Schwindel und Blutdruckabfall. Die Aufmerksamkeit ist vermindert, geht in eine geistig-körperliche Regungslosigkeit über und kann am Ende ins Koma führen. In welcher Phase er genau überfahren wurde, lässt sich jetzt allerdings nicht mehr feststellen."
Mit sanften Bewegungen zog Wassly das Tuch über den Toten, so als wolle er ein Kind zudecken, und wandte sich dann erneut an die Kommissare. „Haben Sie noch irgendwelche Fragen?"
Hannes schüttelte den Kopf. Er wollte einfach nur raus hier. Franziska war allerdings noch nicht zufrieden. „Ja. Wie und wo bekommt man dieses Phenobarbital?"
„Natürlich nur auf Rezept, als Arzt ist es also kein Problem, da ranzukommen. Ansonsten in Krankenhäusern oder Praxen. Ganz bestimmt auch auf dem illegalen Drogenmarkt."

***

Obwohl Sibylle schon einige Jahre aus dem Geschäft war, hatte sie sich sofort in der ‚Buchkontor' zu Hause gefühlt. Noch war sie für die Bestellungen und das Einräumen der neuen Lieferungen zuständig, aber sie wusste genau: Nicht mehr lange und dann würde sie sich wieder so gut auskennen wie früher. Nach noch nicht einmal einer Woche durfte man eben nicht allzu viel erwarten.
Gerade eben war einer der Verlagsvertreter da gewesen, und als er ihren Lesehunger bemerkt hatte, hatte er ihr vorgeschlagen, ihn zum Auto zu begleiten und sich ein paar Leseexemplare geben zu lassen. Sie war begeistert. Mit einem

Arm voller Bücher ging sie zurück und wollte die Schätze nur schnell weglegen, bevor sie wieder in ihre Abteilung zurückgehen musste, als ihr Blick auf den Zeitungsständer neben der Kasse fiel. *Journalist Hajo Felbermann auf ungewöhnliche Weise ums Leben gekommen!* Ihr Herz setzte für einen Moment aus und begann dann so heftig zu schlagen, dass sie meinte, es müsse zerspringen, und mit ihm ihr Kopf, in dem das Blut dröhnend pochte. Die Bücher fielen aus ihren Händen und landeten um sie herum auf dem Boden, ohne dass sie es überhaupt bemerkte. Ihr Blick klebte immer noch an der Schlagzeile fest. Wie in Trance griff sie nach der Zeitung und lief damit in ihre Abteilung, wo sie sich zitternd auf die Konsole eines Regals setzte, um zu lesen.

Die Passauer Edelfeder, Hans Joachim Felbermann, wurde gestern Vormittag im Friedlbauern Mais tot aufgefunden. Laut Polizeiangaben wird sein Tod als unnatürlich eingestuft. Bis Redaktionsschluss konnten keine näheren Angaben gemacht werden. Alles Weitere erfahren Sie in unserer nächsten Ausgabe.

Wieder und wieder las sie die Sätze, wiederholte sie so häufig in Gedanken, dass sie Kopfschmerzen davon bekam. Natürlich ist sein Tod nicht natürlich, woran hätte er denn auch sterben sollen, dachte sie und spürte, wie ihr Tränen die Wangen hinunterliefen, dorthin, wo er sie noch vorgestern gestreichelt und geküsst hatte. Sie schloss die Augen und dachte an diesen wunderschönen und dann so abrupt endenden Abend in ihrer Wohnung. An seinen Körper, der ihr so viel Lust bereitete und den sie so sehr begehrte. An ihr Hoffen und Bangen, wann er wiederkommen würde. An ihre Sehnsucht, die sich stündlich gesteigert hatte, und an ihre Zweifel, ob das, was er zum Schluss gesagt hatte, ernst gemeint war. *Denk immer daran, wie sehr ich dich liebe!* Als ob er es geahnt hätte. War es vielleicht sogar so?

***

Während Franziska und Hannes das Gebäude der Rechtsmedizin verlassen hatten, um zu ihrem Wagen zu gehen, hatte keiner ein Wort gesprochen. Und auch jetzt, als sie über die Lindwurmstraße zum Sendlinger Torplatz fuhren und sich dort links hielten, sprach keiner über das, was sie so sehr beschäftigte.
Hannes war einfach nur heilfroh, das rechtsmedizinische Institut wieder verlassen zu haben. Mit jedem Schritt, der ihn von den zerfledderten Leichen entfernte, ließ der Druck auf seinen Magen nach.
Franziska fragte sich, ob sie etwas übersehen hatte. Ob der Mann zu retten gewesen wäre, oder ob er sich vielleicht selbst unnötig in Gefahr begeben hatte. Sie würde es nie erfahren und instinktiv wusste sie auch: Hajo Felbermann würde einer von den Fällen werden, die sie nicht vergessen konnte. Sein misshandelter Körper, sein zerstörtes Gesicht, das alles hatte sich tief in ihr Gedächtnis eingebrannt. Denn zu grausam war der Anblick des Toten, und das änderte sich auch nicht, nachdem sie wusste, dass der Mann immerhin betäubt gewesen war, während er sein Martyrium durchlebte. Sie versuchte sich vorzustellen, wer zu so etwas fähig war. Wie viel Wut in diesem Menschen stecken musste. Wie verletzt er gewesen sein musste, um sich so zu rächen, und wie er, und Franziska war sich sicher, dass dafür nur ein Mann infrage kam, an das Luminal herangekommen sein konnte. War das der entscheidende Hinweis, der den Täter überführen würde?
Während all diese Gedanken in ihrem Kopf herumspukten, hatten sie die Leopoldstraße erreicht und hielten sich jetzt rechts, um auf die A9 aufzufahren.
„Auf jeden Fall kann unser Täter mit Spritzen umgehen und kennt sich in der Medizin so weit aus, dass er weiß, mit was er einen Menschen außer Gefecht setzen kann“, spekulierte Hannes, der sich wieder gefangen hatte, und seine Kollegin

erkannte, dass er sich mit den gleichen Fragen beschäftigt hatte wie sie.
„Oder er kennt sich so wenig aus, dass er eine zu hohe Dosis gewählt hat. Vielleicht wollte er Felbermann gar nicht betäuben, sondern ihn nur so wehrlos machen, damit er nicht weglaufen konnte“, überlegte sie und war froh, dass dem Journalisten zumindest das Schicksal, bei vollem Bewusstsein überfahren zu werden, erspart geblieben war.
„Unser Täter ist groß und kräftig, skrupellos, wenn nicht brutal, und er hat Zugang zu Spritzen und Arzneien. Oder Kontakt zur Drogenszene. Jetzt fehlt uns nur noch das Motiv!“, fasste Hannes ihr Ermittlungsergebnis zusammen.
„Genau. Die wichtigste Frage ist: Warum mussten Klaus Wallenstein, Sophia Weberknecht und Hajo Felbermann sterben? Was hatten sie gemeinsam?“
„Wir sollten uns auf jeden Fall jetzt gleich Felbermanns Wohnung ansehen. Wer weiß, ob er alles, worüber er geschrieben hat, in der Redaktion aufbewahrt hat. Vielleicht hat er ja auch noch für andere Zeitungen gearbeitet“, schlug Hannes vor, während sich Franziska auf die A 92 in Richtung Deggendorf einfädelte und dann Vollgas gab. Sie hatte es eilig, musste einfach mehr über den Mann erfahren, dessen toter Körper sie so sehr beschäftigte.
Kurz darauf bekam Hannes einen Anruf auf seinem Handy. Als er das Gespräch nach nur wenigen Sekunden wieder beendet hatte, sah er Franziska mit vor Entsetzen geweiteten Augen an.
„Was ist?“, fragte sie. „Neuigkeiten?“
„Das kann man wohl sagen. Im Theater haben sie die Leiche von Swetlana Hermannova gefunden. Der Notarzt meinte, sie müsse da schon länger liegen.“
Franziskas Herzschlag begann zu rasen. „Ruf an und sag, dass wir gleich vorbeikommen.“

„Deshalb haben sie ja angerufen, der Chef ist nämlich beschäftigt."

***

Als der Hausmeister Karl Joseph Schwab im Büro der Kriminalpolizei Passau angerufen hatte, waren eigentlich alle mit dem Mordfall Hajo Felbermann beschäftigt, und es handelte sich tatsächlich um reinen Zufall, dass Hauptkommissar Brauser ans Telefon ging.
„Ich wollt' nur fragen, ob ich die Sachen von der Frau Weberknecht wegräumen darf. Wissen's, es ist a bisserl dringend."
„Dringend ist hier überhaupt nichts, und solange die Wohnung nicht freigegeben ist, wird auch nichts weggeräumt!", blaffte Brauser in den Hörer.
„Aber des Wasser is doch so gefährlich! Ich will doch net, dass die schöne Wohnung leidet. Nachher machen's dann mir wieder den Vorwurf!"
„Welches Wasser?", fragte der Kommissar immer noch unwirsch nach.
„Na, auf dem Dachboden! Da hat's gestern im Sturm die Dachziegel weggerissen und jetzt ist das Wasser eingedrungen und schwimmt da herum, und wenn ich es nicht wegschöpfe, dann geht es durch die Decke und dann hamm wir die Sauerei!"

***

„So, na, dann zeigen Sie mir mal, wo das Problem ist", forderte Brauser Karl Joseph Schwab auf und kletterte hinter ihm die schmale Holztreppe zum Dachboden empor. Der Raum war ausgesprochen geräumig, hatte eine schöne alte Balkenkonstruktion und war in mehrere Bretterverschläge,

in der die Hausbewohner ihre Sachen lagern konnten, unterteilt.
„Das letzte gehört Frau Weberknecht“, wies Schwab den Weg in den hinteren Teil des Dachbodens. Er hatte eine große Zange bei sich, bereit, das Schloss damit zu knacken.
„Gibt es keinen Schlüssel?“
Der Hausmeister schüttelte den Kopf. „Das Schloss hat sie selbst angebracht.“
„Gut“, brummte Brauser, „dann mal ran ans Werk.“
Keine Minute später schwang die Tür zu Sophia Weberknechts Verschlag auf und gab den Blick auf einen großen massiven Kleiderschrank und etliche Kisten frei. Auf dem Boden sammelte sich das Regenwasser bereits in Pfützen.
„Gut, Sie können dann gehen.“
„Aber ...“, versuchte der Hausmeister zu protestieren.
„Ich rufe Sie, wenn ich so weit bin, dann können Sie das immer noch aufwischen.“
Nachdem der Hausmeister sich kopfschüttelnd davongemacht hatte, zog Brauser seine Handschuhe an und betrat ohne Rücksicht auf seine Schuhe den Raum, der mit einem alten Linoleumboden ausgelegt war. Im Schein der Taschenlampe knackte er als Erstes die Tür des massiven Schranks, der schneller als erwartet Brausers Einbrecherkünsten erlag. Auch die Brausers hatten zu Hause einen Kleiderschrank, in dem Kleidung hing, die keiner mehr trug, von der sich Maria aber noch nicht trennen wollte. Allerdings stand bei ihnen der Schrank im Gästezimmer, und diese Kleidung hier hatte schon auf den ersten Blick nichts mit dem gemein, was bei ihm aufgehoben wurde. Sie war nicht abgetragen und nicht alt, sondern vor allem ausgesprochen aufreizend, wobei die Farben Rot und Schwarz vorherrschten.
„Da schau an! Am Ende hat Madame selbst gearbeitet?“, fragte er und bekam prompt von draußen die Antwort. „Haben‘s gerufen?“

„Nein, und jetzt lassen Sie mich bitte in Ruhe meine Arbeit machen“, brummte er in Richtung Tür.
Als Antwort bekam er ein Murren, dann hörte er aber, wie sich Schwab mit schlurfenden Schritten entfernte. Brauser ging zum Schrank zurück und begann, seinen Inhalt mithilfe der Taschenlampe gründlich zu untersuchen.
Diese Kleidungsstücke wären für die Presse bestimmt ein gefundenes Fressen gewesen, vor allem, wenn sie jemand getragen hätte, dachte er, denn die Fummel, die Sophia Weberknecht hier aufbewahrt hatte, ließen verdammt viel Raum für alle möglichen Fantasien. Aber das interessierte den Kommissar nicht. Seine Aufmerksamkeit gehörte den Schranktürinnenseiten, an denen verschiedene Artikel aus der Tageszeitung hingen. Er richtete den Lichtkegel auf den obersten, und das Erste, was er sah, war sein Gesicht. Den Text musste er nicht lange lesen. Es ging um den Mord an Klaus Wallenstein. Nach und nach überflog er alle Artikel und riss dann die Papiere so heftig von den Schranktüren, dass die Reißzwecken, mit denen sie befestigt waren, auf den Boden fielen.
Während er sich bückte, um sie aufzuheben, schob er die Artikel in seine Jackentasche.
„Ach du meine Güte, wie sieht es denn hier aus!“ Hinter ihm stand auf einmal Agnes Neumüller und blickte neugierig ins Innere des Verschlages. Als der Kommissar sich umdrehte, nickte sie mit dem Kopf und fügte hinzu: „Das war es also, was sie hier immer raufgebracht hat. Und ich dachte schon, sie wollte ausziehen!“
Jetzt war es an Brauser, sie neugierig anzusehen. „Wie meinen Sie das?“
„An dem Tag, an dem sie starb, hab ich das Rumpeln von Kisten gehört, und da bin ich zu ihr raufgegangen und hab nachgesehen, was los ist. Da hab ich vor ihrer Tür die Kartons stehen sehen, und als ich nach ihr rief, kam sie gerade

vom Dachboden runter. Sie sagte, sie müsste mal aufräumen. Na ja, und da ich ihr nicht helfen konnte, bin ich wieder in meine Wohnung gegangen."
„Warum haben Sie das nicht gleich gesagt?", fluchte Brauser.
„Ich hielt es für nicht so wichtig."
Agnes Neumüller rührte sich nicht vom Fleck.
„Ja, dann danke", schnauzte er. „Wenn Sie mich jetzt bitte allein lassen würden, damit ich meine Arbeit machen kann."
Während er die Nummer der KTU wählte, sah er, wie sie sich beleidigt abwandte und von dannen stolzierte. Nach dem Telefonat mit Mona untersuchte er den Inhalt der Kisten etwas genauer. Es würde noch ein Weilchen dauern, bis die Kollegen eintreffen würden. Er hatte also Zeit.

***

„Hier entlang!", wies Verwaltungsdirektor Lutz Schaffroth die beiden Kommissare an, die er am Bühneneingang in Empfang genommen hatte, und führte sie durch eine Glastür und dann nach rechts in den Orchestervorraum, in dem verschiedene Musikinstrumente, aber auch große Stoffbahnen lagerten. Seine Körperhaltung strahlte Unbehagen aus, weshalb sich Franziska auf das Schlimmste gefasst machte.
„Wer hat sie denn gefunden?"
„Ich." Der Verwaltungsdirektor war vor einer gepolsterten Tür stehen geblieben, schüttelte sich, stöhnte und fügte dann hinzu: „Bei meinem Rundgang heute Morgen ist mir der merkwürdige Geruch aufgefallen. Zunächst dachte ich mir nichts dabei. Sie müssen wissen, dass seit Sonntagabend niemand mehr im Haus war. Da kann immer mal was liegen bleiben, was dem Hausmeister entgangen ist. Doch dann schaute ich hinunter in den Orchestergraben und sah sie an der Wand zwischen den Stühlen liegen." Er erschauderte. „Ich wusste sofort, dass es Swetlana war."

„Und durch diese Tür geht es zum Orchestergraben?“, fragte Franziska und zeigte nach vorn.
„Ja, das ist eine Geräuschschleuse. Wenn sie hindurchgehen …“, er sah in Richtung Tür, blieb aber hartnäckig stehen, während er die Oberkommissarin Hilfe suchend ansah. „Wie konnte so etwas nur passieren?“
„Das müssen wir herausfinden“, entgegnete sie ruhig und überlegte, ob sie bei ihrer ersten Führung auch schon hier unten gewesen war. Sie konnte sich nicht erinnern, trotzdem nickte sie Schaffroth zu und ging durch die Tür.
Im Orchestergraben, der ganz in Schwarz gestrichen war, herrschte eine erdrückende Enge. Überall standen Stühle und in der Mitte ein lang gezogenes Notenpult aus hellem Holz, um das einige der Stühle herumgruppiert waren. An der rückwärtigen Wand lag Swetlana Hermannova, die Kostümbildnerin des Theaters, halb auf die Seite gedreht.
„Sie ist auf jeden Fall schon einige Tage hier“, erklärte der Notarzt Franz Buchner und schenkte Franziska ein bemühtes Lächeln.
„Wissen Sie schon etwas über die Todesursache?“
„Sie wurde erdrosselt.“
Franziska nickte und sah unverwandt auf die vor ihr liegende Tote. „Hat sie sich gewehrt?“
„Sie hat es versucht, aber sie konnte nicht. Sie war an Händen und Füßen gefesselt.“ Franziska nickte erneut und schloss die Augen. Dieser Tod ging ihr wirklich nahe.
Auf einmal spürte sie zwei tröstende Hände auf ihren Oberarmen. „Geht‘s?“ Es war Annemarie.
„Ja, geht schon“, log sie und sah die Kollegin mit traurigem Blick an.
„Der Täter muss sie bereits vorher gefesselt und dann hier reingeschleift haben. Er hat einige Spuren hinterlassen.“
Franziska ging näher an die Tote heran und sah sich ihr aufgedunsenes, blau-violett verfärbtes Gesicht an. Waagrecht

um den Hals trug sie eine vertrocknete Drosselmarke. Oberhalb davon wiesen Hals und Gesicht feine, punktförmige Hautblutungen auf. Aus Nase und Ohren lief eine eingetrocknete Blutspur. Franziska sah zu Franz Buchner hinüber.
„Durch das Zusammendrücken der Halsblutadern mit dem Drosselwerkzeug wird der Blutabfluss weitgehend unterbrochen, während der Zustrom noch besteht. Dadurch kommt es zu diesen typischen Stauungszeichen“, erklärte er, kniete sich neben der Toten nieder und zeigte mit dem Finger auf ihren Hals. „In einem solchen Fall werden zwar sowohl die Blutgefäße als auch die Atemwege komprimiert, der Tod tritt aber aufgrund des behinderten Blutabflusses ein. Die Einschränkung der Atemwege ist dagegen nur zweitrangig. Es kommt praktisch trotz Blutüberfüllung zu einem Sauerstoffmangel im Gehirn.“
Franziska nickte und sah im Geiste Swetlana, die sich mit vor Panik weit aufgerissenen Augen gegen ihren Angreifer wehrte. Dann fiel ihr etwas ein. „Gibt es Hinweise darauf, dass sie betäubt wurde?“
Der Arzt schob die Ärmel hoch und schüttelte den Kopf. „Einstiche sehe ich keine, aber Genaueres wird der Bluttest zeigen.“
„Ja, danke, das war auch nur so eine Idee von mir.“ Dann fügte sie erklärend hinzu: „Hajo Felbermann wurde betäubt, bevor der Täter ihn überfahren hat.“
„Du glaubst auch, dass es derselbe Täter war?“, fragte Hannes, der sich dieses Mal erstaunlich gut zusammenriss.
„Sieht ganz so aus.“ Sie sah den Kollegen kurz an und spekulierte dann weiter. „Hier ist einer dabei, Zeugen zu beseitigen und wir haben keine Ahnung, wie viele es davon noch gibt, weil niemand uns die Wahrheit sagt.“
„Wie kommst du jetzt darauf?“
„Ich war ja letztes Wochenende mit Swetlana zusammen und hab sie immer wieder gefragt, ob sie etwas weiß, aber sie

hat nur gesagt, dass sie keine Ahnung hat. Wahrscheinlich hat sie doch etwas gewusst, und der Täter hat vermutet, dass sie mir davon erzählt hat, und hat sie umgebracht." Franziska dachte an das vergangene Wochenende und erklärte weiter. „Auf jeden Fall hat sie am Telefon mit jemandem geredet, der sie bedroht hat."

„Und wer war das?"

„Sie hat es nicht gesagt, aber als ich sie gefragt habe, ob es Walter Froschhammer war, sagte sie: Ja, genau."

„Und du traust ihm das hier zu?" Hannes zeigte auf die Tote.

„Keine Ahnung. Aber wenn er es nicht war, dann frage ich mich, warum Swetlana den Verdacht auf ihn lenken wollte."

„Entweder, weil sie Angst hatte, oder weil sie einen anderen schützen wollte", schlug Hannes vor.

„Könnte sein. Ich hatte tatsächlich das Gefühl, dass sie sich vor dem Mann am Telefon gefürchtet hat, dass sie das aber nicht zeigen wollte, um mich nicht zu beunruhigen." Sie suchte nach einem Taschentuch, um sich die Nase zu putzen. „Hätte sie mit mir geredet, würde sie jetzt vielleicht noch leben."

„Vielleicht steckte sie ja mit drin und hätte sich dann selbst belastet", gab der Kollege zu bedenken.

„Das kann ich mir einfach nicht vorstellen."

„Trotzdem könnte sie die Frau gewesen sein, die dabei war, als Klaus Wallenstein zum Parkplatz gebracht wurde."

„Ich weiß nicht", überlegte Franziska. „Aber wir müssen den Jungs auf jeden Fall ein Foto von ihr zeigen. Nur weiterhelfen wird uns das wahrscheinlich auch nicht, weil Swetlana uns nicht mehr sagen kann, wer der andere war."

„Wenn wir mal annehmen, dass es tatsächlich Walter Froschhammer war, der sie bedroht und schließlich getötet hat, dann würde das zumindest sehr gut zum Fundort hier im

Theater passen. Und auch dazu, dass derjenige den Zugangscode, mit dem man ins Haus kommt, kannte."
„Na gut, den wusste hier jeder, und vor allem kannte ihn Swetlana. Sie könnte ihn auch selbst hereingelassen haben", wandte Franziska ein.
„Auf jeden Fall hat sie den Täter gekannt, und er muss ihr irgendeinen plausiblen Grund genannt haben, warum sie sich mit ihm hier im Theater treffen sollte. Sie muss ihm vertraut haben, genau wie Sophia Weberknecht, sonst wäre sie doch draußen geblieben, wo man sie hätte sehen können."
Franziska wandte sich an den Notarzt. „Wie lange liegt sie denn eigentlich schon hier?"
„Also, da möchte ich mich nicht festlegen, aber", er schob das weite Batikkleid, das Swetlana trug, nach oben und entblößte die nackten Schenkel und den Bauch, der eine unschöne Grünfärbung angenommen hatte, „hier sehen Sie das typische Durchschlagen der Venen. Das kommt nach fünf bis sieben Tagen." Der Notarzt schob das Kleid noch weiter nach oben, sodass jetzt das Gesicht der einst so lebenslustigen Frau verdeckt wurde und nur noch ihre herrlichen roten Haare zu sehen waren. Dann zeigte er auf Brust und Schultern, die ebenfalls leicht grünlich verfärbt waren. Franziska rechnete nach. „Höchstens fünf Tage. Sie wurde am Sonntagabend noch gesehen."
„Dann kann es gut sein, dass sie anschließend erdrosselt wurde", spekulierte Buchner. „Aber legen Sie mich bitte nicht fest. Genaues kann Ihnen nur die Rechtsmedizin sagen."
Sie nickte. „Okay, aber trotzdem danke!" Dann ging sie zu Annemarie hinüber.
„Hast du irgendwo Spuren eines Kampfes gefunden?"
„So wie es aussieht, wurde sie im Requisitenfundus überwältigt", berichtete Annemarie und führte ihre Kollegin die Treppe hinauf zur Nebenbühne, von dort durch eine Tür in

Richtung Zuschauerraum und dann eine weitere Treppe hinauf bis unters Dach.
„Das hier ist der Schuhfundus“, erklärte Annemarie und stieß eine Feuertür auf, um einen Raum zu betreten, der mit Masken, Kostümen, Schuhen und Gürteln vollgestopft war. Durch eine Seitentür gelangten sie in einen weiteren Raum. Hier lagerte alles vom Plastikobst- und Gemüse, über Blumensträuße, Vasen, Schachteln und Geschirr bis hin zu Koffern, und es lag alles ziemlich unordentlich herum.
„Wie kamst du so schnell auf diesen Ort hier?“
„Der Hausmeister brachte mich auf die Idee. Er meinte, dort sei alles durchsucht worden, und vielleicht habe der Täter etwas stehlen wollen.“
Franziska nahm einige Stücke, die nach billigem Plunder aussahen in die Hand. „Gibt’s hier denn echte Sachen?“
„Nein“, lachte Annemarie. „Wir werden hier aber trotzdem sehr gründlich sein. Vielleicht gibt es ja doch Spuren.“
„Ja“, stimmte ihr Franziska zu und ging allein zurück zum Orchestergraben.

„Also haben wir wieder kein Motiv!“, schlussfolgerte Hannes, nachdem Franziska, zurück im Orchestergraben, ihm von ihrem Gespräch mit Annemarie erzählt hatte.
„Doch, es gibt eines, ein sehr starkes sogar“, wehrte Franziska ab, „denn ich glaube, dass alle vier Morde irgendwie zusammenhängen.“
„Dann können wir nur hoffen, dass nicht noch jemand sterben muss, bevor wir den Zusammenhang finden“, stellte Hannes erstaunlich nüchtern fest. „Was ist eigentlich mit der Opernmusik, die die Jugendlichen am Tatort Wallenstein gehört haben? Hatte die Hermannova so etwas auf ihrem Handy?“
„Das kann ich nicht sagen. Geklingelt hat es ja nicht, als ich dabei war. Ich kam erst dazu, als sie schon telefoniert hat“,

überlegte Franziska und versuchte sich zu erinnern.
„Aber wiedererkennen würdest du das Handy schon, oder?"
„Ja, ich denke schon."
„Dann sollten wir danach suchen, vielleicht liegt es ja hier irgendwo herum", entschied Hannes, stellte aber schnell fest, dass der Orchestergraben der schlechteste Ort war, um ein verschwundenes Handy zu finden.
„Vielleicht findet Anni etwas im Fundus, oben unter dem Dach", unterrichtete Franziska ihren Kollegen.
„Denkst du wirklich, sie ist unter dem Dach überwältigt und dann bis in den Orchestergraben gezerrt worden?" Hannes überlegte. „Nicht gerade der kürzeste Weg."
„Nein, es muss einen Grund dafür gegeben haben, dass der Kampf im Fundus stattfand. Zum Beispiel, dass im Haus noch andere Menschen waren."
„Also eine Aufführung?"
„Zum Beispiel. Aber wir sollten mit Schaffroth sprechen, damit wir erfahren, was hier in den letzten Tagen los war."

***

Als Hannes und Franziska draußen in der feuchtkalten Nebelluft standen, atmeten sie erst einmal tief durch. Doch es dauerte eine ganze Weile, bis sie den süßlichen Geruch des Todes aus ihren Nasen bekamen. Erst dann gingen sie am Theater- und Redoutengebäude entlang, bis sie vor dem Verwaltungstrakt standen.
Schaffroth öffnete sofort.
„Wann gab es denn die letzte Aufführung im Theater?", fragte Franziska den Verwaltungsdirektor, nachdem er sie in sein Büro geführt hatte. Der abgestandene Zigarettengeruch war fast eine willkommene Abwechslung.
„Am Sonntag. Allerdings waren da die Kollegen vom Schauspiel aus Landshut bei uns zu Gast."

„Wann kamen die, und wann fuhren sie wieder ab?“ Franziska zückte ihr grünes Notizbuch und wartete auf seine Aussage.
„Ja, also ich war selbst nicht im Haus. Aber lassen Sie mich mal überlegen. Es wurde ‚Romeo und Julia‘ gespielt, mit einem Ensemble von 15 Solisten und Statisten, Bühnen- und Kostümbildner ...“
„Sie meinen, die hatten ihre eigenen Leute dabei?“
„Ja, natürlich. Alles, was zur Aufführung des Stückes nötig ist, kommt aus Landshut. Außer dem Hausmeister, der ist von hier“, erklärte Schaffroth.
„Und wann fuhr die ganze Truppe wieder ab?“
„Das Stück begann um achtzehn Uhr. Einschließlich Abbau dauert es gut drei Stunden, dann saßen sie etwa Viertel nach neun im Bus. Und ich denke, der Hausmeister hat dann auch schon bald alles dichtgemacht.“
„Das heißt, Täter und Opfer müssten um diese Zeit bereits im Haus gewesen sein“, schlussfolgerte Hannes.
„Ja“, bestätigte Schaffroth.
„Wir haben im“, Franziska warf einen kurzen Blick in ihr Notizbuch, „Requisitenfundus Spuren eines Kampfes gefunden. Wo könnte man sich Ihrer Meinung nach am besten im Theater verstecken, ohne entdeckt zu werden?“
„Also, sofern man einen Schlüssel hat, ist der Requisitenfundus bestimmt ein guter Ort. Vor allem, wenn das Schauspiel hier ist. Allerdings“, Schaffroth zögerte, „wäre es auch ziemlich gewagt, weil der Weg über die Nebenbühne führt.“
Er schien diesen Aspekt genauer überdenken zu müssen.
„So wie es aussieht, hat der Täter nicht zum ersten Mal zugeschlagen, und in jedem Fall war er nicht nur brutal und absolut skrupellos, sondern auch so gut getarnt, dass es keine Zeugen gibt“, erklärte Hannes und Franziska nickte.
„Wenn Sie davon ausgehen, dass sich der Mann, der das getan hat, zum Beispiel als Hausmeister verkleidet hat, und

Swetlana, die ja ohnehin hier ein- und ausgehen kann, dann ist das sicher nicht aufgefallen. Außerdem besaß sie einen Schlüssel zum Requisitenfundus." Schaffroth nickte mehrmals. „Möglich ist es."
„Ja, dann geben Sie mir doch bitte noch eine Liste aller, die am Sonntag bei ‚Romeo und Julia' mitgespielt haben", bat Franziska, doch Schaffroth meinte, die habe er nicht. Da müsse er erst mit den Kollegen in Landshut reden. Doch er versprach, sie so schnell wie möglich zu schicken.
Als sie das Verwaltungsgebäude verließen, rief Annemarie an. „Wo bist du? Kommst du noch einmal? Wir haben ein Handy gefunden!"
„Wo?", fragte Franziska und ihre Wangen röteten sich vor Aufregung.
„Unter einem Regal."
„Wir sind gleich bei dir!", verkündete Franziska und zog Hannes am Ärmel mit sich. „Komm, es gibt Ergebnisse."

***

„Ja, genau. Das ist ihr Handy!", bestätigte Franziska kurze Zeit später und begann, ein paar Knöpfe zu drücken. „Der Akku ist fast leer, aber zum Durchschauen müsste es reichen", freute sie sich und scrollte die Anruferliste durch. „Sie hat am Sonntag mehrere Anrufe von einer Nummer bekommen. Beim ersten Mal war sie auf jeden Fall noch in Krumau", sie überlegte, „das muss gewesen sein, kurz nachdem ich weggefahren bin." Sie suchte weiter, entdeckte den Anruf am Samstagabend und dass es dieselbe Nummer war wie die, die Swetlana am Sonntagabend gegen neunzehn Uhr noch einmal angerufen hatte. Franziska zückte ihr eigenes Handy und suchte die SMS von Walter, die sie noch immer nicht gelöscht hatte, aber die Nummern waren nicht identisch. Ob das seine Unschuld beweist, sei mal dahinge-

stellt, dachte sie und sah dann ihre eigene Nummer auftauchen. Sweta hatte sie kurz nach dem Anrufer am Sonntagvormittag versucht zu erreichen und ihr erst danach die SMS geschickt, mit der Bitte, dass sie sich treffen müssten. Hätte Franziska ihren Tod verhindern können, wenn sie mit ihr gesprochen hätte?
„Geht das in Ordnung, wenn ich das mitnehme?“, fragte Franziska und Annemarie nickte.
„Hier ist noch etwas!“ Die Chefin der Kriminaltechnik hielt zwei durchsichtige Tütchen in die Höhe. „Ein Kugelschreiber mit der Aufschrift Klinikum Passau und ein Knopf von einem Anzug. Höhere Preisklasse, wenn du mich fragst.“
„Und woher wissen wir, dass das keine Requisiten sind?“, fragte die Kommissarin besorgt.
„Na ja, wir wissen es nicht. Aber der Knopf passt zumindest zu keinem der Kleidungsstücke, die hier hängen, und der Kugelschreiber ist doch nun wirklich zu klein, um auf der Bühne gesehen zu werden, denke ich. Aber du kannst dich ja mal umhören.“
„Ja, das mache ich. Du, sag mal, ist der Chef eigentlich schon aufgetaucht?“
„Der ist doch auf dem Dachboden von Sophia Weberknecht.“ Annemarie hatte einen ironischen Ton angeschlagen.
„Was zum Teufel macht er denn da?“
„Das frage ich mich auch. Vor allem, weil er Mona von hier abgezogen hat, und die könnte ich jetzt gut gebrauchen. Aber er sagte, der Hausmeister habe wegen eines Wasserschadens angerufen, es klang ziemlich dringend. Es gibt dort wohl irgendwelche Spuren, die unbedingt gesichert werden müssen.“
„Und warum sagt er mir dann nicht Bescheid? Ist ja immerhin mein Fall!“
„Das weiß ich nicht, das müsst ihr unter euch ausmachen.“
Franziska nickte, Annemarie hatte natürlich ganz recht.

***

Die erste Zurückweisung von Brauser erfuhr Franziska in der Besprechung am Nachmittag. Nachdem alle Platz genommen hatten und mit Kaffee versorgt waren, meldete sich Hauptkommissar Brauser zu Wort und erbat von Oberstaatsanwalt Schwertfeger die Gesamtleitung des Falles. Franziska schnappte nach Luft. Was sollte denn das jetzt? Doch Schwertfeger nahm ihr empörtes Gesicht gar nicht wahr, sondern nickte nur eifrig. „Das ist gut, Berthold. Wenn ihr schon der Meinung seid, dass die vier Morde miteinander zusammenhängen, dann sollte die Leitung auch in einer erfahrenen Hand liegen!"
Der Staatsanwalt lächelte Franziska flüchtig zu. „Zumal Sie im Falle Swetlana Hermannova ein wenig befangen sind, wie ich gehört habe?!"
„Nein, wie kommen Sie darauf?", protestierte Franziska. Doch er ignorierte den Einwurf und forderte sie stattdessen auf, ihren Bericht abzuliefern.
Angeschlagen stand sie auf, räusperte sich und begann, vom Fundort und wahrscheinlichen Tatort sowie von den Anrufen zu berichten.
„Der Notarzt geht davon aus, dass Swetlana bereits seit fünf bis sieben Tagen tot ist. Diese Zeitspanne ist allerdings zu weit gefasst, denn ich selbst war am vergangenen Sonntag mit ihr in Krumau zusammen. Außerdem habe ich die Aussage ihres Vermieters, der sie am Sonntagabend zurückkommen und anschließend zu Fuß wieder weggehen sah. Das war um kurz nach neunzehn Uhr. Wie wir inzwischen wissen, kurz nachdem sie einen Anruf bekommen hatte. Danach verliert sich jede Spur von Swetlana Hermannova", fasste sie zusammen. „Demnach könnte sie sich also irgendwann nach neunzehn Uhr mit ihrem Mörder getroffen haben. Allerdings kann er sie nicht vor, sagen wir, einundzwanzig Uhr zu dem Fundort im Orchestergraben gebracht haben, denn bis kurz davor dauerte eine Aufführung des

Theaterensembles Landshut, und sowohl Schauspieler als auch Zuschauer hätten davon etwas mitbekommen", erläuterte sie und schloss ihren Bericht mit der Vermutung: „Der Täter muss sich auf jeden Fall gut im Theater ausgekannt haben."

„Walter Froschhammer!", mischte sich Brauser in den Bericht ein.

„Tatsächlich war es ihr wichtig, dass ich daran glaube, sie würde von Walter Froschhammer bedroht werden. Ob es stimmt, wissen wir nicht. Vielleicht wollte sie auch nur ablenken. Zumindest ist sie nicht von seinem Handy aus angerufen worden. Weder am Samstag noch am Sonntag", gab sie zu bedenken.

„Wissen wir denn schon, wem die Nummer gehört, die sie angerufen hat?", fragte Schwertfeger.

„Das ist Leider ein Prepaidhandy und wer weiß, ob es nicht geklaut ist."

Der Staatsanwalt nickte, bevor er weiterfragte. „Was ist mit einer Ortung?"

„Negativ, das Gerät ist abgeschaltet."

„Das könnte ein Hinweis dafür sein, dass er sie von vorneherein töten wollte."

„Und es könnte ein Zweithandy von Walter Froschhammer sein", betonte Brauser.

„Natürlich", gab auch Franziska zu.

„Was ist mit seinem Alibi?", fragte er weiter.

„So weit sind wir noch nicht. Aber ich gebe zu bedenken, dass wir ja nach einem Täter suchen, der für alle vier Fälle infrage kommt. Und da scheidet Froschhammer eindeutig aus."

„Niemand scheidet von vorneherein aus. Es ist in jedem Fall unsere Aufgabe, alles erst zu überprüfen", belehrte sie ihr Chef und wandte sich dann an die anderen im Raum.

„Ich glaube, Frau Steinbacher ist auch bei dem Zeugen ein

bisschen voreingenommen", entschied er. Es war etwas ganz Neues, dass Brauser die junge Kollegin mit ihrem Nachnamen ansprach, weshalb sich auch alle im Raum verwundert anblickten.

„Wir werden uns alle Verdächtigen noch einmal vornehmen. Und ich meine wirklich alle. Das Ensemble samt Schaffroth, Christian Sundhofer und auch die Jugendlichen. Vielleicht haben wir einfach etwas übersehen."

„Ach, da fällt mir noch etwas ein", Franziska musste sich ein Grinsen verkneifen. Sie hoffte, ihrem Chef jetzt vielleicht eins für seine Selbstgefälligkeit auswischen zu können. „Anni hat am Tatort einen Kugelschreiber mit der Aufschrift *Klinikum Passau* und einen Knopf von einem Herrensakko gefunden. Die Fingerabdrücke auf dem Kugelschreiber sind nur fragmentiert erhalten, aber schon die Tatsache, dass er aus dem Klinikum stammt, zeigt, dass unser Täter eine Verbindung zur Medizin hat. Und der Knopf ..."

„Könnte von jedem stammen", warf Brauser ein.

„Ja, schon. Von jedem, der teuere Anzüge trägt, denn Annemarie hat gesagt, dass es sich beim Anzug, zu dem der Knopf wahrscheinlich gehört, nicht gerade um Klamotten von der Stange handelt. Und so einen kann sich Walter Froschhammer ganz sicher nicht leisten."

***

„Wieso Christian Sundhofer?", fragte Franziska Hannes im Rausgehen. „Den hatten wir doch schon!"

„Weil sein Alibi geplatzt ist", mischte sich Gruber ein. „Seine Frau hat gesagt, dass ihr Mann erst am 19. August nach Italien nachgekommen ist."

„Gut, dann könnte er rein theoretisch Klaus Wallenstein getötet haben, und auch bei Sophia Weberknecht hat er kein Alibi. Aber das mit Hajo Felbermann, das haut nicht hin,

oder? So abgebrüht scheint der doch wirklich nicht zu sein." Franziska sah von einem zum anderen.
„Wer kann schon in einen Menschen hineinsehen? Wenn er aber wirklich Klaus Wallenstein und Sophia Weberknecht umgebracht hat, dann hatte er vielleicht Angst, dass Hajo Felbermann etwas weiß, und hat auch ihn noch schnell verräumt, bevor er zu uns kam, um seine Aussage zu machen. Vielleicht hatte er Angst, er könnte später nicht mehr dazu kommen", überlegte Hannes laut. „Und wie wir jetzt wissen, war Swetlana Hermannova zu diesem Zeitpunkt ja schon tot."
„Ja, vielleicht. Aber dann hätte er Felbermann doch so schnell wie möglich erschlagen und daraus keine solche Inszenierung gemacht", drängte Franziska.
„Vielleicht hat er genau wie seine Cousine Gefallen an Inszenierungen. Nur, dass es bei ihm viel brutaler zugeht."
Ludwig Gruber zuckte die Achseln. „Ich gehe jetzt mal weiter den Hinweisen nach, vielleicht solltet ihr das auch machen."
Franziska nickte und sah dem Kollegen dabei zu, wie er, während er den Flur entlanglief, seine Haare nach hinten warf. Dann fiel ihr etwas ein. Egal wie sehr sie sich über ihn geärgert hatte, sie musste Brauser einfach warnen.

„Ach, Chef, bevor Sie zu Walter Froschhammer gehen, wollte ich Ihnen noch von seinem Alibi für die Tat an Sophia Weberknecht berichten." Sie war ein bisschen außer Atem, als sie sein Zimmer betrat.
„Ja?" Der Kommissar sah von einem Bericht auf.
Sie schloss die Tür hinter sich und trat näher. Sie sprach leise, denn sie wollte sicher sein, dass niemand sie hören konnte. „Er war bei der Frau von Dr. Schwertfeger."
„Das behauptet er?!" Brauser hatte die Stimme erhoben, schien außer sich, und Franziska zuckte zurück.

„Ja, und Arlette Schwertfeger bestätigte es. Sie meinte, Froschhammer habe an einem Porträt für ihren Mann gearbeitet und das solle eine Überraschung werden."
„Ach was! Hast du die Frau gesehen? Die ist nicht ernst zu nehmen! Die will sich nur wichtig machen! Dieser Froschhammer ist auf jeden Fall verdächtig, zumal er Frau Hermannova ja offensichtlich bedroht hat."
Franziska nickte. „Ich wollte es Ihnen auch nur gesagt haben, weil der Oberstaatsanwalt doch Ihr Freund ist", sagte sie. Und damit, dachte sie, bist du genauso befangen wie ich!

Als sie kurze Zeit später an ihrem Schreibtisch saß, kramte sie erst einmal eine angefangene Packung Schokoladenkekse aus der untersten Schublade heraus. Sie war stinksauer. Auf Brauser, weil er sich so chauvinistisch aufführte. Auf Schwertfeger, weil er ihm glaubte. Und auf sich, weil sie es nicht geschafft hatte, in ihrem ersten eigenen Fall wirklich voranzukommen. Vier Tote und keine wirklich gute Spur! Was für eine blamable Vorstellung. Sie stand auf und ging hinüber zu Mona.
„Du, sag mal, was habt ihr denn eigentlich in der Postakkerstraße gefunden?"
„Eine ganze Menge. Hat dir der Chef nichts davon erzählt?"
Franziska schüttelte den Kopf, Mona legte die Stirn in Falten. „Hhm, komisch, aber wir können es ja mal gemeinsam durchgehen. Wobei der Chef meinte, es eilt nicht." Mona stand auf und ging mit ihrer Kollegin ins Nebenzimmer. „Also, erstmal war da ein Handy, aber das ist noch mit einer PIN gesichert. Dann haben wir eine Dose mit Pillen gefunden. Höchstwahrscheinlich Drogen, ich schätze Amphetamine, denn sie sind hellrot und haben eine Prägung mit einem Löwenkopf. Ich habe sie ins Labor geschickt. Dann", sie lachte hell auf, „haben wir jede Menge freizügiger Klei-

dungsstücke in Schwarz und Rot gefunden. Ach ja, und diese Zeitungen. Interessiert dich das?"
„Was ist mit den Zeitungen?"
„Das weiß ich noch nicht. Es wurden Artikel herausgeschnitten."
Franziska blätterte die Oberste durch. „Die könnten ja von ihr gehandelt haben."
„Könnte sein, muss aber nicht. Willst du sie dir mitnehmen?"
„Ja", sagte sie und schnappte sich den Stapel mit den Zeitungen. „Ach, und wenn du das Handy geknackt hast, dann ruf mich an. Ich bin sehr am Inhalt interessiert."
„Mache ich", versprach Mona und sah ihr kopfschüttelnd nach, wie sie mit den Zeitungen davon ging.

***

Hauptkommissar Berthold Brauser rührte bereits die zweite Portion Milch in seinen Kaffee und nahm dann einen großen Schluck. Er war zutiefst beschämt über das, was er getan hatte. Vor allem Franziska hätte er das nicht antun dürfen. Sie war doch sein Mädchen. Sie war wie eine Tochter für ihn und immer sein ganzer Stolz, weil sie so gute Arbeit leistete, und jetzt musste er sie wegen der ganzen dreckigen Geschichte runterziehen. Aber er tröstete sich damit, dass sie da wieder herauskommen würde. Sie war eine kluge junge Frau. Mehr Sorgen machte er sich um Maria.
„Sie ist die Nächste", hatte der Mann am Telefon gesagt und Brauser hatte ihm sofort geglaubt. „Das weißt du doch?"
„Nein!", hatte der Kommissar geschrien, doch er wusste, zu was der Mann fähig war. Er kannte seine Methoden. Neu war nur seine Stimme, die hatte er bisher noch nie gehört.
„Lassen Sie Maria aus dem Spiel!", hatte Brauser gebettelt.
„Das ist kein Spiel, das ist alles echt, Herr Kommissar! Und selbst wenn ich wollte, Maria ist meine Trumpfkarte!" Dann

hatte er höhnisch gelacht. Dieses widerwärtige, gehässige Lachen ließ Brauser immer noch erschaudern. „Aber Scherz beiseite. Willst du denn gar nicht wissen, was du für mich tun kannst?“
„Also?“, hatte er knapp gefragt.
„Warum so mürrisch, Herr Kommissar? Freu dich doch, dass du die Chance bekommst, deinen Fehler wiedergutzumachen!“
Demütig antwortete Brauser: „Was also kann ich tun?“
„Schon besser!“, lobte der Mann. „Du wirst dafür sorgen, dass man mich nicht findet, dass man gar nicht erst nach mir sucht! Du bist doch ein gerissener Mann. Lass deine Leute in die falsche Richtung ermitteln und schaff die Beweise beiseite. Denk dir was aus!“
„Wie stellen Sie sich das vor, das geht nicht!“
„Glaub mir, das geht schon. Denn wenn nicht, dann ist deine Frau dran, und verlass dich darauf: Ich werde sie finden, egal wo du sie versteckst!“

Müde trank Brauser seinen Kaffee aus. Er wusste nicht, was er tun sollte. Er hatte so viel falsch gemacht. Wenn er nicht aufpasste, hatte er bald alles verloren.

***

Schnurstracks war Sibylle in Hajos Wohnung gefahren. Sie wollte ihn riechen, ihm nahe sein. Sie musste sich versichern, dass nicht stimmte, was in der Zeitung stand, sie hoffte, dass das alles ein großer Irrtum war, dass er an seinem Schreibtisch saß und an einem Artikel arbeitete, und sie und die Welt nur für einen Moment vergessen hatte. Sie verzieh ihm schon jetzt, wenn er sie nur immer noch liebte.
Als sie die Tür öffnete, wusste sie sofort, dass er nicht zu Hause war. Es fehlte etwas. Sie ging von Zimmer zu Zimmer, griff sich den Pullover, der auf dem gemachten Bett

lag, und hielt ihn sich unter die Nase. Mit tiefen Atemzügen träumte sie sich über das Kleidungsstück zu Hajo. Dann ging sie ins Wohnzimmer zurück, legte sich mit dem Pulli auf das Sofa und schloss die Augen. Sie dachte an den Sonntag, an dem sie gemeinsam spazieren gegangen waren, sich ihr Leben erzählt und anschließend hier geliebt hatten. Sie dachte an all das Schöne und an seinen herrlichen Körper, den sie so sehr begehrte. Während sie sich immer weiter zurückträumte, um ja nicht zu dem Zeitpunkt zu gelangen, an dem sie in der Zeitung von seinem Tod erfahren hatte, landete sie schließlich bei ihrem ersten Treffen im ‚Butterfly', das vor Wochen stattgefunden hatte. So viele Dinge hatte er von ihr wissen wollen, und sie hatte solche Angst gehabt, ihm zu viel zu erzählen. Dabei spürte sie doch von Anfang an, dass sie ihm vertrauen konnte. Sie wollte ihm einfach glauben, aber letztlich erzählte auch sie ihm nie die ganze Wahrheit. Die Wahrheit über das, was sie an jenem Abend im ‚Butterfly' sah. Das, wofür sie sich noch immer schämte, weil sie nichts unternommen hatte. Nichts, außer die Beweise aus dem Müll zu fischen und sie in einer Schachtel im Wäscheschrank zu verstecken.
Während sie noch überlegte, ob das alles etwas mit Hajos Tod zu tun haben konnte, hörte sie auf einmal, wie sich jemand an der Wohnungstür zu schaffen machte. Ihr war unwohl bei dem Gedanken, dass jemand sie hier finden würde. Jemand, dem sie erklären müsste, wie sie hier hereingekommen war, und dem sie dann von ihrer gemeinsamen Liebe erzählen müsste. Ohne zu zögern kletterte sie über die Rückenlehne des Sofas und verschwand gerade noch dahinter, als der Besucher den Raum betrat. Sibylle hielt den Atem an. Wer immer das war, er schien sich nicht auszukennen, gleichzeitig aber sicher zu sein, dass niemand hier war. Sie lauschte angestrengt: Sie hörte, dass der Eindringling ein Mann war. Er fluchte leise, während er in den Papieren her-

umwühlte, Türen öffnete und schließlich den Computer anschaltete, um in aller Ruhe darin herumzuschnüffeln.
Zentimeter für Zentimeter kroch sie an der Wand entlang, um etwas sehen zu können. Sie musste einfach wissen, wer sich da so dreist an Hajos Leben zu schaffen machte! Doch als sie endlich freie Sicht hatte, und erkannte, wer da Hajos Sachen durchsuchte, fuhr ihr der Schreck so heftig in die Glieder, dass sie nur mit Mühe einen entsetzten Aufschrei unterdrücken konnte. Wie kam ausgerechnet er hierher, und was suchte er so verbissen in Hajos Computer? Während sie sich diese Fragen stellte, kroch die Angst mit eiskalter Hand über ihren Körper und lähmte ihn mit Entsetzen. Und dann wusste sie nur noch eines: Wenn er jemals erfahren würde, dass sie ihn gesehen hatte, dann war sie tot.

***

Wenn der Chef glaubte, dass sie sich unterkriegen lassen würde, dann hatte er sich gehörig in ihr getäuscht, entschied Franziska und machte sich sogleich über die Zeitungen her.
„Ich brauche die Originalseiten von einigen Ausgaben“, erklärte sie kurz darauf in einem Telefonat mit dem Medienzentrum.
„Kein Problem, wenn Sie mir bitte Datum und Artikel nennen könnten?“
„Aber der Artikel fehlt ja eben“, kam sie auf das eingangs beschriebene Problem zurück.
„Dann eben die Seitenzahl.“ Franziska diktierte. „Okay, ich schicke Ihnen die Seiten als PDF-Datei per E-Mail, ist das in Ordnung?“
„Ja, und möglichst schnell, bitte!“
„Schon gut!“
Nachdem sie auch die letzten Krümel aus der Kekspackung gefischt hatte, ging sie noch einmal zu Mona hinüber. „Du,

sag mal, habt ihr eigentlich schon ein Ergebnis von der Spritze aus dem ‚Butterfly'?"
„Ja und nein. Nein, die Fingerabdrücke gibt es in der Datei nicht, und ja, das Blut stammt von Wallenstein."
„Ach! Und warum sagt mir das keiner?"
„Ich habe es Brauser gesagt."
Franziska nickte resigniert. „Kannst du bitte auch mich auf dem Laufenden halten? Ich habe das Gefühl, der Chef ist ein bisschen überfordert."

***

„Ja, super, jetzt wissen wir, dass Wallenstein im ‚Butterfly' gestorben ist, aber noch immer nicht, wer ihn umgebracht hat!", beschwerte sich Hannes kurz darauf, als Franziska ihn ins Bild setzte.
„Ja", seufzte sie und schüttelte den Kopf. „Wenn ich nur wüsste, was in den Chef gefahren ist. Und komm' mir jetzt bloß nicht mit seiner Pensionierung! Das kann doch nicht so schlimm sein, wenn man in Zukunft immer Urlaub hat."
„Jetzt dramatisier mal nicht gleich alles! Er hat dir die Leitung abgenommen, mehr nicht." Doch als er ihr Gesicht sah, fügte er schnell hinzu: „Vielleicht hatte er Angst, dass du an seinem Stuhl sägst, bevor er gegangen ist."
Sie wollte sich damit nicht zufriedengeben, aber sie hatte dem auch nichts zu entgegnen. Sie seufzte einmal tief, dann straffte sie sich und schüttelte den Frust ab. „Ich fahre jetzt in die Wohnung von Hajo Felbermann, kommst du mit?"

***

Als sich nach mehreren Klingelversuchen niemand zeigte, öffnete Hannes die nur ins Schloss gezogene Wohnungstür mit wenigen Handgriffen.

„Felbermann scheint zumindest gut verdient zu haben", schlussfolgerte Franziska nach einem Blick auf die elegante Wohnungseinrichtung.
Während Hannes im Wohnzimmer sofort zum Schreibtisch ging und damit begann, Schubladen und Fächer nach Speicher-CDs oder USB-Sticks zu durchsuchen, sah sich Franziska in der übrigen Wohnung um. Küche und Bad waren blitzblank aufgeräumt und sauber.
„Sieht ganz so aus, als ob er allein gelebt hat", rief sie aus dem Bad. „Zumindest gibt es hier nichts, was einer Frau gehören könnte, außer", sie kam zurück, „eine hübsche Auswahl an Kondomen."
Nachdem Hannes in den Schubladen nicht fündig geworden war, hatte er den Computer eingeschaltet. Ein wenig abwesend starrte er solange auf den Bildschirm, bis ihm auffiel, dass der außer irgendwelchen Befehlen nichts anzeigte. Hannes fluchte und rief Franziska, die sich im Schlafzimmer umsah, zu: „Er hat keinen Zugriff auf die Festplatte!"
„Wer?"
„Der Computer natürlich!" Hannes beugte sich über das Computergehäuse, das auf dem Boden neben dem Schreibtisch stand, und begutachtete dessen Rückseite. Die Abdeckplatte hing lose herunter und ließ sich mit der Hand leicht abnehmen. Als er ins Innere des Towers sah, erkannte er, dass die Festplatte fehlte.
„Hier war schon jemand, und der hat gründliche Arbeit geleistet!", sagte er laut, woraufhin Franziska zu ihm rüber kam.
„Ja. Im Schlafzimmer ist der ganze Schrank durchwühlt."
„Irgendwie komisch, oder? Ich meine, wenn das hier der Mörder von Hajo Felbermann gemacht hat, dann hat er ja scheinbar gefunden, was er gesucht hat, sonst hätte er doch nicht die Festplatte ausgebaut?"
„Das stimmt, aber warum hat er dann nur das Schlafzim-

mer durchwühlt? Es wäre doch viel naheliegender, wenn er sich erst einmal das Wohnzimmer vorgenommen hätte.“ Die Kommissarin zeigte rundum, wo alles an seinem Platz zu stehen schien.
„Vielleicht ist er gestört worden“, überlegte Hannes, und als sie im gleichen Moment ein Handy klingeln hörten, zogen beide ihre Heckler & Koch und gingen vorsichtshalber in Deckung. Nach dem fünften Mal verstummte der Ton, und als dann alles ruhig blieb, gingen sie langsam in die Richtung, aus der das Klingeln gekommen war. In der Küche auf der Mikrowelle lag ein Handy, und gleich daneben ein Schlüsselbund. Auf dem Mobiltelefon war ein entgangener Anruf vermerkt. Die Nummer kam Franziska irgendwie bekannt vor, aber sie war sich nicht sicher, woher. Hannes nahm sich den Schlüsselbund, an dem ein Autoschlüssel hing, öffnete das Fenster, das zum Hof zeigte, und drückte dann auf die Fernbedienung. Vor dem Haus antwortete eine dunkelgraue Audi Limousine mit einem heftigen Blinken der Scheinwerfer.
Hannes lächelte zufrieden. „Immerhin haben wir das Auto von Felbermann.“
„Ja, schon, aber ich frage mich, wie er zum Tatort gekommen ist, wenn sein Auto vor der Tür steht.“
„Er hat sich mit dem Täter irgendwo getroffen“, begann Hannes und fügte dann hinzu: „Obwohl, er wird ja kaum mit dem Bus zum Treffpunkt gefahren sein.“
Franziska nahm ihm den Schlüsselbund ab, griff sich das Handy und ging, nachdem sie den Wohnungsschlüssel geprüft hatte, hinunter in den Hof. Sie zog die Handschuhe an, öffnete die Fahrertür und sah sich im Innenraum um. Das Auto war genauso sauber wie die Wohnung. Frisch geputzt, dachte sie und bemerkte den Duft von Vanillecockpitspray. Weder im Handschuhfach noch unter der Sonnenblende fand sich irgendetwas Besonderes, nur auf

dem Beifahrersitz lag eine große Kamera. Nach einigem Suchen fand sie einen Knopf, um sie einzuschalten und erhielt gleich darauf den Hinweis: keine Speicherkarte.
„Glaubst du, dass ein Journalist zwar seine Kamera griffbereit im Auto liegen hat, dann aber vergisst, eine Speicherkarte reinzustecken?", fragte sie Hannes, der neben ihr stand und zusah, wie eine ältere Frau mit hellem Trenchcoat, braunen Schnürschuhen und einem Knirps in der Hand auf sie zukam.
„Was machen Sie denn da am Auto von Herrn Felbermann?", fragte sie aufgebracht und für einen Moment sah es so aus, als wolle sie den beiden mit ihrem Schirm drohen.
„Keine Angst, wir sind von der Kripo Passau." Hannes zückte seinen Ausweis, den die Frau genaustens studierte, bevor sie ihn zurückgab.
„Sagen Sie, wann haben Sie Herrn Felbermann denn zum letzten Mal gesehen?"
„Na, vielleicht vor einer guten Stunde?" die Frau schien zu überlegen. „Kann auch später gewesen sein."
Die beiden Kommissare sahen sich an, Franziska schüttelte unmerklich den Kopf. „Lesen Sie denn keine Zeitung?", fragte Hannes.
„Junger Mann, ich kann Ihnen nur wünschen, dass Sie in meinem Alter mal nicht auf eine staatliche Rente angewiesen sind, denn dann können Sie sich vielleicht auch keine teure Zeitung mehr leisten!"
„Mein Kollege wollte Ihnen nicht zu nahe treten", versicherte Franziska schnell und lächelte die Frau versöhnlich an. „Es ist nur so, dass Herr Felbermann ums Leben gekommen ist, und wir dachten, das haben Sie bestimmt schon aus der Zeitung erfahren."
„Nein!", rief die Frau entsetzt aus und schlug die Hände vor dem Mund zusammen. „Aber wie kann das sein? Ich habe ihn doch eben noch gesehen! Grad vorhin, als er den Wa-

gen geparkt hat." Sie sah sich um, als suche sie eine versteckte Kamera.
„Frau, äh ..."
„Weißkopf, Hilde Weißkopf", stellte sie sich vor und sah die junge Kommissarin erwartungsvoll an.
„Ja, Frau Weißkopf, ist Ihnen an dem Mann, den Sie für Hajo Felbermann hielten, denn etwas aufgefallen?"
„Nein, er sah aus wie immer. Deshalb war ich mir ja auch so sicher." Dann schien sie zu überlegen. „Aber warten Sie mal, ja, es ist mir etwas aufgefallen. Der Herr Felbermann parkt sein Auto nämlich immer da drüben. Da, wo der freie Parkplatz ist, und ich dachte mir, das ist ja was ganz Neues."
„Wie war er denn angezogen?", wollte Hannes jetzt wissen.
„Wie immer: in einem schicken Anzug, mit Hemd und Schlips. Und er trug eine Sonnenbrille, ja, das war auch seltsam, weil doch eigentlich gar keine Sonne scheint."
„Und was tat der Mann, als er das Auto geparkt hatte?"
„Er holte etwas aus dem Kofferraum. Eine kleine braune Tasche, und dann ging er aufs Haus zu. Dort blieb er kurz stehen und sah an der Fassade empor", berichtete die Frau weiter. „Aber dann ging er zügig den Plattenweg entlang und ich konnte ihn nicht mehr sehen."
„Sagen Sie, wenn Sie das alles so genau gesehen haben, haben Sie ihn dann vielleicht auch wieder weggehen sehen?"
„Nein, ich bin dann ja zum Friedhof, und als ich zurückkam, da standen Sie an seinem Auto. Ach, der arme Herr Felbermann, das war so ein netter Mann!" Auf einmal liefen ihr Tränen über die Wangen.
Franziska legte ihr tröstend die Hand auf den Arm. „Das war er bestimmt. Sagen Sie, können Sie uns etwas über ihn erzählen?"
„Na ja, ich wohne ja nicht im selben Haus wie er, sondern da drüben", sie deutete auf ein kleines einfaches Häuschen,

dessen Fenster zum Parkplatz zeigten. „Aber ja, ab und zu hab ich ihn schon gesehen. Er ist immer zum Laufen gegangen, und wenn er mich sah, dann ist er stehen geblieben und hat mich gefragt, ob es was Neues gibt, etwas, was unbedingt in die Zeitung müsste. Er war sehr höflich und", sie beugte sich ein wenig zu Franziska hin, „er kam ja auch aus einem sehr guten Elternhaus."

„Ja", bestätigte Franziska und trat ein Stückchen näher an die Frau heran. „Gab es denn auch eine Frau in seinem Leben?"

„Also, ein Playboy war er bestimmt nicht!" Hilde Weißkopf klang jetzt sehr streng. „Aber in letzter Zeit hatte er tatsächlich ab und zu eine junge Frau dabei."

„Sie meinen, sie kamen gemeinsam hierher? Vielleicht eine Kollegin?"

„Das könnte schon eine Kollegin gewesen sein, sie sah nämlich sehr gepflegt aus. Aber auf jeden Fall war da was zwischen den beiden. Sie hat ihn ja geradezu angehimmelt, und dann hat er sie hier auf dem Parkplatz umarmt und geküsst. Ich glaube, die beiden waren sehr verliebt."

„Können Sie die Frau denn beschreiben?"

„Ich denke, sie war jünger als der Herr Felbermann und einen halben Kopf kleiner. Schlank, aber sie hatte schon was dran", sie warf Franziska einen abschätzenden Blick aufs Dekolleté und schien zufrieden mit dem, was sie sah. „Und sie hatte wunderbares dunkles Haar, das so gut zu ihrem roten Kleid passte. Das müssen Sie sich mal vorstellen: Sie trug bei diesem Wetter ein rotes Kleid mit Ausschnitt und den Mantel hatte sie offen. Sie war wirklich sehr hübsch, und ich freute mich so für ihn."

Franziska bedankte sich bei der Frau und gab ihr ihre Karte. „Wenn Ihnen noch etwas einfällt, oder wenn Sie den Mann, der das Auto gebracht hat, noch einmal hier sehen, dann rufen Sie mich doch bitte an, ja?"

„Ja, das mache ich gern, Frau Oberkommissarin Steinbacher", las sie von der Karte ab, „sehr gern!"

Als Hilde Weißkopf gegangen war, sahen sich Franziska und Hannes an. „Das nenne ich ja mal aufschlussreich. Und hast du gesehen? Sie kann in ihrem Alter noch ohne Brille lesen."

„Na ja, in der Ferne klappt es dafür nicht mehr so gut. Was vielleicht auch besser ist, denn hätte sie gesehen, dass ein falscher Mann mit Felbermanns Auto angefahren kam, hätte sie den am Ende genauso zur Rede gestellt wie uns."

„Oh je! Ja, da hast du recht. Aber die Frau hat sie doch tadellos beschrieben."

„Wenn die Frau beim nächsten Mal auch ein rotes Kleid trägt", spöttelte Hannes, „dürfte es nicht schwierig werden, sie zu erkennen."

„Jetzt ärgert es mich aber wirklich, dass wir nicht früher gekommen sind. Denn dann hätten wir ihn auf frischer Tat ertappt!"

„Ich ruf die Kriminaltechnik an, und dann lass uns noch mal in die Wohnung gehen. Am Ende war der noch drin, als wir kamen, und hat uns mit dem Handy nur abgelenkt."

Nachdem sie die Wohnung erneut betreten hatten, gingen sie auf die Suche nach einer Möglichkeit, sie zu verlassen, ohne von jemandem gesehen zu werden. Wohnzimmer und Schlafzimmer entfielen, denn da waren sie beide drin gewesen. Im Bad gab es nur ein kleines Fenster und das war fest verschlossen, das Fenster zur Küche führte auf den Hof, was viel zu gefährlich gewesen wäre. Blieb also nur das Gästezimmer. „Warst du hier nicht drin?", fragte Hannes und betrat den Raum.

„Doch, kurz, aber dann hast du mich ja gerufen." Franziska entdeckte einen Paravent, der hinten in der Ecke stand, und dann dämmerte es ihr. „Er war hier! Die ganze Zeit über!“ Hannes ging zum Fenster und sah, dass es nur angelehnt war. Dann beugte er sich vorsichtig hinaus. Das Fenster führte zum Garten und an der Hauswand war ein Spalier angebracht. Die Clematis waren bereits verblüht und hingen an einer Stelle haltlos herunter. Hannes versuchte sich vorzustellen, wo der Mann seinen Fuß hingestellt hatte, um hinüberzuklettern und nickte. „Anni wird begeistert sein.“

***

Bevor Franziska Hannes in ihr Büro folgte, machte sie noch einen Abstecher zur Kriminaltechnik. Im Vorraum traf sie Mona, die sich gerade mit einem jungen Mann unterhielt, der so peinlich berührt aussah, als habe er eine Probe für einen Vaterschaftstest abgeben müssen. „Ach, hallo, Franziska, darf ich dir Lars Bendersohn vorstellen?“ Und als Franziska den Mann musterte, fügte Mona hinzu: „Er ist die Verstärkung aus Regensburg und kennt sich super mit allem aus, was mit Technik zu tun hat.“

„Ach, schön! Franziska Steinbacher“, stellte sie sich vor und hielt ihm die Hand hin.

„Ich wusste gleich, dass Sie Frau Steinbacher sind“, sagte Lars Bendersohn und schüttelte Franziska die Hand. „Ich habe nämlich schon viel von Ihnen gehört.“

Franziska kratzte sich verlegen am Hals. „Ob das so schmeichelhaft für mich ist?“

„Doch, doch, natürlich!“, betonte er und lachte.

„Habt Ihr vielleicht schon das Handy von Sophia Weberknecht gehackt?“, fragte sie hoffnungsvoll, um weiteren Komplimenten, die sie verlegen machten, aus dem Wege gehen zu können.

„Jawohl“, frohlockte Mona und ging in den Nebenraum, um es zu holen. „Das war die erste Amtshandlung von Lars: aufgeladen und einsatzbereit. Viel Spaß damit!“

Zurück im Büro sah Franziska gerade, wie Hannes den Hörer auflegte. „Ich hab Obermüller gebeten, sich mit den Taxiunternehmen und den Busfahrern in Verbindung zu setzen“, erklärte er.
„Oh ja, das ist gut!“, lobte sie und setzte sich an ihren Schreibtisch. Als sie die unterste Schublade öffnete, sah sie, dass die Schokoladenkekse leer waren. „Ach, verdammt, und dabei habe ich so einen Hunger!“
Ihr Kollege schüttelte lachend den Kopf. „Ich habe uns eine Pizza bestellt, ich befürchte nämlich, dass das hier heute noch länger dauern wird.“
„Mensch, Hannes, du bist ja ein Schatz!“ Franziska lächelte ihn glücklich an. „Hast du schon gehört, dass sie in der KTU einen Neuen haben? Lars Bendersohn. Angeblich aus Regensburg, der Name hört sich aber eher so an, als ob er aus dem hohen Norden kommt. Aber“, sie zückte das Handy, „er kann wohl gut mit technischen Geräten umgehen.“
„Gut, dann diktier mir mal alle Nummern, die gespeichert sind“, forderte Hannes, ohne weiter auf den neuen Kollegen einzugehen.
Sie begann, die gespeicherten Telefonnummer anzusagen, ergänzte sie jeweils mit dem Namen, dem Datum und dem Hinweis, ob der Anruf ein- oder ausgegangen war. Als Hannes gerade die letzte Nummer in der Datenbank gespeichert hatte, meldete sich die Pforte: Ihre Pizza war gekommen.
„Das nenne ich Timing!“, freute sich Franziska und ging hinunter. Bis sie wieder heraufkam, hatte Hannes bereits erste Ergebnisse des Datenbankabgleichs vorliegen.
„So, jetzt habe ich nur mal die Nummern von Sophia Weberknechts und Swetlana Hermannovas Handys miteinander verglichen, und was meinst du? Nicht nur die Hermannova, auch die Weberknecht hatte Kontakt zu der Nummer, die auf Hajo Felbermanns Handy angerufen hatte! Allerdings hat die Weberknecht ihn von sich aus am Tag

ihres Todes zweimal angerufen, während die Hermannova nur Anrufe erhielt."
Franziska hatte in der Zwischenzeit den Pizzakarton geöffnet, sich ein Stück herausgenommen und genüsslich hineingebissen. „Hhhm, herrlich, meine Rettung!", schwärmte sie, schob Hannes seine Schachtel zu, biss erneut gierig ab und kommentierte schließlich mit vollem Mund: „Ganz klar, die Weberknecht kannte den Täter, telefonierte mit ihm, lud ihn ein, ließ ihn in die Wohnung und wurde von ihm erschlagen. Vielleicht gar nicht absichtlich, zumindest nicht geplant, weshalb sie auch nicht gefesselt wurde. Und Swetlana, die wurde wiederum von ihm bedroht, hat sich dann doch mit ihm getroffen, weil sie dachte, wenn sie ihm versichert, dass sie nichts gesagt hat, könnte sie alles aus der Welt schaffen, während er ihren Tod minutiös plante und ausführte."
Sie nahm einen weiteren Bissen und kaute herzhaft. Ihr Hunger war so groß, nicht einmal der Gedanke an die sympathische Kostümbildnerin konnte ihr gerade den Appetit verderben. Und auch Hannes hatte bereits sein erstes Stück verschlungen, als er fortfuhr. „Außerdem ist auf dem Handy der Weberknecht die Nummer von Klaus Wallenstein gespeichert, die beiden haben sich gegenseitig mehrmals angerufen. Was immerhin beweist, dass sie sich wirklich kannten. Ja, und dann hat sie noch eine hübsche Sammlung an Nummern, die wir überprüfen sollten. Ich hab nämlich bei einer Nummer angerufen und der Besitzer hat ganz schnell wieder aufgelegt, als ich ihm sagte, wer ich bin."
„Na ja, nicht jeder mag sich gern mit uns unterhalten. Es gibt ja auch immer Menschen, die einfach nur mal ein bisschen zu schnell fahren und dann denken, die Kriminalpolizei hat sie jetzt auf dem Kieker", tröstete Franziska, die jetzt beim vierten Stück angekommen war und nun, nachdem der schlimmste Hunger vergangen war, ihre Pizza so richtig genießen konnte.

„Das stimmt, aber da kann ich ihnen auch nicht helfen. Ich werde trotzdem alle Nummern der Reihe nach anrufen."
„Ja, aber erst wenn wir die Nummern von Hajo Felbermann in die Datenbank eingegeben haben. Hast du denn schon geklärt, wer ihn in der Wohnung angerufen und uns damit abgelenkt hat?"
„Ach, siehst du, nein, aber das mach ich gleich. Sag mir mal die Nummer."
Franziska diktierte, und schon während er sie eingab, wusste Hannes, dass es dieselbe Nummer war, die er in den Handys von Wallenstein und Weberknecht gefunden hatte. „Also, auf jeden Fall will der Täter, dass wir wissen, dass er an allen Fällen beteiligt war, denn sonst hätte er doch das Handy nicht für uns hingelegt, zumindest aber seine Nummer unterdrückt."
„Vielleicht musste es zu schnell gehen", warf der Kommissar zwischen zwei Bissen ein.
„Nein, ich bin mir sicher, er will, dass wir wissen, dass er ein und derselbe ist!"
Franziska warf die leere Pizzaschachtel in den Papierkorb. „Übrigens: Hajos Nummer hat keine der Frauen drauf, zumindest nicht im Telefonbuch und nicht im Speicher. Aber wir sollten uns auf jeden Fall noch die Einzelverbindungsnachweise von den Anbietern holen. Vielleicht hat die Hermannova ja auch schon früher mit ihm telefoniert."
Sie lehnte sich in ihrem Bürostuhl zurück, schloss die Augen und dachte nach. Hannes, der schon wieder weitere Nummern verglich, warf ihr einen forschenden Blick zu, weil er glaubte, sie hätte nichts zu tun. „Was ist eigentlich mit den Leuten vom Theater? Schaffroth hat die Liste geschickt."
„Das glaubst du doch wohl selbst nicht, dass es einer von denen war!", antwortete seine Kollegin ruhig und blieb in ihrer Ruheposition liegen.
„Nein, aber sie könnten was gesehen haben."

„Ja, so wie die Nachbarin von Hajo Felbermann, die meinte, der Mann habe große Ähnlichkeit mit dem Journalisten!"
„Sie dachte eben, wenn er mit seinem Auto vorfährt und einen Anzug trägt, dann muss es Hajo sein. Sie ist doch nicht die erste Zeugin, die sich verguckt hat."
„Bei der Frau hingegen hat sie schon aus Neugierde genauer hingesehen." Franziska nickte und richtete sich auf. „Und genauso kann es uns mit den Leuten vom Theater gehen: Die dachten ja vielleicht auch, er gehöre dazu und haben nicht so genau geschaut, oder?"
„Du hast recht. Also?"
„Ich geh jetzt mal zu Obermüller und frage ihn wegen der Taxifahrer, dann kannst du in der Zwischenzeit in Ruhe die anderen Nummern abtelefonieren." Lächelnd klopfte sie dem Kollegen auf die Schulter und ging zur Tür hinaus.

Zwanzig Minuten später war sie wieder da und hatte interessante Neuigkeiten.
„Das glaubst du nicht! Ein Taxifahrer hat um die besagte Uhrzeit im Ortsteil Grubweg einen Mann aufgegabelt und ins Klinikum gefahren. Er konnte ihn gut beschreiben, sagte, er habe eine braune Aktentasche zum Umhängen dabei gehabt. Und, jetzt kommt's! Er erzählte dem Fahrer, er wolle seine Oma besuchen", Franziska schüttelte den Kopf, „was für eine Frechheit! Aber das war mit ein Grund, warum er dem Fahrer so auffiel. Er fand es nämlich merkwürdig, dass er eine Aktentasche mit ins Krankenhaus nimmt!" Hannes fand das nicht ganz so seltsam, sagte aber nichts.
„Vielleicht hat er das ja auch nur gesagt und ist in Wirklichkeit Arzt?", fügte Franziska hinzu.
„Warum nicht Pfleger?"
„Weil die selten in teuren Anzügen rumlaufen."
„Das stimmt", gab Hannes zu.
„Aber vielleicht ist er ja tatsächlich nur ein Angehöriger.

Weil, mal ehrlich, welcher Arzt macht so was?"
„Das sind auch nur Menschen, und das würde natürlich sehr gut zu den ganzen Spritzen und Medikamenten passen."
„Also, Hannes, damit hast du mich noch nicht überzeugt!"
„Das kann ich auch nicht, denn leider sind das alles nur Mutmaßungen. Aber es gibt noch eine Neuigkeit: Zwei von den Männern, die ich angerufen habe, haben versprochen vorbeizukommen und eine Aussage zu machen. Sie wollten aber auf keinen Fall, dass wir zu ihnen kommen."
Franziska grinste. „Na ja, wenn die am Ende Kunden im ‚Butterfly' waren, dann sollte das die Ehefrau sicher nicht wissen! Wann kommen sie?"
„Am Montag."
„Da bin ich ja gespannt drauf!" Sie warf einen Blick auf die Uhr. „Dann lass uns mal weitermachen, das Wochenende wartet.

***

In dieser Nacht raubten zu viele wirre Träume Franziska den Schlaf. Unruhig warf sie sich im Bett herum, mal war ihr kalt, mal heiß. Als sie aufstand, war es erst vier Uhr morgens. Sie zog ihren Bademantel und dicke Socken an, machte sich in der Küche eine warme Milch und schob dann den Korbstuhl vor die Balkontür. Nach den heftigen Unwettern in den letzten Tagen schien der Mond an einem klaren Himmel, so als wolle er alle besänftigen. Sie saß gern im Dunklen und sah hinaus in die Nacht. Während sie ihre Milch trank, dachte sie an Swetlana und das schöne Wochenende in Krumau, das sie mit ihr erlebt hatte. Sie war so kreativ und doch so bescheiden gewesen, so lebenslustig und spontan, und doch wusste sie immer, wo es langging. Sie war so ganz anders als sie. Franziska stellte die leere Tasse auf die Anrichte neben dem Brotkasten, winkelte die Beine an und zog den Bademantel darüber. Auf einmal fiel ihr Blick auf den Reiseführer aus Krumau. Sie hatte ihn letzten Sonntag dort hingelegt und seither nicht weggeräumt. Jetzt nahm sie ihn in die Hand und blätterte die Seiten durch. Das Mondlicht reichte gerade aus, um etwas zu erkennen. Ein paar Postkarten steckten darin, die Kette für Ramona und das Foto. Ja, richtig, das hatte diese Tessa verloren! Die Freundin, die Swetlana ihr vorgestellt hatte. Und sie hatte es ihr zurückgeben wollen, aber sie war dann so schnell verschwunden, da hatte Franziska es an sich genommen, und so steckte es noch immer zwischen ihren Reiseandenken.

Es war ein wunderschöner Abend gewesen, denn sie liebte Jazzmusik, vor allem in urigen Kneipen. Alle waren so herzlich zu ihr gewesen, bis auf Tessa. Die war von Anfang an einsilbig. Nicht nur reserviert, sondern abweisend, vor allem, nachdem sie erfahren hatte, dass Franziska von der Passauer Kripo war. Sie dachte zurück. Wahrscheinlich war ihr deshalb die Tasche heruntergefallen. Und aus lauter Hektik hatte sie dann beim Einsammeln das Foto übersehen.
Franziska war ihr noch nachgelaufen, um ihr das Foto zu geben, aber als sie vor der Tür stand, war Tessa bereits verschwunden, und als sie zurückkam, war sie Zeuge dieses merkwürdigen Telefonats geworden, in dem Swetlana drohte, sie hätte jemanden von der Polizei da, und wenn er sie nicht in Ruhe ließe, würde sie alles erzählen. Sie hatte das damals für einen Spaß gehalten, weil Swetlana ihr zugezwinkert hatte, aber heute sah das natürlich ganz anders aus. Ihr Gefühl sagte ihr jetzt, dass auch mit Tessa irgendetwas nicht stimmte. Dass da etwas war, das sie nicht hatte sehen sollen, und dass sie vielleicht wusste, vor wem sich Swetlana gefürchtet hatte.
Nur, warum hatte Swetlana auf Franziskas Frage geantwortet, Walter Froschhammer sei am Telefon gewesen? Fran-

ziska kuschelte sich noch enger in den Bademantel, langsam wurde ihr kalt. Sie sollte ins Bett gehen, das wäre vernünftig. Nur diesen einen Moment noch, dachte sie, ich bin der Lösung so nah. Sie konnte jetzt nicht aufhören. Ihr kam Swetlanas Aussage wieder in den Sinn. *Manchmal kann er schon ganz schön aufbrausend sein, vor allem, wenn jemand nicht so will wie er.* Das hatte sonst niemand über ihn behauptet. Warum wollte sie, dass Franziska glaubte, Walter hätte Sophia umgebracht und drohe nun auch ihr? Dabei passte Walter ja tatsächlich ganz wunderbar als Täter. Er kannte sowohl Sophia als auch Swetlana vom Theater, und natürlich hätte er die eine aus verschmähter Leidenschaft und die andere, weil sie davon wusste, umgebracht haben können. Was nicht passte, waren die Morde an Klaus Wallenstein und Hajo Felbermann. Vielleicht war es aber auch ganz anders.
Sophia passte nicht zu den anderen Fällen: Sie war als Einzige ganz schnell aus dem Leben gerissen worden, hatte bis zuletzt keine Ahnung gehabt, dass sie sterben musste. Konnte es sein, dass sich da einfach ein Trittbrettfahrer angehängt hatte? Nein, dachte Franziska, und dann merkte sie, dass sie zu der frühen Stunde einfach übers Ziel hinausgeschossen war.
Wahrscheinlich gab es einen Täter in allen vier Fällen, und der konnte einfach nicht Walter Froschhammer heißen. Warum? Weil er mit Spritzen und Medikamenten nicht umgehen konnte. Weil sie dem Maler dieser sensiblen Bilder einfach nicht so viel Brutalität zutraute. Weil er ein Alibi hatte, auch wenn der Chef daran nicht glaubte.
Franziska gähnte herzhaft. Es war Samstagmorgen und sie hatte frei und könnte endlich mal wieder ausschlafen. Stattdessen saß sie mit dem Foto eines fremden Mannes in der Hand im Sessel vor der Balkontür, fror und machte sich Gedanken, was sie in Krumau übersehen hatte.

Der Mann auf dem Foto sah nicht wirklich gut aus, aber er machte sie neugierig. Zweifellos war es ein Schnappschuss, ein Foto, wie man es zufällig macht und dann sagt, das hat was!
Instinktiv wusste sie, dass sie um solche Typen immer einen großen Bogen machen würde. Doch wenn Tessa es mit sich herumtrug, wollte sie es bestimmt wiederhaben. Das wiederum wäre dann ein guter Grund, um sie nach Swetlana und ihrer Angst zu fragen. Vielleicht würde das Mädchen ja gesprächiger werden, wenn sie erfuhr, wie ihre Freundin getötet worden war?

Gegen sechs Uhr beschloss Franziska, anstatt ins Bett zurückzugehen, eine heiße Dusche zu nehmen. Während sie ihren Tee ziehen ließ, checkte sie ihre E-Mails und war auf einmal hellwach: Die Zeitung hatte ihr die Originalseiten geschickt, sodass sie sehen konnte, um was es in den fehlenden Artikeln ging. Im Stehen las sie einen nach dem anderen. Eigentlich überflog sie alle nur, denn es brauchte nicht viel, um zu erkennen, um wen es ging und um sich zusammenzureimen, warum Brauser seit dem Nachmittag so anders war.
Der Kommissar war als Erster auf dem Dachboden gewesen. Was, wenn er dort die ausgeschnittenen Artikel gefunden hatte? Franziska nahm den Teefilter aus der Kanne, schenkte sich ein Tasse ein und rührte einen Löffel Zucker unter. Während sie auf den dampfenden Tee blies, überlegte sie, wie es sein musste, wenn man an einen Tatort kam und feststellte, dass das Opfer Artikel von einem gesammelt hatte.
Ohne vorher auf die Uhr zu sehen, rief Franziska bei Hannes an. Natürlich holte sie ihn aus dem Bett.
„Wir müssen uns treffen, in einer halben Stunde!"
„Sag mal, weißt du, wie spät es ist?" Dann hörte sie ein Klappern, wie wenn ein Wecker heruntergefallen wäre, und

schließlich wieder Hannes' empörte Stimme. „Es ist Samstag!"
„Ja, ich weiß, aber ich habe Neuigkeiten. Zieh dir was an, ich hol dich ab!"

***

Die Kollegen vom Wochenenddienst waren ein bisschen erstaunt, als Hannes und Franziska an einem Samstag und noch dazu zu so früher Stunde in der Inspektion auftauchten. Nach ein paar flachen Witzen gingen sie hinauf in ihr Büro und Franziska klärte Hannes über die Zeitungsseiten auf, und das, was sie an diesem Tag noch vorhatte.
„Sophia hat Wallenstein nicht nur gekannt und sich mit ihm getroffen, sie hat auch alles über seinen Tod ausgeschnitten und uns trotzdem keinen Hinweis auf seine Identität gegeben. Und jetzt frage ich dich, warum nicht?" Sie sah Hannes lauernd an und fügte, als er nichts darauf antwortete, hinzu: „Weil sie nicht wollte, dass der Fall aufgeklärt wird. Weil sie ihn nicht nur kannte und eine besondere Beziehung zu ihm hatte, sondern weil sie an seinem Tod beteiligt war." Ihr Kollege nickte zögerlich.
„Erinnerst du dich noch daran, wie merkwürdig der Chef am Tatort war? Anni war direkt sauer auf ihn, weil er wie ein Anfänger in den Spuren herumgelaufen ist. Warum wohl?"
Diesmal konnte Hannes Franziska nicht folgen. „Er war halt nicht gut drauf, seine bevorstehende Pensionierung machte ihm zu schaffen. Deshalb wollte er den Fall ja auch nicht annehmen", warf er schließlich ein.
„Das kann's ja wohl nicht sein, denn bei Hajo Felbermann und Swetlana Hermannova war er dann nicht mehr so zögerlich und das, obwohl seine Pensionierung Tag für Tag näher rückt", argumentierte sie ungerührt. „Sophia Weberknecht hat aber nicht nur die Artikel ausgeschnitten, in de-

nen es um den Tod Wallensteins geht, sondern nach seinem Tod alle, die mit dem Chef zu tun haben. Und jetzt frage ich dich noch einmal: Was wollte sie von ihm?"

„Sag mal, was reimst du dir da eigentlich zusammen?", fragte der junge Kommissar skeptisch, während er versuchte, Franziska zu folgen.

„Nichts, ich kombiniere nur." Damit legte sie ihm die Computerausdrucke der Artikel hin, um die es ging. „Schau sie dir an!"

Während er die Artikel las und ab und zu ein undefinierbares Geräusch von sich gab, überflog auch Franziska noch einmal alle Berichte, die mit Sophia Weberknechts Tod zusammenhingen.

„Gut", sagte Hannes auf einmal. „Wir wissen jetzt, dass Sophia Weberknecht sehr genau über unseren Chef Bescheid wusste. Was wir nicht wissen ist, ob der Chef davon weiß."

„Darum fahren wir jetzt zu ihm und fragen ihn", erklärte sie.

„Du meinst, zu ihm nach Hause?"

Sie sah auf die Uhr: Es war jetzt kurz nach neun. „Ja, warum nicht?"

***

Als Bertl am gestrigen Abend nach Hause gekommen war, hatte er ihr eingeschärft, niemanden hereinzulassen und auch nicht aus dem Haus zu gehen. Doch die Stimme, die jetzt zu ihr aus der Gegensprechanlage drang, kannte sie von etlichen Telefonaten, weshalb Maria auch ohne zu zögern auf den Türöffner drückte.

„Hallo Franziska, das ist aber schön, dass ich Sie mal persönlich kennenlerne!", rief Maria ihr schon auf der Treppe entgegen und fügte, als die beiden oben waren, hinzu: „Ich darf doch Franziska sagen?"

„Ja, natürlich!", erklärte die Kommissarin. „Guten Morgen, Frau Brauser. Das hier ist übrigens mein Kollege Johannes Hollermann."
Sie reichten sich die Hand und die Frau des Chefs bat die beiden herein. „Möchten Sie vielleicht einen Kaffee?", fragte sie, bevor ihr einfiel, dass Bertl ja davon erzählt hatte, dass Franziska nur Tee trank. „Oder einen Tee?", fügte sie daher schnell hinzu.
„Nein, vielen Dank, nur keine Umstände, wir müssten nur kurz mit ihrem Mann sprechen."
„Mit Bertl? Ja, natürlich, er ist im Keller." Maria lächelte entschuldigend. „Ich weiß auch nicht, was er da unten macht, denn eigentlich wollte er ihn sich erst vornehmen, wenn er pensioniert ist. Warten Sie, ich bringe Sie hinunter."
„Danke, das ist nicht nötig, wir finden bestimmt den Weg."
„In Ordnung." Aber dann siegte doch die Neugierde und Maria fragte: „Kommt ihr denn mit dem Fall nicht weiter? Ich meine, weil heute doch Samstag ist."
„Doch, doch", versicherte die Kommissarin und lächelte gequält.
Kurz darauf gingen Franziska und Hannes den Kellerflur entlang und hielten schließlich vor einer Tür aus hellem Ahornholz, die nur angelehnt war. Durch den Türspalt fiel Licht. „Chef, dürfen wir Sie kurz stören?", fragte sie höflich und stieß die Tür auf. Brausers Gesichts wies keinerlei Anzeichen von Freude auf, zeigte aber auch sonst keine Regung. „Guten Morgen. Ich war oben in der Wohnung bei Ihrer Frau", erklärte Franziska und zeigte auf Hannes. „Wir müssten Sie kurz sprechen."
Ohne auf die beiden zu achten, beobachtete Brauser seine Eisenbahn, als gebe es in diesem Moment nichts Wichtigeres.
„Auf dem Dachboden von Sophia Weberknecht wurden nicht nur Kleidung und das Handy, sondern auch alte Zei-

tungen gefunden", begann Franziska mit ihrer umständlichen Erklärung und wartete darauf, dass ihr Chef sie endlich ansah. „Ich habe sie mir angesehen und festgestellt, dass dort Artikel ausgeschnitten worden sind." Endlich nickte er, wirkte aber ansonsten völlig unbeteiligt. „Ich habe mir die Originale aus dem Archiv besorgt und mir dann die fehlenden Artikel angesehen. Sie handeln alle von Ihnen", setzte sie tonlos nach.

Brauser machte immer noch ein unbeteiligtes Gesicht, so als störe sie nur, und er warte darauf, bis sie fertig wäre und wieder gehen würde. Sie griff gerade in ihre Handtasche, um die besagten Artikel herauszuholen, als ihr Blick auf die Werkbank fiel, auf der die Originalartikel lagen.

„Sie haben es gewusst? Warum haben Sie mich nicht informiert?"

Ihr Chef zuckte ein wenig verlegen mit den Schultern, dann sah er zu Maria, die ihnen wohl gefolgt war und nun im Türrahmen stand.

„Haben Sie Sophia Weberknecht gekannt?" Brauser schüttelte stumm den Kopf. Solange Maria in der Tür stand, würde er nichts zugeben, egal was sie ihn fragten.

Franziska probierte es noch einmal. „Hat sie Kontakt zu Ihnen aufgenommen?" Der alte Kommissar blieb stumm. Kein Muskel bewegte sich in seinem Gesicht, er war wie erstarrt, dann sah er zu Maria. Ohne den Blick von ihr zu wenden, sagte er zu seinen beiden jungen Kollegen: „Wir sehen uns am Montag im Dienst."

Franziska musste keine weiteren Fragen mehr stellen. Langsam setzten sich die fehlenden Puzzleteilchen zusammen: das seltsame Verhalten des Chefs, seine Geheimniskrämereien, seine schlechte Laune seit dem Mord an Sophia Weberknecht. Sie schwieg, gab Hannes mit einem Kopfnicken ein Zeichen, aus dem Keller zu verschwinden und Brauser und seine Frau allein zu lassen. Er würde es Maria erklären müssen; aber vor allem würde er es am Montag ihr erklären müssen. Das würde nicht leicht für ihn werden.

***

„Das war ganz klar ein Ja", erklärte Franziska, als sie mit Hannes den Plattenweg zum Auto zurückging.
„Das könnte sein", entgegnete ihr Kollege unsicher und wartete darauf, dass Franziska das Auto öffnete.
„Mensch, Hannes, jetzt wach doch endlich auf! Sie hat sich an ihn rangemacht und er fühlte sich geschmeichelt. Immerhin war sie eine schöne junge Frau und er dachte, es käme der zweite Frühling.
„Selbst wenn, was hätte ihr das gebracht?"
„Das ist natürlich die Frage. Was erhoffte sie sich von ihm?" Sie setzte sich auf den Fahrersitz und steckte den Schlüssel ins Zündschloss, drehte ihn aber nicht um.
„Vielleicht hatte sie einen Vaterkomplex, und als sie dann den Chef in der Zeitung sah, da wollte sie ihn kennenlernen", spekulierte Hannes.
„Ihre Freundin Anne sagte, sie habe, warte mal, wie sagte sie?" Franziska rieb sich die Schläfen. Der wenige Schlaf der vergangenen Nacht machte sich bemerkbar. „Ach ja, Sophia habe einen Grundzorn auf alle alten Männer, sagte sie. Wie passt das zu deinem Vaterkomplex?"
„Warum machen wir uns Gedanken? Am Montag fragst du den Bertl und dann wissen wir mehr."
Franziska kicherte über den *Bertl* und schüttelte lachend den Kopf. „Genau. Und damit wir bis dahin nicht untätig rumsitzen, fahren wir jetzt nach Krumau." Sie lächelte und drehte endlich den Zündschlüssel um.
„Moment mal, wie kommst du denn jetzt darauf?"
„Krumau ist eine herrliche Stadt, wird Zeit, dass du sie kennenlernst." Sie fuhr gerade aus der Parklücke, als sie er-

gänzte: „Ich möchte Swetlanas Mutter besuchen und sie nach Tessa fragen. Das ist eine Freundin von Swetlana, die sie mir am vergangenen Wochenende vorgestellt hat.“

„Und was versprichst du dir davon?“

„Ich glaube, sie kannte sie sehr gut. Vielleicht weiß sie ja, wer Swetlana wirklich bedroht hat.“

***

Maria, die Gute, hatte gar nicht lange gefragt, was es mit *ihr* auf sich hatte, sie wusste, dass etwas ihren Bertl sehr belastete und ließ ihn in Ruhe.

Ganz anders sah es in Brauser selbst aus. Nachdem er sein Kellerabteil wieder für sich hatte, nahm er die Artikel zur Hand und las sie erneut einen nach dem anderen durch. Es war sicher ein blöder Fehler von ihm gewesen und noch dazu ausgesprochen peinlich, doch was hätte er Franziska sagen sollen, insbesondere wenn Maria alles mit angehört hätte?

Er stellte die Eisenbahn an. Ließ erst den einen und dann den anderen Zug anfahren, sah ihnen zu, wie sie sich Runde um Runde durch die Tunnel schlängelten und über die Berge fuhren, vorbei an den ewig wartenden Reisenden und einer Landschaft, die so übersichtlich war, wie sein Leben schon lange nicht mehr.

Und dann dachte er zurück an jenen Tag im August, als es so schön warm gewesen war und er sich vor dem Café Greindl in die Sonne gesetzt hatte, um den ersten Heidelbeerstrudel des Jahres zu genießen. Auf einmal hatte Sophia Weberknecht vor ihm gestanden und ihn gefragt, ob sie sich zu ihm an den Tisch setzen dürfe. Natürlich hatte er damals keine Ahnung gehabt, wer sie war, er ging ja nicht ins Opernhaus. Trotzdem hatte er sich sehr geschmeichelt gefühlt. Und sie hatte einfach wunderschön ausgesehen, in ihrem bunt

gemusterten Sommerkleid mit dem weiten Rock und dem hübschen Ausschnitt. Ihre langen blonden Haare waren ihr bis auf den Rücken gefallen und ein bisschen hatte sie ihn auch an Maria erinnert, so wie sie früher gewesen war, bevor die ersten Schicksalsschläge in ihr Leben eingezogen waren. Ganz kurz hatte er sich gefragt, warum sie sich nicht an einen der anderen Tische setzte, aber dann hatten sie geredet und gelacht und es war ein schöner Nachmittag gewesen. Eigentlich hatte er über seinen Fall nachdenken wollen, wie er das immer tat. Er hatte lange gedacht, dass er nur deshalb auf einmal von seinem Beruf erzählt hatte, weil der Fall Wallenstein ihn beschäftigt hatte. Doch jetzt nagten Zweifel an ihm. Hatte nicht Sophia angefangen, nach seinem Beruf zu fragen und sich dann für immer mehr Details zu interessieren? Doch. Brauser war sich jetzt ganz sicher, aber damals hatte er sich natürlich geschmeichelt gefühlt, weil sich die junge Frau so für ihn interessiert hatte. „Sie sind Kriminalhauptkommissar bei der Mordkommission? Das ist aber interessant."
Er zuckte kurz zusammen, wie unter einem Schlag. Sie hatte es gewusst. Das war der Grund, weshalb sie gekommen war. „Und ich alter Trottel bin darauf reingefallen!", schimpfte er mit der Lokomotive, die gerade vorbeifuhr.
Wieder und wieder hatte er sich gefragt, was sie von ihm gewollt hatte. Er wusste es immer noch nicht, aber er war sich schon lange sicher, dass es ein Fehler gewesen war, sich mit ihr einzulassen. Ein riesengroßer Fehler, vielleicht der größte in seinem ganzen Leben.
Abrupt drehte er den Schalter für die Stromzufuhr herunter, so dass einer der Züge im Tunnel stecken blieb. Der Keller mit der Eisenbahn war sein Pensionierungstraum gewesen. Aber er wusste natürlich längst, dass nicht alle Träume im Leben in Erfüllung gingen.

***

Schon an der Haustür fiel Franziska die große Ähnlichkeit zwischen Mutter und Tochter auf. Die Frau sah aus wie eine gereifte Kopie von Swetlana, und als sie die beiden Kommissare ins Haus bat und in die Küche führte, dachte Franziska unwillkürlich: *So hätte sie in einigen Jahren auch ausgesehen*, selbst Gang und Stimme waren beinahe identisch.
„Es tut mir so Leid, Frau Hermannova", versicherte die junge Kommissarin und war froh, dass die traurige Nachricht bereits von den tschechischen Kollegen überbracht worden war.
„Ich danke." Ludmilla Hermannova nickte ihr zu. „Sie sind Mädchen, das letzte Woche war mit Swetlana in Stadt?"
„Ja, wir haben fast das ganze Wochenende zusammen verbracht. Ihre Tochter hat mir Ihr schönes Krumau gezeigt."
„Sehr schön", antwortete sie, und ihr Blick verlor sich für einen kurzen Moment. Doch nur wenige Sekunden später straffte sie sich, schien die Trauer über die tote Tochter abzuschütteln und wandte sich an Hannes. „Und Sie Kollege?"
„Ja. Wir ermitteln zusammen", antwortete er.
„Gut, dann sagen, warum Swetlana musste sterben?"
„Das wissen wir noch nicht, aber ich weiß, dass sie bedroht wurde. Können Sie sich vorstellen von wem?"
„Nein. Swetlana war gutes Mädchen, macht keine Dummheiten. Sie spart für später, wenn Mann und Kinder haben."
Die Ermittlerin nickte. „Sie war ein sehr nettes Mädchen und sie hat viel gearbeitet. Frau Hermannova, kennen Sie Tessa?"
„Nein, wer ist Tessa?"
„Ein großes, sehr schlankes Mädchen mit langen dunklen Haaren. Sehr hübsches Gesicht."
„Ah, ja, ja, ich verstehen", sagte sie, doch dann schüttelte sie bedauernd den Kopf, „nein, ich nicht kennen."
„Kennen Sie andere Freunde Ihrer Tochter?"
„Swetlana hatte viele Freunde", erzählte sie und schüttelte dann erneut den Kopf, „aber ich nichts wissen. Tut mir Leid!

Sie alleine finden Mann, der mir meine Swetlana genommen?"
„Wir werden alles tun, um den Täter zu finden", versicherte Franziska.
„Aber nicht hier! Finden Täter in Passau!"
Die Kommissarin stutzte, dann holte sie das Foto heraus, das Tessa beim letzten Mal verloren hatte. „Kennen Sie diesen Mann?"
„Wer das?"
„Das Foto gehört Tessa. Sie hat es verloren und ich will es ihr wiedergeben", erklärte Franziska und nahm bei einem Seitenblick auf Hannes wahr, wie dieser sie befremdet ansah.
„Schöner Mann", sagte Ludmilla Hermannova und gab das Foto zurück. „Aber nicht kennen. Wenn Sie brauchen Hilfe in Český Krumlov, dann rufen mich an, ja? Ich geb Telefonnummer, ja?"
„Ja, und vielen Dank für alles."

„Was ist mit dem Foto?", fragte Hannes, als sie wieder im Auto saßen. „Wo hast du das her?"
„Es gehört dieser Tessa. Sie hat es verloren, und ich dachte, es wäre ein guter Aufhänger, um sie zu suchen." Er nickte, schien aber nicht restlos überzeugt zu sein.
„Glaubst du ihr? Ich meine, dass sie nichts weiß?", fragte er.
„Ich weiß auch nicht. Vielleicht hatte sie ja auch Angst."
„Ja, also was jetzt?"
„Wir schauen uns in der Stadt um."
„Sightseeing?!"
„Quatsch! Wir ermitteln hier, Herr Hollermann."
Hannes warf einen Blick aus dem Fenster. „Wie du meinst. Aber bei dem Wetter wird diese Tessa kaum bummeln gehen."
„Nein, das glaube ich auch nicht. Aber ich hab da so eine

Idee, wo wir suchen können." Hannes nickte und Franziska fuhr los.

***

Den ganzen Nachmittag schon saß Maria bei Margarethe Bachmeier im Klinikum. Sie unterhielten sich, während Maria strickte, lösten gemeinsam ein Kreuzworträtsel und lachten über Dinge, die sie sich erzählten. Schließlich war es für Maria an der Zeit, nach Hause zu fahren. Sie verabschiedete sich von ihrer Nachbarin, sagte, sie wolle morgen wiederkommen, und ging hinaus ins Treppenhaus, um mit Bertl zu telefonieren.

Als Brauser heute um die Mittagszeit endlich aus dem Keller heraufgekommen war, hatte Maria ihm eine frische Hühnerbrühe mit Nudeln und Fleisch vorgesetzt und ihn dann mit ihrem Entschluss konfrontiert, ins Klinikum zu fahren.

„Auf keinen Fall!", hatte er sich zuerst entrüstet, dann aber schnell hinzugefügt: „Und wenn, dann fahr ich dich hin."

„Das ist lieb von dir", hatte sie gesagt und hatte noch immer nicht von ihm wissen wollen, was es mit der Frau auf sich hatte, wegen der Franziska schon so früh an einem Samstag vorbeigekommen war. Stattdessen hatte sie ihre Steppjacke angezogen und sich den Beutel mit ihrem Strickzeug geschnappt. Mit großem Widerstand gegen ihr Vorhaben hatte sie ohnehin nicht gerechnet.

„Ruf mich an, wenn du heim willst, ich bin zu Hause", war das Letzte gewesen, das Bertl vor dem Klinikum zu ihr gesagt hatte, dann hatte er ihr hinterhergesehen, während sie die Auffahrt zum Eingang hinaufgegangen war. Sie hatte seinen Blick gespürt und sich mehrmals nach ihm umgedreht. Erst als sie durch die Tür gegangen war, war er losgefahren.

„In einer viertel Stunde bin ich im Krankenhaus. Bleib noch so lange da, wo man dich sehen kann“, ordnete Brauser an und legte auf.
Was war nur passiert, dachte Maria erneut, denn sonst machte er sich nie so große Sorgen um sie. Sie war kein junges Mädchen mehr, außerdem konnte sie sehr gut auf sich aufpassen.
Als sie die breite Haupttreppe hinunterging, ließ sie sich Zeit. Sie wollte nicht unnötig lange unten herumstehen. Als sie fast schon den ersten Stock erreicht hatte, sah sie auf einmal eine Frau, mit der sie sich erst kürzlich im Handarbeitsgeschäft über die verschiedenen Möglichkeiten des Fersenstrickens unterhalten hatte. Maria grüßte sie freundlich und ging weiter, da fiel ihr ein, dass sie ihr Strickzeug im Zimmer vergessen hatte. Ach was, morgen bin ich ja schon wieder da, dachte sie noch und drehte sich dann aber doch um, denn bevor sie lange vor dem Krankenhaus warten würde, könnte sie es auch holen. Wer weiß, ob Bertl pünktlich war.
Sie erreichte die Station, öffnete die Glastür und ging zielstrebig den Flur entlang. Margarethe lag im letzten Zimmer, gleich neben der Feuertreppe. Maria öffnete vorsichtig die Tür, sie wollte ihre Nachbarin auf keinen Fall wecken, falls sie schon schlafen sollte.
Im Zimmer brannte kein Licht und vor den Fenstern war die Abenddämmerung heraufgezogen. Leise schlich sie durch die Tür, bis sie sah, dass neben dem Bett ein Mann stand. Er trug weiße Hosen, einen weißen Kittel und Laufschuhe. Sie dachte, *das ist aber merkwürdig, dass er so im Dunklen steht.* Seine Haare waren schwarz und mit ein wenig Gel zurückgekämmt. In den Händen hielt er ein Kopfkissen und jetzt erkannte Maria auch, was er damit machte. Margarethe lag ganz ruhig im Bett, rührte sich nicht, konnte sich nicht rühren, weil sie mit einem Gurt, wie er früher für un-

ruhige Patienten benutzt wurde, am Bett festgebunden war. Und der Mann war gerade dabei, ihr das Kissen aufs Gesicht zu drücken. Maria schrie auf, wollte schon loslaufen, um Hilfe zu holen, doch als der Mann sie bemerkte, schubste er sie so hart zur Seite, dass sie umfiel und er innerhalb von Sekundenbruchteilen das Zimmer verlassen und unerkannt in Richtung Feuertreppe entkommen konnte.

Nur mühsam rappelte sie sich auf. Ihre Hände und Knie schmerzten von dem unsanften Sturz, und als sie wieder aufrecht stand, wurde ihr ganz schwindelig. Dennoch sah sie sofort nach ihrer Nachbarin, die, gottlob, noch atmete, wenn auch schwach.

Während sie immer wieder Margarethes Namen rief, drückte sie wie eine Besessene auf den Klingelknopf und hörte erst auf, als die Stationsschwester mit einem jungen Arzt zur Tür hereinkam und das Deckenlicht angeschaltet wurde.

Dann ging alles ganz schnell: Maria wurde zur Seite geschoben, diesmal zwar etwas sanfter, doch dabei wäre sie beinahe über das Kissen gefallen, das der Mann bei seiner Flucht verloren hatte. Sie hob es auf und wollte erklären, was passiert war, was sie gesehen hatte, und musste voller Sorge hören, was die beiden miteinander besprachen.

„Sie ist bewusstlos, aber die Atmung geht regelmäßig", stellte der junge Arzt fest und ordnete dann an: „Sie braucht Sauerstoff. Wir verlegen sie auf die Intensivstation. Sagen Sie der Anästhesie Bescheid!"

Dann wandte er sich an Maria. „Was haben Sie sich nur dabei gedacht?", fragte er mit strenger Stimme und zeigte auf das Kissen in ihren Händen.

„Aber ich hab doch gar nichts gemacht! Im Gegenteil! Wenn ich nicht gekommen wäre dann, dann ..." Maria war außer sich.

„Was ist denn hier passiert?“, donnerte Brauser in den Raum, sodass es Maria herumriss. Noch nie war sie so froh gewesen, ihren Mann zu sehen, wie in diesem Moment.
„Ach, Bertl, stell dir vor: Ein Mann war bei Margarethe und hat ihr ein Kissen aufs Gesicht gedrückt!“ Sie schluchzte auf und ihr Mann legte ihr zum Trost den Arm um die Schultern. Nichts, was er häufig tat.
„Hat er dich bedroht?“
„Nein, ich war doch schon unten. Bis ich gemerkt habe, dass ich mein Strickzeug vergessen habe, da bin ich noch einmal heraufgekommen und habe ihn am Bett gesehen.“
Während sie erzählte, kam auch Schwester Klara ins Zimmer und schüttelte dann ungläubig den Kopf. „Aber Frau Brauser, nur Sie waren den ganzen Nachmittag bei Frau Bachmeier. Sonst habe ich niemanden gesehen.“
„Er trug weiße Hosen und einen weißen Kittel“, ignorierte sie den Einwand der Schwester.
„Sie wollen doch nicht etwa behaupten, dass ein Kollege so etwas tut!“
„Ich weiß nur, was ich gesehen habe!“, antwortete Maria mit fester Stimme.
„Hast du denn auch sein Gesicht gesehen?“, fragte Brauser.
„Nein, er hat mich ja weggeschubst!“ Und als Maria in das ungläubige Gesicht ihres Mannes sah, fügte sie erklärend hinzu: „Dann ist er zur Feuertreppe gerannt und war weg!“

***

„Bist du dir sicher, dass das der richtige Weg ist?“, fragte Hannes, als sich Franziska, von ihrem Schirm vor dem einsetzenden Regen geschützt, zielstrebig durch die engen Gässchen bewegte.
„Ja, da drüben liegt die St. Veit Kirche. Wenn du genau hinsiehst, kannst du schon den Turm erkennen.“

„Und was bitte machen wir in einer Kirche?“, wollte er jetzt wissen und erinnerte sich, dass er seit dem vergangenen Jahr nicht mehr in einem Gottesdienst gewesen war.
Franziska blieb stehen und sah ihn einen Moment an, bevor sie antwortete. „Vielleicht liege ich hier völlig falsch, aber ich will mir nicht irgendwann vorwerfen, meine Wohnung geputzt zu haben, statt einigen vielversprechenden Spuren nachgegangen zu sein!“ Sie holte kurz Luft und fügte dann hinzu: „Letzten Samstag haben wir diese Kirche besucht. Swetlana wollte sie mir unbedingt zeigen, weil sie für Sophia angeblich so wichtig war. Sie hat gesagt, Sophia liebe Kirchen. Als nun ihre frühere Freundin Anne Horwitz nach Passau kam, hab ich sie danach gefragt und sie erzählte mir, Sophia habe überhaupt nichts für Kirchen übrig. Und da dachte ich mir, vielleicht hatte es ja auch eine ganz andere Bewandtnis mit den Kirchenbesuchen.“
„Ah, ja! Ich verstehe“, erklärte ihr Kollege und verstand überhaupt nichts.
„Tatsächlich ist es nur eine kleine Chance, aber vielleicht finden wir dort Tessa.“
Hannes nickte und ging weiter. „Da vorne, hast du gesagt?“
„Ja, genau.“

***

Sibylle hatte sich in ihrer Trauer um Hajo eingerichtet. Den ganzen Tag schon lag sie im Bett, heulte und tröstete sich dann wieder damit, wie schön es mit ihm gewesen war und wie noch viel schöner es hätte mit ihm werden können. Dabei lag ihr Gesicht auf dem kuscheligen Bären, dessen Fell von ihren Tränen schon ganz durchnässt war, und auf dem Boden häuften sich die zusammengeknüllten Taschentücher. Mal drückte sie das Kuscheltier liebvoll an sich, so als könne es ihr den Geliebten ersetzen, mal puffte sie es, als kön-

ne es etwas dafür, dass Hajo jetzt tot war. Und irgendwann entdeckte sie dabei am Rücken die aufgeplatzte Naht, bohrte mit ihren Fingern hinein und fühlte etwas Dünnes, Festes. Etwas, das ganz sicher nicht zur Grundausstattung eines Kuschelbären gehörte.
Sie wischte sich die Tränen weg und erhob sich, legte den Bären auf ihr Kissen, sodass er ihr den Rücken zeigte, schaltete die Nachttischlampe an und untersuchte die Naht, die mit ein paar dilettantischen Stichen geschlossen worden war, eben von jemandem, der so etwas eigentlich nicht konnte, sich aber sehr große Mühe damit gegeben hatte. War das ein Zufall? Nein, sagte sie sich, denn zu genau sah sie noch den Abend vor sich, an dem Hajo ihn ihr geschenkt hatte, und auf einmal klang sein letzter Satz ganz laut in ihren Ohren.
Denk immer daran, wie sehr ich dich liebe!
Geschickt trennte sie die Naht auf und fingerte zwischen Füllwatte und Versteifung eine CD heraus, die sie skeptisch drehte und wendete.
Für Sibylle stand auf dem Papier und sonst nichts. Mit einem Satz war sie aus dem Bett, wusch sich im Bad mit viel kaltem Wasser das Gesicht und trocknete es gewissenhaft ab. Dann erst ging sie ins Schlafzimmer zurück, um sich die CD noch einmal anzusehen, aber es blieb bei: *Für Sibylle.* Mehr stand da nicht. Aufgedreht lief sie in ihrer Wohnung hin und her und fragte sich wieder und wieder, welches Geheimnis die CD verbarg. Was war so wichtig, dass Hajo sie in einen Bären einnähte, ihn ihr vielleicht nur aus diesem Grund geschenkt hatte?
Als Erstes legte sie die CD in ihre Stereoanlage, aber nichts passierte. Ein Fehlschlag. Ich brauche einen Computer, dachte sie, und auch, dass Hajo doch gewusst hatte, dass sie keinen besaß.
Nach weiterem Grübeln gab sie sich einen Ruck, denn sie musste einfach wissen, was auf der CD war, warum sie für

Hajo so wichtig gewesen war, dass er sie zwar in einem Schmusebären versteckt, ihr aber nichts darüber gesagt hatte.
In seiner Wohnung stand ein Computer, aber sie war sich nicht sicher, ob der noch funktionierte, schließlich hatte sie zugesehen, wie er aufgeschraubt und etwas Großes herausgenommen worden war. In der Buchhandlung standen ebenfalls Computer, aber es schien ihr in ihrem Zustand einfach unmöglich, dort hineinzuspazieren. Noch einmal ging sie ins Bad, kämmte sich die Haare, tuschte sich rasch die Wimpern und tupfte sich etwas Rouge auf die Wangen. Nachdem sie sich eine Jeans und ein T-Shirt angezogen hatte, schlüpfte sie in eine Weste und nahm ihren Wohnungsschlüssel vom Schlüsselbrettchen. Wenn sie Glück hatte, dann war einer von den beiden Studenten, die schräg über ihr wohnten, zu Hause, und die hatten bestimmt einen Computer.

„Hallo, Nick."
„Ach, du bist es! Kann ich dir helfen?"
„Ja, ich bräuchte ganz dringend einen Computer", erklärte Sibylle.
„Kein Problem, komm rein!"
„Also, äh, ich bräuchte ihn eher unten, in meiner Wohnung, kannst du ihn mir nicht ausleihen?" Sibylle mühte sich mit einem verführerischen Lächeln und ihrem schönsten Augenaufschlag. Sie hatte für Nick und seinen Mitbewohner Axel schon einmal Kleidung geflickt, also hatte sie was gut bei ihnen.
„Wie stellst du dir das vor? Ich kann doch nicht alles ab- und wieder aufbauen. Außerdem muss ich gleich weg." Sie machte ein resigniertes Gesicht. „Wie wäre es, wenn du hier oben arbeitest? Ich geb dir den Schlüssel."
„Das würdest du machen?"

„Warum nicht? Kennst du dich denn mit Computern aus?"
„Ja, wir haben einen bei der Arbeit." Nick warf ihr ein bestätigendes Lächeln zu. Er hatte keine Ahnung, was für eine Arbeit sie machte, aber sie gefiel ihm, weil sie immer so freundlich war und sich nicht beschwerte, wenn es einmal lauter wurde.
„Dann komm mal mit, ich zeig dir das Wichtigste, und hinterher kannst du ihn ja anlassen."
Sie bedankte sich, nahm den Schlüssel entgegen und ging in ihre Wohnung. Dort wartete sie hinter der Tür, bis sie seine Schritte hörte und die Haustür ins Schloss fiel.

***

Armselig und elend saß er über die Zeitung gebeugt am Küchentisch und schluchzte hemmungslos auf das Papier. Seine Haare waren dünn und gingen langsam von Blond in Grau über. Zudem mussten sie dringend geschnitten werden. Seit Tagen trug er nun schon das gleiche Hemd und die fleckige Flanellhose auf dem ungepflegten Leib, aber das störte ihn nicht. Darüber würde nur seine Schwester nachher schimpfen, wenn sie von ihrer Arbeit im Supermarkt zurückkam und ihn hier herumsitzen sah. Doch wie sollte er sich aufraffen, wo er doch alles verloren hatte? Sein Geld, seine Frau und seine Selbstachtung. Dabei war er früher einmal ein erfolgreicher Geschäftsmann gewesen, mit einer gut gehenden Firma und einigen Angestellten, bis man ihn hereingelegt hatte. Jawohl! Anders konnte man das nicht ausdrücken. Denn als er damals mit einem seiner Freunde ins ‚Butterfly' gegangen war, hatte diese Natascha so lange auf liebevolle und verständige Freundin gemacht, bis die dicke Rechnung kam: ein Brief mit Fotos von ihm und einer Frau, die er nie im Leben gesehen hatte, die er aber seiner Frau

Rosina auch niemals erklären wollte. Also hatte er gezahlt, für Rosina und für seinen Stolz.
Denn natürlich wollte er vor niemandem zugeben, wie es kam, dass man ihn so hinters Licht führen konnte, und dass er so dumm war, einer kleinen Hure alles zu erzählen, was er noch nicht einmal seiner geliebten Frau erzählen konnte.
Als sein Geschäft kurz darauf Konkurs anmelden musste, wurden ihm natürlich unangenehme Fragen gestellt. *Was haben Sie mit dem Geld gemacht?* Und er hatte geantwortet: „Ich war im Kasino und habe alles verloren." Man glaubte ihm. Wohl oder übel! Doch dann hatte Rosina gefragt, wie bescheuert er wohl sein müsse, um das Geld der Firma im Kasino zu verzocken. Und er hatte nur mit den Schultern zucken können, weil die Wahrheit ja noch viel blöder war. Sie war gegangen, denn sie hatte es nicht ertragen, mit einem Verlierer zusammenzubleiben, dabei war er schon immer einer gewesen. Sie hatte es nur nicht bemerkt, solange es ihnen gut ging.
Was er nicht durch den Konkurs verloren hatte, bekam Rosina, und er zog mit hängenden Schultern bei seiner Schwester ein. Blut ist halt dicker als Wasser, hatte sie gesagt und ihm geraten, sich nützlich zu machen, weil sie ihn bestimmt nicht durchfüttern würde. Er war ihr dankbar gewesen, doch nützlich war er ihr nie.
Stattdessen hatte er die Idee mit dem Journalisten. Er wollte sich rächen und sein Geld zurückhaben. Niemand sollte je wieder über ihn lachen. Mit dem Geld würde er eine neue Firma gründen und Rosina zeigen, dass sie sich in ihm geirrt hatte. Sie würde zurückkommen und alles wäre wieder gut.
Und jetzt das! Hajo Felbermann war tot, hatte sich genauso bescheuert angestellt wie er, nur, dass er diesen Fehler mit seinem Leben bezahlt hatte. Und was noch viel schlimmer war: Wer sollte sich jetzt in seinem Namen an diesem

Miststück und ihrem Freundchen rächen? Der Mann wischte sich mit der rechten Hand über die Augen und suchte in der Küchenschublade nach einem frischen Taschentuch.
Er selbst konnte es natürlich nicht übernehmen, das wusste er nur zu gut. Auch wenn er das diesem Felbermann gegenüber immer behauptet hatte. Nein, er brauchte jemanden, und während er noch hier saß und auf den Bericht über Felbermanns Tod starrte, wusste er auf einmal auch, wer für ihn die Drecksarbeit machen würde. Beinahe euphorisch sprang er auf, holte sich aus der kleinen Kommode, die seine Schwester für ihn leer geräumt hatte, frische Unterwäsche und ging ins Bad, um zu duschen. Während er sich die Haare gründlich wusch, begann er zu pfeifen.
„Was ist denn hier los?", schimpfte Anja, seine Schwester, schon im Flur und riss ohne zu klopfen die Tür zum Badezimmer auf. „Bist du etwa jetzt erst aufgestanden?"
Erschrocken guckte er mit eingeseiftem Kopf hinter dem Duschvorhang hervor. Es nervte ihn, dass es in diesem Haus keine Privatsphäre gab, dass sie meinte, nur weil er umsonst bei ihr wohnte, könne sie ihn immer herumkommandieren. Tu dies, tu das!
„Nein, natürlich nicht", versuchte er sich zu verteidigen, aber da hatte sie ihn auch schon ertappt.
„Und warum hast du dann das Sofa im Wohnzimmer nicht gerichtet? Glaubst du, ich habe Lust, mich nach der Arbeit auf dein muffiges Bettzeug zu setzen?" Herrgott, das hatte er vergessen. „Und Holz hast du auch nicht gehackt! Ich hab dir doch gesagt, dass du dich nützlich machen sollst!" Wütend und ohne ihn zu Wort kommen zu lassen, schlug sie die Tür zu. Gleich darauf riss sie sie aber wieder auf und legte nach: „Und verbrauch nicht das ganze heiße Wasser, hörst du!"

***

Liebste Sibylle,

lies diesen Brief nur dann weiter, wenn mir etwas passiert ist.
Ich will dich nicht in Gefahr bringen, aber ich wusste nicht, wem ich die Unterlagen sonst geben sollte.
Du weißt ja, dass ich gerade an einer großen Geschichte arbeite und in gewisser Weise hat sie auch mit dir zu tun, obwohl du natürlich nichts dafür kannst, sondern mir nur alles, was du wusstest, erzählt hast. Ich bin dir sehr dankbar dafür, denn dadurch konnte ich dich lieben lernen. Ein wunderschönes Gefühl.
Und doch scheint, wenn du diesen Brief liest, nicht alles gut gegangen zu sein. Wenn dem so ist, dann nimm diese CD und bring sie der Polizei. Sag, von wem du sie hast, und dass sie nach mir suchen sollen. Aber tu ja nichts Unüberlegtes, hörst du!

In großer Liebe, dein Schmusebär Hajo

Fünfmal las Sibylle den Brief, den Hajo auf der CD für sie abgespeichert hatte, bis sie verstand, was er ihr sagen wollte. Er hatte gewusst, dass es für ihn gefährlich wurde, dass sein Leben auf dem Spiel stand, und hatte all sein Wissen in einen Bären eingenäht und ihn in ihre Wohnung gebracht, ohne etwas zu sagen. Hatte er ihr nicht vertraut?
Ohne zu überlegen öffnete Sibylle die nächste Datei und las seine Berichte und Notizen. Sie wollte schließlich wissen, was sie der Polizei brachte und sie wollte wissen, wofür er gestorben war.
Als sie fertig war, wusste sie nicht nur über einen unglaublichen Täter Bescheid, sie kannte auch den wahren Grund, warum Hajo sie kennenlernen wollte. Und dann fragte sie sich, ob er es überhaupt ernst mit ihr gemeint hatte oder ob

es ihm nicht nur um eine Geschichte und einen guten Artikel gegangen war.
Nachdenklich lehnte sie sich in dem gemütlichen Bürostuhl zurück, der vor dem Schreibtisch mit dem Computer stand, und schloss die Augen, während ihr Körper sanft vor und zurück wippte. Sie war ungerecht. Hajo hatte sie schließlich für ihre Informationen bezahlt und erst später, als sie beide gemerkt hatten, wie nahe sie sich kamen, war Liebe daraus geworden. Echte Liebe, das fühlte sie in ihrem Herzen und das war es ja auch, was so verdammt wehtat. Sie schloss die Datei und öffnete eine weitere. Sie bestand aus Unmengen von Fotos. Zeigte Paare, die sich liebten, aber denen es ganz sicher nicht um Liebe ging. Sie waren im ‚Butterfly' fotografiert worden, immer im gleichen Zimmer, und Sibylle überlegte, wo der Fotograf wohl gestanden haben mochte und warum er niemanden zu stören schien. Sie versuchte sich vorzustellen, sie und Hajo wären, während sie sich liebten, fotografiert worden. Niemals hätte sie das zugelassen. Und daraus ergab sich die Frage: Wer ließ so etwas mit sich machen?
Auf einmal sah sie das Gesicht von Natascha. Und dann wieder und wieder. Sie fixierte die Kamera, lächelte geheimnisvoll, wogegen die Männer immer wegsahen. Wussten sie nicht, dass sie fotografiert wurden? Und schließlich sah sie einen Mann, an den sie sich noch ganz genau erinnern konnte.

***

Sobald Maria zu Hause angekommen war, ging sie in die Küche und begann damit, die an sich sauberen Schränke auszuräumen, alle Gläser, Tassen, Teller und Töpfe zu spülen und anschließend in den mit Zitronenwasser gesäuberten Schrank zurückzuräumen. Das tat sie mechanisch und ohne einmal innezuhalten. Sie war zutiefst verunsichert, und die Arbeit half ihr, ihre Gedanken zu ordnen. Brauser hatte sich gleich an seinen Schreibtisch zurückgezogen. Ihm wäre es lieber gewesen, wenn sie zu Kochen begonnen hätte, aber er wusste, wenn er jetzt etwas sagen würde, müsste er am Ende noch mithelfen. So wartete er darauf, dass das geschäftige Klimpern und Klappern bald in ein gleichmäßiges Schnipseln und Rühren, Brutzeln und Zischen übergehen würde, und ihm der Geruch bestätigte, dass sein Magenknurren erhört wurde.

Doch auf einmal stand Maria hinter ihm. „Bertl, ich muss dir was sagen“, verkündete sie und wartete darauf, dass er sich zu ihr umdrehte.

„Was denn?“ Ihn überkamen schlimme Vorahnungen.

„Vor einiger Zeit ist mir ein Mann auf dem Innsteg gefolgt.“

Betont lässig versuchte Brauser seine nächste Frage zu stellen. „So, wann war das denn?“

„Ich weiß gar nicht mehr so genau, aber lass mich mal überlegen“, sie versuchte sich zu erinnern, aber es war wirklich schon eine Weile her. Dann fiel es ihr ein. „Bevor wir nach Frankfurt gefahren sind.“

„Und warum hast du mir das nicht schon früher erzählt?“

Er stand auf und überragte seine Frau jetzt deutlich. Für einen Moment sah es so aus, als wolle er sie umarmen.

„Du hättest dich nur aufgeregt und im Grunde ist ja nichts passiert. Wahrscheinlich hat er mich ohnehin mit jemandem verwechselt.“

„Wie kommst du darauf?“

Maria ließ sich auf seinen Stuhl fallen und schnaufte müde. „Ich glaube, es war der Mann aus dem Krankenhaus heute. Es ist nur so ein Gefühl, aber ich glaube, er war es.“ Dann sah sie ihn an, wollte herausfinden, was er von ihrer nächsten Vermutung hielt. „Vielleicht war der ja auch in der Wohnung und hat Margarethe vergiftet.“

Brauser ging einen Schritt näher und zog Marias Kopf an seine Brust. Liebevoll begann er, ihr über die Haare zu streicheln. Wie konnte er ihr sagen, welches Ziel der Mann wirklich verfolgte? Ihr sagen, dass sie der Preis für seine Dummheit war, und ihr gleichzeitig versichern, dass er alles tat, damit ihr nichts passieren würde?
„Aber wir wissen doch gar nicht, ob sie überhaupt vergiftet worden ist", warf er daher ein, doch Maria schien ihn gar nicht gehört zu haben.
„Ich möchte zu gern wissen, was er von Margarethe will. Ich habe sie gefragt, doch sie hat keinen Neffen, und sie hat auch nichts, was sich zu erben lohnen würde. Weißt du, Bertl, wir müssen ihm das irgendwie klar machen."
Brauser ließ sie los und ging einen Schritt zurück. „Hör mal, du solltest gar nichts mehr unternehmen und am besten auch nicht mehr ins Klinikum gehen."
„Aber wie stellst du dir das vor? Ich muss doch nach Margarethe sehen und meine Patienten auf der Palliativstation brauchen mich doch auch."
„Ich glaube, sie würden dich gar nicht mehr zu Margarethe lassen. Die glauben nämlich, du wolltest sie ersticken." Brauser beobachtete, wie Maria in sich zusammensackte.
Um sie aufzumuntern, versicherte er: „Aber *ich* werde nach ihr sehen, versprochen!"

***

Als Bruno seiner Schwester beteuerte, dass er sie für alles entlohnen würde, was sie ihm Gutes getan hatte, wenn er nur endlich sein Geld zurückbekäme, hatte sie ihn einen naiven Dummkopf geschimpft. Und als er sagte, er werde jetzt noch ein bisschen weggehen und sich gleich darum kümmern, hatte sie nur geantwortet: „Sauf nicht wieder so viel!"
Wenn er ihr doch nur erklären könnte, dass er in letzter Zeit

einfach zu viel Pech mit allem gehabt hatte. Und am meisten eben mit diesem Schreiberling, denn, hätte der auf ihn gehört, dann wäre das alles nicht passiert. Aber der wollte ja oberschlau sein und sagte, er brauche ihn nicht. Dabei war doch klar, dass niemand so gute Ideen wie er hatte. Man müsste ihn nur einfach mal machen lassen.
Auf einmal lachte er über seine eigene Gewitztheit. So wie die Sache mit dem Mädchen. Die Kleine, mit der dieser Felbermann damals so schön Händchen gehalten hatte. Sie hatte so getan, als kenne sie ihn nicht, aber er hatte sie gleich erkannt. Ihm konnte man nichts mehr vormachen. Und seit er alles verloren hatte, vertraute er mehr und mehr seinem Instinkt. Darum war er ihr an dem Abend auch gefolgt. Er wollte einfach wissen, wo sie hinging. Man wusste ja nie, wozu man solche Informationen noch gebrauchen konnte.

Bruno nahm das alte Fahrrad, das er im Schuppen seiner Schwester gefunden und hergerichtet hatte. Es sollte ja niemand sagen, dass er zu gar nichts zu gebrauchen war. Das Fahrrad war ein einfaches Modell, ohne Gangschaltung, und rostig war es auch, aber für seine Zwecke reichte es völlig aus.
Auf dem Weg zu ihr überdachte er noch einmal alles und legte sich seine Strategie zurecht. Er würde ihr klarmachen, dass sie für ihren Freund weitermachen musste, dass sie gar keine andere Wahl hatte.
Endlich vor ihrer Tür angekommen, glühten seine Wangen vom Fahrtwind, vor Aufregung, und schließlich auch vor Empörung, weil sie nicht auf sein Klingeln reagierte. Als er genug vom Warten hatte, sah er sich auf der Straße nach etwas um, mit dessen Hilfe er zum Fenster hineingucken konnte, und schnappte sich ohne lange zu überlegen eine der vollen Mülltonnen am Straßenrand. Er warf sie an der Hauswand um und stieg ungeachtet des herauskullernden

Mülls auf das Plastikgehäuse, um sich am Fenstersims hinaufzuziehen. Schweiß lief ihm an den Schläfen entlang bis hinunter zum Hemdkragen und sein Herz klopfte wie wild vor lauter Anstrengung. Im Inneren der Wohnung konnte er aber niemand entdecken. Nur im Flur brannte Licht. So schnell würde ihn die Schlampe nicht loswerden, fluchte er, nicht ihn, nicht ... plötzlich hielt er inne, weil ihm einfiel, dass er ihr genauso wenig wie dem Schreiberling seinen richtigen Namen sagen durfte. Er war Bruno, jawohl, einfach Bruno. Wie er auf diesen Namen gekommen war, wusste er selbst nicht mehr, vielleicht hätte er sich einen heroischeren ausdenken sollen, aber dafür war es jetzt zu spät, und wenn sie nicht gleich aufmachte, würde er das Fenster einschlagen.
Doch auf einmal stand sie neben ihm, starrte missbilligend erst auf die umgekippte Mülltonne und dann zu ihm, als könne sie nicht glauben, dass einer wie er bei ihr geklingelt hatte.
Bruno sprang von der Mülltonne und schob die Frau in Richtung Haustür. „Du bist die Freundin vom Felbermann?" Sibylle nickte unsicher, machte aber keinerlei Anstalten, ihm den Weg in die Wohnung freizugeben.
„Was wollen Sie?"
„Du brauchst dich nicht so zu zieren. Ich hab dich gleich erkannt!", behauptete er und versuchte sie zur Seite zu schieben, doch sie blieb standhaft.
„Was wollen Sie von mir?"
„Du musst zu Ende bringen, was er begonnen hat!"
„Ich verstehe Sie wirklich nicht", erklärte Sibylle ungerührt, obwohl es ihr langsam dämmerte. Auch sie hatte ihn erkannt, aber nicht gewusst, woher sie ihn kannte. Erst nachdem sie die Unterlagen von Hajo durchgesehen hatte, wusste sie den ungepflegten Kerl mit dem ‚Butterfly' in Verbindung zu bringen.

„Hat er dir denn nichts gezeigt, nichts erzählt?“ Bruno zögerte für einen Moment, doch dann war er sich sicher, dass sie log. „Bestimmt hat er dir alles erzählt! Du hast nur Angst. Aber das brauchst du nicht, denn du bist eine Frau. Dir wird er nichts tun.“ Und dann setzte er gleich noch eins drauf. „Im Gegenteil – dich kennt er, dir wird er vertrauen.“

„Was wollen Sie von mir?“, fragte sie noch einmal und in ihrer Stimme schwang jetzt Nervosität mit.

„Ich will, dass du dich mit ihm triffst, ihn fragst, wo mein Geld ist. Sag ihm alles auf den Kopf zu, was du weißt. Das nehmen wir auf Band auf, und dann schreibst du die Geschichte und gibst sie bei der Zeitung ab. Du sagst einfach, das wäre der Artikel, den Hajo zuletzt geschrieben hat und dass sie ihn unbedingt drucken müssen. Die können dann nicht Nein sagen.“

Sibylle kombinierte blitzschnell. Darum hatte er sich mit Hajo gestritten: Er wollte, dass er für ihn arbeitete, und so wie es aussah, hatte Hajo das auch getan und deshalb sterben müssen. Sie verstand nicht alles, aber sie wusste instinktiv, dass sie auf das, was dieser Bruno von ihr verlangte, niemals eingehen durfte, und gleichzeitig wusste sie, dass sie ihn nicht loswerden würde, wenn sie nicht wenigstens so tat, als käme sie seinen Wünschen nach.

Sie nickte. „Okay, ich mach es, aber ich weiß nicht wie. Sie müssen mir dabei helfen.“

Bruno war zufrieden. Natürlich hatte sich mit ihr die Situation verändert und es würde nicht leicht werden, aber es würde klappen. „Gut, dann komme ich morgen wieder und sag dir Bescheid.“ Er stieg aufs Fahrrad und drehte sich dann noch einmal zu ihr um. „Du musst keine Angst haben, ich passe auf dich auf!“

***

Mehr als eine Stunde saßen die beiden Kommissare in der St. Veit Kirche und hofften darauf, dass Tessa kommen würde. Aussichtslos, hatte Hannes es im Nachhinein genannt, und seine Kollegin musste ihm recht geben. Außer einigen Touristen, die sich vielleicht auch nur wegen des Regens in die Kirche geflüchtet hatten, war niemand gekommen. Ähnlich erging es ihnen bei ihrem abendlichen Streifzug durch die Lokale. Wieder hatte sie gehofft, Swetlanas Freundin irgendwo zu treffen, und wieder war die Suche vergebens gewesen. Franziska hatte vorgeschlagen, ein Hotelzimmer zu nehmen und über Nacht zu bleiben, und Hannes hatte angesichts des immer schlechter werdenden Wetters schließlich zugestimmt. Jetzt saßen sie beim Frühstück und schlemmten sich durch das üppige Büffet.

„Ich würde gern zum Zisterzienserkloster Vyśśi Brod fahren und mich dort noch umschauen", sagte Franziska, nachdem sie eine große Portion Rührei mit Speck gegessen hatte und nun überlegte, was sie sich als Nächstes holen sollte.

„Warum? Willst du jetzt heilig werden?", stichelte ihr Kollege und legte sich mehrere Scheiben Schinken auf eine Semmel.

„Nein, ist nur so ein Gefühl, und das Kloster soll in der Tat eine tolle Sammlung alter Bücher haben", argumentierte sie, stand auf und holte sich Schinken, Käse und Früchte zu ihrem Vollkornbrot.

„Was machen wir, wenn wir sie nicht finden?"

„Dann sagen wir, wir hätten einen netten Ausflug gemacht."

„Sehr schön!" Hannes sah zum Fenster raus.

„Was hättest du sonst gemacht?", wollte sie von ihm wissen.

„Ich schätze aufgeräumt, gewaschen, Musik gehört und mich beim Yoga entspannt."

Sie blickte von ihrem Brot auf. „Echt? Du machst Yoga?"

Er nickte und aß weiter. Er hatte bereits die dritte Semmel

und ging jetzt eine große Schale mit Obstsalat und Joghurt an. „Ja, das tut gut, ordnet die Gedanken und befreit. Musst du auch mal probieren." Er grinste.
„Ja, vielleicht. Bist du bald satt?"
„Warum?"
„Damit wir loskommen."

***

Der Weg nach Vyšší Brod führte sie durch etliche verschlafene Dörfer direkt an der Moldau entlang. Nur am Rande registrierten sie die kleinen Geschäfte mit den verblichenen Fensterläden, den windschiefen Dächern und den Tafeln mit Hinweisen für Touristen.
„Im Sommer muss es hier sehr schön sein", sagte Franziska und zeigte zu einem Plakat, auf dem das Ausleihen von Kanus angepriesen wurde. Tatsächlich hatte sich das Wetter inzwischen ein bisschen gebessert. Der leichte Schneefall, der in der vergangenen Nacht eingesetzt hatte, war wieder in Nieselregen übergegangen. Wenn man genau hinsah, konnte man irgendwo in der Ferne einen blauen Himmel erahnen, der sich jedoch schwer damit tat, die Regenwolken endgültig zu vertreiben. Aber immerhin war er zu sehen.
Nachdem sie eine kleine Brücke über die Moldau geführt hatte, sah auch Hannes die Schilder. Sie zeigten eine Gruppe junger Leute, die fröhlich unterhalb der Krumauer Burg vorbeipaddelten.
„Bootsverleihe – wohin man schaut. Wenn das Wetter nicht so ekelhaft wäre, bekäme ich direkt Lust dazu."
Franziska zuckte mit den Schultern. „Wir können ja mal schauen, ob es Wagemutige gibt."
Sie folgte dem Wegweiser und hielt an einer kleinen Hütte an, und ehe Hannes fragen konnte, was sie hier wollte, stieg sie aus. Doch die Tür war verschlossen.

„Sag ich doch, nichts los bei dem Wetter", kommentierte er, als sie wieder ins Auto stieg.
Bei weiteren drei Bootsverleihstationen sah es nicht anders aus. Der nächste dagegen lag an einem großen Parkplatz und Busse standen davor. Die Leute schienen sich nicht um das schlechte Wetter zu kümmern. Franziska fuhr auf den Parkplatz und stieg aus, diesmal folgte Hannes ihr. Als sie die Tür eines heruntergekommenen Gebäudes, das in der Mitte des Platzes stand, öffnete, musste sie erst ein paar Sekunden warten, bis sich ihre Augen an die Dunkelheit im Inneren gewöhnt hatten. In den Regalen an den Wänden lagen neben Schwimmwesten und Helmen, auch Süßigkeiten, Getränkedosen und Prospekte über das Zisterzienserkloster Hohenfurth. Hinter einem Tresen stand neben einem alten Mann in blaugrauen Kittel und einer Wollmütze eine junge Frau. Sie war groß und schlank und hatte dunkle Haare. Franziska stieß ihren Kollegen in die Seite. „Das ist sie!", flüsterte sie und überlegte, wie sie sie nach draußen locken könnte, um ungestört mit ihr zu reden.
Doch da wandte sich Tessa auch schon Franziska und Hannes zu und der Kommissarin blieb nichts anderes übrig, als die Wahrheit zu sagen.
„Hallo, Tessa. Erinnerst du dich an mich? Ich möchte dir ein Foto zurückbringen. Du hast es neulich verloren."
Tessa sah sie einen Moment fassungslos an, dann schien sie zu verstehen. „Wollen wir draußen reden?"

„Du weißt, dass Swetlana tot ist?", fragte Franziska als Erstes und sah Tessa in die Augen.
„Ja. Ich habe davon gehört", antwortete sie, wobei sie genau wie ihre Freundin sehr gut deutsch sprach. „Einfach schrecklich!"
Franziska beobachtete sie genau, aber Tessa fügte nichts

mehr hinzu. Kein Wie-konnte-das-nur-passieren, kein Wer-hat-das-nur-getan.
„Weißt du auch, wie sie gestorben ist?"
Sie nickte. „Sie wurde erwürgt, im Theater."
„Erdrosselt, um genau zu sein, aber vorher wurde sie gefesselt, sodass sie sich nicht mehr wehren konnte. Hast du eine Ahnung, wer das getan haben könnte?"
Das Mädchen schüttelte traurig den Kopf. „Nachdem du am vergangenen Samstag weggegangen bist, bekam sie einen Anruf. Jemand hat ihr gedroht. Weißt du, wer das gewesen sein könnte?"
Wieder schüttelte Tessa den Kopf und blickte auf den Boden, als stehe dort die Antwort und sie müsse nur genauer hinsehen, um sie entziffern zu können. Franziska folgte ihrem Blick, und auf einmal wurde sie sich wieder des Fotos bewusst, dass sie noch immer in der Hand hielt.
„Als du gehört hast, dass ich von der Polizei bin, hattest du es ziemlich eilig. Warum?"
Tessa zuckte mit den Schultern. „Ich musste weg."
„Du hast dabei dieses Foto verloren." Franziska hielt das Bild hoch, sodass Tessa es ansehen musste. „Ist das ein Freund von dir?"
„Nein."
„Aber du kennst ihn?"
„Ja, es ist der Freund von der Sängerin, die manchmal bei Sweta war."
„Du meinst Sophia Weberknecht?"
„Keine Ahnung, wie die heißt. War aber schon lange nicht mehr da."
„Und was haben die beiden hier gemacht?" Franziskas Instinkt schlug Alarm.
Tessa sah sich um und prüfte, ob auch niemand in der Nähe war, der ihr Gespräch belauschen konnte. „Meistens kam sie allein."

„Und er?" Hannes deutete auf das Foto in Franziskas Hand. „Wohnt er hier?"
„Nein", erwiderte sie schnippisch, „der wohnt irgendwo in Passau. Das ist doch ihr Geschäftsführer."
„Im ‚Butterfly'?", warf die Kommissarin ein und kombinierte, dass das natürlich sehr gut zu dem Strohmann im Altenheim passte.
„Warum fragt ihr mich, wenn ihr ohnehin alles wisst?" Ihr Blick wechselte zu Hannes, dann wieder zu Franziska.
„Wir wissen es ja eben nicht!", gestand sie und fügte dann an: „Aber wir müssen es wissen, damit wir den Mörder von Swetlana und Sophia Weberknecht finden können!"
Tessa machte große Augen. „Die Sängerin ist auch tot?"
„Ja. Und zwei Männer. Und so wie es aussieht, kannte Swetlana den Täter, und du kennst ihn vielleicht auch. Irgendetwas ist im ‚Butterfly' passiert, weshalb dort ein Mann sterben musste, und jetzt bringt der Täter der Reihe nach alle Zeugen um!", fuhr sie nüchtern fort. Hannes nickte. „Und wenn du etwas über die Sache weißt, dann solltest du es mir lieber sagen, bevor es dir wie Swetlana geht."
„Ich weiß nicht, was im ‚Butterfly' passiert ist! Ich war ja auch noch nie dort. Sie haben doch nur mal davon erzählt, als sie die Drogen geholt haben."
„Was für Drogen? Amphetamine?"
„Auch."
„Und welche Rolle spieltest du dabei?"
„Wenn die Lieferung kam, habe ich sie angerufen und ihnen gesagt, wo die Übergabe stattfindet. Manchmal kam die Sängerin und manchmal nahm Sweta alles mit."
„Und wo fand die Übergabe statt?"
„Je nachdem."
„In der St. Veit Kirche?"
„Manchmal."
„Und warum hast du dieses Foto bei dir, wenn du ihn nicht

kennst?“ Franziska zeigte auf das Bild in ihrer Hand.
„Ich hab’s gefunden, so wie du.“ Tessa lächelte geheimnisvoll und die Polizistin wusste, dass sie ihr nicht erzählen würde, woher sie den Mann kannte.
„Kann ich es jetzt wiederhaben?“ Das Mädchen streckte die Hand aus.
„Nein, tut mir Leid, ich brauche das Foto für die Fahndung. Kennst du auch seinen Namen?“
„Sie nannte ihn Jack, mehr weiß ich nicht.“
„Jack“, wiederholte Franziska und sah auf das Foto in ihrer Hand. Dann nickte sie. „Pass gut auf dich auf!“, riet sie der Tschechin zum Abschied und ging dann langsam mit Hannes zum Auto. Als sie einstieg, drehte sie sich noch einmal nach ihr um. Auf dem Gesicht des Mädchens lag ein ganz kleines Lächeln. Franziska hoffte noch, sie würde sie genau so eines Tages wiedersehen. Aber da war Tessa auch schon im Geschäft verschwunden.

***

Sibylle lag auf ihrem Sofa im Wohnzimmer, zugedeckt bis zur Nasenspitze, umgeben von unzähligen Kissen, und hielt Hajos Bär im Arm. Sie war zu müde, um aufzustehen. Zu müde, um noch einen klaren Gedanken zu fassen, und zu aufgeregt, um zu schlafen. Ihre Schläfen pochten und beim kleinsten Geräusch, das von draußen zu ihr hereindrang, begann sie, vor Angst zu zittern. Was, wenn er tatsächlich wiederkam und ihr dann seinen Plan präsentierte? Was, wenn er sie mit Gewalt zwingen wollte mitzumachen? Was, wenn er erfuhr, dass sie alle Beweise besaß? Und was, wenn herauskam, dass sie alles mit angesehen, aber nichts unternommen hatte? Sie schloss die Augen, denn sie musste sich irgendwie beruhigen und abwägen, was schlimmer war. Doch sie kam zu keinem Entschluss.

Das Erste, was sie nach Brunos Besuch am gestrigen Abend getan hatte, war die Unterlagen wieder sicher im Inneren des Stofftiers einzunähen. Diesmal allerdings so, dass niemand auf die Idee käme, welch brisanten Inhalt der Bär in seinem Bauch hatte. Doch dann war ihr eingefallen, dass das natürlich schlecht war, weil auf diese Weise niemand die Beweise finden würde, und wenn ihr etwas passieren sollte, dann würde man nie dahinter kommen, wer der Schuldige war. Daraufhin hatte sie einen Brief geschrieben, in dem sie alles zu erklären versuchte, vor allem die Tatsache, dass sie zugesehen und nichts unternommen hatte, weil sie selbst so große Angst vor ihm hatte. Weil jeder Angst vor ihm hatte. Jeder, außer Natascha.

Sibylle hatte damals gerade das Zimmer sauber machen wollen, als sie bemerkte, dass die Tür zwar nur angelehnt, das Zimmer aber besetzt war. Im Bett lag ein Mann, zu dem Natascha sagte: „Zeit für deine Lektion!"
Verschlafen hatte er sich aufgesetzt, sich die Augen gerieben und Natascha, die vor ihm kniete, fragend angesehen. Er hatte einen Pyjama angehabt, der mit großen Teddybären bedruckt war. Nicht gerade das, was man an einem reifen Mann erwartete. Natascha knöpfte ihm zuerst die Pyjamajacke und dann die Hose auf, um sein Geschlecht herauszuholen. Gleich darauf schimpfte sie in strengem Ton mit ihm: „Hab ich dir nicht gesagt, dass du mehr an dir arbeiten musst? Was soll ich mit so einem schlappen Teil machen? Los, steh auf!" Gehorsam war der Mann aufgestanden und Natascha hatte ihm den Pyjama ausgezogen, ihn zu einem Holzbalken mitten im Zimmer geführt. Dort hatte sie ihn mit den Armen über dem Kopf und an den Beinen festgebunden, sodass er sich kaum noch rühren konnte. Sibylle dachte in diesem Moment: *Was für eine bizarre Geschichte!* Die Frau war zu einem Tischchen gegangen und hatte sich

in aller Ruhe ihre Lippen in einem leuchtenden Rot angemalt. Der Mann sah ihr dabei zu, woraufhin sie ihn anlächelte. „Gefällt dir das Rot?“, hatte sie gefragt, und Sibylle beobachtete, wie der Mann schüchtern nickte. Als die Frau sich wieder vor ihn hinkniete, ermahnte sie ihn weiter: „Du musst jeden Tag an ihm arbeiten, versprichst du mir das? Jeden Tag!“ Sie hatte seinen Schwanz in ihre Hände genommen, den Mund geöffnet und mit ihrer Zunge seine Eichel liebkost.
Dann hatte Sibylle ein Geräusch gehört, etwas, das nicht von den beiden kommen konnte. Im nächsten Moment hatte sie gesehen, dass noch jemand im Raum war. Wahrscheinlich schon die ganze Zeit. Sie war erschrocken, weil sie gefürchtet hatte, entdeckt zu werden. Nicht von den beiden, sondern von *ihm*! Doch statt die Tür zu schließen und zu gehen, war sie wie betäubt stehen geblieben, hatte einfach weiter zusehen müssen. Dabei wäre ihr fast nicht aufgefallen, dass er sich von hinten an den Mann herangeschlichen und Natascha zugenickt hatte, damit sie mit ihrem bizarren Spiel weitermachte, was schwieriger wurde, nachdem er ihm mit einem Gummiband den Arm abgeschnürt und die Kanüle mit der Spritze in die Armvene gestochen hatte. Der Mann hatte sich gewehrt und Sibylle seinen kurzen Schrei gehört. Einen echten Schrei. So, als sei das, was gerade passiert war, nicht abgesprochen gewesen. Natürlich gehörten Schreie im ‚Butterfly‘ dazu, aber normalerweise waren es eben Lustschreie, echte oder vorgetäuschte.
Fasziniert hatte sie auf die Spritze gesehen, die er langsam aus der Kanüle nahm und aufzog, einfach so, mit nichts außer Luft. Anschließend pumpte er den Inhalt in die Vene. Weil Natascha ihm den Mund zugehalten hatte, waren die Schreie des Mannes nur noch gedämpft zu hören. Kurze Zeit später hatte er aber heftig zu zucken begonnen und war schließlich in sich zusammengesunken, sodass Natascha ihn

stützen musste. Dann hatten die beiden ihn losgebunden und aufs Bett gelegt. Das war der Zeitpunkt gewesen, an dem Sibylle endlich eingesehen hatte, dass es höchste Zeit für sie war, zu verschwinden. Dass sie sich mitschuldig gemacht hatte, wurde ihr erst viel später klar, aber da lagen die Beweise für die Tat bereits in einer Schachtel im Wäscheschrank.

Und jetzt wartete sie darauf, dass Bruno sie holen kam, um mit ihr Rache an einem Mann zu nehmen, der diesen eiskalten Mord begangen hatte, und der sicher nicht davor zurückschreckte, auch sie zu beseitigen. Vielleicht auf eine andere Art, aber sicher nicht weniger grausam.

***

„Na und?", fragte Franziska, als sie Hannes vor seinem Wohnhaus aussteigen ließ. „Hat sich doch gelohnt."
„Ja, schon. Wenn ich allerdings gewusst hätte, dass du seit Tagen das Foto von einem der Hauptverdächtigen bei dir zu Hause herumliegen hast, dann hätten wir uns den Ausflug ersparen können", spottete der junge Mann und lächelte die Kollegin besänftigend an.
„Ich könnte mich ja selbst ohrfeigen", setzte sie an, doch er wehrte ab.
„Woher hättest du das auch wissen sollen? Aber mal ehrlich, es war trotzdem nett."
Sie sah auf die Uhr am Armaturenbrett. „Na, und es bleibt dir auf jeden Fall noch genug Zeit für deine Yogastunde."
„Jetzt muss ich erst einmal schauen, was Susi macht."
„Susi?" Franziska überlegte. Hatte ihr Kollege je von einer Frau namens Susi gesprochen?
„Meine Katze!"
„Ach so, ja klar!"

„Also, wir sehen uns dann morgen."
Sie nickte ihm zu und fuhr nach Hause. Sie würde an diesem Tag auch nicht mehr an Arbeit denken, außer an Wäsche waschen, Bügeln und vielleicht ein bisschen Hausputz, und am Abend würde sie sich ein heißes Bad einlassen. Wenn sie jedoch geahnt hätte, dass das für einige Zeit ihr letzter freier Abend sein würde, hätte sie ihn sicher noch mehr genossen.

***

Obwohl es Sonntag war, stand Bruno seit dem Vormittag im Schuppen und hackte Holz, während seine Schwester Anja es wie mit dem Lineal gezogen aufschichtete und ihn dabei keine Minute aus den Augen ließ. Schon um acht Uhr hatte sie ihn vom Sofa geschubst und gemeint: „Los steh auf, du Faulpelz! Der Winter kommt bald und es wird Zeit, dass du mal was arbeitest!"
Mürrisch war er in die Küche gegangen, um wenigstens etwas zu essen und eine Tasse Kaffee zu trinken. Dann musste er mit dem Arbeiten anfangen und seinen Plan, bei Hajos Freundin vorbeizufahren und mit ihr den Rachefeldzug zu besprechen, gezwungenermaßen aufschieben. Wobei das Vorbeifahren genau genommen sein größtes Problem gewesen wäre, wie er jetzt überlegte, denn dazu hätte er Anjas Golf gebraucht, und den hütete sie wie ihren Augapfel, seit er ihn sich einmal ausgeliehen und mit einer tiefen Delle wieder zurückgebracht hatte.
Doch ohne Auto konnte er Jack nicht auftreiben, und das musste er, wenn er wollte, dass die Frau mit ihm sprach und seine Geschichte aufschreiben konnte. Insgeheim hoffte er natürlich, dass der Schreiberling doch schon damit angefangen hatte und seine Freundin sie nur noch beenden musste. Eine Sache, die er rausbekommen würde.

Während er das nächste Holzscheit auf den Hackklotz legte und kräftig ausholte, fühlte er, wie die Wut auf Hajo Felbermann zurückkehrte. Er wollte sich an ihm rächen. Für seine Dummheit, sich töten zu lassen, anstatt die Arbeit fertigzumachen. Er ließ die Axt auf das Holzscheit heruntersausen und stellte sich vor, dass Felbermanns Kopf auf dem Hackklotz lag. Eine diebische Freude überkam ihn. Trotzdem, er konnte so wütend sein, wie er wollte, mit Hajo wäre alles viel leichter gewesen, denn der hatte sich selbst um einen Kontakt gekümmert, hatte seine Möglichkeiten und, Bruno wischte sich den Schweiß von der Stirn und blickte resigniert auf den großen Haufen, der noch vor ihm lag, war lediglich aufgrund seines blinden Eifers in die Falle getappt. Hätte Felbermann ihn rechtzeitig informiert, dann wüsste er jetzt mehr, und dieser Schreiberling könnte noch leben. So musste er sich mal wieder ganz auf das verlassen, was er selbst herausgefunden hatte. Doch bei seinen selbstverliebten Betrachtungen kam ihm noch nicht einmal in den Sinn, dass er, hätte er Bescheid gewusst, jetzt auch tot sein könnte.

„Was stehst du rum und glotzt Löcher in die Luft?“, maulte ihn auf einmal seine Schwester an.

„Ich kann nicht mehr!“, rief er kurzatmig. „Du bist der reinste Sklaventreiber. Kein Wunder, dass dein Mann lieber gestorben ist, als sich ständig von dir herumkommandieren zu lassen!“

„Du kannst jederzeit ausziehen“, antwortete sie mit süßlicher Stimme und Bruno erschrak.

„Nein, so war das ja nicht gemeint“, versicherte er reumütig und machte mürrisch weiter. Doch als er das nächste Holz nahm, huschte ein kleines Lächeln über sein ungepflegtes Gesicht. Morgen würde er ihr alles heimzahlen. Er musste nur warten, bis sie zur Arbeit gefahren war, dann würde er hinter ihr her radeln und sich ihr Auto holen. Den Zweitschlüssel hatte er schon eingesteckt, und bis zum Abend würde es wieder auf dem Parkplatz stehen, sie würde von allem gar nichts merken. Dieser Teil gefiel ihm am besten, denn sie zahlte damit sogar noch den Sprit für seine Fahrt. Und so wie sie ihn behandelte, würde er es ihr auch dann nicht zurückgeben, wenn er sein Geld zurückbekommen hatte.

***

Das Erste, was Franziska an diesem Morgen machte, war, das Foto von Jack einzuscannen und darauf zu warten, dass der Computer ihr weitere Informationen über ihn ausspucken würde. Doch er fand nichts Passendes in der Datenbank. „So ein Mist!" Sie schlug mit der flachen Hand auf die Schreibtischplatte, eine Geste, die man bei ihr selten sah und die selbst Hannes verwunderte, der in diesem Moment zur Tür hereinkam.

„Gibt's was Neues?"

„Eben nicht!" Sie zeigte auf das Foto und fügte resigniert hinzu: „Als würde es ihn nicht geben."

Hannes stellte sich hinter sie, sah auf das Foto und meinte: „Na ja, es ist ja auch nicht besonders gut." Nach einem Blick auf Franziska erklärte er: „Ich meine, ein Passfoto wäre natürlich besser."

„Ja, haben wir aber nicht!", antwortete sie gereizt.

„Wir könnten es im Klinikum herumzeigen, vielleicht kennt ihn dort jemand."

„Dass es ihn gibt, wissen wir doch inzwischen, und dass er unser Verdächtiger ist auch, oder? Wenn du das Foto hier Hilde Weißkopf zeigen würdest und sie fragst, ob das der Mann war, der aus dem Auto von Hajo Felbermann gestiegen ist, würde die bestimmt Ja sagen. Aber was hilft uns das?"

„Hattest du etwa erwartet, seine Adresse zu finden und bei ihm vorbeifahren zu können?"
„Du nicht?" Er zuckte unschlüssig mit den Schultern. Es wäre zu schön gewesen, das musste er gestehen. „Und überhaupt, wer heißt denn hier in der Gegend schon Jack? Das hört sich doch fast so an, als sei es ein Spitzname." Franziska atmete tief ein und langsam wieder aus. Es war an der Zeit sich zu beruhigen, denn das, was sie hier veranstalteten, half ihnen überhaupt nicht weiter.
„Hast du schon den Bericht von der Rechtsmedizin gesehen?", fragte ihr Kollege, um das Thema zu wechseln.
„Nein."
„Ramona hat ihn mir gegeben." Hannes legte den vorläufigen Bericht auf den Tisch und Franziska begann zu lesen. „Na bitte, Todeszeitpunkt: zwischen Sonntagnachmittag und Montagfrüh! Der Tod trat durch Erdrosseln ein. Innere Verletzungen am Hals sowie stauungsbedingte Blutungen in der Rachenschleimhaut, an der Innenseite der Kopfschwarte und an den Schläfenmuskeln. Andere Todesursachen können ausgeschlossen werden. Hinweise auf Alkohol oder andere Betäubungsmittel liegen derzeit nicht vor." Sie sah auf. „Hat das der Chef schon gesehen?"
„Der ist nicht da."
„Und gibt's sonst was? Zum Beispiel die Vernehmung der Schauspieler?"
„Nein, tut mir Leid, die kommen erst später."
„Hat die KTU schon irgendwelche Ergebnisse?" Er zuckte erneut mit den Schultern. „Gut, dann geh ich mal rüber und frag nach."

Als Franziska gerade an Ramonas Schreibtisch vorbei kam, wäre sie um ein Haar mit Walter Froschhammer zusammengestoßen.
„Ich habe eine Vorladung", erklärte der Bühnenkünstler und

sah sie grinsend an. Auch an diesem Tag trug er ausgebleichte Jeans, einen breiten schwarzen Ledergürtel, ein interessant gemustertes Hemd und ein schwarzes Sakko.
„Ach, zeigen Sie mal!“ Sie nahm ihm das Papier ab, überflog die Vorladung und entdeckte am Ende die Unterschrift von Brauser.
„Der Chef hat Sie bestellt“, erklärte sie unnötigerweise und sah die Sekretärin fragend an.
„Weißt du, wann der überhaupt kommt?“
„Nein, er hat auch gar nichts gesagt.“
„Dann könnten doch wir beide vielleicht schon mal…“, der Künstler ließ den Rest des Satzes in der Luft hängen und Ramona konnte sich gerade noch ein Kichern verkneifen.
„Ja, warum nicht?“ Franziska führte ihn in ein Besprechungszimmer, bot ihm einen Platz an und holte sich dann die Unterlagen.
„Wie geht es Ihnen, Frau Kommissarin?“
Unschlüssig sah sie ihn an. Was sollte sie sagen? *Danke, sehr gut!* Das wäre gelogen. Oder: *Wenn ich wüsste, wo ich Jack finde, ginge es mir besser.* Sie verwarf beide Möglichkeiten, zuckte mit den Schultern und sagte: „Es geht um Swetlana Hermannova.“
„Ja, ich habe davon gehört. Es ist schrecklich, wirklich schrecklich, aber ich weiß einfach nicht, wie ich Ihnen da weiterhelfen kann.“
„Wie gut haben Sie sie denn gekannt? Wie war Ihr Verhältnis zu ihr?“
„Gekannt habe ich sie sehr gut, unser Verhältnis war dagegen nicht so gut. Zumindest nicht in letzter Zeit.“
Franziska war über diese offene Antwort ein bisschen verwundert. „Wie das?“
„Na, Frau Kommissarin, was denken Sie denn, natürlich wegen dem, was man mir so nachsagt.“ Er sah Franziska an,

aber die verzog keine Miene, weshalb er hinzufügte: „Wie ich alle Frauen rumkriege und so. Das ist wirklich gut fürs Geschäft. Sie haben es ja bei der Ausstellung gesehen. Aber es ist ganz sicher nicht wahr."
Sie zog eine Augenbraue nach oben und wusste nicht, ob sie ihm glauben sollte.
Froschhammer setzte sein Lausbubenlächeln auf und löste das Geheimnis. „Sweta und ich, wir waren ein Paar."
„Und warum", sie musste sich räuspern, „warum ging es auseinander?"
„Sie war schrecklich eifersüchtig."
„Begründet?"
„Sie war so eine Frau, die hinter jedem Blick eine Affäre vermutet." Die Polizistin nickte. „Schließlich hat sie Schluss gemacht. So nach dem Motto: Wir bleiben gute Freunde und so."
„Und?"
„Eine Zeit lang haben wir es versucht. Ich meine, von mir aus hätte auch wieder mehr daraus werden können, aber sie hat dann irgendwann umgeschaltet, war nur noch zickig und wollte sich revanchieren. Ich habe das gar nicht kapiert, weil ja eigentlich sie diejenige war, die die Sache beendet hat." Er zuckte mit einer Schulter und Franziska wurde klar, dass er auch nach all der Zeit immer noch nicht verstanden hatte, warum Swetlana ihn sitzen gelassen hatte.
„Sie hat Sie verlassen, weil Sie mit anderen Frauen rumgemacht haben", versuchte sie ihm zu erklären.
„Aber das hab ich doch gar nicht! Zumindest nicht, solange wir zusammen waren", räumte er ein und lächelte vielsagend.
„Ich habe Swetlana am vergangenen Wochenende in Krumau getroffen. Am Abend erhielt sie einen Anruf, jemand hat ihr gedroht. Als ich sie fragte, wer das war, sagte sie, Sie wären es gewesen."

„Wer ich? Letztes Wochenende? Niemals! Und womit soll ich ihr denn gedroht haben?“
„Das weiß ich nicht, ich weiß nur, dass sie zu dem Anrufer sagte, wenn er sie nicht in Ruhe ließe, würde sie mir alles erzählen.“
„Und hat sie?“
„Nein.“
„Ach du lieber Himmel! Das heißt ja dann, dass sie jemandem mit der Polizei gedroht hat und darum getötet wurde?“ Sein Blick wurde düster und sie vermutete, dass er die gleichen Schlüsse zog wie sie.
„Das wäre möglich.“
„Aber wer hatte einen Grund, ihr zu drohen, und sie am Ende sogar zu töten? Ich meine, was könnte sie getan oder gewusst haben?“
„Das frage ich Sie!“ Sie hatte das Gefühl, als wolle er ihren Platz bei dieser Befragung einnehmen.
„Mich? Keine Ahnung! Wirklich!“
Sie holte einen Zettel aus der Akte und schob ihn Froschhammer zu. „Kennen Sie diese Nummer?“ Er sah lange darauf, las die Ziffern dann sogar laut vor und schüttelte schließlich den Kopf. „Nein. Und meine ist es wohl nicht, denn das wüssten Sie.“ Er grinste kurz, wurde dann aber wieder ernst. „Sweta war ein prima Mädchen. Egal wie sie reagiert hat, ich hätte ihr nie etwas getan.“
„Wie kommt es eigentlich, dass mir niemand von ihrem Verhältnis erzählt hat?“
„Gut, nicht? Wir haben es tatsächlich vor allen geheim gehalten! Es gab nur unser gemeinsames Projekt.“
„Sie meinen die Puppenstube? Also ...“
„Ja, sieht fast so aus, nicht? Es war Swetas großer Traum, in so einer Kulisse wollte sie arbeiten. Ich habe die Holzarbeiten gemacht und sie die Kleider und Möbelbezüge.“ Er zögerte vor der nächsten Frage. „Sie hat es also noch?“

„Ja, es steht im Regal in ihrem Zimmer."
Er nickte. „Was passiert jetzt mit ihr?"
„Sie ist noch in der Rechtsmedizin in München. Wenn ihre Leiche freigegeben wird, wird sie wohl nach Krumau überführt werden, denke ich."
„Ja, natürlich."
„Hat Swetlana eigentlich Drogen genommen?"
„Nein, nicht dass ich wüsste, und ehrlich gesagt, glaube ich das auch nicht. Dazu war sie nicht der Typ und außerdem zu sparsam."
„Kennen Sie diesen Mann?" Franziska holte das Foto von Jack und legte es vor Froschhammer auf den Tisch.
Wie schon den Zettel mit der Telefonnummer nahm er es in die Hand, sah es lange an und schüttelte dann den Kopf. „Nein, ich glaube nicht."
„Eine letzte Frage noch: Wo waren Sie zwischen Sonntagnachmittag und Montagfrüh?"
„Das ist jetzt nicht Ihr Ernst?"
„Das ist leider Routine."
„Ich habe ein paar", er lachte kurz auf, „Interessenten durch meine Ausstellung geführt und anschließend haben wir noch zusammen gegessen. Gegen elf Uhr bin ich dann in meine Wohnung in Meierhof und, nein, dort hat mich niemand mehr gesehen."

***

Als Sibylle am Morgen erwachte, tat ihr alles weh. Das Sofa, auf dem sie noch immer lag, war einfach zu kurz, um bequem darauf zu schlafen, und die vielen Kissen und Decken gaben ihr zwar ein Gefühl der Geborgenheit, zur Gemütlichkeit trugen sie jedoch nicht bei.
Dabei konnte sie sich auch gar nicht mehr so richtig daran erinnern, dass sie überhaupt eingeschlafen war. Denn ei-

gentlich hatte sie den ganzen gestrigen Tag damit verbracht, auf Bruno zu warten, und erst spät in der Nacht hatte sie realisiert, dass er wohl nicht mehr kommen würde. Hatte er seinen Plan vielleicht geändert? Und spürte sie bei dieser Aussicht eine Erleichterung?
Sie war sich nicht sicher, und da sie bei ihm mit allem rechnete, begann sie sofort, ihre Umgebung abzutasten und nach Hajos Schmusebären zu suchen. Erleichtert spürte sie ihn neben dem Sofa auf. Sie beugte sich hinunter, hob ihn auf und prüfte die unversehrte Naht. Mit dem Tier im Arm lehnte sie sich zurück und überlegte, was sie nun machen sollte. War es möglich, der Polizei von Hajo und dem Bären, von Bruno und seiner Drohung und von ihrer Arbeit im ‚Butterfly' zu erzählen, ohne zu erwähnen, dass sie einen Mord beobachtet hatte? Und würde die Polizei das alles überhaupt glauben? Oder war es am Ende nicht besser, tatsächlich auf den mysteriösen Fremden zu vertrauen, mit seiner Hilfe Jack zur Rede zu stellen und damit die Geschichte, für die Hajo sein Leben gelassen hatte, zu Ende zu führen?
Sibylle war verunsichert. Solange sie damit gerechnet hatte, dass er jeden Moment bei ihr klingelte, hatte sie einfach Angst vor ihm gehabt. Doch jetzt, da er nicht gekommen war, siegte die Neugierde. Sie wollte wissen, was er vorhatte und wie er den Tod ihres Geliebten rächen wollte – falls er das überhaupt wollte. Und dann könnte sie sich ja immer noch entscheiden, ob sie mitmachen wollte oder nicht.
Es sei denn, er würde ihr keine Wahl lassen und sie zwingen. Sibylle überlegte, wie er das machen würde. Bis ihr einfiel, dass er ja auch Hajo gezwungen hatte. Und bei ihr wäre es sicher noch einfacher.
Auf einmal begannen sich ihre Augen mit Tränen zu füllen. Sie war so glücklich mit Hajo gewesen, aber wenn sie das alles jetzt bedachte, dann hätte sie ihn vielleicht lieber doch nie kennengelernt und wäre dann auch niemals an diesen

Bruno geraten und noch immer die unscheinbare Putzfrau im ‚Butterfly', die niemand wahrnahm. Hemmungslos ließ sie ihren Tränen freien Lauf.
Ohne ihn hätte es aber auch nie diese wunderbaren Stunden für sie gegeben. Diese Sehnsucht, die voller süßer Schmerzen war und die Leidenschaft, mit der er sie geliebt hatte. Aber es war nicht nur die Liebe, die sie in diese schreckliche Lage gebracht hatte. Es war das, was sie getan hatte, oder besser das, was sie *nicht* getan hatte. Doch sie hätte es nicht ungeschehen machen können, selbst wenn sie geahnt hätte, welche Prüfung ihr in den nächsten Tagen noch bevorstehen sollte.

***

Maria fühlte sich wie ein eingesperrtes Tier. Bertl hatte gesagt, sie solle die Wohnung nicht verlassen, weil er nicht wollte, dass ihr auch noch etwas passierte. Genauer war er dabei nicht geworden. Aber sie hatte gespürt, dass etwas nicht stimmte und ihn etwas sehr belastete, weshalb sie sich ausnahmsweise an seine Bedingungen hielt. Und doch: Die Vorhänge waren gewaschen, die Wohnung bis in den letzten Winkel gesäubert, die Wäsche gebügelt und zum Kochen war es noch zu früh. Immer wieder sah sie auf die Uhr, bis auf einmal das Telefon klingelte und sie aus ihrer Eintönigkeit riss.
Der Anruf kam aus dem Klinikum, ganz deutlich hörte sie die vertrauten Geräusche im Hintergrund. Sie wollte sich schon freuen, weil man sie vermisste, als der Pförtner ihr mitteilte, dass er leider schlechte Nachrichten für sie habe.
„Frau Bachmeier geht es nicht gut und sie bittet Sie, zu ihr zu kommen."
Maria musste sich setzen. Hatten sie ihr am Ende doch nicht mehr rechtzeitig helfen können?

„Ja, ja, natürlich", versicherte sie und wollte schon auflegen, als der Pförtner hinzufügte: „Ich schicke Ihnen ein Taxi."
„Ja, danke, das ist gut!"
„Keine Ursache", fügte er freundlich hinzu und fragte nach ihrer Adresse.
Sie legte auf und wählte die Nummer ihres Mannes, und als sich nur seine Mailbox meldete, sagte sie knapp und bündig: „Ich fahre ins Klinikum, Margarethe möchte mich sehen."
Nur wenige Minuten später hörte sie ein Hupen auf der Straße, sie konnte nur noch schnell ein paar Sachen zusammenpacken und verließ hastig die Wohnung.
Der Fahrer hielt ihr die Tür auf, was sie besonders nett fand, und stieg selbst erst wieder ein, als er ihre Tür geschlossen hatte. Wortlos fuhr er durch die Siedlungsstraßen von Haibach, über die Marienbrücke und hielt sich in Richtung Klinikum. Doch Maria bekam davon nicht viel mit. Ihre Gedanken kreisten einzig um die kranke Nachbarin und wie schlimm es wohl um sie stehen musste, wenn sie ihr extra ein Taxi nach Hause schickten, um sie abzuholen. Kurz vor dem Klinikum löste sie den Gurt und suchte ihr Portemonnaie, um den Fahrer zu bezahlen. Statt anzuhalten, drehte der den Spiegel ein wenig herum, sodass sie seine dunklen Augen sehen konnte, und meinte dann. „Die Fahrt geht aufs Haus."
„Aber, das ...", wollte sie schon einwenden, als sie bemerkte, dass das Fahrzeug nicht langsamer wurde und auch nicht anhielt, sondern einfach am Krankenhaus vorbeifuhr, die Innstraße entlang bis nach Kelberg und dann weiter ins Friedlbauern Mais. Sie dachte noch, vielleicht hatte sie sich ja auch verhört und Margarethe war gar nicht mehr dort, sondern in der Rehaklinik, die hier mitten im Wald lag, doch um dorthin zu gelangen, hätte er rechts abbiegen müssen.

Der Wagen aber drang immer weiter in den Neuburger Wald vor und sie begann, sich langsam ernsthafte Sorgen zu machen. Zum ersten Mal in ihrem Leben dachte sie, wie gut es wäre, wenn sie jetzt ein Handy besäße und Bertl damit zu erreichen wäre.

***

„Kann ich Ihnen helfen?“
„Ja. Mein Name ist Sibylle Hauser. Ich komme wegen Hajo Felbermann, also ich möchte Ihnen gerne etwas zeigen“, setzte sie an und merkte, dass sie sich gar nicht überlegt hatte, was sie eigentlich sagen sollte.
„Ja, dann kommen Sie mal mit“, forderte sie Ramona freundlich auf, erhob sich von ihrem Schreibtischstuhl und führte sie zum Zimmer von Obermüller.
„Ich habe hier jemanden, der etwas zum Fall Felbermann aussagen möchte“, erklärte die Sekretärin dem kräftigen Ermittler und zeigte einladend auf den am Schreibtisch sitzenden Kollegen und den Stuhl davor. „Bitte!“
„Danke“, antwortete Sibylle und merkte, wie ihre Stimme brach. Natürlich war Hajo hier nur ein Fall. Einer von vielen, aber darauf war sie nicht gefasst gewesen.
„Na, dann erzählen Sie mal, was Sie gesehen haben!“, forderte sie der Ermittler gut gelaunt auf, kaum dass Sibylle Platz genommen hatte. Es war sein Job, Zeugen zu befragen und am besten war es, wenn man an jeder Aussage interessiert schien, auch wenn sie sich im Nachhinein als unwichtig herausstellte.
„Gesehen?“ Sibylle erschrak. Was sie gesehen hatte, konnte sie doch nicht einfach so diesem Mann erzählen. „Also, Hajo und ich, wir sind, wir waren, befreundet, eng befreundet.“ Sie merkte, wie sich ihre Augen schon wieder mit Tränen füllten. Hastig wischte sie mit dem Handrücken dar-

über und versuchte sich zu konzentrieren. Sie wollte hier nicht losheulen.
Der Polizist war zwar ein Kerl von einem Mann, aber das hier verstand er sofort. „Sie sind seine Freundin?“ Sie nickte. „Sie wissen, was passiert ist?“ Sibylle zuckte mit den Schultern und nickte erneut.
Der Mann stand auf und ging um den Schreibtisch herum. „Ich glaube, ich bringe Sie jetzt besser zum Chef.“

Dem Hauptkommissar erzählte sie, dass sie seit einigen Wochen mit Hajo zusammen gewesen war. „So einen Mann habe ich noch nie getroffen“, schwärmte sie und ihre Augen leuchteten kurz auf. „Am Mittwoch war er noch bei mir“, sie lächelte versonnen, „es war so schön mit ihm. Bis der Anruf kam und er weg musste. Er sagte noch, ich komme wieder und dann machen wir genau hier weiter, doch er kam nicht mehr. Ich dachte, vielleicht kam ja etwas Berufliches dazwischen, bis ich in der Zeitung las, dass er ... Ich meine dort stand, dass er ...“ Sie konnte es nicht aussprechen, weil ihr war, als ob sie ihn dann für immer verloren hätte.
Brauser nickte. „Das war bestimmt ein schlimmer Schock für Sie“, sagte er mitfühlend. Sie bestätigte. „Ja. Und dann habe ich die CD gefunden und langsam wurde mir klar, warum er nicht mehr wiederkam, warum er ...“
„Eine CD? Was für eine CD?“, unterbrach Brauser sie schroff. Sibylle kramte in ihrer Tasche und zog sie heraus. „Diese hier.“ Sie schob sie dem Kommissar über den Tisch.
„Und Sie wissen, was da drauf ist?“
„Ja. Alles, was er über die Erpressungen im ‚Butterfly‘ herausbekommen hat.“
„Hajo Felbermann hat an einem Artikel über Erpressung gearbeitet?“, fragte der Kommissar und sah dann verwundert zur Tür, in deren Rahmen Franziska lehnte. Es wäre ihm lieber gewesen, er hätte dieses Gespräch allein führen können.

Wie lange stand sie schon da?
„Hallo, ich bin Oberkommissarin Franziska Steinbacher. Sie sind die Freundin von Hajo Felbermann?“ Sie kam auf Sibylle zu und reichte ihr die Hand.
Sibylle nickte und lächelte traurig. Franziska erwiderte das Lächeln und zog sich einen Stuhl heran. Nachdem Walter gegangen war, hatte sie sofort sein Alibi überprüft und bei den Kunden, die er ihr genannt hatte, angerufen. Noch einmal wollte sie sich nicht von ihm an der Nase herumführen lassen. Doch alle, mit denen sie sprach, sagten einheitlich aus, dass sie im Museum für Moderne Kunst gewesen wären und einen netten Abend gehabt hätten. Auch mit der Uhrzeit waren sie sich einig. Merkwürdig erleichtert war Franziska den Kollegen Obermüller besuchen gegangen und hatte dort erfahren, dass Brauser Besuch von Felbermanns Freundin hatte. Sofort hatte sie alle Unterlagen aus ihrem Büro geholt und sich hinzugesellt. Dieses Gespräch würde sie sich garantiert nicht entgehen lassen!

„Ja. Ich glaube dieser Bruno hat ihn dazu überredet“, erzählte Sibylle und sah Franziska aufmerksam an. Sie wollte herausfinden, ob sie die Oberkommissarin von irgendwoher kannte.
„Entschuldigung, ich verstehe nicht. Zu was hat er ihn überredet?“
„Einen Artikel über die Erpressungen im ‚Butterfly‘ zu schreiben.“ Sibylle zeigte auf die CD. „Sie haben Fotos gemacht und dann die Männer damit erpresst.“ Sie erzählte, was sie alles darüber wusste. „Ich weiß nicht, wie Bruno auf Hajo kam, aber der Mann ist ziemlich aufdringlich und will jetzt mich zwingen, die Geschichte fertigzumachen. Dabei ist doch Hajo schon deswegen gestorben.“ Sibylle konnte gar nichts dagegen tun. Unkontrolliert liefen ihr die Tränen über die Wangen, bis ihr Franziska ein Taschentuch reichte. „Ich weiß,

dass das nicht leicht für Sie ist, aber ich muss einfach mehr über diesen Bruno wissen.“ Sibylle nickte und wusste jetzt auch, dass sie die Stimme in der Wohnung ihres Freundes gehört hatte, an dem Tag, als sie hinter dem Sofa gelegen und darauf gewartet hatte, dass Jack wieder gehen und sie nicht finden würde.
„Ich weiß nicht viel über ihn, aber er kennt mich aus dem ‚Butterfly‘.“
Brauser schaltete sich wieder ein, nachdem er skeptisch beobachtete, wie Franziska nach und nach die Befragung übernommen hatte. Zum ersten Mal in diesem Gespräch hörte man die Verwunderung in seiner Stimme: „Sie arbeiten im ‚Butterfly‘?“
Sibylle nickte. „Ja. Ich hab dort geputzt. Bevor mir Hajo die Stelle in der Buchhandlung besorgt hat.“ Sie lächelte ein wenig. „Ich bin gelernte Bibliothekarin, aber da ist es schwer, einen Job zu bekommen, und weil ich arbeiten wollte, nahm ich die Stelle im ‚Butterfly‘ an.“
Das war nicht die ganze Wahrheit, aber die beiden Kommissare nahmen sie ihr ab, und darum beschloss sie, es dabei zu belassen.
Franziska öffnete ihren Ordner und holte die Fotos von Wallenstein heraus. „Kennen Sie diesen Mann, Frau Hauser?“
Sibylle nahm das Bild in die Hand und sah es sich lange an. „Oh ja, also ich meine doch, er könnte es sein.“ Dann sah sie die beiden Kripobeamten unschlüssig an. Sie hatte nichts von dem, was sie im ‚Butterfly‘ beobachtet hatte, sagen wollen, aber ihr Gewissen drängte sie nun, es doch zu tun.
„Frau Hauser, wissen Sie etwas über den Tod dieses Mannes?“, hakte Franziska nach.
„Ja.“ Und dann erzählte sie, was sie am Abend des 16. August im ‚Butterfly‘ gesehen hatte. „Ich bin dann schnell die Treppe hinunter und habe in der Wäschekammer gebügelt. Auf einmal erkannte ich nämlich, wie gefährlich das alles

für mich war. Später hörte ich dann Schritte im Gang, aber sie kamen nicht zu mir. An dem Abend war nichts los. Vielleicht dachten sie auch, ich wäre schon gegangen. Ich habe dann im kleinen Aufenthaltsraum aus dem Fenster geschaut und gesehen, wie sie den Mann in ein großes Auto gesetzt haben."

„Einen Mercedes?" Franziska hielt vor Spannung den Atem an.

„Das kann sein. Jack und Natascha haben ihn mit einem Strick um den Hals so festgebunden, dass es aussah, als sitze er nur so da. Dann fuhr Jack mit dem Auto weg und Natascha mit seinem Auto hinterher", beendete sie ihre Schilderung.

„Was für ein Auto war das?" Franziska wurde nervös, je mehr die Zeugin erzählte, umso klarer wurde alles.

„Keine Ahnung, ein Sportwagen. Ein lila Sportwagen." Jetzt lächelte Franziska zufrieden. Dann legte sie Sibylle das nächste Foto vor. „Ist das Jack?"

„Ja", bestätigte diese.

„Und kennen sie diese Frau auch?" Sie reichte Sibylle ein weiteres Foto.

„Das ist Natascha."

„Das ist Natascha?" Franziska lächelte Brauser zufrieden zu, wobei der alles andere als glücklich aussah. „Das ist Sophia Weberknecht! Ihr gehörte das ‚Butterfly'."

„Nein, das ist ganz bestimmt Natascha. Sie trug gern Perücken."

Die Kommissarin lächelte noch zufriedener. „Wissen Sie denn auch, wie Jack mit Nachnamen heißt?"

Bedauernd schüttelte Sibylle den Kopf. „Nein, tut mir Leid, ich weiß nur, wo er wohnt."

***

Das alte Forsthaus mitten im Wald war schon lange verlassen und still. Jack kannte es noch aus seinen Kindertagen. Aus einer Zeit, als ihm das Gerücht, es sei von einer bösen Hexe bewohnt, noch wirklich Furcht einjagte. Das hatte ihn lange nicht schlafen lassen, einerseits aus Angst, andererseits aus dem Verlangen heraus, die Hexe zu besuchen, sie zu bezwingen und dann ihr Wissen für sich zu nutzen. Als er dann tatsächlich eines Tages hineinging, wurde er bitter enttäuscht. Denn er fand nichts außer einem alten Holzofen zum Kochen und Heizen, einem großen Tisch mit einer Eckbank und einem Schrank mit ein bisschen Geschirr. An den Wänden hingen die Trophäen einer geglückten Jagd und ein paar kitschige Jagdmotive zwischen hohen Tannen auf Leinwand. Der alte Eichenholzboden hatte leise geknarzt, als er herumgeschlichen und schließlich im Nachbarzimmer auf ein Bett und darunter so etwas wie einen Nachttopf gestoßen war.
In all den Jahren hatte sich nichts verändert, so als wäre niemand mehr da gewesen, seit er die Tür zum ersten Mal geöffnet hatte, so, als hätte er die Hexe wirklich bezwungen und als seine Dienerin versklavt, als hätte sie das Haus für alle anderen unsichtbar gemacht.
Darauf setzte er jetzt, auch wenn er sich bei diesen naiven Kindheitserinnerungen ein abfälliges Lächeln nicht verkneifen konnte. Trotzdem ließ er sich nicht zur Nachlässigkeit verleiten, denn, wenn es etwas gab, das er in seinem Leben gelernt hatte, dann, dass man nie unvorsichtig sein durfte, selbst wenn man eine Hexe auf seiner Seite hatte. Darum parkte er das Taxi, das er am Morgen von einem fast insolventen Verleih geklaut hatte, neben dem Schuppen und öffnete Maria die Tür. „Kein Wort!", ermahnte er sie und half ihr aus dem Auto. Sie nickte, denn sie hatte ohnehin nicht vor zu schreien. Die Frau hatte schnell erkannt, dass sie hier niemand hören konnte. Jack öffnete das Schloss, das er selbst

erst kürzlich angebracht hatte, und schob Maria ins Haus. Dort setzte er sie auf einen Stuhl und band sie an Armen und Beinen fest.

„Tut mir Leid, aber das muss sein", sagte er, und Maria wollte ihm noch darauf antworten, doch da hatte sie schon eine dicke Lage Stoff in ihrem Mund, der dadurch geöffnet blieb und unangenehm gespannt war. Sie schluckte. Der Stoff schmeckte alt und ein wenig ranzig. Übelkeit stieg in ihr hoch und es gelang ihr nur mit ihrem ganzen Willen, dagegen anzukämpfen. Da hörte sie, wie die Tür zuschlug und der Schlüssel herumgedreht wurde. Sie wandte den Kopf in die Richtung, aus der das Geräusch kam, und erkannte, dass sie allein war. Und auf einmal dachte sie an ihre Patienten auf der Palliativstation und daran, wie sie zu ihnen immer sagte: „Schön ruhig durch die Nase atmen, dann wird es besser", und sie stellte sich vor, sie müsse mit einem Patienten atmen und tatsächlich wurde sie ruhiger. Bis ihr wieder die alte Frau Linus einfiel, der sie so lange die Hand gehalten hatte, bis kein Leben mehr in ihr gewesen war, und die sie so sehr wegen ihres unerschütterlichen Glaubens bewundert hatte. Und dann dachte sie seit langer Zeit wieder an ihr totes Kind, das so gar nichts von seinem Leben gehabt hatte. Das nur die Zeit in ihrem Bauch gekannt hatte und, kaum dass es da gewesen war, auch schon wieder hatte gehen müssen. Ihr Leben erschien ihr auf einmal so schön und bunt und sie war dankbar für alles, was sie gehabt hatte. Sie schloss die Augen, versuchte, sich nicht zu verkrampfen und ließ sich durch die Zeit treiben. Hatte sie denn nicht ein schönes Leben mit Bertl gehabt? War ihr denn nicht so viel zuteilgeworden, was andere nie erlebten? Noch wusste sie nicht, was der Mann mit ihr vorhatte. Aber die Tatsache, dass er ihr sein Gesicht gezeigt hatte, beängstigte sie so sehr, dass sie es für besser hielt, an etwas anderes zu denken.

***

Obwohl Hauptkommissar Berthold Brauser schon beim äußeren Anblick des Hauses das Gefühl hatte, dass hier niemand anwesend war, gingen Obermüller, Gruber und er mit großer Vorsicht nach dem zweiten Klingeln hinein. Sie hatten nicht vor zu fragen, ob es genehm sei. Sie suchten einen mehrfachen Mörder, und da stellte man solche Fragen erst hinterher. An der Haustür gab es kein Namensschild, doch im Flur hingen wie zur Begrüßung großflächige Drucke von Sophia an der Wand, und das allein verstanden sie als Bestätigung, hier richtig zu sein.

Mit gezogener Waffe, sich gegenseitig absichernd, gingen sie von Raum zu Raum, registrierten die teure Einrichtung und das, was sie sich später in aller Ruhe ansehen würden. Nachdem sie sicher waren, dass niemand im Haus war, begann Brauser sich im Arbeitszimmer, das auf der rückwärtigen Seite im Erdgeschoss lag, umzusehen. Auf dem Boden standen, wie für sie eingepackt, etliche Kisten. Sofort machten sich Obermüller und Gruber, die genau wie ihr Chef Handschuhe trugen, an die Sichtung der verpackten Unterlagen und CDs, während der Kommissar sich um die Schränke kümmerte. Sie suchten Beweise für die Identität von Jack und seine Taten.

In einem Wandschrank mit einem einfachen Schloss davor fand Brauser einen Karton mit Schnappschüssen von Jack und Sophia, und dann endlich das, wonach er am meisten gesucht hatte: Kontoauszüge, Rechnungen über das Haus und schließlich sogar einen Pass auf den Namen Joachim Herlau.

Triumphierend wedelte er damit vor Obermüller und Grubers Gesicht herum. „Wir haben ihn! Jetzt entwischt uns das Bürschchen nicht mehr!"

Er ahnte ja nicht, wie sehr er sich damit täuschen sollte.

***

Als das Telefon klingelte, dachte Brauser, es sei Maria, die ihn fragen wollte, wann er zum Essen heimkäme. Doch als er ein tiefes Schnaufen vernahm, war ihm sofort klar, dass am anderen Ende der Leitung nicht seine Frau war.
„Kann es sein, dass du gerade einen schlimmen Fehler begehst?“, fragte die Stimme und der Hauptkommissar sah sich ertappt um. Es war Jack.
„Ich tue mein Bestes, aber so wie du dir das vorstellst, geht es nicht“, erklärte Brauser und versuchte, seiner Stimme einen neutralen Klang zu geben.
„Aber du weißt, dass Maria bei mir ist. Es wäre wirklich schade, wenn es ihr so wie Swetlana und diesem Felbermann ginge. Sie ist eine so verständnisvolle Frau.“
Der Chef der Mordkommission zuckte zusammen. „Nein, bitte, tu Maria nichts! Sie hat doch gar nichts mit der Sache zu tun!“
„Das ist ja das Gute daran! Sie ist für dich so wichtig, und darum wirst du dich ab jetzt an meine Anweisungen halten, oder soll ich meinen Zorn an deiner Frau auslassen?“
„Ich möchte mit ihr reden“, forderte Brauser und setzte zur Bekräftigung hinzu: „Sonst glaub ich dir kein Wort!“
„Doch, doch, du glaubst mir schon“, entschied Jack. „Und außerdem kann Maria jetzt nicht. Sie ist ... wie soll ich sagen ... verhindert.“ Brauser horchte ins Telefon, die Stimme am anderen Ende der Leitung klang böse und zu allem entschlossen.
In diesem Punkt hatte Joachim Herlau alias Jack recht. Spätestens jetzt hatte der Kommissar erkannt, dass mit ihm nicht zu verhandeln war und dass er auf seine Gnade nicht zählen konnte. Es gab nur einen Weg, um Maria zu retten, und nur einen, um Jack zu fassen: Brauser musste seine Lust am Inszenieren, seine Wut und seine Rachegelüste anstacheln. Er musste ihm ein anderes Opfer darbieten. Dass er selbst dieses Opfer nicht sein konnte, war ihm klar, obwohl er da-

für nur zu gern bereit gewesen wäre. Nein, es musste jemand sein, der ihn wirklich reizte. Jemand, der ihn in die Falle locken konnte. Ein perfekter Köder, einer, den er nicht verschmähen würde. Jemand, den er einfach haben musste, und der es ihm, Brauser, erlauben würde, Jack auf frischer Tat zu ertappen und in Notwehr zu erschießen. Denn dann erst war er frei, auch das war ihm in diesem Moment klar.
„Es gibt eine Zeugin für den Mord an Klaus Wallenstein", versuchte er Jack aus der Reserve zu locken.
„Eine Zeugin?"
„Sie hat alles gesehen. Wie er am Balken stand und du ihm die Luft in die Venen gespritzt hast. Heute war es zu spät, aber morgen werden wir ihre Aussage aufnehmen."
Einen Moment blieb es ganz ruhig und Brauser fürchtete schon, dass Jack aufgelegt hatte. Wie Blitze schossen ihm Bilder von Maria in den Kopf, wie sie ihm wehrlos ausgeliefert war und getötet wurde. Grausame Bilder, passend zu einem grausamen Mörder.
„Gut, ich werde mich darum kümmern", sagte Jack und unterbrach die Verbindung.

***

Vor Schreck riss Maria den Kopf herum und musste blinzeln. Die ganze Zeit über hatte sie die Augen geschlossen gehalten. Erst als sie hörte, wie der Schlüssel ins Schloss gesteckt wurde, kam sie zu sich, und auch die Angst vor dem, was nun kommen würde, kam zurück.
Als Jack das Haus betrat, hatte er einen großen Karton dabei, der ziemlich schwer zu sein schien, und wuchtete ihn vor Maria auf den Tisch. Dann ging er noch einmal hinaus und holte zwei Taschen. Danach schloss er die Tür ab und steckte den Schlüssel in die Hosentasche. „Wir wollen doch nicht, dass du auf dumme Gedanken kommst, Maria."

Sie stöhnte leise als Antwort – was sollte sie auch machen?
„Ach, wie dumm von mir, du kannst ja gar nichts sagen!"
Wieder stöhnte sie, ergab sich aber in sein Spiel. Betteln würde sie nicht, das hatte sie sich in den letzten Stunden geschworen.
Stattdessen sah sie ihn mit ihren freundlichen Augen geduldig an. Und tatsächlich ging er um ihren Stuhl herum und löste den Knebel, der ihr so zu schaffen machte, und dann auch die Fesseln an Armen und Beinen. „So ist es besser, oder?" Sie nickte und versuchte sich zu räuspern. Ihr Mund war zu trocken, um etwas zu sagen.
„Du kannst doch kochen, Maria, oder?"
Sie nickte abermals und dabei lächelte sie sogar ein wenig. Kochen war gut, das lenkte ab.
„Mach dich nützlich und hilf mir beim Auspacken!"
Sie stand auf, sah in den Karton und musste nun wirklich lächeln. Er hatte einen ganzen Gemüseladen leer geräumt, so schien es zumindest. „Gibt es", sie räusperte sich erneut, „gibt es hier auch einen Topf?" Suchend sah sie sich um.
„Ja, irgendwo bestimmt."
„Und Wasser? Ich hätte gern einen Schluck zu trinken und das Gemüse muss ja auch gewaschen werden."
„Ja, alles da, bedien dich und dann kochst du uns einen schönen Eintopf! Mag das dein Mann auch, Maria, so einen Gemüseeintopf?" Sie nickte, obwohl Bertl Fleisch immer vorzog.
„Ich hab dir auch ein Stück Fleisch mitgebracht. Ich hoffe, es ist das richtige. Die Verkäuferin meinte, das braucht man für eine gute Suppe."
„Ja", bestätigte Maria, drehte den Wasserhahn auf und hielt ein Glas darunter. Das spülte sie erst aus und füllte es dann, um es gierig leer zu trinken.
Im Küchenbüffet, das an der Wand neben der Eckbank stand, fand sie schließlich einen großen Topf, ein Schneidebrett,

ein Sieb und verschiedene Schüsseln und sie fragte sich, wer hier wohl einmal gewohnt haben mochte. Als Nächstes durchsuchte sie die Schubladen: Es gab Essbesteck und einen Schöpfer, aber keine Messer. Sie hielt inne.
„Fehlt was?", fragte Jack, der sich an den Tisch gesetzt hatte. Er war müde, aber er ließ sie nicht aus den Augen. Er liebte es, solche Spiele zu spielen.
„Zum Gemüseschneiden brauche ich ein Messer."
„Das sollst du haben, aber keine Dummheiten machen, hörst du?"
Sie setzte sich an den Tisch, nahm das kleine Messer, das er ihr reichte, und begann damit, das Gemüse zu putzen. Aufmerksam sah er ihr dabei zu. „Du bist sehr geschickt", stellte er auf einmal fest und sie wusste nicht, was sie darauf antworten sollte.

Während Jack Maria bei ihrer Arbeit zusah, wurde er von einer angenehmen Ruhe übermannt. Er dachte an früher, an seine Mutter, seine Brüder, und daran, wie schön es gewesen wäre, mit ihr am Tisch zu sitzen, um das Mittagessen vorzubereiten und ihr dabei all seine Sorgen und Nöte zu erzählen. Wenn sie ihm denn zugehört und sich für seine Probleme interessiert hätte.
„Sophia war eine tolle Frau!", schwärmte er, und Maria sah auf, weil sie mit so einem Gesprächsauftakt nicht gerechnet hatte. „Hast du einmal gehört, wie sie singt?"
„Nein, tut mir Leid, ich geh nicht in die Oper."
Er nickte. „Ja, ist nicht so dein Ding, was?"
„Früher gingen wir ins Kino, aber jetzt kommen so viele schöne Filme im Fernsehen, da bleib ich lieber zu Hause und stricke ein bisschen dabei." Maria warf die Kartoffeln zu den Karotten ins Wasser und nahm sich einen Kohlrabi aus der Kiste.
„Ich bin auch nur wegen ihr hingegangen", gestand Jack

und grinste, „man versteht ja oft gar nicht, was die da singen."
„Haben Sie sie geliebt?"
„Ach, Maria, sag doch du zu mir. Ich bin Jack!"
Dann lächelte er sie so unerwartet freundlich an, wie sie es sich bei ihm nicht hatte vorstellen können. Sie nickte. „Jack." Abwartend sah sie ihn an.
„Sie war meine große Liebe", eröffnete er. „Ich hätte alles für sie getan, wirklich alles!"
„Und sie? Hat sie dich auch geliebt?"
„Sie hat gesagt, dass sie mich liebt. Weil wir uns so ähnlich sind. Weil wir aus demselben Holz geschnitzt sind. Weil wir zusammenhalten müssen. Weil wir nur gemeinsam die Welt aus den Angeln heben können, und weil wir das Gleiche durchgemacht haben." Er hielt kurz inne, aber Maria sagte nichts. Jetzt war nicht der Zeitpunkt, um nachzuhaken. Er wollte einfach nur reden, sein Gewissen erleichtern, das kannte sie von ihren Patienten. Es war an der Zeit für seine Lebensbeichte. Doch die Menschen, die ihr gewöhnlich beichteten, hatten ihr Leben hinter sich, wussten, dass sie bald sterben mussten, und sie hätte vielleicht auf die Idee kommen können, dass er nicht unbedingt das Ende *seines* Lebens vor Augen hatte. Dass er nur so freizügig erzählte, weil er sicher war, dass sie ihn nicht verraten würde, nicht würde verraten *können*, selbst wenn sie es wollte.
„Man hat uns vor die Tür gesetzt. Die eigenen Eltern wollten uns nicht mehr haben. Meine nicht, und auch Sophias nicht." Wieder versank Jack in Erinnerungen. „Sophia haben sie sogar ausbezahlt, damit sie auch wirklich geht und nicht noch Ansprüche aufs Erbe stellt. Und bei mir gab es gar nichts zu erben, das haben alles meine Brüder bekommen. Ich musste sehen, wie ich zu etwas kam." Aus seinem Lächeln war alle Freundlichkeit verschwunden. Er sah, dass Maria erschauerte. Freundlicher fuhr er fort: „Sophia war

nicht so egoistisch. Sie hat von ihrem Erbe das Haus gekauft, damit wir uns gemeinsam etwas aufbauen konnten." Stolz schwang in seiner Stimme, bis er fragte: „Kennst du das ‚Butterfly', Maria?"

Sie zuckte mit den Schultern, denn sie hatte keine Ahnung, wovon er sprach.

„Nein, natürlich nicht. Ist auch nichts für dich!"

Sie stand auf und wusch das Fleisch, um es anschließend in Stücke zu schneiden. Dafür hätte sie gerne ein größeres Messer gehabt, aber sie wollte nicht nachfragen, auch wenn es mit diesem kleinen Ding eine Schinderei war.

„Eigentlich lief es gut. Die Männer stehen auf hübsche Mädchen und Diskretion. Und viele waren wie meine Brüder. Das hat mich irgendwann richtig angekotzt, dieses ganze Getue von wegen: *Ich kenne dich nicht und du kennst mich nicht.* Da hab ich mir gedacht, das kann man doch ausnutzen. Ich meine, denen hat das ja nicht geschadet, die haben alle genug und können ruhig was abgeben. Und wir haben wirklich gute Arbeit abgeliefert. Sophia war nämlich eine begnadete Schauspielerin. Die hat denen allen was vorgemacht, von wegen große Liebe und so. Und sie hatte ihren Spaß dabei!" Auf einmal änderte sich sein Gesichtsausdruck, und weil er nicht weitersprach, blickte Maria auf und erschrak. Alle Freundlichkeit, die er ihr vorgespielt hatte, war daraus entwichen.

„Aber sie hat mich belogen! Sie hat nämlich gar nicht gespielt. Auf einmal war es ihr ernst! Sie wollte ein neues Leben beginnen! Ohne mich! Das konnte ich natürlich nicht zulassen, siehst du das auch so, Maria?"

Sie sah Jack aufmerksam ins Gesicht, ließ sich aber zu keiner Äußerung verleiten. Er sprach von Rache, tödlicher Vergeltung, und davon konnte sie ihn nicht freisprechen, egal wie sehr er sich danach sehnte.

„Du hast sie geliebt", baute sie ihm schließlich eine Brücke.

„Ja, ich habe sie geliebt, und da kam dieser Wallenstein daher und erzählte ihr das Gleiche. Liebe seines Lebens, noch einmal von vorn anfangen und all so einen Scheiß. In Wirklichkeit hatte er nur eine gefunden, die Spaß an seinen Fantasien hatte. Der Typ war nämlich total bekloppt. Aber ihr machten diese Rollenspiele Spaß. Immer wieder kam sie mit neuen Sachen, und eines Tages dachte ich: Jetzt wollen wir doch mal sehen, wie weit er geht. Ich hab sie dann heimlich fotografiert, genau wie die anderen, und die Fotos zu ihm nach Hause geschickt. Natürlich hat er sie sofort zur Rede gestellt, denn in seinem Fall habe ich die Gesichter nicht ausgewechselt. Und, was soll ich sagen, Maria? Sie war total sauer! Sie sagte, ich müsse das zurückziehen, mit ihm sei es was anderes. Irgendwie hat sie diesen Wallenstein tatsächlich davon überzeugen können, dass es nur ein Spaß von ihr war. Hat ihm alles über unsere Erpressungen erzählt, so als ob man dem Typ vertrauen könnte. Und das Schlimmste war, dass sie so tat, als sei ich nur ein dummer Junge, den man nicht ernst nehmen kann. Da blieb mir natürlich nichts anderes übrig, als ihn zu töten. Sie hat es erst gar nicht begriffen, ich war nämlich sehr kreativ. Sie dachte, ich würde ihm vielleicht nur eine kleine Droge spritzen und dann gehen, und er hätte vielleicht einen tollen Kick und würde sie dafür noch mehr lieben. Keine Ahnung, was sie dachte! Als sie begriff, dass er starb, war es jedenfalls zu spät. Von da an hatte ich sie in der Hand, weil man ja nur ihre Spuren auf seinem nackten Körper gefunden hätte."
Er lächelte bitter und Maria, die gar nicht begriff, was er ihr da erzählte, versuchte nicht zu erschaudern, um ihm nicht zu zeigen, wie sehr sie das alles verängstigte. „Damit hatte ich sie in der Hand. Jetzt musste sie tun, was ich sagte. Und sie tat es. Als Erstes habe ich ihr gesagt, sie müsse sich an deinen Hauptkommissar heranmachen, ihm den Kopf verdrehen und so rauskriegen, was er weiß und ob er uns ge-

fährlich wird. Was soll ich sagen? Sie war gut! So gut, dass der Kerl sich doch tatsächlich in sie verliebte. Ja, Maria, tut mir Leid, aber ich muss dir das sagen, sonst würdest du mich vielleicht nicht verstehen." Jack sah sie aufmunternd an. „Damit hatte ich sie an den Nächsten verloren, dabei schwor sie mir, er sei ihr nur lästig, viel zu zudringlich, und sie wüsste schon gar nicht mehr, wie sie ihn hinhalten sollte. Aber sollte ich ihr das glauben? Nach allem, was sie mir mit diesem Wallenstein angetan hatte!" Er nickte vor sich hin und schwieg.
„Wir können die Suppe aufstellen", sagte Maria in die unheimliche Stille hinein, nachdem sie Salz und Pfeffer zugegeben hatte. Sie wollte ihn ablenken, wollte auf gar keinen Fall noch mehr über diese Frau und ihren Bertl erfahren.
Jack sah sie an. „Dann will ich mal den Ofen anheizen."
Er stand auf und machte sich vor der Ofentür zu schaffen und sie dachte, jetzt wäre der Moment gekommen. Sie wog das Messer in der Hand. Die Klinge war kurz aber bestimmt könnte sie ihn damit verletzen. Ob er ihr deshalb die Tür aufschließen würde, bezweifelte sie dennoch.
„Vergiss es, Maria, so etwas tust du nicht!", sagte er, drehte den Kopf zu ihr um und schenkte ihr ein fast liebevolles Lächeln, als er sah, wie sie einen scheuen Blick auf das Messer in ihrer Hand warf. Sie nickte. „Nein", sagte sie und sah ihm zu, wie er das Papier anzündete.

***

Sibylle war froh, als sie endlich wieder zu Hause war. Die Gespräche bei der Kripo hatten sie mitgenommen. Sie hatte nicht erwartet, dass sie ihr so viele Fragen stellen würden, dass so viel miteinander zusammenhing. Ob Hajo auf all das eine befriedigende Antwort gewusst hätte?
Müde und ausgelaugt saß sie auf dem Sofa und war vor allem sehr, sehr traurig. Natürlich hatten sie sich bemüht, ih-

re Trauer um Hajo zu respektieren, aber sie hatten eben auch einen Fall zu lösen, und genau dieser Ausdruck war es, der sie jetzt, da sie wieder allein mit sich und der Erinnerung war, weinen ließ. Ein Fall, mehr war von dem Menschen Hajo, von dem Mann, den sie liebte, nicht geblieben. Aber vielleicht musste man erst selbst einen geliebten Menschen verlieren, damit man empfinden konnte wie sie. Sie lief in die Küche und kniete sich auf die Anrichte, um aus dem erhöhten Fenster einen Blick auf die Straße werfen zu können. Vor ihrer Tür stand ein Auto. Sie passten auf sie auf. Ein kleines Lächeln huschte über ihr Gesicht. Immerhin etwas.
Die Kommissarin war wirklich nett zu ihr gewesen. Sie mochte in etwa ihr Alter haben und war sehr interessiert gewesen, zumindest hatte sie so getan. Nicht so wie der Chef, der von Bruno und ihrer Angst, die sie vor ihm hatte, gar nichts hatte wissen wollen.
„Er kann Ihnen nichts tun“, hatte die Kommissarin gesagt. Und wenn doch?
Sie war ihr Lockvogel, weil die diesen Bruno unbedingt haben wollten. Haben mussten! Denn letztlich ging es nicht um Bruno, „Der ist vermutlich harmlos“, hatte die Kommissarin gemeint. Es ging um Jack, und der war ganz sicher nicht harmlos. Er war tatsächlich kein Mann, mit dem man spaßen sollte. Sie hätte das auch nie getan, konnte noch immer nicht verstehen, warum sie damals überhaupt hingesehen und die Beweise versteckt hatte. Hätte sie es nicht getan, wäre sie jetzt keine wichtige Zeugin. Und damit außer Gefahr.
„Warum sind Sie denn nicht schon früher gekommen?“, hatte der Kommissar sie gefragt, bevor er dann so mürrisch geworden war. „Das hätte mir viel erspart!“
Natürlich hätte sie gleich zur Polizei gehen können, aber sie hatte denen ja auch heute noch nicht die ganze Wahrheit gesagt. Nämlich, dass Jack ihr damals aus der Patsche geholfen hatte. Letztlich arbeitete sie ja nicht nur als Putzfrau

für ihn, sondern zahlte auch ihre Schulden ab. Schulden, die er für sie übernommen hatte. Ohne ihn wäre sie längst ruiniert gewesen. Dann hätte sie sich vielleicht noch nicht einmal diese Wohnung leisten können.

Auf einmal sah sie, wie der Polizist ganz aufmerksam auf die Straße sah, wie er den Kopf hin- und herdrehte, und wie genau in diesem Moment ein alter Golf unter ihrem Fenster vorbeifuhr, langsamer wurde und wieder Gas gab. Das konnte nur eines bedeuten: Bruno war auf dem Weg zu ihr.

Sibylle hatte jetzt zwei Möglichkeiten. Sie konnte bleiben und abwarten, was er von ihr wollte, oder ihren Wohnungsschlüssel nehmen, leise die Treppe hinaufschleichen und bei den Studenten klingeln.

Sie spähte noch einmal aus dem Fenster und konnte gerade noch den Kopf einziehen und von der Anrichte springen, sonst hätte er sie gesehen. Dabei war sein Blick, mit dem er auf das Haus gesehen hatte, alles andere als wohlwollend gewesen, und nach dieser Erkenntnis entschied sie sich für die zweite Möglichkeit.

Gleich darauf stand sie vor der Wohnungstür der WG und klingelte, wobei diesmal Axel aufmachte. Sie versuchte zu lächeln. „Kann ich vielleicht kurz bei euch bleiben?“, fragte sie.

„Ja, klar. Magst du mit uns essen?“

Sie folgte ihm in die Küche. Diese war im ersten Stock nicht größer als bei ihr, aber das Fenster reichte weiter runter und es stand offen, um den Küchengeruch abziehen zu lassen. „Was gibt’s denn?“, fragte sie interessiert und versuchte, so beiläufig wie möglich einen Blick aus dem Fenster nach draußen zu erhaschen. Einen Moment lang beobachtete sie das Geschehen auf der Straße, dann wandte sie sich vom Fenster ab und lächelte. „Obwohl, nein, danke, ich glaube, ich muss noch einmal nach unten.“

***

Bruno war stinksauer, daran änderte auch der Döner in seiner Hand nur wenig, obwohl er wirklich gut war. Es war einfach Zeit, dass er diese Wut an einem auslassen konnte. An jemandem, der schwächer war, natürlich. Am besten an der Schlampe, wegen der er hier war.
Am Morgen hatte er sich, kaum dass seine Schwester weggefahren war, ans Telefon gehängt, um einige Informationen einzuholen. Dann war auch er aus dem Haus gegangen, hatte das alte Fahrrad geschnappt und war ihr hinterher geradelt. Das war anstrengend, aber auch lohnend, denn wie immer stand ihr Auto auf der rückwärtigen Seite des Geschäfts und bis zum Abend würde es auch niemand vermissen. Um nicht aufzufallen, stellte er sein Fahrrad am vorderen Eingang ab, so, als wolle er etwas einkaufen, ging dann aber am Geschäft vorbei zu Anjas Golf, öffnete die Fahrertür, stieg ein und fuhr davon.
Dass das alte Auto nicht besonders schnell fuhr und er in seinem Leben schon ganz andere Fahrzeuge gefahren hatte, ignorierte er hartnäckig. In seiner Situation durfte man schließlich nicht wählerisch sein. Andererseits würde diese Karre auch nicht auffallen, wenn sie länger vor dem Haus, in dem Jack wohnte, stehen musste. Er grinste und freute sich über seine Gerissenheit. Denn heute würde er Jack finden. Oder sollte er Joachim Herlau sagen? Bruno lachte diebisch auf: Nein, er blieb bei Jack, das passte ja auch irgendwie besser zu dem Typen. Natürlich hatte der ihm seine Adresse nicht freiwillig gegeben oder gar auf den Briefumschlag, mit dem er ihm die Fotos geschickt hatte, geschrieben. Aber auch Bruno hatte noch Freunde, und gestern war ihm auf einmal in den Sinn gekommen, dass sein Kumpel Freddy nur beim ersten Mal mit ihm ins ‚Butterfly' gegangen war und dann behauptet hatte, er kenne den Geschäftsführer von früher und wolle nicht von ihm erkannt werden.
Damals hatte er gedacht, es sei seinem Kumpel vielleicht

einfach zu teuer oder er sei neidisch, weil die schöne Natascha nur Bruno im Blick gehabt hatte. Nach dem Anruf heute Morgen wusste er jedoch, dass er die Wahrheit gesagt hatte.
Auf Freddys Auskunft hin war Bruno mit Anjas Auto nach Neuburg am Inn gefahren und hatte sich dann links in die Neufelser Straße eingeordnet. Als nur noch vereinzelt Häuser am Straßenrand standen und er dem Wald näher kam, sah Bruno, dass Jacks Haus optimal lag. Einsam, klein, fast gemütlich. Auf jeden Fall übersichtlich. Und als er erkannte, dass niemand zu Hause war, genau wie in dem verlassenen Gebäude gegenüber, stieg er aus dem Auto und schlich sich in den Garten, um sich die Zugänge anzusehen. In der Garage gab es zwar eine Verbindungstür ins Haus, aber die war fest verschlossen. Hinter dem Haus führte eine Kellertreppe hinunter, jedoch war auch diese Tür fest verriegelt. Jack legte Wert auf gute Schlösser, keine Frage, und Bruno war nicht der Mann, der das nötige Werkzeug und Wissen hatte, um sie aufzumachen. Als er wieder oben war, untersuchte er darum alle Fenster und drückte schließlich gegen die Terrassentür. Ein triumphierendes Lächeln huschte über sein Gesicht, als die Tür nachgab und er plötzlich im Wohnzimmer stand. Einen Moment lang blickte er sich um. Unter seinen Füßen glänzte ein teurer Parkettboden, vor den cremefarbenen Sofas lag ein dicker roter Teppich und an den Wänden hingen Ölbilder, vielleicht sogar echte. Kurz überlegte er, ob er den Flachbildschirm nicht einfach mitnehmen sollte, um Anja eine Freude zu machen, aber dann befürchtete er, dass der gar nicht in den alten Golf passen könnte. Und was würde das Miststück sagen, wenn er bei ihr auftauchte und so ein Teil im Gepäck hatte?
Der Reihe nach sah er sich in allen Räumen um, ließ das eine oder andere in seinen Taschen verschwinden, ging sogar ins Schlafzimmer hinauf und machte sich dann über die ge-

packten Kisten her, die wie für einen Auszug vorbereitet waren. Wollte der Typ etwa untertauchen? Wenn ja, dann würde er handeln müssen – und zwar schnell. Ohne lange zu überlegen nahm er sich einen Haustürschlüssel vom Haken, schloss damit die Tür auf und verließ das Haus, keine halbe Stunde, bevor die Polizei anrückte, was er zu diesem Zeitpunkt aber nicht ahnen konnte. Sein Plan war, die Putzschlampe aus dem ‚Butterfly' schon jetzt abzuholen und mit ihr dann vor dem Haus zu warten bis Jack zurückkam. So weit der Plan.

Doch dann begann der eigentliche Ärger. Denn als er vor Sibylles Haus stand, machte die nicht auf. Und da es dort zu viele Nachbarn gab, konnte er auch nicht einfach so ums Haus herumschleichen, um sich Zutritt zu verschaffen. Es blieb ihm nur zu warten, und in dieser Zeit stieg sein Ärger ins Unermessliche. Und weil Wut hungrig macht, fuhr er irgendwann weg, um sich am Dönerstand einzudecken.

***

Die Beschreibung, die die Zeugin abgegeben hatte, hätte auf so manchen passen können, aber eben auch auf den Mann, der da gerade mit einem alten Golf die Straße entlang fuhr, vor Sibylle Hausers Haustür langsamer wurde und dann wieder Gas gab. Es war kurz vor siebzehn Uhr und schon fast dunkel. Trotzdem duckte sich Obermüller, während er das Kennzeichen notierte. Als der Wagen an ihm vorbeigefahren war, beschleunigte der Fahrer erneut und bog am Ende der Straße um die Ecke. So ein Mist, dachte Obermüller, denn entweder war der Fahrer nicht der Mann, den sie suchten, und er musste noch länger im Auto sitzen und warten, oder er war durch irgendetwas alarmiert worden.

Nach ein paar Minuten kam der Golf zurück. Er hatte gedreht und hielt jetzt direkt auf ihn zu. Obermüller nahm die

Zeitung hoch. Wenn der Fahrer des Golfs ihn jetzt sah, war alles umsonst. Doch der Wagen beschleunigte wieder, und nach weiteren fünf Minuten kam er erneut die Straße entlang, hielt diesmal ganz an, und als er nun ausstieg, wusste Obermüller, dass das sein Mann war. Vorsichtig legte er die Zeitung beiseite, öffnete leise die Tür und schlich sich um sein Auto herum. Bruno klingelte derweil an der Haustür, schien zu fluchen, sah zu den Fenstern im Parterre hoch und wieder zur Tür. Er dachte, was auch Obermüller durch den Kopf gegangen war: *Es brennt Licht, warum macht sie nicht auf?* Noch einmal drückte Bruno fest und ausdauernd auf den Klingelknopf, doch bevor er sich umdrehen und wieder ins Auto einsteigen konnte, packte ihn der Ermittler beim Arm und rief: „Polizei, keine Bewegung!" Dann drückte er Bruno gegen die Hauswand und durchsuchte ihn nach Waffen. „Hey, was soll das?", schimpfte er, als Obermüller neben einem ganzen Bündel Geldnoten auch ein Springermesser bei ihm fand, es ihm aus der Tasche zog und ihm die Hände auf dem Rücken fixierte.

Da erst öffnete sich die Tür, so als hätte die junge Frau nur darauf gewartet, dass der Polizist ihn festnahm.

„Ist das der Mann?", fragte er sie.

„Ja", sagte Sibylle mit erleichterter Stimme, „das ist Bruno, wenn er überhaupt so heißt."

„Das werden wir bald wissen." Obermüller lächelte sie zaghaft an. „So, jetzt können Sie auf jeden Fall ruhig schlafen."

„Danke!", antwortete sie und ging ins Haus zurück.

***

Zwei Stunden später stand wie aus dem Nichts auf einmal Jack vor der Tür, orientierte sich kurz, drückte dann dagegen und war gleich darauf im Inneren des Hauses verschwunden.

Hauptkommissar Brauser dachte zunächst, er habe sich vielleicht getäuscht. Der Mann konnte ein Hausbewohner sein, aber dann plötzlich traf ihn die Einsicht wie ein Schlag ins Gesicht: Während er hier stand und darauf wartete, dass der Mörder mit dem Auto vorfuhr, hatte dieser die Fußgängerbrücke benutzt und war dann im Schutz des Zaunes an den Bahngleisen entlang geschlichen. Sehr clever, das musste der Kommissar schon einräumen, doch auch er hatte sich im Vorfeld einiges überlegt, um seinem Gegner kein allzu leichtes Spiel zu machen.
Doch dazu hatte erst einmal Obermüller verschwinden müssen.
Zunächst hatte sich Brauser ein wenig geärgert, als er den Kollegen in seinem Auto erkannt hatte, bis ihm klar geworden war, dass er das Gleiche vorhatte wie er. Mit dem kleinen Unterschied, dass Obermüller nach einer gefühlten Ewigkeit einen ihm unbekannten Mann verhaftet hatte und das, bevor dieser das Haus überhaupt betreten konnte. Der Vorgesetzte grinste: Das konnte sich nur Franziska ausgedacht haben. Mit was sie die junge Frau wohl überredet hatte? Eine Aktion dieser Art war ja nicht ungefährlich, das wusste er, aber er hatte natürlich mehr Erfahrung und konnte daher auch besser einschätzen, was er wagen konnte. Wenn auch die Angst um Maria seine Entscheidung beeinflusst hatte.
Er ließ sich beim Aussteigen absichtlich Zeit. Es half ihm schließlich nichts, wenn der Kerl seine ehemalige Putzfrau nur an der Tür begrüßte. Für Brausers Plan musste er ihn auf frischer Tat erwischen. Fast gemächlich wechselte er die Straßenseite und schlich sich an der Hauswand entlang bis zu Tür. Nachdem Obermüller endlich abgezogen war, hatte er vorsorglich bei den oberen Wohnungen geklingelt, und, als man ihm öffnete, den Türschließer blockiert. Er wollte sicher sein, dass Jack diesen Zugang nahm und dass auch

er anschließend durch diese Tür gehen konnte, um der jungen Frau zu Hilfe zu eilen.
Doch als er dagegen drückte, tat sich nichts, die Tür war fest eingerastet.
Brauser begann zu schwitzen. Konnte er es riskieren noch einmal zu klingeln und darauf zu warten, dass man ihm öffnen würde? Oder würde er Jack damit nur warnen?
Der Kommissar beschloss, Plan B zu verfolgen. Um sicherzugehen, dass er nicht auch hier vor verschlossener Tür stehen würde, lief er zu seinem Auto zurück, um den Nothammer zu holen. Jetzt schwitzte er richtig, und als er kurz innehielt, spürte er sein Herz heftig schlagen. Das konnte nur die enorme Anstrengung sein, versuchte er sich einzureden, denn in Wirklichkeit hatte er vor allem Angst, zu spät zu kommen. So schnell ihn seine Füße trugen, lief er die Hauswand entlang, an der Haustür vorbei und ließ auch drei weitere Haustüren rechts liegen. Dann bog er um die Ecke, an der er sich kurz festhielt, um einen Moment zu verschnaufen. Jetzt wäre er gern noch einmal zwanzig Jahre alt und so fit wie damals. Da wäre ihm so etwas nicht passiert. Er riss sich zusammen und eilte weiter. Gleich darauf hatte er die nächste Hausecke erreicht, bog erneut ab und lief jetzt über feuchtes Gras, vorbei an Sträuchern, die mit ihren Zweigen nach ihm schlugen, und hatte endlich die richtige Stelle erreicht. Über eine kleine Treppe gelangte er zu einer Terrasse, zu der eine Öffnung in der Umzäunung führte. Einen Moment später war er an der Glastür, und wenn sein Herz bis dahin noch nicht laut und anklagend genug geschlagen hatte, so holte es beim Anblick der jungen Frau alles heraus, was möglich war und raubte ihm damit beinahe die Sinne.
Sibylle lag mit dem Gesicht nach unten auf dem Boden des hell erleuchteten Wohnzimmers, um ihren Hals lag eine Schlinge, die Hände waren auf dem Rücken gefesselt. Unfähig sich zu wehren hörte Brauser ihr entsetztes „Nein“ bis

auf die Terrasse. Sie warf den Kopf hin und her, doch egal, wie sie auch mit den Füßen zappelte und mit dem Kopf auf und ab wippte, Jack stach ihr erbarmungslos eine Kanüle in ihren Arm und drückte den Inhalt in die Vene. Für einen kurzen Moment dachte Brauser, sie hätte ihn vielleicht gesehen, doch dann fiel ihr Kopf nach unten und jede Gegenwehr versagte. Der Kommissar entsicherte seine Waffe, hob den Arm und schlug mit dem Hammer die Glasscheibe ein. Er hoffte, den Moment, in dem Jack noch am Boden saß, ausnutzen zu können, doch bis die Scheibe endlich splitterte und er sich mit dem Rücken voran hindurch kämpfen konnte, war dieser schon auf den Beinen.

***

Es hatte Franziska einige Mühe gekostet, aber schließlich hatte sie Hannes davon überzeugen können, sie zu begleiten.

„Glaubst du mir jetzt?", fragte sie, als sie zusammen mit ihrem Kollegen beobachtete, wie der Chef aus dem Auto stieg und sich an der Hauswand entlang schlich. „Er hat etwas vor. Nur frag mich nicht, was er von unserer Zeugin will, noch dazu um diese Zeit. Bei der Anhörung heute schien er nicht so interessiert zu sein."

„Mir ist, als wäre ein Mann ins Haus gegangen", berichtete Hannes, unsicher, ob er sich nicht irrte und unschlüssig, was Brauser hier wollen konnte. „Am Ende ist er ja aus einem ganz anderen Grund hier", überlegte er, sah aber, genau wie Franziska, gebannt auf Brauser, der jetzt von der Tür wegging und zu seinem Auto lief.

„Du meinst, er wartet auf jemanden, der ihm sagen kann, ob unsere Zeugin glaubwürdig ist?" Der junge Mann zuckte mit den Schultern, was seine Kollegin nicht sah, weil sie ihren Chef keine Sekunde aus den Augen ließ. Und das war

gar nicht so einfach, schließlich wollten sie sich nicht erwischen lassen und hatten sich deshalb extra ein gutes Stück hinter ihm an den Straßenrand gestellt.
„Irgendwie ergibt das keinen Sinn!" Die beiden sahen jetzt zu, wie ihr Vorgesetzter etwas in der Hand hielt, die Autotür zuknallte, ohne sie zu verriegeln, die Straßenseite wechselte und dann die Hauswand entlang rannte, vorbei an allen Haustüren. „Wusste gar nicht, dass der noch so rennen kann. Läuft, als wäre der Teufel hinter ihm her", kommentierte Franziska leichthin, bis ihr auffiel, dass ihn ja eigentlich niemand verfolgte. „Verdammt! Der Chef hat ihm eine Falle gestellt!"
„Was? Wem?"
„Jack! Frag mich nicht, wie ich darauf komme, aber das vorhin war Jack, und der ist jetzt bei unserer Zeugin!"
Hannes war mit einem Satz aus dem Auto. „Ist der verrückt?"
Sie wusste, dass Hannes nur einen meinen konnte, sprang ebenfalls aus dem Wagen und rief: „Was sag ich denn! Los! Wir müssen da sein, bevor ein Unglück passiert!" Ohne weitere Absprache rannte Hannes den Weg entlang, den kurz zuvor sein Chef genommen hatte, während Franziska vor der Haustür stehen blieb und bei den Nachbarwohnungen klingelte.
Als ein junger Mann endlich die Haustür öffnete, hastete sie in den Flur, zeigte ihm ihren Ausweis und forderte ihn auf, in die Wohnung zurückzugehen. Beim Anblick ihrer gezogenen Dienstwaffe gehorchte er wortlos.
Vor der Wohnungstür, neben der auf dem Klingelschild Hauser stand, blieb sie stehen und prüfte die Tür, die zwar verschlossen, aber nur ins Schloss gezogen war. Leise, fast lautlos öffnete sie die Tür und stand gleich darauf im Flur, wo sie laute Stimmen hörte. Es schien um Sophia zu gehen, aber Genaues konnte sie nicht verstehen. Doch immerhin zeigten ihr die Stimmen, wo sie hin musste.

„Wenn du mich tötest, dann stirbt sie wegen dir!“, hörte sie und dachte, Gott sein Dank, der Chef scheint die Sache unter Kontrolle zu haben. Aber was hat er nur mit der Zeugin gemacht?

Die Kommissarin hielt ihre gezogene Waffe dicht am Körper und ging langsam den Flur entlang. Adrenalin rauschte durch ihre Blutgefäße, alle Antennen waren auf Empfang. Die Tür zum Wohnzimmer stand so weit offen, dass sie alles, was drinnen vor sich ging, sehen konnte. Sibylle Hauser lag gefesselt am Boden, um den Hals eine Schlinge und so wie es aussah, schien sie sich nicht mehr zu rühren. Jack, den Franziska nur von hinten und im Spiegel der Fensterscheibe sah, hielt Brauser eine Waffe an den Hinterkopf und drohte: „Ich könnte dich abknallen wie einen Hund!“

Wut und Verzweiflung packten die Polizistin und verliehen ihr genug Kraft, um ins Wohnzimmer zu stürmen. „Halt! Polizei, keine Bewegung!“

Jack drehte sich um, langsam, so als würde das Leben auf einmal in Zeitlupe stattfinden. Die Waffe, die er mit beiden Händen hielt, folgte seiner Körperbewegung und zeigte nun auf Franziska. Schieß, sagte sie sich. *Schieß!* Und dann fiel tatsächlich ein Schuss und riss die junge Kommissarin zu Boden.

***

An diesem Abend lief Hannes seine persönliche Bestzeit und konnte daher, als er um die zweite Häuserecke kam, weit hinten bei den Büschen seinen Chef eine Treppe erklimmen sehen, bevor er aus seinem Blickfeld verschwand. Er versuchte, noch ein bisschen an Tempo zuzulegen, die Stelle, an der Brauser verschwunden war, fest im Blick. Doch als er die Treppe erreicht hatte und auf die Terrasse geklettert war, sah es so aus, als sei er trotzdem zu spät gekommen. Auf dem Boden lag reglos die Zeugin Sibylle Hauser, gefesselt und mit einer Schlinge um den Hals. Ein Stück weiter kniete sein Chef, wobei er nicht ganz verstand, warum er kniete, denn die Waffe, die Jack in der Hand hielt, war auf seine Kollegin Franziska gerichtet. Zwar hielt auch sie ihre Pistole in der Hand, dicht am Körper, so wie man das auf der Polizeischule lernt, damit sie der Gegner einem nicht mit einem Fußtritt wegschlagen kann, aber sie schoss nicht. Auge in Auge standen die beiden sich gegenüber. Keiner rührte sich, bis Jack eine kleine Bewegung machte. Ob er wirklich schießen wollte, ließ sich später nicht mit Bestimmtheit sagen, doch dieses Risiko wollte Hannes auch gar nicht eingehen. Der Mann war skrupellos, und Franziska war ihm schon lange ans Herz gewachsen. Also schoss er und sah gleich darauf sowohl den skrupellosen Mörder als auch seine Kollegin zu Boden gehen.

***

„Hannes, wie konntest du nur?“, fragte Franziska noch immer ganz benommen und robbte zu dem Mann hinüber, der jetzt reglos, mit dem Gesicht nach unten am Boden lag, die Waffe ein Stück von ihm entfernt.
Das 9-mm-Teilmantelgeschoss aus Hannes‘ Heckler & Koch hatte ihn am oberen Rücken, dicht neben der Wirbelsäule erwischt und wie einen Baum gefällt. Niemand würde ihm einen Vorwurf machen, denn genauso gut könnte jetzt seine geschätzte Kollegin so reglos am Boden liegen, mit einer großen, stark blutenden Wunde in der Brust.
„Ich habe dir das Leben gerettet!“, antwortete er nüchtern und sah voller Sorge, wie blass sie war.
„Du hättest mich treffen können!“
„In erster Linie hätte *er* dich treffen können!“

„Ja, natürlich." Sie schüttelte sich, als sei ihr das erst in diesem Moment klar geworden. Dann fühlte sie ihm den Puls und sah sich dabei sein Gesicht ganz genau an. Das also war der berüchtigte Jack, dachte sie. Oder besser gesagt Joachim Herlau. Der Mann, der so grausam mordete, und jetzt in seinem Blut lag. Nicht mehr lange, dann hätte sich das Problem Jack ein für alle Mal erledigt, dann müsste sich nie wieder jemand vor ihm fürchten, überlegte sie und wusste doch, dass diese Denkweise nicht angemessen war, besonders als Polizistin. Mit einem kräftigen Ruck zog sie die Tischdecke vom Tisch, faltete sie grob zusammen und drückte sie auf die Wunde, um das Blut zu stoppen.
„Hier, halt mal", bat sie Hannes, der gerade den Notarzt angefordert hatte, und robbte weiter zu Sibylle Hauser. Brauser kniete neben der leblosen Frau und löste gerade die Fesseln von ihren Armen, um sie umdrehen zu können. Auch er war ziemlich blass um die Nase, versuchte sich aber nichts anmerken zu lassen.
„Was ist mit ihr?", wollte Franziska wissen und prüfte ihren Puls.
„So wie es aussieht, hat er die Schlinge um ihren Hals nicht zugezogen." Ihr Chef zeigte auf die noch nicht einmal gerötete Haut an ihrem Hals.
„Vielleicht wollte er ihr nur drohen", überlegte Franziska und sah auf die Frau, die so aussah, als würde sie schlafen.
„Was ist mit Jack?", fragte Brauser zaghaft und sah Franziska beinahe flehend an.
„Er lebt, aber er verliert viel Blut", antwortete sie wahrheitsgemäß und hoffte, der Notarzt würde ihn noch lebend antreffen. „Hat er was gesagt, bevor ich kam?"
Brauser schüttelte den Kopf und flüsterte dann beinahe panisch: „Er darf nicht sterben, sonst finden wir Maria nie!"
Sie brauchte einen Moment, um den Sinn dieser Aussage zu begreifen. „Was ist mit Maria?", fragte sie endlich und sah

ihrem Gegenüber ins Gesicht, um jede Regung zu registrieren.
„Er wollte sich rächen, genau wie an ihr." Brauser deutete mit dem Kopf auf Sibylle.
„Aber warum denn nur?"
„Er war sauer, weil sie ihn verraten hat."
„Und woher wusste er das? Das konnte er doch gar nicht wissen!"
„Wahrscheinlich hat er uns bei der Hausdurchsuchung gesehen und hat sich gedacht, dass nur Sibylle Hauser, seine ehemalige Putzfrau, uns dort hingeführt haben konnte."
Franziska nickte, obwohl sie sich nicht sicher war, ob das stimmen konnte. „Und was ist mit Ihrer Frau? Seit wann hat er sie in seiner Gewalt?"
Er zögerte. „Seit heute morgen. Franziska, Maria hat doch mit all dem nichts zu tun!"
Nein, dachte sie und hörte erleichtert, wie der Notarztwagen eintraf. Maria Brauser hat mit all dem bestimmt nichts zu tun.
Der Notarzt Dr. Buchner, vier Sanitäter und die Leute von der Kriminaltechnik machten sich kurz darauf alle gleichzeitig in der Wohnung zu schaffen, woraufhin sich Franziska in die Küche zurückzog und Hannes zuraunte: „Wir müssen reden."

***

„Ich glaube ihm kein Wort!", erklärte Franziska, als sie in der kleinen Küche standen und sich an der Küchenzeile anlehnten. „Bei der Sache heute war etwas oberfaul!"
Hannes nickte. „Du glaubst also, er hat ihn tatsächlich herbestellt?"
Sie zuckte mit den Schultern. „Ich hätte ihm so etwas nie zugetraut, aber ..." Sie ließ das Satzende offen, denn auf ein-

mal sah sie, wie Brauser an der Küchentür vorbei in Richtung Ausgang ging.
„Chef, wo gehen Sie denn hin?“, rief sie hinter ihm her und legte dann den Zeigefinger an die geschlossenen Lippen, um Hannes aufzufordern, nichts über ihr Gespräch zu sagen.
„Ich muss Maria suchen!“, erklärte er.
„Haben Sie denn eine Ahnung, wo sie sein könnte?“
„Nein.“
„Hat er denn gar nichts gesagt, noch nicht einmal eine Andeutung?“
„Nur, dass ich sie, wenn er stirbt, niemals finde!“
„Aber er muss doch irgendetwas verlangt haben?“
„Nein. Er will mich quälen.“
„Aber warum?“
„Warum? Warum? Das weiß ich doch nicht!“
„Hat das mit Sophia Weberknecht zu tun?“
„Wie kommst du denn darauf, Mädchen? Er hat sich den Verantwortlichen rausgesucht und dann erkannt, dass er in Maria ein leichtes Opfer findet. Wenn ich ihn nicht zufällig hier getroffen und gestellt hätte, dann hätte er sicher versucht, mich über die Entführung von Maria unter Druck zu setzen.“
Franziska fand das erst einmal ganz logisch, aber irgendwie auch wieder nicht, was natürlich nichts an der Tatsache änderte, dass die Frau des Chefs irgendwo festgehalten wurde. Sie mochte sich gar nicht ausmalen, in welchem Zustand sie womöglich war, wenn sie denn überhaupt noch lebte.
„Haben Sie denn gar keinen Hinweis, wo sie sein könnte?“
„Sie wollte ins Krankenhaus, eine Nachbarin besuchen“, erklärte Brauser und fügte hinzu: „Sie hat eine Nachricht auf meine Mailbox gesprochen. Aber sie ist nicht im Krankenhaus, ich habe dort schon angerufen, sie war gar nicht da!“
Franziska empfand Mitleid für ihren Chef, er schien um Jahre gealtert, beinahe als wäre seine Frau bereits tot.

„Wir werden sie finden!“, sagte sie daher, ohne darüber nachzudenken, dass dieser Zweckoptimismus bei anderen Menschen zwar immer gut ankam, in diesem Falle aber sicher durchschaut wurde.
„Ich hoffe es“, antwortete Brauser und schlurfte den Flur entlang zur Tür.
„Warten Sie Chef, wir kommen mit!“

***

Kurz darauf ging es in der Inspektion zu wie auf dem Wochenmarkt: Fragen wurden gestellt, Befehle durch den Raum geschrien und Fakten zusammengetragen. Wenn man bedachte, dass es inzwischen fast neun Uhr abends war, konnte man sagen, der Laden brummte. Jeder, der von der vermissten Maria Brauser erfahren hatte, war gekommen, um irgendwie zu helfen. Es war eine Situation, die jeder Polizist am meisten fürchtete. Selbst Oberstaatsanwalt Dr. Schwertfeger war gekommen, um seinem Freund beizustehen und natürlich, um das Ende einer aufsehenerregenden Mordserie zu begleiten. Denn egal, was auch mit Maria Brauser passierte, in Zukunft konnte Joachim Herlau keinen Menschen mehr in seine Gewalt bringen – sie würde sein letztes Opfer sein.
Als alle Kollegen Platz genommen hatten, schilderte Franziska ihnen die Fakten, erklärte, dass sie mit oberster Priorität nach Brausers Frau zu suchen hätten. Ein zustimmendes Raunen ging durch den Raum. Schnell hatte sich herumgesprochen, dass Joachim Herlau nach einem Schusswechsel im Koma lag und nicht befragt werden konnte.
„Wir haben uns daher entschlossen, so schnell wie möglich einen Aufruf an Funk und Fernsehen herauszugeben und die Bevölkerung um Mithilfe zu bitten“, erklärte Franziska und offenbarte damit auch ihre Hilflosigkeit. Ihnen fehlten jegliche Anhaltspunkte.

„Da wir noch keine heiße Spur haben, werden wir in den nächsten Stunden die Nachbarn der Brausers dazu befragen, ob jemand etwas Auffälliges am gestrigen Morgen gesehen hat. Als Letztes bleibt uns ein Zeuge, den Obermüller am Abend festnehmen konnte und dessen Identität erst noch geklärt werden muss." Franziska blickte kurz in die Runde. „Ja, Leute, mehr ist es erst einmal nicht. Macht euch an die Arbeit und bleibt freundlich. Denkt daran: Es ist schon spät!"
Als die meisten den Raum verlassen hatten, nahm Schwertfeger Franziska beiseite. „Wie geht es dem Mann, wird er durchkommen?"
„Im Krankenhaus konnten sie es nicht sagen. Sie meinten aber, er müsse sofort operiert werden und sei schon daher nicht ansprechbar. Vielleicht nach der Narkose."
„Was meinen Sie, hätte er geredet?"
Franziska sah ihn einen Moment abschätzend an. Sie wusste nicht, worauf er hinauswollte. Verdächtigte er etwa Hannes, Selbstjustiz verübt zu haben?
„Ich weiß es nicht, der Mann war in seinem Tun absolut skrupellos, und wenn mein Kollege nicht geschossen hätte, wäre ich jetzt vielleicht tot", gab sie schließlich zu bedenken.
„Ja, natürlich." In diesem Moment ging ihr auf, dass Brauser und sie seit einiger Zeit die Rollen getauscht hatten: Sie gab jetzt Anweisungen und der Chef stimmte zu. Sie sprach mit dem Staatsanwalt und koordinierte die Kollegen. Wann war es so weit gekommen?
„Wenn er aufwacht, wird auf jeden Fall jemand an seinem Bett stehen", versicherte sie und wandte sich zum Gehen. Sie wollte mit Bruno reden, denn, wenn sonst keine Hinweise eingingen, war der Mann immerhin ihre größte Chance.

***

Seit Franziska ihre Laufbahn bei der Kriminalpolizei eingeschlagen hatte, wusste sie, dass es für jede Situation typische Gerüche gab. Ein Leichenfund im Sommer roch anders, als eine Leiche, die aus der kalten Donau gezogen wurde. Eine alte Dame, die ihren Kater verloren meldete, roch friedlicher als ein Jugendlicher, der bei einer Auseinandersetzung mit einer feindlichen Gang verhaftet wurde. Und in diesem Fall saß ihr ein Mann mittleren Alters gegenüber, der einfach nur stank. Nach Dönerbude, Alkohol und alter Kleidung, nach Einsamkeit und nach Angst. Wer so roch, hatte vermutlich etwas zu verbergen. Darauf hoffte Franziska, als sie mit Hannes den Raum betrat, in dem Bruno seit rund zwei Stunden unter Bewachung auf seine Vernehmung wartete.

„Vielleicht sagen Sie uns erst einmal Ihren Namen."

„Bruno", antwortete er leise.

„Und wie weiter, Bruno?"

„Einfach nur Bruno, mehr müssen Sie nicht wissen."

„Was wollten Sie von Sibylle Hauser?", ging Franziska nicht weiter darauf ein.

„Sie sollte etwas für mich erledigen", nuschelte er fast tonlos.

„Und was sollte sie für Sie erledigen?"

„Das kann ich nicht sagen." Seine Stimme wurde fester.

„Hat es mit Jack zu tun?"

„Es hatte nur mit mir und ihr zu tun."

„Aber Sie kennen Jack?"

„Jack, wer soll das sein?"

„Joachim Herlau."

„Nein, tut mir Leid, den kenne ich nicht."

„Frau Hauser sagte uns, dass er Ihnen Geld schuldet", half sie nach.

„Warum sollte mir Jack Geld schulden?"

„Weil er es Ihnen vorher weggenommen hat."

„Nein, er hat kein Geld von mir genommen."
„Dann kennen Sie Jack, ich meine, Joachim Herlau, also?"
„Hören Sie, ich will mit diesem Mann nichts zu tun haben, verstehen Sie das?"
„Das verstehe ich. Trotzdem wollten Sie eine junge Frau in Gefahr bringen und sie zwingen, mit Joachim Herlau Kontakt aufzunehmen", fasste die Kommissarin nüchtern zusammen.
„Sie wollte es ja auch! Sie wollte sich dafür rächen, dass er ihren Freund umgebracht hat", rechtfertigte sich Bruno erneut.
„Wir haben ein Messer und eine Menge Bargeld bei Ihnen gefunden. Wofür sollte das sein?"
„Das Geld gehört mir, man hat es mir gestohlen."
„Wer hat es Ihnen gestohlen?"
„Der dicke Kollege, der mich festgenommen hat."
„Kollege Obermüller hat das Geld nur sichergestellt. Sie bekommen es wieder, sobald Sie uns sagen können, woher sie es haben", erklärte Franziska ruhig und fuhr dann fort. „Was hatten Sie mit dem Messer vor?"
„Ich wollte das Geld beschützen."
„Solche Messer sind bei uns verboten, wussten Sie das nicht?"
„Nein, keine Ahnung."
„Wo haben Sie das Messer denn her?"
„Ich habe es gefunden."
Franziska lächelte ihn freundlich an. „Im Haus von Joachim Herlau vielleicht?"
„Nein."
„Habe Sie daher auch das Geld, das wir in Ihren Taschen gefunden haben? Stammt das auch aus Herlaus Haus?"
„Das Geld gehört mir."
„Wissen Sie, das Problem ist gar nicht das Geld oder das Messer. Mich interessiert etwas ganz anderes."
Bruno sah auf.

„Joachim Herlau liegt schwer verletzt im Klinikum. Er wird das Geld gar nicht mehr brauchen, weil er seine Verletzung vielleicht nicht überlebt. Aber der Mann hat eine Geisel genommen, eine ältere Frau, und deren Leben ist jetzt in Gefahr, verstehen Sie? Sie können ihn nicht mehr unter Druck setzen, aber Sie können uns helfen, die Frau zu finden, bevor es zu spät ist."
„Ich glaube, ich verstehe Sie nicht", sagte Bruno, doch auf einmal huschte ein zufriedenes Lächeln über sein Gesicht.
„Ich meine, dass Sie sich mit ihm treffen wollten, und dass ich jetzt wissen muss, wo der Treffpunkt sein sollte, weil dort vielleicht die Frau zu finden ist."
„Halt, halt, erst einmal der andere Teil. Sagten Sie gerade, Jack sei schwer verletzt? Was ist passiert?"
„Er wurde angeschossen."
„Geil! So richtig angeschossen, ich meine mit viel Blut und so?"
„Ja, er hat sehr viel Blut verloren."
„Was soll ich sagen, das freut mich sehr für ihn!" Dann sah er Franziska an. „Tut er Ihnen etwa Leid?"
„Mir tut vor allem die Frau Leid, die in seiner Gewalt ist und die wir nicht finden können!"
„Ja, das verstehe ich. Aber trotz allem kann ich Ihnen nicht helfen. Und wenn Sie mich jetzt bitte entschuldigen wollen, ich habe nämlich was Dringendes zu erledigen."
Franziska sah ihn an, als käme er vom Mond. „Sie glauben doch nicht ernsthaft ..." In diesem Moment klopfte es an der Tür und Obermüller kam herein. Bei seinem Anblick wurde Bruno ein wenig kleiner, sah aber interessiert zu, wie er seiner Kollegin einen Zettel gab und etwas zuflüsterte.
„Ja, schick Sie rein."
„Wer kommt jetzt?"
„Die Frau, deren Auto Sie geklaut haben!"
„Anja!"

„Was werfen sie dir vor?" Anja Werner schickte einen Blick in die Runde, der an ihrem Bruder hängen blieb. „Hören Sie, mein Bruder ist ein Trottel, aber er ist kein Mörder, so etwas würde er nie tun!"
Franziska war aufgestanden und bat die Frau nun wieder nach draußen. „Wir werfen Ihrem Bruder keinen Mord vor, wie kommen Sie darauf?"
„Nun, ich dachte ja nur. Sein Gerede in letzter Zeit und die ganzen Zettel auf dem Küchentisch ..."
„Frau Werner, heißt Ihr Bruder? Bruno?"
„Bruno? Wie kommen Sie denn darauf?"
„Er wollte uns keine Auskunft geben."
„Das sieht dem Manfred ähnlich, er will immer was Besonderes sein und am Ende macht er es besonders beschissen!"
„Manfred Werner?"
„Nein, Manfred Frömml. Kann ich ihn jetzt mitnehmen?"
„Nein, Leider muss Ihr Bruder noch hierbleiben."
„Den will ich auch nicht. Ich meine meinen Golf."
Franziska nickte Obermüller zu, der noch in der Nähe stand. „Wenn ihr mit dem Auto durch seid!"

***

Als Franziska die Nummer des Klinikums auf dem Display sah, hoffte sie zunächst, es gebe vielleicht Neuigkeiten über das Befinden von Joachim Herlau. Dass er endlich vernehmungsfähig sei und eine Aussage machen wolle. Verwundert war sie auch, weil der diensthabende Arzt noch vor einer Stunde gesagt hatte, sie solle sich keine großen Hoffnungen machen, Herlau habe viel Blut verloren und müsse notoperiert werden. Auf den Zusatz, dass er wegen seiner Wirbelsäulenverletzung vielleicht nie wieder würde gehen können, war sie nicht eingegangen. Gefreut hatte sie sich für Sibylle Hauser, deren Zustand stabil war und die nach Angaben der

Ärzte nach einigen Stunden Schlaf wieder die Alte sei. Das konnte Franziska nicht ganz glauben, denn schließlich hatte die Frau ja nicht nur ein starkes Betäubungsmittel gespritzt bekommen, sondern Jack hatte ihren Freund brutal umgebracht und sie selbst versucht zu erdrosseln. Nach so etwas war nichts mehr, wie es vorher gewesen war.
Doch am anderen Ende der Leitung war weder ein Arzt noch die Intensivstation, sondern eine Stationsschwester aus der Inneren Medizin, die sagte, sie habe den Aufruf im Radio gehört und wolle etwas über Maria Brauser aussagen.
„Wissen Sie denn etwas über den Verbleib von Frau Brauser?“, fragte die Kommissarin hoffnungsvoll und richtete sich in ihrem Stuhl auf. Verschwunden waren alle Anzeichen von Stress und Müdigkeit.
„Nein, Leider nicht. Seit dem Vorfall war sie ja auch gar nicht mehr zu Besuch, aber jetzt wo sie verschwunden ist, kommt mir das alles einfach sehr komisch vor, deshalb rufe ich an.“
„Von welchem Vorfall sprechen Sie?“
„Von dem letzte Woche. Frau Brauser war ja täglich stundenlang bei Frau Bachmeier zu Besuch und die beiden schienen unzertrennlich. Eigentlich schön für so eine alte Frau, die keine Angehörigen hat. Und Frau Brauser hat sich rührend um sie gekümmert, bis sie letzte Woche versucht hat, die alte Dame mit einem Kissen zu ersticken.“
Franziska dachte, sie habe sich verhört. „Sie meinen, Maria Brauser wollte die alte Frau ersticken?“
„Ja, ganz richtig! Sie behauptete zwar, einer der Ärzte wäre im Zimmer gewesen, aber das hat ihr natürlich niemand geglaubt.“
Nein, dachte Franziska, weil Ärzte so etwas nicht tun. „Sie haben heute Nachtdienst?“
„Ja.“
„Gut, dann bin ich in einer halben Stunde bei Ihnen.“

***

Als Franziska aufsah, blickte Hannes sie fragend an.
„Scheint interessant zu sein."
„Mal sehen." Sie wiederholte, was die Stationsschwester erzählt hatte, und fügte dann hinzu: „Die dachten, dass es sich um einen Arzt handelt. Warum sollte aber nicht Joachim Herlau derjenige gewesen sein, der Frau Bachmeier mit dem Kissen ersticken wollte?"
„Und die Schuld hat er Maria Brauser zugeschoben", ergänzte Hannes. „Aber warum?"
„Siehst du, deshalb fahr ich jetzt ins Klinikum."

Doch zunächst musste Franziska ihre Fahrt ins Klinikum verschieben, denn schon wieder ging ein interessanter Anruf ein. Diesmal von den Kollegen, die in einer nächtlichen Aktion die Anwohner befragten.
„Ein Mann, der Brauser gegenüber wohnt, hat gesehen, wie seine Frau gestern Morgen ins Taxi stieg", begann er mit seinem Bericht.
„Und? Hat er Joachim Herlau auf dem Foto erkannt?"
„Er ist sich nicht sicher. Auffällig fand er aber, dass der Fahrer ihr extra die Tür aufgehalten habe. Wie bei einem Chauffeur im Fernsehen. So etwas hätte er noch nie erlebt."
„Hat er sich die Nummer gemerkt?"
„Nein, er hatte keine Brille auf."
Franziska bedankte sich und sah dann Hannes fragend an. Diesmal hatte sie ihn gleich mithören lassen. „Der wollte sicher sein, dass sie auch einsteigt und ihn nicht ansieht", schlussfolgerte er.
„Ja. Und das bedeutet, dass die Kollegen als Nächstes die Taxiunternehmen aus dem Bett klingeln und den Fahrer ermitteln müssen." Franziska grinste. „Wenn wir den haben, dann wissen wir auch, wo die Fahrt hinging und dann ..."
„Freu dich mal nicht zu früh, am Ende war es Herlau selbst, der das Taxi gefahren ist."

Sie nickte enttäuscht nach dieser Erkenntnis. Das hatte sie in ihrer Euphorie gar nicht bedacht. „Ja, du hast recht. Halt mich bitte auf jeden Fall auf dem Laufenden."

***

Auf der kurzen Fahrt ins Klinikum blieb Franziska nicht viel Zeit zum Nachdenken. Wenn Herlau in Erwägung gezogen hatte, eine alte, wehrlose Frau zu ersticken, und sei es nur, um den Verdacht auf Maria Brauser zu lenken, dann war er auf jeden Fall auch dazu bereit, die Person selbst zu töten. Wie, das wollte sie sich nicht ausmalen, nur ein Ansporn sollte es sein, damit sie sich von ihrem Wunsch, ins Bett zu fallen und ausgiebig zu schlafen, nicht verleiten ließ, sondern jeden noch so kleinen Hinweis weiter verfolgte. Die Straßen und Plätze waren menschenleer, und so fiel ihr auch gleich die Stationsschwester vor dem Eingang auf, die nervös eine Zigarette rauchte, während sie in hektischen kleinen Schritten auf und ab ging.

Als sie Franziska kommen sah, drückte sie die Zigarette in einem Aschenbecher an der Hauswand aus und kam ihr entgegen.

„Ich wollte die Frau Brauser wirklich nicht in Schwierigkeiten bringen, aber ich kann einfach nicht verstehen, wie so etwas passieren konnte", erklärte sie und streckte der Kommissarin die Hand entgegen. „Schwester Klara, Klara Altmann."

„Oberkommissarin Franziska Steinbacher. Guten Morgen."

Franziska huschte ein Lächeln übers Gesicht. Nach einem guten Morgen sah es in diesem Moment nicht aus, auch wenn im Klinikum selbst eine fröhliche Betriebsamkeit herrschte.

„Ging es Frau Bachmeier denn so schlecht? Ich meine, könnte es sich vielleicht um einen Akt der Barmherzigkeit han-

deln?“ Franziska hatte auch diese Möglichkeit in Erwägung gezogen.
„Nein, gar nicht. Sie hat sich eigentlich sehr gut von ihrer Pilzvergiftung erholt und sollte bald wieder entlassen werden. Wissen Sie, ich versteh das alles nicht, ich meine, die beiden schienen sich wirklich sehr zu mögen. Sie hat mich dann ja auch nach dem Neffen gefragt.“
„Frau Bachmeier hat einen Neffen?“
„Ja, er war hier und hat ihr Blumen gebracht.“
Franziska zog das Passfoto von Herlau aus der Tasche und zeigte es der Schwester. „Ist das der Neffe?“
„Ich bin mir nicht sicher. Er trug eine Sonnenbrille, aber möglich ist es schon.“
„Sie sagten am Telefon aber, dass sie keine Verwandten hat. Wie passt da der Neffe mit rein?“
„Keine Ahnung.“ Schwester Klara zuckte unschlüssig mit den Schultern. Wer wusste schon, was im Kopf einer alten Frau vor sich ging.
„Aber der Mann gab sich als Neffe aus?“
„Ja, wobei er die Blumen, die er dabei hatte, nur im Zimmer abstellte und dann wieder ging. Er wartete nicht mal ab bis seine Tante aufwachte.“
„Frau Altmann, würde es Ihnen etwas ausmachen, mit mir auf die Intensivstation zu gehen, um sich diesen Mann anzusehen?“
Sie war ein bisschen verwirrt, weil sie nicht ganz verstand, was der Mann auf der Intensivstation machte, schlug aber automatisch den Weg dorthin ein.

Kurz darauf hatte Franziska ihr Anliegen erst dem diensthabenden Arzt und dann dem Polizisten, der vor der Tür Wache hielt, erklärt.
„Ja, das ist der Neffe von Frau Bachmeier“, bestätigte Schwester Klara.

Franziska nickte zufrieden. „Dann bringen Sie mich jetzt bitte zu Frau Bachmeier."
„Hören Sie, Sie können doch nicht mitten in der Nacht mit unseren Patienten sprechen", warf die Krankenschwester entrüstet ein. Sie versuchte sich zu erinnern, aber so einen Fall hatte sie tatsächlich in den vielen Dienstjahren, in denen sie hier im Klinikum arbeitete, noch nicht erlebt.
Franziska sah sie freundlich an. „Wissen Sie, ich würde jetzt auch viel lieber in meinem Bett liegen und schlafen. Aber ich suche nach einer Frau, die von einem skrupellosen Mann an einem uns unbekannten Ort festgehalten wird, und ich muss sie finden! Da sie eine sehr gute Bekannte von Frau Bachmeier ist, wird die bestimmt nichts dagegen haben, aus diesem Grund geweckt zu werden." Nun war sie doch ein bisschen laut geworden. Lag vielleicht am Adrenalin, das sich in immer größeren Mengen in ihrem Blut befand. Sie hatte Angst, den Wettlauf gegen die Zeit zu verlieren, und diese Angst würde sich in den nächsten Stunden noch verstärken, aber davon ahnte sie in diesem Moment zum Glück noch nichts.

***

38 Taxizentralen gab es allein in und um Passau, und für den Streifenbeamten Alexander Freimann war es das fünfte Unternehmen, das er in dieser Nacht besuchte. Bei den ersten vier hatten die Besitzer versichert, dass am gestrigen Vormittag keine Fahrt nach Haibach gebucht worden war. Nun stand er abermals am Tor, lauschte auf das Hundegebell, das immer bedrohlicher wurde, und hoffte, der Köter würde nicht allein um die Ecke kommen. Sicherheitshalber griff er nach seiner Dienstwaffe.
„Da ist schon lange niemand mehr", behauptete auf einmal ein älterer Mann und kam auf ihn zu. Er trug einen dun-

kelroten Morgenmantel über einem blauen Pyjama und an den Füßen Pantoffeln. Neben ihm ging an einer kurzen Leine ein großer Schäferhund, der den Polizisten mit gefletschten Zähnen anknurrte.
„Aber es stehen doch Autos auf dem Hof", konterte der Polizist und sah kurz auf den Hund, der auf Geheiß seines Herrn Sitz machte und mit dem Knurren aufhörte.
„Ja, schon, aber von denen ist keines mehr angemeldet", erklärte der Mann und fügte nicht ohne Stolz hinzu: „Trotzdem ist es besser, immer wieder nach dem Rechten zu sehen. Hier wurde nämlich schon mal eingebrochen."
„Gibt es einen Zugang?"
„Ich kann Sie reinlassen", bot der Mann an und fischte aus seiner Tasche einen Schlüsselbund.
„Das wäre nett, Herr ...?"
„Weigel. Mir gehörte das alles einmal", sagte er und fügte lächelnd hinzu: „Und das ist Rex." Anstatt das Lächeln zu erwidern, warf Freimann einen skeptischen Blick auf den Hund, der noch immer leise knurrte.
Gemeinsam gingen sie über den Hof zu den Wagen. Freimann hatte dafür seine Taschenlampe angeschaltet und beleuchtete jetzt die drei Autofronten. Zwei waren ohne Nummernschild, das dritte mit. Dieser Umstand fiel auch Weigel sofort auf. „Wie kommt denn das Nummernschild an das Auto?" Er schien es zu studieren. „Das kenn ich ja gar nicht." Er zückte seine eigene Taschenlampe und ging mit Rex um das Auto herum. Freimann folgte ihm.
„Wann waren Sie denn das letzte Mal hier?"
„Vor ein paar Tagen."
„Und ist Ihnen da etwas aufgefallen?"
Weigel überlegte. „Warten Sie mal, ja, da stand das Tor auf einmal offen."
„Und dann haben Sie die Kette angebracht?"
„Nein, die war schon immer dran, aber an dem Tag hing sie

lose runter. Ich dachte noch, ich hätte vielleicht vergessen abzuschließen."
„Gab es sonst noch etwas, ich meine, wurde etwas gestohlen?"
Ohne darauf zu antworten, ging der Mann auf das kleine Gebäude im Hintergrund zu. Er schloss die Tür auf und machte Licht. Auf einmal hielt er inne und sah sich etwas ratlos im Raum um. „Hier war auf jeden Fall jemand", erklärte er und setzte sich auf den Schreibtischstuhl. Dann versuchte er die Schublade aufzuschließen, doch die war gar nicht verschlossen. Als er sie herauszog, stutzte er. „Ein Schlüssel fehlt."
„Gut", entschied Freimann, „dann ruf ich jetzt die Kollegen von der Kripo an, die sollen sich das hier mal ansehen!"

***

Vorsichtig öffnete Franziska die Tür. Zwei Mal hatte sie schon geklopft, aber im Zimmer war es still geblieben. Natürlich wollte sie Frau Bachmeier nicht erschrecken, andererseits brauchte sie ihre Aussage, um dann so schnell wie möglich wieder zu verschwinden. Nach dem ihr niemand antwortete, hatte sie sich schließlich ein Herz genommen und war einfach eingetreten. Die alte Frau schlief tief und fest. Als Franziska gerade überlegte, ob sie husten, rufen oder sie sanft streicheln sollte, klingelte ihr Handy. Erschrocken drückte sie den Anrufer weg, sah aber nicht ganz unzufrieden, wie sich die Decke bewegte und Frau Bachmeier mit skeptischem Blick zu ihr herübersah. „Erschrecken Sie bitte nicht, ich bin Franziska Steinbacher von der Passauer Kripo", stellte sie sich mit leiser Stimme vor.
„Wer *sind* Sie?", fragte die Alte nach.
„Oberkommissarin Franziska Steinbacher. Ich habe ein paar Fragen an Sie, die leider nicht warten können."

Die Patientin setzte sich ein wenig unbeholfen im Bett auf und Franziska schob ihr ein Kissen zurecht, sodass es bequemer aussah. „Danke, das ist sehr freundlich."
Immerhin war sie nicht ungehalten, weil sie sie mitten in der Nacht beim Schlafen störte.
„Was wollen Sie von mir?"
„Wir suchen nach Maria Brauser, angeblich wollte sie gestern zu Ihnen kommen."
„Maria war schon ein paar Tage nicht mehr da. Ist ihr etwas passiert?"
„Ich hoffe nicht, darum muss ich sie ja auch finden." Ängstlich riss die alte Frau die Augen auf, Franziska legte ihr beruhigend die Hand auf den Arm.
„Sagen Sie, Frau Bachmeier, wie war das mit dem Besuch Ihres Neffen, kam er öfter vorbei?"
„Ach, wissen Sie, ich hab ja gar keinen Neffen, und ich habe den Mann auch nur ganz kurz gesehen. Ich konnte noch nicht einmal mit ihm reden, obwohl er mir so schöne Blumen mitgebracht hat."
„Und warum konnten Sie nicht mit ihm reden?"
„Es ging mir nicht gut, weil ich eine Schwammerlvergiftung hatte. Das verstehe ich aber nicht, weil ich genau weiß, welche Schwammerl ich essen darf und welche nicht, wissen Sie? Ich gehe schon seit fünfzig Jahren in den Wald und sammle nur Maronerl, Rehgoaßerl und Dobernigl. Noch nie ist mir was passiert. Und das mit den toten Fischen bei den Brausers, das war ja auch ganz schrecklich, finden Sie nicht?"
Franziska hatte sich einen Stuhl ans Bett gezogen und hatte sie, während sie erzählte, aufmerksam angesehen. Doch als Frau Bachmeier nun von toten Fischen berichtete, kam ihr das alles ein bisschen grotesk vor. Lebte die alte Frau vielleicht in ihrer eigenen Realität?
„Wo ist Maria jetzt?", fragte Frau Bachmeier auf einmal.
„Das wissen wir nicht, so wie es aussieht, ist sie mit Ihrem

Neffen weggefahren, aber wir wissen nicht wohin und er kann es uns nicht sagen."

„Aber ich habe doch gar keinen Neffen! Der Mann muss sich geirrt haben", beharrte sie noch einmal. „Ein bisschen sah er ja auch wie der Fernsehtechniker aus. Vielleicht sollten Sie den mal fragen."

Franziska entschuldigte sich noch einmal für die nächtliche Störung und verabschiedete sich. Das hier war auf jeden Fall die falsche Spur.

Bevor sie das Krankenhaus verließ, ging sie noch einmal auf die Intensivstation, um sich nach dem Befinden von Joachim Herlau zu erkundigen.

Die Schwester war freundlich, obwohl sie von Franziska schon wieder gestört wurde. „Es tut mir Leid, ich weiß, dass es wichtig ist, aber Sie sollten sich keine allzu großen Hoffnungen machen. Dem Mann geht es wirklich sehr schlecht. Es kann durchaus sein, dass er Ihnen gar nichts mehr erzählen kann."

Sobald Franziska das Krankenhaus verlassen hatte, rief sie bei Hannes auf dem Handy an. „Gibt's was Neues?"

„Ja", frohlockte der, „Freimann hat versucht, dich anzurufen, aber du hast ihn weggedrückt."

„Im Klinikum darf man doch nicht telefonieren – außerdem war ich da gerade bei der Bachmeier im Zimmer."

„Kein Problem. Du, wir sind gerade bei einem Taxiunternehmen in Rittsteig. Da wurde eingebrochen, und so wie es aussieht, wurde eines der Autos ausgeliehen."

„Dann hattest du also recht und Herlau selbst war der Fahrer?"

„Gut möglich. Und es kommt noch besser: Er hat von hier aus telefoniert und dabei eine Spur hinterlassen, die wir überprüfen müssen."

„Ich komme!"

***

Jede Stunde, die verging, jeder Hinweis, dem umsonst nachgegangen wurde, jedes aufmunternde Lächeln der Kollegen, die verbergen wollten, was in ihnen vorging, nagte an den Nerven von Hauptkommissar Berthold Brauser. Maria war jetzt seit 18 Stunden verschwunden und seit mindestens acht Stunden allein in einem Versteck, das niemand kannte. Niemand außer Joachim Herlau alias Jack. Ein Mann, der so skrupellos wie berechnend war, ein eiskalter Mörder, der bereits mehrere Menschen brutal umgebracht hatte. Wo hatte er Maria hingebracht und wie lange konnte sie dort überleben? Hatte sie genug Luft zum Atmen? War sie gegen die Kälte der Nacht geschützt? Wie groß musste ihre Verzweiflung sein, seit sie gemerkt hatte, dass ihr Entführer nicht zurückkam? Oder hatte er sie am Ende schon getötet, bevor er zu Sibylle Hauser in die Wohnung gekommen war? Weil er gemerkt hatte, dass ihr Mann sich nicht an die Abmachung hielt? Weil er es gar nicht konnte? Weil seine Forderungen unmöglich zu erfüllen waren?
Wieder und wieder ging Brauser alle Möglichkeiten durch, und langsam aber sicher wuchs damit auch seine Verzweiflung. Mal hielt er den Kopf in die Hände gestützt, mal wollte er von seinem Stuhl aufspringen und einfach losrennen, aber sein Freund Schwertfeger hielt ihn zurück.
„Beruhige dich, Berthold! Du kannst nichts anderes tun als warten. Deine Leute machen das schon."
Zu jedem anderen Zeitpunkt wäre er auf diese Aussage stolz gewesen, aber nicht jetzt. Denn in diesem Moment fühlte er sich genau wie all die Angehörigen, die er in seiner langen Karriere als Polizist schon gesehen hatte und die in derselben Situation gewesen waren. Mit der Ausnahme, dass er Redewendungen, wie *Wir werden sie schon finden* durchschaute und einfach nicht glauben konnte. Ja, vielleicht finden wir sie, aber erst, wenn es zu spät ist, dachte er bitter. Doch dann riss er sich zusammen. So etwas durfte er wirk-

lich nicht denken. Er musste an Maria und das Leben glauben. Was hatte sie denn zu erwarten, wenn auch er die Hoffnung aufgab?
„Ich möchte noch einmal zu Herlaus Haus fahren und es mir ganz genau ansehen. Am Ende haben wir ja was übersehen", erklärte er schließlich und Schwertfeger nickte zustimmend.
„Das ist eine gute Idee. Ich werde mich darum kümmern."

***

Doch nicht nur der Hauptkommissar fand in dieser Nacht keinen Schlaf. Auch Revierförster Josef Fallhuber warf sich in seinem Bett hin und her und stand schließlich auf, um nicht auch noch seine Frau zu wecken. Als er in die Küche kam, um sich einen Tee aufzubrühen, sah er auf die Uhr. Halb fünf. Zeit für die Jagd. Nur eben nicht um diese Jahreszeit. Und an einem Tag wie diesem war ihm ohnehin nicht nach Jagen. Noch immer erschien ihm das Bild des toten Mannes auf der Forststraße, sobald er auch nur versuchte einzuschlafen. Und er überlegte zum wiederholten Male, ob er seinen Tod hätte verhindern können.
Mit diesen trüben Gedanken saß Fallhuber in seiner Küche, trank Tee und hörte dem Ticken der Wanduhr zu. Als er es nicht mehr aushielt, schaltete er das Radio ein, um wenigstens ein bisschen von seinen Sorgen abgelenkt zu werden. Nach einigen Liedern, passend zu einer Nacht wie dieser, kam eine Durchsage. Sie betraf die Stadt Passau und Umgebung. Die Bevölkerung wurde um Hinweise zum Verschwinden der 58-jährigen Maria Brauser gebeten. Es folgte eine Personenbeschreibung. Sie sei gestern in den Vormittagsstunden vor ihrem Haus in ein Taxi gestiegen und seither gebe es kein Lebenszeichen mehr von ihr. „Sachdienliche Hinweise nimmt die Polizeiinspektion Passau oder jede an-

dere Polizeidienststelle entgegen“, erklärte der Sprecher.
Fallhuber nahm einen großen Schluck Tee und schloss die Augen. Wie war das doch gestern, als er am alten Forsthaus vorbei gefahren war, überlegte er. Er hatte geglaubt, dort jemanden gesehen zu haben, hatte befürchtet, dass Vandalen das Haus zerstören könnten. Was, wenn dort die Frau festgehalten wurde? Er trank noch einen Schluck Tee und stand dann auf. An Schlaf war ohnehin nicht mehr zu denken. Vielleicht sollte er einfach mal hinfahren. Das war allemal besser, als hier herumzusitzen.
Gerade als er sich seine Schuhe geholt und auf der Küchenbank Platz genommen hatte, um sie anzuziehen, kam ihm wieder das entsetzliche Bild des entstellten toten Mannes in den Sinn. Was, wenn diese Frau, die vermisst wurde, demselben Täter begegnet war? Fallhuber erschauderte. Einen solchen Anblick würde er nicht noch einmal überleben. Ein paar Sekunden saß er unschlüssig herum, dann verwarf er seinen Plan, alleine zur Hütte zu fahren. Stattdessen ging er ans Telefon und wählte die Nummer, die der Sprecher durchgegeben hatte.

***

Als Brauser neben seinem Freund Schwertfeger im Auto saß und auf der Bundesstraße 2110 nach Neuburg am Inn fuhr, ging es ihm besser. Es war nicht nur die Enge des Büros, die er mit diesem Einsatz hinter sich ließ. Endlich konnte er etwas tun, sich aktiv an der Suche nach Maria beteiligen.
Als sie kurz darauf mit Blaulicht und Signal vor dem Haus hielten, war er der Erste, der aus dem Auto sprang, die Straße überquerte und mit drei Schritten vor der Haustür ankam. Ungeduldig rief er den anderen zu, sie sollten sich beeilen, es ginge um Leben und Tod.
Kaum war die Haustür geöffnet, stürmte er die im Halb-

dunklen liegende Kellertreppe hinunter und schöpfte sogleich Hoffnung, als er feststellte, dass eine der Türen fest verschlossen war. Er rüttelte und schrie gleichzeitig Marias Namen. Glaubte, sie atmen und seinen Namen rufen zu hören. Doch als er das Schloss endlich aufbrechen konnte, war seine Enttäuschung niederschmetternd: Die verschlossene Tür sollte lediglich eine Sammlung mit illegalen Messern und ausgestopften Tieren verbergen. Keine Maria, kein Lebenszeichen, kein Hinweis war zu finden. Das hier war nur ein Fall für den Zoll.
Im nächsten Verschlag lagerten alte Möbel, Teppiche, Lampen und Bilder. Für die Betrachter sah es eher so aus, als stammten die Sachen vom Vorbesitzer. Und obwohl sie sofort alles umschichteten, konnten sie niemanden dahinter finden. Einen Raum weiter befand sich die Ölheizung und auch hier gab es keinen Hinweis auf einen Menschen, ebenso wenig wie im letzten Raum, dort, wo der Hausherr sein Bier lagerte.
Entmutigt stiegen sie die Treppe wieder hinauf. Wohnzimmer, Küche und Arbeitszimmer waren schnell durchsucht, und auch im Obergeschoss, dort, wo das Schlafzimmer, ein Gästezimmer und ein großes Bad untergebracht waren, war nichts zu finden.
„Wir gehen in den Garten", entschied der Kommissar und Schwertfeger trottete hinter ihm her.
„Berthold, das hat doch keinen Sinn, lass uns warten, bis es hell wird."
„Dann ist es vielleicht schon zu spät!", rief er und ging mit schnellen Schritten zum Gartenhaus.
Was hatte er eigentlich erwartet, fragte er sich, nachdem er auch hier nichts gefunden hatte. Maria, die zwischen Rechen und Gießkanne in einem Blumenkübel saß?
„Aber es gibt doch gar keine Hinweise darauf, dass sie hier ist!", begann Schwertfeger jetzt den Rückzug einzuleiten.

„Nein", sagte Brauser und zog sein klingelndes Handy aus der Jackentasche. Es war Franziska.
„Chef, wir haben in der alten Taxizentrale eine Skizze von einem Waldstück im Neuburger Wald gefunden", erklärte seine Kollegin, und als er nicht gleich antwortete, fügte sie hinzu: „Ich zieh die Einsatzkräfte zusammen, damit wir, sobald es hell wird, loslegen können!" Er nickte. Ein Waldstück, das konnte nichts Gutes bedeuten. „Ist es da, wo auch Felbermann ..."
„In der Nähe", erklärte sie und wusste sofort, worauf er hinaus wollte. „Chef, wir werden sie finden!"
„Ja", sagte er und beendete das Gespräch. „Wir können hier aufhören", erklärte er nüchtern und ging zur Haustür. „Wir müssen sie im Wald suchen."
Schwertfeger atmete tief durch. Ihm war, als würde seine eigene Frau vermisst. Dabei wusste er im Moment nicht, was schlimmer wäre, Arlette oder seine erste Frau Johanna, denn beide waren auf ihre Art seine Frauen, auch wenn sie das beide niemals verstehen würden.
Als sie im Auto saßen und gerade losfahren wollten, kam eine Durchsage per Funk: Ein Hinweis auf ein altes Forsthaus im Neuburger Wald sei eingegangen und müsse überprüft werden.
„Fragen Sie, wo das genau ist!", forderte Brauser und gleich darauf kam die Antwort.
Danach rief er Franziska an. „Es gibt einen Hinweis auf ein Forsthaus", begann er.
„Ja, ich weiß. Ich hab gerade mit dem Revierförster gesprochen. Wir treffen uns in einer halben Stunde an der Abzweigung von der B 2110.
„Gut", erklärte er, „wir sind gleich da!"

***

Alles tat Maria weh. Die Fesseln schnitten in ihre Haut ein, weil sie sich trotz seines Verbotes ein wenig bewegt hatte. Ihr Körper war von der ungewohnten Haltung verspannt und sie fror. Nie in ihrem Leben hätte sie gedacht, dass sie so etwas einmal durchmachen müsste. Noch am Nachmittag, als sie mit Jack zusammensaß, redete und für ihn kochte, dachte sie, er würde sie jetzt bald wieder freilassen. Doch dann war auf einmal der Hubschrauber gekommen und über den Wald gekreist, und ihr Entführer war richtig sauer geworden, hatte sie wieder auf dem Stuhl festgebunden, sie mit dem alten Lappen geknebelt, und war dann davon gegangen. Als er bald darauf wiederkam, schimpfte er und nannte ihren Mann einen Trottel, und es würde jetzt Zeit werden, dass sie ihn mal richtig kennenlernen würden. Maria hatte ihm zuhören müssen, obwohl sie es nicht wollte, und hatte ihm doch kein Wort geglaubt. Und dann hatte er sie gepackt, grob und überhaupt nicht mehr zuvorkommend, und hatte sie zu seinem Auto geschubst und schließlich in den Kofferraum gesperrt, um mit ihr wegzufahren. Vorher hatte er noch zu ihr gesagt, Bertl müsse seine Lektion lernen. Doch sie war es, die in den folgenden Stunden lernen musste, was es hieß, in der Hand eines anderen Menschen zu sein. Ausgeliefert, schutzlos und vor allem so verdammt allein. Denn seit Stunden lag sie in diesem fremden Bett, in diesem fremden Haus und wartete, und wusste nicht, ob er je wieder kommen würde. Ob überhaupt jemand kommen würde, oder ob sie irgendwann sterben würde, vergessen von der Welt.

Sie versuchte erneut sich ein bisschen zu bewegen, ohne dass die Fesseln noch weiter einschnitten. Am Ende würden ihre Hände ohnehin absterben.

Auf einmal hielt sie inne, war sie eingeschlafen und träumte, oder war sie noch immer wach?

Sie öffnete die Augen und sah tatsächlich ein Blaulicht, direkt vor dem Fenster und ganz kurz hörte sie das Signal. Ein Ruck ging durch ihren Körper und auf einmal schien ihr, als sei alles gar nicht mehr so schlimm. Sie wollte sich aufsetzen und rufen: *Hier bin ich!* Aber wegen des ekligen Lappens in ihrem Munde konnte sie ja nicht. Da hörte sie Bertls Stimme. Hörte ihn rufen, es ginge um Leben und Tod, und sie dachte, dass sie sie gleich gefunden hätten und jeden Moment ihr Bertl käme, um sie nach Hause zu holen. Dann wurde es ganz still und Maria fragte sich, warum er so lange brauchte. Plötzlich fiel ihr ein, dass Jack ja irgendwo sein könnte, und sie natürlich nicht einfach so ins Haus kommen konnten. Vielleicht mussten sie erst noch mit ihm verhandeln. Ganz still blieb sie liegen. Nur noch Minuten, dann waren sie bei ihr, sie hörte schon die Stimmen vor der Tür. Hier bin ich, dachte sie und versuchte, sie auf diese Weise zu ihr zu führen. Doch im Haus blieb es still, die Stimmen gingen in die andere Richtung und sie blieb allein. Tränen liefen ihr über die Wangen. So enttäuscht war sie zuletzt gewesen, als die Ärzte gekommen waren und ihr gesagt hatten, dass ihr Kind tot sei.

***

Als Franziska und Hannes an der verabredeten Einfahrt eintrafen, warteten der Revierförster Josef Fallhuber, Hauptkommissar Brauser und der Staatsanwalt bereits ungeduldig. Brauser wollte sofort starten, doch bevor es losgehen sollte, zeigte Franziska Fallhuber die in der Taxizentrale gefundene Skizze, woraufhin dieser nickte und meinte: „Ja, das könnte hinkommen."
„Gut, dann fahren Sie bitte voran", forderte Franziska ihn auf, um nicht noch mehr Zeit zu verlieren.
Für Josef Fallhuber war die Dunkelheit, die zwischen den dichten Bäumen herrschte, kein Problem. Er kannte seinen

Wald und fand sich blind darin zurecht. Für die anderen dagegen wurde die unbekannte Gegend zunehmend bedrükkender, denn fast jeder hatte auf einmal wieder die Bilder des toten Hajo Felbermann vor Augen. Ein Anblick, den keiner vergessen hatte und der, obwohl sie eine ganz andere Forststraße entlangfuhren, für immer mit diesem Wald in Verbindung gebracht werden sollte.

Zehn Minuten später führte Fallhuber die Wagenkolonne um eine Kurve und hielt gleich darauf auf einer kleinen Lichtung mit einem alten Blockhaus an.

Kaum stoppte das Fahrzeug, sprang Brauser aus dem Wagen und rannte zur Tür des Forsthauses. „Maria!", schrie er und hämmerte gegen die verschlossene Tür. Schließlich holte er aus und rammte mit seinem Körper dagegen. Nach dem dritten Versuch gab das Schloss nach, die Tür schwang ins Hausinnere auf und zeigte im Licht der Taschenlampen der herbeigeeilten Kollegen einen alten Herd und eine Eckbank. Brauser riss einem der Männer von der Bereitschaft seine Lampe aus der Hand und stürmte in das Haus, dicht gefolgt von Schwertfeger, Franziska und Hannes. Nach einem kurzen Rundumblick sah er eine Tür, öffnete sie und stand vor einem Bett, in dem jemand lag. „Maria!", rief er wieder und in seiner Stimme schwang die ganze Hoffnung mit, die er seit Betreten des Hauses verspürt hatte.

Doch es rührte sich nichts. Mit angehaltenem Atem ging der Kommissar näher, schlug die Decke zurück und hörte förmlich Jacks Lachen. Das Bett war leer, nur Kissen und Decken hatten die Form eines darin liegenden Menschen abgezeichnet. Er beugte sich darüber und hob ein kleines Säckchen am Kopfende auf: Marias Strickzeug.

Als er kurz zuvor die Tür eingetreten hatte, war er noch stark wie ein Baum gewesen und hatte seine ganze Kraft mobilisiert, um seine Frau zu retten und seinen Fehler wieder gutzumachen. Doch jetzt, da alles verloren schien, sackte er

aufs Bett, den Kopf in die Hände gestützt, den Tränen nahe. Sie waren zu spät gekommen. „Nein“, schrie er auf einmal und dieser Schrei ging allen durch Mark und Bein. „Nein! Wie konntest du das nur tun?“
Betroffen stand Franziska da, wusste nicht, was sie sagen sollte, weil nichts von dem, was sie gelernt hatte, zu diesem Moment passte. Während sie langsam hinausging, sah sie Hannes auf dem Boden herumkriechen. „Hast du was gefunden?“, fragte sie ihn und blieb stehen.
„Sieht ganz so aus.“ Er kam wieder unter der Bank hervorgekrochen und zeigte seiner Kollegin ein kleines Aufnahmegerät. Mit der Taschenlampe leuchtete er darüber und erkannte zwei mit wasserfestem Stift auf die Plastikhülle geschriebene Buchstaben: H. F.
„Hajo Felbermann!“, riefen die Kommissare wie aus einem Munde, Hannes schaltete das Gerät ein. Augenblicklich hörten sie die Stimme des Journalisten. „Sie wollten mir doch etwas über den Tod von Sophia Weberknecht erzählen“, forderte er seinen Gesprächspartner auf, und plötzlich hielten alle im Raum den Atem an.
„Sophia, ja, das interessiert dich, was? Du hast immer sehr schön über sie geschrieben, sie war ganz schön stolz darauf. Aber eines sollst auch du wissen: Den Wallensteinarsch, den hab ich tatsächlich beseitigt, der hat es auch nicht anders verdient, aber mit Sophias Tod hab ich nichts zu tun!“
„Ist das alles, was Sie mir zu sagen haben? Eine erneute Lüge!“, entgegnete Felbermann und man konnte hören, wie Jack in Wut geriet.
„Jetzt hör mir mal genau zu, du Bürschchen! Wenn ich sage, ich habe mit ihrem Tod nichts zu tun, dann ist das auch so!“ Eine Weile blieb es still. Franziska dachte schon, die Aufzeichnung sei beendet, und sah Hannes gespannt an. Dabei erkannte sie, dass auch Schwertfeger und Brauser, ja so-

gar die Beamten, die sie bei diesem Einsatz begleiteten, um sie herum standen und lauschten.
„Der Alte hat sie umgebracht. Der konnte es einfach nicht ertragen, dass sie ihn abgewiesen hat."
„Woher wissen Sie das?", fragte Felbermann nach.
Dann hörte man das Lachen von Jack: fies und gemein. „Weil ich sie zu ihm geschickt habe! Nachdem wir den Wallenstein beseitigt hatten, war ich mir nämlich nicht sicher, ob uns nicht ein Fehler unterlaufen war. Sie hat sich ein bisschen blöd angestellt, weshalb ich zu ihr sagte, dass sie genauso tief drin stecke wie ich, und dass sie jetzt die schöne Aufgabe habe, sich an den Hauptkommissar ranzumachen und ihn auszuhorchen. Und, was soll ich sagen, sie tat es! Ich glaube, es machte ihr sogar Spaß!" Wieder hörte man sein Lachen. „Aber dann wollte der Alte ficken und das gefiel ihr dann nicht mehr. Sie hat es mir erzählt, sagte, sie mache Schluss mit ihm. Am nächsten Tag war sie tot, und jetzt frage ich dich klugen Kopf, wer sie wohl erschlagen hat."
„Sag es mir!", forderte Felbermann.
„Brauser! Das alte Schwein! Wer sonst?"

Nachdem Hannes die Aufnahme ausgeschaltet hatte, herrschte in dem alten Forsthaus eine ungläubige Stille. Franziska hätte gerne gesagt: *Was erlaubt der sich?* Aber sie war in diesem Moment von der Wahrheit der Worte überzeugt, denn die Zweifel an ihrem Chef waren längst gesät. Zu lange schon hatte sie sich fragen müssen, was mit Brauser eigentlich nicht stimmte. Selbst Hannes hielt sich zurück. Hatte er die Kollegin noch vor wenigen Tagen gerügt, ihr vorgeworfen, sie könne gar nicht schnell genug den Platz des Chefs einnehmen, so blieb er jetzt still.
Einzig Schwertfeger reagierte. Er nahm Hauptkommissar Brauser am Arm und führte ihn hinaus.

„Bin ich jetzt verhaftet?", fragte Brauser und versuchte seiner Stimme einen spöttischen Ton zu verleihen.
„Nur, wenn du ein Geständnis ablegen möchtest", entgegnete der Staatsanwalt ruhig.
„Dieter, ich ..."
„Berthold, denk daran, dass alles was du jetzt sagst, gegen dich verwendet werden kann."
Brauser nickte und schwieg.

***

Ohne Gegenwehr hatte sich Hauptkommissar Brauser von seinem Freund Dieter Schwertfeger zu einem der Fahrzeuge vor dem alten Forsthaus führen lassen. Jetzt war ihm alles egal. Es machte einfach keinen Sinn mehr zu argumentieren und sich herauszureden. Es war für ihn auch belanglos geworden, ob sie *ihm* glauben würden oder diesem Verbrecher Jack. Dem Mann, der ihm das Wichtigste genommen hatte. Maria.
Vor ein paar Minuten hatte er noch gedacht, er könne sie gleich in seine Arme schließen und nach Hause bringen. Oder war es schon Stunden her? Er verlor jegliches Gefühl für Zeit und Raum und wusste nicht, was es da drin noch zu besprechen gab. Er saß einfach nur still da und ließ sich durch die Vergangenheit treiben.

An jenem Abend war Brauser in besonders euphorischer Stimmung. Er hatte die Aktiva auf seinem Gefühlskonto einfach multipliziert und war zu dem verblendeten Schluss gelangt, dass der Zeitpunkt der Ernte gekommen war, dass er endlich die süßen Früchte seiner Balz einholen und das Sahnehäubchen vernaschen durfte. War er nicht ein toller Hecht? Gab es überhaupt noch irgendeinen Grund, ihm zu widerstehen?

Während er an jenen Abend zurückdachte, schüttelte er unwillkürlich den Kopf. Er verstand einfach nicht mehr, wie er so dumm gewesen sein konnte, so von sich eingenommen. Das war doch noch nie seine Art gewesen! Warum ausgerechnet bei dieser Sophia?

Über den Hinterhof des Nachbarhauses und eine Tür in der Mauer kam er auf das Grundstück von dem Haus, in dem Sophia wohnte. Sie selbst hatte ihm diese Tür gezeigt, benutzte sie, um von der alten Paula nicht beim Kommen und Gehen beobachtet zu werden.
Auf seinem Weg fauchte ihn plötzlich der dicke Perserkater der Alten, die im zweiten Stock wohnte, an, aber selbst das konnte seine Stimmung nicht trüben. Er verpasste ihm einen kleinen Tritt mit dem Fuß und ging weiter. Er hasste Katzen, sah aber ein, dass alte Frauen eben auch was zum Schmusen brauchten, und wer bot sich da besser an als ein gefräßiger Kater?
Der Hof hinter dem Haus war leer, bis auf die Müllcontainer und den Kater, der ihm gefolgt war, sich mürrisch niedergelassen hatte und seinen Schwanz unwirsch hin und her warf.
Er lachte das Vieh erneut aus und öffnete die Hintertür. Sie war unversperrt. Wie leichtsinnig!
Erst als er im dunklen Flur stand, bemerkte er seinen keuchenden Atem und sein klopfendes Herz und blieb stehen, um sich wieder zu beruhigen.
Im zweiten Stock hörte er laute Musik, was ihn erfreute. Nicht, weil er Brahms liebte, sondern weil er so sicher sein konnte, dass die Alte dadurch nicht hören würde, was er heute endlich tun wollte. Ach, Gott, war er dumm gewesen!
Eine Treppe höher blieb er erneut stehen, um seinen Puls zu normalisieren, damit er die letzten Stufen, leichtfüßig und beschwingt wie ein junger Casanova, hinaufstürmen konn-

te. Er entlockte der Glocke ein fröhliches „Ding-Dong". Lächelnd stand er still, sah lüstern, wie die Tür sich öffnete und eine wunderschöne Sophia ihm entgegentrat. In Gedanken zog er sie aus, langsam und genussvoll, berührte ihre zarte Haut, atmete ihren verführerischen Duft und dann …

„Du?", fragte sie ungläubig und sah ihn an, als sei er der letzte Abschaum.

Schon an diesem einen Wort, dieser abfälligen Begrüßung, hätte er eigentlich erkennen müssen, dass er auf dem falschen Weg war, dass sie, zumindest an diesem Abend, nicht das Gleiche erwartete wie er.

Aber er war so voller Begeisterung, so voller Hingabe und, na ja, auch ein wenig angetrunken. Er hatte sich früher an diesem Abend mit dem Kollegen Obermüller getroffen und gemeinsam hatten sie bei ein paar Gläsern Bier über die Welt philosophiert. Dabei hatte er beschlossen: jetzt oder nie! Wobei das Nie für ihn an diesem Abend nicht infrage gekommen war.

Sophia jedoch zeigte keine Freude oder gar Begierde. Wenn er nüchtern gewesen wäre, wäre ihm das bestimmt sofort aufgefallen, ja, und wenn er eben nicht so heillos in sie verliebt gewesen wäre.

Brauser öffnete die Augen und blickte auf seine im Schoß liegenden Hände. Mit ihnen hatte er sie halten wollen, berühren und verführen. Doch erst zu spät hatte er verstanden, was sie in Wahrheit von ihm hielt, warum sie sich wirklich an ihn herangemacht hatte. Dass sie weder ihn noch seinen Beruf geschätzt hatte, sondern nur an seinem Wissen teilhaben wollte. Ihre ganze Beziehung war eine einzige Farce gewesen.

Aber diese Erkenntnis war zu spät gekommen. Da hatte sie ihn bereits in ihre Wohnung gebeten, eine Aufforderung, der er hoffnungsfroh Folge geleistet hatte, und er hatte versucht, sie mit seinen süßen Worten zu umgarnen.

Tatsächlich berührte er sie mit scheuen Händen. Die sinnlichen Rundungen unter dem lässig gebundenen Bademantel waren einfach zu verlockend. Sie reagierte heftig, aber vielleicht gehörte das zu ihrem Temperament, dachte er und freute sich, weil sich dabei der Bademantel öffnete und er viel nackte Haut zu sehen bekam.
„Oh, du göttliches Kind, das hätte es nicht gebraucht, ich bin doch auch so schon nicht mehr zu bändigen!", säuselte er und warf einen verstohlenen Blick ins Schlafzimmer und auf das breite, einladende Bett.

„Bitte nimm Platz, Berthold!", forderte sie mit sachlicher Stimme und wies mit ihren schmalen Händen auf das helle Sofa. Sie selbst setzte sich ihm gegenüber in einen Sessel.
„Sophia!", hauchte er und ging vor ihr auf die Knie, legte seinen Kopf in ihren Schoß und schloss die Augen, „Sophia, ich liebe dich und ich begehre dich, wie keine andere Frau in meinem Leben. Bitte, lass mich für dich da sein!" Während er auf ihre Antwort wartete, hörte er auf zu atmen. Hörte, wie sie die Luft schnell in ihre Lungen sog und ... ungenutzt wieder hinausjagte. Schließlich sah er auf und direkt in ihre wilden Augen, und da war er zum ersten Mal, dieser unverhohlene Spott. Ihre Augen schoben ihn so angewidert von sich, dass er mechanisch aufstand, wie eine Marionette, an deren Fäden jemand nachlässig und ohne Choreografie zog.
Kaum war Sophia die Last vom Schoß genommen, sprang auch sie auf, stemmte die Hände in die Hüften und schrie ihn an. „Du glaubst doch nicht, dass ich dein elendes Spiel mitspiele?", fragte sie und fügte hinzu, er solle gehen und

alles vergessen, was er sich in seinem kranken Hirn ausgedacht habe.
Dann war es ganz still im Zimmer und vielleicht wäre er ja wirklich wortlos gegangen, wenn sie nicht noch die letzten Worte hinterher geschoben hätte.
Aber diese Worte waren so verletzend, so schwer zu ertragen für einen Mann wie ihn. „Vor mir liegt eine wunderbare Zukunft! Vor dir dagegen liegt gar nichts mehr. Du hast deine Zukunft bereits hinter dir, und du glaubst doch nicht allen Ernstes, dass ich mit dir diesen Abstieg antrete?"

***

„Du bist ein Schatz!", entfuhr es Franziska, als sie das Büro betrat und sah, wie Ramona halbe Semmeln mit Butter und Marmelade bestrich. Es roch nach frischem Kaffee, und obwohl sie ihn nicht hätte trinken wollen, weckte der Geruch ihre Lebensgeister.
„Ich dachte, ihr habt vielleicht Hunger nach der langen Nacht." Die Sekretärin lächelte aufmunternd.
„Davon kannst du ausgehen!", entgegnete Hannes, nahm sich einen Teller und lud auf. Franziska lächelte ihre Kollegin entschuldigend an und tat es ihm gleich. Bestimmt hätte diese gern gewusst, was sie erreicht hatten. Doch da alles so erfolglos verlaufen war, wollten sie auch nicht darüber reden.
Während sie sich Hannes gegenüber an ihrem Schreibtisch niederließ, dachte sie wieder an Brauser und sein versteinertes Gesicht, nachdem sie im Forsthaus zwar Hinweise, aber eben keine Maria gefunden hatten. Sie konnte nur ahnen, über was der Chef und Oberstaatsanwalt Schwertfeger gerade sprachen, und im Grunde wollte sie das auch gar nicht wissen. Brauser war im Forsthaus zusammengebrochen, nicht körperlich, aber seelisch. Sie hatte es gespürt, denn sie kann-

te ihn lange genug. Im Nachhinein konnte sie nicht mehr sagen, ob es nach dem inszenierten Bett oder nach dem Fund des Aufnahmegeräts war. Mit Hannes hatte sie sich kurz auf der Fahrt ins Präsidium darüber gestritten, dann aber beschlossen, dass es jetzt Wichtigeres zu tun gab. Im Vergleich zu Brauser hatte Franziska Maria noch lange nicht abgeschrieben. Im Gegenteil, sie glaubte ganz fest daran, dass sie noch lebte, und hatte nur ein Ziel: Sie musste die Frau finden und zwar lebend. Zwar konnte Jack selbst ihr nicht mehr gefährlich werden, aber wenn sie irgendwo da draußen lag, dann würden Kälte, Hunger und Durst bald das ihre zu Marias Ende beitragen. Die offensichtliche Frage schob Franziska weit von sich. Was, wenn Jack sie längst getötet hatte? Wenn Maria bereits irgendwo verscharrt war und die eingesetzten Spürhunde nur noch ihre Leiche finden würden?
Mit der Semmel in der Hand schüttelte Franziska heftig den Kopf. Es sah aus, als würde sie sich zwingen müssen, nicht hineinzubeißen, dabei war ihr bei den letzten Gedanken ganz von allein der Appetit vergangen.
„Ich muss noch einmal ins Klinikum“, entschied sie schließlich und legte die unberührte zweite Hälfte zurück. „Vielleicht ist Joachim Herlau ja inzwischen aufgewacht und sie haben uns nur noch nicht angerufen?“ In ihrer Stimme schwang Hoffnung mit und Hannes bekam eine Vorstellung davon, mit was sie sich gerade herumschlug.
„Ja“, antwortete er vorsichtig und sah sie kritisch an. „Trotzdem solltest du erst einmal etwas essen.“
Sie biss zögernd ein weiteres Mal von ihrer Semmel ab. „Ich esse unterwegs“, beschloss sie, als Ramona zur Tür hereinkam.
„Hier ist die Aussage von diesem Bruno. Ich hab sie abgetippt.“
„Oh, danke Ramona, ich schau sie mir später an. Ich will erst ins Klinikum fahren und nachsehen, ob Joachim Her-

lau nicht vielleicht doch zu einer Aussage zu bewegen ist."
Sie griff nach Autoschlüssel und Mantel und wollte eben das Büro verlassen, als die Sekretärin sie am Arm festhielt.
„Tut mir Leid, Franziska, aber das Klinikum hat uns vorhin mitgeteilt, dass Joachim Herlau seiner schweren Verletzung erlegen ist."
„Du meinst, er ist tot?" Ramona nickte.
„Verdammt, das war unsere letzte Chance!" Wütend biss Franziska in ihre Semmel.
„Tut mir echt Leid ...", begann Ramona erneut.
„Nein, du kannst ja nichts dafür." Franziska legte ihre Sachen zurück, setzte sich an ihren Schreibtisch und nahm sich die Aussage von Bruno. Sie musste jetzt auf andere Gedanken kommen. Und tatsächlich hellte sich nur kurze Zeit später ihre Miene auf.
„Wir haben etwas übersehen!", rief sie begeistert. Hannes, der sie schon eine Weile beobachtet hatte, sah sie fragend an.
„Jeder, mit dem wir sprachen, kannte Joachim Herlau nur als Jack. Außer Manfred Frömml alias Bruno. Der kannte seinen wirklichen Namen und auch seine Adresse. Wenn er aber, wie seine Schwester uns sagte, zu Hause Pläne gemacht hat und davon sprach, jemanden zu töten, dann hat er sich doch bestimmt auch schon länger mit dem wahren Joachim Herlau beschäftigt und weiß sicher auch mehr über ihn, als er zugegeben hat!"
Ihr Kollege nickte fasziniert. „Vielleicht weil er hofft, dass er auf diese Weise noch mehr Geld bekommen kann?"
„Ja, zum Beispiel. Er weiß eventuell, wo das Geld ist, traute sich aber nicht hin, solange Herlau ihn finden konnte. Jetzt, wo er gehört hat, dass es Herlau so schlecht geht, hat er die Hoffnung, dass er es sich holen kann. Deshalb sagt er nichts und nimmt lieber den Tod einer wehrlosen unbeteiligten Frau in Kauf, anstatt uns zu helfen." Sie nahm einen Schluck Tee und dachte darüber nach.

„Die Adresse könnte er natürlich von Sibylle Hauser haben“, überlegte Hannes, als sie schon in den Unterlagen nach ihrer Nummer suchte.
„Nein“, beteuerte Sibylle während des Telefonates, sie habe ihm nicht gesagt, wo Jack wohne, und dass er in Wahrheit Joachim Herlau heiße, habe sie auch nicht gewusst. Es gebe an der Haustür nämlich kein Namenschild und vorgestellt habe er sich nur als Jack.

„Dann würde ich sagen, soll uns dieser Herr Frömml doch mal selbst erklären, wie er zu diesen Informationen gekommen ist, oder?“
„Soll ich anrufen?“, fragte Hannes und hielt den Hörer bereits in der Hand.
„Ja“, stimmte Franziska zu und stand auf. „Ich geh in der Zwischenzeit duschen.“
„Gute Idee.“ Sie sah ihn einen Moment irritiert an. War es etwa schon so schlimm? Hannes sah ihren Gesichtsausdruck und grinste. „Ich komme mit.“

***

Als es endlich auch im Wald hell genug war, um mit der Suche zu beginnen, marschierten, vom Friedlbauern Mais kommend, rund dreihundert Polizeianwärter aus ganz Bayern in Richtung Neuburg am Inn, um nach Maria Brauser zu suchen. Unterstützt wurden sie von einem Hubschrauber, einigen Hundeführern und der Freiwilligen Feuerwehr, die sich nach dem Aufruf gemeldet und ihre Hilfe angeboten hatten. Für die jungen Polizisten und Polizistinnen war dieser Einsatz eine willkommene Abwechslung zu ihrem Ausbildungsalltag, für die Einsatzkräfte aus Passau dagegen eine echte Nervenprobe. Manch einer stellte sich vor, es ginge um den eigenen Mann oder die eigene Frau. Das zehrte mehr an den Nerven, als der eiskalte Nieselregen, der sich schon nach kürzester Zeit auf alles legte.

***

Im Büro von Oberstaatsanwalt Schwertfeger saßen sich die beiden alten Freunde noch immer gegenüber. Nach einem starken Kaffee hatten sie sich einen Cognac gegönnt, um die Nerven wenigstens ein bisschen zu beruhigen.
Schwertfeger hatte aus dem Vorzimmer Arlette angerufen, die ihm aber nur mitteilte, dass sie heute unterwegs sein würde. Kurz darauf kam der Anruf von Johanna. Sie hatte im Radio von der Suche nach Maria gehört und machte sich große Sorgen um die gemeinsame Freundin. Gern hätte Schwertfeger ihr auch von dem Verdacht berichtet, der auf Berthold lag, aber das konnte er nicht. Nicht mehr.

***

Während die Truppe im Neuburger Wald Quadratmeter für Quadratmeter selbst des dichtesten Unterholzes nach Maria Brauser durchsuchte, saßen Franziska und Hannes nach dem Duschen einem mindestens genauso unausgeschlafenen, aber nicht im Entferntesten so frisch riechenden Manfred Frömml gegenüber, den sie von einer Streife hatten aufs Präsidium bringen lassen, und konfrontierten ihn mit ihrer Vermutung.
„Aber ich weiß wirklich nichts", jammerte er und schielte auf die Tassen, in denen er Kaffee vermutete.
„Damit haben Sie uns gestern schon hingehalten, heute ist Schluss damit!", entgegnete Franziska mit fester Stimme und war wirklich bereit, zum Äußersten zu gehen. Denn, wie alle hoffte sie, dass Maria Brauser nicht wie Hajo Felbermann von den Einsatzkräften irgendwo im Wald gefunden wurde, wenn bereits alles zu spät war. Doch je mehr Zeit ver-

ging, desto geringer waren ihre Chancen. In dieser Nacht waren die Temperaturen bereits weit unter null Grad gesunken und der Regen machte ihre Situation da draußen noch schlimmer.
Franziska trank einen Schluck Tee und sah ihn abwartetend an.
Frömml schluckte seine Gier nach einem anständigen Kaffee hinunter und verfiel wieder in sein Gejammer. „Aber es stimmt, ich habe seinen richtigen Namen und die Adresse erst gestern erfahren!"
„Und woher auf einmal?", fragte Hannes nach und versuchte dabei ein wenig zugänglicher als Franziska zu klingen, was ihm schwerfiel. Ein Mann, der im Angesicht der tödlichen Gefahr, in der Maria Brauser schwebte, den Mund nicht aufmachte, nur um vielleicht einen Vorteil daraus zu ziehen, war einfach widerlich.
„Ein Freund hat es mir erzählt."
„Ein Freund?" Hannes nickte auffordernd.
„Ja, ich habe ihn angerufen, als mir einfiel, dass er Jack von früher kannte." Jetzt horchte auch Franziska auf.
„Und wie heißt der Freund?"
„Michael Ratzinger."
„Wie der Papst?"
„Wie bitte?"
„Na, Ratzinger, wie der Papst?" Hannes sah ihn abwartend an.
„Ja, genau, wie der Papst. Darauf wäre ich jetzt gar nicht gekommen", entschuldigte sich Frömml, als ob das sein größter Fehler wäre.
„Und unter welcher Nummer haben Sie ihn gestern erreicht?", Franziska klang sehr gereizt, schob ihm dann aber ein Blatt Papier und einen Bleistift zu. Frömml schrieb.
„Gut, dann warten Sie erst einmal draußen, bis wir das überprüft haben." Hannes brachte ihn hinaus und setzte ihn in

einen abschließbaren Raum. Dann ging er zurück zu Franziska.

„Jetzt bin ich aber mal gespannt“, verkündete diese, als sie gerade den Hörer wieder auflegte.

„Hast du ihn schon erreicht?“, wollte Hannes aufgekratzt wissen.

„Ja, aber er gibt am Telefon keine Auskunft. Er will, dass wir zu ihm kommen.“

Der Kriminalkommissar sah auf die Telefonnummer. „Und wo ist das?“

„In Neuburg am Inn.“

„Na, dann los! Worauf warten wir?“

***

„Sie haben Glück“, begrüßte Ratzinger die beiden, als sie kurz darauf in seiner Auffahrt anhielten und ausstiegen. „Als Ihr Anruf kam, wollte ich gerade wegfahren.“ Er drückte eine Zigarette auf dem Pflaster aus und warf die Kippe dann in den Mülleimer. „Kommen Sie!“

Franziska und Hannes folgten ihm ins Haus und weiter in die Küche, wo sie sich an den Tisch setzten. Außer ihm schien niemand zu Hause zu sein.

„Sie kennen Manfred Frömml?“

„Ja, flüchtig. Wir hatten beruflich miteinander zu tun, aber seit er alles verloren hat, hab ich nichts mehr von ihm gehört.“

„Bis wann?“, hakte Hannes nach.

„Bis gestern. Da rief er ganz aufgeregt an und wollte von mir wissen, wie der Typ aus dem ‚Butterfly‘ hieß.“

„Und wie kam er ausgerechnet auf Sie?“

„Na ja“, er sah sich kurz um, als vermute er, belauscht zu werden. „Wir waren einmal zusammen dort. Sollte ein Spaß sein. Einfach mal was anderes sehen“, entschuldigend zuckte er mit den Schultern. „Dabei hab ich Joachim gesehen und zu Manfred gesagt, den kenn ich von früher, ich geh lieber." Er sah die Kommissare an, und als die nichts darauf antworteten, fuhr er fort. „Es war mir einfach peinlich. Ich meine, einem Fremden gegenüber ist das was anderes, aber ich bin mit Joachim Herlau in die Schule gegangen. Da muss man das nicht haben."

„Sie sind mit ihm zur Schule gegangen?", riefen beide unisono und sahen erst sich, dann Ratzinger verblüfft an.

„Ja. Allerdings waren wir nicht befreundet oder so, um Typen wie ihn hab ich schon immer einen großen Bogen gemacht. Heute würde man vielleicht eine Begründung in seiner familiären Lage suchen, aber für uns Schüler war er einfach nur das Klassenarschloch, wenn Sie erlauben."

„Kein Problem", entschuldigte Hannes und fügte hinzu: „Herlau hat eine Frau in seiner Gewalt. Er selbst kann uns nicht sagen, wo er sie versteckt hält."

„Und da kommen Sie zu mir?"

„Sie scheinen der Einzige zu sein, der ihn von früher kennt."

„Keine Ahnung. Waren Sie denn schon in der Neufelser Straße?" Der Zeuge schien seine Abneigung vergessen zu haben und überlegte nun wirklich angestrengt, wie er helfen konnte.

„Ja, aber sein Haus ist leer."

„Ich meine nicht sein Haus. Ich meine das von seiner Oma. Wissen Sie, die alte Frau war die Einzige, die sich um ihn gekümmert hat. Den Eltern war er als Nachzügler ja irgendwie zu viel. Ich glaube, das ist auch der Grund, warum er sich vor ein paar Jahren das Haus gekauft hat."

„Und wo ist das Haus von seiner Oma?"

„Genau gegenüber. Wenn Sie in seinem Haus waren, können Sie es gar nicht verfehlen."

Franziska und Hannes sprangen auf und wollten sofort losfahren, doch da fiel ihr noch eine Frage ein. „Und was ist mit seiner Oma, lebt sie noch?"

„Schon, aber nicht mehr zu Hause, sondern im Rosenium in Grubweg."
„In dem Altenheim?"
„Genau."
„Danke, das war es dann erst einmal. Wir rufen an, wenn wir noch Fragen haben."

Während Hannes darauf wartete, dass Franziska das Auto öffnete, kratzte er sich am Kopf und dachte dabei angestrengt nach. „Weißt du, was das heißt, dass die Oma im Rosenium lebt?"
„Keine Ahnung", gab Franziska zu.
„Der Scheingeschäftsführer, der lebt doch auch im Rosenium."
„Stimmt!", Franziskas Miene hellte sich auf. „Dann hat Herlau den alten Mann einfach alles unterschreiben lassen, während er bei seiner Oma zu Besuch war. Dreist, oder?"
„Allerdings. Und wer weiß, was der dem noch alles unterschrieben hat!" Mit neuer Hoffnung fuhren die beiden los.

***

„Wollen wir Brauser sagen, dass es einen neuen Hinweis gibt?", fragte Hannes, als sie vor dem Haus in der Neufelser Straße anhielten.
„Nein, ich glaube wir sehen erst einmal nach", bestimmte Franziska und stieg aus. Das Haus wirkte verlassen, wenn auch nicht ungepflegt. Unauffällig eben. Genauso musste ein gutes Versteck aussehen.
„Wir wären nie darauf gekommen", sagte Franziska und dachte, während sie die Stufen hinaufstieg, dass er das genau geplant hatte. Ihr Kollege folgte ihr mit gezogener Waffe, eine ähnliche Überlegung im Kopf. Sie sah ihn fragend

an. „Glaubst du wirklich, Maria Brauser springt uns mit einem Küchenmesser in der Hand entgegen?“
Hannes zögerte und nahm die Waffe runter, steckte sie aber nicht weg. Als Franziska sich das Schloss ansah, machte sie eine verblüffende Entdeckung. „Das gibt’s ja gar nicht, der Schlüssel steckt!“
„Du, sollten wir nicht vielleicht klingeln oder wenigstens rufen? Ich meine, es könnte ja jemand im Haus sein und sich erschrecken und ...“
Sie drückte beherzt auf die Klingel, aber im Haus war nichts davon zu hören. „Abgestellt. Dann hilft es nichts.“
Sie drehten den Schlüssel um, drückten die Tür auf und lauschten. „Nichts zu hören. Komm!“
Im Haus war es düster und muffig und irgendwie auch ziemlich unheimlich, wie Franziska fand, weshalb sie es Hannes gleichtat und nun doch ihre Waffe aus dem Halfter zog. Sich gegenseitig absichernd gingen sie von Zimmer zu Zimmer, suchten hinter dem Sofa im Wohnzimmer und in den Küchenschränken, betraten die Vorratskammer und stiegen schließlich die Treppe nach oben. Im Flur gab es zwei Türen und einen bemalten Bauernschrank. Die erste Tür führte zu einem Bad mit rosa Fliesen und einer angeschlagenen Wanne mit einem geblümten Vorleger über dem Rand. Das zweite Zimmer war das ehemalige Schlafzimmer der alten Frau. An der einen Seite stand ein großer Schrank aus dunkel gebeiztem Holz mit einem Spiegel in der mittleren Tür. Als sie die Schranktüren nacheinander öffneten, fanden sie zwar einige Kleidungsstücke der Vorbesitzerin, sonst aber nichts.
Auf dem großen Doppelbett lagen Paradekissen mit Stickerei. Zögernd nahm Franziska die Kissen herunter und schlug dann die Decke zurück. Dabei war ihr ein wenig mulmig zumute, denn selbst wenn Maria Brauser darunter liegen würde, wusste sie nicht, in welchem Zustand sie sie finden würde.

Erleichterung, aber auch Enttäuschung machte sich breit, nachdem sie das Bett leer vorfand. Doch würde Jack überhaupt so zuvorkommend sein und sein Opfer in ein Bett legen? Franziska schüttelte den Kopf. Sie hatten seine Handschrift kennengelernt. Brutal war sie, und so wie es aussah, hatte keines seiner Opfer eine Gelegenheit gefunden, sich von seinem Urteil loszusprechen. Wenn das auch für Maria galt, dann ... Franziska stürmte aus dem Zimmer, während Hannes noch auf dem Boden herumkroch, um unter dem Bett nach Maria zu suchen. Auf der Treppe holte Hannes sie ein. „Wo willst du denn hin?", fragte er und als Franziska auf die Kellertür zusteuerte, sagte er: „Hast du etwas gehört?"
Franziska legte den Finger auf die Lippen und in der folgenden Stille schien das Knarzen der Tür noch lauter.
„Wenn, dann ist sie im Keller!", flüsterte sie und begann die Stufen hinunterzusteigen. Rechts und links der Treppe waren kleine Regale angebracht, die noch immer mit Marmeladengläsern bestückt waren. Die Ausbeute eines längst vergangenen Sommers.
Franziska ärgerte sich, dass sie keine Taschenlampe dabei hatte und sich im schwachen Licht ihres eingeschalteten Handys hinuntertasten musste. Erst neben der untersten Stufe gab es einen Lichtschalter, und als sie ihn drehte, leuchtete eine nackte Glühbirne an der Decke schwach flackernd auf. Doch das Licht reichte, um einen Blick in die wenigen Räume zu werfen. Im ersten war eine Art Schreinerwerkstatt. An zwei Wänden hingen ordentlich die Werkzeuge, die Möglichkeit, eine Person irgendwo zu verstecken, gab es nicht. Der zweite Raum diente als Lager. Auch hier gab es Regale mit Obstgläsern und einigen Dosen sowie ausgeleerte Obstschütten. Doch auch hier fanden sie keine Maria. Enttäuscht stiegen sie die Treppe gerade wieder hinauf, als Franziska auf einmal glaubte, ein leises Wimmern zu hören. Sie

drehte sich zu Hannes um, wollte wissen, ob er es ebenfalls gehört hatte, und sah erleichtert, wie er in die Stille des Hauses lauschte. „Hallo?“, riefen sie gleich darauf wie aus einem Munde. „Frau Brauser?“ Beim zweiten Laut waren sie sich sicher, dass er nicht aus dem Keller kam, weshalb sie mit schnellem Schritt in den oberen Stock hinaufrannten. Dort war alles still und die beiden Kommissare standen unschlüssig im Flur. Hatten sie etwas übersehen?

Franziska riss die Türen des Bauernschrankes auf, weil ein erneutes Geräusch aus dieser Richtung zu kommen schien, und sah auf alte Wintermäntel und uralte Herrenanzüge. Dann war alles still. Durch die aufkeimende Hoffnung und die anschließende Enttäuschung sackten ihr die Beine weg. Vielleicht hätte sie etwas essen sollen, war das Letzte, was ihr im Kopf herumging, bevor es dunkel wurde. Ohne sich dagegen wehren zu können, kippte sie gegen die Wand und rutschte langsam daran hinunter.

Den Kopf auf die Knie gelegt blieb sie sitzen und wartete darauf, dass ihre Orientierung zurückkommen würde. Alles begann sich zu drehen.

„Geht’s?“, fragte Hannes und sah die blasse Kollegin besorgt an. Doch da war das schwache Geräusch schon wieder. Franziska riss die Augen auf und drehte den Kopf in die Richtung, aus der das Geräusch gekommen war. Und in diesem Moment sah sie auch den feinen Lichtstrahl unter dem Schrank.

Mit einem Satz war sie auf den Beinen und schrie Hannes an. „Los, hilf mir! Wir müssen den Schrank wegrücken!“ Er verstand zwar nicht gleich, was in seine Kollegin gefahren war, die eben noch vor seinen Augen ohnmächtig an der Wand heruntergerutscht war, packte aber sofort mit an, um den schweren Bauernschrank zur Seite zu schieben. „Da!“, entfuhr es Franziska, als sie die Tür entdeckte. Kurz trafen sich ihre Blicke, dann drückte sie die Klinke nach unten. Bevor sie die Tür öffnete, hielt sie jedoch noch einmal inne und betete still: „Bitte, lieber Gott, mach, dass das nicht nur ein eingesperrtes Kätzchen ist. Bitte, bitte, lass es Maria Brauser sein!"

Sie trat zur Seite und wusste, dass sie eine erneute Enttäuschung nicht verkraften konnte, nicht in ihrem Zustand. Darum ließ sie ihrem Kollegen den Vortritt. Doch in dem Moment, in dem er die Tür öffnete, fiel ihr ein, dass sie ihr Gebet falsch formuliert hatte, sie hätte darum bitten müssen, dass Maria Brauser unversehrt war. Aber dieser Gedanke kam ihr natürlich viel zu spät, erst, als er bereits einen Schritt in den kleinen, versteckten Raum gemacht hatte, und gleich darauf hörte sie seine entsetzte Stimme. „Oh, mein Gott, Franziska, sie ist es!"

***

Epilog

Drei Wochen später erschien Hauptkommissar Berthold Brauser zum vorerst letzten Mal im Polizeipräsidium, dem Ort, an dem er früher so gern gewesen war, an dem er Überstunden gemacht oder sich nach dem Dienst mit Kollegen noch auf eine Halbe verabredet hatte. Doch inzwischen war alles anders. Sein Leben hatte sich in den letzten Wochen so grundlegend verändert, dass er es selbst kaum fassen konnte. Soweit er sich zurückerinnern konnte, hatte er immer befürchtet, die Pensionierung würde ihm zu schaffen machen. Er hatte Angst gehabt vor dieser neuen Lebenssituation, in der es keinen Grund mehr für ihn geben würde, um mal schnell zu verschwinden, davonzulaufen vor den Erinnerungen und der Eintönigkeit einer langen Ehe.
Doch er hatte sich geirrt. Denn inzwischen war es genau umgekehrt.

Obwohl es jetzt schon drei Wochen her war, glich sein Weg durchs Präsidium und in sein altes Büro immer noch einem Spießrutenlauf. Jeder sah ihn an, und bei jedem Blick wusste er sofort, was der Kollege von ihm dachte. Mitleid war dabei nur das kleinste Übel.
Er wusste natürlich, dass der Inhalt des Gespräches, das auf dem Aufnahmegerät dokumentiert war, längst die Runde gemacht hatte, und sich viele Kollegen fragten, ob es stimmen konnte. Die meisten trauten ihm das zu.
Das war nicht schön, aber immerhin verständlich.
Franziska, die längst nicht mehr *sein* Mädchen war, wie er sich inzwischen eingestehen musste, ging mit Hollermann noch einmal alles durch, verglich die Zeugenaussagen und suchte nach Parallelen. Nach Beweisen für seine Schuld – oder vielleicht auch für seine Unschuld?
Er wusste es nicht. Kürzlich hatte sie mit ihm über die Be-

deutung des Wortes Schuld gesprochen. Sie hatte gesagt, sie hätte in den letzten Wochen viel dazugelernt. Was in ihrem Beruf ja wichtig sei. Und sie würde einen Täter in Zukunft bestimmt mit anderen Augen sehen.
Er hatte nicht so genau gewusst, wie sie das meinte, dann aber beschlossen, dass sie es auf ihn bezog und ihm damit die Absolution erteilte. Vielleicht.
Er hatte nichts dazu gesagt. Tatsächlich wusste noch immer keiner, was an jenem Abend in Sophia Weberknechts Wohnung wirklich geschehen war. Wer wen gereizt und warum er am Ende einfach die Nerven verloren hatte. Und der Hauptkommissar war ein alter Hund, ihn konnte sie mit ihrer Fragerei nicht überlisten. Aber das wusste Franziska, sonst hätte sie es schlauer angestellt.

Jetzt stand er vor der Glastür und überlegte, ob er nicht einfach gehen sollte. Anstatt sich selbst auszuliefern, einfach den Rückweg antreten? Sollten sie doch allein klarkommen. Wer brauchte denn so einen alten Dackel wie ihn?
Als er noch da stand und zögerte, wurde die Tür von innen aufgedrückt, und heraus kam Franziska.
Sie trug an diesem Tag eine schwarze Hose und die blaue Seidenbluse, die ihr einst Swetlana geliehen hatte. Ihre Wangen waren vom Eifer gerötet. „Hallo, Chef, da sind Sie ja endlich!“, begrüßte sie ihn und lächelte einladend.
Resigniert sah er sie einen Moment an und als sie sich nach kurzem Zögern bei ihm unterhakte, konnte er ein kleines Lächeln nicht mehr unterdrücken. „Bringen wir es also hinter uns.“
„Ach, so schlimm wird es schon nicht werden!“, versuchte sie ihn zu beruhigen, doch dieser Täuschungsversuch misslang. Er ahnte jetzt, dass es noch schlimmer werden würde, als er vermutet hatte. Während sie den Flur entlanggingen und schließlich vor der Tür zum Konferenzraum stehen blieben,

dachte er noch: „Das schaff' ich!" Doch dann öffnete sie die Tür und gab den Blick auf den Raum frei.
Zu seinem eigenen Entsetzen registrierte er die vielen Fotos von ihm, die überall hingen, und auch die Plakate, die nur Ramona geschrieben haben konnte. Kopfschüttelnd hielt er inne, bis Ramona sich aus der Gruppe löste und auf ihn und Franziska zukam. Für einen Moment blieb sie einfach nur stehen, dann sah er wie eine Träne in ihrem Augenwinkel glitzerte, und im nächsten Augenblick umarmte sie ihn voller Inbrunst, löste sich und wich einen Schritt zurück. „Tut mir Leid, Chef, aber das musste jetzt einfach mal sein!" Sie nickte lächelnd. Und dann lächelte auch Brauser. Das Eis war gebrochen, zumindest für diesen Moment. Denn jetzt kamen nacheinander immer mehr aus der Gruppe auf ihn zu, um ihren ehemaligen Chef zu begrüßen und ihm ihre Solidarität zu bekunden. Der Letzte war Schwertfeger. Er hielt eine Flasche Whiskey in der einen Hand und klopfte mit der anderen Brauser auf die Schulter. „Berthold, lass uns anstoßen!"

Oberstaatsanwalt Schwertfeger hatte ihm den freundschaftlichen Rat gegeben, von seinem Recht Gebrauch zu machen und zu schweigen. Dabei war er selbst nicht weiter auf das Aufnahmegerät eingegangen. Denn letztlich war ein Gesprächsmitschnitt kein vor Gericht zulässiger Beweis, und da Joachim Herlau inzwischen verstorben war, konnte er seine Behauptung ja auch nicht mehr wiederholen.
„Solange es keine weiteren Beweise gibt, müssen wir davon ausgehen, dass Herlau auch für den Tod von Sophia Weberknecht verantwortlich ist. Das aufgezeichnete Gespräch sollte am Ende nur ablenken", hatte er schließlich vor versammelter Mannschaft erklärt. „Nicht auszudenken, was passiert, wenn wir darauf hereinfallen würden, und damit einen langjährigen, treuen und fleißigen Polizisten um seinen guten Ruf bringen!"

Keiner der Kollegen wollte und konnte dem widersprechen, denn alle hatten erleben müssen, wie raffiniert Herlau seine Taten inszeniert hatte. Man fragte sich höchstens, warum er Sophia Weberknecht so verhältnismäßig sanft tötete. Selbst Franziska sagte in einem klärenden Gespräch zu Hannes: „Ich kann mir schon vorstellen, dass es ihm geschmeichelt hat, von einer so schönen Frau beachtet zu werden, aber warum sollte er sie erschlagen? Dafür gab es doch gar keinen Grund.“ Hannes hatte gelächelt und ihr zugenickt. „Ich bin froh, dass du das auch so siehst!“

Die beiden Kollegen verteilten Sektgläser, und auch Brauser hielt schließlich eines in Händen, sah sich aber unruhig im Raum um. Dies hier war sein zweites Zuhause gewesen, manchmal auch das erste und wichtigste. Doch diese Zeit war vorbei. Von jetzt an hieß es, sich zu reduzieren und zu besinnen. Da war es nur gut, dass in diesem Moment Maria zur Tür hereinkam, ihn anlächelte und, als sie ihn erreicht hatte, ihre Hand in seine schob und sie kurz drückte. Sie war die Einzige, der er alles erzählt hatte. Die einzige, die ein Recht darauf hatte, und die über ihn urteilen durfte. Und sie hatte ihr Urteil gefällt.
Brauser reichte ihr ein Sektglas vom Tablett, und bevor er mit ihr anstieß, beugte er sich zu ihr hinunter, lächelte sie liebevoll an und drückte ihr einen Kuss auf den Mund.
Sie war ein wenig überrascht, doch das ging im Beifall der Kollegen unter.

Als das Büfett geplündert, die Flaschen geleert und alle satt und zufrieden in ihr verdientes Wochenende gegangen waren, saßen Franziska und Hannes noch in ihrem Büro zusammen. Es gab nichts Dringendes mehr zu tun oder zu besprechen, und so war dieses Treffen eher ein lieb gewordenes Ritual. Auf einmal fragte Hannes mit

Brausers Stimme: „So, Mädchen, und was machen wir jetzt?“
„Ich sag es dir“, antwortete sie und versuchte ebenfalls den Originalton von Brauser zu treffen, „wir hoffen, dass uns hier so schnell kein Neuer vor die Nase gesetzt wird!“
„Ja“, nickte Hannes. „Schließlich sind wir ein unschlagbares Team!“
Während beide noch über ihren eigenen Witz lachten, hörte Franziska wie auf ihrem Handy eine SMS einging.

Hallo frau
kommissarin! Nachdem
ihr fall gelöst ist,
könnten sie mir doch
erlauben, sie zu malen.
Was halten sie davon?
Wäre es ihnen recht,
wenn ich mit ein paar
bildstudien beginne?
Vielleicht nehmen wir
ein bisschen öl oder
wollen sie lieber den
harten bleistift? Ich bin
für alles offen. Bei mir
oder bei dir? Komm schon,
gib dir einen ruck und
lass mich an deiner
schönheit teilhaben.
Sag ja, und du wirst es
nicht bereuen!!!
Mit malerischen grüßen
walter

Weitere Bücher der Autorin:

Dann stirb doch selber

Kriminalroman

Magdalena und Harry genießen das Leben in vollen Zügen, ihre Welt ist die der Yuppies: Parties, schnelle Wagen, viel Geld, Erfolg um jeden Preis. Freizügiges, unbeschwertes Leben eben.
Dann plötzlich der Bruch, Harry verunglückt mit seinem Auto tödlich. Ein Schicksalsschlag, der Magdalenas Leben vollkommen verändert. Und dann die bohrenden Fragen der Kommissarin Klara, die nicht locker lässt: Woher die blonden Haare in Harrys Wagen kommen? Warum er seine Hände beim Aufprall nicht am Lenkrad hatte? Woher er kam und wohin er wollte? Als schließlich die Obduktion Barbiturate in Harrys Körper nachweist, bekommen die Zweifel erst Recht Oberhand.

„Durch einen perspektivischen Kunstgriff hat Dagmar Isabell Schmidbauer mit „Dann stirb doch selber“ einen flotten Krimi geschaffen: Stakkatohafte Szenen statt längerer Kapitel beschleunigen die Handlung. Ständiger Perspektivenwechsel zwischen den beiden Hauptfiguren Magdalena und Klara lässt den Leser gleichzeitig von zwei Seiten rätseln und ermitteln. Ebenso atmosphärisch ist die Provinzialität des Passauer Umfeldes beschrieben, auch ohne Weißbier und Blaskapelle. Lebendig wird der Krimi jedoch erst durch die teilweise skurrilen und doch alltäglichen Figuren wie den dicken Sägewerkbesitzer, den undurchsichtigen Kommunalpolitiker und die liebenswerte pragmatische Edel-Prostituierte aus der Nachbarschaft. So wie sie den Fall schildert, könnte er überall spielen – vielleicht sogar in der Realität“, schreibt Peter Lausmann in „Rheinische Post“

„Mit ihrem zweiten Roman hat sich Dagmar Isabell Schmidbauer in die S-Klasse der deutschen Krimiautoren eingetragen. Ihr temporeicher Parallellauf aus zwei Erzählperspektiven knistert von der ersten bis zur letzten Seite – vor Spannung und Erotik“, schreibt Jakob Hübner im Szenemagazin „Diva“

Tote Engel

Kriminalroman

Es ist eine frivole Welt, in der sich die beiden Freundinnen Amanda und Rebecca über Schönheitsoperationen, Männer und ihre prickelnsten Erlebnisse auslassen. Prosecco trinkend planen sie die Hochzeit von Amanda und denken gar nicht darüber nach, wie schnell sich alles verändern kann. Doch der Schnitt kommt schnell und er kommt brutal. Eben flirtete der elegante Gast noch mit der Hotelbesitzerin und gleich darauf liegt er erdrosselt am Boden seines Zimmers. Für die ermittelnden Kommissare gleicht das Szenarium einer Hinrichtung, doch nicht nur die Spuren im Zimmer werfen ständig neue Fragen auf. Was eben noch heil und beschaulich war, wird gleich darauf zu einer Bedrohung und sicher ist bald schon niemand mehr; weder vor dem Täter, noch vor den Verdächtigungen der Ermittler. Als dann auch noch die wichtigste Zeugin verschwindet und nur noch in kleinen Häppchen ihre Beweise abliefert, ist dennoch klar, der eigentlich zu ermittelnde Mord war nur das Geringste, in Wirklichkeit steht ein viel größeres Verbrechen im Raum: Kinderpornografie. Aus dem Opfer wird ein Täter und der hatte keine Skrupel, so scheint es. Doch was ist mit dem Mörder, wird er vor weiteren Opfern zurückschrecken? Für die Kommissare beginnt ein Wettlauf mit der Zeit, sie müssen Ergebnisse abliefern, bevor es weitere Unschuldige trifft, denn in diesem brutalen Spiel darf es keine Zeugen geben, und so sind bald viele in Gefahr.

„Die Autorin erzählt raffiniert, sinnlich und humorvoll. Sie begeistert mit ihrer lebendigen Sprache und einem absolut schlüssigen Plot. Diesen gnadenlos spannenden Krimi würzt sie geradezu genial mit einer leichten Prise Frivolität, einem starken Schuss Regensburger Lokalkolorit und einer großen Portion Menschlichkeit. Selten habe ich einen Krimi gelesen, der so akribisch und verspielt an der Nase herumführt.“ Wolfgang Gonsch für das Online-Magazine how2find.de

Liebe Leserinnen, liebe Leser,

der nächste Kriminalroman aus der Dreiflüssestadt Passau ist bereits in Arbeit und wird voraussichtlich im Herbst 2012 erscheinen. Einiges möchte ich Ihnen schon heute verraten:

Auch unter ihrem neuen Chef, Kriminal-Hauptkommissar Josef Schneidlinger, ermitteln Franziska und Hannes weiter. Im nächsten Fall bereitet ihnen ein Mord in der Veste Oberhaus großes Kopfzerbrechen, denn: natürlich ist mal wieder nichts, wie es anfangs scheint...

Seien Sie also wieder dabei, wenn die Mordkommission Passau ermittelt, wenn sich Franziska und Walter endlich näher kommen und wenn es auch beim nächsten Mal darum geht, einen gnadenlos spannenden Kriminalfall zu lösen.

Herzlichst Ihre

Dagmar Isabell Schmidbauer

Konstruktive Kritik bitte unter: www.renumero.de